Artjom Wesjoly

Blut und Feuer

aufbau

Artjom Wesjoly (eigentl. Nikolai Kotschkurow) als Rotarmist,
Photo, Samara 7. Juni 1918.

Artjom Wesjoly

BLUT UND FEUER

Roman

Aus dem Russischen
von Thomas Reschke

Mit einem Nachwort
von Jekatherina Lebedewa

aufbau

Die Originalausgabe unter dem Titel
Россия, кровью умытая
erschien 1936 bei Chudoshestwennaja literatura, Moskau.

Mit Worterklärungen von Andreas Pham

Textgrundlage dieser Ausgabe ist die Übersetzung von Thomas Reschke, die 1987 im Gustav Kiepenheuer Verlag Leipzig und Weimar unter dem Titel »Russland in Blut gewaschen« veröffentlicht wurde. Sie wurde vom Übersetzer vollständig durchgesehen und um zensierte Stellen ergänzt, die von Prof. Jekatherina Lebedewa entdeckt wurden. Sie sind bisher in keiner russischen Ausgabe enthalten und werden somit hier zum ersten Mal gedruckt.

Dieses Buch wurde gefördert von der Mikhail Prokhorov Foundation, TRANSCRIPT: Programme to Support Translations of Russian Literature

Mikhail Prokhorov Fund | transcript

MIX
Papier aus verantwortungsvollen Quellen
FSC www.fsc.org FSC® C083411

ISBN 978-3-351-03674-4

Aufbau ist eine Marke der Aufbau Verlag GmbH & Co. KG

1. Auflage 2017

Einbandgestaltung zero-media.net, München
Vorsatzabbildung © akg-images
Satz LVD GmbH, Berlin
Druck und Binden CPI books GmbH, Leck, Germany
Printed in Germany

www.aufbau-verlag.de

Den Tod durch den Tod überwunden

In Russland ist Revolution –
über die feuchte Mutter Erde läuft ein Beben,
und die weite Welt ist in Aufruhr ...

Vom Orkan des Krieges erschüttert, wankte die Welt, trunken von Blut.

Über Meere und Ozeane brausten Kreuzer und Dreadnoughts, spien Donner und Feuer. Den Schiffen hinterher stahlen sich Unterseeboote und Minenleger, besäten die Wasserwüsten dicht mit den Körnern des Todes.

Aeroplane und Zeppeline flogen nach Westen und Osten, nach Süden und Norden. Aus Wolkenhöhen warf die Hand des Piloten glühende Brände in die Bienenstöcke der Menschenansammlungen, in die Scheiterhaufen der Städte.

Über die Sandwüsten von Syrien und Mesopotamien, über die von Schützengräben zerfurchten Felder der Champagne und der Vogesen krochen Tanks, zermalmten auf ihrem Weg alles Lebendige.

Vom Baltikum bis zum Schwarzen Meer, von Trapezunt bis Bagdad wummerten ohne Unterlass die Hämmer des Krieges.

Die Wasser von Rhein und Marne, von Donau und Neman waren trüb vom Blut der kriegführenden Völker.

Belgien, Serbien und Rumänien, Galizien, die Bukowina und das türkische Armenien waren umschlungen von den Flammen der brennenden Dörfer und Städte. Die Straßen ... Über die von Blut und Tränen aufgeweichten Straßen gingen und fuhren Truppen, Artillerie, Wagentrecks, Lazarette, Flüchtlinge.

Unheildrohend – mit blutroten Lichtern gesprenkelt – ging das eintausendneunhundertsechzehnte Jahr seinem Ende entgegen.

Die Sichel des Krieges schnitt des Lebens Ähren.

Dome und Moscheen, lutherische und katholische Kirchen waren überfüllt mit Weinenden, Trauernden, Stöhnenden, Hingestreckten.

Güterzüge rollten mit Brot, Fleisch, verfaulten Konserven, vermoderten Stiefeln, Kanonen, Granaten … Das alles wurde von der Front verschlungen, verschlissen, zerrissen, verschossen.

In der Zange von Hunger und Kälte krümmten sich die Städte, bis zum Himmel stieg das Stöhnen der Dörfer, aber nie verstummend dröhnten die Kriegstrommeln und brüllten zornig die Geschütze, übertönend das Wimmern der sterbenden Kinder, das Heulen der Frauen und Mütter.

Der Kummer war Dauergast, und das Unheil nistete in den Aulen[1] der Tschetschenei wie unterm Dach der ukrainischen Kate, in der Kosakenstaniza wie in den Hütten der Arbeitervorstädte. Die Bäuerin weinte, während sie hinterm Pflug über den Acker schritt. Die Städterin weinte, den Kopf auf der Trauernachricht, in der hinter dem teuren Namen das furchtbare Wort »gefallen« brannte. Die flämische Fischerin schluchzte und blickte wehmütig aufs Meer, das den Seemann verschlungen hatte. Unter einem Fuhrwerk im Feldlager der Flüchtlinge schluchzte die Galizierin über dem erkaltenden Leichnam ihres Kindes. Pausenlos wirbelte Geheul vor den Einberufungsstellen, vor den Kasernen und auf den Bahnhöfen von Toulon, Kursk, Leipzig, Budapest, Neapel.

Über der ganzen Welt wehten die Fahnen des Kummers, wie der Widerschein einer gewaltigen Feuersbrunst stand Stöhnen, quälend flackerten herzzerreißende Verzweiflungsschreie.

Und nur in den goldfunkelnden Palästen von Moskau, Paris und Wien glitzerte Musik, flammte trunkene Heiterkeit, frohlockte die Ausschweifung.

»Krieg bis zum Sieg!«

Hohe Militärs und Finanzhaie ließen Pokale mit schäumendem Wein aneinanderklirren:

»Krieg bis zum Sieg!«

1 Worterklärungen am Schluss des Buches.

Auf den Feldern aber kehrten Feuerbesen alle gleichermaßen wie Müll in die Massengräber: Hamburger Stauer und Bergarbeiter vom Donbass, arabische Nomaden und Gartenbauer von den Ufern des Ganges, Docker aus Liverpool und ungarische Hirten, Proletarier aller Rassen, Stämme und Mundarten und Ackerbauern, die im Schweiße ihres Angesichts auf dem Land ihrer Väter und Großväter das tägliche Brot gewannen.

Kreuze und Gräber, Gräber und Kreuze.

Der Balkan, Kurdistan, die Karpatentäler, der Schoß der polnischen Erde, die Forts von Verdun und die Hügel an der Maas waren vollgestopft mit Soldatenfleisch.

In den Schächten der Ruhr und von Kriwoi Rog, in den Bergwerken von Sibirien und in den chemischen Fabriken Deutschlands schufteten in härtester Fron Kriegsgefangene. Kriegsgefangene schmachteten in Lagern hinter Stacheldraht, schlossen die Rechnung ihres Lebens ab unter den Peitschen von Schutzmännern und Korporalen, starben in Baracken an Heimweh, Hunger und Typhus.

Die Lazarette ... Horte des Kummers, Zufluchtsstätten des Leidens ... Verstümmelte, Erfrorene, Verschüttete, Gasvergiftete – mit zerschmetterten Knochen und stinkenden Wunden – wälzten sich im Fieberwahn auf Lazarettpritschen und Operationstischen, wo sich Blut mit Eiter mischte, Schluchzen mit Fluchen, Stöhnen mit Gebeten für die Waisen, Verzweiflung mit in Rauch aufgegangenen Hoffnungen.

Menschen ohne Beine, ohne Arme, ohne Augen, Taube und Stumme, Wahnsinnige und Halbtote belagerten die Schwellen von Kanzleien und Wohltätigkeitseinrichtungen, oder aber sie krochen, humpelten, rollten auf Wägelchen bettelnd durch die Straßen von Berlin und Petrograd, Marseille und Konstantinopel.

Das Land war trunken von Leid.

Der Schatten des Todes kreiste über hungernden Städten und verarmten Dörfern. Die nie geküssten Brüste der jungen Mädchen erkalteten, trüb und unruhig war der Schlaf der Frauen. Kinder, vom Weinen heiser, schliefen an den leeren Brüsten ihrer Mütter.

Der Krieg fraß Menschen, Brot, Vieh.

Die Pferde- und Schafherden in den Steppen dünnten aus.

Unkraut überwucherte die verwahrlosten Felder, Schneestürme verschütteten das von den Herbstwinden niedergelegte, nicht abgeerntete Getreide.

Auf den Straßen krochen und fuhren die ersten obdachlosen Kinder ins Nichts.

Die Industrie brach zusammen – es fehlte an Heizmaterial, Rohstoffen, Arbeitskräften; Werke und Fabriken wurden geschlossen.

Der Güterverkehr brach zusammen – die Speicher Sibiriens und Turkestans waren voll von Korn, das Korn faulte, aber es gab keine Transportmittel; in den Kalmücken- und Kasachensteppen türmten sich unter freiem Himmel Berge von Fleisch, für die Armee herangeschafft; Würmer zerfraßen das Fleisch, Hunde bauten im Fleisch ihre Nester und zogen ihre Welpen groß.

Briefe von der Front …

Mein herzliebes Eheweib!

Ich verneige mich tief vor Dir und allen Anverwandten. Noch bin ich gottlob gesund und am Leben. Wassili Rjasanzew ist vor der türkischen Festung Baiburt gefallen. Iwan Prochorowitsch ist schwer verwundet, es hat ihm den Kiefer zerschmettert, er wird kaum durchkommen. Schmaroga ist gefallen. Iljuschka Kostytschew ist gefallen, geh in den Chutor und sag seiner Mutter Feona Bescheid. Schwager Grigori Saweljewitsch, mit dem ich ins Gefecht gegangen bin, dem hats zwei Pfund Fleisch aus dem Oberschenkel gerissen, wir beneiden ihn, sie haben ihn zur Heilung ins Hinterland geschickt, zur Frühlingsaussaat wird er wohl in der Staniza sein.

Nur Polikaschka, der tanzt, er hat nämlich ein neues Kreuz bekommen und Feldwebelaufnäher, er sagt: »Von mir aus kann der Krieg hundert Jahre dauern.« Na, bis zum ersten Kampf, sonst stopfen wir dem Hund das Maul.

Marfa, sieh zu, dass Du Dir ohne mich nichts rausnimmst, wahre die Ehre Deines Mannes und bleib sauber. Deinen Brief lese ich alle Stunden und alle Minuten. Ich versorge mein Pferd, gehe in den Erdbunker, lege mich hin und lese. Wenn mir in der Nacht das Herz weh tut, hole ich den Brief aus der Tasche und lese.

Hört man bei Euch am Kuban was vom Frieden? Die Soldaten fragen sich gegenseitig mit bitterem Weh: »Wofür vergießen wir unser Blut, verderben uns die Gesundheit und tragen unsere junge Haut zu Markte in dieser verdammten Scheißtürkei? Alles sinnlos …«

Dies unterschreibe ich:

Maxim Kushel.

Frauentränen zerwuschen die Krakel der Frontbriefe, und manch zitternde Hand stellte eine Kerze vor das Heiligenbild, um Rettung für Angehörige und Sterbende zu erflehen.

Auf den fernen Schlachtfeldern versank die Jugend in Schnee und Sturm!

Bei Hitze und Kälte, bis zum Gürtel im Schnee und bis zum Hals im Schlamm, griffen Soldaten an, gingen Soldaten zurück, hausten Soldaten in Erdlöchern, froren Soldaten in Schützengräben unter freiem Himmel. Kugeln und Granatsplitter ereilten den Landser im Kampf, in der Freizeit, im Nachtschlaf, auf der Latrine. Irgendwo im Stab kritzelte die Hand eines Generals: »An den Kommandeur des Sumyer Schützenregiments. Ich ordne an, am heutigen 5. Januar um zwölf Uhr Mitternacht mit den Kräften des gesamten Regiments den Gegner auf dem Ihnen anvertrauten Abschnitt anzugreifen. Über die Ergebnisse der Operation ist mir unverzüglich Meldung zu machen!« Und so flog denn mitten in der Nacht durch Schützengräben und Erdbunker von Mund zu Mund das zitternd geflüsterte Kommando: »Fertigmachen zum Angriff.« Die Männer nahmen die Gewehre, zogen die Koppel mit den schweren Patronentaschen fest. Einer bekreuzigte sich hastig, einer wisperte ein Gebet, einer stieß einen wüsten Fluch durch die zusammengebissenen Zähne.

Durch die schmalen Sappen rückte das Regiment in die vorderste Grabenlinie, und auf das Kommando »Mit Gott, vorwärts!« stiegen die Männer auf die Brustwehr, krochen über das von Granattrichtern zerpflügte Schneefeld. Auf das angreifende Regiment prasselte ein Bleiregen und ein Wirbel von berstendem Stahl nieder wie ein Hagelschauer. Unter den Füßen dröhnte und stöhnte die Erde. Im geisterhaften Licht der niedersinkenden hellblauen Leuchtkugelkaskaden krochen, liefen, fielen, stürzten mit angstverzerrten Gesichtern die Landser. Eine heiße Kugel klatschte in die Nasenwurzel des Fischers Ostap Kalaidu – und schon war sein weißes Häuschen am Meeresufer bei Taganrog verwaist. Der Schlosser Ignat Lyssatschenko aus Sormowo stürzte, röchelte, zuckte – seine Frau mit den drei kleinen Kindern wird vor Kummer vergehen. Der junge Freiwillige Petja Kakurin, von einer Minendetonation zusammen mit Klumpen gefrorener Erde hochgeschleudert, fiel in den Graben wie ein abgebranntes Streichholz – keine Freude für seine alten Eltern im fernen Barnaul, wenn die Nachricht sie erreicht. Der Hüne Juhan von der Wolga krachte mit dem Kopf an einen Erdbuckel und blieb liegen – nie wieder würde er im Wald die Axt schwingen und Lieder singen. Neben ihm fiel der Kompanieführer Oberleutnant Andrijewski – auch er war jemandem teuer, auch er in Mutterliebe aufgewachsen. Vor die Füße des sibirischen Jägers Alexej Sedych kullerte eine zischende Handgranate, und die ganze Detonationsgarbe traf ihn in den Bauch, brüllend stürzte er zu Boden, kraftlos die Hände ausgebreitet, die einst einen Bärenrachen aufgerissen hatten. Von MG-Kugeln durchsiebt, hingen im Spinngeweb des Stacheldrahts die Dorfnachbarn Karp der Große und Karp der Kleine – der Frühling würde kommen, die Steppe bläulich dunsten, doch tief würde der Schlaf der beiden Ackerbauern im Massengrab sein … Der Stabsgeneral aber schlief und hörte weder das Hämmern der angstgepeitschten Herzen noch das Stöhnen, welches das Schlachtfeld erfüllte.

Die Ströme von Feuer und Stahl unterspülten die Kontinente der Armeen.

Mobilisierungsbefehle klebten an den Zäunen, wurden in den Kirchen und auf den Marktplätzen der Dörfer verkündet.

Es kamen Schwerarbeiter und kleine Beamte, Landärzte und Volksschullehrer, es kamen Fähnriche mit beschleunigter Ausbildung und Studenten, Söhne der Felder und der Stadtränder, es kamen Handwerker und Meister, Modewarenverkäufer und Halsabschneider von der Landstraße, es kamen bärtige Familienväter und Jünglinge von der Schulbank, es kamen Gesunde, Starke, Stimmgewaltige; Krüppel kehrten an die Front zurück, der Krieg riss den Bräutigam aus den Armen der Braut, trennte den Bruder vom Bruder, nahm der Mutter den Sohn, der Frau den Mann, den Kindern den Vater und Ernährer.

Krieg, Krieg ...

Zum Heulen und Winseln der Ziehharmonika
ratterten die Herzen
schmetterten die Stimmen:

»Birke, meine liebe Birke
mit den grünbelaubten Ruten,
habt ein Herz, ihr jungen Mädchen,
denn wir sind ja jetzt Rekruten ...«

Zügellos, wehzerrissen, grölend zogen sie in Scharen durch die Straßen, zerbrachen Flecht- und Pfahlzäune, schlugen Fenster ein, tanzten, weinten, johlten verlorene Lieder:

»Schicksalsglocke hallend dröhnte,
dröhnte hart am Kopfe mein,
Liebchen herzzerreißend stöhnte,
schlimmer als mein Mütterlein ...«

»Sauft, Jungs ... Unsere letzten paar Tage ... Sauft, ihr Verteidiger von Zar, Glauben und Vaterland!«

»Zar? Vaterland? Sag das nicht noch einmal ... Ich weiß Bescheid, ich bin es leid ... Deine Worte sind für mich wie der Knüppel für den Hund.«

»Wirds schwer, Brüderchen?«

»Schwer wirds, Bruder.«

»Bruder schaute an den Bruder,
schüttelte betrübt den Kopf:
Ach, verloren, ach, verloren
ist dein Kopf und auch mein Kopf ... «

Petrucha schüttelte die Frau ab, die an seinem Arm hing, riss die Harmonika in zwei Stücke, knallte die eine Hälfte gegen die Katenecke und ging tanzend in die Knie.

»Ganz Deutschland ackern wir unter!«

»Beruhige dich«, beschwichtigte ihn seine Frau, vor Tränen blind, »beruhige dich, du Quirlkopf.«

Petrucha brach aus.

»Lass mich in Ruhe, ich steh jetzt unter staatlichem Befehl.«

Eine alte Frau, das Gesicht wie ein verfaulter Walnusskern, rang die erdfahlen Hände.

»Grischenka, lass dich umarmen, ein letztes Mal.«

»Nicht traurig sein, Omama, auch im Krieg triffts nich jeden.«

»Schlimm is mir ums Herz ... Grischenka, mein geliebtes Enkelchen ... Wende dich der Kirche zu und bekreuzige dich, mein Liebling.«

»Schwiegervater, leb wohl!«

»Alles Gute.«

»Der Krieg ... «

»Ach, kein Ende abzusehn.«

»Ich taumel nicht vom Schnaps, sondern vor Kummer.«

»Grischenka, hör zu, betrink dich nich im Dienst, gehorch deinen Vorgesetzten.«

»Lass doch, Omama.«

Letzte Umarmungen, letzte Küsse.

Weit weg vom Dorf, im Kreis der stummen Felder, verklangen allmählich die wilden Lieder, die Schreie und Wehklagen.

Lange noch lag die alte Mutter, vorm Dorf in eine Schneewehe hingesunken, da und heulte:

»Der letzte ... Der letzte ... Uuch ... Hätt ich doch lieber n Stein geboren, der würd zu Hause liegen. Uuch, mein Gott!

Aljoschenka, du meine Herzensblume! Hätt denn der Zar nich auch ohne dich genug Leute gehabt?«

Der Wind peitschte den schwarzen Rocksaum, zerwehte die unterm Kopftuch hervorgerutschten grauen Strähnen.

»Den letzten ham sie mir weggeholt ... Er is doch noch gar nich erwachsen ... Den letzten! Uuch, uuch ... Meine Söhne, meine armen Kinder ...«

Aber die Söhne hörten die Mutter nicht, und nur aus einem fernen Hohlweg antworteten auf ihr Schluchzen heulend die Wölfe.

Über die Landstraßen an Don und Kuban, über die Chausseen und Feldwege der Rjasaner und Wladimirer Lande, auf den Flüsschen von Karelien, auf den Bergsteigen von Altai und Kaukasus, auf den einsamen Taigawegen von Sibirien – von allen Seiten, über Tausende Werst, in Hitze und Kälte, in Schlamm und Staubwolken – gingen, fuhren, schwammen, galoppierten, drängten sie zu den Eisenbahnlinien, in die Städte, in die Einberufungsstellen.

In den Warteräumen Leidenschaft und zitternde Furcht, Berge von Herzeleid, ausgelassenes Toben und säuische Flüche.

Splitternackte Rekruten wurden von Garnisonsschreibern befragt, von Ärzten in aller Eile abgetastet und abgehorcht.

»Tauglich. Der nächste.«

Die Rekruten zogen das Los.[1]

»Die Stirn!«

Ein altgedienter Berufsunteroffizier schnitt mit der Schere dem Rekruten über der Stirn ein Haarbüschel ab.

»Die Stirn!«

Auf dem vertrampelten Fußboden häuften sich Haare aller Farbschattierungen, noch gestern von einer liebenden Hand gekämmt und gestreichelt.

Aus dem Untersuchungszimmer sausten – wie aus dem

1 In Russland wurde nur ein Teil der Wehrpflichtigen eingezogen. Die Auswahl erfolgte durch das Los.

Dampfbad – rotverschwitzte Rekruten mit schief an die Mütze gesteckter Losnummer. Draußen griffen sie schmutzigen Schnee auf und fraßen ihn hinunter.

»Eingezogen ... Papa, sie haben mir die Seele rausgezerrt.«

»Hast du gehört, Petrowan hat seinen Ljonka freigekriegt.«

»Die ham ne dicke Tasche, Vater, da is es kein Kunststück.«

»Was willst du machen ... Alles Gottes Wille. Du musst halt dienen – bist nich der Erste und nich der Letzte.«

»Waska«, rief eine Frau über die Leute hinweg, »hat einer meinen Waska gesehn? Ich möcht ihn noch mal anschaun.«

»Besoffen is er, umgekippt ... Hinter der Kneipe liegt er im Graben, ha-ha-ha, ganz ölverschmiert.«

»Ach du meine Güte ... Wie oft hab ich ihm gesagt, trink nich, Waska. Aber nein, schon wieder voll.«

»Leb wohl, Wolga! Leb wohl, Wald!«

Kaserne

Schnellausbildung

Gottesdienst

Bahnhof.

An der bröckligen Bahnhofsmauer stand, im Gewühl von der Mutter abgedrängt, ein fünfjähriges Bürschlein in einem hübschen Pelzmäntelchen, auf dem Kopf Vaters Fellmütze, die ihm über die Augen gerutscht war. Es weinte lauthals, keuchend, heulte untröstlich und jammerte mit heiserer, krächzender Stimme:

»Papa, mein Papa ...«

Die Lokomotive schrie böse, und allen brach das Herz.

Die Menge brodelte.

Die Puffer krachten gegeneinander, der Truppentransport fuhr langsam an.

Mit frischer Kraft schrillte Frauengeschrei.

Die Verzweiflungsschreie flossen zusammen zu einem einzigen Geheul, das imstande schien, die Erde zu spalten.

Das Bürschlein im Pelzmäntelchen weinte noch bitterlicher. Mit der linken Hand schob es Vaters Pelzmütze aus den Augen, die rechte, die einen schmelzenden Honigkuchen presste, streckte es nach den vorüberhuschenden Waggons, und es schrie und schrie wie am Spieß:

»Papa, mein Papa ... Papa, mein Papa ...«

Die Räder ratterten Werst um Werst, Streckenabschnitt um Streckenabschnitt.

Nach Riga, Polozk

Kiew und Tiraspol

Tiflis und Eriwan

rollten die Züge.

Die Sehnsucht nach ihrem Zuhause, nach der Freiheit ertränkten die Soldaten in Kölnischwasser, Lack und Politur statt mit Schnaps. Wenn der Zug kurz hielt, tanzten sie, ließen sich von den Bahnhofsfotografen knipsen, und in den großen Städten fuhren sie mit Droschken in die Bordelle.

In Samara und Kaluga, Wologda und Smolensk, in der Kosakenstaniza und im kargen Dörfchen bei Wjatka klang unaufhörlich das schläfrige Murmeln des halbbetrunkenen Küsters:

»Sei den Seelen Deiner entschlafenen Knechte gnädig, o Herr, der gottesfürchtigen Krieger Iwan, Semjon, Jewstafi, Pjotr, Matwej, Nikolai, Maxim, Jewsej, Taras, Andrej, Denis, Timofej, Iwan, Pantelej, Luka, Iossif, Pawel, Kornej, Grigori, Alexej, Foma, Wassili, Konstantin, Jermolai, Nikita, Michaïl, Naum, Fjodor, Danila, Sawwatej – sei ihnen gnädig, o Herr, die ihr Leben auf dem Schlachtfeld geopfert und die Märtyrerkrone auf sich genommen ... Nimm sie auf, o Herr, die Getöteten, in die Heimstatt der Gerechten, wo nicht Krankheit ist noch Trauer und Klage, das Leben aber ewiglich währet ... Ewiges Angedenken!«

Dem rechtgläubigen Küster taten es gleich der lutherische Pastor und der katholische Priester, der tungusische Schamane und der muselmanische Mullah.

Über die Welt hin zog Totenklage.

Aber in der blutgetränkten Erde reiften die Samen des Zorns und der Rache.

Dumpfe Erregung brodelte in Piter, schon flogen die ersten Steine in die Fenster der Polizeireviere …

Das Wort hat der Gemeine Maxim Kushel

In Russland ist Revolution -
ganz Russland ist ein Meeting.

Unser Regiment stand an den türkischen Fronten, als die Revolution ausbrach und Zar Nikolaus II. gestürzt wurde.

Die Landser staunten nur so.

Von den alten Soldaten glaubte anfangs keiner so recht daran, aber geredet wurde andauernd bla-bla, bla-bla. Wir warten und warten, richtig, Befehl vom Divisionschef – Umsturz, Abdankung des Imperators, wir haben jetzt die Duma[1], eine Provisorische Regierung[2], los, Jungs, sprecht Dankgebete.

Aber gern!

Der Hornist blies Sammeln, das Regiment trat im Dreieck an.

»Richt euch! Stillgestann! Mützään ab!«

Der Pfaffe räucherte mit dem Weihrauchfass, schüttelte die Ärmel.

»Gepriesen seist Du, unser Gott …«

Die Soldatenhaare sträubten sich, der Frost kniff in die Haut. Wir standen, ohne zu atmen: unheimlich ergreifend wars, und da kullerte wohl auch ein Tränchen.

»Gemeinsam beten wir zu Gott dem Herrn …«

Wir schlagen das Kreuzeszeichen, fallen auf die Knie, berühren mit der Stirn die Erde. »Herr, unser Gott, Soldatengott, ungekämmt und ungewaschen … Wo hast du, Gott, dass der Satan sie schände, deine Niebefleckte, Niegeschüttelte, Niegeschaukelte, wo hast du dich verkrochen, und warum hast du uns im

1 Staatsduma, erstes russisches Parlament, bestand 1905–1917.

2 Im Ergebnis der Februarrevolution 1917 übernahm die bürgerliche Provisorische Regierung die Macht.

Stich gelassen wie ein schlechter Hirt seine Schafe? Warum hast du uns einem bösen Schicksal zur Zerfleischung vorgeworfen, und wieso hast du lausiger Soldatengott kein Erbarmen mit unserm bitteren Soldatenleben?«

Der Pope schwenkte das Weihrauchfass, seine Zotteln[1] flatterten im Wind.

Die Soldaten haben einander lustig angeguckt und die Brust vorgewölbt.

Wir haben gebetet, die Sachen in Ordnung gezupft und gewartet, was nun wird.

Da kommt der Divisionsgeneral vor die Front geritten – grauer Bart, die Brust voller Kreuze, rollende Stimme. Er richtete sich in den Steigbügeln auf und schwenkte ein Telegramm.

»Brüder, Seine Kaiserliche Majestät, Gossudar und Imperator Nikolaus Alexandrowitsch, den haben wir nicht mehr.«

Schwenkt das Telegrammchen und weint.

Die Soldaten schwiegen erschrocken.

Nur der Artillerieunteroffizier Pimonenko hatte keine Bange und entfaltete beherzt eine mitgebrachte rote Fahne, darauf stand:

NIEDER MIT DEM ZAREN! ES LEBE DAS VOLK!

Die Luft blieb uns weg!

Die Musik spielte los!

Die vom Gemüt her bisschen schwächer waren, weinten wirklich. Wir standen da und wussten nicht, sollen wir die Fahne angucken oder dem General zuhören.

»Brüder, das alte Regime ist zu Ende. Die Lobpreisung der Ränge und Würden ist abgeschafft. Exzellenzen gibts nicht mehr, Wohlgeboren gibts nicht mehr … Herr General, Herr Oberst und Herr Zugführer … Wir haben jetzt die Freiheit, alle sind gleich. Aber wie auch immer, behaltet den Eid im Kopf. Denkt daran, Brüder, das Russenland ist unsere Mutter, wir sind seine Kinder …«

Donnernd:

1 Die Geistlichen der russisch-orthodoxen Kirche trugen meist lange Haare.

»Hurra!«

»Hurraa!«

»Hurraaa!«

Die Musik erstickte unsere Rufe.

Der General wischte mit dem Taschentuch den Hals, räusperte sich und sprach zu den Soldaten:

»Denkt an das Reglement, tut euren Dienst gern, vergesst nicht Glauben und Vaterland. Ihr seid die grauen Adler, ihr seid Ruhm und Ehre der russischen Waffen. Auf euer selbstloses Heldentum schaut die ganze Welt …«

Wieder donnerte, rollte es hallend das angetretene Regiment entlang:

»Hurra!«

»Hurraa!«

»Hurraaa … aaa … aaaaa …«

»Genug gelitten.«

»Genug Blut vergossen.«

»Dreihundert Jahre.«[1]

»Es reicht!«

»Bravo!«

»Weg mit dem Zaren, ins Kloster zu Fastensuppe!«

Der Alte hat uns mit netten Worten beehrt. Von alters her hat mit den unteren Rängen nur der dicke Knüppel gesprochen, und jetzt auf einmal – bleib stehn oder fall um – haut seine Exzellenz so was raus: Alle gleich, Ruhm, graue Adler … So was geht ans Herz, so was bewegt das Soldatenblut, da haben wir noch lauter hurra geschrien, und ein paar jüngere Offiziere haben den General schön behutsam vom Pferd gehoben und in die Luft geschleudert.

Das Regimentsorchester schmetterte.

Der Alte verschnaufte, strich den Bart glatt und kam in strammer Haltung, leichtfüßig, auf Zehenspitzen, zum angetretenen Regiment marschiert.

»Küssen wir uns, Bruder!«

1 Die Zarendynastie Romanow herrschte von 1613 bis 1917.

Und vor aller Augen küsste der Divisionsgeneral den rechten Flügelmann der ersten Kompanie ab, unsern einfachen Soldaten Alexej Mitrochin.

Das Regiment

war baff.

Wir standen wie versteinert und konnten erst jetzt wirklich glauben, dass das alte Regime gestorben war und die junge Freiheit in aller Form geboren.

Die Reihen wankten, alles lief durcheinander. Manche weinten, manche küssten sich ab. Alles schien in bestem Einvernehmen, Soldaten und Offiziere und Schreiberlinge, nur ein alter Kommissknochen, der Berufsfeldwebel Fomenko, hörte zu, hörte zu, schnaufte, schnaufte, und dann widersetzte er sich doch, der Schurke, der stupsnasige Hund, rollte die Augen und brüllte aus vollem Halse:

»Stimmt nicht! Wir haben einen Zaren, wir haben einen Gott! Seine Kaiserliche Majestät war und wird immer sein, heute, immerdar und in alle Ewigkeit! Mit uns ist Gott und die Macht des Kreuzes!« Er bekreuzigte sich, spuckte saftig aus und marschierte, die Hände von der Koppelschnalle weit nach hinten schwenkend, im Stechschritt ab, das alte Trommelleder.

Was ging der uns an.

Bis tief in die Nacht sprachen Redner, sprachen Offiziere, sprachen auch Soldaten, wirr, stockend.

Alle waren wie besoffen.

Das Regiment legte den Eid mit Unterschrift ab, küsste das Kreuz, leistete den revolutionären Schwur auf die Provisorische Regierung.

Ich weiß noch, das war in den großen Fasten.

Über den Schützengräben entrollten wir eine rote Fahne: Schluss mit dem Krieg!

Ein Monat verging, noch einer, wir brachten die Osterwoche und Pfingsten rum, Krieg war nicht, aber Gutes gabs auch nicht zu besehen. Wie die Bären hausten wir in Erdlöchern, scheuerten mit den Hüften die Lehmpritschen glatt, standen die vorgeschriebenen Stunden Posten, gingen Patrouille, schufteten die tägliche Arbeit weg und hatten unerträgliches Heimweh. Wie unterm alten Regime bissen uns die Läuse ins Fell, der Jammer zerbröckelte uns die Knochen, die Landser wussten von nichts und ertrugen wie früher eingedenk des Feldreglements Hunger, Kälte und Frontdienst.

Das Divisionszeughaus hatten wir anlässlich der Revolution fein säuberlich ausgeplündert. Ich erwischte vier Knäuel Bindfaden und Patronentaschen aus Leinwand, wertlosen Plunder, aber ich dachte mir, wenn ich nach Haus komm, wird mans brauchen können. Zwei von der neunten Kompanie, Poltawaer, haben die Regimentskasse weggeschleppt; den Satansbraten muss der Böse geholfen haben, wie hätten sie sonst die Kiste wegschleppen können, die wog an die zehn Pud, vielleicht sogar fünfzig.

Komitees[1] überall, in den Komitees Streit und Gerede.

In jedem Regiment ein Komitee, in jeder Kompanie ein Komitee, im Korps gabs wohl auch eins, ach was – jeder untere Dienstgrad war sein eigenes Komitee, Hauptsache, die Kehle konnte schnattern. Ich hab ja, nicht aus Eigenlob gesagt, Grips im Kopf und nicht Gips, ich hab was zugelernt an der Front, und die zwei Georgskreuze hab ich nicht umsonst an die Brust geheftet gekriegt. Die zweite Kompanie hat einstimmig beschlossen:

»Du, Maxim Kushel, treuer Kamerad, sollst unser Deputierter sein und mit deinen schwieligen Händen unsere Soldateninteressen stützen.«

Vor Angst oder auch vor Freude haben mir die Hände gezittert – ich war grade am Zigarettedrehen –, aber ich hab mir nichts anmerken lassen, hab sie mir angebrannt und geantwortet:

»Ich hab immer gedient – früher dem Zaren, heute den Scharen. Viel gelernt hab ich nich, aber ich lass mir nich bange machen, und für die Soldaten geb ich meine Seele her.«

»Mach ihnen Feuer, Maxim.«

»Wir lassen nich zu, dass dir einer was tut.«

1 Bis Dezember 1917 übernahmen faktisch in der gesamten Armee Soldatenkomitees die Macht.

»Aber auf Ehr und Gewissen.«

Ich mir den Schnauz aufgezwirbelt und ab ins Komitee.

Das Komitee sitzt unter freiem Himmel in einem Offizierszelt. Früher bist du da nicht mal auf vier Schritt rangekommen – stopp! Strammgestanden, dass beinah das Fell platzt: »Wau-wau-wau, gestatten Sie einzutreten!« Jetzt nichts dergleichen, wer Lust hat, geht rein wie in sein eigenes Haus. Da kommt so ein Muschkote und gibt dem Offizier die Hand: »Wie geruhten Sie zu schlafen?«, oder noch dicker: Der Muschkote fläzt sich hin wie ein Sultan-Pascha, brennt sich türkischen Tabak an und bläst den Qualm kaltschnäuzig dem Offizier in die Nase, und der, Seine Wohlgeboren, scheint es gar nicht zu merken.

Zum Lachen und Staunen …

Wie ich zur Kompanie zurückkomm und alles erzähl und ausmal, wiehern die Jungs wie Hengste ohne Auslauf und atmen tief und frei. Je länger, desto mehr wurde von zu Hause geredet.

»Ob bald?«

»Bloß wie?«

»Höchste Zeit …«

»Wir hocken hier wie Verfluchte.«

»Vergessen und verlassen …«

»Vaterlandsverteidiger? Stimmloses Vieh!«

Auch im Komitee bringts die Soldatensektion immer wieder zur Sprache:

»Wie siehts aus?«

»Wartet, Brüder. Die Zeitungen schreiben, bald is Sense mit dem Deutschen, dann kommt der Friedensschluss, und wir Allerweltshelden fahren friedlich nach Haus in die Heimat.«

»Seit drei Jahren, Euer Wohlgeboren, versprechen die Zeitungen das Paradies, aber das bringt nichts.«

»Denk an deine Dienstpflicht.«

»Die dauert schon viel zu lang, kein Ende abzusehen.«

»Wir haben viel gewartet, ein wenig warten müssen wir noch.« Nun hat das Gespräch tiefer geschürft.

»Euer Wohlgeboren, haben wirs den Burshuis nicht lange

genug recht gemacht? Unser Leid bedeutet für die Lachen und Freude.«

»Das Gebet zu Gott und der Dienst für die Heimat gehen nicht verloren.«

»Diese Sprüche haben wir satt. Der Soldat will nicht mehr Krieg spielen. Schluss. Nach Haus.«

Die Vorgesetzten reden Ihrs:

»Das Russenland ist unsere Mutter.«

Wir:

»Nach Haus.«

Sie käuen Ihrs wieder:

»Heldentum, Lorbeer, Pflicht ...«

Und wir:

»Nach Haus.«

Sie:

»Die Ehre der russischen Waffen.«

Darauf wir, mit Nachdruck:

»Scheiß was auf die Ehre«, haben wir gesagt, »nach Haus, nach Haus und nochmals nach Haus!«

»Habt ihr den Eid geschworen?«

»Ach, was solln wir darauf sagen, ja, wir ham geschworen.«

Welches Aas hat sich diesen Eid ausgedacht zu unserm Verderben?

Wir wussten nichts zu sagen, aber unser Verhältnis zu den Offizieren kühlte ein bisschen ab.

Aus Leid und Wut wollten wir uns mit den benachbarten Truppenteilen in Verbindung setzen. Ein paar von uns taten sich zusammen, und hin zum 132. Schützenregiment. Scheußliche Hitze. Auch hier laufen die Soldaten im Unterhemd und ohne Koppel rum, welche auch barfuß und ohne Mütze.

»Wo ist euer Komitee, Landsmann?«

»Die sind baden, und der Vorsitzer tut Dienst im Stab.«

Wir rein in den Stab.

Der Komiteevorsitzer Jan Seromach, die Ärmel zum Ellbogen

hochgewickelt, rasierte sich mit einer Glasscherbe, die er an einem Ziegel schärfte, vor einem halbblinden Spiegel.

»Erzähl, Vorsitzer, wie siehts aus bei euch?«

»Wies aussieht?«, sagt er. »Belämmert.«

Na, wir hatten eine fröhliche Soldatenunterhaltung, bis Seromach sich fertig rasiert hatte. Den Rest von der Scherbe wickelte er in ein Läppchen, steckte ihn in eine Wandritze, wusch die glattgehobelten Backenknochen sauber und begrüßte uns mit Handschlag.

»Na, Landser, ich seh, ihr seid Leute von unserm Schlag, harte Burschen, die weder den kleinen Teufelchen noch dem Satan selbst was durchgehen lassen. Kommt mit in den Erdbunker, ihr kriegt Tee.«

Zum Tee, der aus Roggenbrotrinde gekocht war, aßen wir getrocknete Wildbeeren, die Seromach bei Aufklärungsgängen gesammelt hatte, und der Vorsitzer erzählte uns, wie sie ihren Regimentskommandeur wegen seiner Gemeinheit und Grausamkeit als Koch in die Küche versetzt, wie sie eine Deputation zum Korpskomitee geschickt hatten mit der Forderung, das Regiment zur Auffrischung ins Hinterland zu verlegen, wie sie bei einem Mannschaftsmeeting beschlossen hatten, im Soldatenstand auszuharren und die Front zu halten, solange die Geduld reicht, dann aber mit der ganzen Truppe aufzubrechen und ab nach Hause.

»Wenn nach Hause, dann allesamt«, haben wir gesagt, »wir denken auch nicht daran, hier zu überwintern.«

»Recht so, mit der ganzen Horde ist es sogar in der Hölle lustiger.«

Seromach brachte uns noch raus und scherzte wieder:

»Das Leben ist jetzt beschissen, Brüder: Wir haben die Freiheit, wir haben Kerenski[1], diesen Pimmel, aber wen solln wir damit erquicken?«

1 Alexander Fjodorowitsch Kerenski (1881–1970), zunächst Justiz- und Kriegsminister, ab Juli 1917 Ministerpräsident der Provisorischen Regierung, ab August auch Oberster Befehlshaber der Armee, emigrierte 1918.

Den ganzen Heimweg über haben wir gewiehert, wenn wir an Seromach dachten.

Der fünfte und der zehnte Monat sind um, doch wir sehn noch immer kein Ende unserer Leiden.

Am Abend kriechst du aus dem Erdbunker – Wald, Berge, Stacheldraht – kümmerliche Gegend. Bei uns am Kuban siehts anders aus! Da fließen stille Flüsschen, da wächst seidenweiches Gras, da ist die Steppe! Eine Steppe, die umfasst du nicht mit den Augen und nicht mit dem Verstand.

Da hockst du nun und lässt den Kopf hängen.

Von der türkischen Seite trägt der Wind das Gebet des Muezzins herüber:

»Allah var … Allah sahih … Allah rahman rahim … La ilaha illa Allah … Wa-Muhammad rasulu Allahi …«[1]

Vor Langeweile haben wir die Türken besucht, haben sie zu uns geschleppt, mit Borschtsch gefüttert und mit ihnen geklönt. Schwarz waren die, wie geräuchert, als ob sie sich ewig nicht gewaschen hatten im Dampfbad, eklig anzuschauen, wir warens ja nicht gewohnt. Tabak brachten sie mit und Ziegenkäse. Manchmal sitzen wir sommerlich im Gras, rauchen und reden so mit Händen und Füßen:

»Kardesch,[2] wollt ihr nach Haus?«, fragt ein Russe.

»Tschok ister, tschok!«[3] Sie fletschen die Zähne, wiegen den Kopf – ja, sie wollen sehr.

»Was sitzen wir dann noch hier und bewachen uns gegenseitig? Es reicht, wir haben unser Spiel gespielt, höchste Zeit, abzuhaun. *Unsrer* ist vom Thron gesprungen, stoßt ihr *euern* auch runter.«

Wieder schnattern sie was, fletschen die Zähne, schütteln die rasierten Köpfe und machen schmale Augen, und da verstehn wir Russen, der Krieg ist auch für diese Schmuddel nicht nach

1 (arab.) Allah existiert … Allah ist fehlerlos … Allah, der Erbarmer, der Barmherzige … Es gibt keinen Gott außer Allah … und Mohammed ist sein Gesandter.

2 (türk.)Bruder.

3 (türk.) Sehr wünschen, sehr!

ihrer Nase, und auch sie werden von ihren Offizieren an der Leine geschleppt wie ein Fisch an der Angel.

»Yaman[1] Offizier? Viel schlagen?«

»Uuh, tschakir yaman.«[2]

»Yüzbaschi[3] ist Hund?«

»Köpek yüzbaschi ... Yaman ... Bizim karnim her vakit adschir.«[4]

Eines Tages reden wir so, und auf einer Kanone sitzt der Makarka Sytschow, der Schneider, der angelt Läuse unterm Hemd hervor, fädelt sie mit der Nadel auf einen Garnfaden und schreit immer wieder:

»Rennlaus ... Traberlaus ... So groß wie n Ferkel!«

Die Russen wiehern, und auch die Türken wiehern. Für die war an diesem Abend das Fest orutsch bayram[5], darum hatten sie ein Fässchen sauren Traubenwein angerollt und einen Hammel angeschleppt. Der wurde auf glühenden Kohlen geröstet, das Fässchen wanderte im Kreise, Tänzer und Sänger traten in die Mitte, und nun gings hoch her, ohne Feuer und Schmerzen, als ob wir uns niemals bekriegt hätten.

Das tapfere Schneiderlein winkte einen Osman herbei, steckte ihm die Pfote in den Hosenschlitz und zog wirklich eine Laus heraus. Die ließ er mit einer von sich als Pärchen auf der flachen Hand Spazierengehen und fragte den Osman:

»Siehst du?«

»Ich seh.«

»Dein Insekt und mein Insekt, meins getauft, deins ein Muselmann. Rat mal, von welcher Rasse sind die?«

»Beide von der Soldatenrasse«, antwortete der Osman auf Türkisch. »Hep sibir askerli ...«[6]

»Richtig«, schreit Makarka Sytschow. »Weswegen solln wir

1 (türk.) Böse, schlecht, grausam.
2 (türk.) Ein Teufelskerl.
3 (türk.) Hauptmann.
4 (türk.) Ein Hund ist der Hauptmann ... Grausam ... Mir tut die ganze Zeit der Magen weh.
5 (türk.) Fastenfest.
6 (türk.) Alle sibirisch und von Soldaten.

aufeinander Wut haben und unschuldiges Blut vergießen? Die gleiche Laus frisst uns doch auf, und wir essen das gleiche Soldatenbrot, oder nicht?«

»Kardesch, tschok yahschi, tschok!«[1], schreien die Türken, und nachdem wir über den Spaß gelacht hatten, zogen wir alle über die Herren Offiziere her. Wie kamen die dazu, die Freiheit vor den Soldaten im Geldbeutel zu verstecken?

Wir hörten uns türkische Lieder an, ein- und zweistimmig und im Chor. Nicht übel, die Lieder, machen das Herz weich, aber im Tanzen, glaub ich, machts dem russischen Soldaten kein anderes Land nach. Unser Ostap Duda ist in den Kreis getreten, hat sich die Hosen hochgezogen, die Papacha schief aufs Ohr, Schultern gereckt – und los! Die Balalaikas rauschten auf, Ostap schmiss die Beine: Die Erde ächzte-schluchzte, das Herz schrie nach der lieben fernen Heimat …

Eines Tages sind wir mit dem ganzen Zug zu den Türken auf Besuch.

Wir kommen hin.

»Salam alaikum.«

»Satrastwui, satrastwui.«[2]

Zerlumpt, verhungert, wärmen sie sich in der Sonne und fangen Mikroben.

»Was hast du gefangen, Freund?« fragt ein Russe.

»Floh.«

»Floh? Das is ne Laus.«

»Floh.«

»Warum ist er weiß?«

»Zu jung.«

»Warum springt er nicht?«

»Zu blöd.«

Wir lachen, qualmen, reden über dies und das. An den Fressen seh ich, auch sie wollen ums Verrecken nach Haus, aber die lassen sie nicht.

1 (türk.) Etwa: Hübsch gesagt, Bruder!
2 (russ.) Sei gesund. Grußformel.

»Yaman, was?«

»Yaman, yaman.«

Die türkischen Erdbunker sind noch schlimmer als unsere. Die Stämme haben keinen Schluss, wie bei uns Russen üblich, sondern starren einzeln; manche von den Höhlen sind auch aus Steinplatten gebaut, die Lücken mit Lehm und Kamelscheiße zugeschmiert, die Wände voller Schimmel und Pilze, du kannst in dem Loch nicht stehen und dich im Liegen nicht ausstrecken. Die Offiziersbunker aber sind sauber und trocken – Fußboden mit feinem Seesand bestreut, Blumen und Teppiche und Berge von Kissen, da lässt sichs leben, da führt man noch hundert Jahre Krieg, ohne zu murren.

Wir haben für unser Maisbrot Ziegenkäse eingetauscht, Tabak und Parfümseife; einer von unsern Schlitzohren hats fertiggebracht und sich Offiziersstiefel aus Saffianleder untern Nagel gerissen. Und sind wieder zurückgekrochen.

Wie wir zu unserer Stellung kommen, sehen wir Bewegung: Die Soldaten laufen und ziehen im Laufen den Mantel über; der Regimentshund Balkan kläfft und hüpft wie verrückt; die Musikanten schleppen Trommeln und Trompeten.

»Wohin?«

»Divisionsstab.«

»Was gibts da?«

»Alle Mann solln hin, eine Kommission ist angekommen.«

»Wegen Frieden wohl?«

»Alles möglich.«

»Und die Gräben, unsere vorderste Linie?«

»Die soll Balkan bewachen.«

Bis zum Divisionsstab sinds acht Werst.

Wir laufen, dass die Hacken glühen.

»Frieden.«

»Nach Haus.«

»Gebs Gott.«

Mit hängender Zunge kommen wir an.

Massenhaft Menschen sind zusammengelaufen.

Die Regimentsbanner und die roten Fahnen wehen, die Orchester spielen die Marseillaise.

»Wer ist gekommen?«

»Eine Zivilkommission für die Wahlen zur Konstituierenden.«[1]

»Gott sei Dank.«

»Ruhig, ruhig.«

Der Divisionsgeneral sprengte vorüber, die Regimenter erstarrten.

Der Pope hat was genäselt, aber er war für uns uninteressant.

Einer tritt vor, Tuchmantel, nimmt den Biberhut ab und verbeugt sich nach allen Seiten.

»Bürger Soldaten und liebe Brüder ... Einen herzlichen Gruß euch allen von der freien Heimat, von der großen Mutter Russland!«

Die Division brach in Freudengeschrei aus, Himmel und Erde erbebten.

Der Redner dreht sich immerzu hin und her und schüttelt die Mähne. Die vorderen Hunderte hören ihn, die hinteren Tausende versuchen aus seinem Gefuchtel zu erraten, was er sagt.

Bis zu unserer Kompanie drang, wenn nicht jedes Wort, so doch einiges:

»Bürger Soldaten ... Heroischer Stamm ... Staatsduma ... Schutz der Menschenrechte ... Vertiefung der Revolution ... Revolution ... Front ... Revolution ... Hinterland ... Unsere ruhmreichen Bundesgenossen ... Alte Disziplin ... Diener des alten Regimes ... Einsichtiger Soldat ... Partei der Sozialrevolutionäre[2] ... Freiheit, Gleichheit, Brüderlichkeit ... Mit unserer eige-

1 Im August 1917 setzte die Provisorische Regierung in Erfüllung einer alten revolutionären Forderung für November Wahlen für eine Konstituierende Versammlung fest, die nach der Oktoberrevolution stattfanden. Die Sozialrevolutionäre erhielten 40 %, die Bolschewiken 23,9 %, die Kadetten 4,7 %, die Menschewiken 2,3 % der Stimmen. Auf ihrer ersten Sitzung im Januar 1918 stellte sich die Mehrheit der Konst. Vers. gegen die Revolution, und sie wurde von der Sowjetregierung aufgelöst. (Vgl. Anm. 2, S. 63, 2. Anm. S. 94)

2 Sozialisten-Revolutionäre, linksbürgerlich-demokratische Partei, bis 1917 verboten. Die abgespaltenen linken Sozialrevolutionäre unterstützten nach der Oktoberrevolution zunächst die Sowjetmacht und waren an der Regierung beteiligt.

nen Hand ... Letzten Schlag ... Revolution ... Konterrevolution ... Krieg bis zum vollständigen Sieg ... Hurra!«

Die Division, wie von einem Windstoß bewegt:

»Hurra!«

»Aaaa ...«

»Aaaaaaa ...«

Manch einer hat keinen Piep verstanden und brüllt, dass ihm die Stirnadern schwellen; manch einer schreit, weil die andern schreien, denn die Division war auf einheitliche Schläge gedrillt; manch einer freut sich einfach, dass er lebendige Menschen aus Russland gesehen hat und dass wir demnach nicht vergessen sind.

Von der Politik haben wir einfachen Soldaten damals wenig verstanden. Wir fanden jede Partei gut, die dem Landser ein freundliches Wort gönnte und ihn, unglücklich wie er war, an ihrer Brust wärmte.

Ostap Duda vom Komitee und ich schrien mit allen hurra, dann guckten wir uns an und kamen ins Nachdenken.

»›Krieg bis zum Sieg‹«, sag ich, »diese Worte sind für uns schlimmer als Gift.«

Der Ostap Duda knirschte mit den Zähnen.

»Und wenn sie uns noch so schöne Worte machen, für uns ist der Krieg aus.«

»Wie solln wir Soldaten klarsehen, wenn sie uns gegen unsere eigenen Offiziere hetzen?«, sagte hinter mir der Gruppenführer Pawljutschenko. »Wir schimpfen ja selber auf sie, aber diese Etappenlaus soll sie nicht beißen. Viel taugen sie nicht, aber sie sind mit uns durch den ganzen Krieg gegangen, haben dasselbe Dörrbrot runtergewürgt, dieselben Drahtverhaue durchkrochen, dieselben Kugeln abgekriegt. Viele von ihnen wie von uns Landsern sind in der Erde begraben, viele liegen verkrüppelt in den Lazaretten ...«

Die andern ringsum:

»Richtig.«

»Falsch.«

»Nieder mit den feinen Herrchen.«

Ostap Duda drehte sich nach Pawljutschenko um und schüttelte missmutig den Kopf.

»Du Jahrmarktskasper quakst hier rum und hast keine Ahnung. Ausgerechnet die Offiziere tun dir leid! Die brauchen uns nich leid tun, die meisten von ihnen sind freiwillig im Krieg und peitschen uns gnadenlos zum Angriff vor. Die Intendanten, die sich am Geld der Soldaten rundfressen, sind unsere schlimmsten Feinde. Du sollst ein freier Bürger sein und musst ohne Tabak für fünfundsiebzig Kopeken im Monat dienen, und der Korpsgeneral, das haben mir die Schreibstubenhengste erzählt, der kriegt dreitausend Rubel im Monat. Diese Generäle sind auch unsere schlimmsten Feinde. Den Türken bringt unsere Freiheit keinen Schaden, sie passt bloß denen nicht, die auf weichen Sofas sitzen. Ich war im Sommer auf Urlaub in Tiflis. Schwüle Hitze, über vierzig Grad. Ich geh mit meiner Winterpapacha und meinen Winterhosen durch die Straßen. Die Burshuis fahren mit Kutschen spaziern, in Samt und Seide, vollgehängt mit Gold und Brillanten. Die Offiziere sitzen in den Duchans, die Röcke offen, rauchen Zigarren, süffeln Wein, und la-la, la-la-la-la, la-la, la-la-la, la-la-la-la-la ... Ich erzähl euch keine Märchen, ihr könnt in die Stadt Tiflis fahren und euch selber alles angucken. Höchste Zeit, mit denen ihrem Wohlleben Schluss zu machen!«

Es sprachen die Zivildeputierten und unsere Offiziere, es sprachen der Divisionschef und ein Frontkommissar. Sie konnten noch so richtige Worte sagen, wir fanden sie samt und sonders falsch; sie konnten den Soldaten noch so viel Honig ums Maul schmieren, wir schrien, das ist Teer; sie konnten uns noch so freundlich zureden, wir hielten Unsers dagegen:

»Mönche an die Front!«

»Fabrikanten an die Front!«

»Gutsbesitzer an die Front!«

»Polizisten an die Front!«

Einer schrie:

»Wo habt ihr Zar Nikoläuschen gelassen?«

Der im Tuchmantel antwortete:

»Wir denken ihn vor Gericht zu stellen.«

»Ihr denkt zu lange. Ihm gebührt eine kurze Verhandlung. Der Zar und sein ganzes Pack gehören in vierundzwanzig Stunden abgeurteilt, wie sie unsereins abgeurteilt haben.«

»Sie sollen uns Gendarmen und Gutsbesitzer herschicken«, lacht der Artillerist Pimonenko, »die reißen wir selber klein, die lassen wir gar nicht bis zu den Türken.«

»Ostap, erzähl doch von Tiflis, von den grauen Kätzchen ...«

»Erzähl ... Wir haben denen zugehört, jetzt sollen sie uns zuhören.«

Ostap Duda stieg uns auf die Schultern und legte los. Sein Kehlkopf ist schwer in Ordnung, es war weithin zu hören.

»Meine Herren Deputierten«, schrie er schallend, »ihr habt in Gefängnis und Katorga gelitten, dafür danken wir euch. Ihr habt den blutigen Zaren Nikolaus niedergekämpft, dafür verneigen wir uns tief und danken euch, werden euch ewig danken und auch unsere Kinder und Enkel und Urenkel zur Dankbarkeit anhalten. Ihr habt euch ja für uns eingesetzt, habt Leben und Gesundheit nicht geschont, seid gestorben in Gefängnissen und feuchten Schächten, wie es im Lied heißt. Wir bitten euch, setzt euch noch ein Weilchen für uns ein, befreit unsere Hände von den Ketten des Krieges, führt uns aus der Dreckgasse auf die große Hauptstraße. Ihr habt kein süßes Leben gehabt in der Katorga? Wir habens hier schlimmer als in jeder Katorga. Wir waren drei Brüder, sind alle drei Soldaten geworden. Der eine ist einbeinig zurück nach Hause, der andere ist tot. Ich bin fünfundzwanzig, aber ich tauge weniger als ein hundertjähriger Greis: Krämpfe in den Beinen, der Rücken wird immer krummer, das ganze Blut ist verfault. Seht her, meine Herren Deputierten«, er zeigte in die Runde, »seht her und merkt euch: Diese Berge und Täler sind mit unserm Blut getränkt. Wir bitten euch, als Allererstes den Krieg abzuschaffen, als Zweites die Löhnung aufzustocken, als Drittes das Essen zu verbessern. Wir verneigen uns tief und bitten euch, meine Herren Deputierten, unsern Frauen und Kindern die Tränen zu trocknen. Ihr befehlt: ›Angreifen!‹, und von Zuhause schreiben sie uns: ›Kommt heim, Ihr Lieben, kommt schnell, wir leiden Hunger.‹ Auf wen solln wir hören, an was solln wir denken – ans Angreifen oder an die Familie, die schon das vierte Jahr nicht genug Brot hat? Haben sie euch womöglich hergeschickt, damit ihr uns überredet, immer wieder Blut zu vergießen? Granaten sind knapp, Maschinengewehre sind knapp, einen Sieg kriegen wir genauso wenig zu sehen wie unsere eigenen Ohren, wir scheuchen den Gegner bloß auf, und wieder gehen Kampfhandlungen los. Wir werden hier geschlagen, unsere Familien krepieren im Hinterland vor Hunger. Die Generäle, denen gehts gut, die Burshuis baden in üppigen Blumen, Zar Nikoläuschen lebt fein und in Freuden, und uns wollt ihr zur Schlachtbank treiben? Unsere Geduld ist zu Ende. Nicht mehr lange, dann folgen wir unserm freien Willen, und dann halt dich wacker, Russenland. Dann verlassen wir die Front und brechen auf in Divisions- und Korpsstärke, um das Hinterland zu verwüsten. Wir kommen zu euch in die Kabinette und spießen euch alle, Parteiminister und parteilose Sozialisten, aufs Bajonett! Wenn ich was nicht richtig gesagt hab, seid mir nicht bös, Kameraden, es hat sich angestaut. Macht endlich Schluss mit dem Krieg, so schnell wie möglich!«

Wir:

»Hurra, hurra, hurra …«

Die Deputierten tuschelten, erklärten uns in aller Eile, für wen wir zu stimmen hätten, rein ins Automobil, und ab.

Wir brüllten ihnen hinterher:

»Friiiiieden!«

Unser Regiment stimmte drei Tage lang ab, in direkter und gleicher, geheimer und allgemeiner Abstimmung. Die Urne war mit Wahlzetteln vollgestopft. Bei der Urne wurde eine Ehrenwache aufgestellt, und auf Anordnung der obersten Führung sollten die Stimmen bis auf weiteres im Regimentskomitee aufbewahrt werden.

Das Leben ging weiter, vom Frieden kein Piep.

Die Offiziere bekamen Zeitungen aus Russland, aber uns erzählten sie nichts, so als wie, du bist ja doch bloß ein Gemeiner, ein Hammelkopf, wie sollst du eine Ministerrede kapieren.

Briefe aus der Heimat kamen nur selten an die Front. Sie wurden vor allem Volk vorgelesen wie Manifeste. Die familiären Umstände waren bei allen die gleichen. Die Angehörigen erzählten von ihrem freudlosen Dasein. Wir an der Front leiden, sie im Hinterland leiden auch. Wenn du diese Briefe hörst, rast dir der Zorn durch die Adern, aber gegen wen du ihn kehren sollst, weißt du nicht. Noch größer wird die Sehnsucht, nach Hause zu gehen, Wirtschaft und Familie zu sehen.

So lebten wir und litten und warteten auf den Befehl zur allgemeinen Demobilisierung, gingen nicht zum Exerzieren, machten uns nicht tot bei der Arbeit, das Kartenspielen hing uns zum Halse heraus, und zu rauchen hatten wir nichts.

Kameraden wussten vom Hörensagen, dass in der Stadt Trapezunt auf Meetings die Entlassungsfrage ganz genau erklärt würde. Das Regimentskomitee rief Freiwillige auf. Wir meldeten uns zu dritt, Ostap Duda, der MG-Schütze Sabarow und ich, und gingen nach Trapezunt, um aufzuklären.

Es war die nasse Jahreszeit, Schlamm bis an die Unterlippe, hundert Werst und ein Stückchen sind wir gelaufen, ohne auszuruhen, hatten Angst, zum Meeting zu spät zu kommen. Die Befürchtungen waren umsonst, die Meetings unübersehbar, unüberhörbar – auf den Basaren, in den Duchans, an jeder Ecke ein Meeting.

Auf einem Meeting zeigte sich uns ein unerwartetes Bild:

»Schlagt die Burshuis, nieder mit dem Krieg.«

Wahre Worte!

Mich hats schon geschüttelt vor Zorn, und mir war, als ob mir einer mit dem rostigen Messer am blutvollen Herzen entlanggekratzt.

»Hat kein Zweck, Jungs, die Zeit zu vertrödeln«, sag ich, »wir könn noch so die Ohren aufsperrn, Besseres kriegen wir nicht zu hören. Freiheit für alle, alle können frei atmen, und wir armen

Schweine sollen im fauligen Schützengraben sitzen und mit den Zähnen klappern. Wir haun mit dem ganzen Regiment ab, und hast du nicht gesehn, sind wir weg.«

Die Kameraden haben mich zurückgehalten:

»Lass, Maxim, wart noch.«

»Wir müssen erst mal wie anständige Menschen Tee trinken und bisschen was essen.«

»Wie ihr meint«, sag ich.

Wir sind in einen Duchan gegangen, der war voller Soldaten.

Die einen trinken Tee, die andern essen Tschebureki, manche kauen nach alter Gewohnheit Brot. Wer Geld hat, zahlt, wer keins hat, isst, wischt sich den Mund und geht. Man weiß ja, der Soldatendienst ist hart und die Löhnung für die Katz. Seit Ende siebzehn kriegen wir siebeneinhalb Rubel, vorher hat der Landser dreiviertel Rubel gekriegt und nicht gewusst, soll er Stiefelwichse kaufen oder Tabak, das letzte Hemd fällt ihm von der Schulter, die Läuse reiten auf ihm, Näh- und Waschzeug braucht er auch. Da zappelt solch ein Verteidiger von Glauben, Zar und Vaterland wie eine Karausche in der heißen Bratpfanne. Der Geldbeutel machts dem Soldaten unmöglich, edel zu sein.

Gespräche ringsum, dass einem die Ohren abfaulen.

»Was für eine Macht ist in Russland?«

»Gar keine Macht ist in Russland.«

»Und die Duma? Unsere Provisorische Regierung?«

»Bei uns sind sämtliche Regierer im Ganzen und stückweise von der Bourgeoisie gekauft.«

»Und Kerenski?«

»Auf den hört doch keiner.«

Auf die Bolschewiken wird geschimpft, sie hätten die Heimat für einen Waggon Gold an die Deutschen verschachert. Grischka Rasputin,[1] dieser Hengst, kriegt eine Masse Dreck ab, weil er, der

1 Gemeint ist Grigori Jefimowitsch Nowych (1864–1916), Günstling des Zaren Nikolaus II. und seiner Frau, genoss den Ruf eines Heiligen, berüchtigt für sexuelle Ausschweifungen, besaß seit 1907 übermäßigen Einfluss auf die Politik des Zaren, von Monarchisten ermordet.

Schurke, sich nicht eingesetzt hat für die Soldaten. Über den Imperator wird hergezogen, dass es nur so staubt.

Ein angetrunkener kleiner Gefreiter krakeelt:

»Alle verdienen sie Prügel: die Bolschewiken und die Menschewiken und die Bourgeoisie mit ihrem goldenen Wanst! Der Soldat leidet, der Soldat krepiert, der Soldat muss die ganze Macht bis zur letzten Kopeke an sich nehmen und gleichmäßig unter sich aufteilen!«

Er redete sich in Hitze, der Hurensohn, und nachdem er genug Tee getrunken, hat er einem Terekkosaken den silbereingelegten Säbel geklaut und sich verkrümelt.

»Ohne Macht ist das Russenland ein Waisenkind.«

»Sei nicht traurig, Landsmann, einer, der Prügel austeilt, findet sich immer ...«

»Herrlich.«

»Das Herrlichste kommt erst noch.«

»Wo ist der Kopf, der es besser weiß als alle andern?«

»Jeder Kopf weiß es am besten.«

»Und die Konstituierende Versammlung?«

»Die kannste vergessen!«, lacht ein sibirischer Schütze unter seiner schwarzen Papacha. Er holt ein Papier aus dem Ärmelaufschlag und zeigt es uns. »Auf die is was geschissen, was die kann, könn wir allemal. Lest, Landsleute, lest laut vor, ich steh hier vor euch mit allem Drum und Dran: Sibirisches Regiment, Katorgabataillon, Läusekommando.«

Das Papier, ein Mandat, hat ihm das Kompaniekomitee ausgestellt, welchselbiges Kompaniekomitee es ihm mit allen Schikanen zur Vorschrift macht: Erstens, der revolutionäre Soldat Iwan Sawostjanow wird von der türkischen Front in seine Heimat, Gouvernement Irkutsk, versetzt und fährt auf Kosten der Republik mit dem schnellsten Eilzug; zweitens, die Etappenkommandanten sämtlicher Bahnstationen haben besagten Iwan mit allen Arten von Tee und Warmverpflegung zu versorgen; drittens, als eifrigem Jäger ist ihm erlaubt, fünf Pud scharfe Patronen und ein Gewehr in die Heimat mitzuführen;

viertens und fünftens und zehntens – lauter Vorteile und Privilegien!

Ein Mandat – oho! Man liest einen halben Tag dran.

»Wo hast dus her?«, haben wir ihn gelöchert.

»Da gibts keins mehr.«

»Sags trotzdem.«

»Ratet mal.«

Wir haben uns neidisch mit einem ganzen Schwarm an den Sibirier gehängt und gebohrt: sags und sags.

»Für n Dreier vom Kompanieschreiber gekauft.«

»Waaas?«

»Bei der heiligen Ikone«, sagt er und lacht. Und wie er lacht, der Hundesohn, ganz elend ist uns geworden.

Was mancher für Schwein hat!

Iwan Sawostjanow schob das Mandat in den Ärmel, wuchtete den Patronensack auf die Schultern, guckte uns stolz an und ging zu seinem schnellsten Eilzug.

In der Stadt Trapezunt hab ich den Kosaken Jakow Blinow getroffen, den Gevatter und Mitstanizler, also doppelt mit mir verwandt. In früheren Zeiten waren wir keine besonders guten Freunde, er als geborener Kosak[1] hat mich, den Mushik, scheel angesehen, aber jetzt haben wir uns mächtig gefreut.

»Grüß dich, Jakow Fjodorowitsch.«

»Grüß dich, Landser.«

Wir haben uns umarmt und abgeküsst.

»Wohin?«

»Nach Haus.«

»Wie soll das gehn?«

»Ich schwörs bei Gott, nach Haus«, sagt er.

»Der Befehl …«

»Ich befehl mir selber.«

1 Im 14.–17. Jh. waren die Kosaken freie Bauernkrieger (oft entlaufene Leibeigene), schützten die Grenzgebiete gegen Nachbarvölker. Nach dem Pugatschow-Aufstand in »Heere« (Don-, Terek-, Kubankosaken u. a.) gegliedert, zum Militärdienst verpflichtet, seit Ende des 19. Jh. auch Polizeitruppe. Im Unterschied zu den zugezogenen Mushiks erhielt jeder Kosak einen Landanteil.

»Spinnst du?«

»Ich sags, wies ist.«

»Wie das?«

»Einfach so.«

»Aber wie denn nun?«

»Eben so.« Er lacht.

Auf dem Buckel trägt er seine Frontwaffen, Säcke aus Teppichzeug und den silberbeschlagenen Sattel von zu Hause.

»Haun wir ab nach Hause, zum Kuban, Maxim, zu den leckeren Wareniki, in die grüne Steppe, zu unsern heißen Weibern. Scheiß was auf den Krieg, der soll zum Teufel gehn, der verfluchte, ich hab die Schnauze voll.«

»Jakow, ich hab auch die Schnauze voll, mir tut schon das Herz weh, aber wie willst du hinkommen? Das ist kein Katzensprung.«

»Ach was, wir fahrn einfach los. Alle fahren, alle laufen. Unser viertes Plastunbataillon hat auch die Front verlassen. Wir sind hierher, haben das Schiff festgesetzt, am Abend steigen wir ein, und los, Maschinist, schmeiß die Kiste an, geh auf Fahrt!«

Ich seh, tatsächlich, der Wind kräuselt das Meer, und bei der Anlegestelle wartet das Schiff auf Jakow.

Da bin ich in Zwiespalt geraten – mitfahren oder nicht? Vor den Regimentskameraden wars mir bisschen peinlich, sie schicken mich als einen der Ihren los, und ich hau ab? Um die Schnurknäuel, ehrlich, hats mir auch leid getan.

»Nein, Jakow, das is nichts für mich.«

»Schön dumm.«

»Wer weiß ... In unserer Familie ist noch nie einer desertiert. Großvater Nikita hat fünfundzwanzig Jahre gedient und ist nicht weggelaufen.«

»Mein Lieber, was zu Olims Zeiten war, das könn wir jetzt vergessen. Wenn du nicht mitkommst, machst du einen Fehler, denk an meine Worte.«

»Grüß mir die liebe Heimat. Besuch meine Marfa und die Verwandten. Bestell ihnen eine Menge Grüße. Sie solln nich jammern, ich komm auch bald. Mach Marfa die Freude und sag ihr:

An der Front wird nich mehr gekämpft, wer noch lebt, wird am Leben bleiben. Und bestell der Marfa ganz streng von mir, sie soll das Haus hüten und das letzte Pferd nich verkaufen. Ich komm zurück auf den Hof, da brauch ich das Pferd.«

Jakow hörte mir zu und auch nicht, zwirbelte den Schnauzbart, griente.

»Spendier eine Flasche, dann bring ich dir bei, wie man sich von der Front verabschiedet, sonst singst du hier noch lange deine Soldatenlieder.«

»Du bringst mir noch bei, durch einen Reifen zu springen.«

»Ich red im Ernst.«

»Gut, brings mir bei, auf eine Flasche solls mir nicht ankommen, die spendier ich.«

»Ihr müsst mit dem ganzen Regiment bei den Bolschewiken eintreten, dann könnt ihr mit Gott fahren, jeder, wohin er will.«

Diese Worte sind mir vorgekommen wie Spott, und ich frag ihn:

»Hast du gehört, was sie hier über die Bolschewiken reden? Dass sie uns verkauft haben.«

»Quatsch!«

»Wirklich?«

»Der Hund kläfft auch den Bischof an.«

»Was sind das für welche, die Bolschewiken?«

»Eine Partei: Nieder mit dem Krieg, Frieden ohne Kontributionen. Die richtige Partei für uns.«

»Ob das stimmt, mein Lieber?«

»Heilig wahr.«

»Bist du auch Bolschewik?«

»Klar.«

»Nach Hause also?«

»Grade Strecke, Rückenwind.«

Da ist mir das Herz schwer geworden.

Nun fährt der Kosak in die Heimat, denk ich, und ich muss über hundert Werst zurück durch den Schlamm, und wieder die scheußlichen Schützengräben. Aber dann hab ich an meine

Kompanie gedacht und an meine Kameraden, mit denen ich mich so oft gegen den Tod gewehrt hatte. Und da hab ich fest gesagt:

»Nein, Jakow, geht nicht. Zu Weihnachten kannst du mich erwarten, da schlachtest du ein fettes Schwein, brennst kräftigen Schnaps, und ich komm zu Gast.«

»Das ist noch lange hin.«

Wir beide haben im Duchan eine Flasche Wein ausgetrunken und sind ans Wasser. Der Kosak hat mir von seinem Dienst erzählt:

»Zwei Winter lang ist unser Bataillon bei Erzurum über die schneelosen Wege marschiert. Zwei Winter lang haben die Kosaken Kohldampf geschoben, Stein und Bein gefroren, zu Gott gebetet und Gott verflucht, und hinter uns sind Gräber und Kreuze zurückgeblieben. Du denkst an zu Hause: Dein Land ist mit dem Blick nicht zu umfassen, den Hof hast du voll Vieh, das Geflügel brauchst du nicht zu zählen, deine Frau ist wie in Sonne gebadet, sie sitzt am Fensterchen und vergießt vor Sehnsucht schwere Tränen. Und du bist voller Gram und Kummer in der Fremde, du sitzt in der verfluchten Scheißtürkei, bist zu Tode erschöpft und nagst am Hungertuch. Von weitem lächelt dir die Freiheit, alle Schlingen und Knoten sind geplatzt, da ziehts dich nach Hause. Es zieht, nicht zum Aushalten. Bei uns im Bataillon war so ein politischer Kosak, ein Bücherwurm, der hat gesagt: ›So und so, Brüder, wird Zeit, dass auch wir uns besinnen.‹ Da haben wir Kosaken uns den Kopf zerbrochen, haben über unser Hundeleben gesprochen und beschlossen, das ganze Bataillon geht über zu den Bolschewiken.«

»Ihr traut euch was.«

»Meine Rede.«

»Da kann ich nur staunen.«

Der Hafen wimmelte von Soldaten, die Soldaten schwirrten im Hafen wie Mückenschwärme.

Jeder hat ein Gewehr; Kochgeschirr und Feldflasche klappern. Mit Krach und Lärm wälzen sich immer neue Massen aus der

Stadt und den Vorstädten heran, stolpern übereinander, brüllen wie die Bullen, die Bretter der Anlegestelle biegen sich durch unter ihnen, jeder schreit, jeder drängt aufs Schiff, dort ist schon kein Platz mehr, sogar am Schornstein hängen zehn Mann.

Vom Dach des Büros an der Anlegestelle hält ein Junker Jakowlew aus Noworossisk eine Rede, die Pelzmütze mit Bortendeckel schief auf dem Kopf, den Soldatenmantel weit offen. Er flucht auf die Burshuis und lobt die Bolschewiken, er schimpft mit hundsgemeinen Ausdrücken auf die Provisorische Regierung und lobt die bolschewistischen Deputiertensowjets[1] über den grünen Klee, er ruft alle auf, in die Rote Garde[2] einzutreten und die überzähligen Waffen irgendeinem Kriegskomitee zu verkaufen.

Manche bleiben stehen und hören zu, andere gehen weiter.

Mein Gevatter wickelt eine Binde um den gesunden Arm und schreit:

»Auseinander, ihr lausige Bande, lasst einen Verwundeten durch!«

Die Soldaten treten auseinander, machen dem Kosaken Platz. Er gelangt auf das Schiff und winkt mir von dort mit der Papacha.

»Machs gut, Maxim, überlegs dir noch mal.«

»Überlegt hat die Oma am Waschtrog.«

Der Dampfer brüllt los, zittert und fährt, schwimmt wie ein weißer Ganter.

Die an Land Gebliebenen hätten vor Wut Erde fressen mögen, sie fluchten wüst auf Kreuz und Gott, auf Schwanz und Fott.

Der Dampfer

weiter

weiter

und kauuum zu hören:

1 Sowjets (Räte) entstanden in der Revolution 1905–1907, während der Februarrevolution als Sowjets der Arbeiter- und Soldaten- (später auch Bauern-) deputierten neu gebildet, nach der Oktoberrevolution höchste örtliche und zentrale Machtorgane in ganz Sowjetrussland.

2 Begann sich nach der Februarrevolution als Vorläufer der Roten Armee zu formieren.

»Fern aus dem tiefen Süden,
fern aus dem Türkenland
reichen wir dir, Heimat,
die treue Sohneshand ...«

Ich hab meinen Kameraden zugeredet, keine Zeit zu verlieren und schnellstens zum Regiment zurückzukehren. Ich erzählte von meiner Begegnung mit Jakow Blinow, von seiner Kosakenpfiffigkeit und seinem Schneid.

Wir standen da und unterhielten uns friedlich. Die Nacht stieg auf über der Stadt und dem Meer, in den Straßen bummelten Soldaten ohne Angst, in einer Marschkompanie zu landen, und sangen aus vollem Halse russische Lieder. Auf einmal hörten wir Geschrei: »Hurra, Hilfe, Allah-Allah!« Auf dem Basar waren Artilleristen über die Asiaten hergefallen, sie nahmen die Stände und Läden auseinander, alle möglichen Waren lagen offen rum, such dir aus, was du willst.

Der MG-Schütze Sabarow verkrümelte sich und blieb in der Stadt, Ostap Duda und ich steckten uns Zigaretten an und marschierten zurück zur Stellung.

Um uns zu hören, lief das ganze Regiment zusammen.

Die Soldaten standen gedrängt, Schulter an Schulter, Kopf an Kopf.

Ich bin auf ein Fuhrwerk gestiegen und hab laut gesprochen, damit es jeder hörte:

»Frontkämpfer ... Landsleute ... Ich will euch sagen, was für ein unerwartetes Bild sich uns in Trapezunt gezeigt hat.«

Ich steh über dem ganzen Regiment.

Tausende Augen durchbohren mich, Tausende Schultern stützen mich. Ich spür keine Beine unter mir, keinen Kopf über mir. Wie ein Besoffener schwing ich die Fäuste und schildere ihnen auf Ehr und Gewissen unsern Marsch nach Trapezunt – wen wir gesehen, was wir gehört, für welche Sünden wir unser Blut vergießen, wo der Haken liegt und wo das Geheimnis.

Der Schweiß ist nur so an mir runtergelaufen, solange ich sprach.

Die einen schreien: stimmt, die andern: richtig, und noch andere brüllen bloß vor Wut.

Ich hätt am liebsten immer weiter geredet und geredet, bis der letzte Lumpenlandser kapiert, um was es geht und was der Kern ist.

Ostap Duda, den hat auch die Raserei gepackt, wie ein Tier war er, bis ganz oben stands dem Mann vor Wut. Er hat mich weggestoßen und geschrien:

»Russland … Was ist das für ein Russland? Eine Lasterhöhle der Bourgeoisie. Schluss mit dem Krieg! Weg mit den Waffen!«

Eine Soldatenkehle ist wie eine Kanonenmündung.

Tausend Kehlen – tausend Kanonen.

Aus jeder Kehle Geheul und Gebrüll.

»Eingegraben haben wir uns …«

»Nieder …«

»Red doch, red weiter.«

»Schluss mit der Not und der Quälerei.«

»Soll doch Krieg führen, wer lebensmüde ist.«

»Dreihundertsieben Jahre gelitten.«

»Nieder mit dem Krieg!«

»Weg mit den Waffen!«

»Nach Hause!«

Lange dröhnte das Geschrei über dem Regiment, wie Bomben explodierten scheußliche Flüche, dann leiser

leiser

und Schweigen.

Ich drehte mich um.

Ostap Duda drehte sich um.

Hinter uns auf dem Fuhrwerk stand Polowzew, unser Regimentskommandeur, wie der garstige Tod. Er zerrte am Schnauzbart, sah uns wütend an, und seine Visage war puterrot.

Das Regiment fürchtete Polowzew wegen seines grausamen Charakters – Seine Wohlgeboren hatten eine harte Hand –, und es liebte ihn für seine Offizierstapferkeit. Unter den Offizieren gabs wenig Draufgänger, meistens trommelten sie die Siegesmärsche auf der Soldatenhaut, aber er hatte den ganzen Dienst mit dem Regiment mitgemacht. Bei Esercan war er zweimal vor der Schützenkette her zum Bajonettangriff vorangegangen und hatte eigenhändig auf die Türken eingedroschen; eine Kugel hatte ihm die Schulter durchschlagen, eine andere ihn am Bein verletzt, aber er hatte sich nicht ins Hinterland abgesetzt und kurierte sich im Feldlazarett bei seiner Truppe. Er ging auch gern auf Spähtrupp und hatte bei Mamahatun zwei Kurden mitsamt ihren Pferden in Gefangenschaft geführt.

»Soldaten!«, kläffte der Kommandeur, aber keiner zeigte ihm die Augen, keiner hob wie früher den Kopf bei seinem Anruf. »Soldaten, wo ist euer Gewissen, wo ist eure Ehre und wo eure Tapferkeit?«

Aber über unsere frühere Tapferkeit waren wir schon längst nicht mehr froh. Wir standen da, die Augen zu Boden.

Der Kommandeur sprach vom Heldenmut unseres Regiments und von der Dienstpflicht und redete ein Zeug zusammen, dass es nicht anzuhören war – Heimat, Abgrund von Schande, Kampf in aller Welt und lauter solchen Mist.

Die Köpfe der Soldaten hingen schwer gesenkt.

Er redete Seins, wir dachten Unsers. Einer kratzte sich im Hosenschlitz, ein anderer unterm Hemd.

Auf einmal fiel mein Blick von der Seite auf die haarige Faust des Chefs, der den Daumen hinters Koppel gehakt hatte, und da vergaß ich seine gerühmte Tapferkeit und seinen Heldenmut, und ganz was anderes ging mir durch den Kopf.

Als wir noch im Hinterland rumhingen, hatten wir in der Kompanie einen Jungen aus Wjatka, Wanja Chudoumow. Die Soldaten in ihrer Dummheit haben ihn dauernd gehänselt: »Wanja, jag den Spatz weg, der sitzt auf dem Mast, das Boot geht unter.« Der Junge war eine Schlafmütze und schwer von Begriff, das reinste Elend. Er musste mit Gewehr und voller Ausrüstung, einen halben Zentner schwer, stundenlang strammstehen, er wurde auf Wasser und Brot gesetzt, er wurde im Paradeschritt herumgejagt, er bezog unzählige Male Prügel, doch er konnte und konnte die einfache Soldatenwissenschaft nicht kapieren und vergaß immer wieder, welches sein rechtes und welches sein linkes Bein war. »Links, zwei, drei! Gleichschritt! Schwenk die Arme!« – dieses Spiel ging manchmal von früh bis in die Nacht. Die Kompanien marschierten im Kreis über den Kasernenhof wie verblödet. Der Schneesturm verklebte die Augen, der Frost zog die Hände krumm, aber das scherte keinen. Am schlimmsten wars, wenn der Kompaniechef – Polowzew war damals noch Kompaniechef – schlechte Laune hatte. An wem sollte Seine Hochwohlgeboren seine Wut auslassen, wenn nicht am Soldaten? Schlag ihn, quäl ihn, er wehrt sich nicht. Da stürmt er dann zum Glied, und immer rein mit der Faust in die Zähne: »Kopf höher! Bauch rein! Fröhlicher blicken!« In solch einer Unglücksstunde ging diese Bestie auf Wanja los, der als schlechter Soldat immer an der linken Flanke stand. »Wie stehst du denn im Glied!« Und knallte ihm die Faust ans Ohr. Dem lief grüner Rotz aus der Nase und klatschte dem Kompaniechef auf den blankgewienerten Stiefel. Krach, ans andere Ohr. »Geh mir aus den Augen, du räudiger Satan!« Wanja aus Wjatka guckte durch den Offizier hindurch und lächelte sanft, als ob er im Traum Stricke dreht. Dann fiel er hin, Blut lief ihm aus den Ohren; auf einem Soldatenmantel haben wir ihn ins Militärhospital getragen. Dort wurde er auf beiden Ohren taub, quälte sich noch eine Weile, und dann wurde der arme Hund ins schwarze Grab gesenkt.

Wanja tat mir leid, ich tat mir leid, unser ganzes einsames Männerleben tat mir leid. Geboren – schuldig, im Leben – vor jedem Angst, gestorben – wieder schuldig. Ich steh da und zitter, vor Wut kehrts mir das Innere nach außen, und er, dieser Halunke von Kommandeur, packt Ostap und mich am Kragen und hebt uns über das Fuhrwerk hoch.

»Da«, schreit er, »eure Deputierten … Den Hals müsst man ihnen umdrehen wegen Untergrabung der Disziplin. Einer blöder als der andere, und obendrein vielleicht deutsche Spione.«

Sie rücken

drängen

atmen bitter …

»Spiooone?«

»Ohooo ...«

»Herr Oberst, stocher lieber nich in unsern Wunden. Sie mögen schlecht sein, aber es sind unsere.«

»Dieser Strolch und Halunke will lieber das alte Regime.«

»Spione, hast du das gehört?«

»Maxim, knall ihm bam-bararam eins vor sein Froschmaul, dass er wie ein Affe drei Purzelbäume schlägt. Gibs ihm, in ihm steckt noch der goldene Geist von Nikolaus dem Zweiten!«

Mir ist fast das Herz stehengeblieben.

Ich hab mir die Kreuze mitsamt dem Stoff von der Brust gefetzt, hab sie den Kameraden gezeigt und meinem Vorgesetzten, der sie mir angehängt hatte.

»Was ist das?«

Alles ringsum bebt und stöhnt:

»Gibs ihm!«

»Hau ihn!«

Ich:

»Was ist das?«

Polowzew schwieg.

»Schau gut her, Kommandeur, du unser leiblicher Vater. Schau her, nicht blinzeln, sonst schlag ich dir mit diesen Klunkern die Augen aus!« Nach diesen Worten hab ichs nicht mehr ausgehalten und dem Kommandeur die Kreuze um die Ohren gehauen.

Polowzew

im Fallen

riss mit der Spore das Fuhrwerk um, aber sie ließen ihn nicht fallen im Gedränge, sondern hoben ihn auf die Fäuste und stießen ihn weiter.

Viel gelitten, Wut angestaut.

»Lasst mich wenigstens einmal zuschlagen«, brüllten sie alle. Aber wie sollte das für alle reichen?

Wir zerrupften dem Kommandeur die Rippen, zerstampften ihm das Gedärm, unsere Rohheit wurde immer schlimmer, jedem hämmerte das Herz, die Faust verlangte nach Zuschlagen.

Wir machten uns auf, den Wirtschaftsoffizier Sudilowitsch zu fangen, den die Soldaten seines kleines Wuchses halber »Einsfuffzig mit Mütze« nannten. Er sah, dass er nicht entwischen konnte, da stemmte er die Hände in die Hüften und kam raus aus seiner Kanzlei zur fürchterlichen Abrechnung. Ganz zaghaft war er, der Bösewicht, schien noch kleiner geworden, und seine Augen, grüne Diebe, flitzten nach allen Seiten.

Seit dem Frühjahr ernährte sich das Regiment mit nichts als türkischem Wasser und faulen Linsen. Früher hätte man solche Linsen nicht mal den Pferden gegeben, weil davon die Haare ausgingen, doch jetzt wurden die Menschen damit verpflegt. Die ganze Truppe stürzt sich auf den Kessel – halt dich ran, die Löffel sausen drauflos, dass es nur so rauscht. Du mampfst und mampfst, es bläht dir den Bauch zur Pauke, du hast trotzdem noch Hunger, aber es ist nichts mehr da. Traurig geht solch armer Hund davon, schnallt im Gehen das Koppel ab, hockt sich über die Grube im Gebüsch und denkt nach über die Politik: ›Du Esel, du blödes Nichts, hast den Zaren gedient und den Königen gedient und den kleinen Königen, aber kein Schwein ist je auf die Idee gekommen, dich satt zu füttern ...‹ Er ächzt und ächzt, doch die Gedanken führen zu nichts. Kämpfen sollst du, nicht Trübsal blasen und Futter fordern.

Jetzt haben wir uns den Wirtschaftsoffizier vorgenommen – wo denn die armseligen Soldatenbrocken bleiben, wer das Soldatenbrot futtert, den Soldatenmachorka qualmt, den gezuckerten Soldatentee trinkt?

»Ich kann nichts dafür«, sagt ›Einsfuffzig mit Mütze‹ und windet sich wie am Spieß, »die Lieferungen verzögern sich, die Wege sind weit.«

»Sag mal, du Schundesohn, wer säuft unser Blut, wer frisst unsere Leber?«

»Ich kann doch nichts dafür, die von der Division klauen, die Bestellungen sind längst abgeschickt, der Transport kann jeden Moment eintreffen.«

»Wovon ist die Kascha so faulig? Wieso ist da gehacktes Stroh, bitteres Schilf und lauter so n Dreck drin?«

»Die Kascha ist durchaus gut.«

»Faulig is sie.«

»Gut.«

»Faulig!«, schreien wir.

»Die Kascha ist ausgezeichnet«, sagt Sudilowitsch dickköpfig.

Darauf wird ein Topf Maiskascha für sechs Mann gebracht und vor ihn hingestellt. Er kriegt einen großen Löffel. Ein Spaßvogel ist auf die Idee gekommen, ein bisschen Waffenöl unterzurühren.

»Iss.«

Wir gucken, was nun wird.

»Iss und beklecker dich.«

Unser Offizier hockt sich vor den Topf und macht sich über die Kascha her.

Alle zählen ihm schweigend die Löffel in den Mund.

Er isst und isst, hickt und heult:

»Ich kann nicht mehr, meine Herren.«

Wir ihn am Schnauzbart.

»Iss.«

»Iss dich schön satt, Ernährer. Wir essen diese Kascha schon drei Jahre, können sie nicht genug loben.«

Er macht den Gürtel ab, isst weiter.

Der Feldscher wettet mit dem Schreiber, ob Sudilowitsch platzt oder nicht.

»Der Medizin zufolge muss er platzen«, sagt der Feldscher Buchtejarow, der weit über unser Regiment hinaus berühmt ist dafür, wie schön er Wunden zum Eitern bringt, worauf so mancher Tollkopf kürzeren oder längeren Heimaturlaub gekriegt hat.

»Nein, er platzt nicht«, widerspricht der Schreiber Korolkow und erzählt, bei ihnen im Stab hat die Ordonnanz Sewrjugin wegen einer Wette acht Pfund Wurst und einen Laib Brot auf einen Sitz verdrückt und keinen Mucks von sich gegeben, sich dann im Gras gewälzt, und damit hatte sichs.

»Du spinnst ja ganz schön, mein Lieber.«

»Spinnen? Ich?«

»Vielleicht stimmts«, meint der Feldscher, »dein Sewrjugin ist eine Sache, aber der hier hat Bildung und verträgt nicht soviel, wenn du den bisschen rannimmst, ist er fertig.«

Sie wetteten um einen halben Rubel.

›Einsfuffzig mit Mütze‹ würgt, aber er kaut, und wir sind schon ein bisschen friedlicher geworden, wir reißen Witze, wiehern und wetzen die Mäuler:

»Schmeckt bestimmt nach mehr.«

»Immer schön schöpfen.«

»Schaufle bis ganz unten.«

»Schön rudern mit dem Löffel, Onkel, is nich mehr weit zum Ufer.«

»Wie der reinhaut ...«

Der Offizier hat die ganze Kascha verdrückt und leckt nun den Löffel ab.

»Zufrieden?«, fragen wir. »Wie wärs mit Nachschlag?«

»Von der Kascha kannst du verrecken«, antwortet er und bricht in Tränen aus.

»Merk dir die Lehre.«

»Ich bereue, Brüder.«

Wir nahmen ihn bei den Armen, überschütteten ihn mit unangenehmen Worten und steckten ihn in Arrest.

Der Feldzeugmeister Dunja sollte auch einen Denkzettel kriegen, aber wir haben ihn nicht gefunden, er hatte Wind gekriegt und sich verkrümelt.

Wir gingen in unsere Erdbunker.

»Alle Abteilungen ringsum lösen sich auf«, sagt der Kundschafter Wassili Browko, »höchste Zeit, dass Schluss wird mit dem Krieg.«

»Ja, höchste Zeit.«

»Hört mal, das Samurer Regiment hat die Stellungen verlassen und ist eigenmächtig ab ins Hinterland.«

»Die Astrachaner reden auch schon davon.«

»Bis zum Winter is bestimmt kein einziger Russe mehr hier.«

»Die Leute halten nich zusamm bei uns, jeder hat ein Maul, so groß wie n Feuerwehrschlauch, da kommt viel Geschrei raus, aber getan wird wenig. Wenn wir und würden mehr zusammenhalten, könnten wir längst daheim mit unsern Weibern schlafen.«

»Kusja, wenns nach deinem Maul ginge!«

»Wenn wir alle auseinanderlaufen, wer soll dann die Front halten?«, fragte der Berufssoldat Sarubalow.

»Soll doch Allah sich um die Front kümmern.«

»Und Russland?«

»Das geht uns nichts an. Für das Russenland finden sich schon welche, laufen ja genug rum im Hinterland.«

»Und leben fein dort.«

»Schade, der Kaukasus geht verloren, und wir lassen so viel Gräber hier.«

»Wer tot ist, kommt nich wieder, und die Georgier und Armenier brauchst du nich bedauern, die können sich selber verteidigen, wenn sie die Türken nicht mögen.«

»Wozu hocken wir hier und bewachen die Toten?«

»Wir müssten unsere eigenen Spione nach Russland schicken, damit sie rauskriegen, wer dort schreit: ›Krieg ohne Ende‹, und den dann bei den Zotteln, und ab in den Schützengraben. Oder die Hälfte bleibt hier, jeder kämpft für zwei, und die andere Hälfte geht bewaffnet durch den Staat, von einem Ende zum andern, und alle Spießgesellen des Zarismus werden abgestochen und zersäbelt, erschossen und aufgehängt, und dann teilen wir Land und Wald, Werke und Fabriken ehrlich auf, kommen wieder her und lösen euch ab.«

»Wenn du würdest in Kerenskis Sessel sitzen und Befehle schreiben, Mischa, dann könnten wir schon was ankurbeln.«

Der Zugführer Jelissejew dachte an Polowzew und bekreuzigte sich.

»Er war ein guter Kommandeur, Gott schenke ihm das Himmelreich und die ewige Ruhe.«

»Diese Hunde sind alle gut«, sagte ich, »hätt man sie bloß nie kennengelernt.«

Der verhärmte kleine Gefreite Totschilkin sah sich furchtsam um und sagte:

»Hingemacht haben wir ihn, Kameraden, ob da noch ein Querschläger nachkommt?«

Als wir den Chef totschlugen, war Totschilkin weggelaufen, denn er konnte kein Blut mehr sehen, seit er mal an einer Bajonettattacke teilgenommen hatte.

»Auf die Offiziere musst du ein Auge haben.«

»Wir lassen uns nicht einwickeln.«

»Worauf warten wir denn? Sag mir das! Wir hätten sie längst alle auf Soldatenproviant umstellen müssen.«

»Das bringt uns nicht viel, wir müssen den wohlgeborenen Herren auf den Schwanz treten.«

Ins Zelt des Komitees kam ein Kundschafter gelaufen, der Fähnrich Onufrijenko, und berichtete, dass die Offiziere eine geheime Versammlung abhielten, sie seien wegen Polowzew sehr entrüstet und gedächten, Kosaken auf das Regiment zu hetzen, sie selber aber redeten davon, ins Hinterland abzuhauen und das Regiment seinem Schicksal zu überlassen.

Soldaten sind ja schlau: Dort gibts Geheimnisse, hier gibts Geheimnisse, bei denen geheime Gespräche, bei uns rund um die Uhr eine Kompanie in Bereitschaft.

»Welche hat heut Dienst?«, frag ich das Komiteemitglied Semjon Kapyrsin.

»Die zwölfte«, antwortet er, zieht das Schloss zurück und schiebt eine scharfe Patrone in den Lauf.

Alle sind aufgestört.

»Aufgepasst, Jungs.«

»Richtig, im Leben droht jeden Moment der Tod.«

»Alles raus, ohne überflüssigen Lärm.«

Wir laufen in die zweite Befestigungslinie, und da gebe ich laut das Kommando:

»Zwölfte, zu den Waffen!«

Die Soldaten der zwölften Kompanie kommen aus ihren Löchern geflitzt, teils bekleidet, teils barfuß und ohne Mütze, aber alle mit Gewehr.

Wir Komiteeler erklären ihnen kurz, weshalb der Alarm, dann schwärmt die Kompanie in Kette aus und läuft in Richtung Wald.

Wir umstellen den befestigten Erdbunker, wo die Offiziersversammlung ist. Zu dritt gehen wir rein.

»Guten Tag, meine Herren Offiziere!«, sag ich beherzt und leg die Hand auf die Bombe in der Tasche.

»Tag, ihr Halunken!«, antwortet der Führer des zweiten Bataillons, Stabshauptmann Ignatjew, steht vom Tisch auf und kommt auf uns zu. »Ihr Schurken! Wie könnt ihrs wagen, ohne Erlaubnis des diensthabenden Offiziers einzutreten?«

Von allen Seiten hagelt es beleidigende Worte.

Ich seh, wie Ostap Duda die Farbe wechselt und auf den Bataillonsführer eindringt.

»Gehts nich vielleicht bisschen freundlicher? Wir sind eine Abordnung. Wir wollen wissen, was Sie hier im Schilde führen.«

»Waaaas?«, brüllt Ignatjew und rollt die Augen. »Ihr verdammten Zuchthäusler!«

Ich weiß nicht mehr, wie ich nun auch vorgetreten bin.

»Geht nicht zu weit, sonst stolpert ihr, wir bleiben ja auch auf unserm Teppich! Ihr habt uns lange genug geschurigelt! Ihr habt lange genug auf uns rumgetrampelt!«

»Hinter uns steht die zwölfte Kompanie!«, kreischt Kapyrsin. »Hinter uns steht das Regiment, hinter uns steht die ganze Masse der Soldaten; mit den Kosaken könnt ihr uns nich einschüchtern, wir haben nich mehr das alte Regime.«

»Maaaul halten … Verräter … die Heimat … Treubruch!« Der Bataillonsführer zieht den Nagant. »Ich kann nicht mehr … Ich erschieß mich!« Und er hob den Nagant zur Schläfe.

»Mach doch. Einer weniger. Wir sind viele, wir bleiben«, sagt Kapyrsin.

Er überlegte es sich anders. Ließ die Hand mit dem Nagant sinken und sagte leise:

»Hundesöhne seid ihr.«

Die Offiziere umringten ihn, drängten ihn in eine Ecke und versuchten ihn zu beruhigen.

»Meine Herren Abgeordneten«, sprach uns dann ein junger, knackiger, wie gebügelter Offizier an, der Adjutant Jermolow, »meine Herren, ich glaube, hier liegt ein Missverständnis vor. Wir führen nichts im Schilde, und besondere Geheimnisse haben wir auch nicht. Wir haben uns nur wie eine gute Familie zusammengesetzt, um Tee zu trinken und Späße zu machen. Glauben Sie mir, für Politik haben wir uns noch nie interessiert. Wir sind nicht gegen die Provisorische Regierung, auch nicht gegen die Revolution, aber ...« – er dreht sich nach seinen Leuten um – »aber ...«

»Wir werden nicht zulassen«, schrie Ignatjew, »dass irgendwelche Schmutzfinken die Ehre der Regimentsfahne besudeln, unter der seinerzeit Suworow persönlich unser Regiment zum Angriff am Rimnic und auf Ismail geführt hat.[1] Unsere Fahne ...« Und er redete und redete über die Verdienste des Regiments.

Er wurde mit Mühe zum Schweigen gebracht.

Der kleine Adjutant machte sich wieder an uns ran und flüsterte:

»Seien Sie ihm nicht böse, meine Herren. Er ist ein wunderbarer Mensch. Aber ... aber ... er hält die Zunge nicht im Zaum. Die Revolution, wissen Sie, die ist ...«

»Herr Oberleutnant, wir wissen auch ohne Sie, was die Revolution ist«, sagte Kapyrsin, »erzählen Sie uns lieber, warum Sie die Soldaten an der Front festhalten und selber Absprache treffen zu desertieren.«

»Quatsch, Lüge, Sauerei. Etwas mehr Vertrauen zum unmittelbaren Vorgesetzten. Der Soldat hat nicht auf Gerüchte zu hören, die von betrügerischen Agitatoren verbreitet werden. Er erfährt alle Neuigkeiten über seinen Vorgesetzten. Mit allem, was

1 Die russische Armee unter Alexander Wassiljewitsch Suworow (1729–1800) schlug im Russisch-Türkischen Krieg 1787–1792 die Türken 1789 am Rimnic und nahm 1790 die türkische Festung Ismail ein.

ihn kränkt, geht er zum Vorgesetzten. Liegen wir nicht seit dem ersten Kriegstag zusammen in den Stellungen?«

»Sie sitzen ja nicht im Schützengraben mit dem Arsch im Wasser«, sagt Ostap Duda, »Sie sitzen trocken und sauber auf Stühlen.«

»Haben wir nicht ehrlich zusammen gedient, müssen wir da nicht auch in diesen Stellungen ehrlich zusammen sterben? Für die Heimat, für die Freiheit, für ...«

»Wir«, sag ich, »wolln nich sterben. Gott sei Dank haben wir die Revolution erlebt und wollen nicht sterben.«

»Schluss, genug gestorben«, warf Kapyrsin ein. »Drei Jahre lang haben wir dem Tod gegenübergestanden, jetzt reichts. Wir wollen keinen Betrug, keine Annexionen und Kontributionen.«

»Ha, bolschewistische Reden?«

»Was für Reden, is uns schnuppe. Wir wolln so schnell wie möglich zurück auf unsere Höfe, und Sie, meine Herren Offiziere, binden uns an Armen und Beinen. Drei Jahre schon ...«

»Drei Jahre!« Wieder kam der Bataillonsführer Ignatjew aus seiner Ecke gesprungen. »Ich diene schon fünf-zehn Jah-re. Keine Familie, kein Zuhause. Mein ganzer Reichtum ist einmal Wäsche zum Wechseln und ein Uniformmantel, der dem Staat gehört. Ihr verlangt jetzt alles Mögliche, und wir alten Kommandeure kriegen einen Dreck? Für euch die Freiheit, für uns Lynchjustiz? Ihr Rüpel, ihr Hundesöhne! Ihr freut und amüsiert euch zu früh, die Disziplin wird unter der neuen Regierung noch härter sein, dann werdet ihr Schufte angelaufen kommen und uns zu Füßen fallen!«

»Komm.« Ostap Duda stieß mir den Ellbogen in die Seite. »Das Gerede geht noch die ganze Nacht, und die Kompanie weicht durch im Regen.«

Wir drehten uns um und gingen raus.

Die Kompanie umringte uns.

»Na, was haben sie euch vorgesetzt?«

»Wir haben vor ihnen Schiss gekriegt«, lachte Kapyrsin, »und sie vor uns. Wir haben uns angekläfft und ab dafür.«

»Schade, keine Schlägerei. Es hätte nicht geschadet, ein paar von den wohlgeborenen Herrn das Fell zu gerben zur Abschreckung.«

»Um die Beißerei mit ihnen komm wir sowieso nicht drum rum.«

»Während ihr da drin gequackelt habt, haben wir im Wald sämtliche Telefonstrippen abgerissen.«

»Na, Jungs, haltet die Ohren steif. Die MG-Schützen bleiben ständig auf ihrem Platz. An die Batterie kommt ein Posten. Auf den Straßen werden Wachen aufgestellt. Alle müssen alarmbereit sein.«

Am nächsten Morgen gabs ein Regimentsmeeting.

Lange gings hin und her. Zu guter Letzt wurde beschlossen, den Bataillonsführer Ignatjew zu arretieren und zu den Kosaken und dem 132. Schützenregiment umgehend Delegierte zu entsenden. Der Bataillonsführer ließ sich nicht arretieren, er erschoss sich. Die Delegierten wurden losgeschickt.

Noch waren wir nicht auseinandergegangen, da kam vom Divisionsstab eine Ordonnanz angesprengt mit der Order, unverzüglich die Urne mit den Soldatenstimmen nach Tiflis zu bringen, wo das Armeekomitee der türkischen Front Quartier hatte.

»Maxim Kushel soll fahren!«

»Pimonenko!«

»Trofimow!«

Jeder von uns wär gern ins Hinterland gefahren, um das freie Leben anzuschauen, außerdem wars von dort näher nach Haus.

Der Artillerist Palosjorow sprach für alle:

»Brüder, es hat keinen Zweck, wenn wir uns sinnlos die Kehle wundschrein. Hier muss ein zuverlässiger Mann her. Vielleicht kommt durch diese Zettel irgendwie Befreiung. Schicken wir also in Gottes Namen einen von unsern Komiteelern. Was Sicheres wird uns nicht einfallen.«

Sie hörten auf ihn.

Vor dem ganzen Regiment zogen wir das Los.

Der Erste zog – nichts, der Zweite – nichts, der Dritte – nichts.

Das Glück ist mir zugefallen, ich zog den Fünfer mit der Scharte, und alles in mir fing an zu jubeln!

Ich kratzte meine Siebensachen zusammen, stopfte den ganzen Schurrmurr in einen Sack und die Soldatenstimmen in einen anderen und setzte mich auf die Arba.

»Lebt wohl, Landsleute.«

»Machs gut.«

»Komm bald zurück.«

»Was soll er noch hier? Maxim, gib die Stimmen ab, schreib uns, wies dort aussieht im Hinterland, und dann ab zum Kuban. Wir kommen bald nach.«

Ein paar kamen küssen, andere stifteten mir Tabak für die Reise, Dritte gaben mir einen Brief nach Hause mit.

Der Kutscher nahm die Zügel, blaffte, und die beiden Pferde zogen an.

Auf dem Pass hab ich ein letztes Mal zurückgeblickt.

Weit unten schwarz die Schützengräben, Erdbunker, MG-Nester, die Batterie im Wäldchen; das ganze breite Tal, vollgeschüttet mit Soldaten, sah aus wie eine Hand voller Machorka.

»Leb wohl, verfluchtes Land.«

Drei Jahre hatte ich nicht geweint, nur gebetet und geflucht, aber jetzt brachen die Schleusen …

Das Feuer brennt und lodert

In Russland ist Revolution,
ganz Russland liegt in Hader.

Berge, Wälder, zermalmte Straßen …

Über ausgetretene Straßen und Ziegensteige schwemmte es die Soldaten wie Dreck in Frühlingsbächen.

Riesige Wolken von Soldaten belagerten Stationen und Haltepunkte. Nächtlich stieg der Widerschein der Lagerfeuer in den Himmel. Alles drängte in die Züge, doch da war kein Einsteigen.

Die Züge rollten nach Norden, dröhnend von Liedern, Gebrüll, Gepfeif.

Die ratternden Güterwagen waren bis oben voll Menschen, wie Säcke voll Korn.

»Landsleute, lasst uns rein!«

»Kein Platz.«

»Müssen wir mit oder nich? Wir warten schon zwei Wochen.«

»Fahrt doch, wir halten euch nich.«

»Irgendwie …«

»Überfüllt.«

»Kameraden!«

»Überfüllt.«

»Wir sind vom Turkestanischen Regiment.«

»Was soll das Drängeln? Afonja, halt ihm ein brennendes Scheit an den Bart.«

»Ich bin Deputierter, hab Stimmzettel bei mir«, schrie Maxim heiser und hob die Urne vor sich hoch wie eine Ikone.

Niemand hörte auf ihn.

Stöhnen, Heulen, Schreien …

In Wolken von Qualm und Staub sausten die Züge dahin.

Die Räder überholend, rollten Tausende von Herzen und tucke- tucke-tuckerten:

Nach Haus

nach Haus

nach Haus

Maxim schnürte den letzten Schwarzbrotkanten aus dem Sack, schwer wie aus Erde, und schwenkte ihn vor den vorbeihuschenden Waggons:

»He! Hej!«

Ein pockennarbiger Riesenkosak griff im Fluge das Brot, zog Maxims Säcke und Maxim selbst durchs Fenster in den Waggon.

»Ab gehts mit Gebrüll!«

Proppenvoll, aber es ging.

»Tür zu, wird kalt«, brüllte einer unter der Bank, aber die Tür war längst aus den Angeln gerissen und verheizt, und die Waggonfenster waren zerschlagen.

»Halts aus, du fährst nich irgendwohin, sondern nach Hause.«

Ein breitstirniger Schwätzer erzählte mit übermütig blitzenden Augen im Schnellsprech ein Märchen über Rasputin:

»Grischa kommt zur Zarin ins Schlafzimmer, zieht seine Samthose aus und rammelt drauflos ...«

Alle lachten, lange, schallend. In den drei Jährchen hatte es sich angestaut, in der Stellung gabs nichts zu lachen, wer dabei war, weiß das.

»Wievielmal kannst du?«

»Zehnmal«, antwortete Grischa der Zarin und strich sich den Bart.

»Nicht zwanzigmal?«

»Zehnmal, sag ich, ungelogen.«

»Keine zwanzig?«

»Mit zehnmal wirst du satt sein, Mütterchen. Nach zehn Mal kannst du Gott bitten, dass dir nicht die Augen platzen.«

»Aber ich will wenigstens fünfzehnmal«, beharrte die Zarin, »ich will deine Kraft erproben, will dich auskosten bis auf den Grund.«

»Meine Kraft erproben, das kann nur den Teufel reizen. Mit Kraft hat Gott bei mir nicht gespart.«

Sie verhandelten noch eine Weile und einigten sich dann doch auf ein Dutzend Mal.

Grischa legte den Seidengürtel ab, hängte ihn an einen silbernen Nagel und … jaa, gut.

Er hämmerte also die erste Runde und malte hinterher mit Kohle ein Häkchen an die Wand, zur Kontrolle. Trank eine Kelle Kwass mit Honig, stieg abermals auf – und wieder ein Häkchen.

So malte er nach und nach zehn Häkchen an die Wand und trank Kwass aus dem Eimer, die nimmersatte Zarin aber, nicht dumm, wischte heimlich eins der Häkchen weg.

»Na, zwei Nummern noch?«, fragte Grischa.

»Drei, mein Schätzchen.«

»Zwei.«

»Drei.«

»Pah, ich habs doch aufgeschrieben.«

»Zähl nach, mein Täubchen.«

Er zählte nach und kam auf neun.

»Zehn hatt ich notiert«, sagte er.

»Neun.«

»Zehn, weiß ich noch genau.«

»Neun.«

»Ach, soll dich doch! Die Häkchen bedeuten mir nichts, die Wahrheit ist mir lieb. Und wenns so ist …« Grischa spuckte auf die Wand, wischte mit dem Ärmel alle Häkchen weg. »Los, noch mal von vorn.«

Sie lachten im Chor, lachten ausgiebig, schüttelten sich vor Lachen. In den drei Jährchen hatte sich viel angesammelt, und in den Stellungen war ihnen nicht nach Frohsinn zumute gewesen – wer dabei war, kennt das.

»Was ist das schon.« Der Mann, der gebrüllt hatte: »Tür zu, wird kalt!«, kam unter der Bank hervor. »Ich erzähl euch eine Geschichte, eine richtige Geschichte.«

Seine Geschichte dauerte eine gute Stunde und erzählte von

den wundersamen Abenteuern eines entlassenen Soldaten: wieviel Einfaltspinsel er übers Ohr gehauen, wie viel gute Sachen er zusammengestohlen, wie viel scharfen Schnaps er getrunken und wie viel Jungfrauen er verdorben hatte.

Im selben Waggon fuhr ein von den Soldaten grün und blau geschlagener und ausgeplünderter alter Oberst. Seine bloßen Füße waren mit dreckigen Filzlappen umwickelt und mit Bindfaden umschnürt, um die Schultern trug er einen zerrissenen Militärpelz. In sein verbeultes kupfernes Kochgeschirr sammelte er Speisereste vom Fußboden und lutschte daran. Unter der Schirmmütze mit dem roten Band hingen wirre graue Haarsträhnen hervor. Er schlief wie alle stehend oder auf dem Fußboden sitzend – zum Hinlegen war kein Platz. Wenn er mal musste, ließen sie ihn nicht einmal zur Tür.

»Machs durchs Fenster«, schrien sie, »so wie wir alle.«

Der alte Mann tat Maxim leid, er rückte ein wenig zur Seite und lud ihn ein, sich auf die Bank zu setzen.

»Danke für das freundliche Wort, Bruder. Ich bin sozusagen unwürdig, mich neben die Soldaten zu setzen. Hab nach langen Jahren sozusagen endgültig ausgedient.« Er setzte sich nicht, und winzige Tränen rannen ihm über die stoppligen Wangen.

Von allen Seiten bewarfen sie den Alten mit Schimpf wie mit Holzscheiten.

»Fresser. Der müsste längst krepiert sein, lebt ein fremdes Leben.«

»Sieh mal, wie sie ihm die Visage zermatscht haben.«

»Vielleicht aus lauter Übermut?«

»Umsonst wird keiner geschlagen, er wirds schon verdient haben.«

»Wir sollten ihn während der Fahrt ausm Fenster schmeißen, kein Hahn kräht danach. Wir sind lange genug zu Fuß gegangen, jetzt könn die auch mal.«

»Lasst doch, Jungs«, nahm Maxim ihn in Schutz, »wozu quält ihr den alten Mann? Er fährt und nimmt keinem den Platz weg. Alle wollen nach Haus.«

»Richtig«, unterstützte ihn der breitstirnige Geschichtenerzähler von der oberen Pritsche, »bei denen er sich schuldig gemacht hat, die haben ihn verdroschen, uns gehts nichts an. Manche von denen hatten auch Verständnis für unsereins.«

Der Oberst fuhr zu seiner Tochter in die Staniza Zimljanskaja am stillen Don. Maxim gab ihm bis Tiflis von seinem Essen ab und schenkte ihm zum Abschied wollene Strümpfe.

»Da, kannst sie tragen.«

Bei jedem Halt, wie aus der Erde gewachsen, Soldaten.

Brüllend und kläffend zwängten sie sich in die Fenster, hängten sich an die Trittbretter, drängten sich auf die Puffer; auf den Dächern war nicht genug Platz, sie hingen an den Wagenrungen, ritten auf der Lokomotive. Die ungeschmierten Räder kreischten, die Gleise bogen sich durch.

»Setz dich auf den Puffer, halt dich am Teller fest.«

Vor Tiflis ein Stau.

Das Ausweichgleis mit Zügen verstopft.

Die hungrigen Soldaten saßen schon zwei, auch drei Tage und Nächte in den Waggons und überhäuften die Bourgeoisie, die Revolution, die Konterrevolution und die ganze Welt mit wüsten Flüchen; manche machten sich mit Rucksäcken, Bündeln, Koffern zu Fuß über die Schwellen auf den Weg zur Stadt, doch die meisten dieser Eiligen, verängstigt von ungeheuerlichen Gerüchten, kehrten wieder um, drängten sich in Haufen um den vordersten Zug, hielten Meetings ab.

Jeder Haufen hatte seinen eigenen Schreier, und jeder Schreier quatschte und quatschte hemmungslos, was ihm nur in den Kopf kam. Einer drängte darauf, eine friedliche Delegation zur georgischen Regierung[1] zu schicken, ein anderer empfahl, zunächst die Stadt mit Trommelfeuer zu belegen und erst dann die Delegation loszuschicken, und ein ziemlich angetrunkener Kosakenwachtmeister wickelte sich den Schnauzbart, lang und buschig

1 In Georgien befanden sich bis März 1921 die Menschewiken an der Macht, die im Mai 1918 die bürgerliche Georgische Demokratische Republik proklamiert hatten.

wie ein Fuchsschwanz, um die Faust und schrie in dröhnendem Bass:

»Brüder, Soldaten, hört auf einen alten und ausgewichsten Kommisshengst. Wir brauchen keine Delegationen. Wozu mit den Asiaten hier ne Hundehochzeit veranstalten? Die Schüttellähmung solln sie kriegen! Krepieren solln sie allesamt! Schickt mich mit den Kosaken vor! Ich säuber den Weg wie mit nem Feuerbesen und säbel die ganzen neuen Regierer in kleine Stücke, angefangen in Tiflis und aufgehört in der Staniza Kagalnizkaja, wo ich herstamm. So ist das, Brüder und Soldaten.« Als er einige Zuhörer verschlagen grinsen sah, was er beleidigend fand, runzelte er die Stirn, ließ den Schnauzbart auf die Schulter fallen, schlug sich mit der Faust an die Brust, dass die Kreuze und Medaillen klirrten, und sprach noch hitziger weiter: »Ihr Zähnefletscher, was gibts da zu grienen, was zeigt ihr die Zähne wie der Popenhund über der heißen Suppe? Kusch, ihr Satansbraten! Ich bin nicht irgendein Quatschkopf und Arschwackler. Ich war neunzehnhundertsechs im aktiven Dienst und selbst in der Partei. Unser Kommandeur, Kornett Taranucha, der war ein guter Kosak, mög ihm die Erde leicht sein, der konnte auf einen Sitz einen ganzen Hammel verdrücken, er hat unsere Hundertschaft auf dem Exer antreten lassen und hat gesagt: ›Kosaken, für Russland ist eine schlimme Zeit angebrochen, überall meutern die Jidden und die Studenten. Bald wird auch unser Regiment in das verfluchte Odessa geschickt, um dort Frieden zu schaffen. Eingedenk unseres Eides und unseres rechten Glaubens müssen wir mit der ganzen Hundertschaft in die Partei eintreten, in den Erzengel-Michael-Bund.[1] – ›Von Herzen gern‹, haben wir geantwortet, ›uns ist alles egal.‹« Der redselige Wachtmeister würde wohl noch lange getönt haben, aber da drängten sich zwei Kosaken durch die Menge und sagten vorwurfsvoll: »Genug jetzt, Semjon Nikititsch, packen Sie nicht allen Quark auf einmal aus, heben Sie noch was auf für morgen«, griffen ihn unter den Armen und führten ihn zu ihrem Zug.

1 Eine der chauvinistischen, monarchistischen Schwarzhunderter-Organisationen, die u. a. Judenpogrome inszenierten.

Auf einer trockenen Anhöhe wurde Zahl oder Adler gespielt, die blanken Kupferfünfer flogen hoch in die Luft. Zwei Männer führten einen russisch-französischen Ringkampf auf, der viele Zuschauer anlockte, und fast jeder gab dem einen oder anderen Kämpfer gute Ratschläge. Ein paar Mann saßen oder lagen in freien Posen um einen ausgebreiteten Soldatenmantel und droschen Siebzehnundvier. Ein verwegen aussehender kleiner Feldwebel, der schon als Führer eines Begleitkommandos in Tiflis und Baku gewesen war, gab Karten und plauderte munter drauflos:

»Georgien, das weiß man ja, hat sich von Russland abgespalten. Die Georgier haben es satt, hinter dem breiten russischen Rücken zu sitzen, sie wollen nach ihrer eigenen Fasson leben. Jetzt haben sie ihr eigenes Geld, ihre eigenen Gesetze, ihre eigenen Regierer, na, das reinste Paradies.«

»Und zu welcher Partei halten sie? Wofür kämpfen sie?«, fragte abgehackt ein schrecklich magerer rothaariger Soldat.

»Wer? Die Georgier? Die haben alle möglichen Parteien, Bruder, mehr als ein Hund Flöhe hat. Und alle bekämpfen sich gegenseitig, erkennen sich gegenseitig nicht an, und wer bei denen wofür ist, wer recht hat und wer unrecht, daraus wird kein Erzbischof schlau. Ich hab einen von ihren Ministern gesehen, im Stadtpark bei einem Meeting – nicht übel, sauber angezogen, mit Taschenuhr und Rohrstock. Seine Rede konnt ich nicht verstehen, er sprach nicht russisch, sondern in seiner Sprache. Ich hab Tifliser Zeitungen gelesen und bin nicht recht klargekommen, aber auf dem Basar hat ein Fähnrich zu mir gesagt: ›Georgien neigt zu den Menschewiken[1] und hat ihnen die ganze Macht überlassen, und die Menschewiken waren früher bei den Bolschewiken untergeordnet wie die Apostel bei Christus; jetzt aber sind diese Apostel wild geworden, sie erkennen keine Zaren, keine Herren mehr an und fahren selbst Christus an die Gurgel.‹ Die Tifliser Gefängnisse sind bis oben vollgestopft.«

1 Die Sozialdemokratische Arbeiterpartei Russlands spaltete sich 1903 in die konsequent revolutionären Bolschewiken (Mehrheitler) um Lenin und die reformistischen Menschewiken (Minderheitler).

»Der Asiate ist und bleibt Asiate«, seufzte einer der Spieler, »der säuft Blut statt Limonade.«

»Flink sind sie und munter«, fuhr der Feldwebel fort, von den Menschewiken zu erzählen, »aber sie haben vor allen Angst wie die Hasen: vor den Arbeitern, vor den Soldaten, vor den russischen Generälen, vor den Türken und am allermeisten vor den Bolschewiken.«

»Diese Regierer sind einen Scheiß wert. Die halten sich bloß bis zum ersten Frost«, sagte wieder der rothaarige Soldat mit seiner dumpfen Grabesstimme und suchte aus dem Päckchen zerknitterter Geldscheine in seiner Faust einen Rubel heraus. »Gib mir eine Karte. Noch eine.« Zitternd, ganz langsam hob er die letzte Karte auf und zog die Hand zurück, als hätte er sich verbrannt. »Überkauft. Bei uns in Kimry hat wohl an die vierzig Jahre hintereinander der Polizeihauptmann Mamajew gedient. Das war ein Regierer! Sogar wenn er nüchtern durchs Dorf galoppiert ist, hat kein Hund – und das ist ein dummes Tier – ihn anzukläffen gewagt. Aber wenn er besoffen war, durfte man ihm nicht unter die Augen kommen, er hat einen in der Luft zerrissen! Wenn die Mushiks das Bimmeln hörten – Mamajew reitet –, sind sie nur so davongestoben: einer unters Haus, einer auf den Strohschober, jeder woanders hin. Solange der Vormittagsgottesdienst dauerte oder ehe die Abendandacht zu Ende war, durftest du dich nicht besoffen auf der Straße zeigen und nicht Harmonika spielen. Er war ein regelrechter Räuber, vor dem ist das Gras welk geworden aus lauter Angst, und sogar den haben die Mushiks schon ein Vierteljahr vor der Revolution auf die Mistgabeln genommen. Und wie viele von solchen Mamajews hatte der Zar? Wo sind die alle geblieben? Mit Pech und Schwefel ausgerottet wie die Schaben. Das Volk ist vor Verzweiflung grausam geworden, es will keine Regierer mehr am Halse haben.«

Eine Zeitlang schwiegen alle und beobachteten interessiert das Spiel, dann kam das Gespräch wieder in Gang.

»Mal ist es ja schön in der Fremde, aber man hats satt«, sagte nachdenklich Maxim, der dem Spiel zusah. »Anständige Menschen bringen Pflug und Egge in Ordnung, und wir treiben uns herum, ohne Rast noch Ruh. Ist das nicht bitter?«

»Ich versteh gar nicht, weshalb zum Teufel wir hier sitzen!«, rief ein Jüngelchen mit den Aufnähern des Zeitfreiwilligen, das schon ein paarmal versucht hatte, sich ins Gespräch zu mischen; der junge Held trug ein nagelneues Georgskreuz und linste immer wieder hinunter auf die Brust, ob er das Ehrenzeichen auch nicht verloren hätte. »Wir haben die Deutschen geschlagen, die Türken geschlagen, diese Kanaillen hier zermalmen wir im Handumdrehen. Ich find, wenn wir ein kampferprobtes Regiment richtig entfalten, die Flanken mit genügend Maschinengewehren decken und jeder Kompanie ...«

Das losdröhnende Gelächter der alten Soldaten verwirrte den Jungen dermaßen, dass ihm das eigene Wort im Halse steckenblieb, er hustete, dass die Tränen liefen, und verstummte.

»Du bist ja flink!«, sagte der Feldwebel zwinkernd. »Streck mal deinen Kopf hin, dann werden sie dir schon zeigen, was ne Harke ist.«

»Weshalb?«

»Deshalb. Du bist zu grün, nicht auf dem Kien.« Der Geber zog vielsagend die struppige Braue hoch, und nachdem er die total zerfledderten Karten verteilt hatte, fuhr er fort: »Unter ihrer Nationalfahne stellen die Georgier eine eigene Armee auf, die Armenier eine eigene, die Tataren eine eigene. An Waffen fehlt es ihnen, das weiß man ja. Da haben ihre menschewistischen Regierer einen Panzerzug in den Kreis Gjandsha[1] geschickt, um die Transportzüge zu entwaffnen. Entwaffnet haben sie kaum einen Mann, aber in der Station Schamchor haben sie plötzlich mit MGs auf unsere Kameraden losgeballert.[2] Heilige Mutter, da war was los! Die Verwundeten lagen rum wie Heuschrecken, es dauerte zwei Tage, bis die Toten zum Friedhof gekarrt waren. Ausgerechnet war ein Lazarett mit Schwerverwundeten dabei, das

1 1804–1918 Jelisawetpol, seit 1935 Kirowabad.

2 Beim »Gemetzel von Schamchor« (Januar 1918) wurden mehrere tausend Soldaten getötet oder verwundet.

evakuiert werden sollte, die armen Hunde sind in ihren Waggons verbrannt bis auf den letzten Mann. Klarer Fall, die Soldaten sind rasend geworden. Wenn die jetzt einen Georgier, Tataren oder Armenier erwischen, gehts ihm dreckig: Axt über die Melone, Draht um den Hals und am Telegrafenmast hochgezogen, obendrein Steine an die Füße gehängt – mir gehts schlecht, aber du, Karapet[1], beißt ins Gras! Einen von die ihre Offiziere, ich habs selber gesehen, haben sie mit Bajonetten an den Zaun genagelt, einen anderen im Erdöltank ersäuft.«

Maxim hörte viele solche Reden, ihm schwirrte der Kopf. Mit schwerem Herzen kehrte er zu seinem halbleer gewordenen Waggon zurück und legte sich schlafen.

Er erwachte vom Trappeln vieler Füße, von hässlichen Schreien, in seine schlafverklebten Augen stieß das grelle Licht der vorm Waggonfenster vorbeihuschenden elektrischen Lampen – der Transportzug fuhr über ratternde Weichen mit knallenden Puffern in Tiflis ein. Signallichter blinkten, Gebäude huschten vorüber und Pappeln, deren dunkle Wipfel in den Sternenhimmel spießten. Der Zug rollte am Bahnhof vorbei auf ein dunkles Abstellgleis. Noch während der Fahrt sprangen die Soldaten ab. Maxim nahm seine Säcke und sprang auch ab.

Auf dem Bahnhof suchte und fand er den Etappenkommandanten; der trug die Schulterstücke eines Oberstleutnants, saß allein in seinem Zimmer und murmelte wie im Fieberwahn etwas vor sich hin.

»Was willst du? Welches Regiment? Warum ohne Koppel?« Die irrsinnig flackernden Augen des Kokainschnupfers bohrten sich in Maxim.

Maxim gab ihm den Marschbefehl und das Mandat. Der Oberstleutnant überflog die Papiere und warf sie ihm hin.

»Ich habe kein Brot, keinen Machorka, keinen Zucker, scher dich zum Teufel.« Er verstummte für einen kurzen Moment, dann brabbelte und murmelte er wieder los und starrte verstört an Maxim vorbei in eine Ecke: »Gesetzlichkeit, Ordnung, Ideale, alles

1 Armenischer männlicher Vorname; Spottname für Armenier.

stürzt in den Orkus, alles geht in die Brüche. Ach, Ninotschka, Ninotschka, was hast du mir für Kummer gemacht! Was willst du, Soldat? Welches Regiment? Welcher Esel ist euer Kommandeur? Warum bist du nicht vorschriftsmäßig bekleidet? Ach ja … Also, mein Lieber, das Armeekomitee der türkischen Front ist verlegt nach Jekaterinodar[1]. Fahr dorthin mit deinen Stimmzetteln, obwohl das überhaupt keinen Zweck hat. Die Schufte haben ja schon die Konstituierende Versammlung auseinandergejagt und die Wiege Russlands zertrümmert, den Moskauer Kreml. Jetzt ist alles verloren, das Land stirbt, die Kultur geht unter. Du Vieh kannst das nicht begreifen. Vom Kuban? Freust dich wohl, Kanaille? Gleich fertige ich auf Gleis fünf einen Transportzug ab. Hier hast du eine Schachtel Papirossy, und nun pack dich zu des Teufels Großmutter. Alles bricht zusammen … O Gott … Die ewigen Grundfesten … Wehe, wehe den Russen … Ab geht die Troika, Schnee fällt flaumig, ringsum frostig klare Nacht«, sang er, barg das Gesicht in den Händen und schluchzte los.

Stockbesoffen, dachte Maxim und ging hinaus.

Die Station hatte weder eine Verpflegungsstelle noch Brotbänke. Hungrig, grollend und jammernd strolchten die Soldaten umher. Das gesamte Bahnhofsgelände war von einem Regiment der Georgischen Volksarmee[2] umstellt, die Frontsoldaten wurden aus Furcht vor Pogromen nicht in die Stadt gelassen, sondern in Haufen weitergeschoben, nach Baku. Ununterbrochen fuhren Züge nach Osten, einer nach dem andern.

»Ach«, seufzte schwer ein Gefreiter, er stand in der offenen Tür des Güterwagens und drohte mit dem Gewehr der den Augen entschwindenden Stadt, aus der trotz des frühen Morgens noch immer wimmernde Orchestermusik herübertönte, »als wir zur Front fuhren, habt ihr uns mit Blumen verabschiedet, und jetzt empfangt ihr uns mit Disteln? Kein Stück Brot gönnt ihr uns? Na warte, Kazo[3], vielleicht erwisch ich dich mal in ner dunklen Ecke.«

1 Zentrum der Kubankosaken, seit 1920 Krasnodar.
2 Armee der bürgerlichen georgischen Regierung.
3 (georg.) Mensch; Spottname für Georgier.

»Ärger dich nich, Landsmann, sonst platzt dir noch die Leber.« Maxim klopfte ihm auf die Schulter. »Die Menschewiken haben wir kennengelernt, schöne Partei, Gott schenk ihr Gesundheit. Wenn wir weiterfahren, lernen wir vielleicht noch bessere kennen.«

»Aber es wurmt einen ja doch. In den Zeitungen schreiben sie: ›Gleichheit, Brüderlichkeit‹, dabei wollen sie dir an die Gurgel und geben dir keinen Krümel Brot.«

»Lass doch«, sagte Maxim, »uns läuft auch mal solch ein Lockenkopf in die Quere, dann soll er nich um Gnade bitten.«

»Dann gibts keinen Pardon.«

»Jungs, die Hauptsache, trennt euch nicht vom Gewehr«, ließ sich jemand unter der Bank vernehmen. »Haltet das gute Stück bereit bis zum Tode, dann traut sich auch kein Hund an euch ran, denn er beißt zwar gern, aber er hat bloß einen Kopf.«

Hinter Tiflis begann der Krieg.

Die Bergbewohner überfielen in größeren und kleineren Abteilungen auf gut Glück die Züge, raubten sie aus und ließen sie entgleisen.

Unterwegs hungerten die Menschen, verreckten die Pferde.

Die Züge fuhren in geschlossener Reihe, folgten einander dichtauf. In den Nächten fuhren sie ohne Licht, ohne Stimme. Patrouillen und Feldwachen wurden aufgestellt, man blieb in voller Gefechtsbereitschaft. Die Männer fuhren einzeln, in Kommandos, in Regimentern, mit Artillerie, mit Tross, mit Stäben. In feldmarschmäßiger Ordnung gingen die Teile des 4. und 5. Schützenkorps vor und fegten die Banden von der Strecke.

Akstafa, Gjandsha, Jewlach – auf jeder Station Feuergefechte, Getümmel, Radau. Die Station Jelisawetpol brannte, ebenso die Kerosinstation Kjuraktschai. Auf der ganzen Strecke brannten die kleinen Stationen. Eisenbahner, Streckenwärter und Reparaturarbeiter flüchteten mit ihren Familien und ihren Habseligkeiten nach Baku. Es brannten verlassene Häuser, Wärterhäuschen und Arbeiterkasernen. Es brannten tatarische Aule und russische Sektendörfer. In den Vorbergen des armenischen Hochlandes donnerten Kanonen. An den Grenzen von Georgien, Dagestan und Aserbaidshan donnerten Kanonen. Heulen, Stöhnen und der Rauch der Brände deckten ganz Transkaukasien zu.

Stau.

Sämtliche Zufahrtsgleise waren bis an die Ausfahrtweichen mit Zügen verstopft, doch aus Richtung Tiflis rollten immer neue Züge heran, für die schon kein Platz mehr war; sie hielten vor den Signalen auf freiem Feld. Von dort zogen Delegationen im Gänsemarsch los und führten böse Gespräche:

»Wer hält uns auf?«

»Hörst doch, den Lokomotiven ist die Puste ausgegangen, sie schaffens nicht.«

»Die ganzen Weißkragen gehören totgeschlagen.«

Rund um den Bahnhof und auf den Gleisen, auf der blanken Erde und dem gewachsenen Fels ein Gewimmel von Füßen in kaputten Stiefeln oder Bastschuhen; vor Dreck aufgeplatzte Hände, Lumpen, verschrammte bemalte Koffer, Säcke, auf den Säcken und Koffern zerraufte Köpfe, erschöpfte, zermürbte Gesichter, die Visagen verquollen von langer Schlaflosigkeit oder von zu viel Schlaf.

Ganz in der Nähe schlug sich ein reguläres Kosakenregiment in den Bergen mit Tataren herum, die mal auf die Linie ihrer Aule zurückwichen und dann wieder mit wildem Geschrei und Gejuchz zur Attacke vorsprengten, um über den Pass durchzubrechen und sich mit einer anderen Abteilung zu vereinen. Das Echo der Gewehrsalven hallte in den Bergen wider. Die zarte Morgenstille war von Kanonenschüssen durchdröhnt. Nach den deutlich hörbaren Abschüssen bestimmten die Frontsoldaten das Kaliber:

»Ein Dreizöller.«

»Noch einer.«

»Da, eine Bergkanone. Bestimmt von denen.«

»Die haben keine Geschütze.«

»Du bist wohl Arschitekt? Hast nachgesehn, was sie haben und was nich?«

»Oho, eine Kröte quakt.« (Ein Minenwerfer.)

»Ja, wenn die dir von hinten eins draufknallt, bleibst du nich stehn.«

Hinterm Signalmast eine verirrte Granate

sss bumm!

Dreck spritzt auf, Panik.

Einer bekreuzigt sich, einer greift zum Gewehr, einer schnappt seine Mütze und haut ab.

»Sie ballern, die Hurensöhne!«

»Wir sind umgangen!«

»Zerstreut euch!«

»Ganka, hau ab! Ganka, wo ist mein Rucksack?«

»Halt, Brüder! Halt, nicht weglaufen! Sie schlagen sich mit den Kosaken, uns tun sie nichts.«

»Aber sicher, sie werden uns den Kopf streicheln.«

»Uch, mein Gott, ich krieg keine Luft. So kannst du vor der Zeit draufgehen.«

»Eine Delegation müssten wir losschicken zur Verbrüderung, wie an der Front. So und so, Kameraden ...«

»Zieh die Hose aus und leg dich schlafen. Die verbrüdern sich so mit dir, du siehst das Tageslicht nie wieder. Da drüben liegen ein paar arme Hunde, die haben ihren Lohn für treuen und eifrigen Dienst weg.«

In der Tür eines ausgeplünderten Lagerschuppens lagen auf nagelneuen Bastmatten, mit ihren Soldatenmänteln zugedeckt, nebeneinander zwei erstochene Infanteristen vom Guniber Regiment. Unter den kurzen Mänteln ragten die schmutzigen toten Füße heraus, Hacken zusammen, Fußspitzen auseinander. Tags zuvor hatte ihr Transportzug sie ausgesandt, um mit den Tataren zu verhandeln, und heute waren sie neben dem Bahndamm aufgefunden worden. Eben traten ein paar Männer vom Guniber Regiment hinzu – einer mit geschultertem blankem Spaten –, wechselten ein paar kurze Worte und zerrten die Erstochenen auf den Bastmatten zu einer nahen Bodensenke, wo die Erde weicher war. Hier würden sie rasch eine Grube für die beiden schaufeln, dann sich wieder auf ihre Waggons verteilen, um abzufahren. Regenfälle würden strömen, Grashalme rascheln, stille Sonnenaufgänge glühen, doch nie würde ein Angehöriger kommen, um an dem in der Steppe verlorenen Soldatengrab zu weinen.

Lagerfeuer loderten im Wind.

Die harzigen Schwellenklötze, die zersplitterten Bretter verbrannten mit viel Hitze, und auch die Waggonbretter brannten gut, mit schmorender Anstrichfarbe. Jedes Feuer war dicht an dicht mit Kochgeschirren umstellt, in denen Mamalyga blubberte.

Ein großer schwarzbärtiger Soldat zog ein buntes Huhn aus dem Sack, das nicht mehr zum Kakeln kam, als er ihm knirschend den Kopf abbiss. Auf die spärlichen Kanonenschüsse lauschend, sagte er mit einem tiefen Seufzer:

»Sie ballern und ballern. Herrgott, dein Wille geschehe ... Warum bleiben die verfluchten Hunde nicht zu Hause sitzen? Was wollen die Kahlköpfe eigentlich?«

»Ja, Landsmann, wir haben genug vom Krieg, und denen macht er Spaß.«

Die Flammen beleckten das aufs blaugraue Bajonett gespießte Huhn. Ein von einer Krankheit angeknabbertes Bürschchen wickelte sich frierend in den Mantel, schob Ärmel in Ärmel, zwinkerte mit eitrig entzündeten Augen, sog gierig den Geruch verbrannter Hühnerfedern ein und pflichtete dem Schwarzbärtigen beflissen bei:

»Ein Volk von Schurken, Sila Nufritsch, schlimmer als Hunde, wahrhaftig ... Dein Hühnchen brennt an.«

»Keine Bange, brennt nicht an ... Wir müssten abhauen.«

»Ja, abhauen, Sila Nufritsch, hier ist nichts Gutes zu erwarten ... Pass auf, das Hühnchen.«

»Wenns bloß die Tataren wären«, sagte ein in stinkende Lumpen gehüllter Landwehrmann, »die würden wir schnell zu Paaren treiben, aber auf ihrer Seite kämpfen Stellungsoffiziere von uns, das ist der Haken!«

»Was redest du?«

»Ich sags, wies ist.«

»Wie denn das?«

»Ganz einfach. Gestern haben unsere Aufklärer hinter der Kura zwei Asiaten und einen russischen Offizier gefangen. Gut. Zur Station gebracht. In die Mangel genommen und ausgefragt, zu was für einem Gott sie beten. Gut. Von den Tataren ist nicht viel rauszukriegen – belme, belme[1] sie schlagen sich mit den Händen auf die Schenkel, schnalzen mit der Zunge: ›Haben viel Hammel, viel Pferd, viel junges Frau. Krieg kommen – Hammel weg. Freiheit kommen – Pferd weg. Balschewik kommen, rufen: Burshui, Burshui! Und nehmen Rest weg, nehmen Frau Schleier weg. Hammel weg, Pferd weg, junges Frau weg. Eijeijei, Russe, ganz schlechte Ordnung kommen!‹ Wir haben uns halbtot gelacht über die Asiaten, aber bei dem Offizier sind wir härter rangegangen. Gut. ›Von welcher Partei?‹, fragen wir ihn. Er antwortet: ›Parteilos.‹ – ›Du lügst, quergefackter Hurenbock‹, sagt einer von den Komiteelern, ›Parteilose haben wie die Schaben auf dem Ofen zu hocken und sich nicht bei den Tataren rumzutreiben.‹ Gut. Wir fragen ihn, von welchem Truppenteil und wann abgehauen aus der Feuerstellung. Er sagt nichts. Wir haben noch was gefragt. Er sagt nichts. Da hat der Komiteeler ausgeholt und Wohlgeboren eins vor den Rüssel gehauen, noch eins, da hat er geredet: ›Russland, die Verbündeten, dies und das, wir wollen eure schmähliche Flucht stoppen und die Armee an die Front zurückbringen.‹«

»Sauber.«

»Die sind ja nich blöd. Sie haben uns dort geschlagen und schlagen uns hier, sie haben uns dort dumm geredet und reden uns hier dumm.«

Das Huhn war fertig. Der Schwarzbärtige brach ein angebranntes Flügelchen ab, leckte daran, verbrannte sich und warf es dem Jungen hin.

»Da, Fedjunka, vertreib dir die Langeweile.«

Gleich nebenan, hinter einer Mauer, auf einer Schilfgarbe, ließ eine dicke Armenierin jedermann drüber.

1 (tatarisch) Weiß nicht.

Im kleinen Park beim Bahnhof drei Menschenhaufen. In dem einen wurde Zahl oder Adler gespielt, im zweiten der Bahnhofsvorsteher totgeschlagen, und im dritten, dem größten, zeigte ein kleiner Chinese seine Kunststücke:

»Schindla, mindla! Oh, gucken, Kugel liegen in Hand ... Ein! Swei! Schlecht! Weglollen! Wohin Kugel lollen? Nik wissen, flagen müssen!« Er verzog sein Gesicht, das so schwarz verschmiert war wie ein Stiefelschaft, tuschelte verschmitzt mit seinem kleinen Holzgott und schrie erfreut: »Ah, jess wissen, wo Kugel sein! Mein Gott sein gute Gott!«

Die Zuschauer waren begeistert.

»Dieser Satan ... Nein, ist das ein Satan.«

»Der hat was los, der Bengel.«

»Jaa. Einer von uns, ein Russe, wär längst verschütt, aber der windet sich raus.«

Der große schwarzbärtige Soldat stieß die Leute auseinander und knabberte im Gehen den letzten Hühnerknochen ab, er eilte wie ein Raubvogel zur Station, um dem Vorsteher den Rest zu geben: Es hieß, er atme noch.

Auf dem Bahnsteig trieb sich eine fröhliche Gesellschaft angetrunkener Terekkosaken herum, sie rissen Witze, wieherten, amüsierten sich köstlich über ihren eigenen Schabernack. Einer von ihnen, der jüngste und abstoßendste, hatte den Kopf ganz zur Seite geneigt und unterhielt sich, die Augen vor Vergnügen halb geschlossen, indem er mit dem Löffel ein leeres kupfernes Kochgeschirr bearbeitete und im gleichen Rhythmus unsägliche Schweinereien hervorsprudelte; ein anderer versuchte, ein Tereklied anzustimmen, doch ihm kippte immer wieder die Stimme über; zwei weitere wetteiferten, wer höher spucken könne; sie hatten schon die ganze Bahnhofsfassade vollgespuckt, aber die Wette war noch nicht entschieden. Da kam Foka, der Bursche des Hundertschaftsführers, vorbei, ein scheinbar dümmlicher Junge, doch in Wirklichkeit ein Schelm und Spitzbube, wie ihn die Welt noch nicht gesehen hatte. Im Gehen galt seine ganze Aufmerksamkeit der vollen Schüssel saure Sahne, die er in den ausgestreckten Händen trug. Die Saufbrüder umringten ihn und löcherten ihn mit Fragen: »Wo warst du? Wo hast du die Milch her?« – »He, das is ja Sahne!«, rief einer von ihnen, der den Finger in die Schüssel getunkt und abgeleckt hatte. »Ah, schmeckt herrlich. Was hast du bezahlt? Erzähl doch mal, Foka, wie du in Eriwan die Tatarin im Dampfbad hast eingeseift.« Ein anderer tauchte nicht nur einen Finger, sondern alle fünf in die Sahne, und der, dessen Stimme sich beim Singen immer überschlug, warf seine Kippe hinein, was bei der ganzen Gesellschaft brüllendes Gelächter hervorrief. Foka stellte die Schüssel zwischen seine Füße, hielt den Mantel darüber und flehte:

»Stanizler ...«

Aber die Kosaken bedrängten ihn. Einer hatte ihm die Mütze auf die Nase gezogen, ein anderer zerrte die Schüssel mit Sahne unter ihm hervor, und der mit dem Löffel gegen das leere Kochgeschirr geschlagen hatte, setzte ihm zu:

»Foka, Foka, lüg uns was vor, ohne zu überlegen.«

»Ich hab keine Zeit, mit dir Blödmann die Zunge zu wetzen. Hau ab!«, schrie Foka wütend. »Ihr habt bloß Lachen und Kichern im Kopf, und dort gibts Verpflegung, dort gibts ... ach, wozu sag ich euch das.«

»Wo gibts Verpflegung? Was für Verpflegung?«, fragten die beiden Wetteiferer, deren Bärte vollgespuckt waren.

Foka ließ die Augen diebisch hin und her huschen und flüsterte:

»Macht hin, Jungs, es gibt keinen Gott. Im Telegrafenbüro, dort die letzte Tür mit dem Gewicht, da verteilen sie jetzt gleich erbeutete Uniformstücke. Anderthalbtausend Uniformen, ich hab sie selber gesehen. Falls ... wenn ... haltet mir einen Platz ...«

Die Kosaken wechselten Blicke, zwinkerten, ließen von Foka und seiner Sahne ab und strömten zu der Tür, hinter der offenbar tatsächlich etwas los war.

Im Telegrafenbüro stürmten die Frontsoldaten auf den Telegrafisten ein und verlangten von ihm Lokomotiven, und von hinten drängten Kosaken vom Terek und vom Kuban und irgendwelche Müßiggänger gegen die Tür; sie hatten auch von den Beuteuniformen läuten hören.

»Brüder, wird das Zeug hier ausgegeben?«

»Stell dich hinten an.«

»Uniformen?«

»Wirklich? Sjomka, hol unsere Leute her!«

»Drängel nich so.«

»Wo gibts die Uniformen?«

»Anstellen, anstellen! Wir sind alle gleich!«

»Wo willst du hin, du Satan?«

»Selber Satan, ich knall dir eine, dass du mit den Fersen nach vorn hier weggehst. Ich bin so einer. Da kannst du noch so viel Lametta auf den Achselklappen haben.«

»Meine Streifen müssen dir wohl schwer im Magen liegen.«

»Ich scheiß drauf.«

»Nicht so laut.«

»Uniformen?«

»Neee«, rief enttäuscht der, dem immer die Stimme überkippte, »hier gehts um Lokomotiven.«

Die Schlange, die sich nach Uniformen angestellt hatte, explodierte in säuischen Flüchen und zerstreute sich.

»Dieser Foka ist doch ein toller Hund«, sagte einer der Tereker begeistert und wischte sich mit der Mütze den Schweiß vom Gesicht. »Jetzt hat er bestimmt schon dem Jakow Lukitsch Wareniki vorgesetzt und sitzt dabei und leckt von der Sahne. Das nennt man ›Lüg uns was vor, ohne zu überlegen‹.«

Der an die Wand gedrückte Telegrafist murmelte wie im Suff oder im Halbschlaf klägliche Worte. Vor seinen entsetzt aufgerissenen Augen flimmerten Soldatenkinne, schmutzige Schnurrbärte, verschwitzte irrsinnige Gesichter und brüllende Mäuler. Die Pranke des Anführers griff schon nach seiner Kehle.

»Sag, sag zum letzten Mal, kommen Lokomotiven oder nich?«

»Wir schneiden sie dir aus den Rippen.«

»Wir müssen unbedingt fahren.«

»Gebt dem Schmarotzer Saures!«

Aus dem gestärkten Kragen reckte sich der Gänsehals, die weißgewordenen Lippen zitterten.

»Kameraden ... Liebe Leute ... Mein Gott ... Ich bin ja auch für das neue Regime ... Ich hab auch gekämpft, ich kann euch die Dokumente zeigen. Die Lokomotiven hängen doch nich von mir ab.«

Stimmen schlugen zu:

»Balla-balla, was der zusammenredet!«

»Verkleister uns nich die Augen!«

»Du schaffst jetzt Lokomotiven her!«

»Tod oder Leben?«

»Du musst dich schon bemühen. Dem Mushik sein Brot willst du essen, aber einen Gefallen tun willst du ihm nicht?«

»Schön feiern und saufen, was?«

»Die haben sich alle an die Burshuis verkauft!«

»Wir häng hier rum, komm nich vom Fleck. Üble Späße.«

»Was geben wir uns mit dem ab? Schüttelt ihn durch, dann schafft er auch Lokomotiven ran.«

»Brüder, ich geb euch mein großes Ehrenwort ...«

Wut sprühte aus den Soldatenaugen. Hände griffen nach dem Telegrafisten, die blanken Knöpfe von seinem Dienstrock sprangen ab.

»Sag, schaffst du Lokomotiven her?«

»Brüder ...«

»Hau ein Telegramm nach Baku rein, du Hundedreck! Forder über den Murseapparat Lokomotiven aus Baku an.«

Wäre der Tereker Foka an der Stelle des Telegrafisten gewesen, er würde mit größter Bereitwilligkeit zum *Murse*apparat gerannt sein und, obwohl sämtliche Leitungen längs der Strecke seit langem unterbrochen waren, aus Leibeskräften auf den Apparat eingehämmert und ihn nach allen Seiten gedreht haben; dann würde er sich auf das längst nicht mehr funktionierende Telefon gestürzt und mit aufgeblasenen Backen und wild rollenden Augen die Bakuer Natschalniks mit den schlimmsten Worten beschimpft und verlangt haben, dass sofort vierzigtausend Lokomotiven zu seiner Verfügung gestellt würden. Die Frontsoldaten, von neuer Hoffnung erfüllt, würden ihm Machorka angeboten, ihm ihr bitteres Schicksal geklagt haben und dann still und friedlich auseinandergegangen sein. Irgendwie würde sich dann die Gewitterwolke aufgelöst haben. Aber der Einfaltspinsel von Telegrafist war nicht fähig zu solchen Geistesblitzen und breitete auf die Forderung, ›ein Telegramm nach Baku reinzuhauen‹, nur hilflos die Arme aus, was in dem entzündeten Bewusstsein der Soldaten als Mangel an Willen ankam, sich Mühe zu geben und ihnen gefällig zu sein.

»Lukin!«, schrie eine überschnappende Stimme voller Verzweiflung. »Lukin, verpass ihm eine!«

»Äch!«, Lukin spuckte sich in die Faust. »Ein Patriot! Krieg bis zum Sieg!« Und er verpasste ihm eine, dass der Telegrafist mit dem Hinterkopf an die Wand prallte, an der Werbeplakate für die ›Anleihe der Freiheit‹ klebten.

In diesem Moment
krachte
eine Explosion
Glas splitterte
die Bahnhofsmauern bebten.

Die Männer ließen von dem Telegrafisten ab und stürmten davon. Anfangs wusste keiner, was los war. Der Bahnsteig war in Rauch gehüllt, aus dem Rauch kamen Stöhnen, alarmiertes Geschrei und exakte Kommandos.

»Dritte Hundertschaft, Kette!«

»Sanitäter ...«

»Schwadron, aufgesessen!«

»Kirjucha, wo sind unsere?«

Allmählich zerstreute sich der Rauch.

Auf dem Bahnsteig lagen da und dort bäuchlings und rücklings Verwundete, Geprellte, andere krochen stöhnend umher. Sanitäter mit Tragen eilten herbei. Auf dem Zufahrtsgleis waren ein paar Güterwagen aus den Schienen gesprungen.

Ein kleiner, stämmiger Artillerist von der Karser Festungsartillerie stand an einen nach der Explosion teerig-klebrigen Laternenpfahl gelehnt, verschmierte das Blut auf seinen runden Wangen, betrachtete verwundert eine zerfetzte militärische Strickmütze und murmelte:

»Wie konnte das bloß passieren? Ja, du lieber Gott ... Aber das ist ja die graue Mütze von dem armen Kerl ...« Nachdem er ein wenig zu sich gekommen war, erzählte er den umstehenden Soldaten schon ein bisschen zusammenhängender: »Der Pantscho von unserer Batterie ist explodiert, beim wahren Christus ... Wir sind in die Siedlung gegangen, um Speck zu besorgen, aber wir haben keinen gefunden. Na, da haben wir eine Feldflasche Wein ausgetrunken. Dann sind wir zurückgegangen, haben uns friedlich über zu Hause unterhalten, und nun müsst ihr wissen, der Pantscho hat auf dem Buckel einen Rucksack voller Bomben und Dynamit geschleppt, den wollte er mitnehmen in die Heimat, der arme Kerl, um die Burshuis zu erledigen. Speck haben wir keinen gefunden, wir wollten ums Verrecken gerne Wurst, aber wir haben auch keine Wurst aufgetrieben. Auf dem Rückweg haben wir noch eine Feldflasche leergetrunken, aber blau waren wir nich, höchstens angetütert. Wir kommen also zum Bahnhof und unterhalten uns in aller Ruhe; uns tut keiner was, wir tun keinem was. Wir gucken – so was! – unser Waggon is weg. Wir suchen und suchen, der Waggon is weg. ›Die wolln uns wohl für dumm verkaufen‹, sagt Pantscho, ›hier hat der Waggon gestanden, und jetzt is er weg!‹ – ›Gemeinheit‹, sag ich, ›gehn wir zum Bahnhofsdiensthabenden und unterhalten uns mal still und freundlich mit ihm.‹ Der Pantscho, Gott hab ihn selig, und ich, wir kommen also hierher und fragen, wo wir den Diensthabenden finden, da ist auf einmal so n verrückter Bengel da. Und schreit: ›Was zum Donnerwetter steht ihr mir im Weg?‹ Und haut meinem Kumpel den Teekessel auf den Buckel, der Mistkerl. Na klar, der Pantscho fängt an zu zischen und explodiert. Bloß die Mütze ist von ihm übrig. Er war so ein guter Junge, du mein Gott. Manchmal sind wir auf die Straße gegangen, in unserm Dorf also, und haben mit zwei Harmonikas losgelegt … Uuu …«

Ächzen, gemeines Fluchen; die blutige Strickmütze mit daran klebenden rötlichen Haarbüscheln wanderte von Hand zu Hand.

Das Schießen in den Bergen war verstummt.

Mit Gesang und dem Klimpern von Schellentrommeln kehrten die Kosaken aus dem Kampf zurück. Malachais aus Hundefell, kurdische Papachas, finstere verwitterte Gesichter, kräftige Zähne, Augen, in denen noch Unruhe und Kampfeseifer brannten.

»Von der mutigen Attacke
kehren die Kosaken heim.
Hei, hei, eins-zwei-drei
kehren die Kosaken heim.«

Die Kosaken brachten tatarische Pferde mit, leicht wie die Morgenröte, die Gefangenen hatten sie unterwegs totgesäbelt. Die Soldaten empfingen sie mit einem donnernden Hurra.

Die Züge, die eine Lokomotive hatten, fuhren an und rollten, mit den eisernen Spurstangen klirrend, nach Osten. Die Züge ohne Lokomotive blieben hungrig auf der zertrümmerten Station.

In Baladshary ein Stau.

Hier hatten sich wie zum Marienfest an die Hunderttausend angesammelt, aus verschiedenen Gouvernements und Truppenteilen, sie hatten nichts zum Weiterfahren, sie hatten Angst vorm Weiterfahren, und sie mussten doch weiter. In den Waggons lagen, in Burkas und Schafpelze gehüllt, schlafend oder wach, Kosaken und Turkmenen, schwarzgebrannt von der fettigen Sonne Mesopotamiens. Sie besaßen nur noch Sattelblätter und Zaumzeug, ihre Pferde waren in den Sandwüsten versunken, auf den Feldzügen umgekommen. An Lagerfeuern trockneten sich dösend die Soldaten vom Expeditionskorps des Generals Baratow.[1] In drei langen bitteren Jahren waren sie über sämtliche Straßen

1 Ein russisches Expeditionskorps unter Nikolai Nikolajewitsch Baratow (1865-?) landete im Oktober 1915 in Persien, rückte bis Isfahan vor und setzte 1917 den Angriff in Richtung Mossul und Bagdad fort.

und Wolfspfade vom Kaukasus bis zu den Stellungen von Mosul und Dialah und zurück gezogen. Manche hatten während der ganzen Zeit der Feldzüge richtiges Brot nicht einmal gerochen und den Geschmack guten Wassers längst vergessen. Vom Skorbut eiterte ihr Zahnfleisch, die tropische Malaria hatte die harten Bauernknochen aufgeweicht, Schorf und Geschwüre zerfraßen die gequälte Haut ... Undurchdringlich ist der Schlamm von Urmia, spitz das Gestein von Kurdistan, tief der Sand von Sharafkhaneh! Schwere Gespräche schleppten sich hin. Der Schein der Lagerfeuer griff aus der Dunkelheit bald den blanken Metallbeschlag eines Gewehrkolbens, bald die Bambuskrücken eines Verwundeten, bald verwilderte Augen, die in ein hungriges Gesicht hineingeschnitten schienen.

In den Transportzügen lachten und weinten Harmonikas, loderten Lieder. Zwischen den Gleisen wurde russisch und Hopak getanzt, in den von Glut und Kälte schwarzgebrannten Gesichtern blitzten die Augen in fröhlicher Unruhe; mit Stampfen, Gejuchz und Händeklatschen betäubten die Männer Heimweh, Hunger, Furcht und Verzweiflung.

Am Horizont schimmerten die saftigen Lichter von Baku, doch in Baladshary wars kalt, hungrig, unwirtlich. Ganze Haufen wälzten sich in die Stadt, aber auch dort gabs kein Brot.

Vom Meer wehte böig steife Brise, stürmte in finsterem Stöhnen gegen die Berge an.

Aus der Stadt kamen Tag und Nacht mit Kutschen und Automobilen Agitatoren der verschiedenen Parteien.

Die Soldaten hörten interessiert zu, doch mit größerer Gier fahndeten sie in den Strömen der Beredsamkeit und Flucherei nach Kunde aus der Heimat: In Russland ist die Konstituierende auseinandergejagt, in Russland räumen die Mushiks mit den Gutsbesitzern auf, in Russland geht ein scharfer Kampf um die Macht zwischen zwei Richtungen, den Bolschewiken und der Bourgeoisie, im Kaukasus schreien die Gebirgler: »Nieder mit den Giaurs«, in der Tschetschenei hat jeder Reiche und jeder Räuber eine eigene Partei, und alle metzeln sich gegenseitig, die Inguschen haben die weiße Fahne der Unterwerfung gehisst, Dagestan aber ergibt sich dem Islam und der Türkei …

Die Lokomotiven brüllten auf, die Soldaten hörten die lange Resolution über die Unterstützung der Bolschewiken nicht zu Ende an, sie schrien: »Richtig! Richtig! Nieder mit dem Krieg!« und liefen auseinander.

Die Züge zogen sich hinein in die Weite.

Durch jeden Zug ging eine Klingelleine zur Lokomotive. Man schlief nur halb. Bei der kleinsten Gefahr läutete die Glocke, Gewehre ballerten, Dampfpfeifen heulten. Der Angriff wurde abgeschlagen, die Züge fuhren weiter.

Die Räder ratterten
vorbei flogen
Stationen
Gesichter
Tage
Nächte …

Die Truppen sahen liederlich aus, überall lärmte das Volk wie betrunken.

»Von welchem Regiment?«

»Fünfzehntes Schützenregiment. Und ihr?«

»Zweites Saporoger.«

»Nach Hause?«

»Klar.«

»Welche Staniza?«

»Platnirowskaja.«

»Und wir sind Russen, Onkel, aus dem Gouvernement Kursk, Kreis Graiworon. Wir wollen die Burshuis zerschmettern.«

»Gebs Gott.«

Links ragten die Dagestaner Berge, rechts drunten loderten die hellblauen Strudel von Väterchen Kaspi.

In Chassaw Jurt wurden die Frontsoldaten von Chutorlern empfangen. In ihren Schafpelzen sich verheddernd, liefen sie vor den Waggons her und jammerten vielstimmig:

»Soldaten, helft uns ... Gebt uns Schutz, Landsleute.«

»Was ist passiert?«

»Die Tschetschenen setzen uns zu. Sie rauben, morden ...«

Auf einem Meeting wurde beschlossen, Hilfe gegen die Überfälle der Tschetschenen zu geben. Es war Nacht. Die Geschütze feuerten von den Flachwagen auf die Berge. Eine Abteilung von Freiwilligen wurde gebildet, sie stürmte den nächsten Aul. Der Aul brannte prasselnd und funkensprühend nieder, Weiber und Kinder heulten, der Tschetschene schoss bis zur letzten Patrone zurück.

Bei den Mushiks wurde gegen Waffen Brot eingetauscht, dann gings weiter.

Der Kanonenofen glühte rot. Über die verräucherten Wände des Güterwagens flackerte Widerschein. Die Männer schliefen im Sitzen, im Stehen, jeder, wie er untergekommen war. Maxim, von der Hitze erschöpft, schlummerte auf der oberen Pritsche, seine Säcke in den Armen. Im Rattern der Räder sah er sich beim Drusch: Die Dreschmaschine frisst gleichförmig klappernd die Garben; das Korn rinnt zischend in die großen Säcke; im leicht bitteren Getreidestaub schwebt, eine Garbe umarmend, Marfa; die Sonne brennt, Maxims Adern stöhnen, sein Inneres zittert ...

Gegen Morgen entließ der Kaukasus den Transportzug aus seiner steinernen Umarmung, die Berge traten zurück, vorn kochte wie schneeweißer Schaum die Mosdoker Steppe.

Du-du

uu

u

uuu ...

»Jetzt sind wir raus aus dem Fluch – endlich in Russland!«

Schnell, wütend rasten die Tage.

Staub ... Rauch ... Donner ...

Je weiter sie sich von der Front entfernten, desto übermütiger wurden die Soldaten. Auf den zertrümmerten Stationen machten sie selber das Wasser heiß, läuteten selber die Glocken, fertigten alle Züge in alle Richtungen schnellstens ab – freie Fahrt!

Auf dem Streckenabschnitt Chassaw Jurt – Mosdok – Grosny waren die Gleise an vielen Stellen zerstört. Zu beiden Seiten des Bahndamms lagen – wüst umgestürzt, auf der Seite, mit den Rädern nach oben und sonstwie – Lokomotiven, Tankwagen und Waggons, verstümmelt wie Kinderspielzeug. Den Spuren der Reparaturbrigaden und Pionierkommandos, die die Strecke ausbesserten, folgten wie Schakale Banden von Marodeuren, sie rissen die Schienen wieder auf, entfernten die Schwellen. Die Züge rasten manchmal plötzlich los, ohne in den Kurven oder wenn es bergab ging zu bremsen – die Waggons schütterten und schleuderten, die Soldaten flogen gegen die Wände, fielen von Dächern und Puffern –, dann wieder zogen die Lokomotiven knirschend und keuchend die überlangen Züge mühsam vorwärts, blieben häufig stehen und standen lange bis zum Bauch im Schnee. Einige Kosakenabteilungen ritten in Lawa, andere feldmarschmäßig, mit allen Vorsichtsmaßnahmen; es gab auch solche, die über die Schwellen gingen und leere Waggons hinter sich herzogen, in der Hoffnung, irgendwo eine Lokomotive aufzutreiben, das waren zumeist Sibirier oder Leute aus den zentralen und nördlichen Gouvernements, die vernünftigerweise meinten, fahren müssten sie immerhin, und sich von den Waggons zu trennen, sei verkehrt.

In den Nächten fasste finsterer Feuerschein mit pechschwarzen Qualmwolken den halben Himmel – seit dem Sommer brannten die Ölfelder von Grosny.

Im ganzen Kaukasus loderte prasselnd der Klassen-, Nationen- und Standeskrieg. Längst vom Gras des Vergessens überwucherter alter Hader kam wieder ans Licht. Die Hand des Hungrigen griff nach der Kehle des Satten. Über Gebirgspfade und -straßen strömten berittene Massen. Terek, Ossetien, Inguschetien, die Tschetschenei, Karatschai, die Große und Kleine Kabardei waren in Pulverqualm gehüllt, im Qualm blitzte Feuer, blitzte der Dolch, der Brand der Grausamkeit hielt die Völker dieser Landstriche umfangen. Schon flammte jach Wut in der Staniza, scheele Blicke gingen zur Stadt, und der Säbel bedrohte den Uraltfeind, den Bergbewohner.

Stürmische Meetings in den Aulen.

Auf Bahnhöfen, Basaren und Plätzen griffen die von der Front zurückgekehrten Reiter der Wilden Division[1] zum Dolch und brüllten:

»Zar ist Hure! Zar nich brauchen, Land brauchen! Kosak ist Hure! Kosak nich brauchen, Krieg brauchen! Land uns gehören, Wasser uns gehören, Kaukasus uns gehören!«

Wie in alten Zeiten trieben die Kosaken das Vieh unter starker Bewachung auf die Weiden, auf Kurganen und an Furten stellten sie Posten auf, Bergbewohner, die sie auf ihrem Land erwischten, wurden gemetzelt, manchmal auch mit einer Leine um den Hals bis zur Gebietsgrenze gejagt, dort halbtot geprügelt und mit einer Warnung freigelassen.

»Das ist deine Grenze, du Knochennager. Merk dir das, du Hurensohn, und brings auch deinen Kindern und Enkeln bei. Setz nie wieder deinen Fuß auf mein Land – ich hack ihn dir ab.«

Karaulow, Ataman des Terek-Kosakenheers und Mitglied der Staatsduma, gab die Parole aus:

»Kosaken und Gebirgler sind Brüder. Kosaken und Gebirgler sind die Herren des Kaukasus. Mushiks und städtisches Lumpenpack treiben wir mit der Peitsche aus dem Kaukasus.«

Die Frontsoldaten trafen Karaulow auf der Station Prochladnaja – nur ein Waggon hing an der Lokomotive – und redeten und fluchten:

»Herr Ataman, Sie halten die Kosaken untätig fest, die Burshuis reißen das Maul für den Zaren auf, und wer denkt an uns Mushiks?«

»Packt euch, ihr Satansbraten!«, schnauzte ein Haiduck des Atamans. »Hier beim Waggon wird nicht gelärmt, Seine Hochwohlgeboren geruhen zu schlafen.«

Die Soldaten scherte das nicht, sie verstärkten ihr Geschrei:

»Herr Ataman, Sie hetzen die Asiaten gegen die Russen, die Kosaken gegen die Arbeiter, die Bauern gegen die Kosaken, warum? Wann soll die Bestialität ein Ende haben?«

1 Aus Angehörigen der Kaukasusvölker bestehend.

In diesem Moment kam, ein Bündel verschiedenfarbiger Depeschen in der Hand, ein anderer Haiduck angelaufen, warf dem Lokführer im Gehen »Fahr los« zu und verschwand im Waggon.

Die Lokomotive tutete und zischte, gleich würde sie anfahren, aber die Soldaten standen, eine dichte Wand, auf dem Gleis und dachten nicht daran, den Weg freizugeben.

»Herr Ataman, Sie fahren ganz allein mit der Lokomotive spazieren, wir müssen fahren und haben nichts, warum? Sie setzen in der Etappe Fleisch und Fett an, und uns fällt vor Heimweh und Hunger das letzte bisschen Haut von den Knochen, warum?«

Da drängte sich, mit dem durchschossenen Bein einknickend, ein Invalide nach vorn und hämmerte erbittert mit der Krücke gegen die lackierte Wand des Waggons.

»Komm raus, du Lump!« Sein ausgemergeltes Gesicht war verzerrt von Ingrimm. »Komm raus, du Hurenbock!«

»Komm raus!«, griffen die anderen auf. »Komm raus, wir möchten selber fahren.«

Am Fenster zeigte sich verschlafen, finster der Ataman. Eine Zeitlang blickte er schweigend auf die tobenden Soldaten, dann drehte er sich halb um, sagte etwas zu seinen Haiducken, und …

»Ein Maschinengewehr!«, heulte wild der Invalide, griff nach seinen Krücken und humpelte davon.

Und wirklich, viele sahen im Fenster des Waggons den Rüssel eines Maschinengewehrs. So viele Frontsoldaten auf der Station waren, so viele rissen das Gewehr von der Schulter und feuerten ganze Salven auf den dunkelblau lackierten Waggon. So starb der Ataman Karaulow.[1] Schon wurde er mitsamt seinen Haiducken auf den Bahnsteig geschmissen, der zersiebte Waggon füllte sich bis zum Bersten mit Soldaten, Soldaten lagen auch auf dem Dach.

Von der Lokomotive hielt ein junger Kosak eine Rede.

»Meine Herren Soldaten, ihr habt die Nase voll vom Krieg, und wir haben die Nase voll vom Krieg. Ihr haut ab von der Front, und unser Erstes Wolgaregiment ist vor Pjatigorsk auseinandergelaufen. Eure Generäle sind Lumpen, unsere Atamane sind

1 Im Dezember 1917.

Lumpen, und die städtischen Kommissare sind auch Lumpen. Sie wollen von unserm Leid nichts hören, sie wollen unsere Tränen nicht trocknen! Von heute an bis in alle Ewigkeit wollen wir ihnen nie wieder gehorchen, nie wieder uns vor ihnen verbeugen. Sie trachten, uns gegeneinander zu hetzen und die Erde mit dem Blut des Volkes zu tränken. Daraus wird nichts! Sie sind wenige, wir sind viele! Reißen wir ihnen die Orden und Schulterklappen ab, schlagen wir sie tot bis auf den letzten Mann und hauen wir ab nach Hause – die Erde pflügen, Wein trinken und unsere Frauen lieben.«

Diese Rede gefiel allen, und die Soldaten verbrüderten sich mit den Kosaken.

Bei den Flachwagen mit den Geschützen trieben sich diebisch Kabardiner herum, hohe Papacha auf dem Kopf, Nagaika in der Hand. Nicht ohne Scheu guckten sie in die geputzten Geschützläufe hinein, berührten unsicher Verschlüsse, Lafetten, Schutzschilde.

»Russe, verkauf.«

»Kauf nur.«

»Wie viel?«

»So viel.«

»Warum du scherzen?«

Die Kabardiner hockten sich im Kreise hin und berieten sich murmelnd und schnalzend. Dann beguckten sie wieder die Geschütze und fragten:

»Soldat, Kanone schießen? Haben Pulver?«

»Sie ist fertig und geladen. Halt mal den Kopf davor, dann baller ich los.«

»Ich nur ein Kopf haben, schade um Kopf. Bitte dort nach Berg schießen.«

»He, Kerl, du verstehst wohl was davon?«

»Verkaufen Kanone?«

»Was willst du damit?«

»Kanone sehr brauchen. Inguschе sein Hund, Tschetschene

sein Hund, Adygej sein Hund, Natuchai sein Hund.[1] Eijei, hier überall viel Hund sein, ich kämpfen. Verkaufen Kanone!«

»Kannst sie haben.«

»Wieviel?«

»Einen Rubel das Pfund!«

»Ha, warum du spotten …«

Sie feilschten bis in die Nacht. Später schleppten die Artilleristen gefesselte Hammel und große Fladen Schafkäse in die Waggons, dann zählten sie das Silber zaristischer Prägung und teilten es fluchend. Die Kabardiner rollten die Geschütze von den Flachwagen, vorsichtig, um Lärm zu vermeiden, und spannten kräftige Pferde davor. Mit polternden Schutzschilden ruckten die Geschütze an, jagten in die Berge, verschwanden in Nacht und Wind.

Maxim trieb sich bei den Leuten herum, hörte zu, was sie redeten, und als er in den Güterwagen zurückkehrte, war sein Kleidersack weg, nur die Urne mit den Soldatenstimmen war noch da.

»So ein Mist«, krächzte er betrübt und setzte sich auf die Soldatenstimmen, »die Menschen haben kein Gewissen mehr, sie klauen einem alles unter den Händen weg.«

»Wo soll heutzutage das Gewissen herkommen«, ließ sich speckkauend ein Landwehrmann vernehmen, »vorgestern bei Derbent haben wir die eigenen Verwundeten liegengelassen.«

»Eine Schande«, sagte Maxim, »auf diese Weise klauen wir uns gegenseitig die Mütze vom Kopf, dann bringt uns die Freiheit keine Ehre und keinen Nutzen, dann landen wir alle in der Zigeunerpartei.«

»Wohl wohl«, pflichtete der Landwehrmann ihm bei und linste nach der Urne. »Was hast du da drin?«

»Stimmen.«

»Waaas?«

1 Inguschen, Tschetschenen, Adygej, Natuchai sind wie die Kabardiner Kaukasusvölker. Die Natuchai sind ein Adygejstamm, die Kabardiner sind mit den Adygej verwandt.

»Soldatenstimmen.«

»Ach sooo ... Eine komische Scheune hat der Onkel: Sieben Jahre kein Getreide, aber die Schweine wühlen immer noch drin.«

»Komisch, aber nicht sehr.«

»Ich dachte schon, du handelst mit irgendwas. Was hast du davon, von den Stimmen?«

»Ich bin Deputierter. Soll sie zur Konstituierenden bringen.«

»Ach, mein Lieber, da liegste schief. Hast du nich gehört, was das Bürschchen mit der langen Nase in Grosny gesagt hat: Die Konstituierende ist erledigt, die hat mit dem Knüppel gekriegt. In ganz Russland sitzen jetzt die Bolschewiken oben, und das, mein Lieber, das sind Leute, mit der einen Hand zeigen sie dir n Kuchen, mit der andern haun sie dir eins aufs Maul. Auch dir, mein Lieber, dir werden sie nicht Dankeschön sagen für deine Wische, und vor deinem roten Schnauzbart haben sie keine Angst.«

»Halts Maul!« Der hungrige Maxim sprang auf und starrte wild auf die bis zu den Ohren fettigen Wangen des Landwehrmanns. »Die dresch ich alle windelweich: die Bolschewiken und die Menschewiken und dich Esel obendrein! Ich hab keine Wische. Das Regiment hat mich geschickt, hat mir die Stimmen anvertraut, und die werd ich auch ehrlich abliefern.«

»He, nich so wütend!« Der Landwehrmann wich zurück. »Ich hab doch überhaupt nichts zu bestellen.«

Auf der Pritsche

rrr ...

Unter der Pritsche

rrr ...

Aus dem dunklen Winkel eine vergnügte Stimme:

»Batterie, Feuer!«

Allgemeine Heiterkeit.

»Ihr Schweine, macht die Tür auf, man kriegt ja keine Luft.«

Der Landwehrmann verrichtete sein Nachtgebet und rollte sich zum Schlafen zusammen. Bald darauf schnarchte pfeifend und rasselnd der ganze Waggon. Bei einem Halt ließ Maxim einen jungen Harmonikaspieler einsteigen, der dafür versprach, gratis bis Armawir zu spielen.

»Na, dann zieh sie mal ausnander«, bat Maxim und setzte sich bequem zurecht. »Ich hab früher auch gespielt, als ich noch nich verheiratet war. Ich hatte eine aus Saratow mit drei Knopfreihen und mit Glöckchen. Wenn ich damit losgelegt hab, konnt ich denen nie genug dudeln!«

Der Harmonikaspieler wickelte sein Instrument, das nur eine Knopfreihe hatte, aus dem Tuch, warf den Riemen über die Schulter, riss den Balg auseinander und ließ einen klangvollen Triller hören.

Der Ofen war kalt geworden, die Leute froren, die Harmonika weckte sie. Ächzend, krächzend und gähnend kamen sie hoch, wickelten sich Zigaretten und lauschten schweigend, mit sichtlichem Vergnügen. Die lappige, an den Ecken bestoßene Harmonika sang von Rasin[1], dem Ataman, und vom bitteren Los der Treidler. Der junge Bursche spielte alle Weisen und Walzer, die er wusste, sang alle Lieder, die er erinnerte, dann legte er die Harmonika weg und stocherte im Ofen. Im feuchten blaugrauen Qualm blitzte Feuer, es bullerte im Blechrohr und schmolz das Schweigen. Ein spitzzüngiger Feldwebel mit sommersprossigem Gesicht rief dem Harmonikaspieler zu:

»He, du Nase, Klimperblase, wo stammst du her?«

»Ich? Von Armawir.«

»Du spielst also zur Volksbelustigung?«

»Was sollen wir machen, wir Maler, einen Tag pinseln, eine Woche trocknen.«

»Bist du weit rumgekommen?« Und er fügte ein deftiges Wort hinzu.

Einer lachte, und der Bursche scherzte zurück:

»Eijei, Onkel, wenn du so gerieben bist, mach mir das mal nach – fang im Hosenschlitz ne Laus, reiß ihr die Beine breit und halt sie bei den Ohren, bis die Krähe krächzt.«

1 Stepan Timofejewitsch Rasin (um 1630–1671), Donkosak, Führer des Bauernkrieges 1670/71.

Sie warfen sich noch ein paar böse Scherze an den Kopf, dann hatte der kleine Feldwebel seine Witze verausgabt und ließ von ihm ab.

Der Harmonikaspieler setzte das Instrument aufs Knie, drückte sacht die Knöpfe und erzählte von dem Gelage bei seiner Schwester Hochzeit, von wo er eben zurückkehrte. Stimmen unterbrachen ihn, voller Neid und heimlicher Kränkung:

»Und wir könn Krieg führen.«

»Hinterland bleibt Hinterland. Wir kämpfen, und die machen Fettlebe.«

Der Harmonikaspieler, von frohen Erinnerungen bestürmt, schlug den Mantel zurück und stampfte verwegen mit dem zerschlissenen Lackstiefel auf, wie um zu zeigen, dass er bereit war, auch jetzt noch jederzeit loszutanzen.

»Ach, Leute, die Zeit vergeht, die Zeit rast, wer nicht trinkt und nicht die Mädchen liebt, wird sich noch umsehn! Die dortigen Tänzer hab ich alle niedergetanzt, mir brummen noch immer die Hacken. Ich bin jung, bin nicht verheiratet, das Werk hat dichtgemacht, grad die richtige Zeit, zu feiern und mit dem Gewehr in Berg und Tal rumzustreifen.«

»Hättest mitziehn solln gegen die Türken, da gabs genug rumzustreifen.«

»Die Türken interessiern mich nicht. Mich interessiern die Kontras, die will ich verfolgen und erledigen. Wir schlagen uns schon den dritten Monat mit ihnen rum.«

»Mit wem, Söhnchen, mit wem schlagt ihr euch rum?«

»Na, mit den Kosaken und dem Offizierspack. Die zetteln mal einen Aufstand an zum Ruhm der Konterrevolution, dann streiken sie wieder in den Stanizen und liefern kein Körnchen Getreide in die Stadt, und wir haben keine Lust, sinnlos abzukratzen.«

»Dann bist du wohl Rotgardist?«

»Genau.«

»Erzähl mal, was ihr für Leute seid und welches Ziel ihr habt. Die ganze Fahrt schon hörn wir von euch und werden nich schlau draus.«

»Da ist nichts Verwickeltes bei. Wir sind für die Sowjets und für die Bolschewiken. Unser Programm, Genossen, ist das richtigste und radikalste.«

»Sieh an.«

»Soso.«

»Und wie viel Brot fasst ihr?«

»Pudding und Sahne und alles auf der Welt ist unser. Genosse Lenin hat direkt gesagt: Raubt das Geraubte, jagt die Haie der bürgerlichen Klasse ins Grab. Ja ... Brot fassen wir achthundert Gramm pro Nase, Zucker siebzehn Gramm, eine Büchse Konserven, und die Löhnung ist für alle gleich – Kommandeur und Gemeiner, gleiches Geld, gleiche Ehre.«

Ein bejahrter Soldat, das Gesicht breit und pockennarbig wie ein Sieb, trat zu dem Rotgardisten, hielt ihm die gespreizten Finger vor die Augen und sagte eindringlich:

»Söhnchen, fürs Leben braucht man kein Programm, da braucht man Wahrheit.«

Bei kleinem mischten sich alle ins Gespräch und fingen an zu zanken, welche Partei am besten wäre. Der eine verlangte eine Partei, die den kleinen Mann aufwärts blicken ließe; der andere wollte als Erstes über die Erde gehen lernen; der Dritte wollte gar keine Partei und überhaupt nichts als nach Hause fahren, seine kleinen Kinder an die Brust drücken und auf seine Frau drauffallen. Die einen schrien dies, die anderen jenes, aber der Harmonikaspieler blieb bei Seinem:

»Die Parteien«, sagte er, »wollen alle die Revolution, doch jede hat ihren Dreh und ihren Kniff dabei. Die Sozialrevolutionäre, diese Hunde, sind eine gute Partei; die Menschewiken, diese Schufte, sind nicht schlecht; na, aber die Bolschewiken, diese Halunken, sind besser als alle andern. Die Sozialrevolutionäre und die Menschewiken reden immer wieder dasselbe: ›Genossen, sachte, sachte‹, und wir schreien: ›Macht Dampf, mehr Tempo!‹ Das ist unser Ruf, der knallt durch ganz Russland, wie ein Feuerbrand – der Arbeiter schlägt den Burshui, der Mushik den Grundbesitzer, und ihr ... ihr habt die Front zerbröckelt und fahrt nach Haus. Unsere Partei der Bolschewiken, Genossen, die ist was wert. Wir haben in der Partei keinen einzigen Dickwanst; die Partei macht keine Tricks, es ist die Partei der Arbeiter, Soldaten und armen Bauern. Ich rufe euch auf, Genossen …«

»Im Hinterland seid ihr alle Helden«, kreischte der stimmgewaltige kleine Feldwebel, nahm eine Prise und nieste. »In die Werke und Fabriken seid ihr eingefallen wie die Spatzen in die Himbeeren und habt geschilpt: ›Krieg bis zum Sieg.‹ Drei Jahre habt ihr hier Geld gescheffelt und für die Verteidigung gearbeitet, und jetzt, wo euch der Arsch mit Grundeis geht, da schwenkt ihr auf einmal um und nennt uns Genossen. Wie wir auf den Pässen und Bergen von Kurdistan erfroren sind, das habt ihr nicht gewusst? Wie wir krepiert sind an Skorbut und Typhus, das habt ihr nicht gewusst? Unsere Tränen, unser Stöhnen, das habt ihr nicht gehört?«

»Hört auf, euch gegenseitig mit Gift anzublasen«, sagte Maxim, »wir haben solche Zeiten …«

»Ja, Zeiten sind das – oho!«, griff der Harmonikaspieler auf. »Das Volk hat Mut geschöpft. Jeder Einzelne spürt seine Kraft. Ihr hattet gestern die Front, wir haben sie heute. Ihr habt dort euer Blut vergossen, wir müssen hier noch mehr Blut vergießen: Jede Stadt ist eine Front, jedes Dorf ist eine Front, die Kontras kriechen aus sämtlichen Ritzen. Euch haben sie mit Knüppeln an die Front getrieben, aber bei uns im Werk hat sich mehr als die Hälfte der Arbeiter freiwillig gemeldet und ist gleich vom Meeting weg mit Liedern und Geschrei in die Stellungen. Zu unserer Abteilung wollten auch welche von draußen, bloß dass viele aus den Vorstädten nicht wegen der Idee kommen, sondern um sich zu bereichern. Wie wir die erste Staniza besetzt haben, da gabs, Gott behüte, eine Schießerei, alles türmte, eine Kuh ist vor Schreck krepiert, die Einwohner heulten und dachten, der Jüngste Tag wär da. Die Jungs haben das Recht verlangt, Waffen zu beschlagnahmen und alles zu durchsuchen. Grade war das Dekret von Krylenko[1] gekommen:

1 Nikolai Wassiljewitsch Krylenko (1885–1938), Staats- und Parteifunktionär, November 1917 bis März 1918 Oberster Befehlshaber der Armee (seit Januar 1918 Rote Arbeiter- und Bauernarmee).

Marodeure sind zu erschießen. Da haben wir ein solches Schlitzohr an den Zaun gestellt, er sagt: ›Lasst mich ein letztes Wort sagen vor dem Tod.‹ Wir ließen ihn. Vor lauter Schreck hat er nichts mehr rausgekriegt, und wir haben ihn umgelegt. Danach waren die Durchsuchungen ehrlich, und keiner hat sich mehr mausig gemacht. Wir übernachten in der Staniza, und am Morgen kommt der Befehl: ›Batterie fertigmachen zum Abmarsch, zurück auf die vorbereiteten Positionen.‹ Wir unsere Klamotten eingepackt und ab nach hinten. Am selben Tag sind zwei von unsern Jungs gestorben, weil Strychnin im Brot war, wie die Medizin festgestellt hat. Das Brot hatten uns die Kosakenfrauen geschenkt, diese Miststücke.«

»Schon wieder Krieg«, seufzte einer, »wir haben schon viel zu viel gekämpft, das Maß ist voll. Aber sag an, Söhnchen, findest du das nicht schlimm, wenn Russen sich gegenseitig umbringen?«

»Anfangs wars wirklich bisschen peinlich«, antwortete der Rotgardist, »aber als wir erst richtig in Fahrt kamen, wars nicht weiter schlimm. Gegen die Kosaken ist schwer Krieg führen, die sind von Kindesbeinen an Waffen gewöhnt, während unsereins von der Fabrik mehr auf die Fäuste vertraut. Bei der Staniza Otwashnaja hat uns eine Kosakenhundertschaft in Infanteriegefechtsordnung angegriffen. Wir liegen in den Schützengräben und feuern, und sie kommen hoch aufgerichtet. Wir ballern, was raus will, und sie sind unverletzlich. Uns läuft der Schweiß nur so runter beim Schießen, und sie – da sind sie schon! – ganz dicht vor uns, schwenken die Säbel und schreien hurra. Wir sitzen da und sind mies dran. Wir also raus aus dem Graben, fassen die Gewehre beim glühendheißen Lauf und denen entgegen, und dann immer drauf auf die Schöpfe mit dem Kolben. Dabei sind sechs von uns verwundet worden, und den Schlosser Kolka Muchin haben sie gesäbelt, aber wir haben ihnen das Fell gegerbt, da werden sie dran denken.«

Der Erzähler war dicht umstanden von Neugierigen, die ihn um die Wette nach Russland ausfragten: Ob man frei in dieses oder jenes Gouvernement fahren kann, ob und wo man die ausstehende Regimentslöhnung kriegt, wer die Frontkämpfer entwaffnet und warum.

»Wir entwaffnen sie.«

Geschrei, säuische Flüche.

»Du bist gut. Habt ihr uns etwa Waffen gegeben?«

»Wie kannst du es wagen, mir das Gewehr wegzunehmen, wenn ich vielleicht selber gegen die Burshuis kämpfen will? Ich werd dir …«

»Regt euch nicht auf, Landsleute. Ich kann euch das alles erklären. Eure Waffen geben wir unseren teuren revolutionären Truppen und schicken sie mit einem Gruß an die Rostower Front. Am Don haben sich Generäle, Offiziere und Junker gegen die Revolution erhoben. Am Don ist der Krieg in vollem Gange. Wenn ihr uns die Waffen nicht übergebt und weiterfahrt ins Kubangebiet, werdet ihr dort sowieso von Oberst Filimonow[1] entwaffnet.«

»Was ist das für ein Oberst? Dem ziehen wir die Seele raus. Haben wir vielleicht wenig von denen umgelegt?«

»Hier ist die Sache einfach – wir haben die Sowjetmacht, und die Kosaken haben die Kadettenmacht[2]. Don, Kuban und Terek erkennen die Bolschewiken nicht an. Wir haben Deputiertensowjets, sie haben die Kosakenvollversammlung und die unabhängige Rada. Sie zittern um ihr bisschen eigenen Dreck, und wir rufen: ›Ganz Russland ist unser.‹ Filimonow ist der Truppenataman der Kubankosaken. Er will die Vollversammlung der Truppen mit der Rada vereinigen, die Kubanrada trifft Absprachen mit der Ukrainischen Rada[3] über irgendwas, aber wir sind

1 Vorsitzender der nach der Oktoberrevolution gebildeten provisorischen Heeresregierung der Kubankosaken, die sich gegen die Sowjetmacht wandte.

2 »Kadetten« wurden die Mitglieder der Konstitutionell-demokratischen Partei genannt, der führenden bürgerlich-liberalen Partei, neben den Monarchisten die Hauptkraft der Konterrevolution. Nicht zu verwechseln mit den auch in Russland so bezeichneten Zöglingen militärischer Lehranstalten.

3 Die ukrainische Zentralrada proklamierte im November 1917 die bürgerliche Ukrainische Volksrepublik.

ein für alle Mal gegen diesen ganzen Laden. Wir werden uns so oder so mit ihnen schlagen müssen. Schon jetzt wird überall gekämpft: auf Taman, am Kuban, am Don … Wie werdet ihr angeredet?«, fragte der Rotgardist.

»Mit ›Herr‹«, antworteten die Soldaten im Chor.

»Weg damit. Laut Dekret wird sich gegenseitig mit ›Genosse‹ angeredet.«

»Das ist uns egal, von uns aus Genosse, Hauptsache, wir kriegen die rückständige Regimentslöhnung und Brot auf die Reise.«

Maxim trommelte mit gekrümmtem Finger auf die Kiste mit den Stimmen und fragte den Rotgardisten: »Wir haben also umsonst abgestimmt?«

»Ja, Landsmann.«

»Wie denn? Ein ganzes Regiment kann doch nicht alles falsch machen?«

»Mein Lieber, ganz Russland hat alles falsch gemacht. Wir hätten längst …«

Die Lokomotive wieherte, das Gespräch brach ab, die Türen der Güterwagen wurden weit geöffnet, die Stadt war nicht mehr weit.

Über den Hausdächern platzte ein Schrapnell, ganz in der Nähe ratterten Maschinengewehre: Vom jenseitigen Hochufer des Kuban beschossen die aufständischen Kosaken der Staniza Protschnookopskaja die Stadt.

Auf dem Bahnsteig drängten sich Rotgardisten in zusammengewürfelter Kleidung, mit Waffen behängt.

Der Transportzug fuhr langsam in den Bahnhof ein.

Die verstaubten, verqualmten Güterwagen erinnerten mit ihren knarrenden, ausgedörrten Tragrippen, klirrenden Ketten und eisernen Stöhnlauten an eine nach langem Fußmarsch tödlich ermüdete Partie Zuchthäusler. Noch im Fahren sprangen ein paar Soldaten aus dem Zug und liefen, die Kochgeschirre schwenkend, nach heißem Wasser.

»Bomben! Bomben!«, heulte ein Rotgardist, als er die Kochgeschirre sah, und stürmte von dannen, gefolgt von anderen, die im Laufen Riemen und Waffen von sich rissen. Ihnen hinterher donnerte wie ein Steinschlag Gelächter. Verlegen kehrten die Rotgardisten zurück, sammelten Waffen, Patronentaschen und Galoschen ein und rüsteten sich wieder damit aus.

Den eingetroffenen Transportzug begrüßte der Stationskommandant – Mantel weit offen, Nagantrevolver in der Hand.

»Ich begrüße euch!«, brüllte er, puterrot vor Anspannung. »Ich begrüße euch im Namen ... im Namen des Armawirer Sowjets der Arbeiter-, Bauern- und Soldatendeputierten ... Helden der Erzurumer Höhen ... Verteidiger des teuren Vaterlands ... Schulterklappen runter![1] Waffen abliefern!«

Ringsum
grau in grau. Drauflos, Russenland!
Gebrüll, Gepfeif.

»Reißt die Schulterklappen ab!«

»Legt die Waffen hin!«

»Schmeißt Tressen und Schulterklappen unter die Waggooons!«

Masten, Zäune, Wände dicht an dicht beklebt mit Plakaten, Dekreten und Aufrufen an die werktätigen Völker der ganzen Welt.

An alle, an alle, an alle!
Lest und hört.
Ränge und Titel sind abgeschafft.
Sämtliche Rangabzeichen fallen weg.
Orden werden abgeschafft.
Die Offiziersorganisationen werden aufgelöst.
Burschen und Meldegänger sind abgeschafft.
In der Roten Garde wird die Wahl der Führung eingeführt.[2]
Friede den Hütten! Krieg den Palästen!

1 In der Roten Armee gab es bis Dezember 1918 keine Rangabzeichen. Schulterklappen wurden erst 1943 wieder eingeführt.

2 Die Wählbarkeit der Kommandeure der Roten Armee wurde am 21. 3. 1918 wieder abgeschafft.

Genossen!

Hinweg über Berge von Kameradenleichen,
hinweg über Ströme von Blut und Tränen,
hinweg über zerstörte Städte und Dörfer –
reichen wir uns die Hand, Genossen!
Bajonette in die Erde!
Nieder mit den Zaren!
Nieder mit den Königen!
Reißt ihnen Kronen und Köpfe ab!
Proletarier aller Länder, vereinigt euch!

Die Frontsoldaten schnitten Schulterklappen und Aufnäher ab, obwohl es vielen leidtat: Der eine war Unteroffizier, der andere Feldwebel, der dritte hatte Kreuze und Medaillen – jeder wollte sich daheim gern in voller Uniform zeigen.

Auf den Gleisen saßen die Kosaken bei ihren Waggons und wollten sich nicht von ihren Waffen trennen. Rotgardisten, verstärkt durch einsichtige Soldaten, rollten Maschinengewehre auf die Brücke und stellten den Kosaken ein Ultimatum: »Waffen abliefern.«

Sirenen heulten Alarm
das Volk floh
die Kosaken wankten
und gaben auf.

Von der Stadt her: »Hurra! Hurra!« Von irgendwo wurden in Mänteln Verwundete getragen.

»Was ist? Wie siehts dort aus?«

»Abgewehrt.«

»Große Verluste?«

»Es war ein Gefecht wie an der türkischen Front, mit Maschinengewehren und Geschützfeuer, drei Tage und Nächte ohne Atempause. Verflucht sollen sie sein!«

Maxim machte sich auf die Suche nach Brot.

Die Verpflegungsstellen für die Soldaten waren zerschlagen. Vor einer, die mit Brettern vernagelt war, streiften, Bescheinigungen in der Hand, Frontsoldaten herum. Bitterlich fluchend, die Zustände beschimpfend und die zum Tausch mitgebrachten Hemden und Unterhosen schwenkend, gingen die Soldaten in Haufen auf den Basar.

Brot gabs weder auf dem Basar noch in der Stadt. Aus Furcht vor Plünderungen ließen sich die Händlerinnen dort nicht mehr blicken, und die städtischen Ladenbesitzer hockten hinter Eichentüren, tranken Tee und suchten in heiligen Büchern nach prophetischen Zahlen und Fristen.

Auf dem Basar gings zu wie in einer Jahrmarktsbude.

Seit dem frühen Morgen hockten auf den leeren Brotbänken Soldaten, wärmten sich in der Sonne, knackten Läuse und erzählten sich speichelschluckend vom Wodka: Alle wussten, dass auf der Station Kawkasskaja Glückliche die Schnapslager plünderten.

Durch die Menge drängte sich ein bärtiger Rotgardist, das Gewehr am Riemen geschultert, auf dem Bajonett ein Stück Speck und ein Bündel Kringel. Junge Kosaken umringten ihn.

»Onkel, willst du nicht einen Offizier kaufen?«

»Was für einen Offizier?«

»Einen guten, von unserer zweiten Hundertschaft, schädlich nur für die Armen. Wir haben ihn erst mal festgenommen und halten ihn in unserm Zug unter Bewachung.«

»Was soll ich damit?«

»Kannst ihn erschießen.«

»Warum macht ihr das nicht selber?«

»Uns hat er nichts getan.«

Während sie sich unterhielten, schnitt einer der Kosaken dem Bärtigen Speck und Kringel vom Bajonett, ein anderer entfernte das Gewehrschloss.

»Du willst ihn also nicht kaufen?«

»Nein. Wir erwürgen sie ungekauft, uns rutschen sie nicht durch die Finger.«

»Na, dann machs gut. Aber wo hast du denn dein Schloss? Versoffen?«

Der guckte – das Schloss war weg.

»Gebts mir wieder, Jungs.«

Unter viel Gelächter gaben sie ihm das Schloss zurück und nahmen nur ein Achtel Machorka dafür.

Ein Junge wurde angeschleppt, das Basargericht sollte ihn verurteilen, weil er eine Patronentasche mit einem Liederbuch und einer zerrissenen Feldbluse geklaut hatte. Während des Vormittags waren schon zwei Mann auf dem Basar umgebracht worden: ein Falschspieler und ein Fähnrich. Aber dem vor Angst betäubten Jungen mochten sie nichts tun. Nach langem Geschrei wurde entschieden:

»Er soll bis in die dunkle Nacht auf dem Basar tanzen und singen.«

Ein Witzbold fügte hinzu:

»In der Nacht gehst du wieder klauen, aber lass dich nich erwischen.«

Die warmen Augen des Jungen blitzten, aus seinem Mund kam laut der Gesang:

»In dem großen Arsenale
saßen zwei Soldaten klein,
beide jung und beide schöne,
sprachen von der Freiheit fein ...«

Von irgendwo wurden wieder Verwundete gebracht und vorübergeführt. Der hungrige Maxim, dessen Gedanken schon ganz verwirrt waren, riss das Siegel von der Urnenkiste und tauschte für die Stimmzettel der Soldaten bei einem Weib ein Roggenbrot ein. Dann hockte er sich abseits hin, brach das Brot in zwei Hälften, steckte die eine in die Tasche und machte sich über die andere her, die hohle Hand darunter, um keinen Krümel zu verlieren.

Der Pogrom auf dem Basar begann mit einer Lappalie.

»Was soll der Hering kosten?«

»Fünfundzwanzig Kopeken.«

»Wickle mir zwei ein für den Appetit.«

»Bitte.«

Die in einen Stimmzettel gewickelten Heringe verschwanden im Mantelärmel.

»Soldat, und das Geld?«

»Geld? Du bist wohl verrückt, Tante? Ich hab doch bezahlt, willst wohl noch mehr rausschinden?«

Die Händlerin ging dem Soldaten an die Gurgel.

»Das Geld her, du Räuber.«

»Ich, ein Räuber?«, sagte der Soldat beleidigt.

Er holte aus

klatsch!

dem Weib ins Gesicht.

Sie flog in den Dreck und schrie das ganze Gouvernement zusammen, doch da kamen zu ihrem Pech aus ihren Sachen zwei Brote zum Vorschein.

Da knirschten die Zähne, da blaffte eine Soldatenkehle:

»Das ist mir ein Schiebervolk! Die Leute hungern, und die hat n ganzen Laden in ihren Lumpen.«

Das Brot war im Nu zerrissen und verschlungen.

Gewehrkolben krachten auf den ersten Stand nieder, und dann gings los.

Das Bajonett öffnete jedes Schloss.

Im Nu waren sämtliche Basarstände zertrümmert und die Waren futsch – Wurst, Konfekt, Tabak, Obst; jeder kriegte nur wenig, dabei hatten sie in den drei Jahren genug Blut vergossen, genug Leid ausgestanden, das war mit einem Bonbon nicht runterzuschlucken. Sie meetingten und meetingten und strömten in Haufen zur Stadt.

»Es muss doch Brot da sein.«

»Muss. Es wird ja nicht vom Wind weggeweht sein.«

»Fein erdacht, die Soldaten auszuhungern.«

»Brot gibts genug, das hat ein alter Mann auf dem Bahnhof erzählt. Die Bolschewiken haben alles Brot an die Deutschen verschachert. Sämtliche Keller sind voll davon.«

»Ach was, Brot lässt sich nicht verstecken, die Soldaten findens überall.«

»Los, Jungs, schlagt zu, aber passt auf.«

In der Stadt zertrümmerten die Hungrigen ein paar Bäckereien, damit hatte sichs.

Auf dem Bahnhof ein Meeting.

Es sprachen mancherlei Parteigänger und Amateure. Wer wollte, hörte zu. Andere kamen unters Bahnhofsdach, um sich aufzuwärmen oder auszuschlafen, sie saßen oder lagen auf ihren Rucksäcken und unterhielten sich friedlich. Zwischen ihnen flitzte ein Bengel herum und spielte, wie ein Jongleur mit Bällen, mit Worten:

»Hei, der Machorka hier säubert die Därme dir, macht deine Augen scharf, dass die Seele jubeln darf, reinigt das Knochenmark, wirst für die Liebe stark, du kriegst reines Blut, bist als Liebhaber gut, lauft und kauft, zwanzig ein Glas voll!«

Auf der Theke lief ein Redner hin und her, schüttelte die langen Haare und fuchtelte mit den Armen.

»Genossen und Bürger! Zehntausend Soldaten von der türkischen Front haben mich auf den ehrenvollen Posten eines Mitglieds des Armeekomitees gewählt. Genossen und Bürger! Der verbrecherische Schandfrieden von Brest[1] stößt unsere freie Heimat in den Strudel des Untergangs. Russland ist ein Dampfer, der Schiffbruch erlitten hat. Wir müssen das untergehende Land und uns selbst retten. Genug der Zwietracht und Feindschaft. Die Bolschewiken wollen euch aufhetzen gegen Leute, die Russen sind wie ihr selbst. Schande und nochmals Schande! Das Volk braucht keinen Krieg, sondern Bildung und vernünftige Sozialreformen. Genossen und Bürger ...«

Die Soldaten knabberten Sonnenblumenkerne, eifrig, als würden sie dafür bezahlt, betasteten mit finsteren Wolfsblicken die schlaksige Gestalt des Redners, besahen seine federnden Beine in sauberen Wickelgamaschen und erkannten an vielen kleinen Merkmalen, um die nur sie wussten: Das ist ein Lump, ein Spießgeselle der Bourgeoisie.

Ein kleiner Soldat, stämmig wie ein Schlittenholz, verlor die

1 Am 3.3.1918 in Brest-Litowsk zwischen Sowjetrussland einerseits und Deutschland, Österreich-Ungarn, Bulgarien und der Türkei andererseits zu für den Sowjetstaat äußerst ungünstigen Bedingungen (Polen, Belorussland, die Ukraine und das Baltikum wurden abgetrennt) geschlossener Friedensvertrag. Nach der Novemberrevolution in Deutschland von der Sowjetregierung annulliert.

Geduld und schwang sich auf die Theke. Entschlossen schob er den Schlaksigen beiseite und fuchtelte mit den Armen.

»Brüder …« Sein über den nackten Oberkörper gezogener Soldatenmantel ging auf, vor der zerkratzten Brust baumelte ein schwarzes Kupferkreuz. »Brüder, habt ihr mitgekriegt, wo er hin will und was er sich vorstellt? Seht nicht darauf, dass er zu irgendeinem Komitee gehört: Er bettet uns weich, aber wir sollen hart schlafen. Er ist eine faulige Frucht im Schaffell. Ruhm und Ehre, sagt er, habt ihr verdient …«

Schreie zuckten über Kreuz wie Blitze.

»Verdient hat der Hund seinen Strick. Wir haben die Hose voller Läuse.«

»Ein Offizier wohl? Die Fresse so sauber und so streng.«

»So hat schon Kerenski gequatscht.«

»Bürger«, fuhr der Schlaksige auf, »Sie haben nicht das Recht … Kerenski ist ein Sohn der russischen Revolution.«

»Ein Hundesohn«, schrie ein neuer Redner böse, dumpf wie aus einem Fass.

Schallendes

Gelächter …

Mit Klatschen und Beifallsgeschrei feierten die Zuhörer den Witzbold; in den breiten Bahnhofsfenstern zitterten klirrend die noch nicht eingeschlagenen Scheiben.

Der Soldat zog die rutschenden Stepphosen hoch, auf seinem Buckel klirrten Kochgeschirr und Trinkbecher gegeneinander, und er sprach – laut, akzentuiert, damit alle es hörten und verstanden.

»Brüder … ich bin ein Frontsoldat von der Neununddreißigsten Infanteriedivision, Derbenter Regiment. Unsere Division stellt im ganzen Stawropoler Land und auch mancherorts im Kuban die junge Sowjetmacht auf die Beine. Unser Regiment liegt unweit von hier im Quartier, im Chutor Romanowski. Ich bin hergekommen, um Verbindung aufzunehmen. Bei Rostow steht wirklich eine Front, bei Jekaterinodar steht eine Front, wir kommen nicht durch nach Hause. Brüder, was wollt ihr hier rumsitzen, auf wen wollt ihr warten? Wer keine Courage hat und sich schwach fühlt, soll sein Gewehr abgeben. Die andern solln sich zu Kompanien, Bataillonen, Regimentern organisieren bis auf den letzten Mann. Reißt eure Kameraden mit, eure Verwandten und Bekannten. Wählt euch einen Kommandeur, holt euch Löhnung, Tee und Verpflegung ab, und dann linksum marsch. Reißen wir den Burshuis die fetten Därme raus, unterstützen wir unsere junge Freiheit entsprechend dem Dekret der Volkskommissare[1]. Oder seid ihr schlechter als andere? Oder solln euch andere die Kastanien aus dem Feuer holen? Oder freut ihr euch nicht über die Freiheit?«

»Doch, wir freun uns.«

»Fahren wir, Kameraden. Wer soll zusammenhalten, wenn nicht wir Frontsoldaten?«

»Richtig, gemeinsam gehn wir nich unter.«

»Und wann gehts nach Hause?«

»Nach Haaause? Du hast wohl lange nicht dein Weib gemolken?«

»Burshuis gibts auch in Russland viele. Wir hängen hier rum, und dort teilen sie ohne uns das ganze Land auf und weihen das ganze Wasser.«

Interessenten schrieben sich in die Abteilung ein. Die einen waren von der Rede bezwungen, andere wollten näher an ihre Heimat heran, noch andere sannen nur, wie sie zur Station Kawkasskaja und an den Wodka gelangen könnten.

Auch Maxim schrieb sich ein.

Die Wahl der Kommandeure dauerte lange, dann stiegen alle in ihre Waggons und erhoben Geschrei:

»Gebt die Strecke frei!«

»Wir haben uns nicht eingeschrieben, um Garnisonsdienst zu schieben!«

Proviant war gefasst, Reden waren gehalten, die Züge fuhren ab mit Musik, Hurrageschrei und Schüssen in die Luft.

1 Nach der Oktoberrevolution wurden anstelle von Ministerien Volkskomissariate gebildet, mit Volkskommissaren an der Spitze.

Und wieder huschten, wirbelten Telegrafenmasten, Wersthäuschen, Kurgane, Büsche, Schluchten vorbei.

Soldaten in den Waggons, Soldaten auf den Waggons, Soldaten auf den Puffern, Soldaten in Haufen längs der Schienen. Über die Straßen fuhren in Kremsern und Fuhrwerken Kosaken, Dörfler, Weiber, Alt und Jung – mit kleinen und großen Flaschen, mit Eimern und Krügen, als gälte es, heiliges Wasser vom Jordan zu holen.

In Kawkasskaja ein Durcheinander von Menschen, Pferden, Zügen. Weiter gings nicht: Bei Rostow stand die Front, und in Richtung Jekaterinodar hatten Partisanen Gräben geschaufelt, um sich gegen die Kubanrada abzuschirmen.

Hinter der Station, vor dem Schnapslager, brüllte und tobte Tag und Nacht eine vieltausendköpfige besoffene Menge. Soldaten, Kosaken und Zivilisten drängten durch das Tor, stiegen über die Ziegelmauern. Die Besoffenen im Hof konnten nicht hinfallen, dazu war kein Platz, sie standen und stützten einander und schwankten wie eine Viehherde. Wer doch zu Boden fiel, wurde zu Tode getrampelt.

Drinnen im Lagerraum summten und wimmelten die Betrunkenen wie Krebse im Korb. Stearinkerzen gaben flackerndes Licht, an den Wänden blinkten hinter Gitternetzen Filter und Thermometer. Der Rohsprit in den Gärbottichen schillerte bläulich. Er wurde mit Kochgeschirren, mit der hohlen Hand, mit Mützen und Stiefeln geschöpft, und manche soffen direkt aus dem Bottich wie Gäule aus der Tränke. Im Sprit schwammen verlorene Pelzmützen, Fäustlinge, Zigarettenstummel. Auf dem Grunde des größten Bottichs war deutlich ein ertrunkener Dragoner vom Preobrashenskojer Leibgarderegiment zu sehen, er trug den Soldatenmantel, Sporenstiefel und einen Rucksack, der ihm über den Kopf gerutscht war.

An einem Tank hatten sie den Messinghahn herausgebrochen, das belebende Nass pladderte auf den Zementboden.

Ringsum seliges Gelächter, Umarmungen, Flüche, Tränen …

Auf dem Hof brüllten die Dürstenden wie Löwen, kämpften sich zur Tür, zu den Fenstern durch:

»Rauskommen, wer genug hat! Lasst auch die andern ran, wenn ihr voll seid!«

»Die sitzen da wie auf Besuch.«

»Wenn du das Schwein an die Scheiße lässt, frisst es sich voll.«

In einem offenen Fenster des zweiten Stocks stand schwankend ein alter Mann in zerrissenem Schafpelz und ohne Mütze. Er hielt in jeder Hand eine Flasche, küsste sie, drückte sie an die Brust und heulte:

»Hab ich dich endlich, du heißersehnter Wodka, da bist du, da da.«

Der Alte stürzte herunter auf die Köpfe der Männer im Hof und brach sich die Wirbelsäule, ließ aber die Flaschen nicht los bis zum letzten Atemzug.

Aus einer Kellerluke kam ein johlender Soldat gekrochen, vom Sprit klatschnass wie eine Maus. Seine Ohren und sein Hals waren verdreckt, aber die vom Sprit saubergebeizte Visage war glänzend rot wie rohes Rindfleisch. Aus den Taschen holte er Flaschen, schlug ihnen die Hälse ab, verteilte sie nach rechts und links und schrie kreischend, als würde er abgestochen:

»Trinkt ... trinkt ... Auf alle Soldaten und Kameraden ... Nehmt, was ihr kriegen könnt ... Ach, Soldaten, Soldaten ...«

Sie rissen ihm den Wodka aus der Hand, schoben ihn mitleidig vom Hof.

»Landsmann, geh beiseite, lass dich trocknen, sonst trampeln sie dich tot.«

»Ich ... ich bin nich betrunken.«

»So, dann spuck mal über die Lippe!«

»Ich ... ich, hä-hä-hä, ich kann nich.«

Sie schoben ihn aus dem Gedränge, er ging mit schnörkelnden Beinen und sang mit scherbiger Stimme:

»Das Ausmaß mütterlichen Leids
ist schwerlich zu beschreiben.«

Hier eine Schlägerei, da eine Schlägerei, ein abgerissenes Hosenbein flog durch die Luft, ein Ärmel, roter Rotz ... Ihnen war heiß, so gingen sie bei Schnee und Regen im Fluss baden, ertranken. Viele wurden auf den Gleisen überfahren. Besoffene jagten die Verwaltung und die Angestellten weg, besetzten den Bahnhof und hielten ihn drei Tage und Nächte.

In der Nacht stieg über dem Schnapslager funkensprühend eine silbrige Feuersäule auf. Im Gebäude Explosionen, Geheul der Betrunkenen, wütender, rasender Tanz der entfesselten Flammen.

Eine gewaltige Menge umstand die grauenhafte Feuersbrunst und wartete, ob alles verbrannte oder nicht. Ein Kosak hielts nicht aus und stürzte vorwärts.

»Wo willst du hin?« Sie hielten ihn am Rock fest. »Du verbrennst doch.«

»Gott braucht mich nich, und dem Teufel ergeb ich mich nich. Lasst mich los, ich verbrenn nich, bin nich aus Birkenholz!« Er ließ den Tscherkessenrock in den Händen derer, die ihn festhielten, und warf sich ins Feuer. Weg war er.

Das ängstliche Wiehern der Pferde weckte Maxim, er hatte in einem Güterwaggon zwischen ihren Hufen geschlafen. Auf den Bahnhofsfenstern und den Wänden der gestrichenen Waggons spielten die Lichter der Feuersbrunst. Maxim war schwer verkatert und schlotterte fürchterlich. Die Kosaken zogen die Pferde und ihre Sachen aus den Waggons und machten sich auf den Heimweg. Die Soldaten vom Kuban deckten sich mit Wodka ein für unterwegs, sammelten sich in Trupps und zogen auch ab in die Steppe. Einem dieser Trupps schloss Maxim sich an.

Aus der Türkei und aus Persien, von den mit Knochen und Eisen besäten Feldern Galiziens, aus den fauligen Schützengräben des Polesje[1] und den verbrannten Dörfern Karpatenrusslands, aus den Illukster Befestigungen und den blutgetränkten Rigaer Stellungen – von überall her flossen wie Bergströme die Reste der russischen Millionenarmee ins Innere des gebeutelten Landes. Sie fuhren mit Transportzügen, gingen zu Fuß, ritten auf

1 Waldland, sumpfiges Gebiet in Südbelorussland, der Nordukraine und Westrussland.

Trosspferden, sie hatten Geschütze, Maschinengewehre und das Regimentseigentum weggeworfen. Durch die Wüsten von Persien und Urmia, über die Bergsteige von Kurdistan und Adsharistan, über die Feldwege und Landstraßen von Rumänien, Bessarabien und Belorussland zogen sie in Divisionen und Korps, trotteten in kleinen Haufen und einzeln, ballten sich an Verpflegungsstellen und Bahnknotenpunkten, drängten wie Gewitterwolken in die frontnahen Städte.

Nach Kiew und Smolensk
Kaluga und Moskau
Pskow, Wologda, Sysran
Zarizyn[1] und Tscheljabinsk
Taschkent und Krasnojarsk
flogen die Soldatenzüge wie Eisschollen im herrlichen Frühling!

1 Ab 1925 Stalingrad, seit 1961 Wolgograd.

Am Kubanfluss

In Russland ist Revolution –
im ganzen Mütterchen Russland
toben Gewitter, rauschen Regen.

Zwischen zwei Meeren liegt wie ein Panther der Kaukasus.

Einstmals stampften Nomadenhorden die Straßen des Kaukasus; die steinerne Barbarenkeule zerschmetterte die iranische und byzantinische Kultur, und das Mongolenpferd riss mit seiner Brust die tausendjährigen Götter des Orients nieder. Von Meer zu Meer wehten die siegreichen Banner der persischen Herrscher und Despoten. Timurs Horden rollten über die Bergketten, rissen die kleineren Völker mit sich fort wie ein Strom die Steine. Bis zu den luxusglitzernden üppigen Städten Transkaukasiens flogen die Schwerter der Araber. Die Lehren von Fanatikern und heidnischen Propheten geißelten, eine wütende Pest, das Land und stürzten die in Jahrhunderten errichteten Bollwerke des Islam und des Christentums. Jahrhundertelang barst die Erde, kochte der Stein unter dem Pferdehuf, unter dem Brüllen unzähliger Horden, dem Pfeifen steinerner Kugeln, dem Poltern einstürzender Festungsmauern; ganze Völker wurden weggefegt, schlemmende Kaiserreiche zerstampft; blinde Gewalt brach sich Bahn.

Seitlich an den Kaukasus geschmiegt, lag das dickfleischige Kubanland.

Einstmals waren die Steppen an der Kuma und am Schwarzen Meer unbewohnt. Über das freie grüne Land zogen brüllend und wiehernd ganze Herden stolzer Wildpferde auf der Suche nach ihren Lieblingsgräsern. Oberhalb der Wolken kreiste einsam der graublaue Adler; aus seiner Höhe stieß der Räuber auf seine Beute herab, schneller als eine Schwertklinge einen menschlichen Hals durchtrennt. An Flüssen und Seen stieg Rauch von vereinzelten Lagerplätzen kupfergesichtiger Nomaden, die unüberschaubare Schafherden von Platz zu Platz trieben. Dann und wann sprengte, im Wettlauf mit dem Wind, eine Räuberbande vorüber. Von Rauch zu Rauch zog mit schläfrig klimpernden Schellen die Sklavenkarawane eines orientalischen Kaufmanns mit rotgefärbten Wangen, lackierten Zähnen und Nägeln und fein gekräuseltem Bart.

Die Jahre jagten dahin wie Herden wilder Schweine.

Einstmals lebten am Don und hinter den Stromschnellen[1] des Dnepr räuberische Kosaken. Sie lebten ein freies Leben: säten nicht und waren doch satt, spannen nicht und liefen doch nicht nacktbäuchig herum; sie fischten in Buchten und Limanen, jagten in der Steppe, tranken Wein und führten Kriege. Sie ließen ihren Nachbarn keine Ruhe, weder dem Chan der Krimtataren noch den Häuptlingen der Nogaier, weder den Tscherkessenfürsten noch dem türkischen Sultan, auch nicht dem moskowitischen Zaren. Die Boote der besonders Kühnen flogen unter glückhaften Segeln bis hin nach Anatolien und den Gestaden des fernen Persien, und die Beuteräuber tränkten ihre Rosse im Amudarja und in der schnellfließenden Donau. Auf der Wolga fingen räuberische Kosaken vom Unterlauf die Boote der Kaufleute und der Wojewoden des Zaren ab, versenkten die beadlerten[2] Schiffe, brandschatzten russische und muselmanische Städte und waren bei jedweden Wirren und Unruhen die ersten Händelsucher.

Im steinernen Moskau aber saß dräuend der Zar.

Das moskowitische Reich erstarkte und dehnte seine Besitzungen aus. Feindliche Städte und Köpfe fielen dem russischen Zaren zu Füßen. Nachdem er die Macht von Pskow[3] und Now-

1 (russ.) Sa porogami. Danach benannt die Saporoger Setsch, im 16.–18. Jh. autonome Kosaken-»Republik« am Unterlauf des Dnepr, nach dem Pugatschow-Aufstand aufgelöst.

2 Der Doppeladler war das Zarenwappen.

3 1348–1510 selbständige Feudalrepublik, 1510 dem Großfürstentum Moskau eingegliedert.

gorod[1], Kasan[2] und Astrachan[3] gebrochen hatte, befriedete und unterwarf er Nogaier und Finnländer, Krimtataren und Sibirier und viele Völker anderer Länder. Nur das freie Land der Kosaken fand nicht zum Gehorsam. Die Kosaken lebten nach dem Glauben und dem Vermächtnis ihrer Väter, sie zollten Fürsten und Bojaren keinen Tribut und entschieden ihre Angelegenheiten im »Kreis«, der Vollversammlung. Das stolze Moskau mochte solch freien Geist nicht dulden, sammelte Kräfte und schlug mit Feuer und Schwert nach den Falkennestern. Da wankte der Don, da wankte das Saporoger Land, da erbebte die Steppe von Hufgetrappel und Kanonendonner, da loderte die Steppe in bitteren Bränden. Den Eigensinn einiger Atamane zerschlug das Henkerbeil, andere fielen auf die Knie und erflehten Monarchengnade, noch andere brachen ihre Lager ab, saßen unter Kriegsgeschrei auf und ritten, in Tränen gewaschen, in heidnische Lande. In Zarenungnade gefallene Kosaken flohen vor Knute und Knüppel nach Taman, zum Kuban, zum Terek, zur Wolga und über sie hinaus zum Jaïk[4]. Und lange noch, um Rache zu nehmen für die Meutereien von Rasin, Bulawin[5] und Pugatschow[6], räucherten die Zaren die Kosaken aus ihren angestammten Plätzen und verschickten sie in nie gepflügte Steppen, wo sie Befestigungen bauen und Ungläubige taufen mit Kreuz oder Schwert und ihnen das Land wegnehmen und ihren Reichtum ruinieren mussten.

Dröhnend und funkelnd floss der Strom der Zeit.

Auf dem Land lasteten die Fremden, der Gutsbesitzer fraß es leer, der Patriarch engte es ein. Aus Russland flohen auf Schleich-

1 1136–1478 selbständige Feudalrepublik, 1478 Moskau angeschlossen.

2 Das Kasaner Tatarenchanat bestand seit dem 13. Jh., 1552 von Russland erobert.

3 1460–1557 Tatarenchanat, 1557 von Russland erobert.

4 Der Fluss Jaïk wurde nach dem Aufstand der Jaïk-Kosaken unter Pugatschow in Ural umbenannt.

5 Kondrati Afanasjewitsch Bulawin (um 1660–1708), Führer des Aufstands der Donkosaken 1707/08.

6 Jemeljan Iwanowitsch Pugatschow (um 1742–1775), Donkosak, Führer des Bauernaufstandes 1773–1775.

wegen leibeigene Bauern und »in stinkender Ketzerei verharrende Kämpfer für den christlichen Glauben«[1] ins freie Leben der Randgebiete. Über der Steppe erhoben sich, den fernen Bergen mit leuchtendem Kreuz drohend, Hüttendörfer und Altgläubigenklausen. Weit gingen die Kosakenzüge, sie schoben Russlands Grenzen auseinander, doch des Zaren allmächtige Hand erreichte die Freiheitssucher allerorten. Nach und nach wurden die Kosaken registriert, in Monturen gezwängt, mit Medaillen behängt, durch den Eid gefesselt und zum Felddienst verpflichtet. Mit Gnadenurkunden, Land- und Fischereigerechtsamen belohnte der Zar ihre Oberhäupter, ihre gewählten Atamane ersetzte er durch ernannte, er bestätigte ihre jeweiligen Standesrechte – so wurde das freie Kosakentum zu einem Heer treuer Kosaken umgeformt. Die Turkhorden verteidigten jeden Stein und jeden Fetzen Erde ihres Weidelandes. Wildes Pferdewiehern, blitzende Säbelklingen, leuchtendes Abendrot des Blutes. Unterm Ansturm des russischen Bajonetts zerbrachen die Aule. Der Stiefel des russischen Soldaten zertrampelte die grünen Halbmondfahnen, und der Kosak, um für sich Ruhm und für den Zaren Reichtümer zu erobern, hackte sich mit dem Säbel ins Herz Asiens.

Trüb, rasch läuft und rauscht der Kubanfluss, begleitet von wilden Bergflüsschen und kleineren Rinnsalen. Geräuschvolle Stanizen und satte Chutors mit ihren Pappeln, Gärten, Windmühlen, hundertjährigen Eichen und schläfrigen Ochsen spiegeln sich in den schnellen Wassern des Kuban.

Jahr um Jahr wurden in den Stanizen neue Kirchen, Steinhäuser, Dampfmühlen, Ölschlägereien und Wollspinnereien gebaut. Von Region zu Region lärmten reiche Jahrmärkte, die Ladentische bogen sich unter den Kaufmannswaren, Kornspeicher und Scheuern waren randvoll mit Getreide, ganze Ströme von Kubanweizen flossen auf die Märkte Europas und Asiens. Von den ers-

1 Die Gegner der Kirchenreformen Mitte des 17. Jh., die »Altgläubigen« (Raskolniki), wurden grausam verfolgt.

ten Herbstfrösten bis zu den großen Fasten fuhren auf breiten Wegen von Taman bis zum Kaspischen Meer die Fuhrwerke der Tschumaken: Stimmengewirr, Liedergesang, Peitschenknallen, die steilgehörnten Ochsenköpfe schwankten im Joch, die schweren Wagen ächzten unter der Last von Korn, Fisch, Salz, Bauholz, Stiefeln und Schnitzereien.

Die Winter hatten lodernde Fröste.

Der Schneesturm trug Schneefahnen von der Steppe her. Die eingeschneiten Stanizen feierten Hochzeit, Taufe, Namenstag und Kirchweih. In den überheizten Stuben ging es die Nächte hindurch, ohne Luft zu holen, sie aßen sich voll, sie tranken selbstgekelterten Wein, sangen ihre alten Weisen und Soldatenlieder und tanzten bis zum siebenten Schweiß die verwegenen Tänze ihrer Vorväter aus den Zeiten der Saporoger Setsch.

Und dann bricht der Frühling an, heiß und zärtlich.

Die Kurgane befreien sich als Erste vom Winter. Der zusammengesinterte Schnee überzieht sich mit tödlicher Bläue, versteckt sich im Gesträuch und kriecht hinunter in die kleinen Schluchten, wo er stirbt, bezwungen von rauschenden Bächen. Der Winter spannt alle Kräfte an und setzt sich zur Wehr. In den Nächten umfliegt er die von unruhigen Träumen umsponnene Erde und heckt Streiche aus: Hier schmückt er die Fenster mit Eisblumen, da trocknet er eine Pfütze aus, dort schmiedet er Tauwasser zu Eis, noch anderswo schüttet er dichten Raureif übers Feld, weht einen fest schlafenden Hund mit nassem Schnee zu oder bringt mit eisigem Hauch einen Bach zum Stehen. Kaum aber erglänzt die Morgenröte, kaum versprüht das erste Licht seine Funken, da ergreift der liebe Winter die Flucht, ohne sich umzudrehen, verfolgt von Vogelzwitschern und Hähnekrähen, und die Sonne schleudert ihm blitzende Speere hinterdrein. Auf die getrockneten Häupter der Kurgane lassen sich immer öfter zum Ausruhen Schwärme von Lerchen nieder, kühne Kundschafter der anbrechenden warmen Jahreszeit. Auf den Rainen richten sich zitternd die nackten Grashalme auf. Kleine Steppentierchen brechen aus der schwarzen Gefangenschaft aus und wärmen sich vor ihren Höhlen. Voller Angst weicht der Winter zurück in die Berge, wo er seinen Stammsitz hat, und zieht von dort mit Geheul in die Schlacht auf die Ebenen, indem er Eiseskälte vom Grunde der Felsschluchten hochholt, Glitzerschnee von den Gipfeln oberhalb der Wolken herunterreißt und sich mit treuen Regimentern trüber Märzschneestürme umgibt – und ruhmlos stirbt, in Gischt und Fetzen gerissen, seine kalte Kraft. Das Eis verliert die Form und zerbricht, das Eis knackt, das Eis treibt schollig im Tauwasser. Seen und Limane mit erstem bleigrauem Geflimmer strecken ihre Arme dem Frühling entgegen. Der Kuban führt Hochwasser. Stürmisch zerrt er an den Ufern, reißt grüne Inseln los, trägt seine üppigen Fluten leicht dahin. Die aus ihren Ställen entlassenen Gänse und Enten fliegen zum großen Wasser, und ihr Schreien und Krächzen übertönt die menschlichen Stimmen. Das Viehzeug, das im Winter keine Bewegung gehabt hat, stürmt mit erhobenen Schwänzen hinaus aus der Dorfumfriedung in die ersehnte Freiheit, es wiehert, muht, blökt, und eine jegliche Stimme preist des Lenzes Schönheit.

Gute, feurige Pferde sind es, die den Frühling tragen.

Über der Steppe ziehen, ihre Ruhe schützend, die Winde dahin, die den Winter verjagen. Im Himmelsblau steht Dunst, die Steppe trocknet. Der Stanizler verrichtet ein Gebet und fährt hinaus zum Pflügen.

Eine Woche, noch eine, und schon ist die Steppe von Rand zu Rand übergossen mit dem Grün der Saaten und dem Graublau der Gräser.

In freudiger Pracht blühen die Gärten, die einen grünen Pelz angelegt haben.

Flüsse und Seen brodeln von Fischen, die Netze vermögen den Fang nicht zu halten.

Die Kinder ziehen im Laufen Hemd und Hose aus und springen mit dem Ruf »Wasser, Wasser, kühl uns ab!« vom Steilufer in die Buchten.

Von alters her machten sich mit der ersten Wärme in den Tiefen Russlands wie Schwärme hungriger Saatkrähen ganze Scharen von Schnittern und Mähern auf den Weg zum Don und zum Kuban. Bekleidet mit zerrissenem Bauernrock und weiter, derber Baumwollhose, mit staubaufwirbelnden kaputten Bastschuhen, die Fellmütze von der gebräunten Stirn geschoben, so gingen sie und gingen, starben auf den Landstraßen, kamen zu Tausenden in den Cholerabaracken um, aber die Überlebenden waren hartnäckig in ihrem Streben, und wenn sie die brotreichen Stätten erreicht hatten, schlugen sie Wurzeln und blieben wohnen; sie verdingten sich als Pferde- und Schafhirten, füllten rund um das Asowsche Meer die Fischerartels auf, die zugewanderten armen Schlucker stellten den Nachwuchs für Landarbeiter und Handwerker, Handelsmänner und Ackerbauern.

Die Stanizakosaken fuhren familienweise zur Mahd – mit Weibern und Kindern und gedungenen Knechten. Ringsum, so weit das Auge reichte, breitete sich reifendes Korn und mannshohes Gras. Stählern ratterten die Mähmaschinen, vor denen zwei oder auch drei schaumbedeckte Pferde gingen. Blitzende Sensen pfiffen durchs Gras, schweißnasse ausgeblichene Hemden umspannten die Rücken der Schnitter. An den Abenden zog der bittere Rauch der Lagerfeuer über die Steppe, und das junge Lied schwang sich auf bis zu den Sternen.

An Peter und Paul[1] wurde die Steppe goldgelb. Wie eine Wand stand das Getreide – sonnendurchglühte Ähren, pralles Korn. Die Sonne übergoss die Steppe mit Feuerströmen. In Dunstschleiern atmete heiß das hitzestumme Land.

In den Tälern reifte in glühender Stille der Tabak.

Wasser- und Zuckermelonen lagen dicht an dicht auf den Feldern wie rasierte Köpfe auf einem Schlachtfeld des Altertums.

Die Gartenbäume bogen sich unter der Last der Früchte.

In der Freiheit der Weidegründe tummelten sich Pferde und unübersehbare Herden von Schafen mit feinem Vlies.

Die Mädchen standen früh in Saft, wurden reif für die Liebe.

Die Steppe gebar das Brot.

Die Weiber gebaren kräftige Kinder.

1 29. Juni.

Die Bienen ließen Honig regnen, die Weinbeeren füllten sich mit hellen Tränen, und der Jäger in den Bergen verfolgte das wilde Tier.

Eine reiche Gegend wars, ein schönes, freies Land.

Die Staniza hatte sich rittlings auf den Fluss gesetzt. Auf der einen Seite wohnten die Kosaken, auf der andern die Mushiks.

Auf der Kosakenseite gabs den Basar und das Kino und das Gymnasium und eine große, prunkvolle Kirche. Auf dem trockenen Hochufer spielte an Feiertagen ein Blasorchester, und an den Abenden traf sich hier lachend und schnatternd die Jugend. Die weißen Katen und die mit Ziegeln, Brettern oder Blech gedeckten wohlhabenden Häuser standen in strenger Ordnung im Grün der Akazien und der Kirschgärtchen versteckt. Das Frühlingshochwasser besuchte die Kosaken und stieg bis an die Schwellen.

Die Seite der Mushiks wurde jedes Mal von Schmelzwasser überflutet, so dass die Bewohner der unteren Straße das ganze Frühjahr über bis an die Ohren im Schlamm versanken. Irgendwie, gleichsam widerwillig, wichen die von Schilfmattenzäunen umfriedeten, halbblinden Lehmziegelhütten auf eine Anhöhe zurück und krochen in die Steppe. Im Sommer reichte das Getreide, rauschend wie ein Meer, bis an die Höfe. Die Mushiks legten keine Gärten an, sie hielten das für überflüssig. Vor den Katen standen nur da und dort ein paar kümmerliche Bäumchen, von denen man Zweige riss, um Besen zu binden. Bei den Mushiks war das Vieh kleiner, der Schweinespeck schmaler, die Schafwolle gröber, der Putz der Weiber bescheidener, und sie buken ihr Brot aus einfach gemahlenem Mehl, und viele hatten nicht das Brot zum Sattwerden.

Aus guten Büchern und Groschenschmökern ist längst bekannt, dass die Kosaken sich für die Ureinwohner hielten; sie sahen die aus Russland zugewanderten Menschen scheel an, verbanden sich kaum je mit ihnen durch Heirat, engten sie bei der Landverteilung so weit wie möglich ein und beteiligten sie nicht an der Verwaltung der Region.

So war das in der Tat. Die Feindschaft schwelte seit alters.

In der hier beschriebenen Staniza gab es sogar zwei Friedhöfe: den Kosakenfriedhof mit gusseisernen Gittern und hohen, aus gewundenem Eisen geschmiedeten Kreuzen, unter denen die Gebeine von Atamanen, Starschinas und Helden moderten, und den unumfriedeten Friedhof der Mushiks, über den das Vieh trottete; er hatte nur zwei bemerkenswerte Grabmäler – das des Kaufmanns Mitrjassow, eines wilden Fresssacks, der auf seiner eigenen Hochzeit an einem Rindsknochen erstickt war, und das des nie erwischten Räubers und Teufelskumpans Fomka Schiefwanst.

Am steilen Ufer des Kuban stand mit Blick auf den Fluss das blechgedeckte Steinhaus des alteingesessenen Kosaken Michaila Tschernojarow.

Die Tschernojarows waren berühmt als kräftiger Menschenschlag, berühmt für ihre Pferde, ihre Tapferkeit und ihren Reichtum.

Michaila war schon über sechzig, aber seine Augen glühten noch, und er besaß unbeugsame Kraft. Sein dunkelgegerbtes Gesicht erinnerte an ein Stück grobgewalkten Filz. Der hellbraune Vollbart mit den schwarzen Strähnen breitete sich über die Brust, die gewaltig war wie eine Kirchenglocke. Unter dem gelbgerauchten Schnurrbart blitzten spöttisch, weiß wie Siedeschaum, die kerngesunden Zähne. Auf dem hocherhobenen Haupt mit den rundum gleichlang geschnittenen Haaren saß die Militärmütze mit abgegriffenem Schirm.

In seinem alten, grün verblichenen Tschekmen, um den straff ein metallbeschlagener Gürtel geschnallt war, ging er von früh an auf dem Hof umher, beaufsichtigte die Knechte, Schwiegertöchter und Enkel, fand für jeden Arbeit und beschimpfte alle für ihr Ungeschick. Niemand im Hause wagte in seiner Gegenwart zu lachen oder sich ohne Erlaubnis hinzusetzen. In freien Stunden schloss sich Michaila in einem halbdunklen Eckzimmerchen ein, zu dem die Weiber keinen Zutritt hatten, und las halblaut singend in der Bibel, wobei sein einst von einer Tscherkessenkugel durchschossener und schief zusammengewachsener Finger über die Zeilen glitt. Zuzeiten flog ein Schatten tiefen Nachsinnens seine Stirn an, und dann fiel auf die vergilbte, fleckige Seite des heiligen Buches eine heiße Träne. Der Alte holte aus der tiefen Tasche seiner Pluderhose eine silberbeschlagene Pfeife und stopfte sie mit einer Handvoll abgelagertem aromatischem Eigenbau. Er rauchte, las, seufzte, erinnerte sich an seinen Militärdienst, an die Feldzüge und an seine Jugend, grübelte über das Schicksal der Kosakenschaft und des russischen Landes.

Michaila war auf dem Pferderücken aufgewachsen und war die beste Zeit seines Lebens nicht aus dem Sattel gekommen. Er erinnerte sich an den Feldzug nach Chiwa[1] und an den letzten türkischen Krieg 1877–1878. Noch immer schmückte ein afghanischer Teppich in gedämpften Farbtönen die Wand des Stübchens, ein Andenken an Chiwa. Während des Türkenkrieges war ihm eine Geschichte widerfahren, die es, wenn auch kurz, erzählt zu werden verdient. Bei Slatariza[2] griff sich Michaila mitten in der Hölle des Kampfes Mann gegen Mann einen arabischen Renner – und was für einen! –, wie er nicht jedem im Traum erscheint. Beim Biwak kamen die Kosaken scharenweise, um mit dieser Beute zu liebäugeln. Der älteste Kosak des Regiments, Terenti Kolontar, nahm den Araber beim Zügel, untersuchte seine Zähne und Nüstern, befühlte die Fußgelenke, die Kniescheiben und das Brustbein und sagte:

»Ein gutes Pferd.«

Andere Alte pusteten dem Hengst in die Ohren, maßen Rippen und Länge der Hinterhand und sagten gleichfalls einstimmig:

»Ein gutes, gutes Pferdchen!«

Als Michaila auf den Araber sprang und vor den Kosaken ein ums andere Mal wie ein Satan vorübersprengte, warf Terenti

1 Nach dem zweiten russischen Feldzug gegen das Chanat Chiwa 1873 musste Chiwa einen Teil seines Territoriums an Russland abtreten und wurde von Russland abhängig.

2 Bei dem bulgarischen Dorf Slatariza schlugen russische Truppen am 23. 11. 1877 die Türken im Russisch-Türkischen Krieg 1877/78.

Kolontar den Kopf hoch, und in seinen Augen flimmerte ein Gewitter der Begeisterung.

»He-he-he!«, rief er aus. »Ein solches Pferd gebührt dem Ataman.«

Die anderen Alten nickten mit den ergrauten Stirnlocken und sprachen:

»He-he-he, Bruder, in unserm Kubanheer hats ein solches Pferd noch nie gegeben.«

Das Lob der Alten freute das Herz des jungen Kosaken, denn wenn die Großväter in ihrem Leben etwas reichlich gesehen hatten, waren es Pferde. Wegen seiner Gestalt, seines Ungestüms und seiner Leichtblütigkeit gab Michaila dem Hengst den Namen Berkut, Königsadler. Der Krieg war bald zu Ende, und die russische Armee zog mit Liedern zurück zu ihren Grenzen. In einem bessarabischen Dörfchen, wo die Kosaken einquartiert waren, um sich auszuruhen, hatte auch ein Dragonerregiment einen Rasttag eingelegt, das von irgendwo aus dem Galizischen nach Taurien[1] unterwegs war. Es stand unter dem Befehl eines der erlauchtesten Fürsten, der wohl mit dem Gossudar persönlich verwandt war. Kosaken und Dragoner schwemmten im Dnestr ihre Pferde. Hier bekam der Fürst Berkut zu sehen.

»He, Kosak«, rief er, »wo hast du den wundervollen Hengst gestohlen?«

Michaila flog herbei zum Fürsten, wie er war, nackt auf Berkut reitend, den Striegel in der Hand.

»Zu Befehl, gar nicht, Euer Hochwohl ...«

»Dummkopf. Titulier mich *Erlaucht,* ich bin Fürst.«

»Ich hab ihn nicht gestohlen, Euer Erlaucht, sondern im Kampf erbeutet.«

»Verkauf mir den Hengst.«

»Zu Befehl, unmöglich, Euer Erlaucht, ich brauch ihn selbst.« Und Michaila wollte das Pferd zum Fluss lenken, um das sinnlose Gespräch zu beenden. Der Fürst hielt ihn zurück.

1 Das Gouvernement Taurien umfasste die Krim und das nördlich gelegene Festland.

»Verlange, so viel du willst, aber verkauf ihn mir.«

»Ich kann nicht, Euer Erlaucht, ohne den Hengst wär ich schlimm dran.«

Mit einer Geschicklichkeit, die den Kubankosaken verblüffte, setzte der Fürst ein Monokel ins Auge und ging um den Hengst herum, dessen atlasweiches, nasses Fell in der Sonne schimmerte. Wieder wollte Michaila losreiten; der Araber tänzelte, schielte mit Glutblicken nach dem Fürsten. Wieder hielt der Fürst den Kosaken zurück und sprach von seinem Reichtum, von seinen Marställen, von seinen Ländereien bei Kursk, Rjasan und Saratow, deren Besitzer er sei.

»Ich will dich reichlich belohnen, Kosak.«

Michaila zog die Brauen zusammen und murmelte immer wieder »Zu Befehl, nein« und »Unmöglich«. Ringsum sammelten sich bereits Kosaken und Dragoner.

»Willst du«, sagte der Fürst leise, damit es niemand hörte, und Michaila sah seine blassgewordenen Lippen zittern, »willst du Vieh, dass ich mich für diesen Hengst vor dem ganzen Regiment tief vor dir verbeuge?«

»Ich bin nicht Gott, Euer Erlaucht, vor mir verbeugt man sich nicht tief«, antwortete Michaila laut und ritt los. Der Fürst ging wie angebunden neben ihm her. Dem erfahrensten Kosaken des Regiments, Terenti Kolontar, schwante schon, dass dies nicht gut ausgehen konnte, er trat von der anderen Seite herzu und gab Michaila unauffällig eine Peitsche in die Hand. Wieder fragte der Fürst:

»Du willst ihn nicht verkaufen?«

Und wieder antwortete ihm Michaila:

»Zu Befehl, nein.«

»Dann ... dann nehm ich ihn dir weg!« Und der Fürst griff nach dem Zügel.

»Daraus wird nichts!«, sagte Michaila wütend und versuchte, den Zügel aus der behandschuhten Hand des Fürsten zu befreien. Auch das Pferd schüttelte schon unruhig den Kopf, aber der Fürst umklammerte fest den Zügel. Michaila, vom Lächeln der Kosaken ermuntert, schrie böse: »Bei den Türken gabs viele Pferde, schönere als meins, dort waren sie zu erbeuten, aber ihr habt ja lieber im Hinterland Wareniki gegessen und Galizierinnen betatscht. Lass los!«

»Steig ab, Kosak«, sagte der Fürst heiser und hängte sich an den Zügel des ausbrechenden Berkut.

Da zog Michaila dem erlauchten Fürsten die Peitsche über die Stirn. Berkut bäumte sich auf, die Hände des Fürsten ließen los, er fiel nieder, sprang jedoch sofort auf und schrie:

»Vor Gericht! Vor Gericht! Dragoner, greift ihn!«

Aber Michaila hielt die Ehre des Kubanheeres hoch, prügelte sich mit bloßer Peitsche von einem Dutzend Dragoner frei, die sich auf ihn warfen, setzte vom Steilufer hinab in den Dnestr, durchschwamm den Fluss, wobei er sich an der Mähne des Pferdes festhielt, und sprengte in die Steppe, wie ihn seine Mutter geboren. Nach fünf Tagen und Nächten war er am Kuban, in seinem Gehöft. In der Folgezeit wurde die Sache dank der Fürsprache des amtsführenden Atamans und dank reichlicher Schmiergelder an die Militärbeamten vertuscht. Aus der Truppenkanzlei von Jekaterinodar flog ein Papier nach Sankt Petersburg mit der Kunde, der und der Kosak sei an dem und dem Tag jenseits des Kuban bei einem Scharmützel mit den Tscherkessen gefallen. Damit war alles zu Ende. Michaila aber streifte auf seinem Renner mit einer Jägertruppe durch das Schwarzmeergebiet und Transkubanien, befriedete unbotsame Bergbewohner und bepickte in kürzester Zeit die ganze Brust mit Kreuzen und Medaillen. Später nahm er an der Niederschlagung des Aufstands von Fergana[1] und an der Unterdrückung der Cholerameutereien teil, diente in der Eskorte des Warschauer Gouverneurs und in Petersburg, und als er nach dem Japanfeldzug[2] heimkehrte, empfingen ihn bärtige Söhne und herangewachsene En-

1 Nach einem Volksaufstand im Chanat Kokand 1875, in dessen Verlauf es zu Kriegshandlungen gegen Russland kam, wurde das Chanat 1876 als Gebiet Fergana dem Gouvernement Turkestan eingegliedert.

2 Der Russisch-Japanische Krieg 1904/05, in dem Russland eine Niederlage erlitt.

kel. Michaila gab Murat, Berkuts Sohn, in die Truppenherde und wurde sesshafter Kosak.

Vor den Fenstern, unterhalb des Steilufers, strömte glitzernd der Fluss. Die Jahre eilten dahin, ließen Tage des Leids und der Freude einander abwechseln wie Wellenkämme. Michailas Frau starb, die Töchter heirateten, die Söhne verstreuten sich in alle Welt.

Der Älteste, Jewsej, wurde in der Mongolei von einer Chunchusenkugel niedergestreckt.

Der Zweitälteste, Petro, verscholl in Transkaukasien bei einer Befriedungsaktion.

Der dritte Sohn, Kusma, brachte sein Erbteil durch, ging, seinem Vater zwei Enkel zurücklassend, in die Ukraine, um sich als Dorfgendarm zu verdingen, und blieb verschwunden wie ein Stein im Wasser.

Dem mittleren Sohn Ignat spannte ein Infanterieoberst die Braut aus und entführte sie. Der stille und von klein auf fromme Ignat ging aus Herzeleid hinter die Wolga in eine Altgläubigenklause, er hatte seit langem nichts von sich hören lassen.

Der Sohn Wassili fand Geschmack am Handel und ward gleichfalls dem Kosakengeschlecht entfremdet. Lange Jahre kaupelte er mit Pferden, häufte Kopeken und Fünfer und brachte immer wieder schweiß- und teerfleckige Bauernrubel zur Bank. Vor dem Krieg erwarb er am Gestade des Asowschen Meeres ein paar kleine Fischfabriken, baute sich in der Stadt ein klotziges Steinhaus mit zwei Obergeschossen, eröffnete einen Handel und lebte auf großem Fuß. Eines Tages fuhr er im eigenen Automobil in der Staniza vor. Michaila verschloss das Tor mit den eisernen Bolzen und ließ die Rüden von der Leine. Der steinreiche Sohn kurvte vor den Fenstern seines Vaterhauses und fuhr wieder von dannen, tödlich beleidigt.

Ein Abtrünnling war auch der zweitjüngste Sohn Dmitri. Von klein auf schlaff und kränklich, fürchtete er den Vater wie das Feuer, brach in Tränen aus und zitterte, wenn er nur seine Stimme hörte. Schon als Kind liebte er den Kirchengesang, ministrierte im Altarraum. Die Stanizaschule beendete er mit einer Belobigungsurkunde, dann wollte er in die Stadt. Der Vater schnauzte ihn an und hielt ihn ein Jahr lang eingesperrt, um ihn an die Arbeit im Haus zu gewöhnen. Der gehorsame Sohn führte alles ohne Auflehnung aus, aber seinen ungeschickten Händen gelang nichts so recht.

»Aus dir wird kein guter Kosak, kein starker Hausherr«, sagte der Vater, indes er ihn vom Hof jagte. »Fahr in die Stadt, Krepierling, und studiere.«

Geraume Zeit verging, die Familie vergaß allmählich den abtrünnigen Sohn, doch da kam, nachdem er seine Zeit abgedient, Wachtmeister Serdjagin aus der Hauptstadt zurück, und von ihm erfuhren die Stanizler, dass Dmitri Tschernojarow in Petersburg Advokat sei und eine feine Dame geehelicht habe.

Der jüngste Sohn Iwan schlug in Gestalt und Sinnesart gänzlich dem Vater nach. Der gleiche schroffe Charakter, angeborenes Ungestüm, Liebe zur Bewegung. Schon in jungen Jahren löste er sich vom Hof und wuchs als Analphabet auf. Nur im Winter lebte er zu Hause. Jedes Jahr im Frühling ritt er in die Steppe zu den Pferdehirten oder an die Schilfufer des Asowschen Meeres zu den Fischern und kehrte erst bei den ersten Frösten in die Staniza zurück, windgegerbt und abgerissen, mit rissigen Händen, die Taschen der Leinwandhose voll klimpernder Rubel. In unserer Zeit gibt es weder am Kuban noch auf Taman mehr unberührte Gegenden. Durch Sümpfe und Gebirge führen Straßen, die Flüsse sind von Brücken gegürtet, jedes Stückchen Land ist umgepflügt und zertrampelt, selbst das Meer weicht vor dem Menschen zurück, und da, wo noch in der Erinnerung der Alten undurchdringliches Schilfgewirr gewesen war, stehen jetzt Gehöfte, Fischerdörfer und Stanizen. Iwan drang zu seinem Vergnügen in Dickichte vor, die selbst von zünftigen Jägern tunlichst gemieden wurden. Pfade, verworren und undeutlich wie eine Anspielung, führten ihn in rostgelbe Sümpfe voller Schwemmholz und auf die weiten Flächen der hellen Limane. Über den Limanen kreisten Schwärme von Möwen und Kormoranen, das

Schilficht schlummerte mit rischelnden Blättern. Iwan nächtigte auf trockenen Sumpfbülten und ernährte sich, wie es eben kam. Mit knapp fünfzehn konnte er Netze stricken und auslegen, orientierte sich nach den Sternen, sagte nach dem Wind das Wetter voraus, spürte den Kessel des Wildschweins auf, spießte die Frischlinge mit der selbstgemachten Pieke und brachte sie ins Fischerlager. Wenn nach dem Frühling das Wasser gefallen war, wusste er, was für Fische in welchen Seen zu finden waren und wo der Karpfen laichte; er studierte die Gewohnheiten der Fische in fließenden und stehenden, süßen und salzigen Gewässern. Mit großer Genauigkeit bestimmte er am nahen und fernen Schrei das Alter des Tiers, er verstand die Vogelsprache, er wusste, wann welche Vögel in der Steppe oder im Wald lebten. Er schwamm so geschickt und geräuschlos, dass ers fertigbrachte, im Schilf an die Entenfamilie heranzukommen, die er mit dem Knüppel erschlug. Später, als junger Bursche, gewöhnte er sich an, über den Kuban hinauszustreifen, ins Land der Tscherkessen, was bei den Kosaken als besondere Verwegenheit galt, spürte Wölfen und Füchsen nach und stellte ihnen Fallen. Hier freundete er sich mit Schalim an, mit dem das Schicksal ihn hernach dauerhaft verband. Er schoss vorzüglich, traf mit der Kugel auf hundert Schritt eine Dolchklinge. Auch den Säbel handhabte er meisterlich und zerhackte ein silbernes Fünfzigkopekenstück im Fluge. Feld- und Hausarbeit ließ er von klein auf nicht gelten, dafür war er beim Tanz, bei Schlägereien und Reiterkunststücken stets der Erste. Alltags und festtags bummelte er durch die Straßen, sang schallend Lieder und brachte die Mädchen um den Verstand. Nur die dunkle Nacht wusste, wo der Kosak das Geld für seine Gelage herhatte. Es wurde gemunkelt, der kühne Bursche verkehre mit ausgepichten Pferdedieben, doch wurde er niemals ertappt.

Der Krieg riss die Familie Tschernojarow auseinander.

Der Enkel Ilja wurde eingezogen, der Enkel Alexej wurde eingezogen. Iwan wollte die Einberufung seines Jahrgangs nicht abwarten und es den beiden nachtun. Michaila belegte des Sohnes Entschluss mit einem Verbot – er hoffte noch, der Bursche werde besonnener werden und ihm wenigstens einen Teil der Sorgen um die Wirtschaft abnehmen.

»Vater, segne mich«, sagte Iwan und warf sich dem Vater zu Füßen.

»Schlag dir das aus dem Kopf.«

»Lass mich ziehen.«

»Bring mir die Peitsche«, dröhnte der Alte, wutschäumend über den Trotz des Sohnes. »Fünfzig Heiße zieh ich dir über!«

Dieses letzte denkwürdige Gespräch fand auf dem Viehhof statt. Der Sohn lachte auf und holte scheinbar gehorsam die Peitsche.

»Leg dich hin, du Hundesohn, und lass die Hosen runter.«

Iwan widersetzte sich. Der erste Peitschenhieb schnitt glühend heiß durch den Tschekmen und das Hemd bis auf die Haut. Vom Schmerz geblendet, schlug er den Vater zu Boden und stieß ihn mit Fußtritten über den Viehhof. Der Alte jagte ihn aus dem Hause und verweigerte ihm – die schlimmste Beleidigung – das Frontpferd. Iwan holte sich jenseits des Kuban ein Pferd, lockte seinen gleichaltrigen Freund Schalim aus dem Aul und ritt mit einem Kosakentrupp an die Front.

Der Krieg erschütterte die Staniza, die Staniza ächzte unter der Trennung von der Jugend. Mädchenherzen stöhnten jämmerlich, in das quälende Schluchzen der Frauen und Mütter mischten sich trunkene Lieder und das Winseln der Harmonikas.

Später wurden auch bärtige Männer einberufen.

Die Pferde trugen die Kosaken nach Persien und Galizien, vor Erzurum und mit dem Expeditionskorps über Meere und Ozeane ins ferne Frankreich. Viele Köpfe mit Stirnlocke[1] rollte der Wind über die verwüsteten, blutgetränkten Felder.

Unversehens brach die Revolution herein und kehrte in der Staniza das Unterste zuoberst.

Die liebe Sonne schaute auch ins Haus der Tschernojarows.

1 Die ukrainischen Kosaken schoren sich ursprünglich den Schädel kahl und ließen nur eine Haarsträhne auf der Stirn stehen. Später wurde eine lange Stirnlocke zum Zeichen der Kosaken.

Eines Tages trafen, als hätten sie sich verabredet, gleichzeitig Iwan und Dmitri mit seiner Frau ein.

»Grüß euch, Kosaken«, empfing sie der Vater im Hof.

»Ich wünsche Gesundheit, Ataman«, sagte Iwan müde lächelnd und warf den Rucksack von der Schulter.

Der Alte küsste seine Söhne.

»Wo hast du Ilja gelassen?«, fragte er Iwan. »Wo ist Alexej? Unsere haben geschrieben, dass er … du weißt schon, aber ich glaubs nicht.«

»Glaubs nur. Alexej ist bei Przemyśl gefallen, der Artillerist Stjopka Podlushny hats mir selbst gesagt.«

»Hm, der ist also hin.«

»Ilja ist in Gefangenschaft.«

»Ilja? Der hat sich gefangen nehmen lassen? Soso … Zwei Brüder, zwei Knochen …« Der Alte bekreuzigte sich, kaute an seinem Bart, stand einen Moment in schweigender Trauer und wandte sich dann an Dmitri: »Na und du, warst du im Krieg?«

»Nein, Vater, mich haben sie freigestellt wegen Schwachbrüstigkeit.«

»Äää, Stinker. Gott allein weiß, nach wem du kommst. Du bedeckst unser Geschlecht, unsern Stamm mit Schande. Als ich so alt war wie du, hab ich bergan ein Pferd überholt.«

Dmitri murmelte verwirrt:

»Ich wollte ja. Aber es ist anders gekommen. Dafür kann ich nichts. Jetzt bin ich heimgekehrt, um auszuspannen und abzuwarten, bis das ganze Durcheinander zu Ende geht. Dies ist meine Frau Polina Sergejewna.«

Michaila warf der spitznasigen jungen Frau, die ein silbernes Ridikül befingerte, einen scheelen Blick zu und sagte gleichmütig:

»Von mir aus, auf ein Stück Brot solls mir nicht ankommen. Hier zehren schon soviel Fremde von mir, und du bist immerhin aus unserm Stall, ein Tschernojarow.«

Er führte die Söhne über den Hof.

Der Hof war sauber gefegt. Feste Mauern, pudschwere Schlösser, Hunde wie Löwen. Es roch nach reifem Dung und tagsüber erwärmter fetter Erde. Unter einem Vordach hing zwischen zwei Ständern an Holzhaken ein mit duftendem Holzteer geschmiertes Pferdegeschirr mit blitzendem Silber- und Messingschmuck. Alles war gegen früher etwas weniger geworden, aber es gab noch genug Vieh und Geflügel und Getreide. Der Keller enthielt Zuber voll Butter, Fässer mit selbstgepresstem Wein, selbsteingesalzene Störe, unterm Dach hingen Bündel Tabakblätter, und Ballen feinster Schafwolle lagen bereit zum Verkauf.

Der Alte schöpfte aus einem dickbauchigen Fässchen eine Kelle Traubenwein, der nach Harz duftete, trank einen Schluck und gab sie Iwan.

»Auf das Wiedersehen, Söhne.«

»Wie geht es Ihnen hier, Vater, und was bewegt Sie?«

»Die Himmelskönigin sei gepriesen, wir haben noch was, um die Kehle zu spülen und was in den Mund zu schieben. Ich mach die Kosakenwirtschaft allein, plage mich und mehre das Gut. Es ist alles ganz eitel, wie der Prophet sagt, und der Geist ermüdet. Der Mensch kommt nackt auf die Welt und verlässt sie nackt. Ihr Hundesöhne werdet nicht mal kommen, um auf mein Grab zu spucken. Von mir geht die Seele, von euch gehen die guten Tage. Wenn ich nicht mehr bin, werdet ihr alles bis auf den letzten Hufnagel vergeuden und den väterlichen Hof ohne Hosen verlassen. Denkt an meine Worte.«

»So brauchen Sie nicht zu reden, Vater«, fuhr Dmitri auf. »Ich habe in Petersburg viel Geld verdient. Ich besaß ein eigenes Gespann, eine eigene Datscha, stand kurz vor dem Hauskauf … Aber der Wein ist ja so kalt, die Zähne schmerzen.«

»Datscha, Gespann, Millionär … Aber den Koffer hast du vom Zug hergebuckelt.«

»Was sollte ich machen? Man hat mir alles weggenommen. Die Reste sind unterwegs geplündert worden. Ihr sitzt hier und habt keine Vorstellung, was für ein Wirrwarr in der Hauptstadt, in den Städten und auf den Straßen herrscht. Ich hatte nicht gedacht, lebend dort herauszukommen.«

»Waschlappen. Ich hätte ...«

»Das Leben hat eine komische Wendung genommen«, sagte Iwan fröhlich. »Wer früher Rang und Würden hatte, ist heute ein Nichts.«

Der Alte schöpfte noch eine Kelle und trank, ohne abzusetzen.

»Die Disziplin hat sich gelockert, darum ist die Meuterei über Russland gekommen. Ein unseliger Geist hat sich ausgebreitet. Bei uns haben früher die Wachtmeister allmonatlich dem Ataman Aufstellungen über die Denkweise jedes Kosaken vorgelegt, und alles war gottlob still. Ich brauchte nur ein Kosakenregiment in der alten Zusammensetzung, dann würde ich den Aufstand am ganzen Kuban im Nu niederschlagen. Ich würds denen schon zeigen.«

Dmitri fuchtelte mit den Armen.

»Eijeijei, Sie sind ja ein Anhänger des alten Regimes, Vater. So geht das nicht. Die Revolution, solange sie nicht über die Ufer der Vernunft tritt, ist für unser finsteres Mütterchen Russland sehr notwendig. In Europa hat sich schon im vorigen Jahrhundert was Ähnliches abgespielt. Die Franzosen haben ihrem König sogar den Kopf abgeschlagen.«

»Die Meutereien der Gottlosen gehen uns nichts an«, sagte der Alte überzeugt. »Jeder wird auf seine Weise verrückt. Die Chinesen fressen Mäuse, Frösche und sonstigen Dreck, die Kalmücken verschmähen nich mal Aas. Ja. Im Kubanheer wurde früher nicht umsonst gesungen: ›Unsre Mutter Russland ist der Kopf der ganzen Welt.‹ Bei uns müssen alle in Angst leben.« Der Alte strich den Schnauzbart und drohte mit schwieligem Finger einem unsichtbaren Feind. »Wenn man mir ein reguläres Kosakenregiment gäbe, ha, und wenn ich mir die Zähne ausbeiß, ich würd die Rebellion am Kuban ausrotten, dass nur so die Fetzen fliegen. Danach würde ich die Kosaken reichlich bewirten, die würden sich herrlich besaufen, und dann wär Schluss. Nun, erzähl, Iwan, von deinem Dienst und deinen Erfolgen an der Front.«

Iwan war wegen Tapferkeit und Anstelligkeit mehrfach zur

Auszeichnung vorgeschlagen worden, aber Kreuze und Medaillen hielten sich nicht auf seiner Brust. Der Bursche war von feuriger Wildheit: Bald heckte er einen Streich aus, bald war er grob zu einem Vorgesetzten – die Auszeichnung wurde ihm wieder aberkannt und er vom Unteroffizier oder Unterfähnrich zum Gemeinen degradiert. Eines Tages hatte er seinen Hundertschaftsführer blutig geprügelt, weil der ihm eine Spielschuld nicht bezahlte. »Für tätliche Beleidigung eines Offiziers« kam er vors Feldgericht. Ihm drohte die Erschießung. Die Revolution öffnete ihm die Tore des Tarnopoler Gefängnisses.

»Wie kommt es, dass ihr euch von den Deutschen habt schlagen lassen?«, forschte der Vater. »Ihr habt den alten Ruhm eurer Großväter mit Schande bedeckt.«

»Uns haben die Deutschen geschlagen, euch die Japaner, was hilfts, darüber zu reden? Die Deutschen haben uns die Augen geöffnet, haben uns Dummköpfe zu Verstand gebracht. Die Wurzel der Zaren ist verfault, Vater. Höchste Zeit, Russland gänzlich umzupflügen und das alte Leben umzubrechen.«

»Eine gute Tracht Prügel gebührt euch.«

»Zum Prügeln gehört nicht viel Verstand.«

»Was hat dir an der alten Ordnung nicht gefallen, Sohn? Bist du nackt und barfuß herumgelaufen, warst du benachteiligt? Kremple die Ärmel auf und mach dich an die Wirtschaft. Wenn ich sterb, nehm ich nichts mit, alles bleibt für euch. Das Haus ist eine volle Schale, und ihr könnt leben wie die Made im Speck.«

»Wir werden keine Reichtümer anschaffen, wir sind Feinde des Reichtums«, sagte Iwan dumpf. »Die Front hat uns zerbrochen. Drei Jahre sind nicht drei Tage. Die Kleinmütigen waren es müde, aber auch die Starken hatten die Nase voll. Bis in den Traum hinein verfolgten dich die Aeroplane oder Granaten, und du bist schreiend hochgesprungen.«

»Weder ich noch der Gossudar haben dich an die Front geschickt, du bist freiwillig gegangen.«

»Die Generäle und Burshuis, Bolschewiken und Menschewiken gehören alle an denselben Haken! Wegen ihren Epauletten und ihrem Gold fließen Tränen. Wir müssen auf einen neuen Krieg gefasst sein, Vater.«

»Was redest du da? Was für ein Krieg und gegen wen?«

»Nach allen Seiten. Hier die Generäle, da die Gelehrten, dort die Mushiks … Ich habe genug gesehen in den Dörfern im Rjasanschen; die Leute leben schlecht, in Enge und Gestank. Das sind zwar Mushiks, die denken bloß an ihren Bauch, aber sie wollen essen und trinken. Und unsre Zugewanderten werden uns sehr bald sagen: ›Deins ist meins, gib her.‹«

»Das geht uns nichts an, mein Sohn. Wir Kosaken haben hier unser Land und unsere Rechte, und die Mushiks jagen wir achtkantig davon. Sollen sie doch gehen und die Gutsbesitzer bekriegen, da ist genug Nutzland. In Russland haben sie Wald, darauf sind wir nicht scharf; in Sibirien haben sie Gold, das brauchen wir nicht. Beamte und Arbeiter kriegen Lohn, und das geht uns auch nichts an. Wir sitzen hier seit Jahrhunderten fest verwurzelt. Unsere Väter und Großväter haben dieses Land mit Blut und kriegerischer Heldentat erobert, und wir geben es nie wieder her.«

»Und wie willst dus mit den Bergvölkern halten, Vater?«

»Die Asiaten jagen wir zum Teufel, tiefer hinein in die Berge und Dickichte. Wir dürfen diese Ungläubigen nicht mal Wasser aus dem Kuban trinken lassen.«

»Das wird nicht gehen, Vater. Es sind alles Menschen.«

»Jeder muss an sich selbst denken, für alle reicht das Mitleid nicht. Aber wozu soll ich mit dir palavern? Wir, die angestammten Kosaken, wir schlafen nicht, und die Sache läuft schon«, sagte der Alte bedeutsam.

»Was für eine Sache?«

»Das erfährst du früh genug. Trink nach der Reise, mein Sohn, vertreibe die Grillen.« Und er reichte ihm die randvolle Weinkelle.

Iwan trank und gab die Kelle dem Bruder, zum Vater aber sagte er:

»Wir müssen so leben, wie das ganze einfache Volk lebt.«

»Iwan, vergiss nicht Gott und dein Gewissen«, schrie Michaila. »Wenn du mit deinem Vater sprichst, nimm die Hände an die Hosennaht und wage nicht, darüber zu rechten, was dir lieb ist und was nicht!«

»Brüderchen, du ...« mischte sich der vom Wein ermutigte Dmitri ins Gespräch, »du ... bist noch jung und grün und hast von vielem im Leben keine Ahnung. Vater hat recht: den Kuban den Kubankosaken, den Don den Donkosaken, den Terek den Terekkosaken. Du begreifst noch nicht die Größe und Weite der Kosakenseele. Die alten Überlieferungen, die Lieder, die ruhmreiche Geschichte unserer Vorfahren, der Saporoger ... Wie heißt es doch im Lied: ›Steigt ein, Brüder, in die leichten Boote ... Stellt auf, Brüder, am Bug die Kanone.‹ Iwan, glaub nicht, ich wäre ein großer Herr. Im Grunde meines Herzens, mein Lieber, bin ich ein Mann der Setsch. Ich muss jetzt noch lachen, wenn ich daran denke, wie ich einmal den Tscherkessenrock angezogen hab und die Papacha aufgesetzt und so den Newski entlanggegangen bin ...«

»Kommt ins Haus, Söhne«, lud der Vater sie ein, »Zeit zum Abendessen.«

Die Tage flossen gemächlich dahin.

Michaila traute fremden Augen nicht und führte die Ordnung im Hause persönlich. Vor Tau und Tag stand er auf und machte den ersten Rundgang im Hof: schaute in die Viehställe, legte die Rüden Sultan und Obrugai an die Kette, weckte die Knechte, traf seine Anordnungen in der Wirtschaft.

Die Weiber der Staniza schauten unter einem Vorwand bei den Tschernojarows herein, beäugten unverhohlen die Petersburger Gnädige und waren durchweg unzufrieden: zu dürr, vorn und hinten wie mit dem Spaten glattgehobelt, komischer Hut, die Beine dünn wie die einer Ziege.

Die Männer belagerten Dmitri.

»Sagen Sie mir, Dmitri Michailowitsch, Sie sind doch ein gelehrter Mann und kennen sämtliche Gesetze, wie wird das werden? Mein Schwiegersohn Denis und ich haben für die Wintersaat dreißig Desjatinen umgebrochen …«

»Ich weiß, ich weiß, hast du schon gestern Abend erzählt. Wir müssen erst mal ganz Russland einrichten, Onkel, dann können wir von deinen dreißig Desjatinen reden. Die Konstituierende Versammlung …«

»Aber wieso denn? Was geht mich Russland an? Hab ich meiner Tochter neue Stiefel gekauft? Hab ich. Hab ich ihr an Dreikönige ein Fuder Getreide in die Scheune gefahren? Hab ich. Und jetzt sagt mir dieser Schwiegersohn Denis: ›Ich schlag dir die Augen aus, du Hurenbock.‹ Ist das gerecht?«

»Versteh doch, Onkel Fjodor, ich rede zu dir als Advokat. Die Streitereien um das Land können weder von uns beiden noch von der ganzen Stanizagemeinde gelöst werden. Die Konstituierende Versammlung oder unsere Kubanrada werden anordnen, das Land zu gleichen Teilen aufzuteilen – da ist nichts zu machen, wir Kosaken müssen uns fügen.«

»Und wenn das nicht angeordnet wird?«

»Dann sehn wir weiter.«

»Was gibts zu sehen? Alles Betrug.«

»Ich seh ja, mit dir ist nicht zu reden. Mir tut schon der Kopf weh. Komm morgen, dann schreib ich dir eine Klage gegen deinen Schwiegersohn Denis an den Ataman.«

Manchmal ging Dmitri mit seiner Frau in die Steppe.

Durch die ganze Staniza liefen ihnen die Bengels hinterher, pfiffen wie besessen und schrien:

»Herr, Herr, schenk mir ne Kopeke …«

»Gnädige, Gnädige, deine Beine sind ja dünngehobelt …«

Die Steppe lag tot, von Fahrspuren zerrissen, in den Senken und auf den Rainen hielt sich noch Schnee, aber die Sonne gewann schon Kraft, auf den Anhöhen wuchs der erste scharf duftende Wermut.

Dmitri schlug mit dem Rohrstock gegen die schwarz gewordenen Sonnenblumenstiele vom Vorjahr und rief in unbändiger Freude:

»Weite! Schönheit! Die Steppe, die Steppe ... Sie erinnert sich noch an das Klirren der Polowzerschwerter[1] und an die Feldzüge der ritterlichen Kosaken. Da, der Suff-Kurgan: Vor fünfzig Jahren haben sich die Kosaken eines Vorpostens an Pfingsten dort volllaufen lassen und wurden von den Tscherkessen niedergemetzelt bis auf den letzten Mann. Wie viele vergessene Legenden und ruhmreiche Geschichten ... Ja, mehr als einmal hat die Kosakenschaft Russland gerettet vor den Nomaden und Polacken, und heute rettet sie es vor Flegeln und Bolschewiken. Der Geist der Vorfahren ist lebendig in uns, und wenns nötig wird, greifen wir alle zur Waffe, Jung und Alt.«

»Nicht doch.« Polina gab ihm einen Kuss auf die Wange. »Ich lass dich nicht dahin, wo die Kugeln fliegen. Du musst auf dich aufpassen.«

Iwan wusste nicht, wohin mit sich. Nichts machte ihm Spaß, und er fühlte sich in seinem Elternhaus als Fremder. An den Abenden traf er sich in den Gärten mit der Schreiberstochter Marina und beklagte sich:

»Ich fühl mich angeödet, Marina.«

»Pah, du bist dumm. Wieso denn?«

»Weiß nicht.«

»Geh zum Feldscher, der gibt dir ein Pulver dagegen.« Sie lachte, als ob sie Blumen streute. Ihre halbrunde Augenbraue zuckte hoch, auf den Wangen spielte bräunliche Röte, sie war ein leckeres Mädchen. »Du bist mir eine erfrorene Kartoffel! Kein fröhlicher Blick, kein Scherz. Geh doch tanzen mit uns jungen Leuten, amüsier dich.«

Es hatte eine Zeit gegeben, da war Iwan ganz außer sich vor lauter Freude, wenn er zum Stelldichein mit ihr lief, aber jetzt war ihm nichts mehr recht.

»Kämpfen, das bin ich gewöhnt, aber hier bei euch ist es so still.«

»Ach, Iwan, was bist du für ein unruhiger Geist. Eben erst aus

1 Polowzer ist der russische Name für ein nomadisierendes Turkvolk, das im 11.–13. Jh. die Schwarzmeersteppen besiedelte.

dem einen Krieg zurück, denkst du an den nächsten. Kein Briefchen hast du mir geschrieben von der Front. Wenn du mich nicht mehr magst, sags ehrlich, ich lauf dir nicht nach.«

»Ich mag dich.« Er griff nach ihr und zwickte sie wütend in die feste Brust.

Sie kreischte auf, schlug ihm mit dem Tuch voller Sonnenblumenkerne auf die Hand und zischte:

»Lass das Tatschen, ich bin nicht zu kaufen. Ich bin die Tochter guter Eltern und lass mich nicht vorzeitig plündern. Wenn du mich liebst, schlag dir deine Ideen aus dem Kopf und schick Brautwerber.« Ihre Falkenaugen blitzten in der Dunkelheit, sie rollte wie fröstelnd die kräftigen Schultern und fügte kaum hörbar hinzu: »Das wird alles Deins.«

»Hexe!«

Marina entglitt seiner Umarmung und lief lachend davon.

Iwan trottete zum Hof.

Zu Hause empfing ihn der Vater.

»Wo warst du denn, du Herumtreiber?«

»Ich hab die Hunde gescheucht.«

»Mach mich nicht wütend. Trinkst du?«

»Hab ich einen Mund oder nicht? Ich trinke. Oder brauch ich dazu eine schriftliche Erlaubnis von dir? Das hab ich satt seit dem Dienst …«

Der Alte strich sich den Bart und seufzte.

»Ich müsste dich verheiraten, Iwan.«

»Ich will nicht, Vater. Ein Weib verdirbt einem den ganzen Schneid. Die Kosaken sind mein Haus und meine Familie.«

»Ein goldenes Wort, mein Sohn. Aber sag mal, mir ist aufgefallen, warum machst du dem Teufel die Freude und schlägst nicht das Kreuz vor der Stirn? Warum warst du noch kein einziges Mal in der Kirche?«

Iwan schwieg.

»Uch, Gottloser … Wie trägt dich nur die Erde? In der Bibel, im Buch der Könige, steht geschrieben über solche Holzköpfe wie dich …«

»Was soll mir die Bibel? Man kann nicht tausend Jahre nach einem Buch leben; das Feldreglement ändert sich ja auch.«

»Für solche Worte müsst man dir die Zunge mit der Wurzel rausreißen. Wart nur, Iwan, der liebe Gott wird dir schon noch eins versetzen, weil du deinen Erzeuger nicht ehrst.«

»Ach, Vater, warum soll er sich in unser beider Angelegenheiten einmischen? Wie ich zum ersten Mal in die Attacke geritten bin, ist mir der Glauben abhandengekommen. Die erste Attacke ... Noch heute steht mir das Blut vor Augen! Ich glaub nicht mehr an Gott noch Teufel. Und ich fürchte nichts und niemanden. Meine Seele ist versteinert.«

»Wie könnt ihr Jungen dann verlangen, dass man euch glaubt, wenn ihr selber an gar nichts glaubt? Wir haben auch Feldzüge mitgemacht und die Gottesfurcht nicht verloren. An alles zu glauben ist nicht gut, aber an gar nichts glauben ist schlimmer: Der Glaube, mein Sohn, ist eine unschätzbare Kostbarkeit.«

Auf den fröhlichen Abenden der unverheirateten Jugend saß Iwan stundenlang schweigend in einer dunklen Ecke und saugte an seiner Pfeife. Alles, worüber die Burschen und Mädchen lachten, erschien ihm fade, und die endlosen Gespräche der Mushiks über die Wirtschaft und das Land langweilten ihn tödlich.

Eines Tages brachte Schalim ein Wildschwein auf den Basar, das er in den Schilfgürteln des Kuban erlegt hatte. Nachdem er es verkauft hatte, kam er bei den Tschernojarows vorbei und ließ durch einen Knecht, den Kalmücken Tschultscha, Iwan herausrufen.

Sie gingen in die Schenke.

»Erzähl, Kunak, wie gehts dir so?«

»Hach, Iwan, gehn ganz schlecht. Kuh krepiert, Mutter krepiert. Saklja alt, Regen tropfen durch Dach. Vater alt, kein Zahn. Pferd alt, nich mehr laufen. Hammel nix, Brot nix, Käse nix, alles nix. Vater dumm, schimpfen: ›Schalim, Esel, hol Holz. Schalim, Esel, hol Wasser.‹«

Iwan bog sich vor Lachen.

Schalim klagte lange über sein Schicksal und redete dem

Freund zu, mit ihm in die Berge abzuhauen. Sein scharfgeschnittenes, eisenschwarzes Gesicht atmete jugendliche Kühnheit, seine Bewegungen waren heftig, sein Blick rasch und fest. In dem langen Frontmantel und den schweren Soldatenstiefeln verhedderte er sich wie ein feuriges Pferd in einer zu kurzen Gabeldeichsel. Er beugte sich über den Tisch, zeigte die blitzendweißen Zähne und flüsterte hitzig, das Russische mit seiner Muttersprache mischend:

»Im Aul Gabukai leben mein Blutfeind Saida Mussajew, dem reißen wir Därme raus! Janassyna wa-llahi ... Bei Flüßchen Schebscha leben kabardinische Fürst, steinreich, dem ziehen wir die Adern raus! Billahi, Arschloch! Hach, Iwan, wir werden Räuber, uns nicht fangen, alle Angst vor uns!«

Iwan trank Reisschnaps, in seinen getrübten Augen gluckste Spott. Er hörte Schalim zu und auch nicht, er war bis oben voll von seinen Gedanken, und diese Gedanken trugen ihn im Widerschein von Bränden, unterm Geknatter von Schüssen zum Don, in die Ukraine, von Dorf zu Dorf, von Chutor zu Chutor ... Wie im Traum sah er die Weiten der Steppe, die Mündungsfeuer der Schüsse, das Blitzen der Dolche, hörte wütende Schreie, Hornsignale, polternd dahinjagende Fuhrwerke, Pferdegetrappel, das sausende Pfeifen eines Säbels überm Kopf ... Er packte Schalims Hand.

»Achiryat!«

»Gehn wir?«

»Ach, Freund, das ist kein Leben hier. Diese Langeweile, mir tun schon die Zähne weh. Wir müssen weggehen.«

Sie tauschten die Dolche. Noch lange saßen sie in der Schenke und traten dann eng umschlungen mit Gesang auf die Straße.

Die Frontsoldaten brachten neue Lieder mit. Erschöpft und verlaust, verteilten sie sich auf die Stanizen und Chutors, und fast jeder war wie eine Kanone geladen mit unversöhnlichem Groll auf alles Althergebrachte.

Nach Hause kam mit nur einem Arm Ignat Gorlenko. Nach

Hause kam der aus österreichischer Gefangenschaft entflohene Kosak Wasjanin. Nach Hause kam der rothaarige Bobyr. Nach Hause kam – auf Krücken – Sawka Kurok. Nach Hause kamen die Brüder Swenigorodzew. Aus Finnland kam der Gardist Serjoga Ostrouchow. Herbei kroch mit durchschossenem Hinterteil der alte Plastun Prochor Suchobrus. Nach Hause kam mit grauen Strähnen im Schopf Grigori Schmaroga, für den seine Frau schon das zweite Jahr Totenmessen lesen ließ. Nach Hause kam, bis zum Nabel mit Auszeichnungen behängt, der Veteran Lasurko. Nach Hause kam der Agronom Kuksewitsch, der sich bis zum Stabshauptmann hochgedient hatte. Nach Hause kam von der türkischen Front Jakow Blinow. Weitere Kosaken und Soldaten kamen nach Hause.

Nach Hause kam auch Maxim Kushel.

Marfa, barfuß, mit aufgestecktem Rocksaum – sie war eben beim Aufwischen – lief in den Hof und fiel ihm um den Hals. Sie weinte und lachte.

Maxim küsste sie und konnte sich nicht satt küssen.

»Freust du dich?«

»Maxim, ich freu mich so, als ob sich über mir der Himmel aufgetan hätt und von dort was auf mich runtergefallen wär.«

Sie heizte die Banja, säuberte ihn vom Schmutz, kämmte ihm die verfilzten Haare und rief ein ums andere Mal:

»Mein Gott, du hast Läuse auf dem Kopf, so groß wie Wölfe! Und wie mager du geworden bist, die Knochen starren raus, dass man ein Kumt dran könnt aufhängen.«

»Das böse Übel hat mich ausgesaugt.«

In der Stube roch es kräftig nach heißem Brot. Der frisch abgehobelte, wachsgelbe Tisch stand voll hausgemachter Speisen, der blankgeputzte Samowar funkelte.

»Setz dich, Maxim, wirst genug gestanden haben im Zarendienst.«

Die Türangeln quietschten, Verwandte kamen und auch Bekannte, um ihn auszufragen nach dem Dienst und der Revolution. Manche holten nach der Begrüßung Flaschen mit trübem

Selbstgebranntem aus der Tasche des Schafpelzes und stellten sie auf den Tisch. Auch die Soldatenfrauen kamen angelaufen.

»Glückwunsch zur Freude, Marfa.«

Mehr als eine wischte heimlich eine Träne weg.

»Hast du meinen dort nicht gesehn?«, fragten sie den Soldaten.

»Back schon immer Piroggen, er kommt bald. Der Krieg, verflucht soll er sein, ist am Ende, die Front zusammengebrochen.«

Im sauberen Hemd mit offenem Kragen saß Maxim, blaurasiert, in der Ecke und trank Tee. Vom Krieg sprach er nicht gern, von der Revolution mit Ungestüm. Die kurzen Finger zeigten auf ein an den Knickstellen durchgewetztes bolschewistisches Zeitungsblatt, und er erklärte, wer wofür war, wer es mit wem hielt und wieso.

Marfa ließ kein Auge von ihm.

»Was für eine Macht ist in der Staniza, Revkom[1] oder Kosakenverwaltung?«, fragte Maxim.

»Ich weiß nicht.« Marfa lächelte. »Auf der Versammlung haben sie darüber gesprochen, aber ich hab auf dem Heimweg alles vergessen.«

»Ach, du bist mir ein Strohköpfchen«, sagte er lachend und blickte ihr tief in die strahlenden Augen.

»Bei uns herrscht noch immer der Ataman«, sagte Gevatter Mikola. »Bei denen in der Verwaltung hängt noch immer das Bild des Zaren.«

»Warum lassen die Leute das zu?«

»Sie haben Angst. Weißt du, das Volk ist gequält und eingeschüchtert. Die einen freuen sich über die Freiheit und sagen nichts, die andern sehnen den Imperator zurück, und viele warten auf irgendwas.«

»Eine Wiederkehr wirds nicht geben.«

»Gott ist gnädig«, pflichtete Gevatter Mikola bei und sah sich nach den Stanizlern um. »Ich schätze, ihr Männer, wenn wirs uns

1 Revolutionskomitee als provisorisches Machtorgan bis zur Bildung eines regulären Sowjets.

genau überlegen – wir brauchen die Macht nicht, pfeif drauf, wir brauchen Land. Bald ist die Zeit zum Pflügen, und wir haben kein Land. Sieht so aus, dass wir wieder mit der Mütze in der Hand müssen bei den Kosaken betteln gehen.«

»Keine Bange, Gevatter, das wird nicht sein«, sagte Maxim streng. »Sind sie vielleicht die Söhne der Erde und wir die Stiefsöhne? Wir bearbeiten sie, und sie ist nicht unser? Wir gehen auf ihr, und sie ist nicht unser?«

»Maxim Larionowitsch, sei vorsichtig mit solchen Worten, sie sind wie Raubtiere und fressen dich glatt auf.«

»Da müssen sie früher aufstehen, wenn sie mich auffressen wollen. Früher, ja, da waren wir einfältig wie Jesus Christus, doch jetzt, wo wir an der Front Sachen durchgemacht haben, die nicht mal die Sünder in der Hölle durchmachen, jetzt haben wir keine Angst mehr. Wir gehn ins Feuer und ins Wasser, aber von unserm Recht lassen wir nicht ab.«

Endlich verschwanden die Gäste.

Marfa legte ihrem Mann die kräftigen Hände auf die Schultern und hauchte fast stöhnend:

»Ich hab mich sooo nach dir gesehnt …«

»Uuh, mir war selber das Herz zerfressen wie von Asche.« Er drückte Kuss um Kuss auf ihre trockenen, spröden Lippen.

Sie blies die Lampe aus und ging, wie trunken gegen die Stühle stoßend, das Bett aufschlagen.

Maxim spielte mit ihren gelösten dichten Haaren und fragte sie nach ihrem Leben aus.

»Es hat viel Tränen gekostet. Allein in die Steppe, allein nach Wasser, allein nach Schilf, hier der Haushalt, da brüllt die Kuh, ist in die Egge getreten, das Kind stirbt. Mutterseelenallein. Ganz erstickt war ich vor Kummer. Von der Sorge ist mir die Milch in den Brüsten bitter geworden, vielleicht ist Petenka deshalb gestorben.«

»Sei nicht traurig, wir kriegen ein neues.«

»Leicht gesagt.« Sie weinte. »Er war so ein flinkes und gescheites Krabbelchen. Überall ist er rumgekrochen, alles hat er angefasst, nach allem gegrabscht …«

Maxim wurde schläfrig, doch die Stimme seiner Frau summte und summte ihm eintönig ins Ohr:

»Solche Schreckensnachrichten sind umgegangen nach dem Sturz des Zaren. Vor lauter Gedanken hats mir den Kopf gesprengt. Anfangs haben alle gesagt, Kerenski hat das Kubangebiet mitsamt den Einwohnern für vierzig Pud Gold an die Deutschen verkauft; dann hörten wir, die Türken kommen und bekehren uns alle zu ihrem Glauben. Am Dreikönigstag kam der Krämer Mirocha aus der Stadt zurück und erklärte vor der Gemeindeversammlung: ›Bald rückt ein rotes Heer von Rostow gegen unsere Staniza, die heißen Bolschewiken. Alle mit Schwänzen, Hufen und Hörnern. Mit Piken spießen sie Alt und Jung auf, aus den Weibern kochen sie Seife.‹ Da ging ein Geheul los, alle waren ganz verstört. Schreiend und heulend sind wir Weiber in die Kirche gelaufen, haben die Ikonen geholt und die Kirchenfahne hochgehoben. Der Pope ist mit dem Kreuz dreimal um die Staniza herumgegangen, hat alle Straßen und Wege mit Weihwasser besprengt, da sind die Bolschewiken vorbeigezogen, der Himmelskönigin sei Dank.«

Der satte Maxim brummelte halb im Schlaf:

»Dummköpfchen, zerzaustes.«

»Was weiß ich schon? Ich bin unwissend wie eine leere Flasche. Was die Leute sagen, sag ich auch.«

»Solches Geschwätz verbreiten die Fabrikanten, Bankiers, Generäle und sämtliche Anhänger von Nikolaus' Thron, die insgeheim vom alten Regime träumen, um das einfache Volk zu ängstigen.«

»Krepieren sollen sie alle. Wir haben ein Pferd, die Kuh ist trächtig, wir kommen schon irgendwie durch, und wenn wir ein Stück Land kriegen, säen wir und leben besser.«

In der Ecke glimmte das ewige Lämpchen aus grünem Kristall. Trübe Schatten lagen auf den dunklen Gesichtern der Heiligen. Durch die verzogenen Fenster blickte ein grauer Wintermorgen. Jenseits der Wand muhte die Kuh, da dünkte es Maxim, als bliese der Hornist, er sprang auf, blickte um sich und schmiegte sich wieder an Marfas heiße Seite. Glücklich schlief er ein.

Die Staniza geriet ins Wanken, durch die Staniza lief eine Welle von Neuigkeiten:

Die Bolschewiken gewinnen in ganz Russland die Oberhand.

Am Don ist Krieg. In der Ukraine ist Krieg.

In Noworossisk herrscht die Sowjetmacht.

Im Stawropoler Gebiet hat das Volk die Sowjetmacht errichtet.

Die Kosaken sind für das Volk. Die Kosaken sind gegen das Volk.

Bei der Staniza Enem haben Offiziere eine Abteilung Noworossisker Rotgardisten niedergemacht.

In Jekaterinodar hat die Heeresregierung das Exkom[1] zerschlagen und die bolschewistischen Führer verhaftet.

Rostow ist von den Roten eingenommen.

In der Staniza Krimskaja wurde auf einer Versammlung von Vertretern der revolutionären Stanizen ein Revkom für das Kubangebiet gewählt.

Das Frühjahr war unbeständig. Auf ein paar klare Tage folgten wieder Gestöber und Schneesturm. Fast bis Mariä Verkündigung gab es Frost und Schnee, dabei stand die Frühjahrsbestellung vor der Tür: Die Hähne krähten besonders frisch und schallend, an den Flechtzäunen wärmte die Sonne schon, da spielten barfüßige Kinder Babki, die Frauen gruben die Gärten um, der Hausherr sortierte und beizte das Saatgetreide, brachte Pflug und Sämaschine zum Ausbessern.

Zweimal wöchentlich gedämpfter Basarlärm, die Schmiede hatten alle Hände voll zu tun, über der Staniza schwebte der gemächliche Glockenklang der großen Fasten und verging in den feuchten Weiten der Steppe.

Bei den Schmieden und auf dem Basar, in der Mühle und innerhalb der Kirchenumfriedung, überall, wo Leute zusammenkamen,

1 Exekutivkomitee, Machtorgan zwischen den Sitzungen des Sowjets.

entspannen sich unweigerlich heftige Streitereien, ärgerliche Stimmen schwollen an, Feindschaft brach aus nach rechts und nach links.

Die Frontsoldaten trafen sich allabendlich im Hause des Lehrers Grigorow und redeten sich die Köpfe heiß, was für eine Macht einzusetzen wäre. Die Alten kamen dazu, um die dreisten Reden anzuhören, aber sie mischten sich nur selten ins Gespräch, saugten schweigend an ihren Pfeifen, schnitzelten mit ihren Messern an Stöckchen herum, eine von den Bergvölkern übernommene Gewohnheit, sahen einander an, wiegten die Köpfe. Einmal wollten auch die von den erleuchteten Fenstern angelockten Soldatenfrauen hereinschauen. Der Schulwächter Abrossimytsch, uralter Held der Türkenfeldzüge, blaffte sie mit gemeinen Wörtern an und jagte sie raus – das hier ist nichts für euern Verstand.

»Ich mein, wir müssen den Zahn mit der Wurzel ausreißen und den Ataman verhaften!«, sagte Maxim und ließ den Blick verwegen über die Anwesenden gleiten.

»Du tanzt auf dem falschen Bein, Maxim. Wenn wir den verhaften, bringen uns am nächsten Tag die Kosaken um mit Säbel und Gewehr. Sie sind so …«

»Holzkopf«, fuhr ein jüngerer Kosak den Sprecher an. »Mir ist der Ataman auch so wichtig wie einem Hund das fünfte Bein. Ihn abzuschießen ist kein Kunststück, aber wen machen wir zum Herrn der Staniza?«

»Vielleicht Jemeljan«, lachte der Unterjessaul Sotnitschenko und schob den Tagelöhner Jemeljan Pereswet nach vorn. »Mit solch einem Kopf gings uns gut.«

Der verlegene Pereswet schüttelte den Zottelkopf wie ein Bulle, brummte was und wich zurück in seine Ecke, und rundum dröhnten Stimmen:

»Kriech unter die Bank.«

»Der kann ja nicht mal Schweinefutter rühren.«

»Wir lassen nicht zu, dass uns wie anderswo irgendsolch ein Herumtreiber regiert. Wenn du das hörst, faulen dir die Ohren ab: Hier kommandiert ein Feldwebelchen, dort ein Fischer, da ein Matrose die Staniza.«

»Auch Christus war ein Zimmermann«, warf der würdige Mushik Potapow ein, Oberhaupt der Evangelistensekte.

»Das kann nich sein«, sagte Sotnitschenko wegwerfend. »Wieso Zimmermann? Bauunternehmer vielleicht oder so was. Aber Zimmermann, und wenn du mir den Kopf abhackst, das glaub ich nich.«

Da brach ein solches Gelächter los, wie wenn ein Brennholzstapel einstürzt.

Der aus dem Konzept gebrachte Sotnitschenko gab noch nicht auf.

»Ich bin von Haus aus Kosak. Zwei Georgskreuze und eine Medaille hab ich mir verdient. Und da soll ich gehorchen, wenn Jemeljan was befiehlt? Kommt nich in Frage.«

Maxim gab es einen Stich, er fiel über den Unterjessaul her:

»Da haben wirs, mein Lieber, ihr habt noch nicht genug abgekriegt mit dem Generalsknüppel. Wenn man dir eine Vogelscheuche mit dicken Epauletten hinstellt, wirst du auch vor der noch dein Männchen bauen und salutieren. Die Generäle und Atamane mit ihrem großen Gehalt, die haben dem Volk viel Blut ausgesaugt. Wir brauchen billigere Führer. Wir werden uns alle gemeinsam um unsere Angelegenheiten kümmern. Ein gewählter Kommissar, und seis der Satan selber, ist von allen Seiten zu sehen. Wenn er falsche Befehle gibt, kriegt er eins auf die Mütze, und wir wählen einen andern.«

»Lasst uns Herrn Grigorow bitten, der kann gut reden.«

»Gut reden kann er, und friedfertig ist er auch, aber …« Maxim lächelte dem Lehrer wie entschuldigend zu und sah ihm prüfend in die Augen, »aber wir haben einen Krieg vor uns, da können wir Friedfertige nicht brauchen.«

Grigorow sprang heftig auf und redete und redete von der lichten Zukunft Russlands und von der Revolution, von Volksherrschaft und der kommenden Aussöhnung aller Schichten und Nationen. Von Natur ein stiller und verträumter Mensch, hatte er sich in der fernen Jugend für revolutionäre Ideen begeistert, doch als mit den Besten abgerechnet wurde, gaben die Schwachen auf.

Auch Grigorow hatte aufgegeben und die Stadt verlassen. Schon über zehn Jahre war er Lehrer in der Staniza, paukte die einfachen Regeln der Rechtschreibung und die ewigen Wahrheiten der Elementarmathematik in junge Köpfe. Er sprach viel und hitzig und hatte die krankhafte Angewohnheit, dabei irgendeinen Gegenstand zu befingern oder die lange schwarze Kneiferschnur mit einer schnellen Bewegung um den Finger und wieder abzuwickeln. Ein Teil seiner Zuhörer langweilte sich, andere aber genossen gerade die unverständlichen und krausen Wörter, mit denen der Lehrer seine Rede würzte, ohne es selbst zu merken.

Als er sich endlich müde und beglückt wieder auf seinen Stuhl fallen ließ, wurde ihm nach städtischer Mode applaudiert, und an seine Ohren drang, sie versengend, beifälliges Raunen:

»Das ist ein Kopf ...«

»Wirklich ... Er redet, als ob er vorliest.«

»Herrgott, dein Wille geschieht, was soll mit uns werden?« Der Fleischer Danilo Semibratow wischte sich mit einem unsagbar speckigen Batisttuch das schweißige Gesicht, die mit blonder Wolle bewachsene Brust und die Achselhöhlen und krächzte mit Pausen zwischen den Wörtern: »Wenns nach mir geht, wählen wir einen guten Mann, der soll umschichtig einen Tag Ataman und einen Tag Kommissar sein.«

Darauf Maxim:

»Nein, Danilo Semjonowitsch, mit Atamanen wollen wir nichts mehr zu schaffen haben! Die reißen wir in Stücke, dann ist Schluss.«

»Staunt nur, gute Leute, Kushel will selber Kommissar werden! Spiel dich nicht auf, dafür ist dein Schwanz zu kurz.«

»Ich und Kommissar, kann ja kaum lesen und schreiben. Ich dräng mich nicht nach vorn, aber ich bleib auch nicht ganz hinten, denn mich interessiert, was bei uns werden soll. Nächtelang schlaf ich nicht und denk nach.«

Der Evangelist Potapow zog den Hasenfellmalachai tief ins Gesicht, drängte sich zum Ausgang durch und murmelte für sich, ohne jemand anzusehen:

»Das ganze Volk sollte gemeinsam beten und bereuen und einander die Sünden vergeben ... Statt dessen Höllengestank, Schmähreden, eine Räuberhöhle ... Blut wird fließen, Leid wird sein, wir werden einander fressen und berauben, und der Wurm wird uns alle fressen ... Auf den Schwellen unserer Häuser wird Unkraut wuchern, und einzig Raubtiere werden streifen übers Antlitz der Erde ...«

Wer hätte gedacht, dass kein Monat vergehen würde, bis die Neuisraeliten, Altisraeliten, Sabbatheiligen, Stundisten, Springer und andere Sekten, die in der Staniza vertreten waren, Kompanien und Hundertschaften ihrer Brüder als Partisanenabteilungen aufstellten?

Maxim hämmerte immer wieder:

»Wie wirs auch drehen und wenden, wir brauchen so schnell wie möglich Land!«

»Ja, die Zeit wartet nicht, wir müssen aufteilen.«

»Aufteilen?«, wunderte sich der rothaarige Bobyr. »Das Land ist aufgeteilt. Sobald die Sonne warm scheint, spann ich an, pfeif mir eins und fahr los.«

»Zwischen uns wird Sünde sein.«

»Wenn wir alt sind, beten wir die weg.«

»Klug gesagt: ›Ich pfeif mir eins und fahr los.‹ Sie, Alexej Mironowitsch, haben einen Kosakenanteil von fünfzehn Desjatinen pro Kopf und nicht wenig Köpfe – drei Söhne, Neffe, Großvater, Schwiegersohn und Sie selber dazu. Wer dumm ist, kommt nicht gleich dahinter, was für ein Stück Land Sie unter den Pflug nehmen werden.«

»Hör auf, Fremdes zu zählen, du verrenkst dir das Gehirn«, sagte Bobyr. »Zahl Pacht, dreihundert Rubelchen die Desjatine, und leg los, pflüg, so weit die Kraft reicht.«

»Wo soll ich solche Kapitalien herkriegen? Ich schmiede keine Rubelchen und klaue auch keine.«

»Das ist nicht meine Sorge, ich dräng mein Land keinem auf. Wer was braucht, wird schon kommen und sich obendrein vor mir verbeugen.«

»Oho, Alexej Mironowitsch, dass du dich da man nicht verrechnest!«

»Ignat, was lässt du dich mit dem ein?«, mischte sich der Invalide Sawka Kurok ins Gespräch. »Wenn die Leute aufs Feld fahren, machen wir das auch. Die Leute fangen an zu säen, wir auch. Wenn dir ein Feld zusagt, ist es deins.«

»Sät nur, sät nur, wir werden euch nicht zwingen zu ernten und zu dreschen, das schaffen wir selber.«

»Den Stiefel zieh dir aus. Wir Frontsoldaten geben die Waffen nich aus der Hand, ehe wir unsere Ordnung eingeführt haben. Freiheit und Gleichheit, aber keine Brüderlichkeit mit euch fetten Schweinen. Die Starken sind wir: Was wir wolln, das tun wir auch.«

»Kläffe nur, lahmer Hund.«

»Ich ein Hund?«

»Nein, nicht du, deine Gnaden.«

Sawka hob die Krücken und wollte sich prügeln. Sie zogen ihn zurück und redeten es ihm aus. Er schlug um sich und brüllte:

»Dem schraub ich die Rübe ab …«

»Lass ihn, Krüppel. Hör lieber zu, was die Leute vom Krieg reden …«

»Der soll sich in die Hölle scheren, der verdammte Krieg. Du hast es noch gut, Ignat, dein Sohn verdient in der Stadt schönes Geld und wird dich bis zum Tode ernähren. Aber meine Lage – die Frau krank, kann nicht arbeiten, die Kate voll von kleinen Kindern, nichts zu fressen, und ich selber hab nichts zu beackern.«

»Ja, wir habens wunderlich getrieben«, sagte der Gardist Serjoga Ostrouchow. »Ich weiß nicht, wie andere darüber denken, aber ich lass mich nicht mal mit der Fangleine mehr in den Krieg ziehen. Ich hab den Helden gespielt, das reicht. Jetzt ist es an der Zeit, dass ich nachts auf meiner Alten Heldentum zeig.«

»Ja, Kamerad, du bist scharf auf die Weiber. Wenns für solches Heldentum Orden gäb, hättest du dir schon eine lange Spange verdient.«

»Ach, mir gefriert das Blut in den müden Adern, wenn ich bloß denk ans Kämpfen, aber wir komm nich drum rum.«

»Ein Elend ist das.«

»Wir sind an die Wand gedrückt«, sagte Maxim, »wir müssen sie zerbrechen. Mit wem fangen wir an, mit was fangen wir an, haben alle Waffen?«

Nur mühsam ward ein Gedanke geboren.

Sie stritten sich nächtelang, irrten in endlosem Gerede herum, und doch drangen die Vordersten, wenn auch nur langsam, zum richtigen Pfad vor.

Eines schönen Sonntags nach dem Vormittagsgottesdienst sprengten Berittene durch die Staniza und riefen vor den Fenstern:

»Alle auf den Maidan! Kommt, ihr Alten! Kommt, ihr Jungen!«

Der Hausherr schob den Kopf aus dem Fenster.

»Was ist los?«

»Er ist eingetroffen ...«

»Wen hats denn hergeweht?«

»Seine Hochwohlgeboren Oberst Bantysch, Mitglied der Kubanrada, geruhten einzutreffen. Kommt zuhauf zum Maidan.«

Der Hausherr ließ den Tee stehen, die Pirogge liegen, sprang auf und kommandierte:

»Weib, gib die Regimentsuniform her.«

Bald eilten die Kosaken, festlich gekleidet und mit sämtlichen Kriegsauszeichnungen besteckt, zur Stanizaverwaltung. Durch die Straße und die Seitengassen schritten eilig Greise und Frontkämpfer. Die Kinder rannten Hals über Kopf. Auch die Soldatenfrauen, die keine Versammlung ausließen, liefen zum Maidan. Der Invalide Sawka Kurok humpelte, das zerschossene Bein nachschleppend, und brüllte aus vollem Halse:

»Was denn für eine Versammlung? Es kommt ja doch so, wie wir wollen. Wir Soldaten haben die Kraft! Die Kosaken kommen gegen das Volk nicht auf.«

Der große Platz war überflutet von Stanizlern. Da und dort lagen sich schon Streithähne in den Haaren. Selbst Zaghafte, die in der Öffentlichkeit stets schwiegen, konnten nicht mehr stille sein.

Der Bäcker Gololobow, ein Stotterer, strich, die gequetschte Schulter ruckend, durch die Menge und ratterte vor sich hin:

»Die K-k-k-kosakenmütze d-darf man nicht aufsetzen. Du fährst im Fuhrwerk, w-w-weich aus. Zahl die Pacht für dein Hofland, zahl fürs Pflügen, zahl für die Ziegenw-w-weide. Bezahl die F-f-feuerwehr, w-w-warte Straßen und Brücken. In der K-k-kirche steh an der Schwelle. Das Gericht k-k-kosakisch, die Führung k-k-kosakisch, die Schule k-k-kosakisch. Pfui, weg damit in die H-h-h-h-h …«

»Hölle«, sagte der Lehrer Grigorow vor, und alle lachten.

»G-g-gestern Abend, da sitz ich am Tor, da k-k-kommen Nesterenko und Mischka Bock. ›Kauf uns eine Pulle Selbstgebrannten, sonst stechen wir dich ab‹, sagten sie. Und mit Dolchen auf mich los. Na, ich hab eine gek-k-kauft. Zur Hölle mit solch einem Leben.«

»Jede Kokarde mit Doppeladler kann Schindluder mit dir treiben. Den Dreckbesen müsst man nehmen.«

»Es w-w-wurmt einen.«

»Sie lassen uns nicht mal den Kopf heben.«

»Du hast darunter zu leiden, dass du überhaupt lebst.«

Im Kreise dichtgedrängter Zuhörer las Maxim laut aus einem zerschlissenen bolschewistischen Zeitungsblatt vor, das er schon einen Monat bei sich trug. Fast alle Artikel wusste er auswendig. Er blickte nur flüchtig auf das Blatt und gab, wo es angebracht war, eigenen Pfeffer dazu, so dass es vortrefflich geriet.

Zurückhaltende Stimmen und Geflüster:

»Diese Bolschewiken, diese Hundesöhne, die schlagen mit jedem Wort auf die Burshuis und Generäle ein.«

»Zack-zack, und Dame.«

»Spijone sind das …«

»Quatsch, Onkel.«

»Die Zeitung ist Klasse, sie öffnet dem unwissenden Volk die Augen. Ich hör zu, und die Wut fließt mir durch die Adern. Ach, die Macht der Reichen in dieser Welt des Goldes, wo hat sie unsern Staat hingebracht?«

»Still, Jegor, wir wolln zuhören.«

Auf Maxims Schulter legte sich schwer die Hand des alten Kosaken Leonti Schakunow.

»Halt mal, Soldat.«

Maxim drehte sich um und schüttelte die Hand ab.

»Ich halte hier, kannst mich von mir aus melken.«

»Wie kannst du es wagen, das Volk aufzuwiegeln, du Plebs?«

»Was gehts dich an, Alter? Bist du mein Vorgesetzter oder ein Polizist von früher?«

»Ha-ha-ha«, lachten viele los.

»Halts Maul und wag nicht, mich anzugrobsen. Ich bin ein Ordensträger und hab an drei Feldzügen teilgenommen.«

»Wach auf, du Träger, öffne die Augen: Es herrscht Freiheit des Wortes. Ich hab das volle Recht, zu reden und zu fordern.«

Schakunow reckte den Hals mit dem Adamsapfel, suchte in der Menge nach Kosaken.

»Was spitzt ihr verdammtes Pack die Ohren und hört euch jeden Scheißdreck an und fletscht auch noch die Zähne? Diese Mistzeitung gehört beschlagnahmt und der Soldat durchgeprügelt und aus der Staniza vertrieben zu des Teufels Großvater ... «

»Trägst du nicht ein bisschen zu dick auf, Opa?«

Schakunow räusperte sich, zog drohend die grauen Brauen zusammen und sagte:

»Hört auf mich alten Mann, meine Herren Stanizler. Ich hab nicht mehr lange zu leben, Lügen ist Sünde, ich werd nicht lügen. Wer sind die Bolschewiken und Rotgardisten? Das ist nicht die frühere Garde, in der die Besten dienten, ausgesuchte Männer wie unsere Leibkosaken. Abgerissene Gauner sind das, Hungerleider, Barfüßler, Grubenräumer, Ausgeburten des ewigen Suffs. Sie haben nicht Haus noch Hof, habens nie gehabt. Sie können nichts. Sie fluchen beim Reden, sie fluchen beim Essen und Trinken. Vom Don haben die Kosaken sie verjagt, und jetzt hat unsere Rada die hiesigen aus Jekaterinodar verjagt. Da streifen sie nun bandenweise durch das Kubanland und wittern wie die Wölfe, obs irgendwo nach Schafen riecht. Was sie erbeuten, versaufen und verspielen sie oder verschwendens für Papirossy. Gesindel ist das, denen tut nichts leid. Heute sind sie hier, morgen weiß der Teufel wo. Wir haben Häuser und Pferde und Kühe und Schweine und Pflüge, manch einer vielleicht auch eine Mähmaschine. Also, meine Herren Stanizler, lassen wir die Bolschewiken rein in Haus und Hof, sagen wir ihnen: ›Nehmt unsere Habe, schlaft mit unseren Frauen‹?«

»Ich hör dir zu, Leonti Fjodorowitsch, und kann bloß staunen«, unterbrach ihn der Wachtmeister Lugowy mit dem grauen Schnauz. »Pferde und Kühe, Schweine und Zugtiere, Pudding und Sahne ... Wie kommt es, dass dir deine schamlosen Augen nicht platzen? Wie kriegst du es fertig, alle mit deiner Elle zu messen? Ich bin Kosak, du bist Kosak. Einer von deinen Söhnen dient in Armawir als Schreiber, der andere bei einem General als Lakai, und meine Falken schlagen sich seit dem ersten Kriegstag für Russland und tragen ihre Heldenbrust voller Kreuze und Medaillen.« Er wischte sich mit einem schmutzigen Lappen die tränenden Augen und schluchzte auf. »Du hast vierhundert Desjatinen Saatland und hältst ganzjährig drei Arbeiter, ich dagegen bin über fünfundsechzig, meine alten Knochen sehnen sich nach Ruhe, doch nein, ich muss auf meiner Parzelle selber den Buckel beugen. Unter meinen Fingernägeln wächst Weizen.« Er hob die von der Arbeit holzhart gewordenen Hände und zeigte sie allen, dann riss er auf der rauen Handfläche ein Streichholz an, es flammte auf. »Verstehst du das?«

»Da gibts nichts zu verstehn. Du, Lugowy, bist zwar Wachtmeister, aber ein Dummkopf rundherum. Haben wir nicht demselben Gossudar gedient und dieselben Rechte genossen? Wer hat dir verboten, Besitz zu erwerben? Du hättest sollen weniger saufen und lieber auf die hören, die ranghöher sind als du.«

»Der Zarendienst hat mich nich an den Reichtum rangelassen. Hab selber zwölf Jahre über die Frist abgerissen, und meine Söhne sind bis zur Heirat nicht aus dem Joch rausgekommen, weil sie für solche wie dich geschuftet haben. Als ich meinen

Dienst geleistet hatte, hab ich meine Kinder für den aktiven Dienst ausgerüstet. Ich hab drei Frontpferde und drei vollständige Ausrüstungen gestellt und den Husten gekriegt, ich hust bis heute. Heute hab ich satt zu essen, aber morgen muss ich vielleicht schon vor der Kirche betteln gehen auf meine alten Tage, wie soll mir das gefallen?«

»Na, um meinen Hof mach einen Bogen. Lieber geb ich meinem Rüden ein Stück Fleisch, der ist zwar eine stumme Kreatur und kann nicht danke sagen, aber er wedelt mit dem Schwanz. Durch euch Holzköpfe ist ja das Elend über uns gekommen.«

Lugowy wollte noch etwas sagen, aber seine weiß gewordenen Lippen zitterten, er spuckte aus, drehte sich um und ging.

Einer der Alten seufzte.

»Der Pope hat heute in der Predigt richtig gesagt: ›Feiglinge und Meutereien und blutiges Gezänk … Auf Blut ist das Kubanland gegründet, in Blut wird es enden.‹«

»Wir müssen die Revolution retten, nicht den Kuban. Wenn die Revolution am Leben bleibt, wird auch der Kuban am Leben bleiben.«

»Ach, eure Revolution … Die wird den Kosaken anstelle von Stiefeln Bastschuhe geben.«

»Ja, jetzt wirds den einen hierhin, den andern dorthin verschlagen. Hundert Jahre werden wir Feindschaft haben und uns doch nicht zurechtfinden.«

»Falsch«, sagte Maxim und entfaltete wieder die Zeitung. »Wir kommen schon klar. Wir sind nicht mehr so unwissend, wie wir im vierzehner Jahr waren. Wir wissen Bescheid, wo Kwass ist und wo Essig, wer schön redet und schwarz denkt …«

Schakunow schielte nach der Zeitung.

»Steck die weg, Soldat, und leg sie heut noch dem Ataman vor. Wir Kosaken sind nicht zu Mushiks umzudoktern. Für jedes deiner Worte hab ich zehn parat. Was ich zu sagen hab, ist kurz: Der Säbel ist das Kosakenprogramm. Meine Faust ist euer Herr. Hier ist sie, sie wiegt uneingeweicht zehn Pfund.« Er hob die haarige Faust und schwenkte sie über der Menge.

Der Gardist Serjoga Ostrouchow rief mit blitzenden Augen:

»Du, Leonti Fjodorowitsch, wasch dir erst mal die Hände nach dem Jahr neunzehnhundertfünf.[1] Sie sind noch blutig!«

»Maul halten, Hundesohn! Wir werden euch Räubern den Kosakentitel und die Landanteile wegnehmen. Wir lassen nicht zu, dass ihr die Ordnung kaputtmacht, die unsere Väter und Großväter errichtet haben. Ihr werdet uns so wenig gehorsam sehen, wie ein Schwein in den Himmel kommt.«

Ostrouchow packte ihn an der Kehle.

»Ich reiß dir die Gurgel raus …«

Lärm, Gebrüll, doch in diesem Moment erschien auf der Vortreppe der Stanizaverwaltung, begleitet vom Staniza-Ataman und den Alten, bekleidet mit einem dunkelblauen Tscherkessenrock aus Gardetuch, das Mitglied der Kubanrada Bantysch.

Auf dem Platz wurde es still.

Bantysch zog die zottige Papacha, verbeugte sich und schrie mit von vielen Reden heiserer Stimme:

»Grüß euch, meine Herren Stanizler!«

Durch die Menge ging ein Wogen, als sie vielstimmig antwortete:

»Wir wünschen Gesundheit, Eu-Eu-Eu …«

»Sieh mal an, ein wackerer Krieger!«

»Ein Adler.«

»Der Mann kommt von auswärts, der hetzt uns gegeneinander und fährt weiter, und wir müssens ausbaden«, bemerkte Suchobrus schüchtern.

»Der redet uns die Ohren voll«, lachte der Kosak Wasjanin.

»Einem Schnauzbart wie dem haben wir auf dem Kiewer Bahnhof prima die Muskeln zurechtgerückt.«

»Still, ihr Halsabschneider, hört dem Redner zu! Die Menschen haben auch gar keinen Verstand. Das ist doch nicht Krethi und Plethi und kein Hundepimmel, sondern Seine Hochwohlgeboren der Herr Oberst.«

1 Die Kosaken als Polizeitruppen waren entscheidend an der Niederschlagung der Revolution von 1905–1907 beteiligt.

Bantysch setzte wie der Ataman einen Fuß vor und sprach:
»Wohllöbliche Kosaken! Es ist an der Zeit, dass wir der Kosakenschaft die Totenmesse lesen oder aber wie ein Mann ausrufen: ›Wir haben noch Pulver auf der Pfanne! Noch steht die Kosakenmacht!‹ Es gab einen einzigen Rasputin, der hat viel Unheil angerichtet, und heute rasputiert ganz Russland, und die eigenen Söhne verhökern es nach rechts und nach links: Raub, Mord, Parteienzwist, Plünderung der heiligen Kirchen. Russland ist ausgerutscht im Blut und hingefallen, nun soll es von selbst wieder hochkommen, wir haben es nicht umgestoßen. Wir Männer vom Kuban, Nachfahren der ruhmreichen Saporoger, müssen zusehen, wie wir bei uns zu Hause eine gute Ordnung herstellen. In Jekaterinodar tagt unsere Heeresrada. Wir haben gottlob unser Kosakenheer. Wir werden auch eigene Finanzen und Gesetze haben. Der Kuban ist sein eigener Herr ...«

»Ja, ja, richtig.« Die Alten schüttelten die Bärte, doch an den Rändern des Platzes entspann sich schon wieder Streit.

Der Frontsoldat Syrjanow – blitzende Augen, fuchtelnde Arme – schrie laut, als wäre er von Gehörlosen umgeben:

»Hier Adelsland, da Klosterland, dort Heeresland, aber wo ist Land für uns Mushiks?«

»Euer Land liegt im Gouvernement Rjasan, dort wurde euch die Nabelschnur durchgeschnitten, dort geht hin und führt neue Ordnungen ein.«

»Ich war viermal verwundet ...«

»Ein Dummkopf kriegt auch in der Kirche Prügel.«

»Ich finde, wir Frontkämpfer müssen in einer allgemeinen Abstimmung beschließen, das Land nach Köpfen aufzuteilen, dann gibts keine Zwietracht mehr.«

»Mensch, setz mich nicht mit einem Mushik gleich, mit Weibern und Kindern. Wir haben den Kuban mit unserm Blut gedüngt und mit unsern Knochen besät. Auf unserm Friedhof liegen nur Frauen und Mütter – die Kosaken sind sämtlich im Kaukasus gefallen oder in fremden Ländern verlorengegangen. Wir sind zum Dienst verpflichtet.«

»Wir auch.«

»Wart nur, scheeler Hund, du hast bald ausgekläfft.«

»Droh mir nicht!«

»Dir gehört auch noch das andere Auge ausgepeitscht.«

»Mein Auge lass zufrieden, das will noch sehn, wie solche Grobiane wie du zu Tode kommen.«

»Das erlebst du nich.«

»Doch.«

»Nein.«

»Doch.«

Der Kosak schlug den Einäugigen mit der Faust zu Boden und bearbeitete ihn mit Fußtritten. Besonnene trennten die Streithähne.

Bei der Stanizaverwaltung war auf Vorschlag Bantyschs die Wahl eines Radamitglieds im Gange. Dmitri Tschernojarow sträubte sich, wie es der Brauch wollte:

»Mich lasst aus, meine Herren Ältesten. Ihr kennt mich nicht und wisst nicht, wohin ich euch führe. Wählt einen in der Staniza Geborenen.«

»Wir kennen dich, deinen Vater und Großvater, übernimm das Amt.«

»Ich kann nicht.«

»Übernimm es, Dmitri Michailowitsch.«

In einiger Entfernung stand ein junger Kosak mit den Füßen auf dem Sattel und hielt, die Arme malerisch über der Brust gekreuzt, eine Ansprache:

»Wir sind nicht gegen die Rada, aber wir wollen nicht gegen die Bolschewiken kämpfen. Soll sich die Rada selbst verteidigen. Meine Herren Kosaken, die an der Front waren, es wird Zeit, dass wir uns besinnen, wo wir langgehn und wem wir folgen. Die Kreuze und Medaillen, die Auszeichnungen und goldenen Urkunden, die sie uns Dummköpfen um den Hals gehängt haben, wiegen schwerer als Steine. Sie haben uns in den Staub gezogen vor dem Zaren.«

»Das gehört nicht hierher ...«

»Bankert!«

»Halts Maul, Satansbraten!«

»Er redet scharf. Wer ist das?«

»Iwan Tschernojarow.«

»He-he … Der hauts ihnen um die Ohren, und wie. Frecher Hund.«

»Ihr Alten, wie lange wollt ihr uns noch bequatschen und zurechtweisen? Ihr treuen Diener Seiner Kaiserlichen Majestät des Knüppelzaren seids gewöhnt, die Hände nach Halbrubeln auszustrecken, und nun tuts euch leid, euch von dem alten Regime zu trennen. Wir, eure Söhne und Enkel, waren im Krieg, und ihr habt inzwischen auf dem Ofen mit den Schwiegertöchtern rumgemacht und fein gelebt. Die goldenen Epauletten sind schuld, dass mir das Herz eitert wie ein Geschwür! Wir vergessen nicht, wie die Obersten und Generäle mit uns umgesprungen sind! Verbrennen sollt ihr mit ihnen! Nieder! Nieder! Nieder!«

»Maul halten!«

»Gebt ihm die Peitsche!«

»Verhaften!«

»Hurra! Hurraaa …«

»Geht ran! Schnappt ihn!«

Über den Köpfen der Alten wogte ein Wald von Knüppeln.

Iwan fiel in den Sattel

juchzte

ritt Schwerfällige nieder

und sprengte die Straße entlang zum Aul Schalims, dass es nur so staubte.

Der Frühling klingelte-plätscherte im Anbranden der heißen Tage.

Die Steppe hatte den Schnee abgeschüttelt, reckte die straffen schwarzen Brüste der Kurgane hoch, harrte geduldig des Pflügers.

Brausend trat der Kubanfluss über die Ufer. Geschäftige Stare und Lerchen flogen herbei. Die steife Brise trug von der Steppe die erregenden Gerüche der reifen Erde und des ersten Wermuts heran. Die Nächte – Lieder, Kreischen, Mädchenlachen – waren stockdunkel.

Die Staniza kam in Bewegung.

Über die aufgeweichten Fahrwege rollten knarrend schwere Karren, einspännige Langwagen und zweispännige Fuhrwerke. Die Sonne spielte in der blauen Weite. Helle Wolken ballten sich, über die Anhöhen glitten zarte Schatten. Längs der betrockneten Straßenränder rannten Hunde mit aufgerecktem Schwanz. Das schmetternde Wiehern der Pferde drang weit. Da und dort blitzte ein Eggenzahn, eine Pflugschar, ein Geschirrbeschlag. Lebhafte Unterhaltung, frohlockende Kinder mit rosigem Lächelgesicht, tief auf die Nase gezogene Frauenkopftücher als Sonnenschutz, Peitschenknallen. »Hü, hü.«

Maxim holte ein Paar scheckige Ochsen ein.

»Guten Weg in der Steppe, Gevatter.«

»Euch auch.«

»Ein schöner Tag, wer gestern gestorben ist, wirds bedauern. Wo gedenkst du zu pflügen, Nikolai Trofimowitsch?«

»Ach, solls der Teufel holen.« Gevatter Mikola murmelte Unverständliches und peitschte ingrimmig auf die Ochsen ein.

»Sags schon.«

Der Gevatter schnaufte lange grübelnd, dann sah er Maxim, das Pferd, die neu aufgezogenen Radreifen aufmerksam an und sagte widerwillig, ächzend:

»Ich hab keine Ahnung, wie das weitergeht. Hier in der Nähe hab ich mir ein gutes Bodenstück vom Pan Oberst Oltarshewski ausgesucht. Jaaa. Dieses Pansland ist so fett, das kannst du dir aufs Brot schmieren und essen. Im Herbst haben Miroschka und ich dem Pan eine Anzahlung versprochen und eine tüchtige Ecke umgepflügt. Eine Handvoll Groschen mochten wir nicht als Anzahlung geben, und mehr hatten wir nicht.« Wieder schwieg er eine Weile, warf Maxim einen argwöhnischen Seitenblick zu und sprach weiter: »Und jetzt sind der Pan und Miroschka weg. Der Pan soll in der Stadt ein Kosakenregiment befehligen, und den Dummbart Miroschka hat sein Onkel nach Jejsk gelockt und zum Verwalter seiner Kerzenfabrik gemacht.«

»Und?«

»Und, ja eben. Wer weiß, wie das weitergeht? Jetzt haben wir die Freiheit, aber wenn der Zar nun plötzlich einen Aufstand macht gegen das Volk?«

»Bist dumm. Was zerbrichst du dir den Kopf? Fahr hin und pflüg.«

»Und der Pan Oberst Oltarshewski? Wenn der plötzlich kommt? Der frisst mich doch mit Haut und Haar. Das ist so einer mit Schnauzbart, ein Schreihals. Wie oft hab ich von dem verfluchten Kerl geträumt, hab nur so gezittert und gefroren. So schlimm ist der, verdammt soll er sein.«

»Dem haben unsre Kameraden bestimmt schon irgendwo das Fell abgezogen.«

»Gebs Gott.«

»Ist es ein großes Stück Acker?«

»Land gibts da massenhaft. Der Pan hat achthundert Desjatinen, und dann sind noch ein paar tausend an Heeresland da. Du kannst arbeiten, soviel du Lust hast.«

»Sooo, Onkel Bastschuh«, sagte Maxim gedehnt. »Ich will mal auch loslegen. In der Gorkaja-Schlucht sollen viele Anteile brachliegen.«

»Du willst das Pferd zehn Werst weit treiben?« Mikola schob die Mütze von der schwitzenden Stirn und sagte nach einigem Zögern feierlich: »Ich mag dich, ich bin solch ein Mensch, und für einen von uns zerreiß ich mich. Du hast bloß ein Pferdchen, und mit deinen Gerätschaften ist es nicht weit her, und ich habe immerhin zwei Ochsen, die ziehen was weg, die Verfluchten. Willst du mitmachen? Wir brechen gemeinsam für jeden vier Desjatinen um und sind versorgt. Na?«

Maxim überlegte ein wenig und lachte auf.

»Meinetwegen, Gevatter, an mir solls nicht liegen.«

»Schön, fahrn wir. Hinterher rechnen wir ab, du gibst einen

aus, und irgendwann tust du mir auch n Gefallen. Ich bin solch ein Mensch, ich … Heee, weiter, Schecken.«

Sie bogen in einen Feldweg ein.

Kahle Steppe.

Über die gepflügten Streifen rollten schwarze Erdwellen. Jeder Erdklumpen war mit der heißen Kraft der Frühlingssäfte getränkt. Eine Saatkrähe schritt gewichtig dahin, blickte schräg mit klugem Auge und pickte fette Würmer aus der Furche. Ein Ziesel pfiff; Rufe der Treiber, gemächlicher Schritt des Ochsen.

Maxim und sein Gevatter zogen drei große Kreise und machten halt, um zu rauchen. Von dem Chutor her, der auf einer Anhöhe zu sehen war, kam ein Mann mit rötlichem Schnauzbart geritten, den Hundefellmalachai in den Nacken geschoben.

»Was macht ihr?«, fragte er.

»Nichts.«

»Wessen Land beackert ihr?«

»Gottes Land.«

»In unserer Staniza gibts kein Gottesland. Dieses Land gehört dem Kosakenobersten Oltarshewski, und da er im Dienst gestorben ist, ist es an uns Kosaken gefallen. Spannt an und verkrümelt euch und lasst euch nie wieder blicken, wenn euch das Leben lieb ist.« Sprachs, und seine Augen bohrten wie Ahlen.

»Bester Herr, wir haben dafür Pacht bezahlt.«

»Ich zeigs dir, von wegen Pacht, du Satansbraten. Ich schlag dir die Hörner ab, du Bulle. Ich lass dich die ganze Steppe mit deinem Rüssel pflügen.«

»Mach mal!« Maxim tat einen Schritt auf ihn zu.

Der Kosak hielt noch einige Zeit schweigend auf dem Rain und sprengte dann zurück zum Chutor. Aber er kam bald wieder, diesmal in Begleitung von fünf anderen, ritt auf Maxim ein und befahl:

»Weg hier!«

»Sachte!«

»Ich zeigs euch, ihr Schiefbäuche!« Und er schlug Maxim mit der Peitsche.

Maxim griff die bereitgelegte Deichsel vom Wagen und ging, sie schwingend, zum Angriff über.

Sein Gevatter Mikola ergriff die Flucht und schrie:

»Zu Hilfe, Rechtgläubige! Für unser Geld schlagen sie uns auch noch auf die Schnauze.«

Aber zwei der Männer holten ihn ein, hieben auf ihn los und peitschten ihm das Hemd in Fetzen.

Von allen Seiten kamen sie zu Fuß und zu Pferde, warfen die Pelzröcke ab und krempelten die Ärmel auf.

»Schlagt sie!«

»Schurken!«

»Euch rotzen wir zu.«

Maxim packte den mit dem roten Schnauzbart am Bein, riss ihn vom Pferd und bearbeitete ihn mit seinen genagelten Stiefeln, Mikola aber saß in dem vom Frühlingsregen ausgewaschenen Grenzgraben, schützte die Augen mit den Händen vor den Peitschenhieben und knirschte:

»Ich ergeb mich nicht! Ich ergeb mich nicht!«

Die Mushiks waren in der Überzahl. Die Kosaken sprengten davon, um Verstärkung zu holen.

In der Staniza war ein Meeting, und es endete wieder mit einer Schlägerei, woraufhin die Alten in der Stanizaverwaltung die jungen Kosaken verprügelten. Im Hause Grigorows herrschte bis weit über Mitternacht Stimmengewirr: In dieser Nacht wurde in der Staniza ein Revolutionskomitee gegründet.

Wer pflügen fuhr, bewaffnete sich mit Gewehren, Handgranaten, Schrotflinten – was gerade zur Hand war.

Die schwarze Schulterklappe

In Russland ist Revolution,
ganz Mütterchen Russland steht in Flammen,
schwimmt in Blut.

Der Offizier Nikolai Kulagin vom Kornilow-Regiment[1] lag die zweite Woche flach. Unterm Kopf der Rucksack mit Nagant und Wäsche, zur Seite das Gewehr. Zugedeckt war er mit einem noch von der Front her feuchten Kavalleristenmantel. Wärmen konnte er sich nur mit heißem Wasser und – eine von der Armee anerzogene Illusion – mit Rauchen. Das schmutzige, schlecht geheizte Krankenzimmer war überfüllt mit Verwundeten und Erfrorenen aus den letzten Gefechten um Nowotscherkassk. Durch die Ritzen der unverkitteten Fensterrahmen zog faulige Februarnässe. Kulagins Pritsche stand am Fenster. Er stützte sich auf die Ellbogen und starrte lange auf die Straße, dann ließ er sich wieder auf das hartgelegene Strohkissen sinken und schloss im Halbschlaf die Augen. Seine schlaffen, schwarz-schelferigen Ohren waren geschwollen, und die erfrorenen, unter dem Verband nässenden Beine stanken ekelerregend. Das Reißen in den Knochen ließ ihm Tag und Nacht keine Ruhe.

Rostow tanzte seine letzten Tänze. In der Stadtduma hielten Kadetten, Demokraten und Kosakengeneräle ihre letzten Reden. Die abendlichen Straßen waren voll von Offizieren, sorglosen Lackaffen und rassigen, edelblütigen Modenärrinnen. In den Restaurants prassten Geldhaie und hauptstädtische Lebewelt. Zwischen ihnen tummelten sich politische Geschäftemacher. Da gab

1 Lawr Georgijewitsch Kornilow (1870–1918), 1917 Oberster Befehlshaber der Armee, war einer der Führer der aus Offizieren, Junkern, Kadetten, Studenten, Gymnasiasten u. a. zusammengesetzten Freiwilligenarmee, der Hauptstoßkraft der Konterrevolution in Südrussland 1918–1920.

es Mitglieder der auseinandergejagten Staatsduma, die mit großen Namen protzten, abgehalfterte Minister, Drahtzieher der Provisorischen Regierung, berüchtigte Terroristen, die erlauchten Chefs der von der Revolution aufgelösten Departements, kleine adlige Grundbesitzer, hohe Geistlichkeit, Falschspieler aus stillgelegten Spielhöllen. Sie alle waren nach dem Oktoberumsturz zum Don geflüchtet, um hinter den Lanzen der Kosaken ihre Zeit abzuwarten. Kenner der stinkenden Geheimnisse der Ochrana und Prophezeier von Gotteswundern, hochgelehrte Professoren und Sozialisten, die die Theorien sämtlicher Bewegungen und Gärungen bis in die letzte Feinheit studiert hatten, sagten um die Wette den nahen und unvermeidlichen Untergang der Bolschewiken voraus. Auf weinbekleckerten Tischplatten wurden Deklarationen künftiger Regierungen geschrieben, grandiose Pläne für die Wiederherstellung Russlands ausgearbeitet, Ministersitze verteilt, verdiente Generäle zu Gouverneuren von Gebieten ernannt, die erst noch von den Meuterern gesäubert werden mussten. Inzwischen liefen die Kosakenregimenter, ohne die auf sie gesetzten Hoffnungen erfüllt zu haben, in Chutors und Stanizen auseinander; von Norden rückten unter Kanonendonner, Meetinggeschrei, Pfeifen und Tanzen die Abteilungen der Frontsoldaten und Matrosen und die Arbeiterwehren heran. Über der sich amüsierenden Stadt erhob sich ein dräuendes Ungewitter.

Das Lazarett wurde von Gymnasiasten bewacht, die ein klappriger Oberst befehligte. Wenn der Alte die Wache ablöste, machte er einen Rundgang durch die Krankenzimmer und verbreitete tröstliche Nachrichten. Man glaubte ihm zwar nicht, wartete aber doch ungeduldig auf sein Kommen.

Eines Morgens wurden die Lazarettinsassen von Kanonendonner geweckt. Die Gesünderen rüsteten sich, Fersengeld zu geben, da erschien in der Tür der Oberst. Die Rechte hinter den Knöpfen des abgeschabten Uniformrocks, sprach er akzentuiert und feierlich:

»Meine Herren, sozusagen, ich gratuliere.«

Die Schwerverwundeten hörten auf zu stöhnen. Nikolai Kulagins Bettnachbar, der schnauzbärtige Feldwebel Krylow, erstarrte mit dem Stiefel auf der einen Hand und der Putzbürste in der anderen.

»Frische Neuigkeiten, meine Herren. An den Frontabschnitten von Taganrog und Tscherkassk sind die Roten sozusagen vernichtend geschlagen. Ja, vernichtend. Zwei gegnerische Regimenter wurden vollzählig gefangen genommen.«

Alle ergaben sich der freudigen Stimmung. Die einen setzten sich auf, andere sprangen aus den Betten und umringten den Oberst.

»Sind die Informationen zuverlässig, Herr Oberst?«

»Warum schweigen die Zeitungen?«

»Aber ... das Schießen vor der Stadt?«

»Das ist so eine Sache.« Der Oberst lächelte schlau. »Die Stanizen am Unterlauf des Don haben sich erhoben, mein Guter, und dringen vor, um sich mit unseren Truppen zu vereinigen. In der Stadt machen wir Jagd auf Deserteure und gehen gegen Banditen vor, daher die Ballerei, hä-hä. Glauben Sie mir altem Manne, ich übertreibe sozusagen nicht. Nein, ich übertreibe nicht.« Er schlurfte in seinen abgetretenen Stiefeln ins Nebenzimmer.

»Aha!«, sagte Leutnant Lebedew, der auf Krücken umhersprang. »Was hab ich gestern gesagt?«

»Machen Sie nicht solchen Wind, Leutnant«, sagte mürrisch der Gendarmerierittmeister Toptygin, dessen Düsternis allen die Laune verdarb, »Frohlocken wäre zumindest verfrüht.«

»Gestatten Sie zu fragen, warum?«

»Vergessen Sie nicht, junger Mann, die Anarchie hat Millionen von Menschen, die ihr menschliches Aussehen verloren haben, in ihren diabolischen Kreislauf gezogen, und die Idee der nationalen Befreiung, so schön sie auch sein mag ...«

Lebedew griff nach seinen Krücken, setzte sich zum Rittmeister und entwickelte ihm eifrig seine Ansichten über die Rettung der Heimat. Toptygin hörte ihm zu, zwirbelte den buschigen Schnauz und flocht ab und zu kurze Bemerkungen voller Lebensweisheit ein, die das Krankenzimmer von Gelächter erbeben ließen.

Am gemeinsamen Tisch hatten zwei eifrige Schachspieler das Brett beiseitegeschoben und stritten – der Fähnrich der Infanterie Sagaidarow und der ondulierte, parfümierte Kornett Poplawski. Alle wussten bereits, dass der Fähnrich überzeugter Sozialrevolutionär war. Poplawski spielte nur deshalb mit ihm, weil er keinen anderen Partner hatte. Außerdem machte es ihm Spaß, die Eigenliebe Sagaidarows zu beschädigen. Während einer Woche pausenloser Schlachten hatte der Fähnrich keine einzige Partie gewonnen, obwohl sich der Sieg mehr als einmal auf seine Seite zu neigen schien.

Poplawski sagte langsam und angewidert:

»Unsere Revolution ist zutiefst national, und sei es allein deshalb, weil wir alles erst nachträglich einsehen, jawohl, nachträglich. Der Bolschewismus hätte im Keim erstickt werden müssen, dann würden die russischen Armeekorps jetzt durch Deutschland marschieren, aber der Moment wurde versäumt.«

»Von wem?«, fragte Sagaidarow und beugte sich vor.

»Von Ihnen natürlich. Während Ihr sozialistischer Bonaparte[1] deklamierte, hat sich der Bolschewismus wie eine Seuche ausgebreitet, ist die Front eingestürzt, erlebten wir die Schmach, dass jeder Halunke, hinter demagogischen Losungen getarnt, seine Eigensucht für rechtmäßig hält, dass ...«

»Glauben Sie mir, meine Herren, die Gesundung ist nahe«, rief der Fähnrich allen Anwesenden zu. »Ich gebe Ihnen mein Ehrenwort. Ich kenne die weise Seele des russischen Volkes und seinen hellen Verstand und glaube daran. Die beste Auslese der Soldaten wird mit uns sein. Die Arbeiterklasse und die werktätige Bauernschaft werden früher oder später, aber mit Sicherheit, ich betone, mit Sicherheit, von den Bolschewiken abfallen. Schließlich darf man auch nicht die Trägerin der besten Ideale der Menschheit vergessen, die aufopfernde russische Intelligenz.«

»Ach, gehn Sie mir doch mit Ihren Intelligenzlern, Fähnrich«, warf der Rittmeister ein, »von denen hab ich viel zu wenig aufgehängt.«

1 Gemeint ist Kerenski, der seit März 1917 (rechter) Sozialrevolutionär war.

»Was meinen Sie bitte mit aufgehängt?«

»Sehr einfach, mein Herr, am Halse, mit einem Strick.« Der Rittmeister kreuzte die pummeligen weißen Arme vor der mit Medaillen vollgehängten Brust. »Wo sind sie denn, Ihre Semstwoführer, Ihre Verteidiger von Ordnung und Vaterland? Wo sind sie geblieben, die freidenkerischen Juristen und die Beamten verschiedener Ränge? Diese Lumpen! Gestern noch sind sie gekrochen vor dem Thron und haben gierig vom Kuchen der Macht gefressen, gestern noch ...« Er winkte ab und fuhr fort: »Ob unser Imperator schlecht war oder gut, wird die Geschichte entscheiden, aber kein einziger Hundesohn hat die Hand erhoben, um ihn zu verteidigen, als wären sie alle geborene Revolutionäre.«

»Entschuldigen Sie«, sagte der Fähnrich, »das ist eine zutiefst prinzipielle Frage. Die Konstituierende Versammlung des ganzen Volkes ...«

»Sehr schön«, unterbrach ihn der Rittmeister, »Sie haben Millionen Ihrer Stimmen für die Konstituierende Versammlung abgegeben? Die ist auseinandergejagt worden, verdammt noch mal! Warum sagen Ihre aufopfernde Intelligenz und Ihr helles Volk nichts dazu? Steckt unsere Heimat etwa nicht im Rachen des Satans? Droht uns etwa nicht das bolschewistische Joch, das noch schlimmer ist als das Tatarenjoch[1]? Sie und Ihre Prinzipien sind rein gar nichts wert. Sie sind Staub!«

»Sie haben aber wirklich sonderbare Vorstellungen, Ehrenwort.«

»Ich hab das alles satt.« Poplawski gähnte. »Den Krieg fortzusetzen ist ausgeschlossen. Nur ein Wunder oder eine gute Peitsche kann Russland retten. Ihre Volksweisheit, Fähnrich, reicht einstweilen nur zu Brandstiftung, Räuberei und Verwüstung der Kulturherde. Nehmen wir zum Beispiel meinen Vater«, sagte der Kornett lebhafter. »Ein General im höchsten Rang, hat nach dem

1 1236–1240 unterwarfen die Mongolen die russischen Fürstentümer, die sich von da an bis 1480 in Abhängigkeit von der mongolisch-tatarischen Goldenen Horde befanden, eine der Hauptursachen für die Rückständigkeit Russlands im Vergleich zu Westeuropa.

japanischen Krieg den Abschied genommen, verbrachte geruhsam den Lebensabend auf seinem Gut und hat sich buchstäblich für nichts interessiert als für seine Blumen. Aber er hat auch Rosen gezüchtet, mein Lieber, ich kann Ihnen sagen, unvorstellbar. Schottische Gefüllte, hellblaue Moschus, andere so weiß wie der Schaum von kochender Milch oder schwarz wie sonst was. Über unsere Orangerie haben sogar ausländische Zeitschriften geschrieben.«

Der schnurrbärtige Gymnasiast Patrikejew, erfreut über die Gelegenheit, mit seinem Wissen zu glänzen, rief aus einer Ecke:

»Der alte griechische Dichter Anakreon hat gesagt, dass Rosen Göttern wie Menschen Freude und Genuss bringen.«

»Vollkommen richtig.« Poplawski wandte sich dem Gymnasiasten zu, ohne auf Gelächter zu achten, und erzählte, wie die Mushiks die Parkbäume abhackten, die Orangerie verwüsteten und seinen Vater aus der Heimat vertrieben. »Sagen Sie mir, wen haben die Blumen gestört? Ich stimme Ihnen zu, Rittmeister, nur Knute und Galgen, wie in den Zeiten Pugatschows und Rasins, sind geeignet, die aufgebrochenen Leidenschaften des Pöbels zu dämpfen. Wer diese Knute bringt, Deutsche oder Zuaven, ist egal. Jawohl, egal.«

»O nein.« Sagaidarow, von Röte übergossen, fuhr auf. »Das russische Volk hat seine Freiheit unter Qualen errungen und wird sie nie wieder hergeben. Auf der Schmach der militärischen Rückschläge ist eine Wiedergeburt Russlands nicht möglich. Die Deutschen hegen gegen uns nicht nur kulturellen, sondern auch rassischen Abscheu. Außerdem verlieren wir im Falle einer ruhmlosen Kapitulation die Unterstützung der europäischen und amerikanischen Demokratien. Der deutsche Kaiser wird uns zwingen, ihm die Stiefel zu putzen, Ehrenwort. Nein und nochmals nein! Im Namen von allem, was uns heilig ist, müssen wir das Schwert erheben, vielleicht zum allerletzten Mal!«

»Quatsch«, antwortete der Kornett, »Russland braucht äußerstenfalls eine konstitutionelle Monarchie, und Ihre ganze asiatische Freiheit gehört mit Feuer und Schwert ausgerottet.«

»Ach so? Sie, ein russischer Offizier ... Schämen Sie sich!«

»Schluss. Mir reichts.« Der Kornett wandte sich ab und ging pfeifend zum Fenster.

Poplawski fühlte sich einsam unter den zusammengewürfelten Lazarettinsassen. Den Krieg hatte er in Persien erlebt, wo er beim Stab des Expeditionskorps Dienst tat. Die Revolution verschlug ihn in die fremde Stadt, wo er keine Verbindungen und kein Obdach hatte. Da es ihm nicht eilte, an die Front des Bürgerkriegs zu kommen, klagte er über Kopfschmerzen und über alte, irgendwann irgendwo erlittene Kontusionen und wanderte von Lazarett zu Lazarett.

Mit wem war Nikolai Kulagin?

Der Rittmeister kam nicht in Betracht. Ein paar von den Gedanken, die Sagaidarow geäußert hatte, schienen Nikolai vernünftig, aber er konnte seine Antipathie gegen den Fähnrich nicht überwinden, in dessen grobem Gesicht verborgene Tücke war und dessen zwinkernde Augen mit den weißen Wimpern einen nie ansahen. Poplawskis frecher Ton und seine Prinzipienlosigkeit empörten Nikolai. Überhaupt mochte er die Speckjäger von den Stäben nicht. Als ob man Mogiljow[1] vergessen könnte ... Das fünfzehner Jahr, hundert Werst lange Stellungen vor Warschau, Schützengräben, mit Leichen vollgestopft ... Die besten Kaderkorps sterben in den Augustwäldern, unterm Druck des Feindes wankt die Front ... Mit dem Rest des Regiments schlägt er sich durch ins Hinterland zur Neuformierung und sieht in Mogiljow zum ersten Mal die Offiziere des großen Stabs, in Korsette gezwängt, geschminkt und onduliert. Wenn er jetzt in das gepflegte Gesicht des Kornetts blickte, empfand er dessen Ähnlichkeit mit den Mogiljower Goldfasanen. Nikolai Kulagin wusste wie die meisten Berufsoffiziere mit der Politik wenig anzufangen. Der Gedanke von der Notwendigkeit eines schrecklichen Krieges, der Russland auf den glanzvollen Weg zur Großmacht führen sollte, schien unanfechtbar. Die Revolution stürzte, wenn nicht alle, so doch viele Begriffe von Vaterland und Pflicht. In einem Zeitungs-

1 In Mogiljow befand sich während des 1. Weltkrieges bis zur Zerschlagung durch die Rote Garde das Hauptquartier des Oberkommandos der russischen Armee.

blatt, das ihm jemand in den Erdbunker warf, las er, dass die Soldaten keinen Krieg brauchten, dass die Vorgesetzten Feinde des Volkes und Interessenvertreter der Bourgeoisie und des abgedankten Zaren seien. Der erste Frühling der Revolution verflog im Taumel der unzähligen Meetings und der wachsenden Erbitterung. Die Disziplin, dem widerstandslosen russischen Soldaten mit Knüppeln in den Rücken gebläut, brach sofort zusammen. Der Kommandeur erkannte sein Regiment nicht wieder. Nach dem Scheitern der Junioffensive begann die Armee zu zerbröckeln. Nikolai floh ins Hinterland und schloss sich unterwegs dem Korps des Generals Krymow[1] an, der gegen Petrograd rückte, um die Provisorische Regierung zu stürzen. Bald darauf aber, nach dem Gang der Dinge, erschoss sich der Korpsgeneral, und die Offiziere traten nach der Ankunft in Petrograd an – zur Verteidigung der Provisorischen Regierung gegen die Bolschewiken. Die bei der Familie verbrachten Tage verflogen wie ein schöner Traum: Tränen, Küsse, endlose Fragen. Der Sturm – mit Gewitter und Sturzregen! – brach gänzlich los. Kulagin nahm an der Verteidigung der Wladimirer Junkerschule teil, eilte dann nach Moskau, um den Kreml zu verteidigen, und wandte sich nach der Niederlage, Kanonendonner in den Ohren, zum Don ...

»Hols der Teufel«, sagte mit strahlenden Augen der sechzehnjährige Kadett Juri Tschernjawski, »ich möchte am liebsten heute noch gesund werden und mit meiner Abteilung auf Feldzug sein. Hier liegt man rum, kriegt nichts zu sehen, und inzwischen ist vielleicht der Krieg zu Ende. Herr Hauptmann«, sprach er Kulagin an, »was meinen Sie, ob wir Ostern zu Hause sind?«

»Aber ja, Juri, das Ende der Fasten erleben wir zu Hause. Wir gehen den Kulitsch weihen lassen und kriegen gefärbte Eier geschenkt.«

»Ferien«, sagte der Kadett träumerisch und ging in der Erinnerung frühere Freuden durch, »in den Ferien bin ich immer zu meiner Tante ins Gouvernement Smolensk gefahren. Dort

1 Alexander Michailowitsch Krymow (1871–1917), nahm am Kornilow-Putsch teil, erschoss sich nach dessen Scheitern.

sind wunderschöne Wälder. Mein älterer Bruder hat mich zweimal auf die Jagd mitgenommen.«

»Du hast einen Bruder?«

»Ich hatte einen ... In Kiew ist er gefallen.«

Sanitäter brachten einen jungen Freiwilligen mit dem Universitätsabzeichen an der Feldbluse herein und legten ihn auf eine freie Pritsche.

Er wurde sofort umringt.

»Woher? Welche Einheit? Sie wissen nicht zufällig, wo das zweite Bataillon steht?«

»Ich bin ein Tschernezow-Mann«, antwortete der Ankömmling mühsam, »unsere Abteilung ist zerschlagen, der Kommandeur wurde gesäbelt, alles geht kaputt.«

»Und die Kosaken?«

»Gerüchte ... Blöde Gerüchte.«

»Gerüchte werden von Weibern und Lumpen verbreitet«, sagte Toptygin zu Poplawski, halblaut, damit es der Verwundete nicht hörte. »Die gehören samt und sonders abgeknallt und aufgehängt, ohne Stricke zu sparen.«

»Nein, das sind keine Gerüchte«, sagte der Tschernezow-Mann mühsam. »Die Roten greifen an. Kutepow[1] hat Matwejew Kurgan aufgegeben. Streikende haben Taganrog eingenommen. Die Truppen des Generals Tscherepow und das Kornilow-Regiment gehen von Sinjawskaja zurück und werden über kurz oder lang in der Stadt sein. Ungeheure Verluste ... Die Besten sterben, die Lumpen desertieren ...« Er hustete, griff sich an die Brust und spuckte einen Batzen geronnenes, schwarzes Blut aus.

»Wenn das stimmt«, sagte Poplawski erregt, »gibts nur einen einzigen Ausweg: Türen und Fenster verbarrikadieren und sich bis zuletzt verteidigen.«

Er bekam keine Antwort.

Tod? Rückzug?, durchzuckte es Kulagin. Aber wohin? Ob sie es schaffen, uns abzutransportieren, oder ob sies vergessen in der

1 Alexander Pawlowitsch Kutepow (1882–1930?), Kommandeur der Freiwilligenarmee.

Eile? Tod? Ende? Gefangenschaft? Nein, dann lieber eine Kugel aus dem eigenen Nagant!

In der Nacht hörten sie wieder Geschützdonner. Durch die dunklen Straßen krochen mit aufgeregtem Hupen ratternde Automobile, und Hufeisen klapperten über das Pflaster, als lachten sie sich zu. Der Gymnasiast Patrikejew floh aus dem Lazarett. Auch Poplawski floh. Gegen Morgen starb, im Fieberwahn den Namen seiner Schwester, Braut oder Geliebten schreiend, der Tschernezow-Mann. Verschlafene Sanitäter schleppten seinen starren Leichnam hinaus. Über der leeren Pritsche blieb am Nagel die vergessene Papacha hängen.

Vor der trüben Fensterscheibe graute der Morgen.

Nikolai richtete sich auf den Ellbogen hoch und blickte hinaus. Die aufgehende Sonne berührte die Kirchenkuppeln und die im Wind schwankenden kahlen, gleichsam verkrampften Zweige einer einsamen Birke mit kaltem rosa Licht. Plötzlich bog eine Militärabteilung um die Ecke. Kulagin erkannte sofort seine Leute vom Regiment Kornilow. Sie marschierten rasch, fast laufend. Es waren ihrer so wenige, dass ihm das Herz stehenblieb. Mein Gott, ist das alles, was vom Regiment übriggeblieben ist? Er schlug mit der Faust die Scheibe ein und beugte sich hinaus.

»Kasik! Wolodja!«

Köpfe fuhren hoch, sie erkannten ihn und winkten mit Fäustlingen und Mützen.

Gleich darauf kamen die beiden ins Krankenzimmer gestürmt – der rosige Wolodja und Nikolais bester Freund Kasimir Kostenezki, mit dem er an der deutschen Front zusammen gewesen war. Sie begrüßten sich mit Kuss, dann wandte sich Kasimir an alle und rief:

»Meine Herren, bitte sich nicht aufzuregen. Die entstandene Situation ...« Er stockte. »Kurz und gut, wir hauen ab. Wir geben die Stadt auf ... Sie ... Wer gehen kann, den nehmen wir mit, die übrigen werden in der Stadt in sicheren Quartieren untergebracht.«

Schweigen, bestürzte Gesichter ...

»Aber wo soll der Rückzug hingehen?«

»Als wir gesund waren, wurden wir gebraucht, und jetzt …«

»Geben Sie Ihr Wort, Oberleutnant?«

Kasimir sagte scharf akzentuiert:

»Ja. Wenn die Vorgesetzten Sie vergessen, werden wir selber alles Notwendige tun. Ich gebe mein Wort als russischer Offizier!« Er legte feierlich die Hand an den Mützenschirm.

Beide verbeugten sich und gingen eilig hinaus.

Die Schwerkranken stöhnten und gerieten in Aufregung. Der Rittmeister zog schnaufend die Riemen seines mächtigen Koffers fest. Manche kramten in ihren Rucksäcken und machten sich reisefertig; andere drängten sich bei den Fenstern und erörterten den Verlauf der Kampfhandlungen. Sagaidarow kritisierte die Taktik der Führung, rügte die Politik der Donregierung[1] und setzte alle Hoffnungen auf die bevorstehende Ernüchterung der Bauernschaft.

»Fähnrich, wenn Sie an der Stelle des Befehlshabers wären, ohne Zweifel, dann wäre alles ganz anders gekommen«, höhnte Toptygin, legte die Hände an die Seiten und lachte böse.

Kulagin zitterte nervös. Zum Teufel mit den Ohren, aber die Beine, lassen sie mich im Stich oder nicht? Kann ich nicht so tun, als ob ich auf dem Weg der Genesung wäre? Wenn ich schon sterben muss, dann wenigstens auf dem Feldzug, im Kreise der Freunde.

Der Kadett hatte die Decke über den Kopf gezogen und weinte. Um ihn war hastige Bewegung.

»Juri, schämst du dich nicht? Menschenskind, beruhige dich. Meinst du, wir lassen dich im Stich? Bald kommen Fuhrwerke …«

Jemand brachte dem Kadetten verdünnten Sprit. Nach kurzem Zögern kippte er das Glas, verschluckte sich, hustete, wischte mit dem Mantelärmel das tränennasse Gesicht und beruhigte sich ein wenig.

Das Schießen in der Stadt wurde stärker.

1 Konterrevolutionäre Heeresregierung der Donkosaken.

Nikolai stand auf. In den Fußgelenken hatte er schlimmes Reißen, und selbst das Knochenmark tat ihm weh. Den Schmerz bezwingend, ging er durch den Raum wie auf Stelzen, setzte sich dann auf seine Pritsche, um den Verband zu wechseln. Sagaidarow empfahl ihm, das nässende Fleisch mit Zucker zu bestreuen, was zur rascheren Bildung neuer Haut beitrage. Der Kornilow-Mann biss die Zähne zusammen und riss den verkrusteten Verband samt Hautfetzen ab, dann schnürte er den Rucksack auf, suchte ein verschlissenes Wäschestück heraus, riss es in lange Streifen und wickelte sie fest um die Beine.

Viele hatten sich schon angezogen und saßen auf ihren Rucksäcken, das Gewehr in der Hand.

In der Tür erschien, ein Bündel unterm Arm, keuchend der Oberst.

»Meine Herren, es ist sozusagen Zeit ... Es ist Zeit.«

Alles wimmelte durcheinander.

Vor dem Tor zankten sich mobilisierte Kutscher mit Begleitsoldaten herum. Schüchterne Gymnasiastinnen drängten sich an die Tür, in den Händen wie Kerzen Sträußchen der ersten Veilchen und Maiglöckchen. Auf den Stufen saß, ein Tuch an die Augen gepresst, eine alte Frau, die auf jemand wartete; ihr Spitzenkopftuch war zur Seite geglitten, der graue Kopf schütterte schluchzend.

Kulagin, ins Stroh gewühlt, vom Räderknarren eingelullt, verschlief die ganze nächtliche Fahrt und hörte weder das Schießen noch die Detonationen der von einem bolschewistischen Aeroplan abgeworfenen Bomben. Hundegebell weckte ihn. Das Fuhrwerk rollte in die Staniza Olginskaja. Die Sonne sprang ihm in die Augen. Die vermisteten Straßen trugen noch eine feste Schneedecke, obwohl die Wagenspuren schon voller Tauwasser waren, flüssigen Flammen gleich. Von den Dächern tropfte es wie zerrissene Silberfäden. Die Eiszapfen glitzerten in der Sonne wie Bajonette. Allüberall sickerte und atmete das gesegnete, glorreiche Frühjahr.

Der Wagen bog in einen Hof.

Im Tor stand in strammer Haltung ein bejahrter Kosak in Paradeuniform, um die Gäste zu begrüßen.

»Wir wünschen Gesundheit, Euer Wohlgeboren!«, schmetterte er angesichts der Offiziersschulterklappen.

Drei Schritte hinter dem Hausherrn standen in einer Reihe die Frauen und verneigten sich.

In der sauberen, nach städtischer Mode eingerichteten Stube setzte die herausgeputzte, vollbusige Kosakin den Offizieren Wareniki vor. Der Hausherr stand aus Achtung vor den Gästen bei der Tür. Der Ordnung halber schnauzte er seine Frau an, dann fragte er, die Mütze von einer Hand in die andere nehmend, wer die Kadetten seien, für wen sie kämpften und wohin sie sich zurückzögen. Rittmeister Toptygin, der alles Gott dem Herrn in die Schuhe schob, erläuterte dem Kosaken geduldig die Verzwicktheiten der Politik. Nachdem er in Kürze das Programm irgendeiner Partei dargelegt hatte, fügte er wie einen Refrain hinzu: »Aufhängen die Widersacher, ohne mit Stricken zu sparen.«

Kulagin rasierte sich, wusch sich mit Schneewasser und ging, sich an den Wänden festhaltend, auf die Vortreppe.

Die breite Straße und der Platz waren voller Truppen. Stutzerhafte Stiefel kneteten neben alten Latschen den Matsch. Donpartisanen mit Stirnlocke standen neben abgerissenen Offizieren. Gymnasiasten, in den Feldzügen zu Männern gereift, wölbten die Brust vor und blickten im vollen Bewusstsein ihrer Überlegenheit scheel hinüber zu den bebrillten, krummrückigen Studenten. Vorzeitig schulentlassene Kadetten, die mit der Nase noch nicht ans Bajonett heranreichten, wetteiferten in strammer Haltung mit den älteren. Die Telegrafendrähte waren Rispen zwitschernder Schwalben. Die Menschen, von Stellplatz zu Stellplatz getrieben, marschierten im Gleichschritt und schwenkten die Arme.

Kasimir kam, die Mantelschöße gerafft, über die Straße gelaufen.

»Grüß dich, Kolja. Ich sah dich und hab mich mit Erlaubnis des Zugführers für einen Moment aus dem Glied entfernt. Na, wie siehts aus bei dir? Wolodja und ich haben dich schon den ganzen Morgen gesucht. Bist du satt?«

»Ich hab zu trinken und zu essen bekommen, bin gut versorgt. Jetzt wärm ich mich in der Sonne und ... kann fast wieder lächeln. Kasik, besorg mir Krücken ... Die Beine werden schon wieder. In einer Woche komm ich zur Truppe zurück.«

»Bravo.«

»Wann rücken wir ab?«

»Morgen wohl. Im Stab ist schon beschlossen worden, das Regiment Markow[1] als Vorhut einzusetzen und uns als Nachtrab. Wir kaufen Lebensmittel ein und Kriegspferde. Diese Kanaillen von Kosaken verlangen für ihre Gäule den dreifachen Preis, aber wir können nichts machen, wir müssen zahlen. Um die Stanizler nicht aufzubringen, hat die Führung Requirierungen strengstens verboten. Eine schwere, aber durchaus notwendige Maßnahme. Hoffen wir, dass die Bolschewiken über diesen Stein stolpern und die Kosaken und Bauern gegen sich empören.«

»Ist unsere Armee groß?«, fragte Kulagin.

»Mehr als viertausend Säbel und Bajonette. Die Infanterie ist zu Regimentern formiert worden – dem Kornilow-, dem Markow- und dem Partisanenregiment. Besondere Einheiten bilden das Ingenieurbataillon, die Marinekompanie und kleinere Abteilungen, die ultimativ ihre ... Autonomie erklärt haben.«

»Ach ja?«

»Ein Jammer«, fuhr Kasimir fort, »das Spiel des kleinen Egoismus ist in vollem Gange. Die Seuche des ukrainischen Nationalismus hat auch unsere Reihen erfasst. Wo das bloß herkommt? Denk dir nur: Die Junker und Studenten haben sich ihrer Vereinigung widersetzt und sind beinahe mit Bajonetten aufeinander losgegangen. Die Junker beschimpfen die Studenten als Sozialisten, die Studenten die Junker als Monarchisten. Die einen wie die andern verlangen eigene Vorgesetzte, eigene Versorgungsabteilungen, eigenen Tross, und schließlich möchte jeder von den jungen Kerlen am liebsten eine eigene Krankenschwester anfordern, von denen es sowieso zu wenig

1 Sergej Leonidowitsch Markow (1878–1918), Kommandeur der Freiwilligenarmee.

gibt. Wir haben selber niemand, dem wir den Hof machen können.«

»Sag mal, sind Hübsche dabei?«

»Oho! Ich habe ein Dickerchen kennengelernt, das ist eine, kann ich dir flüstern. Nicht unbedingt schön zwar, aber …«

»Wenn du sie eine Woche an der Longe gehen lässt, wird sie dann schön?«

»Spaß beiseite, sie ist ein großartiges Mädchen. Arme, Beine, Wangen, und immer nach zwei oder drei Wörtern zieht sie die Nase hoch.«

»Ha-ha-ha … Machst du mich mit ihr bekannt?«

»Mit Vergnügen. Ich werd sie heute bitten, dir den Verband zu wechseln. Ja, was ich sagen wollte, so was von Halunken … Sozialisten, Monarchisten … Ausgerechnet jetzt befassen die sich mit Politik. Wir müssen den Feind mit der Faust schlagen, nicht mit gespreizten Fingern.«

»Was für Politiker die sind, spielt keine Rolle, auf dem Feldzug werden sie sich schon zusammenraufen.«

»Die Tatsache selbst ist empörend. Erlaube mal, die machen hier ein Meeting auf.«

»Der Bürgerkrieg ist überhaupt voll von Absurditäten und Wunderlichkeiten«, sagte Kulagin nachdenklich. »Bei den Roten kommandieren Schuster Armeen, und bei uns werden Züge von Obersten und Generälen geführt. Kornilow hat vor der Front eine glänzende Rede gehalten. ›Am Don haben sie uns geschlagen‹, hat er gesagt, ›aber das Spiel ist noch nicht verloren. Die Bolschewiken fressen sich gegenseitig auf. Wir müssen durchhalten bis zum Beginn der Ernüchterung, dann wird Russland noch hören von unseren Taten.‹ Aber ich hab mich verplaudert, ich will mal wieder.« Er raffte die Mantelschöße und ging durch die blanken Pfützen zu seiner Kompanie.

Kulagin schrieb einen Brief nach Petrograd:

Sei gegrüßt, Irinotschka!

Ich sitze auf einer kleinen Vortreppe, die mit Schnitzwerk verziert ist, blinzle in die Sonne und denke an Dich und Mutter. Die Sehnsucht presst mir wie eine zottige Tatze das Herz zusammen. Was ist das für eine böse Kraft, die unser Leben verdorben und uns auseinandergerissen hat?

An der Front habe ich mir Erfrierungen geholt, habe mehr als zwei Wochen im Lazarett gelegen, jetzt gehts wieder, und ich bin zum Regiment zurückgekehrt. Ich schreibe Dir aus einer Staniza bei Rostow, um die Gelegenheit zu nutzen, denn ein Sonderkurier reist nach Moskau und Piter.

Irinotschka, ich will offen zu Dir sein. Um unsere Sache steht es schlecht. Der graue Don, der stille Don, den soll der Teufel holen! Am Don haben wir, russische Offiziere, uns den ganzen Winter über gegen Matrosen und Soldateska zur Wehr gesetzt, haben die Selbständigkeit der Region verteidigt und versucht, ihren Ruin zu verhindern, während die Kosakenschaft mit geringen Ausnahmen dem ganzen Kuddelmuddel gegenüber höchst gleichgültig war.

Wir ziehen uns hinter den Don zurück, in die Steppen ... Sag Mutter nichts davon, sie braucht es nicht zu wissen. Die liebe Mutter ... In ihren Augen trocknen die Tränen gewiss gar nicht mehr. In ihrem halbdunklen Kämmerlein betet sie vor den alten Ikonen um mein Leben. Versteht Ihr mich, und könnt Ihr mir die Leiden verzeihen, die ich Euch zufüge? Ganz Russland muss das ihm vom Schicksal auferlegte Kreuz tragen. Der Krieg geht ins fünfte Jahr. Unter jedem Dach wohnt Leid, und fast jede russische Familie hat einen Toten zu beklagen. Im Lazarett hat ein verwundeter Kadett mit mir gelegen, fast noch ein Junge. Die Bolschewiken haben ihm den Bruder und den Vater umgebracht. Die Tapferkeit, mit der dieser Jüngling seinen furchtbaren Kummer erträgt, hat mich tief gerührt. Wie viele von solchen Kindern sind in den Donsteppen gefallen, wie viele namenlose Gräber wurden zertrampelt ... Denk nur, Irinotschka, General Alexejew[1] *hat es in Nowotscherkassk bei der Beisetzung der Kadetten schön gesagt: »Ich würde ihnen ein Denkmal setzen – einen verwüsteten Adlerhorst und darin die Leichen*

1 Michail Wassiljewitsch Alexejew (1857–1918), Begründer und Kommandeur der Freiwilligenarmee.

der Jungvögel – und darauf schreiben: ›Die Jungadler starben bei der Verteidigung ihres Nestes, doch wo waren die alten Adler?‹«

Wir ziehen ins Ungewisse ... Wir sind allein ... Welches ist unser politisches Kredo? Niemand begreift auch nur das Geringste, und alle sind voller Wut. Viele von unseren Offizieren dienen in ukrainischen Nationalistenabteilungen und unterstützen damit die absurden und irrsinnigen Autonomiebestrebungen. Oder was ist der Kuban wert, wo wir höchstwahrscheinlich hingehen? In Jekaterinodar stellt das russische Offizierskorps die Hauptkräfte des Stabshauptmanns Pokrowski[1]*. Er selbst sieht den niederträchtigen Intrigen der Rada mit Nachsicht zu.*

Alles, was das Leben des Menschen ausmacht, ist zertrampelt und bespuckt. Russland kommt mir wie eine brennende Jahrmarktsbude vor, oder, richtiger gesagt, wie ein von Flammen erfasstes Irrenhaus, in dem sich das Geheul der Sterbenden mit dem wilden Pfeifen und dem irren Gelächter der Besessenen mischt. Ich wiederhole, niemand begreift auch nur das Geringste. Wir sind keine Politiker, sondern nicht mehr und nicht weniger als Söhne unseres Vaterlandes und Soldaten einer finsteren Notzeit. Das Leben wird uns zwingen, uns irgendwie zurechtzufinden, aber wir werden es im Feuer lernen müssen. Wir sind einsam ... Das Gespenst Russlands, hell wie die Morgenröte, schwebt über uns und stärkt unsere Herzen.

Wir glauben an die Hilfe des alten lieben Gottes und an den hellen Verstand der Führer.

Ich küsse und umarme Dich. Nikolai.

10. Februar 1918.

Die ersten hundert Werst legte die Armee innerhalb einer Woche zurück. Schnelleres Vorwärtskommen verhinderten der Schlamm und der große Tross mit Flüchtlingen und Verwundeten. Die abgekämpften Pferde versanken bis zum Bauch im Schlamm. Die Fuhrwerke und Kaleschen schwammen im Matsch wie Boote. Ohne jede Ordnung schleppten sich die Menschen

1 Viktor Leontjewitsch Pokrowski (1889–1923), Kommandeur konterrevolutionärer Truppen am Kuban.

schweigend hin. Die einzigen Laute waren die beängstigenden Schreie der Gespannlenker und das Pfeifen der Peitschen. Die Kadetten und Gymnasiasten wurden von der Last der Gewehre niedergedrückt, bemühten sich aber, einander ihre Erschöpfung nicht zu zeigen. Uralte Oberste schritten in Reih und Glied munter durch den Schlamm. Eine junge Frau, die in dem schmatzenden Matsch die Schuhe verloren hatte, ging mit hochgerafften Röcken auf bloßen Strümpfen. Ihr gerötetes Gesicht war verheult, die zerzausten blonden Haare fielen ihr in die Augen. In einem hohen Phaeton fuhr mit seinem Sohn der grauhaarige General Alexejew, der noch vor kurzem das Schicksal der russischen Fünfzehnmillionenarmee gelenkt hatte.[1] Seine Uniformmütze war bis auf die Ohren heruntergezogen, unter dem abgegriffenen Schirm blitzte streng die Brille, von den heftigen Erschütterungen schwankte der Kopf auf dem vertrockneten Greisenhals. Am Straßenrand sprengte, die Truppen aufmunternd, Kornilow auf seinem kabardinischen Renner dahin. Sein kalmückenähnliches Gesicht war finster. Seine etwas heisere Kommandostimme brüllte sogar die Grußworte wie Befehle. Auf dem hocherhobenen Kopf saß eine schwarze Tekinzenpapacha. Bekleidet war er mit einem abgetragenen Halbpelz. Begeisterte Blicke folgten dem Befehlshaber, und ihm nach dröhnte ein angestrengtes Hurra.

Die Roten wichen dem entscheidenden Gefecht aus, sie zogen sich zurück.

Im Stawropolschen, bei dem Dorf Leshanka, kam es zum ersten großen Zusammenstoß. Die Weißen verloren im Kampf drei Soldaten; siebzehn wurden verwundet; sie brachen in das Dorf ein, wo sie an die sechshundert Menschen niedermetzelten. Jeder, der Lust hatte, rechnete ab. Die Kosaken beglichen ihre Rechnungen mit den Mushiks. Die Offiziere nahmen Rache für die Schmähung ihres Ranges, die Entehrung ihrer Uniform und für die Anarchie, deren ohnmächtige Zeugen sie seit Jahresfrist waren. Die Jünglinge in ihrem Kampfeseifer waren überzeugt,

1 Alexejew war vor der Oktoberrevolution Stabschef des Obersten Befehlshabers der Armee.

die Heimat zu retten, indem sie Menschen in Schafpelzen und Soldatenmänteln erschossen und aufhängten. Manche wollten ihre nagelneuen, noch nicht eingeschossenen Gewehre ausprobieren, andere übten sich an vor ihnen knienden Opfern im Säbelhacken; die in den Donsteppen Gewesenen freuten sich über die Leichtigkeit des Sieges – sie würden etwas zu erzählen haben.

Kulagin nahm an der Schlacht nicht teil. Die Krücken hatte er weggeworfen, aber er konnte noch nicht richtig gehen. Im Quartier erzählte Kasimir beim Abendbrot begeistert Einzelheiten des Kampfes – wer wo angegriffen, welche Truppenteile sich hervorgetan hatten, wer für welche Auszeichnungen eingegeben war. Kulagin hörte aufmerksam zu, dann entfuhr ihm:

»Was für eine Schweinerei ...«

Der Offizier verstummte mitten im Satz und sah den Freund verwundert an.

»Eine solche Masse von Gefangenen umzubringen«, fuhr Kulagin fort, »noch dazu Russen. Hätte man sich nicht mit der Erschießung der Anführer, der Agitatoren oder von mir aus jedes Zehnten begnügen können?«

»Einen Dreck. Versuch mal rauszufinden, wer bei denen Vorgesetzter ist und wer Untergebener. Eine Truppe von Barfüßlern ist das. Einer ist heute Koch und morgen Kommandeur. Um sicherzugehen, haben wir sie allesamt abgeknallt wie die Waldschnepfen.«

»Meine Herren«, sagte hastig Sagaidarow, in Furcht, man werde ihm nicht zuhören, »bei denen befehligt der ehemalige Kosakenfeldscher Sorokin[1] die Front, Ehrenwort. Wie finden Sie das? Und gestern wurde bei Jegorlykskaja ein Kommissar gefasst, der war tatsächlich ein Zuchthäusler, Ehrenwort.«

»Um die Zuchthäusler gehts doch gar nicht, Fähnrich«, unterbrach ihn Kulagin, »Sie reden Unsinn.«

1 Iwan Lukitsch Sorokin (1884–1918), linker Sozialrevolutionär, Organisator und Kommandeur roter Kosakenabteilungen. 1918 Oberbefehlshaber der Roten Armee des Nordkaukasus. Als Verräter verhaftet, im Gefängnis erschossen.

Da stand der angetrunkene rosige Wolodja auf und streckte lächelnd sein Glas zum Anstoßen aus.

»Kolja, hör auf mit der Sentimentalität und reg dich nicht unnütz auf. Zum Teufel mit der ganzen Philosophie! Wir werden dieses Flegelpack vernichten. Es stört uns beim Leben, Lieben und Fröhlichsein. Auf mich wartet zum Beispiel in Saratow meine Braut. Na, und irgendwer muss doch wohl Russland retten? Die Zeit der Worte ist vorüber, die Zeit der großen Taten hat begonnen. Trinken wir auf die Poesie und auf meine Braut. Ich kann euch flüstern, das ist ein Mädchen …«

»Ich verstehe schon«, sagte Kulagin aufgeregt, »aber es hieße doch, sein Land kein bisschen zu lieben, wollte man dem ganzen Volk das Brandmal des Zuchthäuslers aufdrücken.«

»Du verstehst, aber du jammerst«, entgegnete Kasimir ärgerlich. »Willst du vielleicht, dass wir sie mitschleppen oder verprügeln und dann freilassen, um morgen wieder auf sie zu treffen? Hast du die gelynchten Offiziere vergessen? Hast du den Hohn vergessen, den jeder von uns an der Front hat hinnehmen müssen? Und unsere Angehörigen, die in Russland geblieben sind? Meinst du, die Kommissare werden mit denen viel Federlesens machen? Wenn wir beide ihnen in die Hände fallen, glaubst du, sie würden uns schonen? Hast du die Staniza Kamenskaja vergessen, wo die Matrosen unsere Kundschafter in grausamer, entsetzlicher Weise umgebracht haben? Es gibt keine Schonung, wir spielen va banque.«

»Und die Führung?«, fragte Kulagin.

»Die Führung hat getan, als ob sie nichts bemerkt.«

»Ja«, sagte Kasimir energisch und füllte die Gläser mit Kognak. »Russland geht unter. Wir sind das einzige Bollwerk des zusammengebrochenen Staatswesens, wir sind das Gewissen der Nation. Das Volk versteht die Revolution als die Inbesitznahme fremden Eigentums. Die Bourgeoisie zittert um ihre Haut, ist das nicht aberwitzig? In Russland haben angesehene Männer von der Kaufmannschaft und der Industrie für unsere Armee Groschen geopfert, und nun haben uns die Bolschewiken abgelöst und bestimmt deren Millionen an sich gebracht. Sozialisten wie unser Fähnrich verketzern uns als Volksfeinde. Die Kosaken gucken scheel ... Wir stehen vollkommen allein. Wir sind eine Handvoll. Sollen wir Humanität predigen und den auf die Knie gezwungenen Feind schonen? Nein und abermals nein ... Die Spitzen von Adel und Bürgertum haben durch ihre verbrecherische Untätigkeit Kornilow während des Augustunternehmens[1] verraten. Russland treu geblieben sind nur die Berufsoffiziere. Hauptsächlich auf uns setzt die Geschichte. Und dann«, er wandte sich dem Winkel zu, wo mit gespitzten Ohren die Kadetten saßen, »diese Jugend. Sie muss in unserm Geist erzogen werden. Die Jungen werden in Kämpfen gestählt, sie werden mit uns bis zum Endziel gehen. Trinken wir, meine Herren Offiziere, auf den Triumph unserer gerechten Sache, auf die Jugend und von mir aus auch auf deine Braut, Wolodja!«

Das Abendessen ging weiter.

Kulagin trat hinaus. Die Frühlingsnacht war voll von flimmernden Sternen. Es roch süß nach reifem Dung. Im Garten hatte sich zur Nacht ein Schwarm Krähen auf den kahlen Bäumen niedergelassen. Über dem Dorf breitete sich unruhige Stille, gelegentlich unterbrochen vom schläfrigen Muhen einer Kuh, vom Knall eines Schusses oder vom anscheinend aus der Erde hervordringenden dumpfen Schluchzen einer Soldatenfrau, die ihren Mann beweinte.

Am Tor saß auf einem Balken, das Kinn auf einen Stock gestützt, wie versteinert ein älterer Mann. Kulagin rauchte schweigend eine Papirossa und noch eine und fragte endlich:

»Bist du ein Kosak oder ein Fremder?«

»Ich? Ich drück mich hier als Landarbeiter rum.« Er kratzte sich das Kreuz und sagte nach einigem Zögern seufzend: »Tjaaa ... Ihr kämpft also für den Zaren?«

Der verdutzte Offizier wusste nicht, was er antworten sollte. Mit dem Bild des Zaren untrennbar verbunden war die Vorstel-

1 Am 25. 8. (7. 9.) 1917 putschte der Oberste Befehlshaber Kornilow gegen die Provisorische Regierung und marschierte auf Petrograd. Am 31. 8. (13. 9.) wurde der Putsch zerschlagen.

lung von der Größe des Vaterlandes, aber ein Monarchist war er wie die meisten nichtaristokratischen Offiziere niemals gewesen. Der schwache Zar, der das Land in die Sackgasse von Niederlagen, Hunger und Anarchie getrieben hatte, verlor seit einiger Zeit in den Augen der Offiziere mehr und mehr seinen Glorienschein.

»Nein, nicht für den Zaren«, antwortete Kulagin fest.

»Wieso herrschen dann bei euch die alten Zustände? Und wieso, Entschuldigung, tragt ihr alle die Schulterklappen und marschiert unter der Zarenfahne?«

»Die alte Fahne ist uns teuer als Symbol für das einige mächtige Russland«, antwortete der Offizier wie einstudiert und fügte nach kurzem Überlegen hinzu: »Die alte Fahne ist uns so teuer wie der mütterliche Segen, wie der Name, der uns bei der Taufe gegeben wurde. Verstehst du das?«

»Und wie«, knurrte der Mushik, dann seufzte er und fragte unschlüssig: »Die Leute von unserm Chutor haben hier in der Nähe ein kleines Gut geplündert und ein bisschen unfruchtbares Land untern Pflug genommen. Werdet ihr sie jetzt vor Gericht stellen oder gleich durchprügeln und aufhängen?«

»Und die Bolschewiken, haben die euch nicht durchgeprügelt und aufgehängt?«

»Bisher war Gott uns gnädig. Die sind mehr Freunde von Meetings. Allerdings haben sie hier einen Gutsherrn erschossen, aber der war ein Hund, hat den ganzen Landkreis in Schulden verstrickt.«

»Wenn erst die Deutschen kommen, die werden uns ganz und gar vereinnahmen: mitsamt dem Land, den Läusen und den Bastschuhen. Dann werden wir merken, was die Glocke geschlagen hat.«

»Ganz Russland können sie nicht vereinnahmen. Russland lässt sich keine Zügel anlegen. Ich, Euer Wohlgeboren, habe seit meiner Jugend tausend Städte durchwandert und unzählige Dörfer, ich hab viele Völker gesehen, und überall, nimm mir meine dummen Worte nicht übel, ist es so, dass einer pflügt und sieben ihm das Blut aussaugen. Euer Wohlgeboren, heute könnte der Deutsche und selbst Beelzebub mit seinen Heerscharen uns das

Land nicht mehr wegnehmen, wir sind hineingewachsen bis an den Bart. Wenn die Deutschen kommen, gibts für sie keine Rückkehr, dann erwürgen wir sie einzeln.«

»Aber du selbst hast doch gar kein Land?«

»Ich krieg welches«, sagte der Mushik überzeugt, »vorgestern auf dem Meeting hat die Gemeinde beschlossen, allen Landlosen einen vollen Anteil zu geben. Ich hab mir hier im Chutor sogar eine Witwe ausgesucht ... Das alte Leben kennen wir, das war schlimm genug, jetzt möchten wir auf neue Art leben. Vielleicht wirds noch schlimmer, aber wir wollens trotzdem, und kein Deutscher wird uns ein Kumt um den Hals hängen.« Er schwieg und seufzte. »Euer General hat vor der Gemeindeversammlung gesagt: ›Wir kämpfen für Glauben, Glück und Vaterland.‹ Was für ein Glück soll das sein, wenn ihr das einfache Volk schlagt und aufhängt, wie die da ...«

Auf dem Platz waren wie bleiche Schatten im trügerischen Mondlicht Gehängte zu sehen.

Die Unterhaltung dauerte bis nach Mitternacht. Kulagin fühlte sich vor dem Mushik irgendwie schuldig, aber das mochte er nicht einmal sich selber eingestehen, und er kehrte bedrückt ins Haus zurück.

Drinnen war es schwül. Auf dem Ofen wälzte sich stöhnend die alte Frau herum. In dem Mondstrahl, der durch das Dachfensterchen hereinfiel, schillerten ihre weinenden Augen in grünem Licht. In ihrem Beisein waren auf dem Hof ihre zwei Söhne, Soldaten, erschossen worden. Die Schwiegertöchter waren nicht zu Hause, sie suchten auf den Dunghaufen hinter dem Dorf die Leichen ihrer Männer. Das Flüstern der Greisin erschreckte den Offizier. Betet sie oder verflucht sie uns?

Das Morgengrauen zog herauf.

Draußen blies der Hornist zum Wecken.

Die Armee setzte sich in Marsch.

Von Russland, von Ideen sprachen nur Stabsoffiziere und Trossfuhrleute. Die Kampftruppen waren voll in Anspruch genommen von dem Kleinkram des Kriegsalltags – wer am Anfang und wer am Ende gehen sollte, wann und wo man rasten und Wäsche waschen könnte, ob es während der Rast warmes Essen geben und wieviel Patronen man ihnen aushändigen würde. Die Geriebensten brachten es fertig, während der kurzen Ruhepausen mit Flüchtlingsfrauen und jungen Eheweibern Verhältnisse anzufangen.

Nikolai Kulagin befehligte bereits einen Zug.

Das Kornilow-Regiment war jung, es leitete zwar seine Geschichte aus dem Weltkrieg her, hatte sich aber erst am Don unter dem Feuer der Bolschewiken richtig formiert, denn der Kernbestand des Regiments war bei der Rückführung von der Westfront durch die Ukraine und bei den Kämpfen um Rostow und Nowotscherkassk fast gänzlich aufgerieben und versprengt worden. Kornilows Schützling und Liebling, der junge Oberst Neshenzew, hatte es verstanden, in kurzer Zeit mustergültige Kommandeure auszuwählen, die das Regiment zu einer eisernen Faust schmiedeten. Allen seinen Angehörigen wurde eingehämmert, das Kornilow-Regiment sei das allerbeste. In diesem Geist wurden auch die Auffüllungen erzogen. Ein Neuling war schon nach einer guten Woche Dienst so mit den »Alten« verwachsen, dass nicht mal das Versprechen einer Beförderung ihn zu einer anderen Truppe locken konnte. Ein Geist des Wetteiferns wurde der ganzen Armee eingeimpft und mit allen Mitteln gefördert. Das 1. Offiziersregiment beobachtete missgünstig die verwegenen Taten der Junker, die Studenten wetteiferten in den Kampfestugenden mit den Gymnasiasten, die Markow-Leute wollten den Kornilow- Leuten am liebsten den Rang ablaufen. Wie die Kampfaufträge ausgeführt wurden, das verfolgten nicht nur die direkten Vorgesetzten, sondern auch alle freiwilligen Ruhmsucher: Gott behüte, wenn der Chor der strengen Kritiker jemandem vorwerfen konnte, versagt zu haben. Dem Kornilow-Regiment waren ein paar junge Leute zur Ausbildung beigegeben worden. In den Zug Kulagins kamen der flinke Gymnasiast Schtscheglow und der von seiner Verwundung genesene Kadett Juri Tschernjawski, der sich besonders eng an seinen Kommandeur anschloss und ihm nicht von der Seite wich. Er übernahm von ihm dessen Manier, die Mütze zu tragen, die Augen im Papirossaqualm einzukneifen, versuchte seinen Gang und seine Sprechweise nachzuahmen und weihte ihn in der Freizeit in seine Herzensangelegenheiten ein; er konnte endlos zuhören, wenn der Zugführer von Kampftaten und Heldentum erzählte.

»Nikolai Alexandrowitsch«, fragte der Kadett, »ist es möglich, sich so auszuzeichnen, dass man mit einem Schlag die Georgskreuze sämtlicher Stufen kriegt?«

»Du möchtest dich wohl gern auszeichnen?«

»O ja.«

»Und was für eine Heldentat möchtest du vollbringen?«

»Ich weiß nicht ... Na, zum Beispiel als Erster eine Bolschewikenfestung stürmen; oder wenn sich die Gelegenheit bietet – das schwör ich! –, spreng ich einen ganzen Zug voller Kommissare[1] in die Luft.«

Kulagin lachte und erzählte vom Ordensstatut. Er plauderte gern mit dem Kadetten, in dem er sich selbst während der glücklichsten Zeit seines Lebens wiedererkannte.

Tschernjawski runzelte die Stirn.

»An unserm Feldzug ist wenig Heroisches. Dreckarbeit, Läuse, die Füße abgelaufen bis auf die Knochen. Den Krieg hab ich mir anders vorgestellt.«

Er sagte die Wahrheit.

Der Feldzug bot wenig Abwechslung. Graue Steppe, Kurgane, am Horizont die Sicherungstrupps. Dann Schießen, in den Abteilungen Bewegung, im Tross Panik. Den Marschkolonnen entgegen sprengte, die Pferde spornend, ein Spähtrupp, ein Reiter flog zum Gefolge des Befehlshabers.

»Euer Exzellenz ... Eine Staniza ... Zwei Regimenter des Gegners ... Eine leichte Batterie ...«

Der finstere Kornilow, ohne den Blick zu heben, unterbrach ihn scharf:

1 Kommissare für die politische Arbeit und die Kontrolle der aus der zaristischen Armee übernommenen Offiziere gab es in der Roten Armee seit Frühjahr 1918.

»Hinauswerfen.«

Ordonnanzen sprengten davon. Kommandeure salutierten und eilten, die Regimenter zum Angriff zu formieren.

Die Staniza empfing die Sieger mit Brot und Salz und Glockengeläut. Die Frauen führten sie in ihre Häuser und gaben ihnen Milch zu trinken. Auf dem Platz hielt Kornilow oder Alexejew den Stanizlern eine kurze Ansprache, worauf bärtige Kosaken vor allem Volk ihre Söhne und Enkel, die sich schuldig gemacht, verprügelten, dann wurden in aller Eile mit Musik die Gefallenen beerdigt, und nach dem Nachtlager ging es weiter.

Wieder Steppe und Kurgane.

»Euer Exzellenz, vorn eine Staniza, rechts ein Chutor, eine Ansammlung von Bolschewiken ...«

»Hinauswerfen.«

Das eigentliche Ziel war nahe. Bis Jekaterinodar blieben vier Tagesmärsche. Zum Befehlshaber der Truppen der Kubanrada, Stabshauptmann Pokrowski, wurden Kundschafter entsandt mit der Anweisung: Die Stadt halten!

Bei der Staniza Korenowskaja geriet der Vormarsch unerwartet ins Stocken. Die rote Führung hatte zum Schutz der Stadtzugänge Eliteabteilungen von Frontkämpfern und mutglühende Jugend eingesetzt.

Am Morgen begann dröhnend der Kampf.

Die Front entfaltete sich von der Staniza nach beiden Seiten. Die Schüsse verschmolzen zu einem dichten Geknatter, in dem sogar die Kommandorufe untergingen. Tausende Menschen flogen in den Todeskreis wie Späne in die Flamme. Der Geschlossenheit der Feuerlinie war sich niemand bewusst – ein Mann nahm einen Mann aufs Korn, eine Kompanie suchte sich eine gegnerische Kompanie aus, konzentrierte sich voll auf sie und gab sich Mühe, sie schnellstens zu vernichten. Kornilows Männer gingen in Ketten längs des Bahndamms vor, rechts von sich die Junker, links das Offiziersregiment Markow. Die Markow-Leute rückten, die Unebenheiten des Geländes nutzend, unbeirrbar vor und drückten die Flanke der Roten ein. Ein Moment noch, so schien es, dann würde der entscheidende Schlag gegen die Flanke erfolgen, und der Weg ins Hinterland der Roten wäre frei ... Die Panzerzüge erkannten die Gefahr rechtzeitig und überschütteten die Offiziere mit Trommelfeuer. Die Regimenter Markows und Kornilows wankten, begannen zu weichen ... Da zeigte sich auf einem Hügel, vom blauen Himmel deutlich sich abzeichnend, der Befehlshaber, umgeben von Stabsgenerälen und einer Geleitmannschaft aus Tekinzen. Die Offiziere schöpften neuen Mut und rückten hoch aufgerichtet vor.

Ununterbrochen feuernd, bewegten sich die Schützenketten bis auf hundert Schritt aufeinander zu und warfen sich hin. Die Panzerzüge mussten das Feuer einstellen. Kulagin lag mit seinem Zug in der vordersten Kette. Die Brust an die Erde gepresst, den Kopf von einer Bülte gedeckt, atmete er den heißen, würzigen Geruch des Wermuts ein. Ein gegnerisches Maschinengewehr schickte einen breiten Fächer eisernen Hagels auf die dürre Erde, Staub fuhr in die Augen, Sand streute in den Kragen der Feldbluse, als stünde jemand vor ihm und spuckte spitze Brocken gegen ihn. Seite an Seite mit dem Zugführer lag der Kadett, ein Stückchen weiter Kasimir. Tief wie ein Schatten huschte – vielleicht kam es Kulagin auch nur so vor – eine Granate vorüber: Die Haare zausten hoch, er hatte die Mütze verloren. In der Kette wurde von Mann zu Mann weitergegeben, der und der sei verwundet, der und der sei gefallen. Kasimir schrie auf. Kulagin, ohne den Kopf zu heben, schielte zu ihm hin und sah die dünnen Finger schwach werden und sich am Kolben lockern.

»Tödlich?«

»Nein, in die Schulter«, antwortete Kasimir mit weißgewordenen Lippen kaum hörbar und stieß einen Fluch aus.

Vom Laufen und vor Erregung waren die Männer außer Atem, und als hüben das Kommando ertönte: »Fertigmachen zum Angriff ...« und drüben: »Kette, vorwärts ...«, erhoben sich die Schützenketten sofort.

Das Schießen ebbte ab.

Mit gefälltem Gewehr, im Gehen sich ausrichtend für den Zusammenprall, marschierten die Ketten unterm kalten Blinken der Bajonette aufeinander los. Kulagin sah vor sich Soldaten im offenen Uniformmantel, junge Burschen in Zivilmantel und Jackett; eine Papirossa zwischen den Zähnen, schritt der Matrose Waska Galagan, er trug die entblößte, über und über tätowierte Brust kühn dem Tod entgegen. Alle hatten die Augen weit aufgerissen, die Zähne gefletscht, den stummen Mund krampfig verzerrt.

Ein Moment des Gleichgewichts ...

Bei der Bajonettattacke kommt es – Geheimnis des Sieges – darauf an, wer das Bajonett besser handhabt. Die Offiziere waren härter. Die Roten wankten ... und flohen. Nur die Matrosen und die stummen alten Soldaten fingen den Stoß auf. Alles mengte sich durcheinander wie ein Rudel sich beißender Hunde. Wer kein Bajonett hatte, schlug mit dem Kolben drein. Revolverschüsse blitzten. Kurze Schreie mischten sich in das Gebrüll, in die abgerissenen Flüche. Galagan spießte die Offiziere auf sein Bajonett und warf sie über sich hinweg wie Getreidegarben. Kulagin stand das erstemal im Nahkampf, doch er bewältigte die Aufgabe vorzüglich: stieß zu wie seinerzeit bei der Ausbildung in die Strohpuppen. Von Kräften gekommen, warf er das blutverschmierte Gewehr weg und schoss mit dem Nagant in gebeugte Rücken, in haarige Hinterköpfe.

Von weitem rollte anschwellend der Ruf heran:

»Kavallerie ... vorwärts, vorwäääärts!«

Von einer Anhöhe kam, sich entfaltend und einen Staubvorhang hinter sich herziehend, in vollem Galopp eine rote Hundertschaft herbeigesprengt. Schnarchende Pferde, die Ohren angelegt, rasten im gestreckten Galopp, scheinbar ohne die Erde zu berühren. Die Reiter lagen auf den Hälsen der Tiere, die Schöße der Tscherkessenröcke flatterten über ihnen wie schwarze Flügel, die hocherhobenen Säbel blitzten wie der reine Zorn.

»Feuer! Auf die Kavallerie!«

Aber es war schon zu spät.

Der Kommandeur drehte sich nach seiner Hundertschaft um und schrie gellend:

»Schlagt zu!«

Als Erster drang er in das Gewühl der Offiziere ein, arbeitete blitzschnell mit dem Säbel.

Der Ruf stieg hoch: »Hurra …«

Und wurde aufgegriffen: »Aaa …«

Schmettern und Krachen, Stöhnen und Zischen von Stahl über Knochen.

Die Offizierskompanien zogen sich eingeigelt zurück, verschossen die letzten Patronen, erlitten Verluste. Ein abgesprengter Zug Markowscher wurde von Pferden zertrampelt, von Säbeln zerhackt bis auf den letzten Mann.

Das Gefecht verlagerte sich auf einen anderen Abschnitt.

Hinter der Staniza hervor trugen Windböen dichten Trommelwirbel und scharfe Hornstöße heran, die zum Angriff bliesen.

Der Kampf dauerte ohne Unterbrechung zehn Stunden. Die Weißen nahmen die Staniza mehrmals ein und wurden jedesmal von den Roten wieder hinausgeworfen. Erst am Nachmittag war die Staniza endgültig genommen. Finster sprengte Kornilow mit seinen Tekinzen die Straße entlang. Ein paar Häuser waren voller Verwundeter. Aus den zerschlagenen Fenstern drangen die Schreie und das Stöhnen derer, die in Eile – ohne Narkose – operiert wurden.

Kulagin suchte seinen Freund. Kasimir war schon umgezogen, verbunden und lag im Bett. An seinem Kopfende saß weinend, das weiße Kopftuch bis zu den Augen heruntergezogen, Warjuscha.

»In den Knochen? Ins Fleisch?«, fragte Kulagin.

»Kleinigkeit, mach dir keine Sorgen«, flüsterte der Verwundete.

»Die Kugel ist unterhalb des Schlüsselbeins eingedrungen«, sagte die Schwester mit traurigem Lächeln, »sie ist durch den oberen Lungenflügel gegangen und unterhalb des Schulterblatts ausgetreten.«

Zwei Kosaken brachten einen röchelnden, besinnungslosen

Jessaul herein und legten ihn auf den Fußboden. Das eine Ohr war mitsamt einem Stück Wange weggehackt, aus dem Rest des Ärmels ragte blutsprudelnd der Stumpf des oberhalb des Ellbogens abgetrennten Arms; Haut und Fleisch hatten sich einen halben Werschok hinaufgeschoben, der weiße Knochen lag frei. Warjuscha legte dem verstümmelten Jessaul Verbände an.

»Noch ein paar solche Kämpfe, und die Armee ist erledigt«, sagte Kulagin. »Der Tross behindert uns, wir können nicht manövrieren. Wir haben kein Hinterland. Wir müssen, koste es, was es wolle, immer nur siegen, denn ein einziges verlorenes Gefecht wäre für uns alle der Untergang, die Vernichtung bis auf den letzten Mann.«

»Scheißspiel.«

»Ja, die Gewinnchancen sind illusorisch. Aber was tun? Die Notwendigkeit zwingt uns, das Spiel bis zur letzten Patrone fortzusetzen. Das Schicksal scheint zu wollen, dass wir für Russlands Leid und Schmach mit unsern Köpfen bezahlen.« Um den Freund zu zerstreuen, erzählte Kulagin die Schlussszenen der Attacke. »Verstehst du, er kommt direkt auf mich zugerast. Solch ein Maul! Solch ein Bart! Die Augen glühen wie Laternen. Ich ziel ihm mitten in die Visage, und knack, knack ... Verdammt, denk ich, Versager? Knack, knack, na, jetzt ists aus ... Erst nach dem Kampf ist mir eingefallen, dass der Nagant leergeschossen war. Ein Glück, mein Sancho Pansa Tschernjawski hat den Banditen zurückgeschlagen, sonst ...«

Kasimir schlief ein, die farblosen Lippen zusammengepresst.

Der Stab hatte schon tags zuvor bedenkliche Nachrichten aus Jekaterinodar erhalten. In Korenowskaja kam die zuverlässige Mitteilung, die Kubanrada und der von ihr eingesetzte Pokrowski hätten die Stadt verlassen und sich hinter den Kuban zurückgezogen. Diese bestürzende Kunde versetzte die einen in schäumende Wut, die andern in lähmende Verzagtheit. Die Hoffnung auf Erholung war dahin. Der Vormarsch hatte seinen Sinn verloren, denn selbst wenn es gelang, die Stadt zu nehmen, war es unmöglich, sie mit den vorhandenen Kräften zu halten. Von Angst getrieben, schwenkte die Armee nach Süden, durchbrach den Ring der Roten bei Ust-Labinskaja, setzte über den Fluss Kuban und sprengte hinter sich die Brücke.

Im Transkubanland stand das Stöhnen wie eine Mauer.

Die Revolution hetzte Kosaken gegen Mushiks, Mushiks gegen Tscherkessen, Tscherkessen gegen Mushiks und Kosaken. Uralte Feindschaft kam hoch. Die Kosaken hegten noch aus den Zeiten der Kaukasuskriege[1] Groll gegen die Bergbewohner, und mit den Mushiks waren sie – das alte Lied – des Bodens wegen verfeindet. Die Mushiks organisierten sich in Rotgardistenabteilungen, nahmen herrschaftliches Ackerland in Besitz und schrien auf den Meetings, die Gebirgler gehörten samt und sonders totgeschlagen, und mit den Kosaken müsse eine Neuverteilung des Bodens auf gleichberechtigter Grundlage durchgeführt werden. Die Tscherkessenhäuptlinge eilten von Aul zu Aul und stellten nationale Abteilungen zum Schutz der Regionsregierung[2] auf. Die hitzigsten Köpfe des einheimischen Adels und der Geistlichkeit träumten bei Tag und bei Nacht von der Loslösung von Russland und der Wiederherstellung des »Großtscherkessischen Reiches«, dessen Grenzen sich einstmals vom Elbrus bis zum Asowschen Meer erstreckt hatten, unter dem Patronat der Türkei. Die Regionsrada widersetzte sich der Neuverteilung des Bodens und rief die Bevölkerung auf, die Konstituierende Versammlung abzuwarten. Die Rada tagte im Atamanspalast von Jekaterinodar, dorthin reichte kein Bajonett: Der ganze Hass der Chutorbewohner richtete sich gegen die Aule und Stanizen, die die Regionsregierung unterstützten. Die Tscherkessen, mit den Kosaken vereinigt, überfielen die Chutors, sengten, raubten, mordeten, vergewaltigten, trieben das Vieh weg. Die Chutorleute, ebenfalls von Kosaken unterstützt, überfielen die Aule,

1 Der Kaukasus wurde im Ergebnis langjähriger Kriege im Verlauf des 18. und 19. Jh. (bis 1881) an Russland angeschlossen.

2 Im November 1917 bildete die Kubanrada anstelle der provisorischen Heeresregierung eine Regionsregierung, die am 14. 3. 1918 von roten Truppen aus Jekaterinodar vertrieben wurde.

sengten, raubten, mordeten, vergewaltigten, trieben das Vieh weg. So wurden zerstört die Aule Gabukai, Dshidshichabl, Assokolai, Koschechabl, Schendshi, Wotschepschi, Lakschukai und viele Dörfer und Chutors, die verstreut an den Flüssen Pschisch, Laba und Belaja lagen.

Kornilow brach ins Transkubanland ein wie in ein Wespennest. Die Tscherkessen stellten ein Kavallerieregiment unter seine Fahne, das aus den Reitern der ehemaligen Wilden Division bestand. Die Chutorleute erhoben sich aus Furcht vor Rache wie ein Mann zur Verteidigung ihrer Heimstätten. Die Kosaken hielten sich abseits und warteten die Ereignisse ab.

Der Kadett Juri Tschernjawski hatte endgültig genug vom Krieg. Er war ganz stumpf vor Erschöpfung. Seine Gleichgültigkeit gegen alles wurde nur von Ausbrüchen der Grausamkeit unterbrochen. Es kam vor, dass er mit seinen Altersgenossen nach einem Kampf auf dem Schlachtfeld blieb, um verwundete und gefangene Feinde zu erschießen – beide Seiten machten keine Gefangenen. Die Leiden berührten, das Blut erregte ihn nicht mehr. Ihn freute auch nicht das Georgskreuz, das er für das Gefecht bei Korenowskaja bekommen hatte. Dabei war es noch nicht lange her, dass er, eingeschüchtert von den drohenden Anschnauzern seines Klassenlehrers, Angst hatte, bei Nacht den halbdunklen Korridor zu betreten, und auf Schülerbällen bei Begegnungen mit der lockenköpfigen Gymnasiastin Stasja zitterte. Nur an den eigenen Tod konnte er nicht gelassen denken. Mit jedem Schlag seines kleinen verhärteten Herzens drängte er die Armee, sich den Schlägen des Gegners zu entziehen, in die wilden, unzugänglichen Berge auszuweichen. Als Erstes würde er sich in der Banja reinigen, dann sich in eine kleine Tscherkessin verlieben, dann auf die Jagd gehen, dann …

»Feuer! Kette, Feuer! Maschinengewehre, Feuer! Tschernjawski, warum zum Teufel befolgen Sie nicht den Befehl! Hinlegen!«

Juri Tschernjawski kam zu sich und sah unweit im Graben seinen Zugführer hocken. Noch war er nicht ganz wieder anwesend, da gab es neben ihm einen Plumps, der ihn mit Erde bespritzte, und eine Granate trudelte langsam auf ihn zu. Da, das Ende, durchzuckte es ihn, aber die Granate detonierte nicht, der Kadett stieg über sie hinweg, fing einen Blick seines Zugführers auf und errötete vor Freude. Dann kniete er sich hin und schoss, fast ohne zu zielen, auf die Anhöhe, wo die Fellmützen von Rotgardisten zu sehen waren.

Es pladderte ...

Zug, Kompanie, Regiment, die ganze Armee lag in einer sumpfigen Niederung und wehrte durch ungeordnetes Feuer die von allen Seiten herandrängenden Mushiks ab. Vom Tross waren auf Weisung des Befehlshabers alle, die sich noch verteidigen konnten, in die Feuerlinie gejagt worden. Professoren, Advokaten, Sozialistenführer krochen, die Gewehre hinter sich herschleifend, als Reserveketten und feuerten auch. Die ungewaschenen, unrasierten Gesichter zeigten Grauen, Kränkung, Verständnislosigkeit. Die Roten wurden auch diesmal auseinandergetrieben.

Das Kornilow-Regiment zog als Erstes in den Chutor ein.

»Na, Juri, Schiss gehabt?« Kulagin lachte und zwinkerte. »Ist dir die Muffe gegangen?«

»Zu Befehl, nein, Nikolai Alexandrowitsch«, antwortete der Kadett munter.

»Meine Herren«, wandte sich Kulagin an seinen Zug und erzählte, zwecks größerer Eindringlichkeit mit Ausschmückungen, die Geschichte mit der Granate. »Ruhm und Ehre dem Helden.«

Der verlegene Juri wurde gepackt und in die Luft geworfen. Während er über die Köpfe seiner Mitstreiter flog, hielt er das Gewehr fest in der ausgestreckten Hand und fühlte sich wohl zum ersten Mal während des ganzen Feldzugs hinter den Kuban wirklich glücklich.

»Sänger, nach vorn!«

Ein paar Mann liefen aus dem Glied.

Der Vorsänger, der rosige, lächelnde Wolodja, wandte das Gesicht dem Regiment zu, stellte sich auf die Fußspitzen und legte mit hoher, schallender Stimme los:

»Hau dem Kerl
die Kuppe ab …«

Das Regiment ließ ein »Uch« hören, griff mit unfrohem Frohsinn das Kasernenlied auf und sang es schallend die stille abendliche Straße entlang.

Plötzlich kamen aus dem nächsten Hof zwei Soldaten und ein halbnacktes, zerrauftes Weib gelaufen, alle drei mit Gewehr. Sie stellten sich vor der Kate in eine Reihe, Schulter an Schulter, rissen die Gewehre hoch und eröffneten ein schnelles Feuer.

Der Vorsänger fiel … Es fiel Fürst Schachowskoi, es fiel noch jemand …

Völlig überrascht, geriet alles durcheinander. Während des langen Kampfes hatte jeder seinen Vorrat an Kaltblütigkeit gänzlich verausgabt.

»Ein Maschinengewehr her!«, kreischte hysterisch der Gymnasiast Schtscheglow.

»Kornilow-Männer, schämt euch!«, schrie der Regimentskommandeur Oberst Neshenzew, riss den Revolver aus der Tasche und ging hoch aufgerichtet schnell auf die drei zu. Aus nächster Nähe erschoss er den einen Soldaten, der andere wandte sich zur Flucht und blieb, von mehreren Kugeln getroffen, an einem Zaun hängen. Ein Tscherkesse sprengte herbei und ritt die Frau um, doch ehe sie den Boden berührte, trennte er ihr mit einem leichten, meisterlichen Säbelhieb säuberlich den Kopf über den Schultern ab. Der Kopf rollte zu Füßen der Offiziere, wickelte sich dabei in die üppigen langen Haare.

»Das Haus anzünden«, befahl der Kommandeur.

»Gestatten Sie, Mitrofan Ossipowitsch, dass wir bis zum Morgen damit warten, es ist zu kalt, als dass die Leute im Freien übernachten könnten. Vor dem Abrücken zünden wir den ganzen Chutor an.«

Neshenzew willigte ein.

In Marschordnung ging es weiter. Ungehorsame Chutors blieben in Asche, Staub und Blut zurück. Nun begannen die Aule. An die Berge, von denen nicht allein Tschernjawski träumte, war überhaupt nicht zu denken. Die Zarenregierung hatte die Tscherkessen in die Ebene umgesiedelt und mit einem Ring von Linienstanizen umgeben. Die Aule unterschieden sich kaum von den russischen Dörfern und Chutors: die gleichen mit Schilf oder Stroh gedeckten Katen, die gleichen bis an das Flüsschen heranreichenden Gärten, da und dort sogar Kirchen. Statt der vom Dichter besungenen müßigen stolzen Tscherkessen empfingen heulende, vom Entsetzen des Terrors verrückt gewordene Menschen die Ankömmlinge. Würdige Greise kamen auf Knien gekrochen und wischten mit ihren grauen Bärten den Schmutz von den Stiefeln der Sieger.

In einer finsteren Nacht stieß ein Streiftrupp der Junker auf die in der kahlen Steppe nächtigende Armee der Kubanregierung. Die vagabundierenden Armeen frohlockten.

In einer Scheune, wo im Heu Kornilow-Kämpfer ausruhten, erschien ein Zivilist. Er sah sich um, bemerkte die Menschen in der dunklen Ecke und fragte streng:

»Welche Abteilung?«

»Kornilow-Männer. Was wird gewünscht?«

»Ist doch nicht möglich ... Darf ich mich vorstellen – Dmitri Michailowitsch Tschernojarow, Mitglied der Gesetzgebenden Rada.«

Alle blieben wie auf Verabredung stumm in lockerer Haltung liegen.

»Meine Herren, denken Sie nicht schlecht von mir. Wir Regierungsmitglieder befinden uns unter den gleichen Bedingungen wie die einfachen Dienstgrade. Wie alle hungern wir, schlafen nach Kosakenart auf der Faust, warten unsere Pferde selbst.«

»Gestatten Sie die Frage, welche strategischen oder taktischen Erwägungen Sie gestern bewogen haben, mitten in der Steppe im Pladderregen zu übernachten?«, fragte der Kadett Tschernjawski und sah sich, zufrieden mit seinem Geistesblitz, nach den Mitstreitern um.

»Die blanke Not hat uns dazu gezwungen«, antwortete

Tschernojarow. »In dieser verfluchten Nacht war selbst das Rauchen verboten, um nicht unsern Aufenthaltsort zu verraten.«

»Ha-ha-ha … Sie sind die *legitime Macht am Kuban* und fürchten sich, entdeckt zu werden?«

»Wir hatten keine Wahl. Die gesetzgeberische Arbeit hatte ja erst angefangen, als der Krieg kam. So ist natürlich keine Ordnung in die Region zu kriegen.«

»Daran sind Sie selber schuld«, ließ sich jemand aus der dunklen Ecke vernehmen. »Sie stellen Ihre parteilichen und sozialistischen Interessen über die staatlichen und nationalen.«

»Wie dem auch sei, aber für die Bolschewiken kommt bald das Ende. Im Vertrauen gesagt: Vor einer Stunde hat eine Sitzung der Rada stattgefunden über die Frage der Vereinigung mit Ihnen, und, meine Herren, es gab keinerlei Meinungsverschiedenheiten. Völlige Einmütigkeit. Wir Männer vom Kuban sind äußerst zufrieden, dass Sie sich uns anschließen wollen.«

»Warum nicht umgekehrt?«

»Das ist doch wohl klar. Sie kennen die hiesigen Umstände zu wenig, Sie sind auf unser Territorium gekommen, Sie …«

»Sie reden Unsinn, Sie – ich weiß nicht, wie Sie zu titulieren sind«, sagte Kulagin ärgerlich. »Der Kuban ist keine afrikanische Republik, sondern nur ein Gebiet des russischen Staates.«

»Ich versteh Sie nicht.«

»Das ist schade.«

»Wir von der Rada teilen nicht die politischen Überzeugungen der Monarchisten, doch selbstverständlich beugen wir das Haupt vor den lichten Persönlichkeiten Kornilows und Alexejews. Nichtsdestoweniger werden wir mit aller Entschlossenheit die Selbständigkeit der Region verteidigen, auf die wir ein historisches Recht haben. Bei uns, im Vertrauen gesagt, sind bereits die grundsätzlichen Bedingungen ausgearbeitet, deren strikte Einhaltung Voraussetzung ist für die Vereinigung unserer Armee mit der Ihrigen.«

»Erstens haben Sie keine Armee, sondern eine Abteilung«, sagte Kulagin, »zweitens möchte ich wissen, was Sie unternehmen wollen, wenn Kornilow die vollständige und vorbehaltlose Unterordnung verlangt.«

»Nun, wissen Sie, wenn Sie so zugespitzt fragen ...«

»Dann?«

»Dann werden wir uns selbstverständlich ... unterordnen.«

Kulagin lachte schallend, dann fragte er in anderem Ton:

»Sie sagen also, der Feldzug ist voller Unbequemlichkeiten?«

»Da ist nichts zu machen, wir haben uns abzufinden. Heute wurde uns zum Beispiel ein Schulgebäude zugewiesen, wo wir mit vierzig Mann, die ganze Regierung, auf dem schmutzigen Fußboden schlafen. Manchmal ist es noch schlimmer. Bei Tachtumukai haben die Bolschewiken unser Heer umzingelt, und ich sage Ihnen ohne Eigenlob, nur die Anwesenheit der Radamitglieder in der Feuerlinie hat die Lage gerettet. Als die Kosaken und die einfachen Soldaten der Abteilung uns, ihre gewählten Vertreter, neben sich sahen, schöpften sie Mut und gingen kühn zu Gegenangriffen vor, gingen in den sicheren Tod: stachen, säbelten, schlugen zu – eine Pracht. Den Aul, wo wir das letzte Mal einen Tag rasteten«, fuhr Tschernojarow treuherzig fort, »hatten die Bolschewiken bis auf den letzten Faden ausgeplündert, und es ist geradezu lächerlich, ich, ein Regierungsmitglied, musste meinen Tee direkt aus dem Pferdeeimer trinken.«

»Wo hat denn Ihre Rada das Teeservice verloren?«

»O weh ... Der Rückzug ging so übereilt vonstatten, dass der Truppenataman in der Hast sein Zepter in der Stadt vergessen hat, ohne das er nach alter Kosakentradition gar keine Macht über die Truppe hat.«

»Mit andern Worten, die Bolschewiken haben Ihnen tüchtig eingeheizt?«

»Das Glück, meine Herren, ist wechselhaft. Auf unserer Seite sind der Kuban, die Kosakenschaft und schließlich die Wahrheit.« Er schulterte ein Bündel Heu und ging.

»Ein Früchtchen«, sagte Oberleutnant Dabisha. »Warum zum Teufel sollen wir uns mit dem einlassen?«

»Sie sind kein Politiker, Fürst«, entgegnete Kulagin, während er sich mit seinem Mantel bis über den Kopf zudeckte. »Überlassen wir diese unangenehmen Fragen der Führung zur Entscheidung.«

»Ich bin stolz darauf, kein Politiker zu sein. Seinerzeit haben sie uns allen beigebracht, zu kämpfen, nicht zu urteilen.«

Bald schnarchte alles.

»Iwan Pawlowitsch, erklären Sie mir um Gottes willen, wer ist dieser Ge-ne-ral Pokrowski?«, fragte Alexejew den Stabschef. »Ich kann mich an diesen Namen nicht erinnern.«

»Ein Spitzbube, wie ihn die Welt noch nicht gesehen hat, Exzellenz«, antwortete Romanowski[1]. »In der alten Armee hat dieser Vogel im Range eines Stabshauptmanns bei den Fliegern gedient. In der Revolution ist er zum Kuban gekommen und hat in wenigen Monaten Karriere gemacht. Die Rada hat ihm zunächst die Schulterklappen eines Obersten und eine Woche später die eines Generals gegeben. Überdies ist er nach Informationen der Aufklärung ein ausgewichster Intrigant und Politikaster.«

»Diese Provinzmachthaber sind merkwürdige Leute. Mit denen ist kein Auskommen. Kurz vor Weihnachten habe ich als Vertreter unserer Armee General Erdeli[2] von Nowotscherkassk nach Jekaterinodar entsandt. Warum hat man keinen Gebrauch gemacht von den Diensten dieses energischen und klugen Mannes, wenn man schon über keinen eigenen Feldherrn verfügt?«

Romanowski zuckte die Achseln.

Die Tür ging auf, und der diensthabende Offizier meldete:

»Seine Exzellenz Lawr Georgijewitsch Kornilow.«

Kornilow trat schnell ein und grüßte.

»Iwan Pawlowitsch, aus welchem Anlass spielt auf dem Platz den ganzen Abend ein Orchester? Ich habe mich hingelegt und konnte nicht einschlafen. Es hat mir den ganzen Kopf zerdröhnt.

1 Iwan Pawlowitsch Romanowski (1877–1920), ab Februar 1918 Stabschef der Freiwilligenarmee.

2 Iwan Georgijewitsch Erdeli (1870–1939), Kommandeur einer Kavalleriebrigade, später einer Kavalleriedivision der Freiwilligenarmee.

Schicken Sie jemand, der klärt, ob man das vielleicht einstellen kann.«

Romanowski ging hinaus, um seine Anordnungen zu treffen. Kornilow und Alexejew blieben allein.

Einige Zeit schwiegen sie, dann rieb sich Kornilow die kleinen dürren Hände, dass die Gelenke knackten, und sagte:

»Weiter durch Steppen und Sümpfe zu ziehen ist unvorstellbar. Die Leute sind erschöpft, die Verluste sehr bedeutend, der Armee droht der Untergang, wenn … wenn wir nicht in den nächsten Tagen die Stadt einnehmen. Ihre Meinung, General?«

»Nicht doch, Lawr Georgijewitsch, wozu wollen Sie meine Meinung wissen? Um ihr nicht zuzustimmen? Sie sind der Befehlshaber, Sie halten die Zügel in der Hand.«

Ein Wutkrampf lief über das Gesicht des Befehlshabers, doch er hielt sich zurück und fuhr ruhig fort:

»Man wird uns zerquetschen. Es ist unvorstellbar, mit einer Horde Gelichter Krieg zu führen. Wir brauchen eine Basis. Die Stadt kann die Lage retten. Lösen wir Alarm aus, erlassen wir einen Aufruf, dann werden die Häupter der Kosakenschaft und jeder redliche Mann, der noch ein Fünkchen Patriotismus in sich hat, mit uns sein.«

»Am Don haben *wir* einen Fehler gemacht, als wir auf die Kosakenschaft hofften. Mir scheint, jetzt am Kuban wollen *Sie,* Lawr Georgijewitsch, diesen Fehler wiederholen.«

»Das stimmt nicht. Sie verstehen die jetzige Situation nicht oder wollen sie nicht verstehen. Drei gute Tagesmärsche, und wir sind in der Stadt. Gott unterstützt die Mutigen. Das Risiko …«

»Das Risiko ist beim Kartenspiel angebracht«, unterbrach ihn Alexejew und hob den breitstirnigen, kahlwerdenden Kopf. Sein verstimmtes Gesicht verzog sich krankhaft, die aufmerksamen Augen hinter der Goldbrille waren auf der Hut wie Angelschwimmer auf einem stillen Wasser. »Ich bin ein Anhänger von Plan und Berechnung. Entschuldigen Sie, dass ich mir die Freiheit herausnehme, aber im Krieg muss man mehr auf das Bajonett zählen als auf die Heiligen. Einen guten Regimentskommandeur würde ich für keinen Heiligen hergeben. In der Hoffnung auf Gott haben wir den japanischen Krieg verloren und auch den deutschen. Die Kräfte sind ungleich, das darf man nicht übersehen.«

»Was denn, soll ich einer Begegnung mit den Bolschewiken ausweichen? Soll ich meine Leute vor den Kugeln des Gegners behüten?«

»Nein, nein. Der Kampf muss mit aller Entschlossenheit fortgesetzt werden. Jede Armee zersetzt sich bekanntlich vom Nichtstun, aber, ich wiederhole, die Kräfte sind ungleich. Ziehen Sie die Truppen zurück in die Salsteppen, gönnen Sie den Leuten und den Pferden eine Ruhepause, verkleinern Sie den Tross, und glauben Sie mir, dann werden wir nicht lange auf eine richtige Schlacht zu warten haben. Ganz in der Nähe ist der Don, und in der Ukraine steht das Tschechoslowakische Korps[1].«

»Die Salsteppen«, sagte Kornilow und lachte böse auf, »habe ich nicht vor einem Monat verlangt, dorthin zu gehen? Die ganze Generalität – Denikin[2], Markow, Bogajewski, Lukomski, Borowski, Iwan Pawlowitsch und nicht zuletzt Sie haben mir zugeredet, mich zum Kuban zu wenden. Jetzt ist es zu spät, an die Salsteppen zu denken, die liegen am Ende der Welt, unsere Granaten und Patronen gehen zur Neige, die Proviantvorräte sind erschöpft, der Pferdebestand ist zerschlagen, im Tross sind sechshundertvierzig Verwundete, die Leute sind entkräftet bis an die äußerste Grenze. Ich nehme die Stadt, koste es, was es wolle. Ehre, Pflicht und Gewissen gebieten es!«

»Das ist ein Abenteuer«, stieß Alexejew zornig und ohne das leiseste Zögern hervor. »Es wird kaum gelingen, und Sie riskieren alles. Ihre Pflicht gegenüber der Heimat …«

»Ich kenne meine Pflichten gegenüber Russland genau«,

1 Während des 1. Weltkrieges aus etwa 30 000 tschechischen und slowakischen Kriegsgefangenen und Emigranten gebildet. Seine Führung unterstützte die russische Konterrevolution.

2 Anton Iwanowitsch Denikin (1872–1947), Kommandeur und nach Kornilows Tod Oberbefehlshaber der Freiwilligenarmee. Errichtete 1918–1920 eine Militärdiktatur im Nordkaukasus, am Don und in der Ukraine.

sagte Kornilow mit hochmütigem Lächeln und stand auf; seine geblähten Nüstern bebten, seine Lippen zitterten. »Verzeihen Sie, General, aber Sie begreifen eine einfache Wahrheit nicht: besser eine Niederlage als die Schande.«

Romanowski kam herein und meldete:

»Auf dem Platz werden auf Befehl von Pokrowski mit Musik hiesige Einwohner aufgehängt, die der Sympathie für die Bolschewiken verdächtig sind. Ich habe angeordnet, die Musikanten wegzujagen.«

»Ausgezeichnet«, sagte Kornilow. »Bei Morgengrauen rücken wir gegen Nowo-Dmitrowskaja. Als Avantgarde geht das Regiment Markow, denn seine Offiziere haben sich beschwert, dass ich ihnen nicht die Möglichkeit gebe, sich auszuzeichnen. Als Nachhut die Junker.«

Der Stabschef verbeugte sich schweigend.

Die ganze Nacht hindurch fiel ein heftiger Frühlingsregen.

Es war noch dunkel, als die vordersten Regimenter über die aufgeweichten Straßen ausrückten. Es folgten der Tross, die Stäbe, die Fuhrwerke mit Kranken und Verwundeten. Die Staniza Nowo-Dmitrowskaja, die sich über einen breiten Hügel hinzog, empfing die Angreifer mit Feuer aus MGs und Batterien.

Die Armee stockte.

Den Zugang zur Staniza versperrte ein tosendes Flüsschen, dessen Brücken und Übergänge sämtlich vernichtet waren. Reiter, die auf die Suche nach einer Furt gesandt wurden, kehrten ohne Ergebnis zurück.

Gegen Mittag blies ein kalter Wind, und es schneite nasse Flocken.

Die durchnässten Menschen froren ergeben.

Der Wind nahm zu

der Schneesturm heulte

Finsternis verhüllte das Schneefeld.

Die verwirrten Regimenter standen bis an die Knie in dem eisigen Brei und warteten auf die Anordnungen der Führung, die selber nicht wusste, wozu sie sich entschließen sollte. Umzukehren nach Kalushskaja und Pensenskaja wäre unvorteilhaft und schmählich gewesen, denn die Armee war während des ganzen Feldzugs kein einziges Mal zurückgewichen, überdies kam sie nicht umhin, Nowo-Dmitrowskaja zu nehmen. Die Regimenter schwimmend über den Fluss zum Frontalangriff zu führen war undenkbar. Über Nacht im freien Feld zu bleiben war unmöglich, längst hatte kein Mensch mehr einen trockenen Faden am Leibe, und vom Tross trafen böse Nachrichten ein – der und der sei erfroren, der und der habe sich erschossen.

Durch den Tross krochen, von der Panik genährt, fette Gerüchte. Auf das knatternde Gewehrfeuer horchten zitternd Flüchtlinge, von denen jeder eine Berühmtheit war. Sozialisten verschiedener Richtungen saßen auf ihren Koffern und führten endlose Streitgespräche über das Schicksal der Revolution. Der Vorsitzende der Staatsduma, Rodsjanko[1], hämmerte mit seinem Knotenstock auf das knochige Hinterteil seines schaumbedeckten Pferdchens und teilte liebenswürdigen Zuhörern seine Erinnerungen mit. In Pelze gehüllte gnädige Fräuleins schackerten wie Elstern. Professoren vertrieben sich die Zeit mit stillen Gesprächen voller trauriger Betrachtungen. Über aufgeklappten Proviantkisten hockten abgemagerte Gutsbesitzer und schmatzten ununterbrochen: Mit all ihren Eingeweiden spürten sie noch größere Unbilden nahen, darum sättigten sie sich in aller Eile auf Vorrat, um im schlimmsten Moment eine schöne Erinnerung zu haben. Der Vertraute des himmlischen Herrschers, der ehrwürdige Vater Serafim, dessen Schädel mit grauem Flaum bewachsen war, beäugte das Geschehen wie ein Uhu die Sonne. Der sehr bekannte Journalist Boris Suworin verlor keine Zeit und füllte sein Tagebuch mit Reiseeindrücken, aufgeschnappten Gesprächen und Bemerkungen über den Kosakenalltag und würzte all das reichlich mit kummervollen Betrachtungen. Die berühmten Leute froren innerlich vor Angst um das eigene Schicksal und das Russlands.

1 Michail Wladimirowitsch Rodsjanko (1859–1924), Politiker, seit 1911 Vorsitzender der Staatsduma, 1920 emigriert.

»Nikolai Alexandrowitsch, die Geduld reicht nicht; wenns doch zum Angriff ginge. Wir sind ja so und so verloren.«

»Lauf ein bisschen, Juri, wärm dich auf. Allen gehts schlecht, und alle haltens aus.«

Kornilows Männer hatten die Gewehre zu Pyramiden zusammengestellt, und ohne der Schrapnelldetonationen in der Luft zu achten, rangen sie miteinander, boxten sich in die Seiten. Der Kadett lief, seinen Zug im Auge behaltend, zwischen dem Feldrain und einem Pfahl hin und her. Sein gefrorener Mantel krachte, als wäre er aus zähem Bast geflochten, die steif gefrorenen Finger konnten kaum das Gewehr halten, dessen Kolben eine Eiskruste hatte.

Das Offiziersregiment Markow pirschte sich unter Ausnutzung der Dunkelheit dicht ans Ufer heran.

»Meine Herren, meine Herren«, agitierte Markow halblaut, wobei er die Kette entlanglief und sich mit der Peitsche gegen den Stiefelschaft schlug, »in der Nacht erfrieren wir wie die Ziesel. Hilfe ist von nirgendwo zu erwarten. Wir müssen uns entschließen.«

»Wir folgen Ihnen ins Feuer und ins Wasser.«

»Danke, meine Herren! Danke für das Vertrauen!« Der General riss die mit nassem Schnee verklebte Papacha vom Kopf und bekreuzigte sich. »Nun denn, mit Gott! Mir nach!« Das Gewehr hoch erhoben, stieg er als Erster in den Fluss.

Die Staniza wurde genommen …

Nach kurzer Rast setzte die Armee bei Jelisawetinskaja über den Kuban und schloss die Stadt von drei Seiten ein.

Das Gefecht tobte schon den zweiten Tag, aber der Sieg blieb aus.

Kornilow ließ Neshenzew in den Stab kommen.

»Guten Tag, mein Lieber.«

Neshenzew wollte über den Zustand des Regiments rapportieren, aber der Befehlshaber unterbrach ihn gereizt:

»Lassen Sie die Zeremonien. Nehmen Sie Platz und erzählen Sie. Wann werden wir in der Stadt sein?«

»Bedaure, Lawr Georgijewitsch, es gibt nichts Erfreuliches.

Das Regiment schmilzt dahin. Heute sind wir zweimal zum Angriff vorgegangen und keinen Schritt vorangekommen.«

»Ich weiß, ich weiß. Ich habe bereits angeordnet, dem Regiment zwei Hundertschaften mobilisierter Kosaken als Verstärkung zu schicken. Reichen die Patronen? Wie ist die Stimmung? Wann sind wir in der Stadt?«

»Patronen sind knapp. Die Leute sind erschöpft, schlafen ein in den Gräben. Die Stimmung sinkt. Als ich vor einer Stunde Befehl gab, den Angriff zu erneuern, sind die Ketten … liegengeblieben.«

»Was?« Der Befehlshaber sprang auf und lief in eine Ecke des Zimmers. »Kornilows Männer weigern sich, zur Attacke vorzugehen? Schande! Schande!«

Der Regimentskommandeur ließ den Kopf sinken.

»Also steht es tatsächlich schlecht«, sagte Kornilow und überlegte.

»Vom alten Bestand des Regiments ist weniger als die Hälfte übrig, und die Verstärkungen … Sie wissen ja selber …«

»Das weiß ich sehr wohl, und Ihnen gebe ich keine Schuld, Mitrofan Ossipowitsch. Es gilt, die Stimmung der Leute zu heben und ihnen begreiflich zu machen, dass die Stadt genommen werden muss um jeden Preis.«

»Zu Befehl.«

»Es ist fast zwei Monate her, dass wir Rostow verlassen haben, und die Armee hat bis zum gestrigen Tag alle Anordnungen ihres Befehlshabers in Ehren ausgeführt. Sollten jetzt, wo es eine letzte Anstrengung gilt, ihre Reihen wanken? Nein! Eher erschieße ich mich, als dass ich von der Stadt zurückgehe. Übermitteln Sie das dem Regiment.«

»Lawr Georgijewitsch …«

»Auf jeden Schuss von uns antworten die Bolschewiken mit einer Salve. Gegen einen Kämpfer von uns stellen sie ein Dutzend auf. Wir dürfen nicht zögern, sonst verlieren die Truppen den Mut. Heute noch … Ich will Sie nicht aufhalten. Ich wünsche Erfolg. Mit Gott!«

Neshenzew ging und fiel noch am selben Tag in der Stellung. Dem Stabschef Oberst Barzewitsch – Romanowski war schon verwundet – diktierte der Befehlshaber:

BEFEHL Nr. 185

An die Truppen der Freiwilligenarmee

Meierhof der Ökonomischen Gesellschaft des Kubangebiets — 29. März 1918, 12.45 Uhr

1. Der Gegner hält den nördlichen Stadtrand von Jekaterinodar, die Kasernen der reitenden Artillerie am westlichen Stadtrand, den Bahnhof der Schwarzmeereisenbahn und das Wäldchen nördlich der Stadt. Auf der Schwarzmeerstrecke operiert ein Panzerzug, der unser Vorrücken zum Bahnhof verhindert.
2. In Anbetracht des Eintreffens von Gen. Markow mit Teilen des 1. Offiziersregiments ist der Angriff auf Jekaterinodar zu erneuern mit Hauptstoßrichtung auf den nordwestlichen Teil der Stadt.

   a) Generalleutnant Markow – 1. Brigade: vier Kompanien des 1. Offiziersregiments, ein Bataillon des 1. Kuban-Schützenregiments, 2. Einzelbatterie, 1. Ingenieurkompanie – besetzt die Kasernen der reitenden Artillerie und greift dann längs des nördlichen Stadtrandes die gegnerische Flanke am Schwarzmeerbahnhof an, wobei Teilkräfte längs des Flusses Kuban die rechte Flanke sichern.

   b) Generalmajor Bogajewski – 2. Brigade: ohne die 2. Batterie, mit der 3. Batterie und dem zweiten Geschütz der 1. Einzelbatterie, einem Bataillon des 1. Kuban-Schützenregiments und der ersten vereinigten Offizierskompanie des Stoßregiments Kornilow – greift links von Gen. Markow an mit der Hauptaufgabe, den Schwarzmeerbahnhof einzunehmen.

   c) General Erdeli – Selbständige Kavalleriebrigade ohne das Tscherkessische Kavallerieregiment – greift links von General Bogajewski an, unterstützt diesen bei der Erfüllung seines Kampfauftrags, sichert seine linke Flanke und zerstört die Eisenbahngleise nach Tichorezkaja und Kawkasskaja.
3. Der Angriff beginnt heute 17 Uhr.
4. Ich befinde mich auf dem Meierhof der Ökonomischen Gesellschaft des Kubangebiets.

Gen. Kornilow

Die Stadt erbebte unter der Kanonade.

Am nächtlichen Himmel flackerte der Widerschein der Brände – es brannten die Artilleriekasernen, die Lederfabriken, die Häuser und Buden auf dem Heumarkt.

In die Stadt, auf das Feuer und den Geschützdonner zu, strebten aus dem ganzen Kubangebiet Partisanenabteilungen. Auf den Wegen durch die Steppe wirbelten Fuhrwerke mit Infanterie Staub auf, brauste Kavallerie dahin, und auf dem Bahnhof trafen ununterbrochen Transportzüge aus Tichorezkaja, Kawkasskaja, Taman und Noworossisk ein.

Vor dem Tor des Verteidigungsstabs warteten Automobile mit gelöschten Lichtern, Melder hielten gesattelte Pferde bereit. Vor dem Haupteingang hockte rauchend hinter seinem MG der Drucker Astafjew. Auf Treppen und in Korridoren schliefen die Leute reihenweise.

Der Verteidigungsstab tagte in Permanenz.

Pokrowski hatte vor seiner Flucht aus der Stadt die linken revolutionären Organisationen zerschlagen. Viele einfache Bolschewiken waren in den Folterkammern gestorben, die gefangenen Anführer des bolschewistischen provisorischen Exekutivkomitees waren als Geiseln mitgenommen worden. Die städtische Öffentlichkeit hatte der Rada mit den Händen und Zungen von Sozialrevolutionären und Menschewiken geholfen, indem sie Geldmittel sammelte, Wohltätigkeitsabende organisierte und Schülerabteilungen aufstellte. Nachdem die Rada geflohen war, erboten sich die politischen Stehaufmännchen, den Deputiertensowjets zu dienen. Die Bolschewiken hatten nicht genug eigene Kräfte. Es kam vor, dass auf Direktoren- und Verwalterposten Leute eingesetzt wurden, die kaum ihren Namen schreiben konnten. Triumphierende Schwätzer wurden in gesellschaftliche Organisationen und in den Verteidigungsstab aufgenommen. Kamen von der Front gute Nachrichten, so lief die Stabsarbeit auf vollen Touren – Federn kratzten, Feldtelefone piepsten, Agitatoren enteilten mit ihrer Ernennung, Furiere und Ordonnanzen flitzten herum, Kommandeure eingetroffener Truppenteile erhielten Kampfaufträge. Wenn jedoch irgendwo in der Nähe eine verirrte Granate einschlug oder ein alarmierendes Gerücht aufkam, entstand Panik im Stab: Der eine griff nach der Aktentasche, der andere nach dem Koffer, ein Sekretär zerknüllte Protokolle und stopfte sie in die Taschen, in der atemlosen Stille knallten Türen und Schreibtischschubladen.

In einer Saalecke lag auf einem Sofa, ein nasses Handtuch auf dem Kopf, der junge Oberbefehlshaber der Kuban-Schwarzmeer-Republik[1], Awtonomow.

»Steh auf, steh auf, du Idiot«, rief sein Adjutant Sorokin und rüttelte ihn heftig; er war zu einer Beratung in den Stab gerufen worden. »Auf dem Sofa liegen und grunzen und Paraden abnehmen, das kannst du, und wenns zum Kampf kommt, bist du nicht da.«

»Einen Arzt«, stöhnte der besoffene Oberbefehlshaber, »ich sterbe.«

»Ausgepeitscht gehörst du, du Lump. Die Zivilisten da bereden sich schon, die Stadt zu übergeben, und du kümmerst dich einen Dreck.«

»Iwan Lukitsch, mein Bester«, sagte eines der einflussreichsten Stabsmitglieder und trat zu Sorokin, »Sie haben mich falsch verstanden. Niemand denkt an Rückzug. Ich schlage lediglich vor, den Stab auf den Bahnhof, auf Räder zu verlegen. Wenn die Kadetten hier eindringen, hängen sie uns ideologische Anführer als Erste auf, dann kommt die führerlose Revolution in der ganzen Region für lange Zeit zum Erliegen.«

»Sie schlagen uns tot, sie hängen uns auf, wir müssen fliehen, abhauen«, dröhnte aus einer Ecke der Bass eines anderen Stabs-

1 Die Kuban-Schwarzmeer-Sowjetrepublik (als Bestandteil der RSFSR) ging erst im Mai 1918 aus der Vereinigung der im April gebildeten Kuban-Sowjetrepublik (Hauptstadt Jekaterinodar) und der im März gebildeten Schwarzmeer-Sowjetrepublik (Hauptstadt Noworossisk) hervor. Im Juli 1918 schloss sie sich mit der Tereksowjetrepublik und der Stawropoler Sowjetrepublik zur Nordkaukasischen Sowjetrepublik zusammen (Hauptstadt bis 17. 8. 1918 Jekaterinodar, nach dessen Fall Pjatigorsk), die im Dezember 1918 von Denikin-Truppen erobert wurde.

mitglieds. »Wir lassen die Weißen in die Stadt wie in eine Falle, dann umzingeln wir sie und machen sie fertig.«

Sorokin brüllte in loderndem Zorn:

»Zivilistengesindel! Verräter! Nehmt eure Regenschirme und eure Galoschen und schert euch zu des Teufels Großmutter! Ich bleibe ohne Führer, aber mit revolutionstreuen Truppen. Die Stadt wird nicht aufgegeben.«

Die Bolschewiken Petja Ryshow, Frol und der langhaarige Anarchist Afrikanow überschrien sich gegenseitig, sie seien mit ihren Genossen auch nicht einverstanden, aber Sorokin wollte nichts mehr hören, zog den Säbel und stürmte zur Tür.

»An die Front, Freunde, an die Front! Die Pflicht ruft!«

Ihm folgten wie Hunde ihrem Herrn seine Leibwächter, die Kosaken Tschorny und Gaitschenez.

»Halunke!«, schrie Sorokin auf der Straße den daherkommenden Chef der Garnison, Solotarjow, an. »An der Front tobt ein heiliger Kampf, und bei dir im rückwärtigen Raum hören die Morde und Räubereien nicht auf. Besoffene Banden stromern durch die Straßen, ziehen ihren eigenen Verwundeten die Sachen aus und verbreiten Panik unter den friedlichen Einwohnern. Die Wachen rauchen auf Posten, unterhalten sich und scheren sich einen Dreck um das Reglement. Ich trinke selber gern, aber nur, wenn keine Kämpfe sind.«

Solotarjow nahm Haltung an und murmelte Entschuldigungen. Der Befehlshaber packte ihn an den Schultern und schlug seinen Kopf gegen den Zaun.

»Schurke … Du sollst mit sämtlichen Mitteln des Verstandes und des Gewissens die Säufer und Pogromhelden ernüchtern, statt dessen säufst du selber, plünderst und treibst dich nächtelang mit Nutten rum.«

»Verzeih …«

»Geh jetzt. Wenn du mir noch einmal besoffen unter die Augen kommst, erschieß ich dich. Ich befehle dir, auf der Stelle die Ordnung in der Stadt wiederherzustellen und zu sichern. Jegliche Schweinereien sind mit Waffengewalt zu unterdrücken.«

Der Garnisonschef salutierte, unter dem weiten Ärmel seines Tscherkessenrocks blitzte ein Armband. Sorokin drohte ihm mit der Peitsche, schwang sich auf seinen Hengst und sprengte davon. Später wurde Solotarjow auf Anordnung des Revolutionskomitees erschossen. Awtonomow[1], der sich bald nach den geschilderten Ereignissen für einen Bonaparte zu halten begann, richtete die Geschütze auf den Rat der Volkskommissare des Kubangebiets, wurde entmachtet und für ehrlos erklärt. Zum Oberbefehlshaber wurde nach der Absetzung Awtonomows und Kalnins[2] Sorokin gewählt.

Frol ging hinaus auf die Straße.

Auf die Blechdächer der Häuser trommelte von den in großer Höhe krepierenden Granaten ein Splitterhagel. Angeschossene Ladenschilder hingen schief. Zersplitterte Fensterscheiben klirrten auf die Gehsteige. Mitten auf der Straße ragte zwischen verstreuten Pflastersteinen eine korkenzieherartig verdrehte Straßenbahnschiene.

Vom Bahnhof zogen durch sämtliche Straßen ohne Tritt Truppenabteilungen.

Aus den Arbeitervorstädten Dubinka und Pokrowka strömte das Volk herbei wie zu einem Meeting. Alt und Jung griff zum Gewehr. Niemand hatte Angst, sie stürmten voran, in den Kampf Mann gegen Mann.

Bespannte Geschütze rollten polternd durch die Straßen, ebenso gefederte Rotkreuzwagen und Militärfuhrwerke mit nummerierten Fähnchen. Die Partisanen trugen teils Schirmmützen, teils Fellmützen, teils Strohhüte. Zerrissene Schafpelze, Militärmäntel verschiedener Jahrgänge, Lumpen, Flicken. Auf einer Munitionskiste saß ein Artillerist in einem offenen Zobel-

1 Alexej Iwanowitsch Awtonomow (1890–1919) blieb auch nach seiner Absetzung als Oberbefehlshaber der Streitkräfte der Kuban-Schwarzmeer-Sowjetrepublik am 28. 5. 1918 Kommandeur der Roten Armee.

2 Karl Iwanowitsch Kalnin (1884–1938), 1918 Oberbefehlshaber der Streitkräfte der Kuban-Schwarzmeer-Sowjetrepublik bzw. der Roten Armee des Nordkaukasus, später Divisionskommandeur.

pelz. Ein Matrose, Sporen an den bloßen Füßen, ritt wippend ein ungesatteltes Pferd und hielt überm Kopf einen Sonnenschirm aus Spitzenwerk.

Über die Gehsteige trabte, die Fahrzeuge überholend, Kavallerie.

»Sitzt ein General am Tisch,
futtert seine Kascha.
Armut schreit: Wir stecken ganz
Russland in die Tasche.«

Es dröhnte die Straße entlang von einem Ende zum andern.

»Sag mir, junger Offizier,
wozu bist du entschlossen?
Kommst du vor die Flinte mir,
wirst du glatt erschossen.«

Das ist es, dachte Frol und zuckte froh zusammen. Vor Begeisterung kratzte es ihm in der Kehle, in seinen Augen glänzten Freudentränen. Er schloss sich den Reihen an und marschierte mit ihnen im Gleichschritt.

»Offizierchen, Offizier,
uniformierter Wanst,
los, verschwinde vom Kuban,
solang du das noch kannst!«

In der Tür einer Wäscherei ächzte und wehklagte eine alte Frau:

»Die armen Jungs, haben sie denn keinen Vater und keine Mutter? Sie gehn ja in den Tod.«

Ein dralles Mädchen mit Hasenscharte zog sie weg.

»Komm, Tante Anna, der Teufel soll sich da auskennen, halt dich raus.«

»Töchterchen, ich bin ja selber eine Waise, ich weiß, was es heißt, ohne Vater und Mutter zu leben. Dreißig lange Jährchen war ich beim Oberst Schablykin in Diensten, hab ganze Berge von Wäsche gewaschen.« Sie hob die bis auf die Knochen zerfressenen Fäuste. »Die schwere Arbeit hat mich krummgezogen, die ewige Sorge hat mich ausgedörrt, und nun hat mich seine Geliebte Aglajuschka auf meine alten Tage rausgejagt in die weite Welt …«

»Hör auf, Tante«, rief das Mädchen, »mir wird ja schlecht, wenn ich dir zuhör, kotzen möcht ich, komm!«

»Rausgejagt hat sie mich. Wo soll ich jetzt meinen grauen Kopf betten, wo ein Stück Brot herkriegen? Gebts ihnen, Jungs, schlagt sie, die geleckten Teufel, gießt ihnen Pech in den Schlund, damit sie mal merken, was es für Leid gibt auf der Welt.« Die von Waschlauge zerfressene rote Hand der Alten bekreuzigte die vorbeimarschierenden Kompanien.

Immer mehr Verstärkungen trafen ein.

Sämtliche Straßen und Höfe, die an den Fluss Kuban, an den Heumarkt und an die Gärten grenzten, waren mit Menschen und Trossfahrzeugen verstopft.

Seit viermal vierundzwanzig Stunden tobte der Kampf.[1]

Aus den Stellungen wurden Verwundete nach hinten geführt oder getragen. Manche schleppten sich selbst, die durchschossenen Beine nachziehend, die brennenden Wunden zudrückend. Andere ruhten sich im Schutz von Häusern und Zäunen aus. Über das Straßenpflaster kroch ein angeschossener kleiner Junge. »Mein Blut wird schon kalt«, sagte er kaum hörbar zu dem herbeieilenden Sanitäter und starb, einen Prellstein umarmend. Ein gesatteltes Pferd trottete dahin, stieß gegen Menschen – seine aus der aufgerissenen Flanke hängenden Därme schleiften übers Pflaster.

Hinter einer Ziegelmauer ein Verbandsplatz. Ein Feldscher, wie ein Viehschlächter anzusehen, bis zum Schnauzbart mit Blut bespritzt, schlitzte mit einem Rasiermesser Ärmel und Hosenbeine auf, zog Stiefel von durchschossenen Beinen. Verheulte Frauen, umfallend vor Müdigkeit, umdrängten die Verwundeten.

»Aaaaa, aaaa!«, schrie plötzlich eine, die ihren Mann erkannt hatte: Aus der Risswunde an der Brust sprudelte Blut. Ganz außer sich riss sie das Tuch vom Kopf, um die Wunde zu verstopfen. Die Sanitäter bekamen sie nur mühsam von der Trage weg.

Man umringte die Verwundeten, fragte sie nach den Kämpfen, schenkte ihnen Tabak und Brot.

1 10.–13. April 1918.

Waska Galagan erzählte beiläufig:

»Bei Morgengrauen kommt so ein Freier in zerrissenem Mantel auf unsere Gräben zugelaufen und schreit: ›Brüder, Verrat.‹ – ›Wo ist Verrat?‹ fragen wir. ›Unsere Kommandeure sind einer blöder als der andere, die verdienen kurzen Prozess. Sorokin gibt falsche Anweisungen. Alle unsere Granaten fliegen in den Kuban.‹ – ›Wer bist du denn?‹ – ›Ich‹, sagt er, ›bin Sprenger vom Sappeurbataillon. Schlagt die Kommandeure, sie haben uns verraten. Rettet euch, Seeleute, Verrat.‹ Darauf wir: ›Ihre Papiere?‹ Da schlägt er aus und haut ab. Wir hinterher, er rennt. Wir holen ihn ein, reißen ihn um, durchsuchen ihn. Im einen Stiefel hat er unterm Fußlappen eine weiße Fahne, im andern Schulterklappen. ›Wie kommst du dazu, du Drachen, uns Nebel in die Hose zu blasen?‹ – ›Verzeiht, Brüder‹, heult er, ›ich bin zwar kein Sappeur, sondern Oberleutnant, aber ein aufrichtiger Republikaner, ich liebe die Revolution und das einfache Volk.‹ – ›Du liebst uns also‹, schreien wir, ›aber warum sollen wir einen wie dich lieben?‹ Wir haben ihn den Steilhang runtergeschmissen, und da hören wir: u-uu, u-uu, ratt-ta-ta, ratt-ta-ta. Auf ganzer Frontbreite sind ihre Ketten hochgekommen und haben uns angegriffen. Heilige Mutter, wir haben sie haufenweise erledigt!«

Bumm!

krachte eine Kanone aus einer Seitengasse und rollte erschöpft zurück.

»Übers Ziel!«, rief der Beobachter vom Dach.

Bumm!

»Treffer!«

Bumm!

»Treffer! Jetzt laufendes Feuer.«

Der Vorstadtschuster Wanja Gribow saß auf der Lafette einer zerstörten Kanone und zog den abgewetzten Balg einer Harmonika übers Knie. Bei jedem Abschuss schüttelte er sich und lachte.

»Immer drauf, Mikischka, es gibt keinen Gott!«

Am Zaun lag mit ausgebreiteten Armen, das Gesicht nach unten, ein junger Bursche, dessen Pekesche auf dem Rücken einen Brandfleck hatte. Sanitäter wollten ihn an den Beinen wegziehen und auf ein Fuhrwerk voller Leichen legen.

»Was ist?«, brüllte er und blinzelte mit grauen Augen.

»Du lebst?«

»Packt euch.« Der Bursche wälzte sich auf die Seite und schnarchte sofort los.

»So was von Satan«, staunten sie ringsum. »Über ihm fliegt der Tod, dicht am Ohr dröhnt die Kanone, und er pennt und macht sich nichts draus.«

Frol lief gebückt über eine offene Stelle und sprang in den Graben voller Menschen. Die einen schossen ab und zu, die anderen schliefen, das Gewehr im Arm. Zwei alte Soldaten schlürften Tee, den sie sich irgendwo beschafft hatten.

»Vor wem hast du denn Schiss gehabt, Petka?«

»Oi, Onkelchen, ich hatt solche Angst in der Nacht«, sagte Petka und verdrehte die Augen, während er einen MG-Gurt mit Patronen füllte. »Ringsum lauter Krach, Feuer blitz-blitz, die Erde wackelt unter den Füßen, aus den heißen MGs fließt geschmolzenes Blei, die Verwundeten stöhnen, und in der Dunkelheit schnattern auch noch die Chinesen.[1] Oi, da hab ichs mit der Angst gekriegt und bin abgehauen. Zu Haus hab ich mich ausgeschlafen, und gleich in der Frühe wieder hierher. Mutter wollt mich nich lassen, da bin ich durchs Fenster entwischt.«

Irgendwo gellten Hornsignale.

Von den Flanken her erfasste gedämpftes Hurrageschrei anschwellend die ganze Frontlinie.

In den Gräben kam alles in Bewegung.

»Sie kommen schon wieder«, sagte der Soldat, stellte den Blechbecher mit Tee weg, nahm sein Gewehr und stand auf.

Unweit robbten Offiziere über den schwarzen Gemüseacker heran.

1 1917 befanden sich zweihundert- bis dreihunderttausend größtenteils während des Krieges zur Arbeit angeworbene Chinesen in Russland. Sie stellten eigene Truppenteile zum Schutz der Sowjetmacht auf.

»Onkelchen, lass mich mal schießen«, bat Petka.

»Ich schieße dir gleich was, du Rotzer!«, zischte ihn der alte Soldat an. »Sitz still und lass die Nase unten.«

Frol hatte noch nicht den ersten Gurt verschossen, als das Maschinengewehr versagte. Da er die Hemmung nicht beheben konnte, ließ er es liegen und lief zum verstummten Nachbar-MG, hinter dem zuckend der Ungar[1] Ferenc lag und rosa Schaum durch den buschigen Schnauzbart spuckte.

Die Artillerie eröffnete ein wahnsinniges Trommelfeuer. Der heulende Stahlregen stoppte die Angreifer.

Ein Moment

die Ketten wogten zurück.

Noch immer ließen die Maschinengewehre ihre zuversichtlichen Triller hören, als am Schwarzmeerbahnhof ein silberfunkelndes Orchester losschmetterte und Sorokin, von seinem Gefolge umgeben, in Sichtweite des Gegners eine Lesginka längs der Front tanzte, aus zwei Mausern in die Luft feuernd. Partisanen packten den Oberbefehlshaber an den wehenden Schößen des himbeerrosa Tscherkessenrocks und zogen ihn in den Schützengraben.

Vor den Gräben bei den Drahtverhauen stöhnten Verwundete. Petka kroch, Wasserflaschen um den Hals, zu ihnen hin.

Eine von glücklicher Hand abgefeuerte Granate traf Kornilow.

Denikin, der das Kommando übernahm, hob die Belagerung auf, und die Armee wandte sich zur Flucht, unterwegs Kanonen, den Tross und Hunderte verwundeter Mitkämpfer zurücklassend.

Ein sonniger Frühlingsmorgen funkelte.

Das Schlachtfeld bot ein trauriges Bild. Überall Geschoßhülsen, leere Konservenbüchsen, Patronentaschen, Stahlsplitter, schmutzige Fußlappen, blutige Lumpen und Leichen, Leichen … Auf dem Fluss schwammen Unmengen toter Fische. Schaukelnd und kreiselnd trieben gedunsene Pferdekörper. Weithin roch es nach Aas.

1 Von Oktober 1917 bis Mai 1918 kämpften etwa 85 000 Ungarn in revolutionären Truppenteilen.

Aber die Lebenden dachten ans Leben.

»Infanterie, auf die Wagen! Reiterei, vorwärts!«

»Lokmotive lauthals zischt,
zieht der Wagen viere,
Schulterklappen reißen sich
ab die Offiziere.«

Die Musik spielte herzzerreißend.

»Wir greifen sie an
mit lachendem Blick.
Die Kadetten wanken,
sie weichen zurück ...«

Die Partisanen blieben dem Feind auf den Fersen und trieben ihn wieder durch die Steppen. In die Pferdemähnen waren die ersten Blumen geflochten, an die Schweife goldene und silberne Schulterklappen gebunden, schwarz von geronnenem Blut.

Das Fest der Sieger

In Russland ist Revolution -
Glut, Brüll, Wut, Überschwemmung,
reißendes Wasser.

Die ganze Fahrt über Gespräche im Waggon

Worüber das Geschrei? Worüber der Streit?

»Das lässt sich alles zu einem Ring biegen – schlagt die Burshuis!«

»Schlagt sie, drückt ihnen die Luft ab!«

»Brüder ...«

»Das Land gehört uns, und alles, was auf dem Land ist, gehört uns.«

»Und die Weißmäuligen?«

»Vor denen haben wir keine Angst. Wir haben das Gewehr in der Hand, und unsere Augen sind scharf.«

»Richtig.«

»Wir haben die Kraft, wir haben die Macht. Wir zertrampeln sie alle, wir zerreißen sie alle.«

Ihnen entgegen zwei Transportzüge.

»Hurra ... aaa ...«

Geschwenkte Mützen und Gewehre.

»Macht Hackfleisch aus den Burshuis!«

»Weg mit den Schulterklappen! Zerschmettert das Kadettenpack!«

»Die haben uns getriezt, ausgesaugt ... Jetzt fahren wir mit ihnen Schlitten.«

»Schlagt zu, Genossen, keine Gnade für das Kapital!«

»Niiieder ...«

Noch lange dröhnten den Transportzügen Gelächter, säuische Flüche, Schüsse in die Luft hinterher.

Die Berge traten auseinander, vorn stand wie eine Wand das

Meer, rechts und links huschten die Häuschen einer Arbeitervorstadt vorüber, und der Zug, in Dampfschwaden gehüllt, näherte sich der Station.

»Wo ist der Kommandant?« Maxim war aus dem Waggon gesprungen und hatte sich an einen jungen Soldaten gewandt, der mit einem Bund Lauchzwiebeln an ihm vorbeilief.

»Ach, Landsmann!« Der Soldat blieb stehen und wischte sich mit dem Mantelsaum das schweißige Gesicht. »Sieht ernst aus. Die Frontsoldaten machen keinen Mist. Die regeln alles im Nu aufs beste.«

»Ich hab dich was gefragt.«

»Na, jetzt passt auf, Euer Wohlgeboren, passt auf, jetzt seid ihr dran!« Der Soldat schwenkte die Lauchzwiebeln und lief weiter.

Der kommt von einem Meeting, dachte Maxim und sah ihm nach, der ist ganz schön aufgedreht, hat überhaupt keinen Verstand mehr.

Menschen flitzten herum, Menschen lärmten – Geschiebe, Gedränge ... Maxim schlug die Richtung zum Bahnhof ein.

»Wo ist der Kommandant, dass ihn der Satan schände?«

»Der bin ich.«

»Dich such ich.«

»Wer bist du und von wo kommst du?« Der Kommandant wurde wach und hob das verquollene Gesicht von der Tischplatte, auf der er geschlafen hatte. »Ihr Mandat?«

Maxim wandte sich ab, knöpfte die Hose auf und holte das Papier aus der Geheimtasche.

»Ge-ge ...« (Gähnen) »nosse ist« (Gähnen) »kommandiert, Waffen zu be-sor-gen.« (Gähnen.) »Die örtlichen re-vo-lu-tio-nären Be ...« (Gähnen) »Behörden haben ihn zu unterstützen«, las der Kommandant laut, wischte mit dem angefeuchteten Finger über den Stempel, lehnte sich im Polstersessel zurück und schob die Fellmütze auf die Nase. »Da kann ich gar nichts machen.«

»Wieso nich?«

»Eben nich ...« Die Augen fielen ihm zu.

»Aber wieso nich?«

»Einfach so«, brummte er schon im Schlaf.

»Was bist du für ein Kommandant, wenn du keine Waffen in Reserve hast? Und wenn plötzlich die Kontras angreifen?«

»Mä-mä«, meckerte er leise, dann fiel ihm der Kopf auf die Tischplatte, und er sägte aus Leibeskräften.

»Ha, Hundesohn!« Maxim spuckte über den Kommandanten hinweg an die Wand, nahm ihm das Mandat aus der Hand und machte sich auf in die Stadt.

NOWORISSISKER SOWJET der Arbeiter-, Soldaten-, Bauern- und Kosakendeputierten

Auf den Treppen, in den Sälen Menschen dicht an dicht – nicht eine Hand passte dazwischen. Schwarzmeermoldauer bemühten sich um die Zuweisung von Landanteilen, deutsche Kolonisten suchten Schutz gegen Kosakenwillkür, Frontsoldaten, Matrosen und Arbeiter wetzten in ihren Angelegenheiten herum, und ein unbekannter Soldat bot silberne Löffel feil.

Maxim drängte sich in ein Zimmer durch – Sitzung, die Luft zum Schneiden; er zwängte sich ins nächste – Beratung mit Handgemenge; im dritten Zimmer fertigte der hiesige Finanzkommissar vor den Augen der ihn umstehenden hingerissenen Zuschauer aus einfachem weißem Papier Geldscheine.

Maxim stellte sich in die Tür und packte die Anführer am Arm.

»Waffen …«

Der eine hatte keine Zeit, der andere keine Muße, alle schrien durcheinander und liefen vorbei, keiner wollte mit dem Delegierten sprechen. Was mach ich nun?, dachte Maxim. Hock ich mich hin und wein, oder fahr ich mit nichts in der Hand zurück in die Staniza? Der Kummer machte ihn hungrig, er setzte sich auf ein Fensterbrett, brach ein Stück Brot ab und wollte eben zum Speck greifen, da sah er – Waska Galagan.

»Menschenskind, grüß dich.«

»Bist du wirklich am Leben geblieben, lieber Genosse?«

»Ach, ich bin gefeit gegen Schrot und Kugel.«

»He, alter Freund, ich freu mich schrecklich.«

Waska winkte Kameraden herbei, und nun gings los mit Erzählen, wie sie im Automobil von der Straße runtergepprescht waren, wie sie beim Popen zu Gast waren und wie er, Waska, im Schornstein übernachtet hatte. Die Matrosen wieherten dermaßen, dass Stuck von der Decke rieselte, die Tapeten im Sowjet welk wurden und sich in ganzen Bahnen an den Wänden wellten.

»Kumpel, wozu bist du in die Stadt gelatscht?«

Maxim zeigte sein Mandat.

»Hier kriegst du keine Waffen, Soldat«, lachte Galagan. »Im hiesigen Sowjet wimmelts von allem möglichen Pack: Bolschewiken und Menschewiken und Kadetten und Sozialpissolutionäre.«

»Was ist das für ein Sowjet, wenn ihm Saft und Kraft fehlt? Und wenn plötzlich die Kontras angreifen, dann zucken die wohl nicht mal mit dem Schnauzbart?«

»Du bist an die Falschen geraten.«

Maxim griff den Freund am Buschlat und bat ihn flehentlich:

»Waska, Herzensfreund, ohne Waffen kann ich mich in der Staniza nicht mehr sehn lassen. Wofür haben wir an den Fronten gelitten und uns gequält? Und wieso dulden wir, dass die miesen Menschewiken in den Sowjets Macht kriegen? Nieder mit den Geldsäcken! Das ganze Kubanland steckt voller Kontras, dreißigtausend Kosaken.«

»Tröste dich, wir besorgen dir Waffen.«

»Wirklich?«

»Ein Mann, ein Wort.«

»Und der Sowjet?«

»Pfeif auf den Sowjet, das is ne Klapper mit ner Erbse drin. Die ganze Macht gehört uns: Schlösser, Paläste und so weiter.«

Maxim war vor Freude außer sich. Speck und Brotranft vergaß er auf dem Fensterbrett. Die Matrosen gingen untergehakt und singend in Straßenbreite. Maxim, den Sack gebuckelt, folgte ihnen.

Sie gingen eine Straße entlang und noch eine und brachen mit der ganzen Schar ins Hotel Rossija ein. Drinnen Berge von Plunder. Wo man hinsah, Koffer, Bündel, von zwei Mann nicht zu heben. Bilder, Sofas und Vorhänge aus reiner Seide. Auf dem Fußboden leere Flaschen, auf den Tischen Roggenbrote, lange

Wurstketten, Schalen voller Obst, vergoldete Schüsseln mit Salatgurken und Sauerkohl.

Der ausgehungerte Maxim machte sich über den Fraß her. Waska entkorkte eine Flasche Champagner. Sie erzählten, wie sie im Automobil von der Straße runtergeprescht waren, und begossen es, sie erzählten von dem Schornstein und tranken noch eins, und dann noch eins auf den Popenstiefel. Der Seemann führte seinen Gast durch eine Glastür auf den Balkon und zeigte:

»Da auf der Krim sind die Deutschen …[1] Dort ist die Ukraine, das Getreideland, das haben die Hunde ganz und gar unterworfen, und unsere Flotte is hierher verholt worden.«

»Die Deutschen?«

»Die Deutschen soll der Teufel peitschen. Zack-zack, her mit der Flotte nach dem Vertrag von Brest-Litowsk … Denkste … Wir haben Dampf gemacht, und ab hierher. Wir saufen den Wein aus bis zum letzten Eimer, zuckeln weiter, legen sämtliche Küsten in Trümmer und sterben in Ehren, aber wir ergeben uns nicht.«

»Waska, wozu denn sterben?«

»Ich? Wir? Niemals … Wir leben noch unzählige Jahre. Wir sind durch Kampf und Feuer gegangen … Nichts als Sabotage, die ganze Fahrt Sabotage … Aber wir haben ihnen Saures gegeben. Wir haben die Haidamaken verdroschen, wir haben die Rada geschlagen, wir haben bei Belgorod Kornilow geknackt, wir haben uns am Don mit Kaledin[2] in der Wolle gehabt, auf der Krim mit den Tataren geprügelt, auf der Reede von Sewastopol die Offiziere im Meer ersäuft: Stein um den Hals, und ab, so haben wir die Hunde an die Potjomkin[3] erinnert und an die Otschakow[4].«

1 Zwischen Februar und Sommer 1918 okkupierten deutsche und österreichisch-ungarische Truppen die Ukraine, die Krim und weite Teile Sowjetrusslands, die sie bis nach der Novemberrevolution in Deutschland besetzt hielten.

2 Alexej Maximowitsch Kaledin (1861–1918), Ataman der Donkosaken, Führer des konterrevolutionären Aufstands im Dongebiet Oktober (November) 1917–Februar 1918. Erschoss sich angesichts der Niederlage.

3 Im Juni 1905 kam es auf dem zur Schwarzmeerflotte gehörenden Panzerschiff Fürst Potjomkin von Taurien zu einem Matrosenaufstand.

4 Die Mannschaft des Kreuzers Otschakow nahm im November 1905 (wie auch die Matrosen des Potjomkin) am Sewastopoler Aufstand teil.

»Ausrotten mit der Wurzel!«

»Richtig, Onkel. Einmal Offizier, immer Kontra. Verpass ihnen Gerade und Haken, mit voller Wucht, zerhack die Lumpen, keine Gnade für die faulen Säcke. Hast du von der Abteilung Mokroussow gehört? Unsere Truppe, Schwarzmeerflotte. Die haben ihre Offiziere zerlegt – ruck, zuck, in zwei Teile und zwei Hälften, jetzt sind sie ihre eigenen Herren. In den Schiffskomitees sitzen durch die Bank unsere Leute, kein einziger Bebrillter. Wir haben Tag und Nacht Meetings und Versammlungen, Versammlungen und Meetings ... Pro Tag werfen wir tausend Resolutionen aus: Wir schwören und schwören und schwören – schlagt die Kontras, und basta!«

Das eisengraue Meer war voller träger, spielender Kraft.

Auf der Reede lagen, in Kiellinie ausgerichtet, über die Toppen geflaggt, qualmend die Schiffe. Jeden Morgen sendete das Schlachtschiff Wolja per Schwachstromfunk an das ganze Geschwader politische Neuigkeiten, Befehle, Glückwünsche oder Bekanntmachungen wie diese:

A
NAL
LEANA
LLEANAL
LEHEUTEAB
ENDSTADTPAR
KFREILICHTBÜH
NEKONZERTMEETIN
GCHAMPAGNERTANZBI
SZUMMORGENEINTRITTF
REIMATROSENAUSNAHMSLO
SWILLKOMMENESLEBENIEDER
NIEDERNIEDERESLEBEDIEFREIES
CHWARZMEERFLOTTETRIUMVIRAT

Maxim betrachtete durchs Fernglas die gewaltigen Rümpfe der Schiffe, die drohenden Gefechtstürme, die mit Planen überzogenen Geschütze und staunte nur so:

»Was für eine Macht!«

»Die Schwarzmeerflotte«, sagte Waska gewichtig. »Die Mannschaften haben Landurlaub. Zwölftausend Seeleute an Land, was meinst du, was die losmachen! Schlösser und Paläste quellen über, Hotels und Burshuihäuser platzen von Seeleuten. Vom hiesigen Sowjet wolln wir nich reden, den kannst du vergessen. ›Schafft uns Champagner!‹ – und schon pumpt der miese Sowjet Champagner aus den Kellern von Abrau-Dürso auf die Schiffe. Jede Woche zwei Eimer pro Nase. Und preiswert, zum festen Preis. In den Nächten hetzen wir sämtliche Traber zuschanden, ersäufen die Kutscher in Wein und Kerenski-Rubeln[1]; ums Verrecken gern würden wir mit Automobilen rumkutschen, aber in der Stadt sind keine. Wir mit ner ganzen Mannschaft hin zum Sowjet und im Sturm drauflos. ›Autos her! Ihr Etappenhengste, ihr Provinzzivilisten, wir drücken euch die Gurgel ab! Ho-ho-ho, her damit, sonst wirds noch schlimmer!‹ Ein diensthabendes Mitglied im Militärmantel kuckt aus dem Fensterchen, die Goldzähne schnattern vor Schiss: ›Genossen ... ‹ – ›Nieder!‹ – ›Genossen, ich hab selber drei Jahre mein Blut vergossen, aber Automobile hat der Sowjet nicht. Ihr habt doch Bewusstsein, ihr müsst ... ‹ – ›Red schon! Wo habt ihr sie gelassen? Versoffen? Ihr wollt sie wohl für die Deutschen aufheben? Wir reißen euch die Därme raus und machen Handschuhe draus ... ‹ – ›Genossen‹, wimmert das Mitglied, ›quält mich nicht, ich hab ne alte Mutter ... ‹ Aber wir randalieren, wir ballern spaßeshalber in die Luft. Das Mitglied denkt, wir haben bloß nich getroffen, duckt sich hinter die Wand, kuckt dann wieder aus dem Fensterchen und windet sich wie ne Schlange im Feuer, der Schädling: ›Ich hab ja nichts dagegen‹, schreit er, ›ich bin selber Frontsoldat. Statt der Autos stellt euch der Sowjet als Auszeichnung für eure Tapferkeit Champagner zur Verfügung, eine Flasche pro Nase.‹ – ›Zu wenig. Schöner Frontsoldat, hast dir Speck angefressen.‹ Wir feilschen hin und her, kriegen schließlich zwei Pullen pro Mann, plus zwei, wer kann, und ziehn uns in Ehren zurück.«

1 Von der Provisorischen Regierung ausgegebene Banknoten.

Der Seemann erzählte ununterbrochen von den Zuständen in der Stadt, von der Front, von den Späßen und Heldentaten seiner Freunde.

Unten brauste unter wildem Geheul, Harmonikagedudel und Schellengeklimper ein Hochzeitszug vorüber.

Waska beugte sich über die Balkonbrüstung, leckte sich die aufgesprungenen roten Lippen und kam noch mehr in Fahrt:

»Die Mädchen im Städtchen stehn alle auf uns. Blitzhochzeiten, immerzu wird gefeiert. Jede Stunde, jede Minute eine Hochzeit. Die Bräute gibts zu einem Sechser das Bündel. Brautführer, Freundinnen, alles, wie es sich gehört. Ringe haben wir genug, die haben wir den Kornilow-Offizieren mitsamt den Fingern abgehackt. In allen Kirchen wird rund um die Uhr getraut, die langhaarigen Popen sind schon ganz heiser, von der Musik platzen die Dächer. Wir haben viel Macht und viel Geld, alle tanzen, alle singen, es stiebt zum Himmel. Suff, Feiern, Qualm, Orkan – na, das Leben läuft auf vollen Touren!«

»Waska«, unterbrach ihn Maxim und drehte am Fernglas, »ich komm nich dahinter, was baumelt da?«

»Wo?« Der Matrose blickte durchs Glas und lachte schallend. »Das is n Bastschuh.«

»Was?«

»Straf mich Gott, n Bastschuh. Er zeigt unsern freien Geist. Platz da, Schuhchen und Stiefelchen, jetzt kommt der Bastschuh.«

Er lehnte sich im Korbsessel zurück, schloss müde die entzündeten Augen und verstummte. Er schlief ein paar Minuten, schüttelte sich, holte ein Lackdöschen mit Kokain aus der Tasche, stopfte eine gewaltige Prise in die weiten Nasenlöcher, schüttelte vor Wonne den Kopf, klatschte Maxim auf den knochigen Hintern und sprach weiter:

»Auf den Schiffen sind befehlsgemäß rote Fahnen gehisst, aber unsern Spaßvögeln is das zu wenig. Jeder will seine eigene Mode durchdrücken. Die Ukrainer hängen neben der roten die gelbblaue Fahne raus, die Moldauer zeigen ihre Nationalflagge, und wir Russen, sind wir etwa schlechter? Die rote haben wir, und die alte mit dem Andreaskreuz[1] wär wohl peinlich. Darum haben wir, um die Feinde einzuschüchtern, auf dem Schiff unsern russischen Bastschuh gehisst – soll sich ganz Europa entsetzen.«

Maxim, der an die Allmacht seines Freundes glaubte, verlor nicht die Hoffnung, Waffen zu bekommen. Er wich den Seeleuten nicht von der Seite. Waska wollte nichts hören, er heiratete an diesem Tag.

Waska und Margaritotschka sitzen am Hochzeitstisch und lächeln sich an. Er trägt die ganze Seemannsausrüstung und ist mit allen möglichen Waffen behängt. Sie hat eine nagelneue Matrosenbluse an, Geschenk ihres Bräutigams. Waska tut groß, umklammert den Rücken der Braut, küsst sie auf den Mund, trinkt Wein, zerschlägt Gläser, prahlt:

»... ich vernasch sie unpaniert, mit Soße.«

Die Bande wiehert, glaubt ihm nicht.

. . . .

»Ho-ho!«

»Ho-ho-ho!«

Waska wird ärgerlich.

»Was soll das, meint ihr, ich bin ein Hampelmann?«

Mit zwei Colts ballert Waska – es geht um eine Wette – auf leere Flaschen, die auf dem Konzertflügel stehen, und trifft.

Die Weiber kreischen, die Kumpanei amüsiert sich.

»Ein wildes Volk seid ihr von der Flotte«, schreit Maxim über den Tisch, »und ich, und meine Waffen? Die Stanizler warten.«

»Was redst du von Waffen, wenn ich heirat? Wenn wir fertiggefeiert und fertiggetanzt haben ...«

Waska tanzt die Tschetschotka und die Polsunka und die Ljaguschetschka, dass die Ellbogen nur so fliegen.

»Immer macht, Tag und Nacht ...«

Maxims Kopf, schwer geworden, fällt auf den Tisch, aber die Frohsinnsexplosionen lassen ihn immer wieder die Augen aufreißen.

1 Ein blaues Andreaskreuz auf weißem Grund war die Kriegsflagge der zaristischen Flotte.

In einer Ecke spielen die Seeleute Karten. Sie setzen Gold, Uhren, Ringe; die Kerenski-Rubel werden nicht gezählt, sondern nach Augenmaß vom Stoß gegriffen.

Der Schwiegerpapa mit Pappbrust und zerbeulter Melone, die er auf den Hinterkopf geschoben hat, tanzt zum Beweis seiner demokratischen Gesinnung die Kamarinskaja. Die Gäste machen sich über ihn lustig, sie schreien:

»Der Opa, ich lach mich schief!«

»Schwing die Keulen, amüsier die Seeleute!«

»Nein, sing uns das Lied vom Äpfelchen.«

»Los, Burshui, volle Pulle!«

Die Schwiegermutter haucht dem Jungvermählten ins Ohr:

»Meine Tochter ist ein feinsinniges, taktvolles und blitzgescheites Mädchen. Das Gymnasium hat sie mit der Goldmedaille abgeschlossen. Wassili Petrowitsch, seien Sie um Gottes willen zart zu ihr … Sie ist noch ein richtiges Kind.«

Waska vergießt vor Rührung eine Träne. Er scharwenzelt vor der Schwiegermutter.

»Aber Mütterchen, versteh ich das etwa nich? Mütterchen, ich bring mich um für sie.«

Margaritotschka klimpert auf dem Flügel. In dem wirren, dumpfen Gebrüll geht ihr wächsernes Stimmchen unter:

»Ich sitz auf dem Fass,
lass die Beine hängen.
Kommt ein Seemann zu Gast,
werd ich mich anstrengen.«

Auf der Straße vor dem Fenster wird das Lied pfeifend aufgegriffen, Glas splittert, im Fensterrahmen erscheint eine kreuzfidele Visage.

»He-he, hier wird gefeiert?«

Vor den Fenstern ein fliegendes Meeting:

»Ne Hochzeit …«

»Schwein gehabt.«

»Schaun wir rein für ein Stündchen?«

»Beweg dich, hart Backbord.«

Der Bräutigam schaut aus dem Fenster, sieht die im Dunkeln hellschimmernden Matrosenhemden und ruft einladend:

»Rein mit euch, Jungs, wir haben Platz genug, Schnaps genug, rein mit euch!«

»Hei, hei, Äpfelchen
hängt an einem Fädchen,
hab ich von der Frau genug,
such ich mir ein Mädchen.«

Das Haus summt und ächzt.

Sie trinken allen Champagner aus, allen Sprit, allen Selbstgebrannten. Gegen Morgen bringt der Schwiegerpapa einen Korb sauergewordenen Traubenwein, der wird auch noch alle gemacht. Sie schlafen, wie es kommt, auf Geschirrtrümmern und zertrampelten Speiseresten. Sie ernüchtern sich mit Gurkenlake.

Jemand vermisst Waska

Waska ist weg …

»Ach, ach, wo ist der junge Ehemann?«

»Der ist weg, verschwunden!«

Die Schwiegermutter weint, schnäuzt sich ins Batisttüchlein.

Margaritotschka heult Rotzblasen, richtet den zerknitterten Putz. Die Brautführer quetschen die letzten Tropfen für einen Ernüchterungsschluck aus den Pullen, pirschen sich an Margaritotschkas Freundinnen heran.

Maxim stürmte los, Waska zu suchen – der blieb verschwunden.

Es stellte sich heraus, er war abgehauen an die Front, vielleicht auch nicht an die Front. Noch am Abend wollte ihn jemand gesehen haben, wie er im Stadttheater Spiegel zertrümmerte. Dann ging das Gerücht, eine französische Schauspielerin hätte sich in Waska verknallt. Waska bezirzte sie – eins, zwei, drei war man sich einig, und ab ins Dampfbad. Schwein gehabt, der Seemann, er prahlte herum, der Schuft: »Ne Schauspielerin is sie, ne Prinzessin, n Klasseweib.« Die Kameraden kamen gratulieren und sahen, die Schauspielerin war keine Schauspielerin, sondern schlimmer als Gottes Strafe – die waschechte Nutte Klawka Kussmund. Wer kannte Klawka Kussmund nicht? Sie war das erste Flittchen auf dem ganzen Planeten. Waska, so gutherzig er auch war, brüllte los:

»Ach, du Zottelhexe!«

Und verpasste ihr eine Maulschelle und noch eine, dann waren sie quitt – Waska war ein argloser Mensch.

Die Häuser stöhnten, schwankten

die Straßen tanzten …

Ein Chinese lehnte am Zaun, weinte, heulte:

»Wolgulja, molgulja …«

Die Seeleute strömten aus dem Hotel und hin zu dem Chinamann.

»He, Schlitzauge, was heulste denn?«

»Wolgulja, molgulja … Ich albeiten – albeiten, immel Geld veldienen, kein Papilossy, kein Blot!« Die Tränen strömten nur so aus ihm. »Von welchem Dampfel?«

»Ho-ho, armer Hund, Schildkrötenei, kratz die Tränen ab, fahr mit uns …«

»Ich albeiten …«

»Eijei, is ja zum Kotzen, überall Freiheit, und du heulst? He, der is ja total besoffen, halt, fall nich hin!«

Mächtige Fäuste schoben den betrunkenen Maxim in die requirierte erzpriesterliche Kutsche, deren Seitenwand eingedrückt war. In die Kutsche drängten auch Waska Galagan, der Bootsmann Suworow, noch wer … Die Troika fuhr an und brauste los, mit bunten Bändern geschmückt, auch die Pferde hatten Feiertag, auch für die Pferde wars lustig.

Gellende Pfiffe!

»Volle Fahrt voraus!«

»Fahr zu, mach Tempo, schneller!«

»Immer rauf und ran und rüber!«

Maxim dachte an die Staniza und an die Front, ihm war gräsig ums Herz, die Worte krochen ihm weg wie besoffene Krebse:

»Waska, Freund … Mein Gott, Bruder, das ganze Kubanland ist voller Kontras, vierzigtausend Kosaken …«

»Wart doch ab, deine Kosaken schnappen wir uns auch noch, die spießen wir auf den Mond.«

»Wofür haben wir gelitten, Waska? Waffen …«

»Mach dich nich verrückt, Soldat, schon deine Nerven. Die Weißmäuligen schlagen wir samt und sonders tot, und basta. Dann bleiben nur noch Proletarier auf der Erde, die Parasiten kommen untern Acker, ein für alle Mal. Waffen besorgen wir dir, lass uns erst mal feiern, wir wolln uns so richtig amüsieren – der erste Feiertag im Leben!«

Das Stadttheater platzte aus allen Nähten. Auf den Stühlen saßen die Menschen zu zweien, Gänge und Korridore waren verstopft, manche saßen auf der Brüstung und ließen die Beine in den Orchestergraben hängen.

Man gab die »Geisha«[1].

Die Musiker spielten einen Tusch, der Vorhang ging hoch.

Wie verzaubert, den dünnen Hals gereckt, ohne zu atmen, blickte der Chinese auf die lichtübergossene Bühne. Dann lachte er und stampfte mit dem bloßen Fuß im Takt der Musik.

»Uff, ssön, Genossen!« Auf seinem schmutzigen Gesicht waren Tränen verschmiert.

Waska und Suworow hatten die Logenbrüstung mit Champagner vollgestellt und tranken direkt aus der Flasche. Die ›Geisha‹ interessierte sie, und sie schnalzten mit der Zunge:

»Hat die ein Paar Titten!«

»Schöööön!«

»Bravooooo!«

Weiter hinten droschen drei Mann Karten. Maxim schlief unter den Stühlen. Waska weckte ihn.

»Fahren wir?«

»Wohin?«

»Zum Schlachtschiff, Geld holen.«

Sie drängten sich durch die heiß atmende Menge aus dem Theater und fuhren mit der Kutsche zum Hafen.

1 Operette von Owen Hall (um 1848–1907), Musik von Sidney Jones (1861 bis 1946).

Auf den Schiffen brannten satte Lichter.

Unter den kräftigen Ruderschlägen flog die Schaluppe dahin und hinterließ eine glitzernde Schaumspur. Das Schlachtschiff Swobodnaja Rossija tauchte vor ihnen auf wie eine gewaltige graue Eisscholle.

Von Bord ein Anruf:

»Wer da?«

»Gut Freund.«

»Parole?«

Der Seemann vertäute die Schaluppe am Fallreep und stieß einen saftigen Fluch aus, an dem der Wachhabende ihn erkannte.

Mit ihren Stiefeln polterten sie über die eisernen Deckplatten und stiegen hinunter zum Zwischendeck.

Waska öffnete eine schmiedeeiserne Truhe: Kerenski-Rubel, Nikolaus-Geld, Griwnas, Karbowanzen – alles, was es gab. Er schenkte dem Kumpel ein Zeissglas.

»Nimm auch das Zigarettenetui, kannst sicher sein, das hat sieben Karat.«

Maxim steckte das Glas ein und drehte das Zigarettenetui in den Händen, er freute sich über das Geschenk und war verlegen wegen des teuren Glanzes.

»Vielleicht lieber nicht, Waska?«

»Was moserst du?«

»Für umsonst gekauft?« Maxim zwinkerte und lächelte betreten.

»Gott bewahre! Wir haben nie und nirgends geräubert. Alles den Toten abgenommen. Sag mal, mein Lieber, wozu braucht ein Toter ein Zigarettenetui von sieben Karat?«

Darauf wusste Maxim nichts zu sagen.

»Zeig mir lieber das Schiff, das ist ja ein Ungetüm«, sagte er und betrachtete die genieteten Eisenwände.

»Kann ich machen. Komm mit.«

Sie stiegen hinunter in den Kesselraum, und der Seemann erzählte:

»Bei uns auf dem Torpedoboot Pronsitelny liegen dreihundert

Koffer mit Gold auf Deck rum, ohne Bewachung, keiner rührt sie an, und du redest von Räuberei. Mein Lieber, wir haben hier eine ganz besondere Ordnung, das musst du verstehen.«

»Wirklich Gold?«

»Dreihundert Koffer voll, Gold aus den Safes von Kiew und Charkow. Menschenskind, wenn bei uns einer Dummheiten macht, wird er abgeknallt. Das geht ganz einfach – peng, und weg ist er.«

Der Kesselraum war schwarz und dunstig.

Die Heizer, in Qualm und Kohlenstaub gehüllt, arbeiteten mit nacktem Oberkörper. Sie schleppten eiserne Zuber voll Kohle von den Bunkern herbei, stießen Kratzeisen in die Feuerungen, brachen die zusammengebackte Schlacke los. Die blinkenden Schaufeln kreischten über die eisernen Bodenplatten. Die Kesselwände verströmten lodernde Hitze. In den Feuerungen fauchte und brüllte der Brand, er funkelte in unbezähmbarer Wut aus den gelben Augen der vergitterten Zuglöcher. Die Lüftungsrohre summten, heulten.

»Eine Hölle«, sagte Maxim und wischte sich mit der Mütze ab. Der Schweiß rann in dreiunddreißig Bächen von ihm, und von der Glut wurde ihm die Luft knapp.

Waska beugte sich zu ihm und schrie:

»Das is noch gar nichts! Nur zwei Kessel unter Feuer! Was is das schon! Wenn erst alle zehn angeheizt sind, uuuuu! An die siebzig Grad! Die Lüftungsrohre sind vom alten System, die ziehen schwach, fast siebzig Grad Hitze! Und du darfst dich ja nich ausruhn, kannst nich mit nem Tüchlein wedeln – du musst arbeiten, ohne Pause, immerzu den Rücken krumm machen: da läuft dir kein Schweiß runter, nur Blut …«

In den Augen des Seemannes glitzerte der Widerschein des Feuers, und er dünkte Maxim in diesem Moment einem Teufel von den Bildchen ähnlich, die es auf den Märkten gibt. »Ach, gottverdammt, fünf Jährchen hab ich hier runtergerissen! Ein Leben war das, bittere Tränen! Und da soll ich jetzt nicht feiern? Der erste Feiertag im ganzen Leben.«

Sie stiegen wieder nach oben und fuhren mit derselben Schaluppe zurück in die lichterglänzende, musikschmetternde Stadt.

Dwars brauste, mit dem hohen Bug die Wellen schneidend, das Torpedoboot Kertsch vorüber. Am Heck flatterte eine schwarze Fahne mit der zitternden Aufschrift:

ANARCHIE IST DIE MUTTER DER ORDNUNG

»Warum ist die Fahne nicht rot?«, fragte Maxim.

»So gefällts ihnen besser.«

»Für wen sind die denn?«

»Auch für die Revolution. Sie unterstehen dem hiesigen Revkom, aber sie folgen nur ihrem freien revolutionären Gewissen. Im Winter kam das Warnawiner Regiment mit einer Mörserabteilung aus der Türkei übers Meer nach Noworossisk. Da gabs hier lauter Meetings mit den Soldaten, man hat ihnen lange zugesetzt und sie endlich überredet, gegen Jekaterinodar zu ziehen und die Kubanrada zu stürzen. Na schön, sie waren einverstanden, kriegten Proviant auf die Hand, aber kurz vor dem Ausrücken widersetzten sich die Offiziere der Warnawiner und erklärten sich neutral. Das Revkom setzte dreiundvierzig von ihnen in Arrest und befahl dem Torpedoboot, sie nach Feodossija zu bringen und der dortigen Division zu überstellen. Ein Tag vergeht, noch einer, von den Offizieren kein Lebenszeichen. Das Revkom schickt eine Funkdepesche: ›Wo sind die Verhafteten?‹ Die Besatzung des Torpedobootes antwortet von See über Funk: ›Wir haben unser Werk getan‹, sonst nichts. Saubere Arbeit? Ha-ha-ha. Die Fischer haben eine Stinkwut auf uns, denn in der Bucht schwimmen immer wieder Leichen auf, und auf dem Markt werden die Fische nicht mal umsonst genommen, die Leute ekeln sich.«

Über dem Tor des Stadtparks ein Plakat:

FÜR ZIVILISTEN EINTRITT VERBOTEN

Alles gehörte den Matrosen, alles schwarz von Matrosen.

Auf Podesten schmetterten Sänger ihre Couplets und verrenkten sich dabei. Zum Geigenklang wirbelten Zigeuner in bunten Lumpen.

»Lustig und billig«, sagte Waska zu Maxim, während sie sich zwischen den Tischen hindurchdrängten. »Für einen Tausender kannst du dich die ganze Nacht amüsieren. Mit Wein, Weib und

Gesang. Ich zähl nicht gern mein Geld, und ich hab fast ein Pud Zaster, soviel kann ich nich versaufen und nich verfeiern.«

»Hast du einen Burshui beerbt?«

»Kein Stück. Mein Lieber, komm nicht auf dumme Gedanken. Haben wir fünf komplette Ausrüstungen pro Nase gefasst? Haben wir. Haben wir die Löhnung für ein Jahr im Voraus gekriegt? Haben wir. Außerdem hab ich verdammtes Glück im Spiel. Kannst du dir ausrechnen, wie schwer mein Beutel ist?«

An den Tischen, auf offenen Veranden und einfach im Gras auf dem ausgebreiteten Mantel wurde getafelt.

»Äch, Leute, sie könn uns alle mal.«

»Jesus Christus hats Letzte verspielt.«

»Trinkt, die Flotte is ja doch hin!«

»Schlag die Burshuis, wir brauchen Geld!«

Aus dem Stimmengewirr hob sich wie ein Schluchzen das Lieblingslied der Matrosen ab:

»Auf Deck, Kameraden, all auf Deck!
Heraus zur letzten Parade!
Der stolze Warjag ergibt sich nicht,
wir brauchen keine Gnade!«[1]

»Ich habs satt, das ewige Kämpfen. Nach Hause!«

»Dir ham sie wohl ins Gehirn ...?«

»Scheiß auf Apostel und sämtliche Heiligen!«

Neue und immer neue Stimmen fielen in das Lied ein, und die Nacht ächzte und stöhnte von dem angestrengten Gebrüll.

»An den Masten die bunten Wimpel empor,
die klirrenden Anker gelichtet ...«

Klawka Kussmund und ihre Zigeunerfreundin tanzten die »Zwei Kätzchen«.

»Ach, ihr süßen Miezen, ihr Kornblümchen ...«

»Zigeunerin Asa ...«

»Hurrra, hurrra, Tag und Nacht ...«

1 Gedicht von Rudolf Greinz (1866–1942) auf den Untergang des Kreuzers »Warjag« im Russisch-Japanischen Krieg, wurde in der Nachdichtung von Jewgenija Michailowna Studenskaja in Russland zu einem populären Lied.

»Amüsiert euch, Leute!«

Harte, schwielige Hände klatschten, es klang wie Gewehrsalven.

»Hei, schwing die Keulen, dreh dich, dreh dich!«

Pechfackeln tanzten, und es tanzten die Matrosen der Abteilung Rogatschow. Sie waren behängt mit Handgranaten, MG-Gurten und Revolvern. Sie rochen nach Staub und Pulver. Erst gestern von der Front weggelaufen, würden sie ein, zwei Abende feiern und dann mit Droschken in die Stellungen zurückkehren. Die Stellungen waren ganz in der Nähe – Anapa, Asow, Bataisk – rundum Feuer, rundum Wasser.

»Tanz, wetz die Hacken«

»Arra, barra, Stimmung!«

»Kein Zeichen, kein Kreuz wird, wo wir ruhn,
fern von der Heimat, melden …«

Der Chinamann soff und soff auf nüchternen Bauch, und plötzlich kam alles wieder aus ihm heraus – Madeira, Champagner, alle möglichen Vorspeisen und unzerkaute Räucherwurstscheiben. Sie gaben ihm Selters zu trinken. Er rauchte ein paar Papirossy und machte sich furchtlos wieder über Speisen und Getränke her.

An einem Tisch saßen Maxim, Waska, Iljin, der Bootsmann Suworow, der Chinese und der Depotschlosser Jegorow.

Maxim erzählte den Seeleuten:

»Waska, Iljin, achtet mal drauf, der Genosse Jegorow, was der für harte Hände hat. In einer Woche haben sie zwei Panzerzüge zusammengehämmert, die haben uns auf Taman mächtig geholfen. Altes Proletariat, Arbeiter von echtem Schrot und Korn. Die Augen gucken ängstlich, aber die Hände packen zu, und was die Hände nicht schaffen, machen sie mit den Rippen. Achtet mal drauf, Brüder.«

Jegorow wischte mit den aufgescheuerten Ellbogen über den vollgeplemperten Tisch und lachte heiser.

»Der Chef der Werkstätten war dagegen, da haben wir ihn eingebuchtet! Wir hatten keine einzölligen Platten, da haben wir welche rangeschafft! Sechs Tage und sechs Nächte nich gepennt, nich gefuttert, nur geschindert, und tatsächlich zwei Panzerzüge auf die Räder gestellt. Wir sind auch nich von schlechten Eltern. Haben auch was beizutragen. Ich arbeit seit dreißig Jahren, aber so einen Schwung bei der Arbeit hab ich noch nie erlebt.«

Waska schüttelte dem alten Schlosser die knorrige Hand und hielt die ganze Runde frei.

»Trinkt, Genossen, feiert!«

»Machen wir!«

»Heut is unser Feiertag. He, Wirt!«, brüllte Waska und stand auf. »Gib uns ein Abendessen, fünfzehn Gänge! Ich zahl alles! Wir habens ja! Und die Weißmäuligen erwürgen wir bis auf den letzten Mann, wir ziehn ihnen die Seele raus! Wir …«

Ein Zigeunerchor:

»Auf dem Berg steht eine Erle,
drunten wachsen Aprikosen.
Burshui liebt Zigeunermädchen,
sie nimmt lieber den Matrosen.
Hei, reg dich,
hei, beweg dich,
leg so richtig los!
Hei, ich reg mich,
ich beweg mich,
ich leg richtig los!«

Alle Köpfe voller Frohsinn,
jeder Kopf ein Tamburin.

»Wo tuts weh? Wo machts au?
Schädel brummt vom Saufen.
Heute blau und morgen blau,
eine Woche Saufen!
Ein-mal,
noch einmal,
und noch viele Ma-le …«

Jegorow trank nicht, er tunkte nur den Schnauzbart ins Glas und setzte sich bald zu dem einen, bald zu dem andern Seemann.

»Ihr seid gute Jungs, aber der Suff macht euch kaputt. Ihr seid gefeit gegen Wasser und gegen Feuer, aber hier riskiert ihr zu ersaufen und zu verbrennen – nicht umsonst heißt es im Sprichwort: ›Den stärksten Held der Fusel fällt.‹«

»Vater, sei kein Spielverderber. Der erste Feiertag im ganzen Leben …«

»Ist es nicht zu früh zum Feiern? Denkt dran, Jungs, der Feind schläft nicht, der Feind greift an … Trinken? Warum nicht, gern, bloß … ist es nicht Zeit, dass wir uns um die Sache kümmern?«

Waskas Herz flammte hoch, er sprang leichtfüßig auf den Tisch.

»Brüder, herhören …«

Und nun begann ein Meeting mit Tränen, mit Musik.

Brü
Glü
Drü
Grü
Frü
Voll Blut
Voll Saft
Voll Kraft …

Waska Galagan griff die Worte wie aus dem Feuer: Unheilkündend redete er von der Front, feierlich von der Revolution, mit wildem Grimm von den Burshuis … In seinen Mundwinkeln stand Schaum.

Maxim erzählte ausführlich von seiner Staniza, von den Kämpfen gegen Kornilow.

Jeder, der Lust hatte, sprach.

Hier die kurzen, schlichten Worte von Jegorow:

»Vor uns steht die Frage: Woher nehmen wir die Kraft zur Vernichtung des Feindes? Kraft haben wir, aber sie ist überall verstreut – der eine säuft, der andere randaliert, der Dritte schläft zu Haus mit seiner Alten. Die Zeit ruft uns, alles stehn und liegen zu lassen – Waggons, Hotelzimmer, Wohnungen mit elektrischer Beleuchtung, Sofas und Sesseln. Unser Platz ist in den Schützengräben! Jungs, hört auf, in die Flasche zu gucken, Flittchen auszuführen, in Kutschen durch die Stadt zu gondeln, schicke Restaurants zu besuchen. Genossen, hört auf mit dem verfluchten Kartenspiel und mit dem greulichen Geschimpf auf Gott und den Heiland und Blut und Sarg und Herz und die Gesetze und die Revolution … An die Front! An die Front! Ich hab fünfzig Jährchen auf dem Buckel, doch wenns sein muss, geh ich ins Feuer und ins Wasser, wenn nötig morgen, wenn nötig sofort. Ich schwörs … Mein Sohn …«

Unter Hurrageschrei warfen sie den Alten in die Luft.

Mit einem Bleistiftstummel schrieb Waska die Namen derer auf, die an die Front wollten.

Gegen Morgen zogen sie vom Stadtpark zum Bahnhof – die Partisanenabteilung Waska Galagan. Gleichmäßig wiegten sich die breiten Schultern, die Köpfe mit den Matrosenmützen.

Auf dem Bahnhof brachten die Matrosen die ganze Führung auf die Beine und weckten den Kommandanten.

»Waffen!«

»Das hängt nicht von mir ab.«

Galagan hielt ihm die Mauser unter die Nase.

»Du Dreckskerl, ich zieh dir deine verdammten Adern einzeln aus dem Leib.«

Der Kommandant sträubte sich noch ein Weilchen, aber als er sah, dass nichts zu machen war, gab er den Matrosen einen ganzen Waggon Gewehre, einen Waggon Patronen und ein paar Kisten Sprengstoff.

Maxim bekam zweihundert Gewehre.

Sie verluden Säcke mit Reis, Brot, Zucker. Auf den Dächern der Pullmanwagen montierten sie Maschinengewehre und auf den Flachwagen Feldgeschütze und Schiffskanonen, die vom Torpedoboot stammten.

Die Kunde von der zur Front abrückenden Abteilung hatte sich verbreitet, und nun strömten Arbeiter, Matrosenliebchen und Einwohner zum Bahnhof, um sich zu verabschieden.

Orchester, Ansprachen, letzte Küsse.

Waska Galagan, schwarz vor Müdigkeit, gab das Kommando »Einsteigen« und achtete darauf, dass keiner zurückblieb.

Rong-gong-gong …

Der Zug setzte sich in Bewegung, Puffer und Kupplungen polterten, und der Zug, auf den Weichen schwankend, machte schnelle Fahrt.

Der Zug rast

Lichter

weite Reise …

Mit geballter Kraft fielen die Deutschen in die Kornkammer Ukraine ein und fegten sich mit Feuer und Bajonetten den Weg nach Osten frei. Die zahlreichen Partisanenabteilungen konnten der eisernen Macht der Eindringlinge nicht standhalten und strömten als brüllende Flut zum Don, über den Don zur Wolga und zum Kuban. Die Deutschen nahmen Rostow, setzten von der Krim nach Taman über und drohten von diesem Vorfeld aus die ganze fruchtbare Südostregion zu ersticken.

Sie griffen auf breiter Front an. Auf Taman gingen sie mit ihren landwirtschaftlichen Maschinen an Land und machten sich an die Arbeit. Sie mähten das unreife Getreide und transportierten Mehl, Korn, Stroh, Spreu ab; am Don rafften sie Weizen, Fleisch, Wolle, Butter, Kohle, Erdöl, Benzin, Schrott und alles, was ihnen in die Hände fiel.

Von Asow bis Bataisk bildete sich eine Front, ein wogender Borstenpanzer von Bajonetten. Zum Schutz der heimatlichen Stätten und der jungen Revolution erhoben sich Rostower und Taganroger Rotgardisten, Partisanen vom Kuban, Schwarzmeermatrosen unter dem Kommando des Anarchisten Mokroussow, die Halsabschneiderbande der Marusja Nikiforowa und alle möglichen kleinen Abteilungen mit wechselndem Mannschaftsbestand.

Die Mehrzahl der aus der Ukraine zurückweichenden Freischärler blieb nicht im Kubangebiet, sondern eilte weiter.

Durch den Eisenbahnknotenpunkt Tichorezkaja brausten mit Musik, Gesang und trunkenen Schwüren Hunderte von johlenden Transportzügen. In Salonwagen und Güterwaggons fuhren die Banden von Tscherednjak, Samochwalow, Guljai-Guljaiko, Kaska und das Tiraspoler Bataillon in Richtung Kaukasus. Kämpfend brach der Anarchist Petrenko mit einem entführten Goldtransportzug nach Zarizyn durch – bei Zarizyn wurde er von den Bolschewiken erschossen.

Im Juni präsentierte Deutschland, auf den Brest-Litowsker Vertrag pochend, dem Rat der Volkskommissare ein Ultimatum über die Auslieferung der Schwarzmeerflotte. Von Moskau ging ein Funkspruch an die Sowjetregierung der Kuban-Schwarzmeer-Republik: »Flotte nach Sewastopol bringen den Deutschen übergeben.« Gleichzeitig, chiffriert: »Flotte unverzüglich in der Noworossisker Bucht versenken.«

Überall Meetings.

In Jekaterinodar und Noworossisk fassten die Tausende kriegerische Beschlüsse: »Flotte nicht versenken, bis zur letzten Granate verteidigen.«

Die Stimmen der Seeleute standen halb und halb. Bekanntlich waren bei den Schwarzmeermatrosen im Gegensatz zur Baltischen Flotte die anarchistischen, ukrainophilen und vor allem die sozialrevolutionären Einflüsse besonders stark.

Am Tag vor dem Ablauf des Ultimatums kamen Vertreter des bolschewistischen ZK aus Moskau und setzten durch, dass der Befehl ausgeführt wurde. Auf der Reede von Noworossisk wurden versenkt das Linienschiff Swobodnaja Rossija, die Torpedoboote Kaliakrija, Hadschi-Bei, Fidonissi, Stremitelny, Schestakow und andere. Ein paar Schiffe, an der Spitze das Schlachtschiff Wolja, fuhren gleichwohl nach Sewastopol und wurden den Deutschen übergeben.

Zwei Tage nach der Versenkung der Flotte traf ein deutsches Geschwader in Noworossisk ein.

Iwan Tschernojarows Abteilung wars nicht gelungen, mit allen anderen aus der Ukraine abzurücken. Sie irrte lange im Dongebiet, im Rücken der Deutschen, umher, durchbrach in den Salsteppen die Front und kehrte zum Kuban zurück, um sich zu erholen und aufzufüllen.

An einem Feiertag im Frühling, als die Straßen voll waren von einer festlichen Volksmenge, rückte die Abteilung in die Staniza ein.

In fette Staubwolken gehüllt, marschierten die während des langen Krieges verwilderten Soldaten der Westfront mit langen festen Schritten daher.

Die Matrosen, die größten Draufgänger im Kampf und beim Plündern, hielten sich als gesonderte Haufen und mischten sich nicht unter die Übrigen. Ihre verwitterten Gesichter waren schwarz vom Staub, die Augen glühten in wütender Entschlossenheit.

Die schlichten braunäugigen Burschen und schnauzbärtigen Bauern aus dem Dneprgebiet waren leicht zu erkennen an ihren grauen Lammfellmützen und ihren rauen Pelzjoppen. Die Deutschen hatten ihre Chutors und Dörfer niedergebrannt und ihnen Brot und Vieh weggenommen. Vor Kummer fast wahnsinnig, waren sie geflohen, ohne zu wissen, wohin – zerlumpt, verlaust, voll von unstillbarem Grimm.

In einem mit Pferden bespannten kaputten Automobil saßen dicht gedrängt bebrillte Jünglinge und sangen bis zur Heiserkeit Hymnen an die Anarchie.

In verschrammten Equipagen fuhren abgefeimte Gauner und Banditen aus den großen Städten im Süden. Aus einem eimergroßen Silbersamowar tranken sie schäumenden Zimljanskaja-Wein und grölten ebenfalls Lieder.

Eine uneinheitlich gekleidete Kompanie von Bergarbeitern beschloss den Zug.

Die Tatschankas waren vollgestopft mit Kissen und Federbetten, über die staubgraue Teppiche gebreitet waren. Die abgehetzten Pferde, die die ganze Ukraine und das Dongebiet durchlaufen hatten, wedelten schnarchend mit den Ohren und wieherten, als sie die nahe Ruhe witterten. Gesattelte Pferde liefen angeleint hinter den Tatschankas, in die Mähnen Bänder geflochten, in den

Schweifen vertrocknete Feldblumensträuße. Die blinkenden Hufeisen klapperten, die Schutzschilde der Maschinengewehre klirrten, die Geschütze holperten schwerfällig durch die Schlaglöcher. In den Tatschankas saßen geschminkte Flittchen, jede den Kopf eines besoffenen Partisanen auf den Knien. Ein angeketteter Bär lief hinter einem Fuhrwerk her, und sein wütendes, wehmütiges Brüllen schallte die Straße entlang. Der Tross, in Staubwolken und Stimmengewirr gehüllt, glich einem nomadisierenden Zigeunerlager.

An der Spitze der Abteilung ritt auf einer dunkelbraun gesprenkelten arabischen Vollblutstute kerzengrade der junge Ataman Iwan Tschernojarow. Die feingekräuselte Persianermütze, verwegen geknifft, hielt sich kaum auf dem Hinterkopf. Die unbedeckte hohe Stirn war sonnengebräunt. Die sorgsam gekämmte pechschwarze Stirnlocke hing bis fast auf die Schulter. Über der Oberlippe der Anflug eines Schnurrbarts. Die Wangen von wirren Haaren umklebt. Um den himbeerroten Tscherkessenrock schlang sich ein schmaler metallbeschlagener Gürtel. Der mit fröhlichen Mustern bestickte weiche asiatische Stiefel berührte mit der Spitze knapp den Steigbügel.

Seite an Seite mit dem Ataman ritt, in ein Leichentuch gehüllt, sein Adjutant Schalim. Sein Gesicht mit den breiten Backenknochen schimmerte in gusseiserner Schwärze. Am Gürtel baumelten ein Stutzen und ein bestickter Tabaksbeutel mit Machorka, und auf der Pike aufgespießt trug er den im letzten Kampf bei Bataisk erbeuteten behelmten Kopf eines Deutschen mit grauem Schnauzbart. Der tote Kopf stank und wimmelte von Fliegen.

Die beiden Freunde waren weit herumgekommen, seit sie die Staniza verlassen hatten. Sie hatten das Don- und das Wolgagebiet durchstreift, einen Abstecher nach der Krim gemacht und waren nach vielerlei Missgeschicken in der Ukraine bei der Bande des Atamans Durnoswist gelandet. In Blut und Feuer waren sie durch die Gegend von Uman gezogen. Aber Durnoswist war bald des finstersten Eigennutzes entlarvt und von seinen eigenen Leuten aufgehängt worden. Der zu seinem Nachfolger gewählte Syssoi Bukretow hauchte schon im ersten Gefecht sein Leben auf einer Kosakenpike aus. Tschernojarow übernahm das Kommando der Bande und führte sie über die uralten Wege der Ukraine. Bei Snamenka schlugen sie sich mit Haidamaken, bei Fastow mit Petljura[1], bei Kiew mit Deutschen und Bolschewiken. Der junge Ataman war mit ganzer Seele für Disziplin und Ordnung, doch in der ersten Zeit duldete er, um sich die Leute geneigt zu machen, die in der Bande eingewurzelten Gewohnheiten – Raub, Suff und allerlei Ausschweifungen. Später, nachdem sich seine Stellung gefestigt hatte, warf er das Steuer jäh herum – erschoss eigenhändig Feiglinge, peitschte Plünderer, aber das nützte wenig. Bei den geringsten Misserfolgen stob die Bande auseinander wie Rauch im Wind, und Iwan und Schalim sprengten durch die Steppe, nur noch von zwei oder drei Dutzend der Treuesten umgeben. Eine glückliche Wende, und die Bande wuchs rasch wieder auf ein paar Hundert an. Das Kriegs- und Wolfsleben entwickelte eigene Rechte, die sich in kein geschriebenes Reglement fügten: Todesstrafe für Feiglinge und Plünderer, die ihre Beute nicht mit den Kameraden teilen wollten, alles Übrige blieb ungestraft.

Seit dem Don bestand die Bande aus acht Hundertschaften.

Iwan hegte ehrgeizige Pläne, wie er mit dem ganzen Haufen in die Staniza einziehen, wie die Alten, an der Spitze sein Vater, ihn mit Brot und Salz empfangen, wie sie ihn bitten würden, ein reinblütiges Steppenpferd als Geschenk anzunehmen, wie ... Vor Ungeduld schwenkte er die Peitsche, blickte scharf in die Gesichter der herauseilenden Stanizler und ärgerte sich, dass ihn keiner zu erkennen schien.

Im Tross wurden zahlreiche erbeutete Fahnen aller möglichen Farben und Schattierungen aufbewahrt. Beim Einzug in die Staniza zeigte die Abteilung ein schwarzes Banner, auf das – aus hellen Seidenstreifen – gekreuzte Knochen, ein Schädel, eine aufge-

1 Simon Wassiljewitsch Petljura (1879–1926), ukrainischer Nationalistenführer, 1917/18 Kriegsminister der Ukrainischen Rada, 1918 Oberbefehlshaber, 1919 Vorsitzender des Direktoriums der Ukrainischen Volksrepublik, die am 16. 1. 1919 Sowjetrussland den Krieg erklärte und Januar–April 1919 von den roten Truppen, August-Oktober 1919 von Denikins Truppen zerschlagen wurde.

hende Sonne, die wie ein Hahnenkamm aussah, und mit großen Buchstaben die drohenden Worte aufgenäht waren:

ES GIBT KEINE RETTUNG
DAS KAPITAL MUSS STERBEN

Die Abteilung zog die Straße entlang.

Der Ataman erhob sich in den Steigbügeln, drehte sich um und kommandierte in heiserem Bass: »Lustig!«

Die Trompeter husteten ab und holten die von der Sonne erwärmten Trompeten von den Fahrzeugen. Die Klarinettisten, rot vor Anstrengung, probierten ihre Instrumente aus, auf ihren Wangen spielten Grübchen, sie schienen zu lächeln.

Das Orchester schmetterte das »Äpfelchen«.

Zwei Tatschankas wurden Bord an Bord gekoppelt, darüber kam des Klanges halber ein Bretterbelag. Auf dieses mobile Podest schwang sich leichtfüßig die Feldzugsfrau des Atamans und beste Tänzerin der Abteilung, Maschka Beluga, und drehte sich kokett nach allen Seiten. Sie trug einen Hut, so groß wie ein Kornsieb, ein prachtvoller Haidamakengürtel war straff um die Taille geschlungen, die schlanken Beine in Dragonerhosen zuckten vor Ungeduld, und die hohe Brust war vollgehängt mit von fremden Uniformbrüsten abgerissenen Orden für treuen Dienst, Medaillen für Eifer und lange Dienstjahre sowie Georgskreuzen aller Stufen. Als die Stanizler die Atamansche erblickten, nahmen sie aus gewohntem Untertanengeist Haltung an, und der alte Rededja stand stramm.

»Lustig!«

Maschka ließ die Blicke dahin und dorthin flitzen, klatschte in die Hände und schmetterte los:

»Jesus Christus
hat sein Geld verspielt,
geht zu Väterchen Machno[1],
wo er Plunder stiehlt …«

1 Nestor Iwanowitsch Machno (1889–1934), Anarchistenführer in der Ukraine. Kämpfte sowohl gegen deutsche Besatzer, Weißgardisten und Petljura als auch gegen die Rote Armee. Schloss dreimal vorübergehend Abkommen mit der Sowjetmacht.

Aufheulen, Husten, Schneuzen …

»Und die Gottesmutter
handelt schon mit Futter …«

Maschka stampfte auf wie verrückt und sang weiter:

»Der Burshui, der Burshui,
der rafft gierig Schätze.
Überall gilt unser Recht,
unsere Gesetze …«

Die Abteilung stöhnte, schwankte in dumpfem Gebrüll:

»Schlag und Tritt sind unser Recht,
wir pfeifen auf Gesetze …«

Die einen pfiffen, andere schossen auf die tobenden Hunde, und der Bär, der das Gebell nicht ertrug, brüllte aus vollem Rachen.

Der Platz konnte die Menge nicht fassen.

Die Alten schmeichelten Iwans Stolz nicht, boten ihm nicht Brot und Salz und Gehorsam.

Der Ataman hob die Peitsche.

»Halt!«

Die Kolonne blieb stehen.

Die Infanterie knallte die Gewehrkolben auf die harte Erde. Die Berittenen ließen die Zügel los, sprangen von ihren Pferden und vertraten sich die steifgewordenen Beine. Die Jubeltöne des Orchesters brachen ab. Das Räderknarren verstummte.

Schalim schrie, die Wörter ein wenig verstümmelnd, mit singender Stimme:

»Quartiermacher, die Leute in die Quartiere! Weiber, die Betten klar, bereit zum Gefecht! Furiere, zu mir!«

Die johlende Maschka Beluga wurde hoch über Fuhrwerke und Pferdeköpfe in die Luft geworfen.

Ein Matrose weckte einen anderen:

»Timoschkin, steh auf. Timoschkin, die Mushiks brennen ab!«

Timoschkin war außerstande, sich aus den Armen des Schlafes zu reißen, er brummte nur. Einen Eimer kaltes Wasser über den Kopf! Prustend hob er den rasierten Schädel, die entzündeten Augenlider klapperten erschrocken.

»Wo sind wir? In Taganrog? Brennen wir oder sinken wir?«

»Rotzer«, wieherten sie ringsum, »seit dem Don warst du nicht nüchtern, eine Woche lang besoffen. Steig ab, wir sind am Kuban, gleich gibts ne Schlägerei mit den Kosaken.«

Vor dem Gebäude der Stanizaverwaltung blieb der Ataman nachdenklich stehen. Dann bezwang er sich, stieg die knarrende Vortreppe hinauf und drang mit seinem Gefolge in den Raum ein.

Die Mitglieder des Revkom wichen in die Ecken.

»Wer ist hier der Oberclown?«, fragte Iwan und ließ den scharfen Blick über die aufgestandenen Komiteeler gleiten.

Grigorow kam hinterm Tisch hervor und reichte ihm die Hand.

»Guten Tag. Ich bin der Vorsitzende des Revolutionskomitees.«

»Wo kommst denn du Lackaffe her?«, brauste der Ataman auf, gereizt, ohne ihm die Hand zu geben. Dass nicht ein Kosak die Staniza führte, sondern ein Fremdling, den er früher nur flüchtig gesehen hatte, machte ihn wütend.

Schalim wurde ungeduldig, er zwinkerte den Furieren und Kompanieverteilern zu, schrie einen Fluch und zerschnitt mit einem Peitschenhieb das grüne Tuch auf dem Tisch.

Grigorow prallte zurück, richtete den Kneifer und sagte spöttisch:

»Ihr seid ja tapfere Jungs, wenn ich euch so anseh …«

»Sei still, Vorsitzender«, sagte der Ataman mürrisch. »Du freust dich wohl nicht über unsere Ankunft?«

»Doch, und wie!« Grigorow griente wieder. »Wir alle freuen uns ganz schrecklich!«

»Sei still, Vorsitzender, überleg lieber, wie du uns verpflegst, und lass auch unsere Pferde nicht vor Hunger zittern.«

»Wem untersteht die Abteilung?«, fragte Grigorow.

»Na, mir.«

»Und wem unterstehst du?«

»Dem Teufel.«

»Für wen führt ihr denn Krieg?«

»Bist du vielleicht mein Vorgesetzter, dass du mich verhörst?«

»Uuu, anna sygy!«, heulte Schalim wie von der Tarantel gestochen und holte mit der Peitsche aus.

Der Ataman hielt seine Hand fest.

An der Tür lärmten sie los:

»Los, Schalim, gib ihm eins ans Maul!«

»Sind wir zum Schachern auf den Basar gekommen?«

»Richtig, Schluss mit dem Geträdel, die Leute sind hungrig, die Pferde nicht gefüttert.«

»Leg ihn um, dann ist Schluss.«

»Brems deinen tapferen Helden«, sagte Grigorow, »gib Befehl, dass alle verschwinden, die hier überflüssig sind, dann reden wir zur Sache.«

»Du jagst uns raus?«, fragte der Ataman mit schmalen Augen und zitternden Nasenflügeln.

»Das nicht, aber ich mag nicht mit allen auf einmal reden.«

»Tapfer, was?«

Grigorow schwieg.

Ohne ihn aus den Augen zu lassen, zog der Ataman betont langsam die Mauser aus dem Futteral, zog den Sicherungshebel zurück und schoss über den Kopf des Vorsitzenden hinweg in die Wand.

»Lump.«

Maxim stürmte herein.

Grigorow stand hoch aufgerichtet. Sein Gesicht war grau und eingefallen, die Augen blickten leer.

»So ein Halunke!«, schrie Iwan begeistert. »Der fürchtet weder Regen noch Donner. Kommst du als Schreiber zu mir in den Stab?«

Maxim erkannte sofort, was los war, stellte sich vor Grigorow und sagte, um Festigkeit der Stimme bemüht:

»Halt, Iwan Michailowitsch. Sei nicht so hässlich zu unserm Vorsitzenden. Er ist Russe und kennt unsere Ordnung nicht.«

»Wieso kennt er die nicht?«

»Er ist noch nicht lange Vorsitzender, darum. Unsere Staniza liegt in einer unruhigen Ecke. Heute kommst du und haust ihm in die Schnauze, morgen kommt ein anderer und gibt ihm eins in die Zähne, so bleibt keiner länger als eine Woche Vorsitzender, das hält keine Schnauze aus.«

»Das hält keine Schnauze aus?« Iwan lachte.

Das ganze Gefolge brach in Gelächter aus: Sie johlten, prusteten, niesten, husteten.

Nachdem der Ataman genug gelacht hatte, steckte er die Mauser ein, zündete sich hastig – mit dem Feuer die Pfeife verfehlend – den Tabak an und verkündete seine Forderungen.

»Wird pünktlich geliefert«, versprach Maxim, »Verpflegung, Brot, Hafer, alles Erforderliche wird genauestens geliefert. Keine Sorge, Iwan Michailowitsch.«

»Du kennst mich noch?«

»Sie sind doch Michaila Tschernojarows Sohn? Natürlich kenn ich Sie.«

Iwan wollte nach seinem Vater fragen, verzichtete aber. Er sah Maxim aufmerksam an.

»Wer bist du?«

»Maxim Kushel. Ich bin von hier.«

»Kommissar?«

»Einfacher Soldat«, antwortete Maxim.

»Na, sieh zu, wenn du den Befehl nicht ausführst, bist du deinen Kopf los!«

»Keine Sorge, wird alles geliefert.«

»Gut. Ab, Jungs!«

Die Besucher verschwanden.

»Was machen wir?«, fragte Wasjanin.

»Schicken wir ein Telegramm an die Front«, schlug Medenjuk vor, »Michaïl Prokofjewitsch soll herkommen mit einem Regiment, der wird die schon verproviantieren.«

»Wollen wir nicht versuchen, die Bande mit eigenen Kräften zu entwaffnen?«, sagte Grigorow. »Im Guten ist bei denen ja wohl nichts zu machen.«

»Wir haben nicht genug sichere Leute.«

»Gewehre und Patronen hab ich mitgebracht«, sagte Maxim, »aber Leute kriegen wir wohl nicht genug zusammen.«

»Wo sind die Gewehre?«

»Auf der Station. Galagan ist auch dort, sie reparieren die Lokomotive.«

Er erzählte kurz von seinen Irrwegen in der Stadt und von seiner Begegnung mit den Matrosen.

»Können wir nicht deinen Waska zu Hilfe holen?«, fragte Grigorow.

»Die Teufelskerle werden sich kaum überreden lassen. Sie habens eilig an die Front und sind prall voll Wut: Unterwegs gabs nichts zu bekämpfen, da haben sie auf Telegrafenmasten geballert.«

»Wir müssen trotzdem versuchen, uns mit ihnen in Verbindung zu setzen. Und zwar sofort.«

»Versuchen können wirs.«

Die Komiteeler teilten die Staniza unter sich auf und zogen los, um den Tribut für die Eindringlinge einzusammeln, Maxim und Grigorow aber liefen zur Station.

Die Zurüstungen für das Gelage begannen noch bei Tage.

Die Stuben waren zu eng. Tische wurden auf die Straßen und den Platz hinausgestellt. Vor den Küchenfenstern scharwenzelten Hunde wie Säufer vor der Schenke. Mit aufgekrempelten Ärmeln und gerafften Unterröcken liefen gerötete Weiber herum. Die Tische bogen sich unter dem Überfluss an Speisen: Weizenbrotlaibe, Fleischpiroggen, gebratenes Geflügel, gesalzene Melonen, dampfende Eisentöpfe mit Hammelfleisch, Eimer mit Sauerkohl und eingemachten Äpfeln.

Auf dem Platz saß am reichgedeckten Tisch, in ein abgewetztes Plüschsofa gefläzt, umgeben von seinen Kumpanen, Iwan Tschernojarow. Da Ziegelsteine unter die Sofafüße geschoben waren, sah er alle, und alle sahen ihn.

Die silberne Signaltrompete blies zum Sammeln.

Die Leute setzten sich an die Tische

der Ataman hob die Hand.

»Jungs …«

Der Platz wurde still.

Der Ataman machte nicht gern viele Worte, seine kurze Rede klang wie ein Kommando:

»Jungs, heut wird gefeiert, morgen gehts an die Front! Weil wir unabänderlich von der Revolution angesteckt sind, ergeben wir uns weder Gott noch dem Teufel! Wir ziehen weiter mit offenen Augen, ohne Rücksicht auf Verluste! Wir ziehen durch die ganze weite Welt, so weit uns unsere Füße und unsere Pferde tragen! Blut bis an die Knie, Donner, Feuer!«

Er kippte die Schöpfkelle zur Stirn. Beflissene Hände reichten ihm eine Gurke, eine Brotrinde, einen Knorpel vom Störkopf.

Der Platz lärmte los.

»Hurra für den Ataman!«

»Wir schlagen die Pans, geben ihnen Saures!«

»Anker hoch!«

»Hieven … Volle Fahrt voraus!«

»Hu-hu-uu …«

»Da gibts nichts, das Kapital muss sterben!«

»Es lebe der Ataman und die freie Brüderschaft!«

Die Schreie ebbten ab, verstummten allmählich.

Alle machten sich über das Futter her. Eine Zeitlang hörte man nur Schmatzen, Pfropfenknallen, Geschirrklirren und das Krachen der von Seitengewehren zerhackten Markknochen, dann brach das Stimmengewirr mit neuer Kraft auf, ein Lied wurde angestimmt, Weibergekreisch verschmolz mit heißem Lachen.

Innerhalb der Kirchenumfriedung saßen an mehreren zusammengeschobenen Tischen, über die eine große Leinwand gebreitet war, die Bergarbeiter und feierten.

Die Februarrevolution war über dem Donbass aufgeflammt wie fernes Wetterleuchten. Die Bergarbeiter kannten sich zu ihrem Unglück nicht gut in den politischen Verzwicktheiten aus. Auf Meetings Flüche und Zähneknirschen, verlockende Appelle und haufenweise Versprechungen. Die ersten Wahlen gewannen Menschewiken und Sozialrevolutionäre – sie beherrschten die Stadtdumas und Bergwerks-Sowjets und saßen in den Gewerkschaften. Die schwarze Kraft wurde erneut unter die Erde gejagt. Die Sozialisten arbeiteten friedlich mit den Industriellen zusammen. Während es ihnen gelang, den Herren eine Kopeke Lohnzulage abzuhandeln, wurde das Brot um einen Fünfer teurer. Die Besitzer saßen bequem in ihren Villen. Die Kontoristen begaunerten wie eh und je den Bergmann bei der Abrechnung. Die Verwalter kutschierten zum öffentlichen Ärgernis mit werkseigenen Trabern umher. Die im Krieg abgenutzte und marode Ausrüstung der Betriebe wurde nicht ausgewechselt, doch die Fördernorm ständig erhöht. Endlich platzte den Bergleuten die Geduld.

Streiks lärmten los.

Als Antwort legten die Industriellen an die dreihundert Bergwerke still. Zehntausende von Arbeitslosen zogen mit grimmiger Wut im Herzen und leerem Schultersack vom Donbass in alle Himmelsrichtungen. Aber da brach über dem ganzen Land das Oktobergewitter los. Die Bergleute schöpften Mut. General Kaledin entsandte auf Bitten der Bergwerkseigner Kosaken auf die Schächte. Die Bergleute griffen zu Hacke und Picke. Der Bürgerkrieg begann. Die Kasernen und Hütten der Arbeiter leerten sich zur Hälfte, zu Hause blieben nur Weiber und Katzen. Die Arbeit in den Schächten kam zum Erliegen. Die Saisonbergleute gingen in ihre Dörfer, um sich als Pflüger zu verdingen; andere sickerten zu Machno; manche schlossen sich den roten Abteilungen von Siewers, Shloba, Antonow-Owsejenko an; Artjom und Woroschilow führten viele der Schwarzen gegen Zarizyn.[1] Eine freie Kampfgruppe unter der Führung des Häuers Martjanow kämpfte den ganzen Winter mit den Kosaken am Oberlauf des Don und

1 Artjom (d.h. Fjodor Andrejewitsch Sergejew, 1883–1921, Partei- u. Staatsfunktionär, ab 1920 ZK-Mitglied) und Kliment Jefremowitsch Woroschilow (1881–1969, Partei- u. Staatsfunktionär, ab 1935 Marschall, 1953–1960 Vorsitzender des Präsidiums des Obersten Sowjets der UdSSR) führten April bis Juli 1918 die 5. Armee aus dem Donbass nach Zarizyn (ab 1925 Stalingrad, seit 1961 Wolgograd).

schloss sich dann, um sich vor den deutschen Kugeln in Sicherheit zu bringen, der Tschernojarow-Bande an.

Der Selbstgebrannte wurde aus Fässchen geschenkt, aus Eimern geschöpft.

»Jawohl!«, rief ein bejahrter Bergmann, dessen vereitertes Auge unter dem blutigen Verband hervorblitzte, und schwenkte seinen Lederhut. »Das ist ein Leben! Früher bist du an der Herrenküche vorbeigegangen und hast geschnuppert, wie es nach Kohlsuppe mit Fleisch duftet, und heute nun das hier. Freu dich, Seele, juble, Bauch!«

Man wollte mit ihm anstoßen.

»Lockert den Gürtel, futtert auf Vorrat.«

Die Gewehre standen in Pyramiden.

Es roch nach dem Dunst aus den überfüllten Mägen.

Zwei junge Burschen brieten über offenem Feuer ein aufgespießtes Schwein.

Hände, in die schwarzer Kohlenstaub eingefressen war, rissen Fleischstücke los. Schweißige Gesichter glänzten zufrieden, über borstige Kinne rann Fett.

In den Häusern wurde kein Licht gemacht. In den Fenstern blinkten undeutlich verschreckte Gesichter. Plündererbanden streiften von Hof zu Hof, empfangen von dem Bellen aufgeregter Hunde, dem Weinen der Kinder, dem Schimpfen und Jammern der Weiber.

Poltern an der Tür:

»Hausherr ...«

»Nicht zu Hause«, antwortet hinter der Tür eine zitternde Stimme, »ich bin allein mit den Kinderchen.«

»Hast du Waffen?«

»Mein Gott, wo soll ich Waffen herhaben?«

»Aufmachen, Haussuchung!«

»Zu Hilfe, ihr Rechtgläubigen!«

Die Tür kracht und splittert unter Kolbenschlägen.

»Sag, wo hast du die Maschinengewehre versteckt? Wo sind die Truhen?« Gedämpftes Flüstern: »Ist Zaster da?«

»Wo soll ich Geld herhaben? Ich bin Soldatenwitwe ...«

»Wir haben keine Zeit, unter deinem Rock nachzusehen. Los, Jungs …«

»Hiiilfe!«

»Kusch!«

Unter eisernen Fingern knirscht die Kehle der Frau.

»Genossen … Ihr Teufel, mir haben sie im deutschen Krieg den Mann umgebracht. Lest die Papiere.«

»Wir könn nich lesen.«

Aus der Truhe fliegen Festtagsröcke, Leinwandrollen, bunte Tücher und die für die Töchter zurückgelegte Mitgift.

»Gib den Pelz her!«

»Nein … Den kriegt ihr nicht!«

»Lass das, Weib, wozu brauchst du den Pelz? Lass dich von deinem dicken Fell wärmen.«

Nach der Durchsuchung sieht das Haus aus wie nach einem Brand.

Aus den Höfen kamen sie schwer beladen. Um sich blickend und Pfiffe wechselnd, eilten sie in ihr Lager.

Der Ataman ging taumelnd und über Schnapsleichen hinwegsteigend auf dem Platz einher. Von Zeit zu Zeit verstreute er eine Handvoll Silbermünzen und schrie:

»Jungs, seid ihr alle satt und besoffen?«

Einer brachte ihm einen Becher, ein anderer kam ihn abküssen. Heulende Weiber hängten sich an seinen Tscherkessenrock.

»Mein Teppichschal … Das Gold.«

»Wer ist denn schuld? Hättest es besser verstecken sollen.«

»Geschröpft haben sie mich … Ausgeplündert …«

»Schaff dir nicht so viel an, da nimmt dir keiner was weg.«

Der alte Kosak Rededja warf sich dem Ataman zu Füßen.

»Söhnchen, Iwan, sie haben mir den ganzen Hafer weggeschaufelt, zwei Pferde mit Kutsche entführt …«

»Beraubt haben sie dich?«, fragte er, gerührt vom Kummer des Alten, zog den Nagant-Revolver aus dem Gürtel und gab ihn ihm in die Hand. »Geh, Safron Petrowitsch, raub auch einen aus.«

Ringsum Gewieher.

Der Ataman suchte Maschka und fand sie nicht. Plötzlich hörte er abseits hinter der Kirchenumfriedung ein wohlbekanntes Lachen.

Der Ataman blieb stehen und spitzte die Ohren.

Dann stieg er auf die Umfriedung und sprang, den Säbel festhaltend, in die Dunkelheit. Aus einem Gebüsch kam aufschreiend die zerzauste Maschka Beluga herausgeflattert wie ein Rebhuhn. Hinter ihr erhob sich ein Bergmann mit schwarzem Schnauz und klopfte sich ab, und der Ataman erkannte den MG-Schützen Ljaschtschenko.

Iwan stülpte die Mütze fester, wie um sich für die Schlägerei fertigzumachen, und trat zu seiner Freundin.

»Dir juckt wohl das Fell? Ich reiß dir das Gekröse raus, du Sargschlange.«

Maschka wich zurück.

»Du hast mich nicht gepachtet. Ich mach, was ich will.«

»Kusch, du von sieben Zigeunerlagern gewichste Hündin!«, schrie der Ataman schäumend und griff zum Dolch. »Du kommst mit!«

»Denkste.«

Der Dolch blitzte, der MG-Schütze packte die Klinge im Flug und brach sie ab. Der Ataman behielt nur den Griff in der Hand.

Der Bergmann stellte sich vor Maschka und hob die Faust.

»Das wird nichts!«

»Du zerlumpter Scheißhaufen, misch dich nicht in fremde Angelegenheiten.«

Verklammert polterten sie zu Boden.

Die Dirne kreischte.

Die Partisanen eilten herbei.

Die Raufbolde wurden getrennt und entwaffnet. Die Bergleute stellten sich auf die Seite ihres Gefährten, Soldaten und Matrosen waren felsenfest auf der des Atamans. Fast wäre eine Massenschlägerei ausgebrochen, doch da kam der Kommandeur der Bergarbeiterkompanie Martjanow. Mit einem gebieterischen Ruf befahl er seinen Leuten auseinanderzugehen. Die Bergleute gaben Maschka nicht heraus, setzten sie an ihren Tisch, reichten ihr um die Wette die besten Bissen zu.

Der Ataman, mit seinem Adjutanten allein geblieben, sagte:

»Schalim, stell hinter der Staniza zwei Tatschankas auf. Lock das Miststück weg von diesen Hunden. Wenn alles bereit ist, sagst du mir Bescheid. Ich lass sie von den Pferden zerreißen.«

Es zog Iwan Tschernojarow nach Hause. Wenigstens einen Blick wollte er werfen auf seinen Hof, wollte durch den Garten laufen, den Pferdestall betreten, auf den Dachboden steigen zu den Tauben. Den ganzen Abend hatte er gewartet, dass jemand von daheim käme und ihn riefe. Je mehr er sich dem Hause näherte, desto aufgeregter wurde er.

Tore und Fensterläden waren verschlossen.

Er klopfte. Das Herz hämmerte ihm gegen die Rippen.

Heiser kläffend stürmten die Hunde herbei. Der Knecht Tschultscha öffnete, erkannte schlaftrunken den jungen Herrn nicht und verstellte ihm den Weg. Iwan, der kein Wort herausbrachte, stieß den Kalmücken beiseite, peitschte die Hunde weg und lief über den Hof.

An der Haustür erwartete ihn Michaila persönlich.

»Vater ...«

»Papperlapapp ...«

Iwan wollte ihn küssen.

Der Alte stieß ihn vor die Brust und wollte die Tür schließen, aber schon hatte sich der Sohn in die Diele gezwängt.

»So empfängst du mich, Vater?«, fragte er dumpf und hickte betrunken.

»Der graue Wolf ist dein Vater, du verdammter Streithammel. Du hast uns im ganzen Kuban in Schande gebracht. Der Vater hat Orden und Urkunden für guten Dienst bekommen, und der Sohn ist ein Räuber.«

Iwan sagte nichts und ging in die Stube.

Auf den Bänken längs der Wände saßen die Alten – Karpucha Podobedow, Trofim Sawwitsch Maslakow, Seljonkin und die Brüder Tschalikow.

»Grüß euch, Kosaken«, sagte Iwan unfreundlich.

»Sieh da, herzlich willkommen. Gesundheit, junger Ataman.«

Die Stimmen klangen spöttisch.

In Iwans Ohren brauste es, der Zorn stand ihm wie ein Pfahl in der Kehle. Er sah sich um. Die heruntergedrehte Lampe blakte. Die alte Wanduhr in ihrem eichenen Gehäuse war mit abgelaufener Kette stehengeblieben. Auf dem Tisch haufenweise ungespültes Geschirr. Von den Angehörigen war keiner zu sehen.

»Wo sind denn … die andern?«, fragte er den Vater.

»Wer denn?«

»Na, mein Bruder? Die Frauen?«

»Alle auf die Straße gelaufen, um sich an deinen Helden zu erfreuen. Mich alten Rüden haben sie hiergelassen, das Haus zu hüten, dabei hätt ich auch Lust, mir deine Jahrmarktsbude anzusehn.«

»Ihr seid am Leben?«

»Wir husten. Gott lässt uns nicht sterben.«

»Ihr habt mich nicht erwartet?«

»Die Augen haben wir uns ausgeguckt«, sagte sich wiegend der rotbärtige Seljonkin, der mit den Tschernojarows entfernt verwandt war, und schluchzte auf: »Iwan, blamier nicht unser Geschlecht, geh nicht mit diesen Stadtmenschen, das sind Barfüßler, Hungerleider, und du bist doch Kosak, einer von uns …«

»Vielleicht fühlt er sich gar nicht mehr als Kosak. Heut schwenken doch alle zum Bürger um«, stichelte der ältere Tschalikow.

Iwan sprang auf und setzte sich wieder.

»Schmerzlich und beleidigend ist es mir, eure Reden zu hören, ihr Alten.«

Da lärmten sie alle auf einmal los:

»Himmlischer Vater …«

»Mensch, du bist aber hochnäsig geworden.«

»Weißt du noch, Junge, wie ich dich beim Schotenklauen im Garten erwischt und dir die Hosen runtergelassen und dich verdroschen hab? Ist das etwa lange her? Was macht bloß die Zeit aus den Menschen? Herr, dein Wille geschehe.«

»Was willst du hier?«, fragte der Vater, trat dicht an den Sohn heran und sah ihn wild an. »Führen zu wenig Wege an deiner Staniza vorbei?«

Iwan saß hoch aufgerichtet auf der Bank wie im Sattel und spürte im Gesicht den heißen Atem des Alten.

Michaila spreizte die Finger mit einem Ruck, ballte sie wieder zur Faust und stieß durch die Zähne:

»Ein teuflischer Wirbel treibt dich um? Du bekreuzigst dich nicht mehr? Du kommst hier rein wie in eine Kneipe? Runter die Mütze!«

Iwan schob die Mütze von einem Ohr aufs andere und preßte keuchend vor Ärger heraus:

»Lass das sein, Vater.«

Der Vater riß ihm die Mütze mitsamt einem Haarbüschel vom Kopf und brüllte:

»Hände an die Hosennaht, du Hundesohn!«

Iwan stürzte zur Tür, aber der erste Schlag der Faust seines Vaters wirbelte ihn wie einen Brummkreisel durch die Stube. Er fiel den Alten zu Füßen, knallte mit dem Hinterkopf gegen den eisernen Fuß der Nähmaschine und verlor das Bewußtsein. Michaila band dem Sohn mit einem weißgegerbten Riemen die Hände auf den Rücken und warf ihn in den Keller.

»Waska, Freund, hilf uns.«

»Was gibts dort bei euch?«

Maxim erzählte in aller Eile, Grigorow ergänzte.

»Von welcher Partei ist der?«, fragte Galagan.

»Von der Partei Raub und Klau. Sie stehlen alles, was nicht niet- und nagelfest ist.«

»Wie weit bis zur Staniza?«

»An zwei Werst.«

Galagan sah die Matrosen an, die den Stabswaggon füllten.

»Was meint ihr, Jungs?«

Die Matrosen beriefen sich darauf, dass sie die Umstände nicht kannten, und äußerten sich unterschiedlich. Die einen empfahlen, sich nicht in fremde Angelegenheiten zu mischen, andere brummten etwas Unverständliches, viele neigten zu der Meinung, man müsse den Morgen abwarten, die Lage klären und erst dann die Bande zerschlagen.

»Genossen«, sagte Grigorow, »die Zeit drängt. Ich wunder mich über eure Unentschlossenheit. Der Fall ist klar, die Bande muss entwaffnet werden, je eher, desto besser.«

»Nicht so hastig, Vorsitzender, das Spiel riecht nach Blut«, bremste ihn Galagan und wandte sich an seine Leute: »Wer geht mit mir auf Spähtrupp?«

Es meldeten sich fast alle.

Er wählte zwei, den Bootsmann Suworow und den pockennarbigen Athleten Tjupa, ließ die Wachen verstärken und befahl, bis zu seiner Rückkehr dürfe niemand den Transportzug verlassen.

Grigorow zwinkerte Maxim zu.

»Geh mit ihnen.«

Maxim besann sich.

»Waska, nimm mich auch mit. Ich kenn hier jeden Fußbreit Steppe und alle Schlupflöcher und bring dich ruck, zuck hin.«

Zu viert stiegen sie aus dem Waggon und verschwanden wie bleiche Schatten in der mondbeschienenen Steppe.

Über der Staniza Feuerschein.

In den schwarzen Gärten brannten Feuer.

Auf der hohen Vortreppe eines schmucken Häuschens bedrängte ein Haufen Besoffener den Popen Gennadi. Einer schnitt ihm mit dem Säbel die grauen Zotteln ab, ein anderer zog ihm die Hosen herunter und sang dazu:

»Äpfelchen,
Revolution …
Pope, zieh die Hosen aus,
Kontribution …«

»Erbarmt euch, meine Kinder!«

»Geh mit uns, in unserer Kompanie fehlt ein MG-Schütze.«

»Verschont mich, Söhnchen.«

»Den Koch kann er machen …«

»Die Stuten befehligen!«

Nachdem sie ihm einen tüchtigen Schrecken eingejagt hatten, ließen sie ihn los. Er raffte die Schöße des Leibrocks und lief weg von seinem Hause, aus dessen Fenstern leere Flaschen, Konservendosen, donnerndes Gelächter, Mädchengekreisch und Geheul auf die Straße flogen.

Zwischen den Tischen sausten staubaufwirbelnd tanzende Paare. Mädchen sprangen mit blinkenden Beinen durch die Feuer. Welche stritten über Politik, welche amüsierten sich einfach. Besoffene lagen haufenweise herum.

Ein glattrasierter Estradensänger und ein schwindsüchtiger Soldat mit abstehenden blutleeren Ohren standen einander gegenüber wie Raufbolde und fluchten um die Wette – wers am besten kann. Zu ihren Füßen lagen auf der Erde ein Haufen zerknüllter Geldscheine, Papirossaschachteln, ein kaputtes Fernglas, eine silberne Streichholzschachtel – alles für den Sieger bestimmt. Die Schimpfer waren umstanden von johlenden Kennern, die die raffinierte Kunst der Zotenflüche zu schätzen wussten.

Der Matrose Timoschkin, zwischen den Zähnen einen Dolch, in jeder Hand einen Fliederstrauß, tanzte auf dem Tisch eine Tschetschotka.

Er wurde von allen Seiten beschimpft und angespornt:

»Los, schmeiß die Pedale!«

»Klasse!«

»Und jetzt den Dreifachtriller.«

»Schneller! Du willst doch keine Würmer aus dir rausschütteln, schneller! Los, dreitausend Umdrehungen pro Minute.«

Vom Tisch fielen Flaschen, rutschten Teller.

Galagan trank mit den Soldaten, trieb sich bei den Matrosen herum, rief im Diebsjargon den Gaunern Witze zu, schwatzte mit den Anarchisten, die sich gesondert hielten, sang mit den Bergleuten, aus deren kräftigen Kehlen ein Lied hervorbrach wie Wolfsgeheul. Dann suchte er seine Begleiter, führte sie beiseite und gab knappe Anweisungen.

An Maxim:
»Zwei zweispännige Kutschen hinter die Staniza, zur Mühle, Tempo!«
An den Bootsmann Suworow:
»Lock den Kommandeur der Bergleute – da, da geht er! – aus der Staniza und halt ihn fest, bis ich komm. Verstanden? Mach rasch!«
An den Matrosen Tjupa:
»Kumpel, such dir einen Soldaten mit möglichst dichtem Bart und schleif ihn aus der Staniza!«
»Gemacht«, brummte Tjupa und fragte: »Sammeln bei der Mühle?«
»Ja. In einer halben Stunde. Ab dafür.«
Sie gingen auseinander.
Am Rande des Platzes standen gedrängt die Stanizler und unterhielten sich halblaut:
»So sieht sie aus, die Kommune …«
»Weiberchen, das ist nicht die Kommune, Anarchisten solln das sein, und irgendwelche Expropriatoren.«
»Toren … Wenn ich eine gute Kosakenhundertschaft mit Peitschen hätte, ich würds denen schon zeigen.«
»Dem alten Safron haben sie zwei Gäule weggeholt.«
»Wenn sie wollen, holen sie auch die Frau vom Hof.«
»Ich würd drei Kreuze schlagen, wenn sich einer für meine Dunjacha erwärmen tät«, sagte der junge schöne Lukaschka. »Das ist ein Biest … uuu!«
»… sie holen die Frau weg und reißen einem das Kreuz vom Hals. Der liebe Gott hat sich von uns abgewendet.«
»Ein Unglück ist das!«
»Unsere Komiteeler ziehen, scheints, auch den Schwanz ein?«
»Ach, die!«
»Weit haben wirs gebracht. Freiheit nennt sich das.«
»Wir werden uns noch so manches Mal an die Worte des seligen Wakula Kusmitsch erinnern: ›Es ist schmählich, ohne Zaren zu leben!‹«

»Red kein Quatsch, dickmäuliger Götze.«

»Wart nur, Serjoshka, wir haben euch Junge schon mal verdroschen und werden euch wieder verdreschen, ihr kriegt euern Denkzettel ...«

Ostap Duda atmete Lukaschka heiß ins Ohr:

»Pferde ... Wein ... Geld ... Tschernojarow freut sich, wenn wir zu ihm kommen, wir sind ja aus seiner Staniza. Gehen wir?«

Lukaschka druckste herum:

»Lieber nich, Ostap. Das muss ich mir überlegen. Eine Bande ist nich wie die Leibgarde früher, in ne Bande kommt man jederzeit leicht rein.«

Der Matrose Timoschkin wirbelte wie ein Dämon durch die Menge und erzählte:

»Die Deutschen schinden die Ukraine wie ne Ziege beim Abdecker. Die Haidamaken handeln auf zwei Märkten, sie machen Kumpanei mit den Deutschen, und Skoropadski[1] ist ihr leiblicher Vater. Wir hatten keine Lust, zum Haidamakengott zu beten, und sind hierher abgehauen. Mit bloßen Säbeln haben wir uns durch alle Fronten geschlagen, Maschinengewehre haben wir von den Weißen erbeutet, und die Kanonen haben wir bei Kajala den Roten abgenommen.«

»Wollt ihr lange bei uns bleiben, Matrose?«

»Neee. Bei euch gibts ja bloß kleine Fische, keine großen Störe von Burshuis. Hier is es nich interessant für uns. Wir erholn uns ne Woche und gehn dann mit der ganzen Schar zurück. Die Brust aus Stahl, die Arme stark – vorwärts, vorwärts und vorwärts!«

»Sag mal, Mann, und auf der Krim, is da auch Aufruhr?«

»Na klar. Krieg auf der Krim, da stehts ganz schlimm, da kapierst du nicht die Bohne. Die Bolschewiken haben in Brest die Ukraine verschachert, jetzt führen sie in Rostow Friedensver-

1 Pawel Petrowitsch Skoropadski (1873–1945), Okt. 1917 Befehlshaber der Truppen der ukrainischen Zentralrada, im April 1918 von den deutschen Besatzern als Hetman der Ukraine eingesetzt, proklamierte ein Ukrainisches Reich, nach dem Rückzug der Deutschen musste er die Macht an Petljura und das Ukrainische Direktorium abtreten (vgl. Anm. S. 239).

handlungen mit den Deutschen, und morgen tun sie sich mit den Burshuis zusammen und verkaufen uns allesamt.«

Durch die Menge drängte sich, die zerzausten Haare richtend, Anna Pawlowna.

»Genossen, ich versteh das nicht … Ich bin nicht einverstanden … Das ist doch Anarchismus … Ihre Leute … Meine Nähmaschine, ich lebe davon …«

»Wer sind Sie?«

»Ich bin Lehrerin.«

»Lehrerin? Die Nähmaschine? Wo gibts denn so was!«, rief Timoschkin empört und spuckte saftig aus. »Diese Zottelköpfe, mit denen mach ich kurzen Prozess. Entschuldigung, ich weiß Ihren Vor- und Vatersnamen nicht, wer hat Ihnen denn die Maschine geklaut?«

»Wie soll ich die finden? Ihr seht doch alle egal aus, als ob euch alle dieselbe Mutter geboren hätte.«

»Haben sie Ihnen eine Quittung gegeben?«

»Wollen Sie mich verspotten? Von wegen Quittung! Ich war froh, dass ich selber heil davonkam.« Sie blickte hoffnungsvoll in das lebhafte Sommersprossengesicht des Matrosen.

Timoschkin griente.

»Die aus den Bergen versaun alles, ich kenn sie. Die geben weder Lebenden noch Toten ne Quittung. Machen Sie sich nichts draus, Madam, Ihre Maschine find ich schon.«

Er eilte davon und kehrte tatsächlich bald mit der Maschine zurück.

»Danke schön, danke schön.« Sie nahm die Maschine, stellte sie aber gleich wieder hin.

»Zu schwer? Soll ich helfen?« Timoschkin eilte herzu.

»Wenn Sie so nett sein wollen.«

Den ganzen Weg über schwatzte Timoschkin davon, wie er mal irgendwo einen Anker und einen Dampfkessel geschleppt hatte.

Vor der Schule blieben sie stehen.

Anna Pawlowna klingelte. Hinter der Tür rief eine zitternde kindliche Stimme:

»Wer ist da?«

»Ich bins, Olenka, hab keine Angst.«

»Mamilein, Mamilein ...« Die Tür wurde einen Spaltbreit geöffnet. Als die Tochter den fremden Mann sah, verstummte sie.

»Die Maschine ist wieder da, Gott sei Dank«, sagte die Mutter, »ein anständiger Genosse hat mir tragen geholfen.«

»Ich hatte solche Angst um dich, Mama, solche Angst.«

»Kommen Sie rein, Genosse. Wie heißen Sie? Möchten Sie Tee?«

Der Matrose stellte die Maschine neben der Tür ab, richtete sich auf und wölbte die Brust gewaltig vor.

»Erlauben Sie mir, mich vorzustellen – Illarion Timoschkin, Matrose der Baltischen Flotte.« Er schüttelte gefühlvoll beiden die Hand und wandte sich an die Tochter: »Und Sie heißen Schura?«

Olenka hob verwundert die Brauen.

»Nein, nicht Schura.«

»Ha-ha. Und ich dachte, Schura. Ich mag den Namen Schura. Aber macht nichts. Einen Tee trink ich übrigens mit Vergnügen, hab schon lange keinen getrunken, das letzte Mal auf dem Bahnhof von Millerowo.«

Auf dem Tisch summte der Samowar. Anna Pawlowna bereitete Tee. Die scharfäugige Olenka, ein blaues Schleifchen im Haar, saß da wie ein Hase, die Ohren gespitzt. Mit einer Mischung von Neugier und Angst beobachtete sie misstrauisch den Matrosen.

Das erste Glas leerten sie schweigend.

Timoschkin, der sich rasch wie zu Hause fühlte, brachte einen Taschenspiegel zum Vorschein, ordnete die Frisur und fragte:

»Wovor hatten Sie denn Angst, Fräulein?«

»Ich weiß ja selber nicht. Man fürchtet sich allein im leeren Haus.«

»Sehr richtig, allein fürchtet man sich überall. Bei der Stadt Lugansk ist mir mal ein Ding passiert. Eines Nachts gingen wir auf Spähtrupp ...«

Er erzählte einen Vorfall aus seinem Soldatenleben, dann ließ er zu seinem Vergnügen eine Moosbeere im Glas herumtanzen und warf Anna Pawlowna einen schrägen Blick zu.

»Kriegen Sie ein gutes Gehalt?«

»Ach wo.« Sie machte eine wegwerfende Handbewegung. »Wir haben hier fast jeden Monat eine neue Macht, da steckt kein Mensch die Nase in die Schule.«

»Empörend«, rief Olenka, die sich den Kummer ihrer Mutter sehr zu Herzen nahm, und sprudelte eine Zeitungsphrase hervor, die sie behalten hatte: »Verstehen Sie, ohne Volksaufklärung sind alle Errungenschaften der Revolution für die Katz.«

»Stimmt, für die Katz«, bestätigte der Matrose. »Die Mistsäcke wollen nichts als saufen.« Er blätterte flüchtig in einem herumliegenden Geometriebuch und fragte: »Sie lernen noch?«

»In der Schule gabs fast den ganzen Winter keinen Unterricht, da hat die Mama zu Hause ein bisschen mit mir geübt.«

Der Matrose seufzte betrübt.

»Ich hab sechs Jahre das Gymnasium besucht. Von Arithmetik hab ich keine Ahnung, mir hat alles zum Halse herausgehangen. Da hab ich zu meiner Mutter gesagt: ›Mutter, lass mich Soldat werden.‹ – ›Schlag dir das aus dem Kopf, du Dummkopf‹, hat sie geantwortet. Ich hab nicht auf sie gehört und bin abgehauen zur Flotte; bald werd ich Obermaat, ich bin tapfer.«

Die Hände in den Taschen der weiten Seemannshose, ging Timoschkin durchs Zimmer und blieb vor dem Bildnis eines alten Mannes in leinenem Hemd stehen.

»Der Herr Vater?«

»Nein, der Schriftsteller Tolstoi«, antwortete Olenka, und in ihren Augen blitzten lustige Fünkchen.

Der Matrose trat mit gelangweilter Miene zum Globus und gab ihm einen Stoß, dass Meere und Kontinente an ihm vorüberschnurrten.

»Wo sind wir hier?«

»Olenka, zeigs ihm.«

Olenka hielt den kreisenden Globus voller Fliegenschisse an und ließ den Finger darübergleiten.

»Hier ist das europäische Russland, da die Ukraine, der Kaukasus …«

»Waren Sie schon mal da?«

»Wo?«

»Na, in dieser, wie heißt sie gleich? In der europäischen Ukraine oder wenigstens auf dem Gipfel des Berges Kasbek?«

»Nein, war ich noch nicht.«

»Noch nicht?«, fragte der Seemann verwundert und sah sie mitfühlend an. »Ihr junges Leben ist ja ein Alptraum, eine Komödie. Heute leben wir und toben uns aus, morgen krepieren wir womöglich und kriegen nichts mehr zu sehen. Soll ich Ihrem Schicksal eine wundersame Wendung geben?«

Olenka sah fragend die Mutter an.

»Kommen Sie mit mir«, sagte Timoschkin und strich die widerspenstig hochstarrenden rötlichen Haarwirbel glatt. »Bei uns ist es interessant: Wir haben genug zu futtern, und an Textilien und allem andern ist kein Mangel.«

»Genosse, der Tee wird kalt«, sagte Anna Pawlowna. »Geh, Olenka, für dich ist es Zeit, zu schlafen.«

Die Tochter stand auf, verneigte sich vor dem Gast und ging in das Arbeitszimmer ihres Vaters, wo sie auf dem Sofa schlief.

Timoschkin plauderte noch ein wenig über Politik und die Bestialitäten der Deutschen und verstummte, es wurde ihm langweilig, mit der alten Frau zu sprechen.

Das Licht zog neue Gäste an.

Die Tür erbebte unter ungeduldigen Schlägen.

Anna Pawlowna richtete mit fliegenden Händen ihr Tuch und ging hinaus.

Der Matrose schaute ins Nebenzimmer.

Olenka saß auf dem Schreibtisch, beim Erscheinen des Matrosen sprang sie auf.

»Sie? Was wollen Sie?«

»Kommen Sie spazieren, Fräulein, draußen ist es lustig.«

»Ich? Nein, es ist spät … Hören Sie, wer schlägt da gegen die Tür?« Sie wollte der Mutter helfen und flog zur Tür.

Timoschkin packte ihren Arm, riss sie an sich und küsste sie auf die glühende Wange.

Sie schrie gellend auf, zog ihm die Fingernägel über die Wange und entschlüpfte seinen Armen.

»Fräulein …«

»Frechling! Scher dich sofort raus!« Sie rieb sich die Wange, als hätte sie sich verbrannt.

Timoschkin glotzte trübäugig und kam, Unverständliches murmelnd, um den Schreibtisch herum.

Sie zog sich hinter einen Sessel zurück.

In der Tür zeigten sich Visagen.

Die Mutter, von einem Schlag getroffen, schrie auf.

Olenka, ganz außer sich, schleuderte das Tintenfass nach dem Matrosen, warf sich gegen den wackligen Fensterrahmen und fiel unter Scherbengeklirr in den Garten.

Der Matrose sprang ihr nach, schwang sich über den Zaun, stolperte und schlug lang hin.

Galagan, der eben die Straße daherkam, hob ihn auf und stellte ihn auf die Füße.

»Wo kommst du denn her?«

»Hör mal, ist hier nicht eben so ein stupsnasiges Mädchen vorbeigelaufen, mit Kussmäulchen?«

»Die holst du nicht ein, die ist längst weg.«

Galagan betrachtete Timoschkins tintenverschmierte Visage, die er in der Dunkelheit für blutig hielt.

»Bist du verletzt? Womit hat sie dir eine geballert?«

»Na, ihr Glück, dass sie abgehaun is. Trotzdem schlag ich das widerspenstige Stück windelweich, die kriegt meine schwielige Hand zu spüren.«

»Hör auf, Kumpel, was gibst du dich mit einem Weib ab«, beschwichtigte ihn Galagan. »Komm lieber mit mir.«

»Wohin?«

»Gibt was zu tun.«

»Die verdammte Schleiche, der will ich … Was zu tun, sagst du? Aus welcher Kompanie bist du? Wieso kenn ich dich nicht?«

»Komm mit, wirst schon sehn.«

Bald waren sie außerhalb der Staniza. Bei der Mühle standen rauchend und halblaut plaudernd vier Mann; der fünfte schlief zusammengerollt auf einer Kutsche. Alle stiegen in die beiden Kutschen und jagten zur Station.

Im Stabswaggon herrschte Halbdunkel, eine einsame Kerzenflamme zitterte, auf dem Tisch schorften Brotkrümel. An den Wänden hingen Landkarten, zotige Karikaturen, Waffen und die Kleidungsstücke der Stabsmitglieder. Diese schliefen auf Kisten mit Granaten und Sprengstoff, die den halben Waggon füllten.

»Aufstehn, Leute!«, schrie Galagan, als er hineinstürmte. »Empfangt die Delegation.«

Timoschkin hatte schon vorher geschwant, dass er nicht bei den eigenen Leuten gelandet war. Er drückte den Stabsmitgliedern die Hand und fragte beunruhigt:

»Eine Abteilung? Schwarzmeerflotte? Na, dann schließen wir uns doch zusammen!«

»Von welchem Schiff?«

»Von der ›Gangut‹. Baltische Flotte.«

»Zur Sache.« Galagan klopfte auf den Tisch. »Genossen, wir haben euch hergebracht zu einer Kampfberatung. Die Sache ist die: Eure Abteilung hat in der Staniza Quartier und Verpflegung bekommen, alle eure Partisanenforderungen sind erfüllt worden …«

»Wir wolln uns zusammenschließen!«, lärmte Timoschkin wieder.

Galagan zögerte, suchte nach passenden Worten, dann sprach er weiter:

»Die Männer vom Revkom waren hier, sich beschweren. Ich habe ihnen geglaubt und auch wieder nicht. Ich wollt mir selber ein Bild machen. Im Eifer des Gefechts passiert ja alles Mögliche bei uns, aber … Da bin ich losgezogen und hab mir das angesehn. Wo habt ihr bloß die ganzen Schläger und Gauner aufgelesen?«

»Genosse, wir …«

»Eine solche Horde muss entwaffnet werden«, fuhr Galagan fort. »Ich hab genug Kräfte. Ich könnte aus eigener Kraft, ohne alle Sitzungen, die Staniza mit euch pflastern, aber …« er hob die Stimme, »wozu unnötig Blut vergießen?«

»Lieber Genosse, wir sind doch unschuldig.«

»Darauf gibt die Revolution nichts. Du kannst noch so ein Bewusstsein haben, aber wenn du ein Hundesohn bist, bist du auch schuldig.«

»Hör auf zu quatschen, komm zur Sache, was willst du?«, fragte Timoschkin. »Schnaps? Kies?«

»Ich machs kurz. Genossen Bergarbeiter, Genossen Matrosen, Genossen Soldaten, ich hoffe, ihr helft mir, die Gaunerbande zu zausen … Warum sagt ihr nichts?«, wandte sich Galagan an alle. »Wer möchte sich äußern?«

»Wir Frontkämpfer«, sagte ein Soldat, besoffen wie ein Schwein, »wir wolln uns durchschlagen in die Heimat … also ins Gouvernement Samara[1], Kreis Busuluk, wolln wir uns durchschlagen, und unsere Gewehre geben wir nicht aus der Hand. Was solln wir machen ohne Gewehre, wo sich hier überall Banden rumtreiben?«

»Kumpel«, rief Timoschkin gleichzeitig mit dem Soldaten. »Du willst gegen die eigenen Leute die Hand erheben? Wo sind deine Jungs? Los, bring deine Abteilung in die Staniza, wir verbrüdern uns.«

Maxim und Grigorow zankten sich mit dem Führer der Bergarbeiterkompanie Martjanow herum.

»Tschernojarow, das ist einer«, schrie Martjanow. »Wir haben zusammen die Front durchbrochen, mit den Germanen gekämpft. Außerdem sind wir weit weg von unserer Heimat, zum Don gibts keine Rückkehr, wir dürfen uns nicht vom Ataman trennen. Da heißts zuschlagen, drauflosdreschen, durchbrechen, und wenn alles zum Teufel geht!«

»Versteh doch, Freund«, bedrängte ihn Grigorow, »euer Ata-

1 Seit 1935 Kuibyschew.

man stiftet mehr Schaden als Nutzen. Ihr habt euern Spaß, dann haut ihr ab, und die ganze Gegend erhebt sich gegen die Sowjetmacht.«

»Sie erhebt sich? Und wozu seid ihr da? Schlagt um euch, zertretet die Giftnattern, damit sie nicht mehr mucksen.«

»Richtig«, sagte Maxim, »die Giftnattern zischen und kriechen aus jedem Tor, um zu beißen, und dann macht auch noch ihr Schweinereien.«

»Wir haben in der Abteilung keinen einzigen Kontra«, versicherte der Bergarbeiter. »Wir sind weit weg von unserer Heimat, uns hält die Angst, was solln wir ohne den Ataman machen? Der hat ein helles Köpfchen.«

Maxim und Grigorow drängten den Bergmann in die Ecke, versuchten ihn zu überzeugen.

»Was sorgt ihr euch um die Habe der Burshuis?«, brüllte der Soldat. »Solln wir die Schlangen etwa schonen?«

Jegorow drang mit Fäusten auf den Soldaten ein.

»Ihr seid doch selber arme Hunde, es ist eure Pflicht, die Revolution zu verteidigen, statt euch im Hinterland rumzutreiben, die Weiber zu betatschen und Sahnetöpfe leerzulecken. Die vom Revkom werden mit ihren Burshuis selber fertig, aber euer und unser Platz ist im Schützengraben, du Kommissknochen. Mein einziger Sohn stirbt womöglich an der Front, und ich selber will das Brot der Sowjetmacht nicht umsonst essen. Ich geh! Wir alle gehn ins Feuer, in die Bajonette, und ihr wollt hier Milch schlabbern?«

Galagan stand auf und rief gebieterisch:

»Schluss mit dem Gerede, die Sache ist entschieden. Im Namen der Revolution befehle ich …«

»Du willst mich in die Flasche stecken und zukorken?«, unterbrach ihn Timoschkin. »Da irrst du dich, du Schuft, damit kommst du nicht weit!« Er riss eine geriffelte englische Handgranate großer Sprengkraft vom Gürtel und wich zur Wand, um alle im Auge zu haben. »Sense?« Sein verzerrtes Gesicht voller Tintenspritzer zeigte wilde Entschlossenheit, die Hand mit der Granate war hoch erhoben.

Galagan war bestürzt.

Alle verstummten.

Im Waggon war es plötzlich dumpfig wie in einem Sarg. Das Ticken der Pendeluhr markierte die Stille wie mit einer punktierten Linie.

»Halt ein, du Aas«, presste Galagan hervor. »Im Waggon sind zweihundert Granaten und fast ein Zentner Dynamit. Du machst den ganzen Zug zu Matsch.«

Timoschkin schwieg mit gefletschten Zähnen. Seine Augen zeigten wenig Schrecken.

»Wenn du mich für schädlich hältst, erschieß mich allein«, fuhr Galagan fort. Dann zog er vorsichtig, wie in Furcht, durch eine heftige Bewegung jemanden zu erschrecken, die Mauser, fasste sie am Lauf und legte sie an den Rand des Tischs, den Griff nach vorn.

Das Schweigen dauerte noch eine lange Minute.

Timoschkin ließ langsam die Hand sinken, machte einen Schritt zum Tisch und legte die Handgranate neben die Mauser.

»Ich gebe auf.«

Jegorow, der ihm am nächsten stand, gab ihm einen Faustschlag aufs Ohr.

»Du Petschenege! Du bist ein fünftes Rad an unserm kommunistischen Wagen ...«

»Ich geb auch auf.« Der Soldat hob die zitternden Hände. »Brüder, ich hab selber in Debalzewo in einem kommunistischen Regiment gedient, ich hab nur den richtigen Namen vergessen. Ein ganzes Jahr lang hab ich nach rechts und nach links gratis agitiert.«

»Na, und du?«, fragten ein paar Mann Martjanow.

»Ich ... nichts weiter ...«

»Der geht mit uns«, antwortete statt seiner Grigorow.

Der Bergmann begann den Riemen abzuschnallen.

»Behalt deine Waffe«, sagte Galagan. »Lauf in die Staniza. Ich geb dir den Auftrag, mit deinen Jungs die Batterie und den Ataman festzusetzen. Sag deinen Leuten, sie solln Mäntel und Hemden ausziehn, damit ich euch im Kampf von den andern unterscheiden kann.«

»Wird genauestens ausgeführt. Wenn ich das sag, steht die Sache.« Er drückte Maxim und Grigorow eilig die Hand und ging.

In dem Durcheinander war der Soldat entwischt.

»Der da«, Galagan zeigte mit dem Finger auf Timoschkin, »wird ausgebucht.«

»Seemannslos«, sagte der weinend, als sie ihn zum Ausgang stießen. »Brüder, wofür? Ich hab keinem Menschen auch nur für eine Kopeke Böses getan!«

Hinterm Bahnhof, an einer von Kugeln zernarbten Ziegelmauer, gab Timoschkin den Anker ab.

»Wie siehts im Zug aus?«, fragte Galagan.

»Alle schlafen.«

»Wecken.«

»Zu Befehl, wecken«, antwortete Suworow und gab den Befehl an den Posten an der Tür weiter: »Weck die Leute.«

Der Posten lief den Zug entlang.

»Reise-reise! Zu den Waffen! Zu den Waffen!«

Die Matrosen, angezogen und bewaffnet, purzelten aus den Waggons und traten vor dem Stationsgebäude an.

»Zwei Geschütze von den Flachwagen rollen«, befahl Waska Galagan.

»Zu Befehl«, antwortete Suworow und rief dem Wachhabenden über die Schulter zu: »Zwei Geschütze fertigmachen.«

»Geschützführer, zu den Geschützen!«, rief der Wachhabende gedehnt.

Sofort kam die Antwort aus der Dunkelheit:

»Zu Befehl, zwei Geschütze!«

Die Abteilung war angetreten. Tiefe Stimmen brummten. Vom Wind angefacht, glühten Papirossy. Die Gesichter waren nicht zu erkennen.

Galagan hielt vom Trittbrett des Stabswaggons eine kurze, zornige, mit saftigen Flüchen gewürzte Ansprache.

Sie hörten ihm in strengstem Stillschweigen zu und rückten

dann in voller Ordnung von der Station ab. In zwei Marschketten bewegten sie sich rasch durch die dunkle Steppe.

Von drei Seiten gleichzeitig drangen die Matrosen in die Staniza ein.

In den aufgestörten Straßen summende Bewegung.

Aus den Höfen rollten Tatschankas, den Pferden wurden im Laufen die Kumte übergeworfen. Reiter sprengten dahin, Soldaten liefen und feuerten, ein Teil des Trosses polterte schon über die Brücke.

Die Einwohner ballerten den Flüchtenden mit Schrotflinten hinterher. Furchtlose Kosakinnen schlugen mit geriffelten Wäschebleueln und mit Topfgabeln auf die herumliegenden Besoffenen ein.

Die Bergarbeiter rollten die Geschütze von Hand mitten auf die Straße und nahmen die Brücke unter Direktbeschuss. Die Granaten lagen im Ziel – die Brücke flammte auf, den Fluss hinunter trieben Kissen, schnatternde Gänse, Koffer, Kartons mit Plunder …

Katzenjammer

In Russland ist Revolution -
Dörfer in Glut, Städte in Wahn.

Über die Armee[1] brachen Läusescharen herein
die Armee ging zugrunde.

Der Herbst schlug zu mit Regen, Blei und Blut.

Wie ein Filzteppich lag das niedergeschossene, von Unkraut durchwucherte, nicht abgeerntete Getreide. Die verwaisten Felder wurden zerstampft von Reiterei, leergefressen von Mäusescharen, leergepickt von Vogelschwärmen. Über dem Kuban, dem Terek und Stawropol wehten die purpurroten Banner der Brände. Die Roten brannten Chutors und Stanizen der aufständischen Kosaken nieder, die Weißen verwüsteten Bauerndörfer und Arbeitervorstädte.

Der Winter rückte heran.

Von Norden her kamen immer öfter kalte Winde, entblößten die Gärten, raschelten in der Steppe über die toten Gräser. Nachtfröste schlugen zu, die Pfützen überzogen sich mit erstem brüchigem Eis.

Den Kämpfern gebrach es an Kleidern und Schuhwerk.

Über dieselben Strecken und Straßen wie die Armee kroch die Typhuslaus. Die Gesunden konnten sich der Plage noch irgendwie erwehren, die Kranken nicht.

Mineralnyje Wody
Pjatigorsk
Wladikawkas[2]

1 Gemeint ist die am 3. 10. 1918 aus der Roten Armee des Nordkaukasus gebildete 11. Armee. Nach schweren Verlusten durch Kämpfe und Typhus am 13. 2. 1919 der 12. Armee angegliedert. (vgl. Anm. S. 205)

2 1944–1954 Dsaudshikau, 1931–1944 und seit 1954 Ordshonikidse.

Grosny
Swjatoi Krest[1]
Mosdok
Kisljar
Tschorny Rynok …

Die Überlebenden würden diese blutigen Meilensteine noch lange im Gedächtnis bewahren.

In Städten und Dörfern, Chutors und Stanizen überließ die flüchtende Armee Tausende und Abertausende Verwundete, Kranke und Schwache ihrem Schicksal. Die Etappenkommandanten stellten Wachposten vor die Türen der Lazarette, die Befehl hatten, niemanden aus den Räumen herauszulassen.

Wer noch Kraft hatte zur weiteren Flucht, lief in die Lazarette, sich verabschieden.

»Brüder, keine Sorge … Wir ziehn uns für drei Tage zurück und kommen wieder.«

»Lüg nicht, Landser! Die haben uns hergeführt und verkauft. Die Kadetten werden uns alle totsäbeln.«

»Sie rühren euch nicht an. Einen Krüppel werden sie nicht wagen anzurühren.«

»Ja, wenn du an meiner Stelle hier lägst mit einer Kugel in der Brust, würdest du anders blöken.«

»Ich sag doch, wir kommen bald wieder, wartet.«

»Auf wen oder was? Auf den Henker mit dem Strick?«

Sie erhoben sich von den Betten.

»Brüder, macht euch fertig.«

»Wo wollt ihr hin? Was steht ihr auf? Wir haben keine Pferde. Wir haben keine warmen Sachen. Die Brücken im Hinterland sind gesprengt. Wir haben nichts zu fressen für euch, haben selber nichts. Unterwegs erwartet euch Krüppel allesamt der sichere Tod …«

»Wir gehn sowieso drauf. Schick ein Telegramm an Lenin …«

»Brüder, verlasst uns nicht!«

1 1920–1935 und 1957–1973 Prikumsk, 1935–1957 und seit 1973 Budjonnowsk.

Schluchzen und Zähneknirschen.

»Verlasst uns nicht ... Wir haben zusammen gekämpft, sterben wir auch zusammen!«

»Lebt wohl, Stanizler ... Lebt wohl, Freunde ...«

Stöhnen, Heulen, letzte Umarmungen.

Der Vater sagte dem Sohn, der Bruder dem Bruder, der Kamerad dem Kameraden Lebewohl.

Die Lazaretttüren wurden mit Brettern vernagelt – da sprang aus den Fenstern, wer noch springen konnte. An Krücken, im Fieberwahn, die blutigen Verbände abreißend, strebten sie der zurückweichenden Armee hinterher, stützten einander, gingen, krochen, fielen hin und starben. Viele lagen verkrümmt, vom ersten Schnee bepudert, friedlich längs der Straßenränder.

Niedergebrannte Chutors und Stanizen, Skelette von Städten.

Der Revolutionäre Kriegsrat[1] der Armee tagte noch, glaubte blind an die Kraft seiner Entscheidungen und schoss Befehl um Befehl ab wie Raketen:

`Die Armee hinter den Terek zurückziehen … Die Truppenteile neu formieren … Schärfste Disziplin einführen. Den Leuten Ruhe gönnen … Mit der 12. Armee[2] Verbindung aufnehmen … Zum Frühjahr einen Schlag gegen Denikin vorbereiten …`

Vor den spiegelnden Fenstern der Stabswaggons polterten Tag und Nacht im Galopp Trossfahrzeuge und Batterien über die ausgefahrenen Wege, in strammer Haltung zog Kavallerie dahin, da marschierten die Reste der 7., 9. und 10. Kampfkolonne, von ihren Hauptkräften abgesprengte Truppenteile der Tamaner sowie die ausgedünnten Regimenter, die sich noch vor kurzem großen Ruhm erworben hatten: das Michailowskajaer, das Proletarische, das Wysselkier, das Internationale, das Labinskajaer, das 292. Schützenregiment, das Bauernregiment Schtscherbina, das Timaschewskajaer, das außerordentliche Kubanregiment, das

1 Ab Juni 1918 wurden in der Roten Armee Revolutionäre Kriegsräte als oberste Kommandoorgane der Fronten, Armeen, Flotten und Flottillen eingeführt.

2 Am 3. 10. 1918 gebildet, kämpfte erfolglos im Gebiet Astrachan und im Nordkaukasus gegen Denikin, am 13. 3. 1919 aufgelöst (vgl. 1. Anm. S. 269).

Unarokowskajaer, das Schwarzmeerregiment, das Volksregiment, das 306. Schützenregiment und andere. Ukrainische Bauernknechte und Rostower Arbeiter, Stanizaarmut und Taganroger Rotgardisten, Fischer aus Temrjuk und ungebärdige Matrosen, krummrückige Chutoronkels mit schaffellgroßen Bärten und bartlose junge Burschen. Der Mann aus Poltawa ging Schulter an Schulter mit dem aus Taurien, der Chinese im Gleichschritt mit dem Magyaren. Zurück gingen transkubanische Fußkosaken, zurück gingen tapfere Letten. Die jüngeren Kosaken wetteiferten in Reiterkunststücken mit Inguschen und Tschetschenen; im Übrigen fingen die Gebirgler zu dieser Zeit bereits an, in ihre Aule heimzukehren, um alsbald im gegnerischen Hinterland die Fahne des Aufstands zu erheben. Kremser, Fuhrwerke, Leiterwagen, Arbas und Tatschankas suchten einander polternd zu überholen. Die Räder versanken in den Fahrgleisen, die von den weiten Märschen entkräfteten Pferde blieben immer wieder stehen und zogen dann unter Knuten- und Knüppelhieben mit letzter Kraft weiter.

Heulen und Weinen, Flüche und Verwünschungen.

Kaum waren die Pferde gefüttert, die Menschen ein wenig ausgeruht, da pfiffen die Hundertschaftsführer, und die Kommandeure gaben laut das Kommando:

»Fertigmachen!«

»Brjuchowezkajaer, zu Pferde!«

»Fuhrleute, anspannen! Kompanie, angetreten!«

»Aufgesessen, aufgesessen!«

Sie kauten die zwischen den Zähnen knirschende halbgare Kascha herunter und rückten ab, zogen im Gehen die Riemen straff. Niemand mochte hinter seiner Einheit zurückbleiben; wer es wollte, hatte sich längst verkrümelt oder hatte Kommandeur und Kommissar ermordet und war übergelaufen, oder er war wider Willen in Gefangenschaft geraten; viele von ihnen kämpften bereits unter dem dreifarbigen Banner der Konterrevolution[1]. Viele der Überläufer lagen, von den Weißen niedergesäbelt oder erschossen, in Schluchten und Straßengräben.

1 Die Flagge des zaristischen Russlands war weiß-blau-rot quergestreift.

Die Armee, eine blutige Spur hinter sich lassend, rollte wie eine unaufhaltsame Lawine nach Mosdok, Kisljar, Tschorny Rynok. Die Eisenbahnstrecke war auf Dutzende Werst verstopft von Zügen aus der ganzen Region: Ausrüstung, Munition, Deserteure, Lazarette, Stäbe nichtexistierender Truppenteile. Es war befohlen, alles zu sprengen und zu verbrennen, was sich nicht abtransportieren ließ.

Da wurde gesprengt, verbrannt, geplündert nach Herzenslust. Der eine stapfte durch den Schlamm und konnte sich auch unbeladen kaum schleppen; ein anderer hatte zwei oder auch drei Militärmäntel übereinandergezogen und keuchte unter gebuckeltem Plunderbündel. Kabardiner, Karatschaier und Kosaken aus den aufständischen Stanizen unter dem Kommando von Bandenführern der Tereker Konterrevolution – Bitscherachow, Agojew, Serebrjakow – streiften wie Schakale durch die rückwärtigen Räume, plünderten auf Nebenwegen stecken gebliebene Trosse, beraubten und töteten alles, was nicht mehr die Kraft hatte, sich zu wehren.

Bei Tscherwljonnaja traf die zurückgehende Armee auf die von Astrachan zur Unterstützung ausgesandten Regimenter der 12. Armee – das Lenin- und das Eiserne Regiment. Die Kämpfer sahen verwegen aus, sie trugen nagelneue Mäntel und feste, noch knarrende Stiefel. Unter silberbestickten Fahnen kamen die Astrachaner in voller Kampfordnung daher, blickten scheel auf die zerlumpten Partisanen und riefen:

»Stanizler, was lasst ihr den Schnauzbart hängen?«

»Haben euch die Kosaken gezaust?«

»Ach, ihr seid mir Helden!«

Die vom Kuban bellten zurück:

»Wo wart ihr denn früher, ihr Schönlinge?«

»Merkt euch nur gut den Rückweg. Habt ihr genug Terpentin mit?«

»Ihr hängemäuligen Satansbraten, wartet nur ab, die Kadetten werden euch schon die Ohren zerfransen.«

Böse Scherze, Gelächter, säuische Flüche.

»Onkel, du hast n Knüppel in den Speichen! Ho-ho ...«

»Halt die Schnauze, verlauster Lumpenkerl!«

»Ich hau dir das halbe Maul weg!«

»Wenn du nicht wärst und Mikita …«

»Die machen euch Feuer unterm Arsch, dass ihr euch nicht mehr zu niesen traut!«

»Sänger, nach vorn!«

»Brüder, zur Sonne, zur Freiheit,
Brüder zum Lichte empor!
Hell aus dem dunklen Vergangnen
leuchtet die Zukunft hervor …«

Alle fielen dröhnend in das Lied ein und trugen es dem Feind entgegen.

Die beiden Regimenter, in Unkenntnis der gegnerischen Kampfgepflogenheiten, wurden schon im ersten Gefecht bei der Staniza Mekenskaja von der Reiterei des Generals Pokrowski eingeschlossen und fast vollständig aufgerieben.

Kommandeure und Kommissare waren in der Armee nur mehr dünn gesät: Viele lagen tot in Steppen und Bergen; andere wälzten sich, von Schlachtgetümmel phantasierend, im Typhusfieber; noch andere hatten ihre Truppenteile verlassen und waren nach Transkaukasien oder über Derbent und das Meer nach Astrachan geflüchtet.

Durch die Steppe fuhr flink ein Automobil. Auf dem Rücksitz saß, bequem in eine Ecke gelehnt, ein Mann in Uniform, der immer wieder aus dem Halbschlaf erwachte. Sein müdes Gesicht sah grau aus, auf der Nase hüpfte eine goldgefasste Brille.

Die Brigade und die Regimentstrosse zogen die Straße entlang.

Das Signalhorn bellte heiser.

»Lasst uns durch, ihr Deichsellecker«, schrie der Fahrer ärgerlich. »Sagt nach vorn durch, alles anhalten.«

Die Trossfahrer knurrten zurück:

»Kriech der Kuh untern Schwanz …«

Der Fahrer:

»Straße frei!«

Die Trossleute:

»Selber Straße frei. Du bist einer, wir sind viele.«

Die scheuen Steppenpferde prallten zur Seite und galoppierten los. Eine Feldküche mit heißem Borschtsch kippte um, ebenso ein Sanitätsfuhrwerk – die in den Schlamm geschleuderten Verwundeten heulten auf.

Das Auto kurvte jäh und rollte neben der Straße her. Hinter ihm her Flüche, Verwünschungen, Schreie: »Halt! Halt!« Der Wagen fuhr mit zunehmender Geschwindigkeit, die Hinterräder warfen Schmutzklumpen hoch. Iwan Tschernojarow überholte den Wagen und stellte sein Pferd quer.

»Überfahr mich!«

Der Fahrer bremste. Reiter umringten das Auto.

»Wer bist du?«, fragte Tschernojarow den Mann mit der Goldbrille. »Warum überfährst du Hurensohn meine Leute?«

»Ich bin Arslanow, Bevollmächtigter des Revolutionären Kriegsrats der Armee. Was möchten Sie, Genosse? Mein Mandat? Bitte … Ich …«

»Kennst du den Partisanen Iwan Tschernojarow?«, unterbrach ihn der Brigadekommandeur.

»Gehört hab ich von ihm, aber ich hatte noch nicht die Ehre!«

»Wo willst du so eilig hin?«

»Das geht Sie nichts an.«

»Er hats eilig nach Astrachan zum Bericht«, lachten die Kämpfer. »Lass ihn durch, er hat keine Zeit.«

»Ich halte es nicht für notwendig, jedem Erstbesten Antwort zu stehen. Welcher Truppenteil? Wer ist der Kommandeur? Ich werde mich beschweren. Fahr los!«, befahl er dem Chauffeur.

Der Wagen brüllte auf. Niemand rührte sich vom Fleck.

»Straße frei, sonst schieß ich.« In seiner Hand blitzte ein vernickelter Browning.

»Na, dann lerne Tschernojarow kennen!« Iwan reckte sich aus dem Sattel und trennte dem Bevollmächtigten mit dem Säbel den Kopf ab. »Brüder, beladet den Wagen mit hundert Pud Furage!«

Die Reiter brüllten vor Begeisterung.

Die Armee zog sich ungeordnet zurück. Die Truppenteile gerieten durcheinander, verloren ihre Trosse, ihre Versorgungsabteilungen, die Verbindung zu den Stäben. Versuche besonnener Führer, Ordnung in den Rückzug zu bringen, scheiterten, denn niemand hörte mehr auf irgendwelche Befehle. Lediglich zwei Kavallerieregimenter und die Brigade Iwan Tschernojarow deckten den Rückzug schlecht und recht.

Die Reiterei des Generals Pokrowski war ihnen auf den Fersen.

Die Brigade Tschernojarow drang nachts in Kisljar ein.

In der Stadt brannten Häuser, Getreidespeicher, Brotläden. Auf den Bahnhofsgleisen brannten Transportzüge mit militärischem Nachschub, dumpf barsten Kisten mit Handgranaten, aus den Flammen zischten Splitter. In den brennenden Waggons knatterte es, als würde Leinwand zerrissen – Zinkkästen mit Patronen. Auf den Straßen war kein Durchkommen – Trossfahrzeuge, Geschützbespannungen, Kutschwagen mit persönlicher Habe, im Schlamm stecken gebliebene Panzerautos. Die Wohnungen vollgestopft mit Verwundeten, Kranken, Rastenden.

Es fehlte an Furage, Brot, Wasser.

Stroh- und Schilfdächer der Häuser waren abgedeckt und verfüttert worden. Magere Gäule benagten die Hinterbretter der Fuhrwerke, die Pfähle und Zäune, an die sie gebunden waren. Die zuerst Eingetroffenen hatten die Brunnen leer gesoffen. Wer später kam, fand in den Brunnen nur noch schlammige Brühe. Für den Nachtrab der Armee blieb nichts.

In der Umgegend von Kisljar Ströme von Wein, ein Meer von Wein. Fässer wurden aus den Kellern geräumt: Man soff und soff und tränkte aus Trögen die Gäule mit Wein. Die hungrigen Tiere wurden schnell betrunken, wurden wild, rannten gegen Zäune und in Feuer. Johlende Menschen und tanzende Pferde stapften durch Weinlachen. Schäumender Wein plätscherte, spiegelte besoffene Röte.

Den Reitern hinterher liefen friedliche Einwohner, griffen nach den Steigbügeln.

»Herr Genosse … Dreißig Fässer!«

»Da haben wir zu wenig weggeholt. Dich hätte man längst selber an die Hunde verfüttern sollen. Ich habe gesehen, wie ein verkrüppelter Soldat um eine milde Gabe bat. Ihr habt ihm nicht mal ein Stück Brot gegeben und ihn von euren Häusern weggejagt.«

»Sie haben uns Kleider weggenommen …«

»Kusch!«

»Ein Kosak von euch hat mich geschlagen.«

»Ein Kosak? Na, dann nimm noch eins vom Sotnik!« Peitschenhieb über die Stirn.

»Ein Fässchen Honig …«

Der Schwadronsführer Juchim Sakora zügelte sein Pferd und brach in böses Gelächter aus.

»Drauf, Jungs!«

Die Reiter drangen juchzend auf die Einwohner ein, jagten sie die Gehsteige entlang, stampften sie mit den Pferden nieder, peitschten sie mit ihren Nagaikas ins Gesicht, schlugen mit der stumpfen Seite der Säbelklinge zu. Von hinten drängte, die schmale Straße versperrend, eine Lawine von Infanterie, Kavallerie und Trossfuhrwerken heran.

»Drauflos, nicht anhalten!«

»Labinskajaer, haltet euch wacker!«

»Anker hoch! Volle Fahrt voraus!«

Betrunken dröhnten Orchester durcheinander.

Im Schlamm tanzte mit hochgerafften Röcken eine wahnsinnig gewordene Schwester. Die Haare zerzaust, die Zähne gefletscht, an der Seite die baumelnde Feldtasche. Auf einem Fuhrwerk guckten verwundete Matrosen unter der Plane hervor und amüsierten sich weidlich.

»Hopp, Gevatterin, nicht so lahm! Hopp-hopp-hopp!«

»Steig ein, wir fahren dich spazieren!«

»Ich drück die Schwester ans Kreuz und sag ihr, sie soll mich um Christi willen kosen.«

»Ho-ho-ho-ho, ihr wasserdichten Satansbraten!«

Noch lange blickten sie zurück auf die brennende Stadt, schwenkten die Mützen, schossen in die Luft.

»Leb wohl, Kaukasus!«

»Lebt wohl, Berge und Wälder!«

»Ganz Russland gehört uns, ha-ha-ha!«

»Ein Grab ist das, ein kalfaterter Sarg!«

»Ach, soll sich die Seele vom Körper trennen! Lebt wohl, schöne Welt und bunte Bastschuhe!«

Sie zogen hinaus in die finsteren Räume der winterlichen Steppe, Partie um Partie, Abteilung um Abteilung, Regiment um Regiment …

Die Brigade Tschernojarow saß auf dem Basarplatz ab. Die Kämpfer gaben ihre Pferde den Pferdewärtern und machten ein Meeting.

»Sie haben uns verkauft!«, brüllte der angetrunkene MG-Schütze Tschaganow mit der schiefen Schulter. »Wo gehn wir hin? In die Abdeckerei? Sie haben uns verkauft und versoffen …«

»Hör auf, Tschaganow«, beschwichtigte ihn sein Kumpel Buzoi. »Wer hat uns beide verkauft und an wen? Für uns gibt doch keiner einen Fünfer.«

»Verrat!«, schrie jemand in einem anderen Haufen. »An der Front haben wir nackt und barfüßig gekämpft, und hier verbrennen ganze Waggonladungen Ausrüstung. An der Front fehlten Granaten und Patronen, und hier liegen sie bergeweise.«

Murrende Stimmen:

»Sense.«

»Alle unsere Kommissare und Kommandeure hauen mit ihren Koffern ab und lassen uns im Stich.«

»Nur noch eine Losung – rette deine Haut!«

Tschernojarow drängte sich ins dichteste Gewühl und sprang auf ein Fuhrwerk.

»Brüder …«

Es wurde etwas stiller, aber noch lange knurrte es da und dort unzufrieden, flogen gemeine Flüche wie Holzscheite.

Tschernojarow sprach:

»Brüder, überall Verrat! Wir haben nur noch uns selber und

unsern Kampfgeist! Aber die Stunde der Abrechnung kommt, und ich werde mit eiserner Hand alle Feiglinge und Verräter grausam strafen! Nieder mit der Panik! Nieder mit dem Kleinmut! Wir schlagen uns bis zuletzt! Wer nicht in der Brigade bleiben will, soll sein Partisanengewissen, sein Pferd und sein Gewehr beim Tross abliefern und sich mir aus den Augen scheren! Brüder, wir gehen zurück nach Astrachan. Unser Weg wird schwer sein. Vierhundert Werst wilde Kalmückensteppe. Kein Wasser, keine Furage. Wir machen hier einen Tag Rast. Deckt euch ein, wie ihr nur könnt. Schmeißt allen Plunder weg. Unterwegs kommt uns jedes Büschel Heu, jede Handvoll Hafer zustatten. Ich selbst werde Satteltaschen und Felleisen untersuchen. Wenn ich irgendwelche überflüssigen Lumpen finde, kenne ich keine Gnade. Ich befehle, die Pferde scharf zu beschlagen. Ich befehle, alles zu kontrollieren: Sattelzeug, Deichseln, Geschirr, die Festigkeit der Radreifen und sämtliche Bolzen an den Fuhrwerken; nicht ein Nagel darf locker sein. Der Tross beschafft fünfhundert Eimer Wein. Jeder Gesunde kriegt ein Glas, jeder Kranke drei pro Tag. Schont die Pferde. Morgen früh rücken wir ab. Das Meeting ist beendet. Alles geht ohne Lärm in die Quartiere.«

Die ganze Nacht hindurch arbeiteten die Schmiede mit voller Kraft.

Im Morgengrauen brach die Brigade, den Tross vorausschickend, zu ihrem letzten Feldzug auf. Die drei Regimenter marschierten verhältnismäßig geordnet. Die Schwadronen bewegten sich, wie vom Feldreglement vorgeschrieben, in wechselnder Gangart. Die Erfahrensten sprangen von Zeit zu Zeit aus dem Sattel, gingen neben dem Pferd und hielten sich am Sattelbogen fest. Manche fuhren auf den mit zwei oder drei Pferden bespannten Tatschankas. An diese waren gesattelte Pferde angebunden. Furiere und Späher streiften auf der Suche nach Heu abseits der Straße und brachten statt Heu oft genug, über die Kruppe gelegt, einen in der Steppe aufgelesenen kranken Partisanen.

Am Rande der Kalmückensteppe, in einem der letzten Chutors, biwakierte die Brigade.

Tschernojarow saß in einer Kate am offenen Fenster und zog an seiner Pfeife. Ein Teil der Kämpfer schlief, andere droschen Karten, den Einsatz bildeten haufenweise Kerenski-Rubel, Patronen, Gold und Silber.

Seitlich des Chutors zog auf der tieferliegenden Straße eine gemischte Abteilung vorüber. Hinter einem Phaeton ging tänzelnd ein bildschönes, stattliches braunes Pferd. Tschernojarow blickte durch den Feldstecher und rief Schalim, der unweit auf seinem ausgebreiteten Mantel saß und die Scharten aus der Säbelklinge feilte.

»Sieh mal, Kunak ... Da, daa, die Braune, wie die tänzelt!« Er zwinkerte. »Hin.«

Der Adjutant, an die ungezügelten Sitten seines Freundes und Gebieters gewöhnt, band schweigend seinen Kabardiner vom Torpfosten, schwang sich in den Sattel und sprengte zur unteren Straße. Aber er kam bald zurück und meldete:

»Derbenter Regiment. Die braune Stute gehört dem Regimentskommandeur Belezki.«

Der Partisanenführer, vom Krieg verwildert und nicht mehr imstande, den grausamen Sinn zu zügeln, riss die Mauser aus der Tasche und legte sie vor sich aufs Fensterbrett.

»Ab, Kunak, und komm nicht zurück ohne die Stute. Ich erschieß dich. Du weißt, ich halte Wort.«

Die Kämpfer unterbrachen ihr Kartenspiel und erörterten kichernd, wie die Kommandeurslaune enden würde.

Schalim ruckte mit dem Kopf, stieß einen Kehllaut aus, gab dem Kabardiner die Peitsche und sprengte dem Derbenter Regiment hinterher, das schon an dem Chutor vorbei war und in eine Senke hinabritt.

Alle sahen ihm hinterher, bis er ihnen aus den Augen entschwand.

Tschernojarow hatte die Pfeife noch nicht ausgeraucht, da wölkte Staub auf der Straße. Schalim sprengte in vollem Galopp herbei, ein zweites Pferd am Zügel. Ihm nach jagten, ihre Säbel schwenkend und juchzend, Berittene.

»Zu den Waffen!«, befahl der Brigadeführer.

Die Kämpfer griffen ihre Karabiner von den Fuhrwerken.

»Über die Mützen … Salve … Feuer …«

Schalim sauste in den Chutor.

Seine Verfolger hielten auf einer Anhöhe, hörten die Kugeln dicht über ihre Köpfe hinwegpfeifen, drohten mit den Säbeln und kehrten um.

Tschernojarow sprang zum Fenster hinaus.

»Kunak, ich hab dich lieb wegen deiner Geschicklichkeit«, sagte er lachend, während er den Zügel der goldbraunen Stute mit den dunklen Flecken in den Leisten entgegennahm. »So gehört sich das: Was an Kraft fehlt, werde durch Ungestüm ersetzt. Dies ist eine gute Erwerbung.« Er streichelte die erschrocken schnarchende Stute.

»Ich hab ihn gesäbelt«, knurrte Schalim finster.

»Wen?«

»Belezki.«

»Spinnst du?« Der Brigadeführer sah den Kaukasier aufmerksam an. »Na?«

Schalim zog schweigend den Säbel unter der Burka hervor – daran war frisches Blut.

»Satan«, rief Iwan finster und machte einen Schritt auf den Adjutanten zu. »Idiot. Wenn man dich schickt, zu Gott zu beten, bist du imstande und raubst die Kirche aus.«

»Er nicht hergeben, er schreien«, sagte der Kunak entschuldigend, »da ich ihn säbeln!«

»Du bist ein gewässerter Idiot«, wiederholte der Brigadeführer, doch dann warf er einen Blick auf die Beute und setzte hinzu: »Aber … die Stute ist mir wichtiger, die scheint gut zu sein.«

Das hochbeinige, geschmeidige, mittelschwere Pferd, biegsam wie ein Hecht, warf dem neuen Herrn zärtliche Seitenblicke zu, spielte mit den Fuchsohren und schüttelte, wie um schnellen Ritt bittend, das rassige Köpfchen.

»Wie heißt sie?«

»Ich eilig haben, vergessen zu fragen«, griente Schalim, er säuberte die Klinge mit Sand und einem Lappen.

»Ich werde sie Pfeil nennen … Pfeil …« Tschernojarow zog den Bauchgurt straff, schwang sich, ohne den Steigbügel zu benutzen, in den Sattel und sprengte in die Steppe, um die Stute zuzureiten.

Auch Tschorny Rynok wurde still, während es die Reste der Armee durch seine verheerten Straßen passieren ließ, deren Flecht- und Pfahlzäune, Vortreppen und Brettergehsteige verheizt waren.

Am Stadtrand saßen in einem offenen Stall die Regimentskameraden Maxim Kushel, Grigorow und Jakow Blinow. Vor ihnen stand auf einem ausgebreiteten Mantel ein Eimer Wein, und da lagen ein Laib Brot und ein paar in Asche gebackene Kartoffeln. Die ausgedienten Gewehre standen in einem Winkel.

Sie tranken schweigend.

Kosakensäbel und Offizierskugeln hatten das Regiment in den Stawropoler Steppen hingemäht. Beim Übergang über den Fluss Kalaus hatten die Weißen den Tross abgefangen, in dem Grigorows Frau und seine kranke Tochter reisten; er wusste nicht, was aus ihnen geworden war. Bei der Staniza Naurskaja waren sie nächtlich auf einen Hinterhalt gestoßen und hatten die letzten Maschinengewehre und die letzte Batterie eingebüßt. Die Reste des Regiments zerstreuten sich über die Straßen. Maxim überstand im Gehen die spanische Grippe und den Bauchtyphus. Blinow hatte zwei Kontusionen davongetragen, sein verzerrtes Gesicht zuckte unaufhörlich, der linke Fuß scharrte, die Hände gehorchten ihm nicht und konnten nicht auf Anhieb einen Löffel oder ein Stück Brot vom Tisch greifen.

»Jetzt ist alles aus«, sagte Grigorow leise, gleichsam für sich. Gemächlich sah er sein Notizbuch durch und vernichtete Blatt um Blatt.

Wieder schwiegen die drei lange.

Irgendwo von Kisljar her wummerten Geschütze.

»Wir müssen weiter«, sagte Maxim seufzend und überlegte. »Aber worauf reiten wir?«

»Und wohin?«

»Dahin, wo alle hinreiten.«

»Hör auf.«

»Wozu wollen wir hier hocken? Hörst du, wie die Kanonen der Kadetten bummern? Die können jeden Moment hier sein, die Lumpen. Ob du überlegst oder nicht, aber es gibt nichts Gescheiteres als abzuhauen.«

Grigorow schöpfte mit seinem verbeulten Kochgeschirr Wein, trank langsam, saugte am Schnurrbart und sagte schnaufend wie ein müder Gaul:

»Ich bleib hier. Unser Spiel ist aus. Basta.«

»Basta.« Jakow Blinow ruckte mit dem Kopf. »Wir haben so mancherlei gesehen, jetzt können wir sterben. Wir hatten Schlösser und Paläste in den Händen, aber es war uns nich beschieden, ein bisschen drin zu wohnen. Die Kontras lassen uns nich frei Luft holen, sie jagen uns zurück in den Schweinestall. Da werden wir wohl den Löffel abgeben müssen.« Er betrachtete wehmütig die dungverschmierten löchrigen Wände und lachte unfroh. »Ach, du mein graubraunes Zauberpferdchen, hast deinen Soldaten nicht in die Paradiesgärten getragen. Trinken wir …«

Maxim stand auf und sagte ärgerlich:

»Seid ihr das, von denen ich so was hör, Stanizler? Niemand hat uns in den Krieg gegen die Kadetten gejagt. Wir sind freiwillig gegangen. Ihr habt euer Leben, wie die Zeitungen schreiben, ihr habt euer Leben in die Schanze geschlagen für die heilige Sache, mit Todesverachtung, ohne Rücksicht auf eure Wirtschaft, eure Familie … Dreihundert Jahre lang haben sie uns und unsere Väter und Großväter geknechtet …«

»Hör auf, Maxim Larionowitsch … Ich …«

»Unser Weg ist noch weit«, fuhr Maxim fort, »und wir fangen schon auf halbem Wege an, zu stolpern und zurückzublicken … Kuban, Kuban … Zum Teufel mit dem Kuban! Wie früher wollen wir dort nicht mehr leben! Hinter uns steht das Sowjetland, das sind hundert Gouvernements oder weiß ich wie viel … Wir müssen nur bis Astrachan, dort verschnaufen wir, und dann werden wir schon noch kämpfen mit den Kadetten um die Paradiesgärten, dann essen wir noch goldene Äpfel, kehren mit klingendem Spiel zurück zum Kuban, und dann haben die das Heulen. Und was habt ihr klugen Köpfe euch ausgedacht? Dass die Kadetten von einer Stunde auf die andere …«

»Maxim, du denkst doch nicht etwa, wir wollen zu den Weißen überlaufen?«, sagte Grigorow lächelnd. »Nein, Menschenskind … Mit den Kadetten können wir nicht zum selben Gott beten und dasselbe Salz essen.«

»Wir müssen weiter, wir müssen«, hämmerte Maxim. »Ein Pferdchen haben wir, wenn es auch nicht viel taugt. Unterwegs finden wir womöglich noch eins.«

»Ich bleib hier. Ich hab ausgedient. Basta!«, wiederholte Blinow dickköpfig und wandte sich ab.

Maxim ging steifbeinig hinaus.

Unterm Vordach der Scheune döste mit hängendem Kopf und sabbernden Lefzen die vor eine zweirädrige Arba gespannte falbe Stute.

»Aber!« Maxim patschte ihr auf die Kruppe. »Denkst du an Sünde?« Er hielt ihr eine angebrannte Roggenbrotrinde vor das Maul. »Sammle Dampf, du bist unsre ganze Hoffnung.«

Im Stall krachte ein Schuss.

Maxim stürzte hinein.

Auf dem weinbekleckerten Mantel lag mit dem Gesicht nach unten Jakow Blinow. Sein rechter Fuß ohne Schuh zuckte noch, aus dem Hinterkopf sprudelte ein Blutstrahl gegen die Wand. Grigorow hockte vor ihm, kaute an seinem Bart, schluchzte dumpf.

»Selbstmord?«, fragte Maxim.

»Ja. Wir wollten beide. Mir reicht nicht der Mut. Warum haben mich die Kugeln an der Front verschont?«

Maxim trat von einem Fuß auf den andern, dann berührte er Grigorow an der Schulter.

»Fahren wir.«

»Wohin?«

»Wohin, wohin … Frag nicht so viel. Steh auf.«

Er half dem kranken Kameraden hoch und führte ihn aus dem Stall.

Dann kehrte er zurück, nahm aus den Taschen des Toten eine Blechschachtel Machorka und Streichhölzer, küsste ihn auf den Mund, ergriff den leeren Eimer und zwei Gewehre und ging hinaus.

»Los, Falbe, lauf.«

Sie fuhren die Straße entlang.

Sogleich eilten von allen Seiten Weggefährten herbei. Zerlumpt, müde und verbittert, baten sie, stöhnten, fluchten.

»Ich kann nich mehr gehn, ich sterb ...«

»Brüder, lasst mich mitfahren ...«

»Stanizler! Kumpel! Das gibts doch nich!« Vor der Arba stand Waska Galagan. Sein Kopf war mit einem schmutzigen Fetzen umwickelt, durch den Blut gesickert und zu einem schwarzen Fladen verkrustet war. »Grüß dich, Gevatter.« Er nickte Grigorow lässig zu. »Nehmt ihr mich ein paar Werst mit? Ich muss meine Leute einholen.«

»Waska!«, rief Maxim erfreut. »Da fragst du noch? Steig ein, Freund.«

Galagan schwang sich auf die Arba.

Die andern ließen nicht ab, sie flehten vielstimmig:

»Mich auch, mich auch ... Lasst uns hier nicht umkommen.«

»Zieh Leine«, schrie der Seemann wütend. »Der Gaul ist nicht aus Eisen!«

Maxim ließ noch einen kleinen Jungen aufsteigen, der sich in seinem langen Krankenhauskittel verhedderte.

Sie saßen Rücken an Rücken.

»Wo kommst du her, Söhnchen?«

»Aus dem Lazarett, abgehaun, Onkel. Ich bin gesund, stecke keinen an, jag mich nicht weg. Ich bin bloß halb verhungert unterwegs. Der Mund ist mir ganz trocken, ich möcht rauchen.«

Der Matrose reichte ihm den mit bunter Seide bestickten speckigen Tabaksbeutel mit Machorka.

»Dreh dir eine, Kleiner. Tabak und mit Pfefferschoten aufgekochter Schnaps, das is das Beste gegen Typhus.« Er wandte sich Maxim zu und erzählte ratternd: »Ich hab selbst über einen Monat im Pjatigorsker Lazarett gelegen. Da haben sie mir irgendwelche salzigen Pülverchen zugesteckt, die hab ich über Bord geschmissen. ›Von wegen‹, hab ich mir gedacht, ›ihr wollt bloß einen Matrosen vergiften, aber daraus wird nix.‹ Neben mir hatt ich zwei Dreiliterflaschen Wein warm liegen. Die hab ich nach und nach ausgelutscht. Das Weinchen hat mich wieder auf die Beine gebracht. Ich hin zur Kommission. Die Kommission erklärt mich dienstuntauglich. Der Chefarzt, der sah aus wie ein Ziegenbock, der wird mich doch fragen: ›Ihr Rang, Dienstgrad, Dienststellung?‹ – ›Vollmatrose vom Linienschiff Swobodnaja Rossija noch vor kurzem‹, sag ich, ›und Kommandeur für alle Gelegenheiten in Gegenwart und Zukunft.‹ Da grient der Chefarzt und meint: ›Sie müssen sich ausruhen, Genosse.‹ Ich zu ihm: ›Geh doch zu des Teufels Großmutter. Alle kämpfen, und ich soll mich ausruhn? Du willst mich heimschicken, aber ich bleib bei meiner ruhmreichen Abteilung.‹ Darauf er kein Wort. Ich lieg noch paar Tage und zerbrech mir den Kopf, wo ich n Marschbefehl herkrieg. Wieder hin zur Kommission. Die Ärzte finden bei mir Rückfalltyphus. ›Wir verlegen Sie in die Seuchenbaracke, Genosse.‹ – ›Kommt nicht in die Tüte!‹, schrei ich. ›Ich bin gesund!‹, schrei ich. ›Ihr seid keine Ärzte, sondern Kontras‹, schrei ich. ›Beruhigen Sie sich, Genosse, Sie dürfen sich nicht aufregen. Sie brauchen Ruhe.‹ – ›Nicht ich brauch Ruhe‹, schrei ich, ›ich soll mich wohl anstecken und abkratzen, und dann wollt ihr euch ohne mich ausruhen? Nichts da, ihr Halunken. Ich leb noch viele Jahre und lass euch noch lange keine Ruhe!‹ Darauf sie kein Wort. Ich hab sie verächtlich angekuckt, mir eine angebrannt, den Sack auf den Buckel und ab dafür.«

»Versprengt?«, fragte Maxim. »Wo ist deine Abteilung?«

Waska Galagan erzählte, wie die Abteilung untergegangen war. Er selbst habe die letzten Monate nicht die Hände in den Schoß gelegt: Kommandant eines Pulvermagazins, Führer einer Kreis-Tscheka[1], in Stawropol Banditen gejagt und die berittene Aufklärung des Asower Regiments geführt.

1 Allrussische Außerordentliche Kommission für den Kampf gegen Konterrevolution und Sabotage, gegründet im Dezember 1917.

Die Stadt war längst außer Sicht.

Steppe ringsumher

kein Strauch kein Baum

schwerer grauer Sand.

Ein böser Wind jagte dürres Dornengezweig und die leichten Kugeln der Kollerdistel über die Steppe; hüpfend und einander überholend, trieben sie durch die wilden weiten Räume, sammelten sich massenhaft in Senken, loderten, angezündet, in grellen Flammen und wiesen nächtlich den Weg.

Sie gelangten an einen zugefrorenen großen See.

»Das Meer?«, fragte der Junge.

»Nein, Jungchen, bloß ein Stück davon. Das Meer selbst liegt an die dreißig Werst seitab.«

Sie tranken das ein wenig bittere Salzwasser, das sie mit Zucker gesüßt hatten.

Der Matrose spuckte aus und schimpfte:

»Hunger und Kälte kannst du mit einem Spaß abtun, aber wenn nichts zu trinken da ist, leg dich hin und stirb. Wie können hier bloß Menschen leben? Das ist kein Wasser, sondern Damenpisse. Pfui Deibel!«

Ein Fischer trat herzu.

»So leben wir eben. In Dürrejahren krepieren hier die Frösche.«

Am Ufer rafften sie trockenes Schilf, gaben die Wedel dem Pferd zu fressen.

Der Fischer erzählte:

»Neulich sind welche von euch hier durchgekommen, eine Unmasse Leute. Die wollten nach Lagan. Der See, ihr sehts ja selber, is groß, ein weiter Umweg. Also sind sie direkt übers Eis. Wie sie eine Werst vom Ufer weg waren, is das Eis geplatzt und auseinandergegangen. Sie haben den Spalt mit Fuhrwerken und Pferden verstopft und sind weiter. Dann is das Eis gebrochen und abgesackt. Allesamt untergegangen, Mann und Maus, Fahrzeuge und Geschütze. Ich hab ein ganzes Boot voll Mützen eingesammelt. Der Krieg, der Krieg ... Wer hat sich den bloß ausgedacht zu unserm Unglück? Unglaublich viel Menschen gehn zugrunde.«

»Wart nur, Onkel, wir schlagen die Burshuis, dann ist er zu Ende.«

»Wart, bis der Teufel krepiert, aber der denkt noch nich mal ans Krankwerden.«

Über die trogartig hohlgefahrene Straße zogen sie einzeln und grüppchenweise, fielen hin, manche kamen taumelnd wieder hoch, andere blieben liegen, einige gingen im Fieber weg von der Straße.

Hinter einem Hügel, an einer stillen Stelle hatte sich ein junger Partisan zum Ausruhen hingesetzt und war erfroren. In seinem Mund steckte der Zigarettenstummel. Der Wind spielte mit dem unter der Kubanka hervorschauenden rötlichen Haarschopf. Die Beine waren mit Sand verweht.

Ochsen zogen mühselig ein Panzerauto.

Ein Pferd lag da, dem hatten die Wölfe die Eingeweide herausgefressen. Um sich vor dem kalten Wind zu bergen, war ein Mensch in den Pferdeleib gekrochen; zwei Krücken und ein Fuß in zerfetztem Schuh ragten heraus.

Da schleppte sich eine junge Frau mit einem Säugling in den Armen. Tränen zerwuschen den Schmutz auf ihren geröteten Wangen. Aus der Tasche ihrer Pekesche schaute eine Flasche Milch. Vor ihr schritt, den Sand mit schweren Stiefeln zerstampfend, ihr Mann in himbeerroter Hose. Sein Gesicht glühte im Typhusfieber, die eitrigen Augen sahen nichts. Von Zeit zu Zeit drehte er sich um und brüllte: »Hast dich gehenlassen, du verdammte Schlampe!« Worauf die Frau noch heftiger heulte. Das Kind weinte nicht mehr, es röchelte nur noch.

Maxim ermunterte das Pferdchen mit einer Gerte, aber es schien nichts zu spüren, wedelte mit dem schütteren Schweif, konnte sich kaum noch schleppen, strauchelte über die eigenen Beine.

Arme streckten sich aus, dermaßen abgemagert, dass die Haut an den Knochen angetrocknet schien; andere Arme waren glasig geschwollen, typhös geschuppt und voller Geschwüre; viele Arme streckten sich aus, griffen nach den Rungen der Arba.

»Nehmt mich mit.«

»Wo soll ich dich armes Schwein hinsetzen?«

»Irgendwohin. Die Füße tragen mich nicht. Hab Mitleid.«

»Mitleid hab ich mit dir, Freund, aber auch mit mir.«

»Na gut, wir steigen nich auf, gehn nebenher, halten uns bloß fest.«

Am Fuß eines Kurgans saß beim Kopf seines verendenden Gauls, in die Burka gehüllt, ein Kaukasier. Unter seiner aus einem ganzen Hammelfell genähten Papacha glühten seine Augen vor Hunger wie Kohlen.

»Was sitzt du da?«, rief einer mit leiser Stimme.

»Auf dän Tod wart ich«, antwortete er ebenso leise.

»Komm mit uns.«

»Gäht allein.«

»Verkauf sie mir.« Ein Soldat zog an der Burka. »Du stirbst sowieso.«

»Ketigis,[1] du Wildsau! Ich schlag dir die Zähne aus däm Maul!« Der Kaukasier schwenkte den Nagant.

Sie zogen weiter.

Der Sand unter den Füßen gab nach, die Pferde versanken bis an die Knöchel.

In einer Senke war eine Batterie stecken geblieben. Die Artilleristen hatten die vor Erschöpfung taumelnden, schaumbedeckten Zugpferde ausgespannt, schütteten eine Handvoll Sand in die Mündung jeder Kanone und feuerten eine letzte Salve ab. Die Geschütze ruckten zurück und fielen, unbrauchbar geworden, von den Lafetten. Die Männer der Bedienungen wischten mit den Mützen die schweißigen Gesichter, steckten sich Zigaretten an und folgten, die Gäule am Zügel, dem allgemeinen Zug.

Zwei MG-Schützen zerrten umschichtig ein Maschinengewehr hinter sich her. Entkräftet, die blutunterlaufenen Augen und den Mund weit aufgerissen, blieben sie stehen, verständigten sich kurz

1 (kumykisch) Geh weg.

und machten sich daran, das MG zu vergraben. Auf dem gefrorenen Sand hinterließen sie, für fremde Augen nicht erkennbar, pfiffige Merkzeichen: Sie hatten noch Hoffnung, zurückzukehren!

Der Mann in der himbeerroten Hose wich von der Straße ein wenig zur Seite, bekreuzigte sich und löschte mit einer Kugel sein Leben aus. Seine Frau warf sich über ihn, zappelte, schrie und jammerte:

»Fedja! Fedja!«

Ihr düsteres Geheul drang an jegliches Herz, doch jeder, der vorüberging, wandte sich ab, um sie nicht zu sehen. Niemand konnte ihr helfen. Da aber trat, vor Müdigkeit schwankend, ein junger Soldat zu ihr und nahm schweigend das Kind in die Arme. Die Frau löste ihr Kreuz vom Hals, hängte es ihrem Mann um und folgte weinend und winselnd dem Soldaten, der ihr Kind trug. Noch lange blickte sie immer wieder zurück und blieb stehen, als wollte sie umkehren.

Es regnete, roch nach nassem Sand.

Maxim kam an einem ausgespannten Fuhrwerk mit Kranken vorüber. Stöhnend trugen sie den Vorbeigehenden und -fahrenden auf:

»Unser Fuhrmann hat die Stränge durchgehauen und ist weggeritten. Grauer Apfelschimmelhengst, der Schweif kurz gestutzt, das linke Ohr eingeschnitten, ein Winkel als Brandmal. Der Kerl hat eine Weiberjacke aus Baumwollsamt an, er schielt auf dem linken Auge. Wenn ihr ihn seht, knallt ihn ab.«

»Den holt keiner ein. Bestimmt sitzt er schon in Astrachan, trinkt Tee und futtert Kringel.«

Ein Chinese humpelte, ein Bein nachziehend, daher. Vor der Brust hingen über Kreuz MG-Gurte, am Riemen trug er über der Schulter ein Feldtelefon, in jeder Hand hatte er ein Gewehr, unter jedem Arm eingeklemmt ein Bündel Stroh. Ihm nach trotteten taumelig, die traurigen Augen unverwandt auf die Strohbüschel gerichtet, schattenartig, über die eigenen Beine stolpernd, zwei von ihren Herren verlassene klapperdürre Mähren. Wie bitter den Kämpfern auch zumute war, viele mussten lachen.

»Rauchen wir.«

»Ich müssen Astlakan«, sagte er, zeigte lächelnd die fauligen Zähne und ging weiter.

»Der läuft noch bis Sibirien.«

»Die sind zäh, die Verfluchten. Wie wir gestern lagerten, war auch so ein Raffzähniger kurz vorm Abkratzen. Ich hab ihm drei Tropfen Wein auf die Zunge laufen lassen, da kriegte er wieder Glanz in die Augen und schüttelte sich. ›Ich weiter, Genossa.‹ Und weg war er.«

Die Nacht brach an, so stockfinster, dass der Pferdeschweif nicht mehr zu sehen war. Der Wind blies in eisigen Strömen, überzog alles mit eisigen Krusten. Obendrein tobte und wirbelte ein Schneesturm los wie eine Sintflut aus Schnee.

Die Steppe heulte, stöberte.

»Schlimm«, sagte Maxim, »wir kommen um.«

»Eine Wolfsnacht.« Der Matrose krümmte sich, zog den Kopf unter den Mantel. Seine Zähne ratterten wie ein Maschinengewehr. »Du siehst dich selber nich.«

Sie stießen auf ein ganzes Lazarett. Die Gäule krepierten im Kumt. Auf den Tatschankas wurde gestöhnt, geflucht, zu Gott gebetet, Gott verwünscht.

Der Junge begann zu phantasieren. Er griff nach Maxims Hand und murmelte:

»Onkel, ich hab Kopftyphus … Onkel, ich sterb, mir is heiß … Als ob ich ein Samowar bin, und jemand schüttet glühende Kohlen nach … Fahr zu! Fahr zu! Da hinterm Berg is unsre Staniza … Da wartet meine Großmutter Fedosja Kudrina. Einen Tropfen Wasser … mir is heiß … Onkel, die Kadetten! Da, da kommen sie angelaufen … Die weißen Fahnen wehn … Schieß! Gib mir das Gewehr! Fahr schneller!« Er warf sich hin und her, verschluckte sich an Tränen.

Die Arba schleuderte in den Schlaglöchern, die Arba zuckte wie im Krampf.

»Fahr zu!«

»Sachte, Maxim«, bat Grigorow, »ach, ich hab solche Schmerzen, mir kehrts das Innere nach außen. Deck mich zu, ich erfrier.«

Maxim warf seinen Mantel über Grigorow, sprang ab und schritt nebenher. Seine Füße waren nach dem Typhus geschwollen und passten nicht in die Schuhe. Er hatte unterwegs Filzstiefel aufgetrieben, aber mit denen wars nicht besser, sie waren mal nass, mal bretthart gefroren.

»Eine Wolfsnacht ... Der Wind, der Wind, der reißt einem noch die Hosen runter. Das ist kein Spiel. Wollen wir uns nich wo unterstellen?«, fragte Galagan.

»Dann sind wir verloren«, entgegnete Maxim. »Wenn auch langsam, aber wir müssen weiter.«

Die Pferde scharrten über die gefrorene Straße, die Räder knarrten. In der Finsternis heisere Stimmen:

»Wer da?«

»Temrjuker.«

»Brüder«, bat Maxim, »lasst uns zusammenbleiben. Ist doch lustiger.«

»Fahr zu, Landsmann, bleib nicht zurück. Unser Führer ist ein Tschumak, der holt seit vierzig Jahren Fische von den Fanggründen und kennt hier Weg und Steg. Wir wollen nach dem Ulus Erkentenewski.«

»Is das noch weit?«

»Gegen Morgen sind wir dort. Wenn bloß die Gäule durchhalten.«

Der Junge warf den Kittel ab, riss die Feldbluse auf, wälzte sich herum.

»Heiß ... Meine Haut platzt ... Onkel, mir falln die Beine ab. Ich glaub, eins is schon abgerissen. Hörst du? Unter der Erde galoppiert Reiterei. Dunkel! Ich hab Angst! Aaah! Ah! Ah! Wir brennen! Wir brennen! Ich hab Durst. Gib mir n Schluck Wasser, einen Schluck. Holt den Zugführer, ich sag ihm alles ...«

»Heee, du Lauseei, was strampelst du, hast mir schon die Seite blau gestoßen«, knurrte der Matrose und drückte sich an ihn, um sich zu wärmen.

Maxim spürte die steifen Beine nicht, sein Kopf drohte zu platzen, jede Faser tat ihm weh, aber mit dem Mut des erfahrenen Soldaten riss er sich zusammen und tat ununterbrochen etwas: entfernte die Eiszapfen vom Pferdemaul, richtete das Kumt, schob dem Jungen ein Stückchen Eis in den heißen Mund, sah nach Grigorow.

Gegen Morgen wurde der Junge still. Sein ausgeglühtes Gesicht färbte sich grau. Die zerbissene Zunge mit dem weißen Belag hing zur Seite. Auf die blauen Lider senkten sich Schneeflocken und schmolzen nicht mehr.

»Aus!«, sagte der Matrose. »Ich schmeiß ihn raus, er stört bloß.«

Er schob den Toten vom Wagen und streckte erleichtert die fühllosen Beine auf den freigewordenen Platz.

Trübe Dämmerung
kahle Steppe
sie fuhren auf kaum zerfahrenem Weg.

»Wo ist der Ulus?«

»Weiß der Schinder. Sieht so aus, wir sind seitlich dran vorbei.«

»Und der Tschumak?«

»In der Nacht abgehauen. Den Brotsack hat er mitgenommen, ersticken soll er an unsern Krümeln, der alte Rüde.«

Der zerrende Schneesturm schindete den Sand unterm Schnee hervor. Der Schnee wurde schwarz. Der mit Schnee vermengte gefrorene Sand drang in Ohren, Nasen, Münder. Er knirschte auf den Zähnen, schnitt in die Augen, schien im leeren Gedärm zu rieseln.

Überraschend stießen sie auf eine einsame Kibitka. Sie stand windgeschützt in dem Sattel zwischen zwei Kurganen. Die Pferde blähten die Nüstern, als sie den Qualm eines Mistfeuers witterten, wieherten gierig und legten einen Schritt zu.

Noch waren sie nicht auf hundert Schritt heran.

Da sprang aus der Kibitka ein Kerl ohne Gürtel und ohne Mütze, warf sich in eine ausgespülte Senke, schob den Gewehrlauf heraus und ballerte drauflos.

»He! He!«, schrien sie. »Verblödet! Gut Freund!«

Die an der Spitze gehende falbe Stute sank zur Seite. Eine Kugel biss einen der Temrjuker in die Schulter.

Der Matrose flog von der Arba wie ein Tümmler.

»Was soll das, du Hundezitz, auch hier Krieg ...«

Maxim riss den schlafenden Grigorow an den Beinen von der Arba. Auch die anderen warfen sich hin.

Paff, paff, paff ...

»Er ballert, der Hundesohn.«

»Vielleicht Kadetten?«

»Wo sollen die herkommen? Scheint bloß einer zu sein.«

»Und wennschon, der liegt in der Grube, den kriegst du nicht mit der Kugel.«

»Wir umgehn ihn«, schlug ein junger Temrjuker vor, »dann robben wir von allen Seiten ran, und auf ihn mit Hurra.«

»Ach was, wir ziehn den Kater am Schwanz. Den Schweinehund da erledige ich im Handumdrehn, dem werd ich ...« Galagan sprang auf, lief geduckt, Sprung auf marsch marsch, stürzte vorwärts.

Als die andern angelaufen kamen, saß der Matrose bereits rittlings auf dem Schützen, würgte ihn mit der Linken, drosch mit der Rechten auf seine Schnauze ein und sprach dazu:

»Lump ... Nutte ... Schädling ... Auf die Eigenen schießen? Drachen ... Drecksack ... Tücker ... Du Stückchen Judas ... Du Satansfurz!« Und er schimpfte auf ihn los, was an Wörtern nur herauswollte.

Sie stürzten in die Kibitka. Da lag auf Schaffellen eine alte Kalmückin und phantasierte im Typhusfieber. Sonst war kein Mensch zu sehen. Da knöpften sie sich den Schützen vor. Galagan zog ihn am Kragen hoch und stellte ihn mit drohenden Augen vor sich hin.

»Pack aus, was bist du für einer?«

»Quäl mich nicht, Bruder«, sagte der weinend und wischte sich mit dem Ärmel das Blut vom Kinn. »Schieß schnell, schieß um Christi willen und quäl mich nicht.«

»Setz dich hin und pack aus.« Galagan zog den Colt aus dem Gürtel und spannte den Hahn. »Aber sag die reine Wahrheit. Für das erste falsche Wort fängst du eine Kugel.«

Alle setzten sich vor den Eingang der Kibitka.

Mit blutig verschwollenen Augen sah er die Männer an, die noch gestern seine Mitkämpfer gewesen waren, wie ein Iltis in der Falle, und berichtete leise, die zerschlagenen Lippen kaum bewegend:

»Ich bin Zaregorodzew aus der Staniza Paschkowskaja, Erstes Kubanregiment. Unsere Schwadron kam ans Meer, nach Lagan. Von dort geht die Straße bis Astrachan. Wir fingen an, über den Liman zu setzen. Zu unserm Pech wehte ein ablandiger Wind. Eine Eisscholle brach ab und trug uns alle schwankend ins Meer. Die einen weinten, die andern lachten vor Wut, noch andere hofften auf ihr Pferd und versuchtens mit Schwimmen. Viele ertranken, aber ich und der Genosse Bondarenko, ein Kosak aus dem Chutor Gontscharowski, wir sind ans Ufer geschwommen. Wir ließen die halberfrorenen Pferde zurück und liefen in die Steppe, um bisschen warm zu werden. Das Ganze hat sich nachts abgespielt, rein gar nichts zu sehn. ›Der Wind muss uns gegen die linke Backe blasen‹, hab ich gesagt. Mein Kumpel meinte: ›Gegen die rechte.‹ Viele Tage lang sind wir rumgeirrt, hungrig, ohne was zu rauchen, die Streichhölzer aufgeweicht, keins wollte brennen. Wir sind auf eine Siedlung gestoßen, doch wir fanden kein Stück Brot, keinen lebendigen Menschen. In den Häusern Leichen, auf der Straße Leichen, dazwischen flitzten Hunde. Ich hatt mir die Füße erfroren, die Haut schälte sich, die Zehen faulten. Mein Kumpel trug meinen Rucksack und mein Gewehr. Wir haben einen Dachs geschossen und ihn roh gefressen. Da ist in meinem Bauch eine Panik losgegangen, ich hab mich in den Sand gelegt und gesagt: ›Ich sterbe.‹ Mein Kumpel hat mich auf den Rücken gedreht und mir den Bauch mit Fäusten und Knien geknetet. Da hab ich furchtbar geschwitzt und bin bisschen zu Kräften gekommen. Gesund war ich nicht, aber ich bin aufgestanden und konnte weitertaumeln. Ganz langsam sind wir gegangen. Dann sind wir auf diese Kibitka gestoßen. Die Leute hatten drei Hammel und etwas Mehl. ›Wir sind schwach‹, sag ich, ›die werden uns in der Nacht abstechen, und das Fressen reicht auch nicht lange für alle, wir wollen sie umbringen.‹ Bondarenko antwortet: ›Das krieg ich nich fertig, sie haben uns ja nichts getan. Mein Vater ist genauso ein altes Männlein, der ist am Kuban geblieben, und vielleicht macht ihm auch schon jemand den Garaus.‹ – ›Wenn du so ein weiches Herz hast‹, sag ich, ›dann geh einen Moment beiseite.‹ Da ist er, wenn auch widerwillig, beiseite gegangen und hat sich weggedreht. Ich hab den Nagant gezogen und den alten Kalmücken abgeknallt, ein Kind abgeknallt, noch eins und dann noch so einen Schwärzlichen, der war ziemlich flink, ich hatt ihm schon zwei Kugeln verpasst, und er kreischt noch immer, hat nach dem Nagant gegriffen und mir die Füße geküsst. Ich hab ihn hingemacht und die Alte am Leben gelassen, damit ich vor dem Tod noch bisschen Spaß hab. Sie war noch gesund und so heiß, dass sie gedampft hat. Wir haben hier gelebt wie die Zigeuner, einen Tag, eine Woche, und es ist uns gut gegangen. Wir haben Nudelsuppe mit Hammelfleisch gegessen, haben uns schlafen gelegt, ausgeschlafen, dann hab ich die Kalmückin vergewaltigt, wieder Nudelsuppe gekocht und wieder gepennt. Mein Kumpel war schon ganz gut beisammen, er hat dauernd gesagt: ›Ziehn wir weiter, ziehn wir weiter.‹ Meine Füße warn noch geschwollen, barfuß wär ich nicht weit gekommen, und die Stiefel hab ich nich angekriegt. Die Alte hat uns wahnsinnig gemacht in den Nächten: hat sich auf das Grab gesetzt, wo wir die verbuddelt hatten, und hat geheult, die Schlange, geheult, dass uns die Haare zu Berge gestiegen sind. Ich hab sie weggejagt, geschlagen, aber kaum war Nacht, schon ging das wieder los.«

Er schwieg ein Weilchen und sprach dann weiter:

»Da seh ich, das Mehl geht zu Ende, nur noch ein Hammelrumpf übrig, da ist mir der böse Gedanke gekommen, mein Kumpel wird mich verlassen und das Fleisch mitnehmen. Ich hab ihn beobachtet. Er ist auf einen Kurgan gestiegen und hat die Wege ausgespäht. Na, wir haben uns zerstritten. Er hat sich hingelegt und sich nichts gedacht … Na, und da hab ich ihn in der

Nacht … ihr wisst schon. Nun war ich allein und hab mit der Kalmückin gelebt wie mit meiner Frau.«

»Alles klar«, unterbrach ihn Galagan. »Und wieso hast du auf uns geballert, alter Freund?«

»Ich habs mit der Angst gekriegt … Bruder …«

»Aha, Angst hast du gekriegt, dass wir dein Hammelfleisch aufessen? Na, dann komm mit, mein Lieber, und nimm die Belohnung, die du dir verdient hast.« Mit einem Fußtritt brachte ihn Galagan auf die Beine, führte ihn beiseite und schoss ihn nieder.

Sie warteten ab, bis der Schneesturm nachließ, und machten sich wieder auf den Weg.

Sie gelangten auf eine Landstraße.

Die Pferde der Temrjuker waren etwas munterer, sie ritten voraus. Maxim, Galagan und Grigorow blieben wieder zu dritt. Das Pferdchen machte immer öfter Halt.

»Los, kühner Traber, bring uns weiter.«

Der kühne Traber wankte noch ein wenig und sank zusammen. Sie hoben die Falbe auf. Sie machte einen Schritt, noch einen und fiel wieder hin, über ihr abgewetztes Fell lief Todeszittern wie sachte Dünung über stilles Wasser.

»Das Vieh krepiert, der Mensch lebt weiter. Groß sind deine Wunder, Christ, unser Gott!« Galagan lachte bitter auf und nahm Karabiner und Rucksack von der Arba.

Maxim zerhackte mit dem Seitengewehr die Deichseln, zerlegte die Arba in einzelne Bretter und machte Feuer. Schlecht und recht schliefen sie über der heißen Asche, lutschten am nächsten Morgen Schnee und gingen weiter.

Auf der Straße und zu beiden Seiten lagen halb mit Sand verwehte dreckige Fußlappen, zerbrochene Räder, zerschlagene Feldküchen und Fuhrwerke, weggeworfene Sättel, verkrümmte Menschengestalten.

Grigorow konnte kaum noch die Beine bewegen.

»Bald liegen wir auch so da …«

»Nur Mut, mein Freund«, versuchte Maxim ihn aufzumuntern. Er konnte selber kaum gehen, ließ aber keine Verzagtheit durchblicken.

Auch Galagan ließ den Mut nicht sinken. Um den Gefährten von den Todesgedanken abzulenken, erzählte er den ganzen Weg über irgendwas Spaßiges.

Sie lasen eine weggeworfene zottige Kabardinerburka auf – stellt man so eine Burka auf den unteren Saum, so bleibt sie steif wie aus Rinde geflochten stehen –, aber sie war dermaßen mit gefrorenem Sand verklebt, dass sie sie nicht schleppen konnten, und so ließen sie sie zurück.

Das Tatarendorf Alabuga wurde verbrannt: Häuser und Lehmhütten, Scheunen und Bretterbaracken für den Sommer waren auseinandergenommen, und die Lagerfeuer fraßen werschokstarke Dielenbretter, Türflügel, gestrichenes Schnitzwerk von Fensterrahmen, Schilfbündel. Rund um die Feuer saßen Erschöpfte, Halbtote. Sie sengten die Läuse aus den Hemden, backten Fladen in der Asche, kochten in Wein Pferdefleisch. Eingespannt oder gesattelt dösten hungrige Pferde. Auf der Erde lagen, die Hälse langgestreckt, Kamele, ihre empfindlichen Fersen waren bis auf die Knochen wundgescheuert, die Höcker hingen zur Seite, in den traurigen Augen waren die Tränen taubeneigroß gefroren.

Die drei traten näher und grüßten. Die am Feuer rückten beiseite und machten ihnen Platz.

»Landsleute, gibts was zu trinken?«, fragte Grigorow heiser.

»Wir haben selber nichts seit zwei Tagen.«

Einer griff aus dem siedenden Eimer ein großes Stück Fleisch und polkte mit schwarzem Finger daran.

»Scheint gar zu sein.«

»Los, teil auf«, lärmte es ringsum. »Hauptsache, heiß und nicht mehr roh. Früher haben wir Schweinefleisch gemampft, und jetzt hat der Krieg dafür gesorgt, dass uns das Pferdefleisch knapp wird.«

»Beim ersten Mal wills nich runter«, sagte ein Mann von gewaltigem Wuchs, der im Feuerschein stand und um die Schultern einen mit weißgegerbtem Riemen vor der Brust zusammengebundenen Perserteppich trug wie eine Popenkutte. »Neulich hab ich Fohlenfleisch probiert und dauernd Angst gehabt, das Vieh könnt in meinem Bauch wiehern und ausschlagen, und heute würd ich ohne weiteres eine Stute aufessen.«

»Nach dem Typhus hat man immer gewaltigen Kohldampf, Brüder! Da verspeist man ein Kumt samt Riemen.«

»Ja, wählerisch darfst du nicht sein, iss, was sich kauen lässt ...«

Und sie machten sich über das Pferdefleisch her.

Aus der Dunkelheit kamen immer neue Gestalten zum Feuer, eine schlimmer anzusehen als die andere.

Am Straßenrand stand eine alte Tatarin mit einem Schultersack.

Sie verneigte sich immer wieder und verteilte an die Vorübergehenden Stückchen hartes Brot.

»Lebt wohl, Leute«, sagte Galagan und stand auf. »Ich mach mich auf die Socken. Wenn ihr die Euren seht, grüßt die Unsern«, scherzte er zum Abschied.

»Wo willst du denn hin, Waska, mitten in der Nacht?«

»Ich eile, ich eile zur Blume der Liebe!«, sang er mit brüchigem Tenor und schulterte den Rucksack. »In Astrachan wartet ein Mädchen auf mich: Faltenröckchen wie eine Harmonika, Büstenhalter aus Spitzenzeug, heißa! Ein scharfes Ding ... Vielleicht hab ich Schwein und kann meine Asower einholen. Und die Nacht macht mir gar nichts aus! Ich muss bloß erst in Schwung kommen, dann wird losgesockt, dass es nur so staubt!« Er drückte den Stanizlern die Pfote, drehte die Nase aus dem Wind und marschierte munter in die nächtliche Finsternis.

Maxim und Grigorow nächtigten in einer Grube zum Fischeeinsalzen. Ein Mantel als Laken, ein Mantel zum Zudecken. Die ganze Nacht wütete der Schneesturm, schüttete sie mit nassem Schnee zu. In der Nacht starb Grigorow und wurde steif. Als Maxim aufwachte, fand er sich von den toten Armen umklammert wie von einem Reifen. Mühsam befreite er sich aus der Umarmung, stieg aus der Grube, beweinte den toten Kameraden, und damit hatte sichs.

Weitere zwei Tage später erreichte Maxim das Dorf Olenitschewo und beschloss, hier zu rasten, denn die Füße trugen ihn nicht weiter. Auf den Straßen Bottiche mit Wasser. Drumherum eine Ansammlung von Fuhrwerken; Menschen und Pferde lagen nebeneinander. Vor dem Gebäude des Etappenkommandanten brodelte eine gewaltige Menschenmenge. Die Verteiler reichten aus den offenen Fenstern jedem ein halbvolles Kochgeschirr Weizen und ein Achtel Machorka auf vier Mann. Kalmücken, vom Hygienearzt mobilisiert, durchstreiften truppweise die Straßen, sammelten die Toten auf knarrende Arbas, karrten sie aus dem Dorf, warfen sie in Gruben, in denen sich die Leichen schon häuften, und schütteten Kalk und Sand darüber. Auf einem Hof kochten Chinesen in einem Dampfkessel einen Kamelkopf. Der Besitzer des Gehöfts schlich um sie herum und fluchte:

»Wo kommt ihr bloß her, ihr ungewaschenen Visagen? Tag und Nacht, Tag und Nacht treibts und treibts das hierher! Die Seele habt ihr mir aus dem Leib geschüttelt, das Fell habt ihr mir über die Ohren gezogen.«

»Wir machen keinen Spaziergang«, sagte Maxim vorwurfsvoll zu ihm, »wir sind nicht aus freien Stücken unterwegs, uns treibt die Not. Wart nur, vielleicht gehts euch Astrachanern auch noch an den Kragen, dann kriegt ihr das Heulen.«

»Mein Lieber, ich hatte fünf Jahre lang unangebrochene Heuschober stehen, die waren schon halb in die Erde gesunken, ich hab immer gedacht, jetzt brech ich sie an. Auf einmal schüttets euch wie aus einem Rohr, und ihr habt sie verbraucht und verbrannt bis zum letzten Halm. Und keiner ist zuständig. Was meinst du, wie ein Bauernherz dabei fühlt? Da kannst du noch so viele Schlösser davorhängen. Das ist wie eine Feuersbrunst. Wann verschwindet ihr bloß wieder?«

»Willst du mir nicht Brot verkaufen oder so was?«, unterbrach Maxim die Schimpfkanonade des Bauern.

»Wo soll ich das hernehmen?« Er brachte einen Kanten Brot zum Vorschein. »Das Stück hier hab ich auch im Schlaf bei mir, das ist mein ganzer Reichtum.«

»Verkaufs mir.«

»Und was ess ich dann?«

»Du bist hier zu Hause.« Er gab dem Bauern seine silberne Uhr, die er als Auszeichnung erhalten hatte, nahm den Brotkanten und ging ins Haus.

Das Haus war vollgestopft mit Menschen.

Sie lagen auf dem Fußboden, unter den Bänken, auf den Bänken, auf dem Tisch. Stöhnten, phantasierten. Erfrorene Hände und Füße faulten – Mief, Pest. Maxim kaute ein wenig Brot, legte sich hin, schlief ein: Kopf auf der Schwelle, alles Übrige draußen; der Kopf heiß, die Füße begannen zu erfrieren.

»Kameraden, lasst mich rein.«

»Steig über mich«, stöhnte einer, »aber gib Ruhe.«

Maxim, auf Menschen tretend, drang ein. Zum Hinlegen war kein Platz, nicht mal zum Hinsetzen.

Er kroch in den russischen Ofen, wo er schlief.

Am nächsten Morgen kroch er verrußt und verascht heraus. Es verschlug ihm den Atem vom Gestank faulenden Fleisches. Vor seinen Augen wankten die Wände, und er fiel hin. Dann kam er zu sich, raffte die letzten Kräfte zusammen, kroch zum Ausgang.

Ins Haus schaute wie ein Todesbote ein Kalmücke. Er lächelte ein jämmerliches, gequältes Lächeln und fragte:

»Welche krepiert?«

Stöhnen, Flüche.

»Verschwinde, Schurke ... Hau ab, du Strolch ... Wir leben noch!«

Sie schmissen nach ihm mit allem, was ihnen in die Hände fiel. Der Kalmücke fasste mit der Hakenstange einen Toten, der bei der Schwelle lag, und schleifte ihn weg.

Hier war nichts mit Rasten, und Maxim ging weiter.

In der offenen Steppe stieß er auf Gevatter Mikola, der im Sterben lag. Einen umfänglichen Sack in den Armen, saß er am Straßenrand. Sein Kopf mit der Fellmütze war mit einer Hose umwickelt. Er selbst war in eine wattierte Flickendecke gehüllt, um die er einen zusammengedrehten Fußlappen geschlungen hatte. Maxim trat näher und rief ihn an. Gevatter Mikola hob nicht den Kopf.

»Nikolai Trofimowitsch, erkennst du mich nicht?« Maxim hockte sich vor ihn hin.

Der starrte ihn lange mit erlöschenden Augen an, die von krankem Blut verquollen waren, dann sagte er kaum hörbar:

»Nein ... nicht ...«

»Ich bin Maxim Kushel ...«

»Aaa«, sagte der Sterbende gleichgültig, »ich weiß.«

»Hast du nich bisschen Brot?«

»Aa ... Hab ich, da, nimm.«

Maxim griff in den Sack. Der enthielt Schusterwerkzeug, eine Rolle Zündschnur, drei Paar neue Schuhe, einen Stoß Grammophonplatten, einen Zuckerhut, Kumtriemen, irgendwelche Stricke, ein Paar Türangeln, einen Satz chirurgische Instrumente und, ganz unten, eine Handvoll Brotkrümel und ein paar steinharte Schmalzfladen.

»Maxim Larionowitsch ... um Christi willen ... Staniza ... Die gescheckten Ochsen ... Mein Weib ... Meine Familie ...«, sagte Mikola, aber – letzte Hustenstöße, Röcheln, Schluchzen und – aus.

Maxim schloss ihm die tränenden starren Augen.

Auf halbem Weg nach Astrachan, in dem Dorf Jandyki, lagen Teile der 12. Armee. Die Mitglieder des Revolutionären Kriegsrats der Front tagten in Permanenz, verfassten Aufrufe, Befehle.

Der Stabschef, ein Mann von militärischer Haltung und strengen, gemessenen Bewegungen, klopfte im Takt zu seinen Worten mit dem Bleistift auf den Tisch, während er seine Ausführungen beendete:

»Das Partisanentum hat sich überlebt. Unwissende Atamane wie aus dem Märchen, ohne die elementarsten militärischen Kenntnisse, sind unter den heutigen Bedingungen nicht nur unannehmbar, sondern auch schädlich.«

»Blödsinn!«, schrie Murtasalijew aus einer Zimmerecke, wo er mit einem Umschlag um den Kopf in einem geflochtenen Klappsessel mehr lag als saß.

Der Stabschef ruckte mit der Schulter und sprach weiter:

»Die Erfahrungen vom Kuban und vom Nordkaukasus sind der beste Beweis, wie recht ich habe. Hundertfünfzig- bis zweihunderttausend Partisanen haben es nicht vermocht, mit Denikin fertigzuwerden, und gegenwärtig drängen die frei gewordenen Offiziersdivisionen hinterm Rücken der Donkosaken in breiter Front gegen Woronesh, Jekaterinoslaw[1] und Kiew. Vor uns steht ein starker Feind, dem wir eine disziplinierte Armee entgegenstellen müssen, unter der Führung erfahrener Berufsoffiziere[2], die bereit sind, der Sowjetmacht ehrlich zu dienen. Dies wird auch von Moskau strikt gefordert.« Er entnahm einem Aktendeckel einen in kleiner Schrift mit lila Tinte abgefassten Befehlsentwurf und las vor: »Ich schlage vor: Der Revolutionäre Kriegsrat der 11. Nordkaukasusarmee, die faktisch nicht mehr existiert, wird aufgelöst, ihre Truppen werden nach Maßgabe ihres Einsickerns in unsern befestigten Kreis der 12. Armee eingegliedert; den Kommandeuren, Politarbeitern und Sperrabteilungen wird es zur Pflicht gemacht, die Flucht der Kubanleute unverzüglich zu stoppen, die Kranken an Ort und Stelle zu entwaffnen, die Gesunden zurückzuschicken an die Front. Wir müssen aus vielen Erwägungen heraus die Gegend um Kisljar unbedingt halten; ich schlage vor, aus den Resten der 11. Armee zwei Divisionen zu bilden, eine Schützen- und eine Kavalleriedivision, jede zu neun Regimentern; die Kavalleriebrigade Tschernojarow, drei Regimenter, wird als die kampfstärkste in der Siedlung Promyslowka einquartiert, ihr unterer Kommandobestand wird überprüft, um verbrecherische Elemente auszusondern; ein Regiment geht zurück nach Lagan, ein anderes nimmt Olenitschewo, das dritte geht den Fluss Kuma entlang bis zur Welitschawaja in Richtung Swjatoi Krest zwecks Aufklärung. Tschernojarow selbst ist unverzüglich von der Brigade wegzuholen und vor ein Feldgericht zu stellen. Schluss mit der Verhätschelung der Atamane, höchste Zeit, ihnen die harte Hand zu zeigen. Überdies wird das auch von Moskau strikt gefordert. Ich bin fertig.«

1 Seit 1926 Dnepropetrowsk.

2 Im Laufe des Jahres 1918 traten mehr als 22 000 ehemalige Generäle und Offiziere in die Rote Armee ein bzw. wurden einberufen.

Murtasalijew, Mitglied des Revolutionären Kriegsrats, stand auf, zwirbelte den Schnauz und sagte mit Feuer:

»Die Menschewiken haben hundert Jahre lang geschrien: ›Arbeiter, Arbeiter, du bist ein Holzklotz mit Augen. Werde erst mal kultiviert, dann kannst du Revolution machen.‹ Aber die russische Arbeiterklasse hat nicht auf die menschewistischen Klugscheißer gehört, sie ist mutig an die historische Grenze herangegangen und hat die Macht erobert. Das Proletariat gruppiert sich auf dem Marsch neu, macht sich die hohen Wissenschaften zu eigen und führt das Land auf den breiten Weg des Sozialismus und der Weltrevolution. Wir wissen, was Moskau fordert, aber ...«

»Kommen zur Sache«, unterbrach ihn der dicke Bredis, »für uns interessant nicht Lektion, interessant Krieg.«

Der Stabschef rutschte auf seinem Stuhl hin und her.

»Meine Herren, ich beeile mich, den Vorbehalt zu machen, dass es nicht meine Absicht war, das Programm dieser oder jener politischen Partei einzuschätzen. Bei dieser Gelegenheit möchte ich sagen, dass ich in der Politik schlecht Bescheid weiß und sie offen gestanden nicht mag. Ich habe einen Vortrag streng militärischen Charakters gehalten.«

»Die Partisanen und ihre Kommandeure«, sprach Murtasalijew weiter, »sind hervorgebracht von der Revolution. Wer an ihnen nur negative Eigenschaften sieht, taugt nicht zum Revolutionär. Wir dürfen auch die eigenartigen Umstände nicht vergessen, liebe Genossen. In den zentralen Gouvernements hat die Rote Armee das Meeting-Unwesen bereits überwunden, aber im Nordkaukasus sind die Partisanen die zuverlässigste Stütze der Sowjetmacht. Mit ihrem Blut haben sie ihre Treue zur Revolution bewiesen. Ein ganzes Jahr lang haben sie die Hauptkräfte der Weißgarde an sich gebunden und es uns ermöglicht, mit Don, Ural und Ukraine fertig zu werden. Allein in zwei Städten des Gegners, Jekaterinodar[1] und Noworossisk, liegen in den Lazaretten dreißigtausend verwundete Weiße, und wie viele von ihnen

1 Jekaterinodar war am 16. 8. 1918 von der Freiwilligenarmee unter Denikin besetzt worden.

auf den Schlachtfeldern geblieben sind, hat niemand gezählt. Ich habe nicht vor, Tschernojarow zu verteidigen. Für seine Verbrechen muss er bestraft werden. Aber Tschernojarow ist ein Führer. Seine Kämpfer lieben ihn. Ein taktisch unkluger Schritt von uns, und es fließt überflüssigerweise Blut. Die feigen, schwankenden, untauglichen Elemente sind ausgesiebt. Die Welle, die bis hierher gerollt ist, besteht aus erlesenem Menschenmaterial. Mit solchen Kräften können wir nicht rumaasen. Lassen wir die Partisanen in die Stadt, kratzen wir ihnen die Läuse ab, säubern wir sie im Dampfbad, geben wir ihnen Essen und Kleider und lassen wir sie ein Weilchen ausruhn, dann reiten sie wieder bis nach Indien oder nach Paris. Die kranke und hungrige Armee in der Sandwüste zu entwaffnen und aufzuhalten würde ihren sicheren Untergang bedeuten, und das hielte ich für ein Verbrechen an der Revolution!«

Minutenlang schwiegen alle. Dann trat das Mitglied des Revolutionären Kriegsrats Gawrilow zu Murtasalijew und sagte:

»Schaliko, du hast in vielem recht, dennoch stimme ich mit dem Stabschef überein. Es wäre nicht gut, sämtliche Kubanpartisanen in die Stadt hereinzulassen. Schon so wütet der Typhus und mäht die Leute nieder. Die Astrachaner Garnison ist unzuverlässig, die Spießbürger sind verbittert, die Matrosen randalieren, die Hafenarbeiter sind unruhig. Sozialrevolutionäre und das Offizierspack nutzen die Unzufriedenheit geschickt aus und bereiten den Aufstand vor.«

»Eben dafür brauchen wir die Männer vom Kuban«, rief Murtasalijew. »Sie werden jeden Aufstand gegen die Sowjets unterdrücken! Wieso versteht ihr das nicht?«

»Die Situation ist gar zu kompliziert. Wir wissen noch nicht, auf welche Seite sich die über ihre Misserfolge erbitterten Kubanleute schlagen werden. Die Stadt ist unsere Basis, die müssen wir unter allen Umständen halten. Von hier bereiten wir die Schläge gegen den Ural und den Kaukasus vor. Wir brauchen dringlichst Erdöl und Benzin. In der Stadt sind sechs Aeroplane, und keiner fliegt, weil kein Treibstoff da ist. Die Flottille ist untätig. Die Fabriken stellen die Arbeit ein. Der Eisenbahnverkehr kommt zum Erliegen. Ohne Brennstoff erstickt die Republik.«

Auch Bredis trat näher.

»Partisanen wenig Krieg machen und viel schreien, das nichts taugen. Ich viel nachdenken und alles genau berücksichtigen, und ich sagen: Tisziplin, Tisziplin, Tisziplin, dann im Frühjahr wir fertig mit Tenikin und andere Pack.«

»Vollkommen richtig«, unterstützte ihn der Stabschef. »Die Armee wird kampffähig ausschließlich unter der Bedingung, dass wir selbst um den Preis beliebiger Opfer eiserne Disziplin einführen. Die Tschernojarows haben weniger den Gegner bekämpft als persönliche Fehden und Räubereien ausgetragen. Wenn sich Tschernojarow wider Erwarten nicht dem Befehl unterwirft, schlage ich vor, zwecks Festigung des Prestiges des Revolutionären Kriegsrats Waffengewalt gegen ihn anzuwenden.«

Murtasalijew riss den Militärmantel und die Papacha vom Nagel.

»Ich fahre zu Tschernojarow und verhandle mit ihm. Wir müssen sämtliche Maßnahmen treffen, um wenn nicht ihn für die Revolution zu bewahren, so wenigstens die Kämpfer, die ihm folgen.«

Der vom Stabschef vorgeschlagene Befehl wurde einstimmig bei einer Enthaltung angenommen.

Die Nachricht von der Entwaffnung traf die Armee wie ein Blitz.

In den Häusern

längs der Straßen

an den Feuern

Meetings.

Der Trupp, dem Maxim sich angeschlossen hatte, stieß beim Ausrücken aus dem Dorf auf eine Sperrabteilung.

»Genossen, gebt die Waffen ab!«

»Reiß nich so das Maul auf! Wir haben uns eben erst aus den Zähnen des Todes losgerissen, und ihr empfangt uns so?«

Der Kommissar der Sperrabteilung zeigte den Befehl.

»Schon gelesen?«

Bewegung, brausender Lärm.

»Wir sind erschöpft, ausgemergelt!«

»Du hast uns die Waffen nich gegeben, du kriegst sie auch nich.«

»Gebt die Straße frei!«

Der Kommissar hob die Hand.

»Genossen, beruhigt euch. Ihr seid Soldaten der Revolution und müsst einsehen, dass ihr die Befehle der Sowjetmacht zu befolgen habt. Die Gesunden suchen sich Quartier. Die Kranken sollten auch nicht weitergehen, sie könnten erfrieren und verderben. Von Astrachan sind Fuhrwerke unterwegs, so dass alle Kranken in kürzester Frist eingesammelt, in die Stadt verlegt und in Lazaretten untergebracht werden.«

»Bleib uns vom Leibe mit deinem Mitleid! Wir kümmern uns selber um uns! Gib die Straße frei, sonst kriegst du meine Krücke zu spüren!«

»Lass die Drohungen, Freund. Ich bin genau so einer wie du.«

Ein grauhaariger alter Mann trat vor. Er war bekleidet mit einem Sack aus Lindenbast, den ein Gewehrriemen zusammenhielt. Seine rötliche Kubanka war am unteren Rand grau von Läusen, Läuse tummelten sich in den zottigen Augenbrauen, krochen über das zerfressene Gesicht, er wischte sie mit der Hand weg und blinkerte mit den entzündeten Augen.

»Ihr habt wohl Angst, wir bringen euch die Seuche in die Stadt, was? Sind wir keine Menschen? Haben uns die Typhusläuse nicht ausgesaugt? Du bist satt, ich hungrig und kaputt«, kreischte er. »Du hast einen neuen Mantel, ich trage einen Sack, der hat mehr Löcher als Fasern …«

Der Kommissar warf den Mantel ab.

»Zieh an!«

»Was soll ich mit deiner Pelle?« Der alte Mann zitterte. »Gib mir meine fünfzig Schafe wieder, meine acht Paar Ochsen, meine Pferde und meine Tochter, die die Kadettenoffiziere hingemacht haben. Meine beiden Söhne gib mir wieder, meinen Arm!« Er schwang den leeren Ärmel unterm Sack hervor.

»Genossen, Schluss mit dem Radau!«, rief der Kommissar. »Der Befehl … Die Waffen … «

»Die Waffen? Da hast du als Erste meine«, sagte der Alte rau, und ehe einer mucksen konnte, riss er die Bombe vom Gürtel und warf sie dem Kommissar vor die Füße.

Eine Detonationssäule stieg auf. Der Kommissar blieb liegen, die Sperrabteilung entfloh.

Die Brigade Tschernojarow rastete im Dorf Promyslowka.

Tschernojarow war dem Tode nahe. Aus seinem schwarzen Mund brach röchelnd heißer Atem, die von bläulichem Typhusausschlag gesprenkelte, blutiggekratzte knochige Brust ging auf und ab. An seinem Bett wachten seit drei Tagen und Nächten ohne Ablösung der Arzt und der treue Schalim. In der Diele und auf der Vortreppe drängten sich, halblaute Worte wechselnd, die alten Mitkämpfer, und jedes Mal, wenn der Adjutant in den Hof gelaufen kam, umringten sie ihn.

»Bruder, wie stehts?«

»Bisschen-bisschen atmen … ›Oh, oh‹ sagen. Ganz schlecht … «

»Hab ein Auge auf den Doktor … «

»Jary, jary … «[1]

Das Haus war verwüstet, die Fenster mit Stroh und Kissen zugestopft. Im Zimmer kein einziger Stuhl. Der Doktor lehnte sich halb sitzend ans Fensterbrett, und sein Kopf fiel wie leblos auf die Brust.

Schalim schlich auf Zehenspitzen zu ihm und zischte:

»Du schlafen, Esel? Ich dir zeigen.«

»Was wollt ihr von mir?«, fragte der Doktor gereizt und riss die wie mit Honig verklebten Augen auf. »Ich habe Kampfer gespritzt, die Temperatur gemessen … «

»Noch mal messen!« Schalim stieß ihm den Nagant in die Rippen.

»Immerzu messen. Stirbt er, stirbt die Brigade vor Kummer. Seele weg von ihm – Seele weg von dir.«

1 (tatarisch) Gut, gut.

Der Doktor trat zum Kranken, wechselte das Eis auf der Stirn, fühlte den Puls, maß Fieber, das blaue Quecksilbersäulchen stieg rasch auf über vierzig. Dem würdevollen alten Männlein, das sie aus einem Kaukasuskurort mitgenommen hatten, traute Schalim nicht über den Weg; er beobachtete scharf jede seiner Bewegungen, zwang ihn, die Medikamente vorzukosten, ehe er sie dem Kranken gab.

»Sag, er sterben?«, fragte er flüsternd zum hundertsten Mal.

»Ich bin nicht Gott. Wollt ihr mich noch lange peinigen? Vor Müdigkeit sterbe ich noch vor euch ...«

»Warum du Augen zumachen? Sprechen und kucken.«

»Puls hundertachtzig ... Temperatur ... mmm ...« Der Doktor begann stöhnend zu schnarchen, Schaum vor dem Mund.

Schalim zündete ihm mit einem Streichholz die Kopfhaare an und zischte:

»Du hören? Er tot, ich auch tot! Er tot, ich dich umbringen! Einmal dich umbringen, du Esel, zu wenig, ich dich zehnmal umbringen!«

Endlich schlug die Krankheit um, und es ging besser.

Die Brigade frohlockte: Tag und Nacht spielten bei den Regimentern die Harmonikas, wurde getanzt und gesungen. Die angetrunkenen Kämpfer besuchten ihren geliebten Kommandeur, und er sagte zu allen dasselbe:

»Jungs, haltet euch bereit zum Feldzug!«

Aus Jandyki brachte eine Ordonnanz den Befehl des Revkriegsrats, die Brigade zu entwaffnen. Tschernojarow lachte finster auf und gab das Blatt mit dem Befehl Schalim.

»Wisch dir den Arsch damit ab!«

Als Murtasalijew eintraf, war Tschernojarow schon wieder auf den Beinen.

Sie machten sich bekannt.

»Du willst meinen Kopf holen?«, fragte Tschernojarow.

»Warum fügst du dich nicht dem Befehl?«

»Ich habe mich nie den zaristischen Lumpen gefügt, die sich in euren Stäben festgesetzt haben, und werde es nie tun. Ihr wollt die Armee zurückschicken? Wie soll das gehen? Komm, fragen wir den letzten Feldkoch, der hat zwar nicht an der Akademie studiert, aber er wird dir sagen, dass man in dieser verfluchten Sandwüste, wo es kein Wasser, keine Furage und kein Brot gibt, nur mit kleinen Abteilungen kämpfen kann. Für Regimenter ist sie der Tod, für Brigaden der Tod, für Armeen der Tod!«

»Hier hast du das Ultimatum!«

»Her damit!« Er drehte das knisternde Blatt in den Händen und gab es Murtasalijew zurück. »Ich bin Analphabet. Lies es vor, möglichst laut, ich bin schwerhörig vom Typhus. In meinem Kopf summt ein Hummelschwarm.«

Murtasalijew las laut vor:

»An den ehemaligen Kommandeur der Kavalleriebrigade Iwan Tschernojarow. Namens der Russischen Arbeiter-und-Bauern-Sowjetmacht befehlen wir den Kämpfern der Brigade, sämtliche Stich- und Feuerwaffen abzuliefern, wonach die Brigade aufgelöst und auf verschiedene Truppenteile aufgeteilt wird …«

Tschernojarow sprang auf, wie von einem Insekt gestochen, und lief in eine Ecke.

»Lies weiter!«, schrie er wie kurz vorm Ersticken und ließ den Blick der glühenden Augen nicht von Murtasalijew. »Lies weiter.«

»Die Brigade hat sich dem Befehl der Sowjetmacht nicht gefügt, eigenmächtig ihren Standort verlassen und bewegt sich eigenmächtig in unbekannter Richtung, sie zerstört jedwede Ordnung und militärische Disziplin …«

»Alles Schwindel, du Hurenbalg!« Ein Faustschlag machte den Fensterrahmen klirren. Murtasalijew hob den Kopf und sah im Fenster glühende Augen. Ein junger Bursche mit einem Strichmund hämmerte wütend gegen den Fensterrahmen und brüllte: »Schwindel, du Schwarzfresse! Komm zu uns in die Regimenter, dann zeigen wir dir, wie sich bei uns die Ordnung hält! Wenn du ein einziges unbeschlagenes Pferd findest … Nicht einen einzigen kranken Kämpfer haben wir zurückgelassen! Wir haben genug Wein und Furage bis Astrachan! Prüf unsere Küche, unsern Tross! Zähl nach, wie viel Geschütze und Maschinengewehre wir mitgebracht haben vom Kaukasus!«

Vor den Fenstern Stimmengewirr, Geschreiexplosionen.

»Lies weiter!«, gebot Tschernojarow. »Da lärmen meine Kämpfer, hab keine Angst. Und das ...« – er wandte sich der Tür zu und zeigte auf die von draußen hereindrängenden Männer in Burkas und Halbpelzen – »sind die Kampfkommandeure der Abteilungen, die Tapfersten, die das Kubanland zu bieten hat. Lies weiter! Die ganze Brigade soll es hören, die ganze Armee.«

»Im Falle der Nichtbefolgung dieses Ultimatums«, las Murtasalijew, »wird jeder fünfte Kämpfer erschossen. Tschernojarow soll zur Kenntnis nehmen, dass er, wenn er kein Feigling ist, vor dem gerechten Gericht der Sowjetmacht zu erscheinen hat, wo ihm das Wort zu seiner Rechtfertigung erteilt werden wird. Wenn er seine Kämpfer und das Volk liebt, soll er sich um ihr Leben sorgen und diesem letzten Befehl nachkommen. Er erhält dreißig Minuten Bedenkzeit.«

Dichte, erstickende Stille. An der Tür rauchte jemand schnurchelnd seine Pfeife. Vor den Fenstern stumm aufgerissene Münder und Augen, rund wie silberne Halbrubel.

»Ist das alles?«, fragte Tschernojarow.

»Ja.«

»Ich habe kein Vertrauen zu eurem Revkriegsrat, wo sich zaristische Obristen und Generäle eingenistet haben. Die bekämpfe ich nicht erst seit gestern, die bekämpfe ich bis zum Schluss! Meine Kämpfer werden mich nicht verlassen. Und wenn wir bis an die Knie in Blut waten, aber wir ergeben uns nicht! Ich schlag mich durch zu Batka Lenin, der wird anordnen, diesem ganzen Gewürm den Kopf abzudrehen.«

Murtasalijew lief, die graue Mähne zerstrubbelnd, von einer Ecke in die andere, dann blieb er vor Tschernojarow stehen.

»Du bist im Unrecht, lieber Genosse. In unserer Armee ist der Zaun gut, nur die Pfähle sind morsch, die gehören ausgewechselt. Die Militärspezialisten haben wir vor unsern Wagen gespannt, damit sie ihn ziehen. Die Hauptkraft der Weißen liegt in ihrer festen Disziplin. Wir müssen ihnen eine disziplinierte Armee entgegenstellen, die jeden Befehl der Vorgesetzten widerspruchslos ausführt.«

»Bei mir tut sie das.«

»Die Anarchie, lieber Genosse, hat die Partisanenarmee verdorben, ihre Kraft untergraben, und die Kadetten haben euch zerschlagen.«

Tschernojarow dachte nach, den Kopf in die Hände gestützt. Er war betäubt, bedrückt.

Von der Tür ließ sich einer der Kommandeure vernehmen:

»Nicht die Kadetten haben uns zerschlagen, der Typhus wars.«

Da brachen alle auf einmal los, redeten durcheinander:

»Der Typhus kommt auch nicht aus der Luft.«

»Überall Verrat.«

»Warum hat die Sanitätsabteilung der Armee nicht funktioniert? Warum gabs an der Front nicht genug Patronen? Warum hat uns die Laus erwürgt? Wir haben nie Seife oder Wäsche gesehen, und in Kisljar wurden eine Woche lang Speicher mit Munition und Ausrüstung verbrannt.«

Der hünenhafte Akim Kopyto, Anführer der Plastuns von jenseits des Kuban, das finstere Gesicht pockennarbig wie von einer Ahle zerstochen, räusperte sich in die Faust und holte tief Luft.

»Wir sind marschiert und haben geglaubt, die Sowjetmacht würde uns verstehen wie eine Mutter ihr Kind, und jetzt will auch sie uns mit Kugeln füttern …«

»Teure Genossen«, nahm Murtasalijew wieder das Wort. »Was soll der Lärm? Wir sind nicht auf dem Basar. Reden wir ruhig. Der Eisenbahnverkehr liegt danieder. Der Fuhrwerksverkehr liegt danieder. Wir haben es nicht rechtzeitig geschafft, euch alles Notwendige von Astrachan zum Kaukasus zu bringen. Sag mir, Genosse«, wandte er sich an Tschernojarow, »ist es wahr, dass du Arslanow und Belezki gesäbelt hast?«

»Ja.« Der Brigadekommandeur lief dunkelrot an und erstickte fast vor Erregung. »Ich trau den Kommissaren, die sich an der Front schlagen, aber wenn einer im Hinterland mit dem Automobil herumfährt, trau ich ihm nicht. Bis zu meinem Tode nicht.«

»Belezki war Kampfkommandeur, das weiß die ganze Armee. Arslanow war ein alter Revolutionär, das sage ich dir. Du, lieber

Genosse, hast ein schweres Verbrechen vor der Revolution begangen.«

Tschernojarow sagte nichts.

»Es gibt Beschwerden über deine Brigade«, fuhr Murtasalijew fort. »Ihr habt viel geplündert. Ist das auch wahr?«

»Quatsch. Sinnlos haben wir keinen beraubt. Die Burshuis haben wir gezaust, das gabs. Die Aufständischen und Kulaken haben wir uns auch vorgenommen. Nicht umsonst sagt ein altes Kosakensprichwort: ›Draufgehn kann man, aber Raub bringt Habe.‹«

»Fährst du mit zum Revkriegsrat?«, fragte Murtasalijew.

»Nein, ich fahr nicht mit. Ihr wollt mich dort erschießen. Wenn ich schuldig bin, soll mich die ganze Armee verurteilen.«

»Soso. Ein schlechter roter Kommandeur, der Angst hat vor dem revolutionären Gericht. Der Revkriegsrat will mit dir sprechen. Ich versichere dir, dass dort keiner dich anrührt. Man will mit dir sprechen, das kannst du mir glauben.«

»Dir würd ich vielleicht glauben.« Tschernojarow sah ihn prüfend an. »Aber den Strolchen vom alten Regime, die mit dir am selben Tisch sitzen, unterm selben Dach, mit denen du aus derselben Schüssel Kascha löffelst, denen glaub ich nicht! Zerhack mich in Stücke, verbrenn mich im Feuer, denen glaub ich nicht!«

»Ich arbeite seit zwanzig Jahren in der bolschewistischen Partei, du musst mir glauben. Ich bleibe hier als Geisel und lege die Uhr auf den Tisch. Fahr allein. Bis Jandyki sind es sieben Werst. Wenn du in drei Stunden nicht zurück bist, können deine Kämpfer mich hinrichten.«

»Was sollen wir schon mit dir altem Knacker!«, brüllte am Fenster der Bursche mit dem Strichmund. »Brüder, wir geben Tschernojarow nicht heraus!«

»Niemals! Niemals!«

»Wir alle geben für ihn den Kopf!«

»Verrat, Brüder!«

Draußen vor den Fenstern begann ein stürmisches Meeting.

»Du fährst also nicht?«, fragte Murtasalijew zum letzten Mal.

»Nein.«

»Dann leb wohl, Genosse.«

»Leb wohl.«

Murtasalijew ging hinaus.

Nacht. Das Dorf brodelte. Da und dort fliegende Meetings – irre, hysterische Reden. Murtasalijew drängte sich in die größte Menge hinein und hörte eine Weile zu. Dann schob er sich nach vorn und stieg auf eine Munitionskiste.

»Genossen ... Ich bin Mitglied des Revolutionären Kriegsrats ...«

Johlen

Pfeifen

wüstes Fluchen.

»Nieder!«

»Zieht ihm die Beine weg!«

»An die Wand! An die Wand!«

»Liebe Genossen ... Überlegt euch, was ihr ruft! Wen wollt ihr an die Wand stellen? Mich? Ihr Hundesöhne! Viele von euch haben noch an Mamas Brustwarze gesaugt, da habe ich schon mit Ketten geklirrt in Akatui[1]. Die zaristischen Kerkerknechte haben mich nicht umgebracht, und ihr, Soldaten der Revolution, wollt mich umbringen? So ein Quatsch! Kommen wir lieber zur Sache.« Er spürte den heißen Atem der vieltausendköpfigen Menge. Die Gesichter waren in der Dunkelheit nicht zu unterscheiden, nur da und dort glühten im Wind Zigaretten auf. Anfangs gabs ein paar Momente, da hatte er das Gefühl, sie würden ihn wirklich herunterziehen und in Stücke reißen. Aber – ein mannhaft gesprochenes Überzeugungswort, und die Wut ebbte ab. Über der still gewordenen Menge dröhnte eindringlich seine Stimme. »Wo ist Verrat? Was für Verrat? Wer so etwas ruft, den sollte man durchschütteln und nachsehen, ob er ein Dummkopf ist oder ein Feigling. Dummköpfe kann die Revolution nicht gebrauchen, und ein Feigling in unserer Mitte ist gefährlicher als

1 Im berüchtigten Gefängnis von Akatui bei Nertschinsk (Sibirien) wurden seit 1890 die zur Zwangsarbeit verschickten politischen Häftlinge konzentriert.

ein Feind! Liebe Genossen, in unserer Familie ist kein Platz für Egoisten, Kleingläubige und Unschlüssige! Wer Befehle nicht ausführen will oder kann, den schmeißen wir achtkantig raus aus der Armee. Der kleinste Versuch, die Disziplin zu untergraben, wird im Keim erstickt, mit aller Strenge der Kriegszeit und der revolutionären Gesetze, das soll sich jeder ehrliche Kämpfer hinter die Ohren schreiben. Liebe Genossen!«

Murtasalijew sprach über die Sowjetmacht und Denikin, über die Bolschewiken und die Arbeiterklasse, über Moskau und die Weltrevolution.

Nach ihm sprachen Kämpfer verschiedener Truppenteile. Hier das kurze Wort eines der Partisanen:

»Männer vom Kuban … Es wird uns schwerfallen, die neue Ordnung hinzunehmen, aber wir müssen es tun. Wenn der Befehl kommt, hundert Werst barfuß über Glasscherben zu laufen, darf keiner von uns sich weigern. In unsere Reihen haben sich nicht wenig Lumpen eingeschlichen, denen nicht die Revolution teuer ist, sondern die eigene Haut und die eigene Tasche. Nicht wenig Spitzbuben sind auch unter unsern Vorgesetzten und Kommissaren, aber das Mandat kann sie nicht decken, die Kugel wird sie finden. Wenn in den Stäben solche sitzen, können wir sie nicht mit der Faust oder mit Geschrei rausholen, da braucht es Verstand, Verstand und noch mal Verstand. Später untersuchen wir, wer wo im Recht oder im Unrecht ist, doch jetzt haben wir nur eine sowjetische Familie und nur einen Feind: den mit den goldenen Schulterklappen.«

In der Nacht nach dem Meeting führte Murtasalijew zwei Regimenter und ein paar kleinere Abteilungen nach Jandyki. Viele versprengte Einzelkämpfer schlossen sich ihm an.

Im Morgengrauen, als frostiger Nebel über der Steppe wogte, rückte auch die Brigade Tschernojarow von Promyslowka ab. Sie marschierte fröhlich, mit Gesang und Harmonikaspiel. Vor den Schwadronen tanzten juchzende Tänzer. In einer Tatschanka saß, auf Kissen gebettet, finster Iwan Tschernojarow – ihm schwante Böses.

Vor Jandyki stieß die Brigade auf eine Kette – im Halbkreis lagen, das Dorf absperrend, die Derbenter, das Internationale Bataillon und die Kommunistische Abteilung zur besonderen Verwendung.

Ein Ruf:

»Wer da?«

Aus dichtem Nebel

nahten

Massen Berittener …

»Gut Freund.«

»Halt. Wir schießen!«

Die Brigade machte Halt und schickte Delegierte zum Verhandeln vor. Granaten in der Hand, traten sie dicht an die in aller Eile ausgehobenen flachen Gräben heran.

»Gebt die Waffen ab, ihr Hunde!«, schrie ein Jüngelchen mit brüchiger Stimme aus dem Graben, und in der plötzlich eingetretenen erregenden Stille knackte der Hahn seines Nagants.

»Wisch dir lieber den Rotz ab, du Krähe!« Der Schwadronskommandeur Juchim Sakora warf ihm einen Blick zu und wandte sich an alle: »Grüß euch, Jungs … Mit wem wollt ihr hier kämpfen, und wozu steht ihr hier?«

»Wir sind hier eingesetzt, um die Tschernojarow-Bande zu entwaffnen. Der Lump hat sich an die Kadetten verkauft und will die junge Sowjetmacht verschlingen.«

»Welcher Strolch hetzt euch gegen unsere Brigade? Wieso sind wir eine Bande? Ein Jahr lang schlagen wir uns schon mit Kornilow und Denikin.«

»Und wieso habt ihr unsern Kommandeur Belezki gesäbelt? Dafür reißen wir euch allen die Gurgel raus. Warum gehorcht ihr den Befehlen nicht? Für wen seid ihr, für die Roten oder für die Kadetten?«, spektakelte wieder das Bürschchen.

»Dafür bist du noch zu jung und zu grün, du kleiner Ganove. Wenn wir für die Kadetten wären, hätten wir längst zu ihnen gehen können, stattdessen irren wir durch die Wüste und füttern die Läuse mit unserm Fleisch. Wer ist euer Kommandeur?«

»Sewerow.«

»Der ist doch zaristischer Oberst. Der säuft das Blut des Volkes wie Limonade. Ach, ihr Idioten … Hat einer was zu rauchen?«

»Nimm.« Ein Astrachaner reichte ihm ein Päckchen Papirossy.

»Ihr lutscht Papirossy, und wir haben schon vergessen, wie sie nur riechen. Na schön, ich seh, ihr seid vernünftige Jungs. Tschernojarows Männer heben nicht die Hand gegen eigene Leute. Lasst uns durch, wir gehn zu Batka Lenin, der soll die ungewaschene Wahrheit erfahren. Am Kuban haben sie uns verkauft und versoffen. Ach, Brüder, wie viel Köpfe sind dort gefallen, wie viel Blut ist dort geflossen …«

Hinter den Gräben lief ein Politkommissar herum und schrie aus Leibeskräften:

»Verhandlungen einstellen! Feuer eröffnen! Feuer!«

Aber keiner hörte auf ihn.

An der Front setzte Verbrüderung ein, da und dort tauschten die Kämpfer bereits Mützen und Waffen.

Der Politkommissar stürzte zur Kommunistischen Abteilung.

»Feuer! Schießt!«

Er warf sich selber hinters Maschinengewehr und

ta-ta-ta-ta-ta-ta-ta-ta-ta-ta …

Die Brigade kam in Bewegung.

An der Flanke rollte ein schallendes Kommando:

»Schwadrooon, abteilungsweise, Zü-gel links, in Schlachtordnung!«

Zu Tschernojarow sprengte Schalim:

»Gib Befehl, Fahne entfalten und zum Angriff!«

»Auf keinen Fall!«

Die Kommunistische Abteilung begann zu schießen. Zunächst zaghaft, dann immer beherzter folgten die Derbenter ihrem Beispiel, und bald blitzten längs der ganzen Linie Mündungsfeuer. Im Nebel unsichtbar dröhnte eine Batterie, und ein Granatwerfer wummerte.

Schalim riss dem Pferd das Maul blutig, hing seitlich aus dem Sattel, schrie:

»Iwan … Attacke … Lass uns bloß einmal zuschlagen! Wir hacken die klein wie der Koch die Kartoffeln!«

»Auf keinen Fall …«

Tschernojarow richtete sich auf und umfasste die Brigade mit einem Blick, dann schrie er dem Trompeter zu, der kein Auge von ihm ließ:

»Blas ab!«

Die Brigade, ohne einen Schuss abgegeben zu haben, verlor Tote und Verwundete, sie flutete zurück nach Promyslowka.

Meeting auf dem Platz.

»Lebt wohl, Brüder!«, schluchzte Tschernojarow und hob, außerstande, noch ein Wort zu sagen, die Hand mit der Mauser an die Schläfe.

Sie entrissen ihm die Waffe.

»Dort ist kein Leben für uns!«, begann er von neuem, aber er verlor das Bewusstsein und fiel Schalim in die Arme. Der Arzt hielt ihm Salmiakgeist unter die Nase, einer rieb ihm die Ohren mit Schnee.

Er öffnete die Augen, stieß mühsam hervor:

»Fein haben sie uns empfangen und bewirtet, fein … So werden sie alle Partisanen bewirten.«

Die Kommandeure der einzelnen Abteilungen umstanden ihn und tuschelten. Akim Kopyto beugte sich zu ihm und brummte ihm ins Ohr:

»Wir müssen verduften. Geh weg hier, ehe es zum großen Unglück kommt. Die Armee ist erregt und greift zu den Waffen. Überleg, Iwan, wie viel unschuldiges Blut soll noch fließen?«

»Abhauen? Wie ein Dieb vom Jahrmarkt?«

»Was willst du machen?« Akim breitete die pudschweren Fäuste aus. »So was kommt vor.« Er schnaufte und sprach weiter: »Der obersten Führung müssen wir gehorchen. Wir haben schon eine Delegation gewählt, die soll zum Revolutionären Kriegsrat gehen und sich verbeugen und wie ein Mann rufen: ›Schlagt uns Kommandeuren die Köpfe ab, aber lasst die Kämpfer in Frieden.

Wir haben sie aus den Stanizen geholt und sie geführt. Überall werden sie geschlagen, dabei können sie nichts dafür.‹«

Und der Kommandeur des Panzerzugs Derewjanko sagte zu Tschernojarow:

»Iwan, so dürfen wir nicht handeln. Wir müssen zusammenhalten, alle für eines ... Und das eine ist die Sowjetmacht.«

»Ja, ja, ich geh besser. Unter euch bin ich wie ein Wolf in der Hundemeute!« Mit irr flackernden Augen blickte er in die Runde der Kommandeure und fluchte kurz. Dann stieg er wieder auf die Tatschanka, zerbrach überm Kopf den Griff der Nagaika und kommandierte: »Brüder, auf die Pferde! Wir rücken ab. Wer mir vertraut, mir nach!«

Sogleich lösten sich zwei Hundertschaften Berittene – die mit den kräftigsten Pferden –, ein Zug mit auf Pferde geladenen Maschinengewehren und ein kleiner Tross von der Armee, und ab gings im Trab in die Steppe, gen Westen.

Allein bei der ersten Rast umringten die Kämpfer ihren Kommandeur.

»Wo gehen wir hin, und wozu?«

Tschernojarow breitete die Karte aus – ein mit Kopierstift vollgestricheltes Stück Wachstuchdecke – und folgte mit dem Finger geheimnisvollen Zeichen, die er allein kannte:

»Wir gehen nach Ergedin chuduk (Brunnen). Chachatschin chuduk, Zubu, Bulmukta chuduk, Ylzrin, Türimjata chuduk. Von hier nehmen wir auf der alten Tschumakenstraße die Richtung nach Jaschkul, Ulan Erge, Elista und kommen bei Zarizyn heraus, wo wir uns mit der Division Stosharow vereinigen: Der liefert uns nicht aus, der steht ein für die Partisanenehre. Von dort ist es nicht mehr weit nach Moskau. Ich reite zu Batka Lenin. Ich glaub nicht, dass es auf der Welt keine Gerechtigkeit gibt.«

»Alles schön und gut, Iwan Michailowitsch«, sagte seufzend Ignat Porochnja, »aber sag uns, wieviel Werst kommen zusammen bis zu dem verfluchten Zaryzin?«

Mit einem Streichholz und seinen Fingergelenken maß Iwan gründlich auf seiner Karte nach und antwortete endlich:

»Fünfhundert Werst, wahrscheinlich mit ein paar Zerquetschten.«

Ein Stöhnen der Verblüffung.

»Au, bisschen reichlich. Fünfhundert, und dann noch mit Zerquetschten?«

»Fünfhundert Werst durch die wilde Kalmückensteppe ...«

»Schaffen wir nicht. Da gehn wir drauf.«

Sie schwiegen lange, sammelten ihre Gedanken. Schwadronskommandeur Juchim Sakora sagte für alle:

»Bis Zarizyn schaffen wirs nicht. Die Pferde machen nicht mit. In der Eile haben wir nur ganz wenig Furage mitgenommen. Zwei, drei Tage, dann ist das Futter alle. Wir haben wenig Dörrbrot, wenig Wein, und das Wasser in den Brunnen ist salzig, zum Teufel damit. Was machen wir?«

Tschernojarow sah die verzagten Leute aufmerksam an, und seine getreidehell verblichenen Augenbrauen zuckten.

»Stimmt, Jungs, bis Zarizyn schaffen wirs nicht, die Pferde machen nicht mit. Es hat keinen Zweck, dass wir alle sinnlos draufgehn. Wer will, kann umkehren. Für mich gibts keine Umkehr. Ich schwörs euch, mein Säbel soll nie wieder zuschlagen, wenn ich einem von euch ein Wort des Vorwurfs sag. Wir sind unsern Weg ehrlich gegangen, ohne eignes noch fremdes Blut zu schonen. Ich dank euch für den treuen Dienst. Wenn wir am Leben bleiben, wollen wir uns wieder unter einer Fahne sammeln, und dann werden die Feinde nicht wissen, wohin sie fliehen sollen vor unsern Säbeln! Na, und wenn uns kein Wiedersehen beschieden ist, behaltet mich in guter Erinnerung!« Seine Stimme zitterte und brach ab.

Die Kämpfer nahmen Abschied von ihrem geliebten Kommandeur, und viele weinten, laut schluchzend wie kleine Kinder.

Und dann machte sich die Abteilung unter dem Kommando von Juchim Sakora in strammem Marsch auf den Rückweg zur Astrachaner Straße, Jandyki seitlich umgehend. Tschernojarow blickte ihr von einem Kurgan lange hinterher, und in seinen Augen dampfte eine bittere Träne ...

Beim Brigadekommandeur blieben Schalim und zwei Dutzend Reiter, die entschlossen waren, das Los ihres Führers bis zum Ende zu teilen.

Wilder Wind

alte Kurgane

toter rieselnder Wüstensand …

Sie ritten Tag und Nacht und begegneten keiner lebendigen Seele. Die Leute hungerten. Die Pferde fraßen einander vor Hunger Schweife und Mähnen ab.

Von Zeit zu Zeit rasteten sie um ein Lagerfeuer aus stachligem Gezweig und Kollerdisteln. In den Kochgeschirren wurde Schnee geschmolzen, sie kauten Pferdefleisch, in der glühenden Asche gebacken, aßen die letzten Stücke Dörrbrot. Dann standen die Lebenden auf und gingen weiter, die entkräfteten Pferde am Zügel führend; Tote und Sterbende blieben wie in Gedanken versunken am erloschenen Feuer sitzen: Von den unrasierten Kinnen rann typhöser Speichel und gefror zu langen Eiszapfen.

Tschernojarow, mit Kissen umlegt, warm zugedeckt, fuhr auf der Tatschanka. Manchmal verlor er die Besinnung und phantasierte:

»Wo bin ich? Wo ist die Brigade?«

»Alle hier, alle bei dir. Bitte still liegen.« Schalim hüllte ihn wärmer in die Decken.

»Trinken … trinken …«

Einer der Kämpfer hielt ihm den Kopf, Schalim öffnete ihm vorsichtig mit dem Dolch die zusammengebissenen Zähne und flößte ihm ein paar Schlucke Wein ein. Dann steckte er ihm Speckstückchen in den Mund und stopfte sie mit dem Finger in die Kehle.

»Iss, Iwan … Bitte, iss … Du musst gesund werden, Kunak.«

Der Kranke wollte aufspringen, er brüllte wild:

»Die Pferde sind gefesselt! Schalim, mach die Stränge los! Regimeeent, Säbel blank!«

In der ersten Zeit zogen sie von Brunnen zu Brunnen, doch dann wich die ausgefahrene Straße schneelosen Pfaden, und die Abteilung kam vom Wege ab.

Menschen
die letzten Pferde
fielen
blieben zurück.

Am siebten Tag gelangten sie zu viert, halberfroren, halbtot, in das Dorf Soldatskoje, Gouvernement Stawropol, wo eine feindliche Wachabteilung sie aufgriff.

Tschernojarow kam in einer Kate zu sich. Seine drei Kameraden lagen neben ihm auf dem Erdboden. In der Tür, den Rahmen mit seinem Buckel stützend, döste ein hünenhafter Kosak mit den Achselklappen eines Unteroffiziers.

»Aus welcher Staniza?«, fragte ihn Iwan.

»Korenowskaja.«

»Soso. Eure schöne Kirche hab ich niedergebrannt.«

»Was bist du denn für ein Wunderknabe?«

»Was meinst du denn?«

»Ich mein gar nichts. Wenn ich will, tret ich dir mit dem Stiefel ans Maul.«

»Ich bin Tschernojarow.«

»Weiche, weiche von mir, böser Geist!« Der Unteroffizier prallte zurück und hätte fast das Gewehr fallen lassen.

»Uch, du Halunke, wofür füttert euch Denikin mit Kascha?« Ein blasses Lächeln erhellte Iwans abgezehrtes Gesicht.

Die Gefangenen wurden mit Eskorte in das Städtchen Swjatoi Krest geschafft. Schalim und die Kämpfer kamen in die Kommandantur, hinter Gitter, Tschernojarow aber, der nicht gehen konnte, wurde von zwei Kosaken an den Armen in eine Wohnung geführt, wo sie ihn rasierten, wuschen, in frische Wäsche kleideten und ins Bett legten.

Mehrmals täglich besuchte ihn ein Militärarzt, und auch der einarmige Stadtkommandant schaute herein.

»Guten Tag, mein Lieber. Wie fühlen Sie sich? Was haben Sie

heute zu essen bekommen? Soll ich Ihnen etwas Tabak schicken?«

»Wo sind meine Kämpfer und mein Adjutant Schalim? Mir hat geträumt …«

»Keine Bange, mein lieber Gefangener … Ihre Leute sind im Lazarett und werden nach ihrer Genesung bei mir in der Kommandantur Dienst tun.«

»Sie werden nicht bei dir dienen, Kommandant«, sagte Tschernojarow lächelnd, »sie werden fliehen.«

Er wusste nicht, dass die drei schon erschossen worden waren.

Eines Tages flog die Tür krachend auf, und herein trat sporenklirrend ein Offizier.

»Aufstehn!«, kommandierte er.

»Was wollen Sie von mir?«, stöhnte Tschernojarow. »Meinen Kopf oder die Beine? Mein Kopf, hier ist er, die Beine gehorchen mir nicht.«

»Na gut, bleiben Sie liegen.« Der Offizier richtete dem Kranken die Kissen, stopfte ihm die Decke unter. »Zu Ihnen kommt Seine Exzellenz Divisionsgeneral Reprew. Machen Sie uns, ich weiß nicht, wie ich Sie titulieren soll, um Gottes willen keine Schande.«

In Begleitung seines Stabsgesindes trat ein dicker General ein.

»Du bist Tschernojarow?«, fragte er mit erkälteter, heiserer Stimme und musterte den Partisanenführer neugierig. »Sei gegrüßt, Dshigit. Endlich bist du zur Vernunft gekommen und zu uns übergelaufen, das hast du recht gemacht. Ich komme eben von der Front, und plötzlich hör ich – so und so. Da hab ich mir gedacht, schaust mal vorbei und plauderst mit dem alten Bekannten. Ich erinnere mich an deine heldenhafte Attacke bei der Staniza Michailowskaja. Auch an Kosinka kann ich mich erinnern. Und am Terek sind unsere Regimenter mehr als einmal aufeinandergetroffen. Tüchtig, tüchtig.« Der General nahm in einem Sessel Platz und streckte die rötlich verfärbten, schlammbespritzten Stiefel aus. »Du bist ein Kosak. Deine Väter und Großväter haben für Ordnung und Gesetzlichkeit gestritten. Auch heute befleckt sich das ruhmreiche Kubanheer nicht mit Schande. Sie fechten tadellos, die Hundesöhne. Noch heute schick ich ein Telegramm zum Korpsstab, um deine Begnadigung zu erwirken. Du wirst gesund, und dann mit Gott aufs Pferd. Ich geb dir ein Regiment, und ich glaube daran, dass du mit ehrlichem Dienst das Schandmal von dir abwäschst. Du bist ein tapferer Haudegen. Solche brauchen wir. Dein Ruhm schallt weithin. Dein Beispiel wird die verdummten Kosaken ernüchtern, von denen sich nicht wenige noch immer bei den Roten herumtreiben. Dann kommen alle Kosaken zur Vernunft und laufen zu uns über. Du wirst dann schon eine Brigade befehligen, vielleicht sogar eine Division. Und mit Gottes Hilfe wird der Krieg dann zu Ende sein ...«

Tschernojarow rieb mit zitternder Hand die schwarzgefrorene Wange und sagte fest:

»Ich, Euer Exzellenz, bin ein geradliniger Mensch. Ich kann nicht mit dem Schwanz wedeln. Das Leben ist keine Kopeke wert. Wie oft hab ich es auf eine Karte gesetzt! Ich habe vor nichts Angst. Lieber für die Wahrheit sterben als in Unwahrheit umherirren! Für Schulterklappen will ich nicht dienen. Ihr wart und seid meine geschworenen Feinde und werdet es immer sein.«

Der General lehnte sich im Sessel zurück und lachte schallend.

»Ha-ha-ha-ha. Tüchtig! Mein Lob für den Mut! Aber, mein Lieber, wieso sind wir deine Feinde? Wir haben denselben Gott und dieselbe Heimat. Die Bolschewiken wollen die Kosakenschaft ausrotten, und ich weiß, du bist ihnen nur mit knapper Not entkommen. Die Bolschewiken verwüsten die heiligen Kirchen und plündern das Volk aus ...«

»Auf mich sind nicht die Bolschewiken losgegangen, sondern die Verräter, die sich in den Stäben festgesetzt haben.«

Der General sprach noch lange von den Bolschewiken, ihren teuflischen Plänen und der Rolle der Freiwilligenarmee.

Tschernojarow ermüdete und sank in halbes Vergessen. Auf seine Stirn traten große Schweißtropfen. Ein scharfer Schmerz ging durch die Arm- und Beingelenke und das Kreuz und schnitt ins Herz. Auf der Bettdecke schwammen, verschwammen pur-

purrote Blumen. An seinem Ohr aber summte und summte die monotone Stimme:

»Die russische Armee … Kosakenschaft … Ruhm … Pflicht vor der Heimat …«

»Verschwinde!«, schrie Tschernojarow auf einmal wie rasend und griff den eisernen Aschenbecher vom Tisch. »Verschwinde, Hurensohn, geh mir aus den Augen! Ich würde schon mit dir reden, aber nicht hier! Haach …« Ein wütendes Geheul brach aus seiner Brust.

Der General stand auf, wischte sich mit einem parfümierten Tuch das müde Gesicht und befahl im Gehen:

»Aufhängen!«

Sie holten ihn noch in derselben Nacht, brachten ihn auf den Marktplatz und hängten ihn auf. Bis zum letzten Todesmoment schmähte er die Henker mit wüsten Flüchen und spie ihnen in die Augen. Sie hängten ihm ein Sperrholzbrett mit der fett gemalten Aufschrift auf die Brust:

IWAN TSCHERNOJAROW BANDIT UND FEIND DES RUSSISCHEN VOLKES

Kurgane

auf einem Kurgan döste ein satter Adler, äugte flüchtig zu den wimmelnden Menschen auf den Straßen. Raben teilten mit heiserem Gezänk die Beute, zerrissen Fleischstücke, zerrten lange graue Darmfetzen durch den Sand.

Schluchten

in den Schluchten bargen sich verwilderte Hunde, das Fell voller Kletten, die Schnauze blutverklebt. Vollgefressene Wölfe mit hängendem Bauch, kläglich winselnd und stöhnend, rollten durchs dürre Gras.

Chutors

die Chutors tot und öd. Der Wind trieb wirbelnd Asche und Sand, raschelte in papierverklebten Fenstern. Die heilgebliebenen Katen waren voller Leichen, und über die Leichen krochen wie Krebse Sterbende.

Armee

die Armee wurde von Läusen zertrampelt. Die Reste der einstmals furchtgebietenden Regimenter schlugen sich blutend durch sämtliche Hindernisse wie durch Dornengesträuch und gelangten ans Ufer der Wolga zur gelobten Stadt. Aus eitrigen Augen rollten Freudentränen, aus den Kehlen brachen heisere Freudenschreie.

Die Kunde vom Tod Tschernojarows holte sie ein.

Am Steilufer der Wolga saßen ein paar Kämpfer im Kreis und warteten auf die Fähre. Sie leerten das letzte Fässchen Wein, gedachten der Stanizen im Kubanland, der Schlachten und Feldzüge ... Auch des tollkühnen Heerführers Iwan Tschernojarow gedachten sie mit einem guten Wort.

»Ja, wir haben ganz schön was angestellt!« Ein tiefer Seufzer entfuhr Maxim Kushel. »Dieser verwegene Kopf ersinnt keine Streiche mehr. Brüder, hoch die Becher zum Andenken an den Kosaken!«

Etüden

Stolz

Die Hundertschaften zogen an Kurganen
vorbei ins ferne dunstge Steppenblau.
Die Pferde stampften durch den Staub der Straßen,
Zermalmten bittern Wermut voller Tau.

Georgi Borosdin

Der Qualm der morgendlichen Lagerfeuer breitete sich über die Wiese wie ein Hammelfell. Die abgesattelten Pferde dösten in Grüppchen, der Wind wehte die verfitzten Mähnen und gestutzten Schweife zur Seite. In tiefem Schlaf schnarchten die Kämpfer rund um die Feuer, träumten Schlachtenbilder, murmelten oder riefen abgerissene Kommandoworte. Manche sprangen zähneklappernd auf, machten Gymnastik, erhitzten dann im Kochgeschirr Wasser, kauten Speck, der in den Feldbeuteln schmutzig geworden war, und tranken nach alter Gewohnheit, alles in Hast zu tun, sich verbrühend aus verbeulten Bechern teerschwarzen starken Tee.

Unweit lagen die schwarzen Ruinen eines niedergebrannten Chutors. Über der Brandstätte ragten die verrußten Reste von Öfen und Schornsteinen. Verheulte Weiber saßen auf Bündeln, auf blechbeschlagenen Truhen und wickelten schlaftrunkene Kinder in Lumpen. Finster blickende Mushiks krochen im Brandschutt herum, stießen Pfähle hinein, zogen unter qualmenden Hölzern feuergeschwärzte Tontöpfe, Pflüge, Spaten und sonstigen Kram hervor.

In der einzigen heil gebliebenen Kate war der Stab der Kavalleriebrigade untergebracht. Auf den Bänken, auf dem Fußboden, auf dem Ofen schnarchten vielstimmig Ordonnanzen, Schreiber und Quartiermacher. Eine Wolke bitterer Tabaksqualm hing in der Luft, es roch übel nach Fußlappen, sauer nach Schaffell und muffig nach menschlichem Gestank. Im breiten Bett lag unter der Atlasdecke der junge Kommandeur Iwan Tschernojarow. Er zog immer wieder an der Pfeife und spuckte quer durch die Stube zur Schwelle.

Von draußen hämmerte eine gewichtige Faust an den Fensterrahmen, dass die Scheibe klirrte.

»He, Stabsleute!«

Tschernojarow hob den Kopf.

»Was gibts? Wer schreit?«

»Iwan Michailowitsch!« Der Wachposten Fedulow zog sich zum Fenster hoch und starrte mit weit aufgerissenen Augen herein. »Ein Tschetschene ist da, will Sie persönlich sprechen. Wir haben ihn erst mal festgenommen.«

»Ein Tschetschene? Wo ist er?«

»Da, sie bringen ihn. Er wartet!«, rief Fedulow und fiel runter.

Der Brigadekommandeur, barfuß und schlaftrunken, trat auf die Vortreppe.

Im Kreise der Kosaken drehte sich ein Tschetschene auf seinem flinken Pferdchen. Mit blitzenden Zähnen, die Wörter verstümmelnd, erzählte er etwas.

Die Kosaken lachten.

Als der Bergbewohner den Kommandeur an seiner pechschwarzen Stirnlocke erkannte, salutierte er und rapportierte:

»Genosse Tschernojarow, wir bei Nacht nicht Attacke geritten, wir bei Tag nicht Attacke geritten.«

»Was?«, fragte Iwan und lief dunkel an.

»Wir müde, wir mit Krieg Schluss machen.«

»Wo liegt das Regiment?«

»In Chutor Rasschewat.«

»Gut. Sag deinem Kommandeur Chubijew, er soll das Regiment sofort antreten lassen. Ich komme selbst.«

»Wa-s-salam!« Der Tschetschene riss den Zügel nach links und flog in die Steppe wie ein schwarzer Schatten.

»So was von Hundesöhnen«, sagte der Unterfähnrich Schebutko, der eben mit einem Pferdeeimer vorbeiging, und blieb stehen. »Beim Plündern sind sie die Ersten, aber zum Kämpfen haben sie keine Lust.«

»Sag das nicht«, widersprach ihm Nasarka Tschakan, »es gibt

auch verdammt Tapfere. Die brauchst du bloß richtig aufzustacheln, dann bringen sie den Satan zum Zittern.«

»Ich hab genug von diesen Asiaten gesehn. In den Schützengraben wolln sie nicht, und zur berittenen Attacke haben sie keine Lust. Sie jagen einen Einzelnen zu dritt und säbeln ihn tot. Wenn bei ihnen, Gott behüte, ein Achmet fällt, dann laufen sofort an die hundert Brüder, Onkel und Verwandte zusammen, lassen die Stellungen im Stich und bringen den Toten im Trab in ihren Aul, um ihn zu begraben, auch wenn das hundert Werst ab ist.«

»Ein wackerer Russe«, ließ sich wieder der Unterfähnrich vernehmen, »der machts mit Pfiffigkeit. Wenn man türmen muss, kannst du ihn noch so bitten und anflehn und bedrohn, dann türmt er eben, aber wenn er sieht, man kann zuschlagen, dann schlägt er zu.«

»Du, Schebutko, bist ja schlau, aber nich schlauer als ein Kalb, bis untern Schwanz reicht deine Zunge nich«, sagte Nasarka. »Pfiffig sind wir beide auch, aber wir haben halb Russland an die Deutschen verloren.«

»Esel«, sagte der Unterfähnrich zu ihm, »dort haben sie uns verraten und versoffen. Uns hats nicht an Mut gefehlt, sondern an Granaten, sonst hätten wirs dem Germanen schon noch gezeigt. Ich sage dir, Mut ohne Köpfchen ist keinen zerbrochenen Groschen wert. Nimm zum Beispiel, wolln mal sagen, die Chinesen. Die schlagen sich unheimlich tapfer, die Halunken, sie gehn nicht gern zurück, und Gefangenschaft lassen sie nicht gelten. Solch einer setzt sich hin im Schneidersitz, schüttet sich Patronen in den Schoß und verballert sie bis zur letzten, und er schießt nicht aus der Schulter, sondern aus dem Wanst. Was soll das bringen?«

»Wir sind neulich aus einer deutschen Siedlung abgehauen«, sagte grienend der Aufklärer Ossadschi. »Spaßeshalber stellten wir einen Chinesen als Posten vor das Scheißhaus, dann sind wir weg. Ja, und vorgestern haben wir in einem Badehäuschen zwei Junker erwischt, die haben wir nach unserm Chinesen gefragt. Und was soll ich euch sagen, Leute? Sechs Kadetten hat er abgeknallt. Sie sind auf ihn los, haben gerufen: ›Lass das Gewehr fallen!‹, aber er ballert! Sie haben eine Handgranate nach ihm geworfen, aber er ballert! Sie haben ihn mit Bajonetten bearbeitet, aber er ballert immer noch.«

Da brach ein solches Gelächter los, schallend und bedrohlich, dass die Soldaten, die auf der Wiese schliefen, aufsprangen.

Durch die Steppe sprengte voll wilder Kraft Tschernojarow. Schalim kam kaum mit. Die wirbelnden Hufe schleuderten gefrorene Schlammklumpen hoch, die zerrauften Wolken hingen niedrig, über das Stoppelfeld rollten hüpfend Salzkrautkugeln, und der Wind trug ferne Kanonenschüsse heran wie gedämpfte Seufzer.

Hinter einem Hügelhang kam ein von Pappeln gesäumter weißer Chutor zum Vorschein.

Sie sprengten die Straße entlang. In den Fenstern blinkten wie trübe Flecke erschrockene Gesichter; heiser kläffende Hunde fuhren den Pferden an die Beine.

Hinter der Windmühle war auf einem offenen Platz das gemischte Inguschen- und Tschetschenenregiment angetreten, das sich erst vor kurzem, nach der Zerschlagung der Schariakolonne[1], der Brigade Tschernojarow angeschlossen hatte. Der scharfe kalte Wind spielte mit den Pferdemähnen, den Schößen der Tscherkessenröcke und den auf die Schultern fallenden Enden der Baschlyks. Zwei von den Böen gepeitschte Fahnen – eine rote und eine grüne – flatterten knatternd im Wind, die goldenen Streifen der eingestickten Buchstaben hin und her werfend.

Der Regimentskommandeur Chubijew, Offizier alter Schule, ritt auf seiner hochbeinigen Gebirgsstute dem Brigadekommandeur entgegen, grüßte und begann, in den Steigbügeln stehend, zu melden:

»Seit über einer Woche ist das Regiment pausenlos in Bewegung, die Pferde sind ohne Hufeisen und erschöpft, Furage ist nicht zu bekommen, die Kämpfer verlangen eine Ruhepause, die Kämpfer verlangen …«

1 Anfang November 1918 wurde die 1. Außerordentliche Division mit Angehörigen der Kaukasusvölker aufgefüllt und in 1. Sowjetische Scharia-Stoßkolonne umbenannt.

»Ha!«, fiel Tschernojarow ihm ungeduldig ins Wort. »Genug! Wo ist der Gegner?«

»Sechs Werst westlich von hier halten das Regiment Drosdowski[1] und eine Hundertschaft vom Saporoger Kavallerieregiment einen Chutor besetzt. Links auf dem Kurgan steht eine Batterie, rechts in – dem Waldstück stecken zwei Maschinengewehre.«

»Hast du, Chubijew, gestern einen Kampfauftrag bekommen?«

»Ja.«

»Hast du ihn ausgeführt?«

»Nein.«

»Weißt du, womit ich Feiglinge belohne?«

»Na na!«, schrie Chubijew wie gestochen, griff nach der Pistolentasche, und die harten grauen Augen blitzten wie Bajonette.

Sie ritten auseinander, ließen sich nicht aus den Augen.

Tschernojarow gab seinem Pferd die Peitsche und ritt, die Front aufbrechend, mitten hinein in das Regiment. Er sprang mit den Füßen in den Sattel, und sein geliebter Säbel schnitt einen pfeifenden Kreis durch die Luft.

»Eine Ruhepause verlangt ihr? Die ganze Armee schlägt sich, und ihr seid müde? Schlappmachen wollt ihr? Ihr seid keine Kämpfer! Alte Weiber seid ihr! Noch heute lass ich euch ins Hinterland abkommandieren, in ein Invalidenheim, da könnt ihr den alten Omas den Rotz ablecken!« Im Fluge warf er den Säbel in die Scheide, ritt ins Freie und dann im Schritt davon.

Chubijew sprang auch mit den Füßen in den Sattel, wiederholte schreiend, wutschäumend die Worte des Brigadekommandeurs in der Sprache der Inguschen und dann der Tschetschenen.

Zweihundert Säbel flogen wie ein einziger aus den Scheiden, zweihundert Kehlen kreischten, brüllten, plapperten. Die Pferde kamen in Bewegung, eine Staubwolke deckte das Regiment zu.

1 Michaïl Gordejewitsch Drosdowski (1881–1919), formierte in Rumänien eine konterrevolutionäre Abteilung, besetzte am 8. 6. 1918 Rostow und schloss sich der Freiwilligenarmee an.

Nach einer Werst holte Adjutant Schalim Tschernojarow ein.

»Uch, sie haben Wut, die Knochenfresser. Erst wollten sie dich säbeln, Iwan, aber dann beschlossen, Attacke machen.«

Am Abend meldete Schalim dem Brigadekommandeur, das asiatische Regiment sei aus dem Kampf zurückgekehrt und vor dem Stab angetreten.

Tschernojarow ging hinaus.

Auf der Straße stand das Regiment. Den schaumbedeckten Pferden zitterten die Beine, sie schwankten vor Erschöpfung. Die Reiter saßen hoch aufgerichtet im Sattel, ihre staubigen harten Gesichter atmeten Mut und Stolz, ihre Augen glühten wie Edelsteine, eingelassen in die Hefte altertümlicher Dolche.

Chubijew, als er den Brigadekommandeur erblickte, saß flink ab und eilte ihm entgegen.

Sein Rapport war kurz: die Hundertschaft des Saporoger Regiments vernichtet, die Drosdowski-Leute zerschlagen und vertrieben, die Batterie vollständig genommen, erbeutet vier Maschinengewehre, zwei Feldküchen und ein erstklassiger Tross, bestehend aus zehn Fuhrwerken. Vom eigenen Regiment kampffähig geblieben hundertzwanzig Säbel, mitgenommen siebenundfünfzig Verwundete …

Tschernojarow schnallte den Säbel ab und gab ihn Chubijew. Nach altem Brauch tauschten sie die Waffe, küssten sich und waren von diesem Moment an Brüder.

Sodann wandte sich der Brigadekommandeur jäh dem Regiment zu.

»Dshigiten, ich danke euch im Namen der Brigade! Ich gebe euch eine Woche Ruhe und entlasse euch dann nach Mosdok zur Auffrischung. Füttert und beschlagt eure Pferde, feiert anständig und heizt den Weibern ein!«

Die Gebirgler verstanden das Lob ohne Übersetzung, sie richteten sich in den Steigbügeln auf, rafften die letzten Kräfte zusammen und schrien »Hurra«.

Der Wind riss dem Herbst die rötliche Haut ab, die Welt irrte durch eine Höllenflut von Schneesturm und Meuterei.

Schnelles Gericht

Die Hörner bliesen zur Attacke, und das Kavallerieregiment warf sich in Lawa auf den Gegner.

Der Hundertschaftsführer Worobjow sah seinen jüngsten Sohn Waska über den Kopf seines Rappen hinwegfliegen. Verwundet, gefallen?, durchfuhr es den Alten, er zügelte sein Pferd im vollen Lauf, sprang ab und lief zu dem im Staub liegenden Sohn.

»Waska! Söhnchen!«

Der siebzehnjährige Waska hatte einen Bauchschuss. Beim Sturz aus dem Sattel hatte er sich die Nackenwirbel gebrochen.

»Söhnchen ...«

Waska streckte sich, seine jungen Knorpel knackten, und ohne noch einmal zur Besinnung zu kommen, wurde er in den Armen des Vaters starr. Unter dem zitternden Lid hervor rollte eine letzte Todesträne. Der Alte schloss ihm die glasig werdenden Augen, stand auf, wischte das Blut des Sohnes an den blauen Pluderhosen ab. Sein Blick war wie wahnsinnig, die weißgewordenen Lippen bebten, das Herz schlug hölzern.

Der ältere Sohn Andrjuscha reckte sich hinterm Rücken des Vaters, hielt sein und seines Vaters Pferd mit den geblähten roten Nüstern am Zügel und blickte starr in seines Bruders Gesicht. Seine Hände waren von fremdem Blut verschmiert wie von Sirup, der rechte Ärmel des Tscherkessenrocks, bis zum Ellbogen mit Blut getränkt, war hart wie Borke, sein breites, sommersprossiges Gesicht blass und voller Mitleid.

»Vater«, sagte er mit zitternder Stimme und berührte ihn an der Schulter, »die Hundertschaft ist angetreten und erwartet dich.«

Der Alte ließ sich auf ein Knie sinken, ergriff sacht, wie in Furcht, den Sohn zu stören, Waskas Kopf und küsste ihn dreimal auf die im Krampf verzerrten Lippen. Dann schlug er über ihm das Kreuz, plumpste schwerfällig in den Sattel und sprengte zu seiner Hundertschaft.

Der tote Waska dünkte Andrjuscha kleiner geworden. Seinen

verkrampften Fingern entwand der ältere Bruder die Nagaika, dann küsste er ihn, schwang sich aufs Pferd und ritt dem Vater hinterher.

Waska wurde in einem Gemeinschaftsgrab beigesetzt.

Der Hundertschaftsführer Worobjow übergab das Kommando seinem Stellvertreter Samus, nahm Abschied von der Hundertschaft, versprach, noch in der gleichen Woche zurückzukommen, und sprengte mit dem Sohn nach hinten, an die zweihundert Werst weit, in die Heimatstadt.

Die alte Mutter empfing ihren Mann und Andrjuscha am Tor, sie stand stocksteif, wischte mit der vertrockneten Hand über den Mund und brachte kein Wort heraus.

»Ein Unglück, Mutter! Ein Unglück!«, schrie Worobjow und führte den schaumbedeckten, nicht abgesattelten Hengst unter das Vordach. »Der Sohn ist gefallen.«

Der Alte lief ins Haus. Ihm nach trottete, nichts sehend, am Schluchzen erstickend, die Mutter.

Über die niedrige Steinumfriedung äugte die schwindsüchtige, spitznasige Nachbarin Lukerja.

»Was ist denn bei euch passiert?«, rief sie Andrjuscha zu, der die Pferde an einen Pfahl band.

Er blickte sie wild an und ging, ohne zu antworten, ins Haus.

In den Zaunritzen glitzerten neugierige Augen. In der Siedlung verbreitete sich schnell die Kunde, dem alten Worobjow sei der Sohn Waska gefallen.

»Du dummer Kerl, du Hohlkopf, der Teufel hat dich geritten!«, zeterte die Alte. »Verfluchter Falschredner, nicht umsonst hat mir das Herz weh getan …«

»Kusch!«, schnauzte der Vater sie an. »Als ob ich mir selbst Schlimmes wünschte.«

Sie verstummte, tappte wie blind durchs Haus, bereitete das Abendessen.

Worobjow hatte als Wachtmeister bei den Dragonern fast dreißig Jahre lang dem Zaren gedient. Im Herbst des Jahres siebzehn war er heimgekehrt, vollgehängt mit Kreuzen und Medaillen. Im Gebiet wurden in aller Eile Rotgardistenabteilungen aufgestellt. Hätte der alte Dragoner wohl zu Hause sitzen können, wenn auf allen Plätzen tausendköpfige Mengen lärmten und die Feldzugspferde zu schmetternder Musik tänzelten? Er verbrachte Tage und Nächte auf Meetings, drängte sich auf Märkten und in Schenken, lauschte als erfahrener Mann im Bewusstsein seiner Überlegenheit den wilden Reden, amüsierte sich über die glotzenden, nicht nach Vorschrift gekleideten Rotgardisten, schaute in die verlassenen Kasernen und konnte nur staunen über die allerwärts herrschende Unordnung. Die ganze Schweinerei, so entschied er, kommt daher, dass die Frontsoldaten im Krieg übermütig geworden sind und weder auf die alten noch auf die neuen Vorgesetzten hören. Und was sind das jetzt auch für Vorgesetzte? Immer mehr junge Bengels und Jüdchen, die wenig Strenge zeigen. Er erkannte die neue Macht nicht an, bis auf einem Meeting im Stadtpark ein Soldat sich mit ihm anlegte, der ihn zu überzeugen verstand, dass die Macht gut, die Ordnung aber schlecht sei. Die neuen Gedanken gewannen ein *kleines* Übergewicht. Der Alte nahm seine beiden Söhne mit und ging, noch immer schwankend, zum Sowjet, wo er die Einberufung zur aktiven Truppe verlangte. Man nahm ihn freundlich auf, bot ihm gute Löhnung, ernannte ihn zum Kommandeur einer Hundertschaft und stellte ihm bei treuem Dienst in Bälde ein Regiment in Aussicht. Von den ersten Gefechten an ging der Alte im Kampf auf, fasste wilden Hass auf den Feind, und bald machten die Heldentaten seiner Hundertschaft an der ganzen Front von sich reden. Zu Hause waren seine Frau und seine Tochter Natascha geblieben, die in der örtlichen Pulverfabrik arbeitete und ihre Mutter ernährte.

Der unberührte Borschtsch erkaltete, überzog sich mit einer gelben Fettschicht. Der Alte schickte Andrjuscha in die Schenke; zwei Flaschen feuriger Rosinenschnaps kamen auf den Tisch.

Die Stube war schlicht eingerichtet: ein Bett mit einer Flickendecke, ein Glasschrank mit Geschirr, eine mit farbigem Blech beschlagene Truhe, hinter dem blinden Spiegel ein Strauß Papierblumen, von Fliegen beschmutzt, und über die ganze Wand ein wunderlicher Fächer von Fotografien – Worobjow mit seiner Frau am Hochzeitstag; Worobjow im Kreise der Regimentskameraden; Worobjow als wackerer Dragoner mit seinem mächtigen Schnauzbart quer über die Wangen; Worobjows Vater Stepan Ferapontowitsch, Soldat unter Nikolaus, das Bild blätterte ab, die Augen sahen aus wie weiße Brandblasen; die Brüder der Frau, auch alle in Uniform; ganz zuoberst funkelte der goldene Rand eines großformatigen kolorierten Fotos, das Worobjow mit seinen beiden Söhnen zeigte, sie saßen zu Pferde, die Brust vorgewölbt, wie es die Dragonerhaltung verlangte, als Hintergrund diente eine Dekoration mit Felsen, Löwen und der gedruckten Aufschrift »Die Löwen von Venedig«. Waska saß auf seinem Rappen, der mit lila Augen schielte und auf dem Bild zu leben schien, in der einen erhobenen Hand hielt Waska den Nagant, in der anderen den Säbel; die jungen Augen, die ein wenig aufgestülpte Nase und das ganze Gesicht waren von blitzendem Ungestüm.

Andrjuscha saß stumm und traurig da. Er ließ die Suppe und die dampfenden Rindfleischstücke unberührt und konnte sich nicht entschließen, Wodka zu trinken, er war noch nicht daran gewöhnt.

Der Vater lief durch die Stube, sah mit trüb tränenden Augen lange Waska an und flüsterte zärtliche Worte. Dann blieb er vor einem an die Wand geklebten Bild aus einer alten Zeitschrift stehen. Es zeigte irgendeinen Gesandten mit Zylinder und seine Frau, eine Schönheit mit erstaunlich hochgezogenen Augenbrauen; der Wachtmeister stieß ihnen die Gabel in die Augen, schrie sämtliche Zeitungsschimpfwörter über die Burshuis hervor, an die er sich erinnerte, und stöhnte: »Ach, dieses Leid, dieses Leid …«

Nachdem er eine Flasche geleert hatte, nahm er die zweite in Angriff.

Vor dem Tor bildete sich ein Menschenauflauf. Die einen beschimpften den Alten, andere verfluchten den Krieg, noch andere erinnerten sich, wann, wo und wie sie Waska das letzte Mal gesehen hatten, und allen tat er leid.

Um die Ecke bog Natascha. Als sie näher kam, verstummten die Stimmen. Man wich ihr aus, machte ihr Platz, sagte ihr kein Wort. Sie wusste noch nichts, lief aber schon beunruhigt, mit klappernden Absätzen über den steinigen Hof, riss die Tür auf, stürzte zum Vater.

»Papa!« Sie küsste seine stachlige Wange. »Mein Gott, ihr seid zurück? Vor dem Tor die vielen Leute, ich dacht mir schon, dass ihr zurück seid.«

Andrjuscha, der weibliche Zärtlichkeiten nicht leiden konnte, begrüßte die Schwester mit Handschlag.

»Wo is denn Waska?«, fragte Natascha einfach und legte Jacke und Schürze ab.

»Zum Schmied, das Pferd beschlagen«, antwortete Andrjuscha fest, zog geräuschvoll die Tischschublade auf, holte einen Becher hervor und goss sich Rosinenschnaps ein.

»Kommt ihr für lange, oder is gar der Krieg aus?«

»Nein, nur zu Besuch.«

»Mama«, sagte Natascha, die erst jetzt ihre zerzauste Mutter sah, »du kuckst ja so finster, is dir nich gut?«

Die Alte, die wieder hätte losheulen mögen, zog das Tuch bis auf die Augen, murmelte etwas und ging in die Küche.

»Andrjuscha, habt ihr viele Kadetten gesäbelt, du und der Bruder, oder lasst ihr euch vielleicht umsonst mit Kascha füttern?«

»Viele … da.« Er holte unterm Tisch den von angetrocknetem Blut schwarzen Säbel hervor, den er zu säubern vergessen hatte.

Sie ächzte auf.

»Habt ihr keine Angst?«

»Ach was, wir greifen an«, sagte Andrjuscha und mied den Blick der Schwester, »die Kadetten schießen auf uns, daneben, und wir schlagen mit dem Säbel zu, nicht daneben.«

Natascha wusch sich über der Schüssel und klagte dem Vater: »Papa, du solltest mir eine andere Arbeit suchen. Unser Werkdirektor ist ein gräulicher Lump, immer hinter den Mädchen her. Die

Njurka Bogomolowa hat er geschwängert und aus der Arbeit gejagt, und vorletzten Samstag hat er die Waira Schustrowa in sein Zimmer gerufen, damit sie den Fußboden wischt, und hat sie vergewaltigt.«

»Wer ist euer Fabrikdirektor?«, fragte der Vater, aus seinen Gedanken gerissen, als tauche er aus dem Wasser.

»Wjachirew, ein Oberst. Er ist schon lange Direktor, seit fünfzehn, und seinetwegen sind schon so viel Tränen geflossen. Das ist solch ein fetter Kerl, glotzäugig wie eine Kröte.« Natascha setzte sich, das Handtuch in den Händen, auf die Bank. »Ein Dreckskerl ist das, ein Weißgardist, und jede, die an ihm vorbeigeht, wird gekniffen oder gezerrt.«

»Ein Oberst? Und er stellt dir nach?«, fragte der Vater und blieb vor der Tochter stehen.

»Klawka und ich, wir haben keine Ruhe vor ihm, immer voller blauer Flecke.« Sie ließ die Bluse von der Schulter gleiten, zeigte die Spuren und weinte. »Besorg uns Arbeit im Lazarett, Papa, oder vielleicht im Tagelohn, sogar das machen wir mit Freuden.«

Der Alte kippte das letzte Glas des feurigen Rosinenschnapses, zog den Gürtel straff und rief:

»Sohn, aufs Pferd!«

Andrjuscha sprang hastig hinterm Tisch hervor, riss die Papacha und die Nagaika vom Nagel und lief zur Tür.

In der Küche packten Mutter und Tochter schreiend den Alten an den Armen.

Er schüttelte sie ab und ging mit festen Schritten in den Hof. Der Sohn führte ihm den gesattelten Hengst zu. Leichtfüßig, gar nicht greisenhaft, ohne den Steigbügel zu benutzen, schwang sich Worobjow in den Sattel, flog vom Hof und ließ das Pferd die Straße hinuntertraben.

Andrjuscha blieb nicht zurück.

Am Werktor unter der Gaslaterne stand bei dem gestreiften Schilderhäuschen, auf sein Gewehr gestützt, ein bärtiger Posten.

»Wer da? Passierschein!«, rief er träge den beiden Reitern zu.

»Gut Freund, siehst du das nicht?«, antwortete Worobjow und fügte streng hinzu: »Hol Oberst Wjachirew her, ich muss ihm persönlich einen eiligen Befehl vom Frontstab übergeben!« Er holte sein Notizbuch hervor und schwenkte es vor der Nase des Postens.

Der trat von einem Fuß auf den andern – er trug zerrissenes Schuhwerk – und sagte:

»Laut Vorschrift darf ich meinen Posten nicht verlassen.«

»Hol ihn schon her!«, rief Worobjow ärgerlich und ritt auf ihn ein. »Ihr mit euren Vorschriften, wir haben nicht mehr das alte Regime.«

Der Posten kratzte sich und überlegte, dann lehnte er das Gewehr ans Schilderhaus und ging.

Trottel!, dachte der Alte voller Hass, beugte sich aus dem Sattel nach dem Gewehr, nahm das Schloss heraus, stellte es wieder hin. Von wegen ›laut Vorschrift‹, der blöde Hund weiß nicht mal, dass er ohne aufgepflanztes Bajonett nicht Posten stehen darf.

Über den niedrigen Zaun war der Fabrikhof zu sehen, dort stand ein im Grün versinkendes hell beleuchtetes Haus, in dem die Verwaltungsangestellten wohnten. Auf der offenen Terrasse klangen Stimmen, eine Gitarre klimperte, Frauenlachen flackerte auf, und alles übertönend dröhnte ein betrunkener Bass: »Schnell wie die Wellen ...«

Hinterm Tor schlurften Schritte.

Worobjow legte die Hand mit dem Nagant dem Hengst auf die Mähne.

Der Posten kam heraus, dann zeigte sich im Rahmen der Pforte ein kleiner dicker Mann; hickend und in den Zähnen polkend, fragte er ärgerlich:

»Na, was ist? Von wo? Gib schon her!«

»Vom Frontstab, dringend!« Worobjow reichte ihm mit der Linken das Notizbuch, die Rechte zuckte hoch und schoss dem Oberst in die weiße Stirn.

Vater und Sohn rissen gleichzeitig an den Zügeln, ihre Nagaikas pfiffen. Durch die dunklen Straßen der Stadt rasten sie dahin, dass die Funken von den Pferdehufen kopfhoch flogen.

Ohne sich daheim zu zeigen, sprengten beide zurück zu ihrer Hundertschaft.

Ein paar Tage später kam ein Automobil mit einer Untersuchungskommission des Stadtsowjets an der Front angestaubt. Worobjow und sein Sohn wurden beschuldigt, den Direktor der Pulverfabrik, Genossen Wjachirew, ermordet zu haben.

»Ich weiß von nichts«, sagte der Alte. »Die Kadetten haben mir den jüngsten Sohn getötet, das stimmt.«

Die Hundertschaft trat an, und sämtliche Partisanen bestätigten wie ein Mann, Waska Worobjow sei gefallen. Worobjow aber und sein Sohn Andrjuscha hätten sich nicht von der Abteilung entfernt.

Verwirrt, mit leeren Händen rückte die Kommission ab.

Natascha arbeitete weiter in der Fabrik.

Der Kühnheit Widerschein

Der Revkomvorsitzende des Chutors, Jegor Kowaljow, beugte den mächtigen Schädel mit dem störrischen Wirbel, riss ein blasses, blauliniertes Blatt aus einem Schulheft und krakelte langsam, fest aufdrückend, darauf: »Ich ordne an, unverzüglich die unbekannte Gräfin aus dem Hause des Kosaken Bolonin herbeizuschaffen.« Er knallte das über der Kerzenflamme berußte Siegel des Chutorstarosten, das absichtlich so zerkratzt war, dass man nichts mehr erkennen konnte, aufs Papier und gab den Befehl seinem Gehilfen Artjuschka Sokolow.

»Tempo.«

Artjuschka lief hinaus und kehrte bald mit Beute zurück. In der ausgestreckten Hand, damit ihn alle sehen konnten, hielt er den Nagant und schrie, das Gesicht finster verzogen, den sich im Korridor drängenden Mushiks zu:

»Gebt den Weg frei. Ich hab ne Gräfin gefangen.«

Ein kleines, dürres Weiblein wurde zum Tisch des Vorsitzenden geführt. Ihr feingemeißeltes, faltenloses Gesicht war gelassen, sie presste die blutleeren, dünnen Lippen zusammen, unter dem schief aufgesetzten Spitzenhäubchen quollen graue Haare hervor, und die wachsgelben Hände drückten ein altmodisches Plüschridikül an die Brust.

Kowaljow nahm sie einige Zeit schweigend in Augenschein, dann fragte er:

»Bürgerin, wie ist Ihr Vor- und Nachname?«

Die Verhaftete schwieg, blickte über den Kopf des Vorsitzenden hinweg an die Wand, wo fett gemalte Plakate hingen: »Rasputin in der Hölle«, »Der Wodka – der schlimmste Feind der Menschheit« sowie ein Aufruf »An die werktätigen Völker der ganzen Welt«.

Jegor Kowaljow konnte kaum schreiben und lesen. Die es besser konnten, mochte er nicht leiden, er hielt sie durchweg für Verräter. In schwierigen Fällen freilich beriet er sich mit dem alten Chutorschreiber Issaika, aber noch nie hatte er ihm so weit getraut, dass er ihn auch nur zwei Wörter hätte schreiben lassen. Nachdem er ein Weilchen gewartet hatte, wiederholte er seine Frage.

Die Alte schwieg wieder.

Die Chutorleute lachten.

»Was ist, du willst wohl nicht mit uns reden?«, fragte der Vorsitzende ärgerlich. »Wir sind dir wohl nicht fein genug?«

»Sie brauchen meinen Namen nicht zu wissen. Was wollen Sie von mir? Geld? Hier ist alles, was ich habe.« Sie griff ein Päckchen zusammengebundene Geldscheine aus dem Ridikül und warf sie auf den Tisch, dann schüttelte sie aus einem kleinen Portemonnaie ein paar Goldmünzen dazu.

Chutorbewohner drängten, die Mütze ziehend, in den Raum. Mit angehaltenem Atem lauschten sie dem Verhör, reckten die Hälse und stellten sich auf Zehenspitzen, um die Gräfin besser zu sehen.

Jegor Kowaljow zählte das Geld zweimal nach und zog das Tintenfass zu sich heran. Im Zimmer war es so still, dass das Kratzen der Feder in alle Winkel drang.

»Verhörblatt. Am 7. April 1918 wurde auf Grund einer gesetzlichen Anordnung des Revkom im Hause eines Kosaken aus unserm Chutor eine Gräfin unbekannten Namens verhaftet. Ihr wurden abgenommen 32 000 Kerenski-Rubel, 800 Nikolaus-Rubel, 6 goldene Fünfrubelstücke, 2 goldene Zehnrubelstücke und ein Silberfünfer mit Loch.«

Der Vorsitzende fragte weiter:

»Gestatten Sie zu fragen, von wo sind Sie zu uns gekommen und zu welchem Zweck?«

»Noch zu wenig?«, flüsterte die Greisin kaum hörbar. »Zu wenig? Na bitte, bitte.« Sie schlug den Umhang zurück, löste eine Brosche und warf sie auf den Tisch; ihr Trauring rollte den Mushiks vor die Füße.

In das Verhörblatt wurde eingetragen: »und ein goldener Ring, eine Brosche mit grünem Sternchen.«

Nun wurden von allen Seiten Fragen gestellt.

Die Alte geriet in Wut, ihre grauen Augen blitzten entschlossen.

»Ja«, sagte sie keuchend und um Kaltblütigkeit bemüht, »ich bin eine Gräfin! Mein Mann dient in Sankt Petersburg beim Heiligen Synod[1]; meine beiden Söhne, Gott schenke ihnen Glück«, sie bekreuzigte sich, »kämpfen gegen euch Räuber und Vergewaltiger ...«

Ringsum Schweigen, aufgerissene Augen und Münder, und sie, außerstande innezuhalten, fuhr fort:

»Im Gouvernement Stawropol hatte ich ein Gut und Land; das Gut wurde von den Mushiks geplündert und niedergebrannt, das Land umgepflügt. Ich bin in eurem Chutor abgestiegen, um mich von all dem Entsetzlichen zu erholen, das ich durchgemacht habe, und abzuwarten, dass die Revolution zu Ende geht.«

»Das wirst du nicht erleben!«, schrie Jegor Kowaljow. »Sie geht nicht zu Ende!«

»Wen wollt ihr denn berauben, wenn ihr uns alle ruiniert haben werdet? Dann, mein Bester, werdet ihr euch gegenseitig die Kehle durchbeißen, und an eurem Tierblut wird das unglückliche Russland ersticken.«

Allgemeine Bewegung, Lärm, Geschrei:

1 Heiligster Regierender Synod, 1721 gebildete, bis zur Oktoberrevolution an der Spitze der russisch-orthodoxen Kirche stehende oberste kirchliche Verwaltungsbehörde.

»He-he, ne weiße Elster!«

»Mit Grips!«

»Der will wohl der Zar nicht aus dem Schädel ...«

Die Alte schrie:

»Schwarz ist euer Gewissen, schwarz ... Gott habt ihr vergessen ... Höllenqualen erwarten euch im Jenseits.«

»Ach, das hältst du nicht aus!« Jegor sprang zähnefletschend auf. »Ihr versprecht sie uns *dort,* aber wir haben für euch schon *hier,* auf der Erde, die Hölle bereit. Genossen«, er ließ den finsteren Blick über alle gleiten, »ich finde, wir müssen diese klapprige Konterrevolution ins Grab verurteilen.«

Zustimmende Rufe, jemand stieß einen kräftigen Soldatenfluch aus.

Die Verhaftete wurde in eine Ecke gedrängt und mit dem Gesicht zur Versammlung hingestellt.

Nach einer kurzen Ansprache stellte der Vorsitzende die Frage zur Abstimmung. Im Revkom waren viele Menschen, und alle bis auf den letzten hoben die von schwerer Arbeit verkrümmte, steife Hand.

Der Vorsitzende malte ein dickes Kreuz aufs Verhörblatt und sagte:

»Rausführen.«

Die Nachricht von dem Urteil flog rasch durch den Chutor.

Eine große Menschenmenge folgte der Verurteilten zur Hinrichtungsstätte. Die Männer gingen mit langen Schritten und beschäftigter Miene. Die Weiber, die sich zu verspäten fürchteten, rannten und beruhigten ihre plärrenden Gören, indem sie ihnen vorgekautes Brot in die brüllenden Münder steckten oder ihre Brüste: die unter den Kattunblusen hervorkullernden Brüste der jungen Frauen waren weiß und straff wie Kohlhäupter. Die größeren Kinder liefen und sprangen, und ganz vorn gingen zwei Männer mit geschulterten Spaten.

Stiller und ohne zu drängeln ging es durch die schmale Friedhofspforte, dann wurde die Alte in die hinterste Ecke geführt, wo man sonst Bettler und Obdachlose begrub.

Schnell, umschichtig wurde die Grube ausgehoben. Die blanken Spaten flogen immer wieder in die Luft, Erdbrocken kollerten den Leuten vor die Füße.

»Verbindet ihr die Augen«, befahl Jegor Kowaljow.

Die Menge wich aufächzend zurück.

Artjuscha, der Gehilfe des Vorsitzenden, holte ein schmutziges Taschentuch hervor, schüttelte Machorkakrümel heraus und trat zu der Alten.

»Wage es nicht!«, sagte sie fest, und Artjuscha trat verwirrt und errötend zurück.

Die freiwilligen Bewacher ließen vor Ungeduld die Schlösser ihrer nagelneuen, noch nicht im Ernst erprobten Berdangewehre knacken. Die Verurteilte stand da, drückte ihr Ridikül an die Brust und blickte fest geradeaus.

»Was gibts da zu sehen, geht auseinander!«, rief Jegor streng, die Menge wich leise raunend noch weiter zurück und bildete einen Halbkreis.

»Laden, fertigmachen.«

Die Schlösser knackten, die jungen Burschen traten zehn Schritte zurück, legten die Gewehre an und zielten.

»Feuer.«

Salve ...

Von den Birken flogen spektakelnd Krähen auf. Das Echo der Schüsse rollte von dannen und starb irgendwo weit in den Bergen des Kaukasus.

Die Menge flutete vor, ein kleines Mädchen kreischte auf.

Die Alte stand da, griff sich an die Brust, ließ das Ridikül fallen.

Jegor lief mit einem wüsten Fluch zu ihr hin, und während er mit flatternden dicken Fingern die Pistolentasche aufzuknöpfen suchte, sprudelte hellrotes Blut aus ihrem Mund wie aus einem Schlauch.

Sie fiel nach vorn, ihm zu Füßen, als wäre ihr Mut gebrochen und sie sänke in einer Verbeugung zusammen.

Jegor schoss ihr sämtliche Kugeln seines Nagants in den grauhaarigen Kopf, wischte sich mit dem Ärmel den Bart und sagte:

»Tapfer war sie ja, die alte Natter.«

Artjuscha hob das in den Dreck getretene Ridikül auf, kehrte es um, fand in einer der Taschen eine Dreifachnuss – alte Leute heben solche Nüsse auf, damit ihnen das Geld nicht ausgeht – und ein vergilbtes, verblichenes Foto, das zwei Offiziere zeigte.

Die Nuss knackte Artjuscha mit den Zähnen und aß sie auf, das Foto aber gab er Jegor. Der drehte es in den Händen und steckte es in die Tasche.

Während sie in den Chutor zurückgingen, unterhielten sie sich erregt. Vor allen andern hüpfte auf einem Bein ein Bengel mit rotem Wirbelhaar, er ließ überm Kopf an einer Gerte einen kleinen Seidenschuh kreisen.

In Jegor Kowaljow waren alle Eigenschaften eines standhaften einfachen Kämpfers zu einem festen Knoten verknüpft. Sein Wissen war nicht groß, doch was er wusste, wusste er sicher. Es verlangte ihn nicht, weit in die Zukunft zu blicken, dafür begriff er die nächsten Aufgaben gut und löste sie aus dem Handgelenk. Obwohl er kaum schreiben und lesen konnte, hatte ihn die Revolution auf den Posten des Kreiskriegskommissars gestellt, und er rechtfertigte seine Ernennung mit unermüdlicher Arbeit.

In einem klapprigen Automobilchen fuhr er pausenlos durch den Kreis. In Dörfern und Stanizen führte er selbst die Mobilisierung durch; bald mit Zureden, bald mit Maschinengewehren befriedete er Aufstände; er überprüfte den Personalbestand der Sowjets und Revolutionskomitees; er belohnte Gerechte und strafte Schuldige; Reichen und Wohlhabenden presste er mit aller Härte das Getreide ab, ohne dass sich die Stadt in Hungerkrämpfen wand. Die Garnison war nie ohne warme Kost, durchziehende Partisanenabteilungen wurden mit Munition versorgt; der Name Kowaljow war weithin bekannt; die einen verfluchten ihn, andere lobten ihn, und alle fürchteten seine Strenge und Unnachsichtigkeit.

Auf einer seiner Fahrten, er hatte seinen unzertrennlichen Freund Artjuscha Sokolow und den deutschen Fahrer Georg im Auto, musste Kowaljow wegen einer Panne im Chutor Marjanowski absteigen.

»Keine Weißen hier?«, fragte er, dem Auto entstiegen, den Vorsitzenden des örtlichen Sowjets Semjon Jeshow, der ihm entgegenlief.

»Keine Bange, bei uns ist es still«, antwortete der und lud die Gäste zum Tee ein.

Der Vorsitzende Jeshow war weniger pfiffig als feige: Da er den Untergang der Macht vorausahnte, wartete er auf eine Gelegenheit, sich bei den Kadetten lieb Kind zu machen, und hoffte, damit Vergebung für seine Vorsitzerei zu erlangen. Nachdem er die Gäste in die Stube geleitet hatte, zwinkerte er seinem Sohn zu, ging mit ihm in den Hof und wies ihn an, schnellstens in den von einem weißen Spähtrupp besetzten Nachbarchutor zu reiten.

Die Hausfrau trug eine brutzelnde Pfanne Spiegelei mit Speck auf, der kochende Samowar ließ Dampf zur Decke wölken. Kowaljow und Artjuscha, unterwegs weidlich durchgerüttelt, freuten sich über die Gastlichkeit des Hausherrn. Georg war vor dem Fenster mit dem Auto beschäftigt.

Es dauerte nicht lange, da kam der Fahrer, die Hände mit Werg abwischend, in die Stube und meldete das Auto wieder klar.

»Setzen Sie sich, Genosse«, lud ihn der Hausherr ein, »essen Sie was, trinken Sie Tee und fahren Sie später; warum sollten Sies eilig haben, bis zur Nacht ists noch lange hin.«

Georg setzte sich an den Tisch, spießte einen Happen Eigelb auf die Gabel und erstarrte offenen Mundes: Vor dem Fenster huschten ein Schulterstück und eine Papacha vorbei, und schon stürmte ein Offizier, den Revolver in der Hand, herein, gefolgt von Kosaken.

»Hände hoch!« Kowaljow und seine Begleiter waren im Nu entwaffnet, durchsucht und in eine Ecke gedrängt.

Der bildschöne Offizier stand mitten in der Stube und hörte sich die Meldung des Vorsitzenden Jeshow an.

»Ein Kommissar und Gauner … Er ist ein Hund, Euer Wohlgeboren. Er hat uns allen das Leben zur Hölle gemacht.«

Um das Haus hatte sich ein summender Menschenauflauf gebildet, man hörte Schreie und Flüche.

Der Hausherr, der sich von seinem Nachbarn rasch eine alte Gendarmenschirmmütze geholt hatte, meldete:

»Euer Wohlgeboren, das Volk verlangt nach Ihnen.«

Der Offizier legte die Hände auf die Revolver in den Taschen, trat auf die Vortreppe und rief:

»Was wollt ihr?«

»Gib sie uns, Euer Wohlgeboren!«, antwortete vortretend für alle ein alter Mann mit grauem Bart. »Gib sie uns, wir richten sie auf unsere Art.«

Der Offizier kehrte ins Haus zurück und befahl, Artjuscha und Georg hinauszuführen. Von der hohen Vortreppe wurden sie hinabgestoßen in die Menge wie in einen Strudel, und die Menge verschlang sie brüllend.

Den Kommissar wollte der Offizier selbst aburteilen.

Sporenklirrend und säbelklimpernd gingen sie in den abendliche Kühle atmenden Garten, wo auf einem Tisch mit sauberem Tuch ein Imbiß bereitstand.

Zwei Kosaken mit gezogenem Säbel hatten Jegor in die Mitte genommen.

»Na, Onkel, was hättest du mit mir gemacht, wenn ich dir in die Pfoten gefallen wär?«, fragte der Offizier sich reckend und ließ kein Auge von dem Gefangenen.

»Ich hätte für dich, Neffe, eine Grube geschaufelt, dreimal so tief wie die da«, antwortete Jegor, holte tief Luft und ließ einen letzten Blick über den Garten gleiten.

»Tüchtig!«, rief der Offizier vergnügt, sprang auf und fasste den Säbelgriff. »Gebt ihm ein Glas Sprit.«

Die Ordonnanz goss aus der Feldflasche ein Glas voll und gab es Jegor, der kippte die brennende Flüssigkeit und dankte.

Das Verhör begann, der Kommissar hielt sich mannhaft.

Die Kosaken warfen ihn zu Boden, zogen ihm die Hosen herunter, streiften ihm das leinene Hemd über den Kopf und schlugen mit zwei Peitschen drauflos, in deren Enden Kupferdraht geflochten war.

Der Offizier durchwühlte Jegors umfängliche Aktentasche.

Rasch sah er alte Befehle, Armaturlisten, Meldungen, Mandate durch und warf sie seiner Ordonnanz zu. Plötzlich fiel aus einem Packen zerschabter Papiere ein Foto. Der Offizier griff danach und erstarrte: Es zeigte ihn selbst mit seinem jüngeren Bruder. Auf der Rückseite war kaum noch die verwischte Schrift zu lesen: »Unserer lieben Mama von Petja und Tima.«

Jegor hatte das Foto nach der Hinrichtung der alten Frau an die Tscheka schicken wollen, es dann aber vergessen, und so hatte es vier Monate bei seinen Papieren gelegen.

Der bestürzte Offizier vergaß das Verhör und alles auf der Welt. Wie konnte das Familienfoto in fremde Hände gelangt sein? Er hatte schon lange keine Nachricht von zu Hause, aber er war überzeugt, dass seine Eltern noch immer in Petersburg lebten.

»Hört auf, ihr schlagt ihn ja tot!«, bremste er die schwitzenden Kosaken, beugte sich zu dem hingestreckten Kommissar, der nicht mehr stöhnte, und rüttelte ihn an der Schulter. »Hör mal, wo hast du das Foto her?«

Jegor hob nicht den Kopf, seine Seiten wogten.

»Sag mir, Freund, wie bist du dazu gekommen?«, schrie der Offizier, den es kalt überlief, ihm ins Ohr und spürte, wie seine Wange zu zucken begann.

Der Kommissar hob das blutüberströmte und erdverschmierte Gesicht. Er sah das Foto in der Hand des Offiziers und sagte:

»Überleg.«

»Sags mir. Ich lass dich frei, ich geb dir Geld.«

Jegor stöhnte und antwortete nicht.

»Rede, du Mistkerl, oder ich zieh dir die Sehnen aus dem Leib. Woher hast du das Foto, woher?«

»Überleg!«, sagte Jegor wieder dumpf.

»Peitschen!«

Wieder klatschten die Peitschen auf den zermatschten Rücken und Hintern, dass das Blut spritzte. Die Haut hing in Fetzen.

»Stop!«, befahl der Offizier. »So krepiert er, und ich muss von ihm die Wahrheit erfahren, koste es, was es wolle. Wir übernachten hier, am Morgen setzen wir das Verhör fort.«

Jegor wurde auf einen Militärmantel gewälzt und in die Arrestzelle gebracht.

In der Nacht erschlug der Soldat Dudarjew, Mitglied des Chutorsowjets, den wachhabenden Kosaken mit der Axt und schleppte Jegor auf seinem Buckel aus dem Chutor in den Sumpf. Hier lebten sie, von Bülte zu Bülte steigend, eine Woche lang von Beeren, bis Jegor sich erholt hatte. Dann beschlossen sie, sich in die Stadt durchzuschlagen. Sie marschierten nachts, mieden Straßen, umgingen die Chutors.

Es kostete Jegor nicht wenig Mühe, bis es ihm gelang, den Vorsitzenden Jeshow vom Chutor Marjanowski zu fangen und in die Stadt schaffen zu lassen.

Eines sonnigen Sonntags führte Jegor Kowaljow die ganze Garnison mit Musik und Gesang vor die Stadt, ließ sie antreten und hielt eine Rede, während der er ein paarmal den Riemen abschnallte, das Hemd hochzog und den Soldaten seinen gusseisenschwarzen Rücken zeigte. Dann brach er ab, weil er es nicht mehr aushalten konnte, lief zu dem auf Knien rutschenden Jeshow, und sein Dragonersäbel blitzte auf: Er schlug dem Verräter zuerst die Arme ab, dann die Beine, dann den Kopf.

Die Einnahme von Armawir

Im Sommer und im Herbst – die Rede ist vom achtzehner Jahr – wechselte Armawir mehrmals den Besitzer.

Ich berichte vom unvergesslichsten Mal.

Die Vereinigte Offiziersdivision oder, wie sie später an der Front genannt wurde, die Goldene Division, drang in die Stadt ein und setzte sich darin fest. Von hier aus wollte Denikin die in zwei Teile zerhackte 11. Armee vernichten.

Für die Rote Führung war Armawir wichtig als Eisenbahnknotenpunkt, der die Batalpaschinsker Front mit Stawropol verband. Für die in ununterbrochenen Feldzügen zermürbten, aber noch kampfkräftigen Partisanen waren die Lichter der Stadt auch verlockend: Dort gedachte jeder, frische Kleider anzuziehen und sein Pferd zu beschlagen, dort winkten Erholung, Dampfbad, Fressen.

Die großen und kleinen Burshuis der Stadt, unterm bolschewistischen Regime reichlich verängstigt und allein beim Gedanken an die Rückkehr der Roten verstört, scheuten keine Mühe, um der Freiwilligenarmee zu helfen, und schickten sogar eine Kompanie ihrer Söhne an die Front.

Befehl:

»Die Stadt nehmen.«

Sturm

abgeschlagen.

Befehl:

»Angriff wiederholen.«

Sturm

abgeschlagen.

Die Partisanen waren drauf und dran, in die Straßen am Stadtrand einzudringen, aber von einer kühnen Gegenattacke der Offiziere geworfen, tränkten sie den Straßenstaub mit ihrem Blut und flohen unter Zurücklassung von Waffen, Orchestern, Fahnen. Die Kavallerie jagte sie noch lange und säbelte Zurückbleibende.

In der Nacht sprengten wieder Ordonnanzen durch die Steppe mit dem Befehl des Revolutionären Kriegsrats der Armee, die Stadt zu nehmen, koste es, was es wolle.

Im Tal des Flusses Urupa nächtigte eines der gebeutelten Regimenter.

Der Kommandeur war am Tage gefallen, und sein Stellvertreter, der Mönch Warawwa, rief im Morgengrauen, nachdem er den Befehl erhalten, die Partisanen zum Meeting.

»Nun, wie denkt ihr, meine Brüder?«

Die Partisanen, erbittert über die hohen Verluste der letzten Kämpfe, befahlen den Köchen, das Feuer unter den Feldküchen zu löschen, und erklärten:

»Wir frühstücken in der Stadt.«

Sie traten an und rückten kompanieweise ab.

Sie durchquerten das Tal.

Von der Anhöhe erblickten sie die in der Morgensonne gleißenden Kirchenkreuze, die Fabrikschlote und die Ruinen der ausgebrannten Häuser.

Von drei Seiten her rückten die Regimenter, in Staubwolken gehüllt, auf die Stadt zu.

Im Himmelsblau wölkten die ersten Schrapnelldetonationen.

Warawwa schritt vornweg, das grauborstige Kinn an die Brust gedrückt. Kürzlich hatte während eines Gefechts eine Kugel seinen Hals durchschlagen. Die Wunde war bald vernarbt, aber sein Hals wurde steif, und er konnte den Kopf nicht mehr heben. Ein fipsiges Mäntelchen, Ärmel bis zum Ellbogen, umschloss seinen mächtigen Rücken. Die verschabte spitze Priestermütze aus Baumwollsamt war bis auf die Augen gezogen, die Füße steckten in ausgetretenen Schuhen, am Gürtel hingen Bomben, ein rostiger Nagant, ein Messer, breit wie eine Ochsenzunge, und eine Wasserflasche.

Die Soldaten blickten finster. Durch die Sonnenbräune drang graue Blässe. Es roch nach aufgewirbeltem kaltem Staub.

Sie marschierten kolonnenweise im Feuer, ohne die Marschordnung aufzulösen. Immer wieder schallte der Befehl der Kompanieführer:

»Aufschließen!«

Ein Ödplatz, Haufen von Müll und rostigem Blech, graue Zäune.

Durch das Knattern und Krachen gellte das wahnsinnige Kreischen eines von MG-Feuer getroffenen Ferkels.

Aus der Tiefe der Straße pfiffen dicht die Schrapnells, Kartätschen prasselten, und mit goldenen Augen zwinkernd, überschlugen sich die Maschinengewehre in ehernem Gelächter.

Die Spitzenkompanie wankte, zauderte, ihre Reihen gerieten durcheinander.

Da wandte sich Warawwa dem Regiment zu, beugte sich zurück, um die Soldaten zu sehen, und schrie heiser:

»Ihr Goliaths, vorwärts!«

Und wieder marschierten sie mit langen Schritten, hinter sich wie das Hämmern eines großen Herzens den tausendfüßig polternden Schritt und das heisere Atmen des Regiments.

Einer stimmte mit hoher, schluchzender Stimme an:

»Zigeunerin Galka
mit schwarzem Haar,
schwarze Zigeunerin,
sage mir wahr!«

Die Musiker schlugen gegen leere Eimer und Kochgeschirre. Die Stimmen drehten sich im Lied wie Papierfetzen im Wirbelwind:

»Schwarze Zigeunerin,
schenk dich mir dar!«

Das Lied brach in Keuchen ab, das Regiment schwärmte rasch aus, stürmte vorwärts und nahm die vorderste Kette des Gegners aufs Bajonett.

Von allen Seiten drangen die Partisanen in die Stadt ein.

Die Straßen waren verbarrikadiert mit Schulbänken, Plüschsofas und vollen Obstkisten.

Die Partisanen schlichen, hinter Häuservorsprüngen Deckung suchend, durch Zaunlöcher in die Höfe, robbten an die Barrikaden heran und warfen Bomben – Feuergarben schleuderten Lumpen, Holzspäne, Pflastersteine in die Luft.

Die Offiziere verteidigten sich bis zum letzten Mann. Die mutigsten der angesehenen Bürger feuerten von Fenstern und Dachböden auf die Angreifer.

Der Kampf war zu Ende.

Auf den Barrikaden krachten die Obstkisten, die blut- und staubverschmierten Münder der Sieger kauten Quitten, lutschten helle Weintrauben.

Sanitätsfuhrwerke sammelten Verwundete und Gefallene ein.

Mitten auf der Straße wurde ein Pope hingerichtet, der mit einer Schrotflinte in der Hand getroffen worden war.

Warawwa, bereits mit einem Offiziersrock bekleidet, legte im Kreise der Regimentskameraden einen Hopak hin.

Die Kämpfer, johlend und wüst fluchend, lasen den an einen Laternenpfahl geklebten gestrigen Befehl des Garnisonskommandanten:

»In allen Kirchen der Stadt Armawir hat nach dem Gottesdienst eine Totenmesse für den ehemaligen Imperator Nikolaus II. stattzufinden, der als Opfer schmutziger Bolschewikenhände gefallen ist.«[1]

Die Burshuis wurden aus der ganzen Stadt auf dem Platz zusammengetrieben – anderthalbtausend Köpfe. Bewacht von Bajonetten, standen sie da wie eine Herde Vieh. Jeden Moment sollte ein großer Natschalnik eintreffen und verfügen, wer ins Gefängnis sollte, wer an die Wand und wer zum Arbeitseinsatz – Gräber und Gräben schippen.

Eine Kavalleriebrigade ritt vorüber. Plötzlich sprengte der Ingusche Chabtscha Tschotschajew aus dem Glied mitten in die Menge der Feinde und schlug ihnen kreischend die Peitsche in die Gesichter: Rache für seinen beim Sturm gefallenen Freund Chalu Uzajew.

Ein Brief

Lieber Bruder Fomuschka!

Wir denken oft an Dich, wenn kein Kampf ist. Die von uns selber im Lazarett gelegen haben, wissen, es ist kein Zuckerlecken. Lass es Dich nicht verdrießen, sondern werde rasch gesund, das wünschen wir Dir alle.

Ich schildere Dir, wie unser Dienst verläuft.

Sie haben uns den Kommissar Sachartschuk in die Batterie geschickt, Du kennst den Kerl: Staniza Titarowskaja, er reitet die Fuchsstute von Garaska. Auf einem Meeting hat Sachartschuk zu uns gesagt:

»Ich schwöre bis ans Grab, ich geh mit euch Hand in Hand. Ich bin der Sowjetmacht ergeben mit Knochen, Seele und Kör-

1 Nikolaus II. (geb. 1868, Zar seit 1894) wurde mit seiner Familie im Juli 1918 in Jekaterinburg (seit 1924 Swerdlowsk) erschossen, sein Bruder im Juni in Perm, andere Angehörige der Dynastie Romanow in Alapajewsk und Petrograd.

per. Ich kenne alle Kampfaufgaben der obersten Führung. Nieder mit den Unterdrückern! Proletarier, vereinigt euch!«

Na schön.

Wir rückten gegen die Staniza Newinnomysskaja. Von welcher Seite würde sich der Gegner wohl zeigen? Noch war keine Stunde vergangen, da kriegten wir die Meldung: Der Gegner greift auf der ganzen Front an.

Da kamen sie schon, die Plastuns der Kadetten, da entfaltete sich von den Flanken her ihre Kavallerie, und da – da ist er! – kam ihr Panzerzug.

Der Panzerzug interessierte mich.

Der Kommandeur Nikita Semjonowitsch gab das Kommando:

»Batterie, fertigmachen ... Visier achtzig, Rohr achtundsiebzig ... Genau richten ... Feuer!«

Krach-bumm!

Meine Konserve flog zu den Kadetten als Frühstück. Ich habe sie direkt auf den Tender gesetzt. Von der vordersten Kette kam durchs Telefon: Treffer. Das sah ich selber, der Dampf zischte nur so.

Nun schoss auch Mitja Djagel, wieder Treffer.

Wir sehen durch den Staub, die Schiene dreht sich hoch wie ein Korkenzieher, nun fährt die Eisenbahn nach oben. Nikita Semjonowitsch kuckt durchs Fernrohr und lacht.

»Großartig, Polowinkin! Großartig, Djagel! Schießt weiter!«

Da kommt die Kadettenreiterei angestaubt, formiert sich zur Lawa. Da kriechen die Plastuns aus dem Raingraben zum Angriff. Unser Sachartschuk wurde fibbelig.

»Genossen, wir müssen zurück. Genossen, laufen wir, ehe es zu spät ist.«

Aber wir hatten keine Zeit, uns um ihn zu kümmern.

»Batterie, laufendes Feuer! Maschinengewehre, Feuer!«

Und da gings los, Himmel und Erde mischten sich durcheinander.

Die Kadetten sind getürmt.

Jetzt unsere Infanterie hoch, vorwärts! Kavallerie, vorwärts! Die Batterie, na klar, auf die Protzen und vorwärts! Hurra, hurra!

Der Panzerzug zeigte uns den Schwanz und zog ab. Die Plastuns ergaben sich, die Offiziere erschossen und erstachen sich, aber sie ergaben sich nicht. Wir schnappten uns den Tross, Patronen, Mehl, 120 Plastuns, sie hatten Borschtsch gekocht, den kriegten wir. Schon lange hatten wir nichts Warmes gegessen, seit zwei Wochen nur Konserven, und auch das nur, wenns welche gab; nun haben wir gegessen, nun konnten wir weiter Krieg führen. Sachartschuk kam mit einem Pferdeeimer angelaufen.

»Schöpft mir auch was ein«, hat er gesagt.

»Wo warst du denn?«, haben wir gefragt.

»Ich bin zurückgeblieben, ich habs im Bauch gehabt.«

Da haben wir ihn erinnert, wie er geschworen hat, mit uns Hand in Hand zu gehen. Und haben den restlichen Borschtsch auf die Erde gekippt, nicht einen Löffel voll hat er gekriegt. Gelächter ringsum.

Dann gingen wir das Schlachtfeld anschauen, das war wie nach der Schlacht von Borodino[1]. Ich habe einem gefallenen Tscherkessen eine Mauser mit Goldgravierung abgenommen. Werde bald gesund, Fomuschka, dann ist die Mauser Dein.

Die Einwohner brachten Geschenke angeschleppt – Melonen, Sauerrahm und so weiter. Die Musik spielte die Volkshymne. Begeisterung und Gezappel ringsum. Mädchen kamen, eine war richtig: passende Größe, gelbe Gamaschen und graue Augen, aber es ist mir nicht gelungen, sie näher kennenzulernen.

Der Kommandeur ließ durchsagen – abrücken.

Wir kamen zur Erholung in einen Chutor, den Namen hab ich vergessen.

In der Nacht sind wir zu sechst, Kommissar Sachartschuk als Siebter, auf Spähtrupp geritten. Freies Feld, alles still und ruhig. Der Nebel so dicht, dass die Ohren der Pferde nicht zu sehen waren. Sachartschuk krümmte sich und sagte:

»Au, Jungs, passt gut auf. Der Kadett ist schlau, der kriecht uns womöglich unter unsern Beinen durch.«

1 Dorf bei Moskau, bei dem am 7. 9. 1812 die größte Schlacht des Krieges gegen Napoleon geschlagen wurde.

Na schön.

Langsam wurde es hell. Wir durch eine Schlucht, durch Gebüsch.

Vor uns Wiehern, Stimmen. Was ist das? Wir machen uns bereit. Stoßen Nase gegen Nase auf einen Kadettentrupp. Die sechs, wir sechs – Sachartschuk zählt da nicht.

»Welches Regiment?«

»Umanskajaer Regiment.«

Oho. An der Stimme und am Bart erkenn ich Onkel Prochor Artemjewitsch.

»Onkel Prochor, du?«

»Ja.«

Sachartschuk schreit:

»Schießt auf die Kadetten.«

»Du, Senka?«

»Jawohl«, antworte ich dem Onkel.

»Schießt!«

»Hör auf zu kläffen«, sag ich zu Sachartschuk, »die sind aus unserer Staniza, und wir möchten wissen, wies zu Hause steht.«

Sachartschuk riss seine Fuchsstute herum und zügelte sie hinter uns, er wartete, wie es weiterging.

Wir ritten bis auf drei Schritt Abstand aufeinander zu. Sie hielten die Karabiner schussbereit, und wir hielten die Karabiner schussbereit. Na, wir begrüßten uns. Onkel Prochor Artemjewitsch, Smetanin, Waska Pjankow, Fedja Stezjura, der bei der Attacke beim Chutor Malewany im Kampfeseifer seinem Hengst den Schweif abgehackt hat, und noch zwei Unbekannte.

»Seid ihr schon lange weg von der Staniza?«, frag ich.

»Nicht allzu lange, aber ziemlich.«

»Wie gehts meiner Alten?«

»Sie kommt bald nieder, ist mit der Steppe zurechtgekommen.«

»Wie ist der Dienst?«

»Es geht«, antwortet der Onkel. »Dreißig Rubel Löhnung, Zucker und Tabak Fehlanzeige. Wann wird das zu Ende sein?«

»Gebt die Waffen ab, dann ists für euch zu Ende.«

»Schneidet ihr den Gefangenen die Eier ab?«

»Blödsinn, Onkel. Was solln wir mit euern Eiern, wir haben selber welche. Gebt die Waffen her.«

»Damit warten wir lieber noch, gebt ihr sie lieber ab.« Dabei flackern seine Augen wie bei einem Käuzchen.

»Wir warten auch noch«, antworte ich.

Wir haben noch ein Weilchen geredet, haben ihnen Papirossy geschenkt und uns dann getrennt. Keiner hat auf uns, wir haben auf keinen geschossen.

Dann gabs noch ein Gefecht bei der Station Owetschka. Da gings uns dreckig. Die Umstände legten uns nahe, zurückzugehen. Die Front löste sich auf, überall Durchbrüche. Wir ergriffen die Flucht, immer um die Wette. An jedem Stiefel hing ein Pud Lehm, die Füße wundgescheuert bis auf die Knochen, keine Kraft zum Laufen. Beim Übergang über den Kuban wurde die Fähre so überladen, dass sie mitsamt den Kanonen sank, die Leute mussten schwimmen. Lächerlich, aber keine Zeit zum Lachen. Es war ein jämmerlicher Anblick, als die Kameraden über den Kuban schwammen und stöhnten.

»Rettet uns, helft uns ...«

Ich bin rausgekrochen und hab auch noch Djagel an seinen hellen Locken rausgezogen; er hatte viel Wasser geschluckt, fehlte nur wenig an seinem Tode.

Wir zogen lebendig weiter, alles gut.

Jetzt liegen wir zur Erholung in der Staniza Suworowskaja, tanzen abends, machen die Mädchen fertig, saufen Selbstgebrannten.

Noch lässt sichs leben.

Wie siehts im Lazarett aus mit Essen, wie sind die Zustände? Sieh zu, dass Du bald gesund wirst und herkommst, ich möcht Dich gern sehn, und die Kameraden denken an Dich.

Ich warte auf baldige Antwort.

Mit Gruß S. Polowinkin

»Wir, die Kämpfer des 1. Bataillons des Internationalen Regiments, haben uns zu einem Meeting versammelt und den Beschluss der obersten Macht diskutiert, mit Deutschland und Österreich die Kriegsgefangenen der alten Armee auszutauschen.

Freiwillige, die unsere roten Reihen verlassen und in ihre deutsche oder österreichische Heimat zurückkehren wollen, gibts nicht im Bataillon.

Etliche hielten dem Redner entgegen:

Zuerst rechnen wir mit den russischen Burshuis ab, dann ziehen wir alle zusammen los, um die Weltbourgeoisie von ihrem goldenen Thron zu stürzen.

Paul Michaels, der viele Male verwundet war und im fortgeschrittenen Alter steht, wird auf Grund unseres Beschlusses an seinen Wohnort Hamburg abkommandiert.

Wir geben ihm einen Auftrag mit:

Genossen und Brüder, Arbeiter und Bauern der ganzen Welt! Heute hat jedes Kind begriffen, dass in der Einigkeit unsere Kraft zum Sieg über den gemeinsamen Feind, das Kapital, liegt. Wir schonen weder unser Leben noch unsere Familien noch das heimatliche Dach und gehen ungestüm vorwärts. Hört ihr nicht unser Weinen, unser Stöhnen, unsere Flüche? Wir vergießen unser Blut in den Bergen, Wäldern und Steppen des unermesslichen Russlands. Hört ihr nicht, wovon der Donner unserer Kanonen spricht? Nah, nah ist der Tag des vollständigen Siegs über die Tyrannen, Generäle, Gutsbesitzer und sonstiges Geschmeiß, welches dem werktätigen Volk die Säfte aussaugt. Mit unseren Fäusten hämmern wir an eure Brust. Zu Hilfe! Brüder, helft uns! Bewaffnet euch, und ans Werk. Wenn ihr unsere Kraft braucht, werden wir, nachdem wir die Unsrigen erledigt haben, euch zu Hilfe kommen, und sei es ans Ende der Welt. Wir schwören euch, die roten Fahnen nicht eher einzurollen, als bis auf dem Erdball der letzte Parasit hingerichtet ist! Keinen Schritt zurück! Es lebe die Rote Armee der schwieligen Fäuste der ganzen Welt!«

Das mürbe Blättchen der Resolution ist in eine Archivakte geheftet. Darauf ist getrockneter Lehm verschmiert wie Rost. Das Dokument ist bewegender als jedes poetische Phantasiebild.

Der Garten der Glückseligkeit

In einer grasbewachsenen Sackgasse verlebte in einem unansehnlichen windschiefen Häuschen der hochbetagte Beamte Kasimir Stanislawowitsch seinen Lebensabend. Für vierzigjährigen Dienst in der Akziseverwaltung bezog er eine kleine Pension. Der Alte hatte seit langem dem Alltagsgetriebe entsagt und ging nicht mehr aus dem Hause. Den Verkehr mit der Außenwelt, vornehmlich mit dem Basar, bestritt seine treue Lebensgefährtin Olimpiada Wassiljewna.

Die beiden hausten in der halbdunklen Küche, der sonnige Wohnraum und die beiden Zimmer aber, vollgestellt mit Gummibäumen und dürren Sträuchern, gehörten ihren gefiederten Freunden. Auf den Fensterbrettern gelber Sand, Futter- und Trinknäpfchen, Teller mit Grünzeug und Untertassen mit Wasser zum Baden. Käfige unter den Fenstern, an den Wänden und an der Decke; es waren flache, viereckige, runde Käfige und auch hohe mit kuppelartigem Oberteil, ohne Stangen, mit Stangen in mehreren Etagen; einige umhüllt von lockerer Leinwand oder Ölpapier; Käfige auch in der Diele und im Garten – an das Häuschen schloss sich ein Garten an, wild und finster.

Die Vögel, außer wenn sie in der Mauser waren, stimmten in aller Frühe ein fröhliches Gezwitscher an.

Als Erste begrüßten die stimmgewaltige Drossel Findling oder die Nachtigall Hexe den Morgen – schmetternder Schall von funkelnden Trillern; von den Liedern schienen die Wände des Hauses zu erbeben. Sodann schüttelte sich der alte Kanarienvogel Petka, erprobte seine Stimme und sang sich die Kehle frei, und er verstand sich darauf so kunstvoll, dass er auf Wunsch den »Chas-Bulat«, die Troika« oder »Wie ruhmreich unser Herr in Zion« pfeifen konnte. Durch das dichte Akaziengewirr vor den Fenstern drang der erste

Sonnenstrahl. Stieglitze, Hänflinge, Blaumeisen und andere schlichte Piepmätze priesen auf vielerlei Weise den Morgen.

Die Vögel weckten die beiden alten Leute.

Kasimir Stanislawowitsch, in Schlappen an den bloßen Füßen und in einem lose über die Schultern geworfenen, über und über geflickten Uniformmantel, machte den ersten Rundgang durch sein Reich, zärtlich lächelnd, brummelnd und verschlafen blinzelnd. Am Futternapf stritten sich schon zänkische Blaumeisen und Raubwürger. Lerchen badeten in einer Schachtel voller Sand, die ehemals Papirossahülsen enthalten hatte. Ein paar junge Kreuzschnäbel versuchten übermütig, einander von der Stange zu stoßen. Buchfinken und Grasmücken, die in offenen Käfigen untergebracht waren, machten in den Zimmern Jagd auf Fliegen oder klebten an den Balkenwänden, um Schaben aus den Ritzen zu picken.

Kasimir Stanislawowitsch wusch sich in Eile und schlurfte in die Küche, um zu frühstücken.

»Was meinst du«, fragte er seine Freundin, »ob wir Barde noch eine Stange einsetzen? Oder hat er so mehr Platz?«

Olimpiada Wassiljewna schenkte Tee ein, sie schwieg für gewöhnlich, und Kasimir Stanislawowitsch fuhr fort:

»Wildling gefällt mir gar nicht ... Vorletzte Woche, wie hat er da noch gesungen! Mein Gott ... Ein Talent hat der ... Vielleicht machen wir Leinwand um seinen Käfig? Womöglich möchte er allein sein?«

»Väterchen, ich habe keine Fabrik. Wo soll ich die ganze Leinwand herkriegen? Ich hab schon den letzten Lappen verbraucht, nichts mehr da, um den Tisch abzuwischen.«

»Du bist mir eine Nörglerin! Wie kommt dir so was bloß über die Zunge? Reiß von einem meiner Unterhemden einen Ärmel ab, wasch ihn, und schon hast du Leinwand. Wozu brauch ich Ärmel? Ich leb auch ohne Ärmel weiter.« Er strahlte und brach in Gelächter aus.

»Du bist mir einer, du Ungläubiger.« Die Alte sah ihn traurig an und schüttelte den grau werdenden Kopf.

Auf einen lockenden Pfiff des Hausherrn flogen eilig Stieglitze,

Gimpel, Meisen und Hänflinge herbei, setzten sich ihm auf die Schultern, die Arme, den Kopf, huschten über den Tisch, lasen Krümchen auf.

Manchmal erhob sich vor den Fenstern eine versoffene Stimme:

»Wer hat Schüsseln, Eimer, Samowarrohre auszubessern?«

Es war ein Unglück, wenn der Kesselflicker irgendwo in der Nähe zu hämmern begann. Kasimir Stanislawowitsch verzog das Gesicht, denn das wütende Hämmern und das Eisenklirren beleidigten das zarte Gehör der Vögel.

»Stepan Perfiljew oder Gorbyl aus der Vorstadt. Ich kann diese versoffenen Visagen nicht sehen. Geh hin, Olimpiaduschka, gib ihm einen Zehner zum Vertrinken, dann verschwindet er.«

Olimpiada Wassiljewna komplimentierte den wandernden Kesselflicker von dannen und jagte zugleich die Bengels vom Gehsteig, die dort Babki und Zahl oder Adler spielten.

Ein letzter Schluck dünner Kaffee, und das Frühstück war beendet.

Die Drossel Herrchen reckte sich von der Schulter, wurde dann beherzter, hüpfte auf den hingehaltenen Finger und klaubte flink die Brotkrümel aus dem Schnauzbart des Alten. Kasimir Stanislawowitsch hielt das Füßchen mit dem zweiten Finger fest und trug Herrchen so aus der Küche in die Zimmer.

In solcherlei Beschäftigung verflogen Tage, Jahre …

Der Alte fütterte und badete die Vögel, beschnitt gebrochene oder krummgewachsene Krällchen, säuberte die Käfige, richtete Hochzeiten aus, fütterte Nestlinge, indem er ihnen mit einer kleinen Feder Eigelb und in Milch geweichte geschabte Rüben in den Schnabel steckte, setzte Jungvögel zu alten Sängern, damit sie etwas lernten, und jagte seine schlimmsten Feinde, die Katzen, aus dem Garten.

Eines Tages kehrte Olimpiada Wassiljewna in großer Unruhe vom Basar zurück.

»Du liebes Göttchen … Die Deutschen haben uns den Krieg erklärt!«

»Lass das, Alte, du immer mit deinen Kleinigkeiten«, wehrte Kasimir Stanislawowitsch gereizt ab. »Ein Unglück: Swetlana hat Krämpfe in den Füßen, und eine Zehe eitert, wahrscheinlich ein Splitter. Wickle ihr ein Läppchen um die Stange. Die Amsel ist krank, schon den zweiten Tag isst und trinkt sie nicht. Wir brauchen Holunder. Oder du müsstest mir Spinnen und Asseln fangen, die helfen bei Verstopfung.«

»Wo soll ich die fangen? Ich bin doch kein Spatz.«

»Na, dann kauf ein bisschen Mandelöl. Ich weiche Mehlwürmer darin ein und gebe sie der Amsel. Vielleicht …«

»Du bist mir einer, du Ungläubiger.«

Eisernen Schrittes zog der Krieg daher, die Revolution dröhnte los, die Macht in der Stadt wechselte mehrmals. Kasimir Stanislawowitsch wollte davon nichts wissen. Glücklich lauschte er seinen Sängern, freute sich über ihre Freuden und litt unter ihrem Leid. Die Pensionszahlung wurde eingestellt. Diese Neuigkeit ließ Kasimir Stanislawowitsch gleichgültig. Oft lächelte er sanft, sah seiner Alten in die gütigen Augen und sagte:

»Olimpiaduschka, wozu brauchst du das Hochzeitskleid? Wenn ich alle viere von mir strecke, heiratest du ja doch nicht mehr. Einen Besseren als mich findest du nicht.« Mit dem grauen Schnauzbart kitzelte er übermütig ihren runzligen Hals. »Was brauchen wir Federbetten, Truhen, Vasen, Pfannen? Plinsen hast du das letzte Mal vor drei Jahren gebacken, als Perun vor Eifersucht dem Schmetterer ein Auge auspickte. Schmetterer … Wie der gesungen hat … Was der für einen Schlag hatte … Was für Triller, was für ein Schmetterer, was für ein Schlag … Mein Gott!« Er stöhnte und wischte eine trübe Träne von der Wange. »Nein, nein … Solche Nachtigallen gibts nicht mehr, nie wieder! Wozu brauchst du das Webtuch? Bist doch keine Jungsche mehr. Wozu den Trauring? Was sollen uns die Stühle? Wir können ohne Stühle leben.«

Alle möglichen Gegenstände wanderten für ein Spottgeld zum Trödler. Die beiden lebten schlecht und recht, ernährten sich schlecht und recht, schliefen auf dem Fußboden auf Lumpen, doch den Vögeln mangelte es nach wie vor an nichts: Ihre Futternäpfe waren voll, ihre Käfige sauber, durch die Akazien schimmerte die Sonne.

Eine vieltausendköpfige Armee belagerte die Stadt.

Kasimir Stanislawowitsch träumte die ganze Nacht von Katzen.

»Es donnert wohl?«, fragte er und blickte zum Küchenfenster hinaus.

»Du bist mir einer, du Ungläubiger, dein Verstand ist nicht mehr der beste. Wieso Donner? Da schießen Kanonen.«

»Wer schießt? Wieso Kanonen?«

»Dich soll doch …« Olimpiada Wassiljewna machte eine wegwerfende Handbewegung und lief zur Nachbarin, um Mehl zum Einrühren zu borgen.

Kasimir Stanislawowitsch grub im Garten nach Würmern, da schlug eine Granate ins Haus: In einer Staubwolke blitzte gelbes Feuer, und der hinfällige Bau stand im Nu in Flammen. Der Alte, von der Wucht der Detonation ins Kletticht geschleudert, blickte starr auf das brennende Haus und war nicht imstande, sich von der Stelle zu rühren …

Zurück aus dem Türkenland

Der Kosak Saginailo, der sich während des Krieges bis zum Unterfähnrich hochgedient hatte, knallte die Reitpeitsche gegen den stutzerhaften Stiefel und erzählte munter von seiner Flucht aus der türkischen Gefangenschaft:

»Ich geh eine Woche, noch eine, immerzu Kohldampf … Berge, Schnee, Weg und Steg verschneit, verweht. Ich geh. Geschütze wummern. Na, denk ich, die Front is nich mehr weit. Hab mich mächtig gefreut. Ich geh. Die Füße wolln nich mehr. In einer Schlucht rauscht ein Flüsschen, darüber ein Aul. Ich dermaßen hungrig, dass es mir die Därme gezerrt hat wie mit Zangen. Wenn krepiern, dann krepiern, na was, aber vielleicht find ich was zu futtern. Ich die Nacht abgewartet und runtergeklettert. Kein Licht, kein Laut. Ich rein in eine Saklja – kein Mensch, ich in die nächste – leer. Den ganzen Aul hab ich abgeklappert, was soll ich dir sagen, keine lebende Seele, kein Krümel Brot. Ich hab Feuer gemacht, mir war irgendwie nich wohl. Ich wollt mir mal die Stiefel ausziehn. Damit wars nix, die Füße waren in den Stiefeln festgefroren, ich hätt sie könn abhacken und wegschmeißen. Am Feuer sitzen taugt nich, denk ich. Und die Kanonen haben schon ganz nah gedonnert. Zum Sterben keine Lust. Ich hatte Lust, in die Heimat zu kommen. Da hab ich zur Allerheiligsten Gottesmutter gebetet und zu ein paar von den obersten Heiligen, und ab dafür. Ich geh. Da steht im Mondlicht ein Berg, steil und hoch, beim Kucken musst ich den Kopf in den Nacken legen, und da is mir eingefallen raufzuklettern. Von da oben, hab ich mir überlegt, seh ich bestimmt die Stellungen und mein Haus am Kuban, so riesenhoch ist der Berg. Geklettert-geklettert, unter mir ist der Schnee weggerutscht, hu-hu, Lawine … Mich hats gedreht und gewirbelt und runtergeworfen, zurück bis unter den Aul in das Flüsschen. Ich raus, mich geschüttelt wie ein Pudel, Hände blutig, Visage blutig, an Knien und Ellbogen das Fleisch runter bis auf die Knochen. Was jetzt? Ich hab meine Lumpen im Wind getrocknet und wieder rauf auf den Berg. Geklettert-geklettert, wieder bröckelt der Schnee weg, wieder schmeißt es mich ins Flüsschen. Zum Heulen und zum Lachen. Einen Tag und eine Nacht und noch länger bin ich auf den verfluchten Berg raufgekrabbelt und habs schließlich geschafft bis ganz oben. Heilige Mutter! Da sind sie, die türkischen Gräben, zum Anfassen nah. Ganz unten am Berg, kaum zu sehn, unsere Stellungen. Ich hatt keine Lust, die Türken anzuschaun, ich hatt Lust, möglichst schnell zu meinen Leuten. Ich also aufgestanden und geschrien: ›Brüder!‹ Aber bis zu den Brüdern fünf Werst und noch was mehr, wie solln die das hören? Die Türken spektakeln und auf mich los. Denkste, Kardesch, ich hab inzwischen gelernt, vom Berg zu kullern. Ich mich bekreuzigt, die Mantelschöße unter mir straffgezogen und – plumps – auf meiner Seite den Berg runter! Geschrei, Geschieß, Schneestaub über mir wie eine Säule. Wie ich bis zu unseren Gräben gekullert bin, weiß ich nich mehr. Aufgewacht bin ich im Lazarett in Tiflis …«

»Toll.«

»Gott ist nicht ohne Gnade, ein Kosak nicht ohne Glück.«

»Und haben Sie die türkische Sprache gelernt, Herr Unterfähnrich?«, fragte Sachar Dogonjai und schnitt eine respektvolle Miene.

»Nich so sehr, höchstens um was zu bitten oder zu kaufen, klauen kann man ja auch ohne.«

Die Zuhörer lachten herzlich.

Blutsbrüder

Sie trafen sich in Kronstadt auf dem Ankerplatz.

Arseni hielt eine schnelle Rede inmitten der vieltausendköpfigen erregten Menge der Matrosen, Soldaten und Hafenstauer. Der französische Kriegsmatrose Charles Dumont, der in der Menge auffiel durch sein Mützchen mit dem roten Pompon, hörte dem russischen Matrosen aufgeregt zu, sein bräunlich-rosiges junges Gesicht war lebhaft, die von langen Wimpern beschatteten Augen strahlten.

Einmütige Rufe »Richtig! Richtig!« und das Klatschen harter Hände übertönten die letzten Worte des Redners. Charles drängte sich zu ihm durch und schüttelte ihm energisch die wie aus Eisen gegossene Pranke.

»Bravo, bravo, camarade!«

»Bonjour, mon vieux. Comment ça va?«[1], fragte Arseni freundlich.

Der altgediente Matrose kannte an die hundert ausländische Wörter, die ihm für eine beliebige Unterhaltung ausreichten.

Sie spazierten die Uferstraße entlang und unterhielten sich über Gott und die Welt – über die russische Revolution und die Tagesrationen, über den bevorstehenden Frieden und die Unterseeboote, über die jüngsten Unruhen in der französischen Armee und über die Hafenhuren: Es ergab sich, dass sie in Algier und Marseille gemeinsame Freundinnen hatten, was sie nicht wenig erheiterte.

1 (franz.) Guten Tag, mein Alter, wie geht es?

Arseni führte den Gast auf seinen Kreuzer, wo alles Charles begeisterte: dass alle schädlichen Offiziere hingerichtet oder an Land abgemustert waren, dass die Matrosen selbst auf dem Schiff eine mustergültige Ordnung aufrechterhielten, dass die einfachen Seeleute von gleich zu gleich mit den verbliebenen Kommandeuren lebten, aus dem gleichen Kessel aßen und den gleichen Tabak rauchten. Charles Dumont hatte keine Lust, auf sein Schiff zurückzukehren. Arseni holte ihm aus der Kleiderkammer eine komplette Ausrüstung und schenkte ihm eine vorzügliche Mauserpistole.

Sie wurden Freunde.

Man sah sie überall zusammen – auf Meetings und vergnügten Abenden, im Theater, bei Vorträgen und in den stürmischen Sitzungen des Kronstädter Sowjets. Charles lernte eifrig die Sprache des revolutionären Landes.

In den Julitagen[1] marschierten sie zusammen über den Newski-Prospekt, hörten auf einem Meeting Lenin reden, wurden vor der Kschessinskaja-Villa[2] auf die Revolution vereidigt. Zusammen nahmen sie an der Erstürmung des Winterpalais[3] teil, zusammen gingen sie Ende 1917 mit einer der ersten Rotgardistenabteilungen an die Front, zusammen fuhren sie den ganzen Winter mit einem Panzerzug durch die Ukraine und das Dongebiet und schlugen sich mit den verschiedenfarbigsten konterrevolutionären Banden herum. Bei Rostow wurde der Panzerzug zum Entgleisen gebracht, und Arseni wurde schwer verwundet.

Die gelichtete Abteilung der baltischen Matrosen wurde nach Charkow zur Neuformierung beordert; Arseni fuhr mit dem

1 Die Julikrise 1917, nach der Kerenski Ministerpräsident wurde, beendete die Doppelherrschaft, das Machtgleichgewicht zwischen Provisorischer Regierung und Sowjets. Die Sowjets hörten auf, Machtorgane zu sein, und die Provisorische Regierung besaß die alleinige Gewalt.

2 In der Villa der Tänzerin Matilda Kschessinskaja (1872–1971), ehemals Favoritin Nikolaus' II., befand sich vor der Oktoberrevolution zeitweilig das ZK der bolschewistischen Partei.

3 In der Nacht zum 26. 10. (8. 11.) 1917 wurde das Winterpalais gestürmt und die dort befindliche Provisorische Regierung (mit Ausnahme des geflohenen Kerenski) verhaftet.

Freund zur Erholung ins Pensasche, wo seine alten Eltern in einem Dorf lebten.

Es ging auf den Frühling.

Arseni genas rasch und ging schon in den Dorfsowjet, um dort nach dem Rechten zu sehen, Charles aber lernte mit Feuereifer Russisch bei den Dorfmädchen und kam oft genug erst gegen Morgen nach Hause.

Im Frühjahr 1918 trat das Tschechoslowakische Korps zur Verteidigung der Konterrevolution an.[1] In Städten und Dörfern regte sich Rabengeschmeiß, im ganzen Wolgagebiet tobten die Gewitter der Aufstände. Die beiden Matrosen schlossen sich einer durchziehenden Partisanenabteilung an.

Mit der Abteilung zogen sie sich kämpfend zur Wolga zurück, gaben Sysran auf, gingen zurück nach Samara[2].

Über dem Fluss Samarka lag morgendlicher Nebel.

Die Schützengräben am Stadtrand waren voll von Schlafenden: da schliefen die von den letzten Gefechten erschöpften Letten und Matrosen, da schliefen die erst tags zuvor eingetroffenen Tataren von der Ufaer Abteilung. In den Höfen und Häusern, die sich an die Front anschlossen, schliefen todmüde die eben erst in den Stellungen abgelösten Kämpfer der Samaraer Kommunisteneinheit; von der trügerischen Stille beruhigt, schliefen sorglos in ihren Löchern vorgeschobene Beobachter und Feldwachen.

Plötzlich dicht vor den Gräben das vorsichtige Schnaufen einer Lokomotive.

Ins Stroh gewühlt, schlief schniefend Charles. Zu seinen Füßen, die Hände in die Ärmel geschoben, den Karabiner in den Armen, schlief im Sitzen Arseni. Sein Bewusstsein war von den Spinnenfäden flüchtiger, doch beunruhigender Träume umwoben. Plötzlich das Herz ahnungsvoll: poch-poch … Arseni rieb

1 Ende Mai 1918 meuterte das Tschechoslowakische Korps gegen die Sowjetmacht, dadurch fielen ganz Sibirien und weite Teile des Ural und des Wolgagebiets in die Hände der Weißen.

2 Seit 1935 Kuibyschew.

sich mit der Faust die Augen, linste aus dem Schützengraben, ächzte auf.

»Die Tschechen«, schrie er und riss eine Bombe vom Riemen, »Kameraden, die Tschechen!«

Über die Brücke kroch vorsichtig ein gegnerischer Zug – Lokomotive und mehrere Flachwagen mit darauf montierten Maschinengewehren und zwei Geschützen. In der Deckung des Zuges liefen dichte Ketten von Tschechen mit ihren brötchenförmigen Feldmützen über die Brücke.

In den Schützengräben Bewegung.

Im nächsten Moment wurde die Stille des Junimorgens von Salven zerfetzt.

Die Nachricht vom Angriff des Gegners blitzte wie ein Funke die ganze Frontlinie entlang, von den Stellungen am Bahnhof bis hin zu der Landzunge, die der Zusammenfluss von Wolga und Samarka bildete.

Eine Panik brach aus.

Aus den Gräben sprangen mutlos Gewordene, liefen Hals über Kopf davon und rissen die Tapferen mit.

Eine Minute, noch eine – und schon verteilten sich von der Ecke der Sawodskaja- und Uralskaja-Straße her die Tschechen über die Häuserviertel. Zu ihrer Unterstützung krochen aus dunklen Ritzen Händler, jugendliche Sozialrevolutionäre, Schwarzhunderter[1] und illegal organisierte Offiziere.

Die im Klub der Kommunisten überraschten Kämpfer verteidigten sich, ebenso der Stab der Wache; in den Straßen wehrten sich einzelne Helden, aber das Schicksal der Stadt war besiegelt. Der Klub, mit Handgranaten eingedeckt, ergab sich, und die überlebenden Verteidiger wurden von dem rotbärtigen Maslennikow unter der weißen Fahne auf die Straße geführt.

Eine Terrorwelle schlug über der Stadt zusammen.

Die gefangenen Kämpfer wurden gruppenweise auf der Landzunge, bei der Pontonbrücke, am Bahnhof, in der Sapanskaja-Vorstadt erschossen; sie wurden in der Wolga und der Samarka

1 Vgl. Anm. S. 62

ersäuft, sie wurden in den Höfen aufgegriffen und der Selbstjustiz überantwortet.

Die Matrosen, fünfzehn Mann, gingen auf der Straße zurück und feuerten um sich. Wie Wasser, das auf einen Stein trifft, sich nach zwei Seiten teilt, so teilten sich auch die Matrosen, als sie auf ein Haus stießen, von wo sie aus Fenstern und vom Dach heftig beschossen wurden. Zwei Mann blieben auf dem Pflaster liegen, der Maschinengewehrschütze Aksjutin wurde im Hausflur von einem Gymnasiastenbengel abgeknallt, ein anderer starb mit dem Kopf auf der Schwelle des fremden Hauses; Charles wurde von Hausmeistern ergriffen, die Übrigen flohen verstreut.

Arseni lief in den Hof, ein Häuflein schaugeiler, halbangezogener Spießbürger wich vor ihm auseinander, mit drei Sprüngen überquerte er den Hof und tauchte in eine Zaunlücke. Ein weiterer Hof, er schwang sich über einen Zaun, unter seinen beschlagenen Stiefeln dröhnte ein Blechdach, das Fallrohr riss unter seinem Gewicht ab. Er fiel in einen Garten, mitten in einen Fliederstrauch, die Hände waren blutig gerissen. Er kletterte nochmals über einen nagelgespickten Zaun, sah sich um, verschwand in einem Brennholzschuppen und fiel, keuchend vor Aufregung und vom schnellen Lauf, auf die Scheite.

Alles war aus, keine Fluchtmöglichkeit mehr. Die Bomben waren bis auf die letzte geworfen, den Karabinerkolben hatte eine Kugel gespalten, Colt und Nagant versagten den Dienst, da die Patronen verschossen waren. Der Matrose ging mit schnellen Flüchen sämtliche Heiligen und Märtyrer durch bis ins siebenundsiebzigste Glied, dann brannte er sich eine Zigarette an. Aber es war ein Irrtum, zu glauben, dass er die Verfolger abgeschüttelt hätte – sie suchten ihn, suchten ihn im Garten, in den Höfen, in sämtlichen Schlupflöchern. Schon hörte er bellende Stimmen, Sporenklirren, das Trappeln vieler Füße. Er trat den Stummel aus, griff sich einen Birkenknüppel – das Herz schlug ihm bis zum Halse – und stellte sich hinter die Tür. Sie gingen vorbei. Einer aber – Geschenk des Schicksals! – kam in den Schuppen und brach, von dem Knüppel getroffen, an der Tür zusammen.

Gleich darauf trat Arseni, mit dem fußlangen Offiziersmantel bekleidet, auf die Straße und mischte sich unter die Menge.

Die Stadt frohlockte.

Über der Stadt wogte das Festgeläut der Kirchenglocken, die Straßen waren voll von herausgeputzten Ladenkrämern, von den Balkons regnete es Blumen und Begrüßungsrufe auf die Sieger herab, Militärorchester schmetterten. Unter den Bolschewiken war das Denkmal Alexanders II. mit Brettern vernagelt worden. Irgendwelche Hände hatten die Bretter schon abgerissen, irgendwelche Stirnen schlugen schon auf den Granitsockel des Befreierzaren[1], während am Stadtrand noch die Abrechnung mit den Besiegten im Gange war.

Arseni ging wie trunken. Rachedurst zerfraß ihm das Herz.

Als er die Bengels rufen hörte: »Sie kommen, sie kommen!«, blieb er stehen. Die Straße entlang bewegte sich, von einer Eskorte umgeben, eine Gruppe Gefangener, unter denen er sogleich seinen Kumpel erkannte. Fast hätte er aufgeschrien vor Freude, doch er hielt sich zurück, zog den Kopf in die Schultern und wich zurück auf den Gehsteig, hinter die Rücken der Gaffer. Charles ging, das blutüberströmte Gesicht gesenkt, und Arseni ging geistesabwesend hinterher.

Die Verhafteten wurden in ein Haus geführt, an dessen Eingangstür schwungvoll mit Kreide geschrieben stand: »Stadtkommandantur«.

Der Entschluss reifte augenblicklich.

Arseni folgte – am Posten vorbei – den Verhafteten in einen geräumigen Saal. Der Stadtkommandant mit den zweifarbigen Schulterklappen des Obersten saß am Tisch, vor sich ein Spiegelchen, und rasierte sich. Arseni trat mit zackigem Schritt zum Tisch und salutierte:

»Oberleutnant vom dreihundertneunten Owrutscher Infan-

1 Alexander II. (1818–1881), Zar seit 1855, hob 1861 die Leibeigenschaft auf und führte in den 60er Jahren liberale Reformen durch.

terieregiment … Ich habe die Ehre, Herr Oberst, mich Ihnen zur Verfügung zu stellen …«

Der Oberst, ohne seine Beschäftigung zu unterbrechen, blickte schräg auf und musterte den vor ihm stehenden Mann im Offiziersmantel, aus dessen Kragen ein Matrosenhemd hervorschaute.

»Ihre Dokumente?«

Arseni gab ihm den an den Knicken abgewetzten Personalbogen, aus dem hervorging, dass er tatsächlich Oberleutnant Andrej Wladimirowitsch Oserow vom dreihundertneunten Owrutscher Infanterieregiment war, ausgezeichnet mit zwei Georgskreuzen und auf Grund der Demobilisierung aus dem Dienst entlassen.

Der Oberst wischte mit dem Taschentuch das sauber geschabte Gesicht und gab ihm die Hand.

»Sehr erfreut. Nehmen Sie Platz.«

Arseni setzte sich in einen Sessel.

»Sie haben auch in der russischen Flotte gedient, Herr Oberleutnant?«, fragte der Oberst unerwartet und sah ihn mit hellen kalten Augen unverwandt an.

»Nein, nicht.«

»Und was ist das für eine Maskerade?« Er beugte sich über den Tisch und zog ihm den Matrosenkragen aus dem Mantel.

Arseni steckte den Kragen zurück und antwortete ruhig:

»Unter den Bolschewiken, Herr Oberst, musste man mancherlei anziehen …«

»Ja, ja, natürlich«, stimmte der Oberst zu, verlor noch ein paar Worte über den grausamen Fanatismus des Teutonenstammes, über die Blutgier der Bolschewiken und über die gemeinsamen Aufgaben, die vor den Slawen stünden, und reichte ihm die Hand. »Morgen, Oberleutnant, bekommen Sie in unserm Stab Ihre Einberufung zu einem aktiven Truppenteil.«

Arseni salutierte und wollte zum Ausgang, doch da erblickte er die in eine Ecke gedrängten Gefangenen, prallte zurück und wandte sich wieder dem Oberst zu.

»Herr Oberst … da … der Schurke!«

»Was ist?«

»Ihre Soldaten haben den Halunken festgenommen, der meine Mutter und meine Schwester umgebracht hat.«

»Welcher?«

Arseni trat zu dem Häuflein Verhafteter und zog Charles grob am Arm heraus.

»Das ist er!«

»Herr Oberleutnant, machen Sie sich bitte keine Sorgen. Ich werde ihn sofort erschießen lassen, gleich hier im Hof.«

»O nein … Auf dem Grab meiner Mutter habe ich geschworen … Erlauben Sie mir, persönlich mit ihm abzurechnen!« Arseni zog den leeren Colt aus der Tasche.

Der Oberst stimmte liebenswürdig zu.

Arseni schlug dem Freund so ins Gesicht, dass der durch den ganzen Saal flog und mit seinem Körpergewicht die Tür aufriss. Arseni sprang ihm rasch hinterher, deckte ihn mit Faustschlägen ein und führte ihn zum Hintergrund des Hofes.

Eine halbe Stunde später saßen die beiden in einer lärmerfüllten Kneipe an der Uferstraße, tranken Tee und erörterten den weiteren Aktionsplan. Aus der Stadt zu fliehen war nicht einfach, denn auf Straßen und Wegen standen Wachen, überall flitzten Militärpatrouillen herum, die bei allen Verdächtigen die Dokumente überprüften. In der Kneipe lernten sie die Heizer des Schleppdampfers »Saturn« kennen. Arseni entschloss sich, alles auf eine Karte zu setzen, und vertraute sich den Heizern an.

Die beiden Freunde übernachteten im Laderaum der »Saturn«.

Hier saßen sie drei Wochen, ohne die Nase hinauszustecken.

Doch dann erhielt der Kapitän der »Saturn« von der tschechischen Führung Befehl, zwei Lastkähne mit Patronen und Granaten an die Front zu schaffen.

Sie legten ab.

In der Nacht vom ersten zum zweiten Juli lief die »Saturn«, nachdem sie die Frontlinie in voller Fahrt durchbrochen hatte, nunmehr unter roter Fahne bei Chwalynsk das sowjetische Ufer an, wo sie mit Ehren empfangen wurde. Die Rote Armee benötigte sowohl Dampfer als auch Patronen und Granaten, noch mehr aber Menschen, die der Revolution treu ergeben waren.

Filkas Karriere

Filka Welikanow war knapp zwanzig. Wegen seines kümmerlichen Wuchses und seines Piepsstimmchens führte er in der Vorstadt den Spitznamen »Japs«.

Filka war ein mickriger Schmuddel, knochig wie ein Messerfisch, mit einem Schnäuzchen wie ein Knötchen. Schon als Kind musste er arbeiten. In der Saison malerte er mit dem Vater. Zwei Winter lang ließ er in der Pfarrschule die nackten Fersen blinken. Wegen Ungezogenheit wurde er davongejagt. Da war es beim Vater mit der Freundschaft aus. Filka lief von zu Hause weg und verdingte sich in der Tischlerwerkstatt Rytows. Bald darauf soff sich sein Herr auf dem eigenen Namenstag mit Möbelpolitur zu Tode. Filka, Unruhe im Herzen und ein Loch in der Tasche, fuhr mit einem Transport Sibirier nach Przemyśl, Krewo und Molodetschno. Aufklärertruppe, peng-peng-peng, Filka runter vom Gaul. Im Lazarett sägten sie ihm eine Rippe raus und entließen ihn endgültig aus dem Militärdienst. Tut-tut-tut, ab nach Hause.

»Grüß dich, Papa.«

Sein Vater verfaulte bei lebendigem Leibe hinterm Ofen in einem Nest aus stinkenden Lumpen. Filka hörte sich sein Gejammer eine Weile an und wurde schwermütig. Er kaufte Arsen für die Ratten, dazu eine Flasche Selbstgebrannten.

»Trink, Papa, werd gesund.«

Braucht es viel für einen schwachen Menschen? Drei Tage später begrub Filka den Vater, plünderte die Truhen, kaufte eine Harmonika. Den blauen Tuchmantel weit offen, in Lackstiefeln ging er zum Tor, setzte sich auf die Bank. Zog die Harmonika auseinander, klimperte mit den Glöckchen.

Darja, eine muntere Soldatenwitwe, kam zuhören, blieb und

spendete Filka reichliche Liebesgaben. Sie schleppte ein Bündel Habe und ihre Nähmaschine herbei.

Der abtrünnige Kirchendiener Larionytsch traf Filka auf der Straße und sagte:

»Da ich die Abteilung Religion leite und mich an deinen Herrn Vater erinnere …«

Tags darauf zog sich Filka fein an, steckte das Georgskreuz an die Jacke, und hin zum Exekutivkomitee. Larionytsch malte ihm in Schönschrift die Bewerbung, flüsterte ihm was ins Ohr, und dann sockten die beiden zum obersten Chef.

»Hier bitte, Genosse Startschakow, verehrter Vorsitzender, darf ich vorstellen … Sohn eines werktätigen Handwerkers, kriegsversehrt, möcht dem Volk dienen, hat eine geeignete Schrift.«

Startschakow sah die Schrift, das Georgskreuz und Filkas mageres Gesichtchen mit dem Spinngewebe dünner Haare.

»Kannst du den Instrukteur machen?«

»Jawohl, kann ich.«

Der Entscheid wurde quer über die Bewerbung gekritzelt: »Einstellen als Reiseinstrukteur ab 5. 11. 1918, Probezeit zwei Wochen.«

. . . .

Wege und Stege in Russland, ihr habt keinen Anfang, kein Ende … Ihr seid nicht abzuwandern, ihr seid eine einzige Freude. Bezaubert habt ihr mein junges, feuriges Vagabundenherz. Tanzend läuft es in eure frohe Ferne, die Wasser der russischen Flüsse und Meere umspülen es, die Winde singen ihm Lieder. Wie liebe ich die hellen Kreise der fröhlichen Seen, die Weiten der trägen Steppen, die versonnene Kühle der dunklen Wälder und auch die Felder, auf denen der Roggen lodert. Wie liebe ich die Winter, überspannt von grimmigen Frösten, wie liebe ich den Frühling, der seine unbändigen Seidenfahnen entrollt. Und irgendwann mal will ich am Lagerfeuer getrost meiner Todesstunde begegnen, und dazu wird ein farbenfrohes russisches Lied erklingen.

. . . .

Das Pferdegespann lief über die ausgefahrene Landstraße. In den weiten Räumen verhallte das urewige russische Glöckchen. Filka wickelte sich fester in den requirierten Schafpelz, den sie ihm für die Reise gegeben hatten, fühlte alle Minuten nach der Segeltuchaktentasche unter sich, die mit Instruktionen vollgestopft war, und löcherte den Kutscher Petuchow mit Fragen:

»Und kann man Mehl kriegen? Die Tschechen sind Halunken, die müsst man alle abmurksen, damit wir nich wieder Ärger kriegen. Was kosten die Kartoffeln? Gedämpfte Milch hab ich schrecklich gern ...«

Der Kutscher schlief und stieß die ganze Fahrt über gedehnte Rufe aus:

»Uuuuu ... Äääää ... Uuuuu ... Iiiii ...«

In Schlaglöchern stieß er mit der Nase gegen das Schutzbrett, schüttelte sich und ordnete die Zügel.

»He, ihr Verfluchten ...«

Dann brannte er sich die selbstgefertigte Pfeife an, richtete sich auf, zeigte mit dem Peitschenstiel:

»Da, daaa sind sie ...«

»Wo? Was?«

Aus einem Waldstück trotteten hintereinander graue Wölfe. Der eisige Wind pfiff dünn. Die weißlichen Fernen waren ohne Gesicht.

»Von den Biestern gibts jetzt mehr, als Vieh da ist. Dieser Tage haben sie meinem Schwiegervater im Pferch eine Kuh gerissen und nur das Gekröse übriggelassen.«

Im Exekutivkomitee kramten der Vorsitzende und sein Sekretär in Akten, eine Tranfunzel blakte, auf dem Fußboden lagen Bauern, rauchten, klönten.

Filka ging rein und brachte mit steifer Zunge mühsam heraus:

»Eijei, kalt bei euch, habens kaum geschafft bis hier.«

Eine fröhliche Stimme aus dem Winkel:

»Bei uns ists kalt, und bei euch is wohl ne Affenhitze? Tja, bei dem Frost trocknet dir der Schnodder.«

Der Instrukteur trat sich an der Schwelle die Filzstiefel ab. Die

Bauernstimmen brummelten im Halbdunkel dumpf wie Pferdeschellen auf nächtlicher Weide:

»Schlimm für die Hufeisen, die hartgefrorene Erde.«

»Mit Hufeisen stehts übel, hör bloß auf.«

»Ihr Mandat, Genosse?«

Noch einer kam rein, knallte die Tür zu.

Das Flämmchen erlosch. Sie machten sich lange daran zu schaffen, aber es wurde nichts, das Fett war alle. Filka befühlte sorgenvoll die gefühllose Nase, drückte im Dunkeln dem Vorsitzenden die Hand.

»Wir müssen ne allgemeine Versammlung machen nach der Instruktion, und ihr könnt mir Gänseschmalz besorgen.«

»Das machen wir, und wegen der Versammlung, das überlegen wir uns ...«

In der pechschwarzen Finsternis spektakelten sie los:

»Überlegen, so spät in der Nacht? Leben wir vielleicht die letzte Stunde, kommt kein Tag mehr?«

»Nichts is ... Eilt doch nich ... Uns treibt ja keiner.«

»Genosse, he, Genosse, da gibts so n Wort – Herold –, was is das? Wir kaun den ganzen Abend dran rum und kriegens nich raus ...«

Filka übernachtete beim Popen.

Der umgängliche und gesprächige Pope Vater Xenophont wickelte den seidigen Bart um den Finger, spielte mit dem Teelöffel im Glas, tastete sich behutsam mit Fragen heran:

»Was gibts Neues in der Stadt, was ist mit England und Frankreich?«

Filka mampfte eifrig Plinsen, Brezeln, Quarkküchlein, er war seit dem Morgen durchgerüttelt, und die Reiseverpflegung hatte er Darja dagelassen, schließlich ist die Liebe kein Hundeschwanz. Er stopfte Semmeln und Teigtaschen in sich rein, ließ den Finger zerstreut über den Tisch gleiten.

»Europa, was is das? Europa, das is ne Hündin, Entschuldigung, hälts mit der Bourgeoisie. Wir werdens schlagen müssen, sonst haben wir hinterher das Nachsehn.«

Die Hähne hatten längst gekräht, die Eisblumen am Fenster wurden hell, und Filka brütete noch immer über den Instruktionen, mühsam freilich. Er kratzte sich verbiestert unter den Achseln, die Wut packte ihn, wozu war das bloß alles mit europäischen Wörtern gespickt? An denen konnte sich der Teufel die Hauer ausbeißen. Als die Popenfrau ins Kämmerchen kam, um den Gast zum Tee zu bitten, schlief Filka am Tisch, den Kopf auf den unverständlichen Papieren.

Am Vormittag machten sie Versammlung.

Das ganze Dorf fraß sich einen Tag lang in die Instruktionen hinein und verhedderte sich in Deutungsversuchen. Filkas erfrorene, geschwollene Nase amüsierte die Bauern. Dem Vorsitzenden Awerkin gebührte Dank, denn von ihm erfuhr der Instrukteur, wie man Kandidaten aufstellt, wie man das Wort erteilt, wie abgestimmt wird. Seine schwache Knabenstimme ging unter im Geschrei:

»Genossen Bauern, Genossen, ich bitte ums Wort ...«

Binnen vier Tagen schwatzte Filka dem Popen hundert Eier ab, zahlte feste Preise, fuhr nach Dokukino, Mordwinowo und so weiter ...

In die Stadt kehrte er schwer beladen zurück. Die erfreute Darja schleppte Säcke und Beutel, Bündel und Bündelchen von der Diele in die Stube. Filka scheuchte die gaffenden Weiber und Bengels:

»Geht weiter, Bürger, geht weiter, glotzt nich, gibt hier nichts zu sehn.«

Zu dritt tranken sie Tee.

Filka bewirtete den Fuhrmann freundlich.

»Iss, Genosse, keine Sorge, der Käse stammt aus den deutschen Siedlungen. Die Sowjetmacht, die ... Jetzt läuft das bei uns.«

Der Bauer blickte dann und wann nach seinem Pferd, das vorm Fenster angebunden war, und pustete respektvoll in die Untertasse.

»Bei uns im Mamytschew-Chutor ham wir ne einfache Mühle. Tjaa ... Die hat mit Öl gearbeitet, beim alten Regime. Heutigentags zum Beispiel is nich mal dieses Öl zu kriegen. Tjaa ... Worum ich dich also bitten wollte, Genosse ...«

»Schau nächste Woche mal vorbei, mein Bester, dann reden wir.«

Filka wusch sich, zog sich um und ging auf die Straße. Beim Eingang zum Exekutivkomitee holte Larionytsch ihn ein.

»Na, gebracht?«

»Was?«

»Stell dich nicht dumm, weißt du das nicht?«

»Heiliges Wasser, wie? Nein, Larionytsch, beim Kreuz und der heiligen Ikone, nein. Hab selber keinen Tropfen gekriegt.«

Das war schwer zu glauben, denn Filkas Visage sah schorfig aus, die Augen waren trüb, die Stimme klang stockheiser. Der Kirchendiener schluckte giftigen Speichel, holte hoch und spuckte dem Instrukteur auf den neuen Filzstiefel.

»Du bist kein Sowjetangestellter, du bist ein Halunke. Ich hab dich unterstützt wie den leiblichen Sohn, und du zahlst mirs mit Sabotage heim? Pfui Teufel, du Hunderotz. Pfui Teufel, du Hundesohn. Pfui Teufel, Anathem ...«

Filka starrte die Tür des Exekutivkomitees an, die mit den obligaten Bekanntmachungen vollgepappt war, hörte schweigend zu und schlich bedrückt in die Organisations- und Instruktionsabteilung. Er meldete dem Leiter:

»Ich bin wohlbehalten zurückgekommen, meine Reise is von Erfolg gekrönt, und was Larionytsch betrifft, so glauben Sie seinen Worten nicht, wir hatten eine familiäre Auseinandersetzung, und er wird mich unbedingt vernichten wollen.«

Der Leiter schickte ihn zum Sekretär, und der Sekretär drängte:

»Machen Sie einen Bericht in schriftlicher Form für die Ablage.«

Filka versuchte es so und anders, aber kam nicht drum rum. In der dick mit Tinte verschmierten Sekretärsmappe studierte er fremde Berichte, »um ein Muster zu haben«, und sein lebhaftes Soldatenköpfchen schaltete schnell.

Zu Hause trank sich Filka mit der letzten Flasche Mut an, jagte

Darja hinaus, denn er fand vernünftigerweise, dass bei einer ernsten Angelegenheit ein Weib nichts zu suchen hat, und machte sich an den Bericht. Von Freitagmittag bis Montag saß er, ohne aufzustehen, auf dem Hocker, schrieb den Bericht, runzelte die Stirn, fluchte. Seine Frau nächtigte bei Nachbarn und klopfte mehr als einmal heulend an die Tür.

»Mach auf, du Unmensch, man schämt sich ja vor den Leuten.«

»Geh weg.«

»Du Satan, die Stube is schon paar Tage nich geheizt.«

»Geh weg, du Landplage, stör mich nich.«

Darja ging, schluckte Tränen, jammerte, dass es die Straße entlangschallte:

»Herr, du mein Gott, wofür hast du mir solch einen Esel aufgehalst? Wie soll ich mit dem ein ganzes Leben leben?«

Filka verbrauchte zwei Bleistifte. Sein Bericht füllte fünfzig Seiten und noch ein bisschen mehr. Hier ein paar Brocken aus dem Bericht:

KURZER BERICHT

Ich fang an zu schreiben.

Erster Paragraph meiner Ankunft im Sowjettdorf Rastjapino gleicher Kreis und Landkreis, wo ich einen Verweis sprechen musste, alle schrien stürmisch Nieder, wo der Semjon Karnauchow zum Vorsitzenden wiedergewählt wurde, er ist zwar wohlhabend, aber ein gutmütiger Bauer, steht mit beiden Beinen hinter der Macht, was die Gemeinde bestätigte.

Zweiter Paragraph überschüttete mich eine Reihe von Fragen hinsichtlich Trennung der Kirche vom Staat und ich musste mich auf Religion einlassen, und da war noch die Frage warum zur Kirchweih das Exekutivkomitee vollzählig besoffen war: das Gerücht ist unbegründet. Außerdem hab ich gefragt nach den Handlungen des Exekutivkomitees ob es in der abgelaufenen Zeit auf der Plattform der Sowjettmacht und des werktätigen Proletariats steht es steht. Als Ansporn warf ich die Losung Hurra Widerspruch gabs keinen und alle gingen friedlich nach Haus. Nach gutem Abendbrot hab ich mich schlafen gelegt und damit endete der zweite Paragraph des laufenden Tages.

Dritter Paragraph am Morgen gut gefrühstückt und die Aktentasche mitgenomm geh ich zum Mieting wo die Bauern Versammlung dazu sagen und da haben sie alle stürmisch Nieder geschrien. Ich hab sie gefragt warum sie solch Rummel machen. Ein Alter schreit dauernd entsprechend der Instruktion für die Neuwahlen zum Armenkomitee[1]*, dass da unbedingt der Schuster Dukmassow rein will aber daraus wird nichts, alle dagegen, wieso dagegen? Weil an einem Feiertag hat der besagte Dukmassow vor allem Volke ganz offen auf die göttliche Macht geschimpft, auch seine leibliche Mutter verprügelt wegen religiöser Überzeugung und Vorurteil, und das einfache Volk hat sich gegen ihn gestellt und plötzlich sagt einer was ich nicht kaltblütig hören konnte. »Bei uns steht auf der Tagesordnung die Frage der ernsten Entscheidung wegen der Kontribution*[2] *und der Wahlen fürs Armenkomitee, worin es heißt, zum 1. Dezember solln die Kapital-Kulaken an die Leitung bezahlen, auch die Kapital-Spekulanten und so weiter, und in Anbetracht, dass wir keine Kapital-Bourgeoisie haben und der Vater Xenophont sich im Stand der Armut befindet, wolln wir die gesamte Summe verweigern, und auch lehnt die ganze Gemeinde, gemäß den freien Stimmen der gewaltigen Mehrheit der Bevölkerung, das Armenkomitee entschieden ab, da keine Notwendigkeit dafür besteht.« Da hab ich um mein legitimes Wort gebeten und hab gesagt ohne Kontribution das ist unmöglich und ohne Armenkomitee ist auch unmöglich weil in allen Städten und Dörfern von Russland gibt es die Kontribution und die Komitees, unmöglich dass Rastjapino sich raushält. Da kam ein großer Streit und zum Vorsitzenden musste gewählt werden Stolz und Ehre der ruhmreiche Rotarmist Lawruchin und als Sekletär der bewusste Schuster Namen hab ich vergessen. Mit dem*

1 Armenkomitees bestanden auf dem Lande im 2. Halbjahr 1918, ihre Aufgaben waren Zurückdrängung des Kulakeneinflusses, Kontrolle und Säuberung der Sowjets, Umverteilung des Bodens, Sicherung der zwangsweisen Lebensmittelablieferung.

2 Kontributionen wurden während des Bürgerkrieges der Bourgeoisie und den Kulaken auferlegt.

Gesang des Trauermarschs gingen wir friedliebend nach Haus, und außerdem noch entsprechend Beschluss des Präsidiums wohnte ich beim Popen und hab für Essen und Trinken feste Preise bezahlt was mit Post oder Telegraf bestätigt werden kann. Nach gutem Abendessen hab ich geschlafen wie ein Toter.

Vierter Paragraph verlangte ich gute Pferde und musste nach Dokukino fahren Landkreis unbekannt, wo mich freundlich und gutmütig Ruhm und Ehre Stolz und Zier der wunderbare Genosse Sawoskin begrüßte und der bekannte Bauer aus dem einfachen Volk Jakow Karjagin kulugurischer Religion. Sie führten mich wiederum in das Volkshaus unter der Überschrift Lächeln der Freiheit oder Theater der ländlichen Zerstreuung mit kostenlosem Eintritt, wo ich den betrunkenen Lebensmittelagenten traf den traurigen Genossen Sinitschkin und der prüfte mein Mandat, auf welcher Grundlage er mir politische Schläge versetzte und mich bitter und beleidigend verhaftete. Ich als Soldat Quatsch denk ich dem füg ich mich nich und verhaftete den Gauner der unsere kostbare Macht bis in die Wurzeln blamiert. Nach Aussagen der Bevölkerung führt dieser tückische Genosse ein ausschweifendes Leben, säuft Tag und Nacht und geht in Anfällen wilder Ausschweifung mit aufgeknöpfter Hose durchs Dorf und verlangt lauthals nach dem schönen Geschlecht, worüber die Bauern entsetzlich empört.

Fünfter Paragraph ich nahm den Milizionär[1] *Kosobojew mit und machte Haussuchung bei dem Kuluguren Genossen Karjagin wo ich nach vergeblichen Bemühungen einen Eimer Kumyschka fand, der stand im Ofen versteckt. Karjagins Sohn, den Namen hab ich vergessen, erzählte in der alten Genossenschaft wär das Volkshaus eröffnet, die Alten waren samt und sonders dagegen und haben nachts die Tür aufgebrochen und sind eingedrungen in das oben erwähnte Volkshaus, haben die Tapeten abgerissen, sämtliche Bänke zerbrochen und das Gramophon mit der Axt zerhackt und die Mädchen Schauspielerinnen das heißt Darstellerinnen durch das ganze Dorf mit hässlichen Wörtern beschimpft. Alle Kuluguren und gleichfalls*

1 Die Arbeitermiliz (ab Oktober 1918 Arbeiter- und Bauern-Miliz) als Polizeiorganisation wurde sofort nach der Oktoberrevolution geschaffen.

die Molokanen halten ungeachtet der Sowjettmacht am Herrgott fest, und gestern, um die Alten zu beruhigen wurden sie in die erste Reihe auf Polsterstühle gesetzt, und den Schauspielern auf der Bühne v e r b o t e n *zu küssen, und wie das weitergeht weiß ich nich.*

Sechster Paragraph der alte Karjagin hat bei Gott geschworen dass er fürs Volkshaus einen alten Melkeimer hat geopfert fürs Schild und die Kumyschka gebrannt zum feierlichen Gebrauch anlässlich der Hochzeit seines Jüngsten. Ohne Aufschub haben Kosobojew und ich zu zweit eine Versammlung abgehalten und zu zweit beschlossen die Kumyschka gegen Quittung ans Exekutivkomitee abzuliefern, das Gefäß kann nichts dafür, das soll dem Besitzer zurückgegeben werden, angesichts seiner Leidenstränen das erste Mal die Schuld zu vergeben, und beim Volksgericht eine kriminelle Ermittlung über den Aufbruch des Schlosses vom Volkshaus einzureichen.

Siebenter Paragraph versammeln sich die Bauern in den Häusern und fluchen vor Langeweile schweinisch. Ich komm zu ihnen mit den Instruktionen da beschimpfen sie auch mich schweinisch. Man darf sie nicht nur mit Instruktionen füttern, sie brauchen Nägel, Salz, Petroleum und so weiter. Die Weiber gehn durchs Dorf und fluchen schweinisch. Die Bengels laufen durchs Dorf und fluchen schweinisch. Es lebe das Volkshaus, wo die Kinder tagsüber lernen leider gibts kein Brennholz, und das Dorf liegt in der Steppe und man kriegt zum Beispiel nirgendwo Ruten, staatliches Holz klauen werden sich die Bauern nich einig und der Lehrer will ins Krankenhaus anstelle vom Feldscher, der is als Taubenzüchter vom Dach gefallen und hat sich zuschanden gestürzt.

Achter Paragraph in der Schule ein schlimmes Bild, die Fenster mit Spinnweben überzogen, die Türen ausgebrochen und sogar ein ermordeter Bürger Hamsterer in die Schule geworfen, das heißt in die Leeranstalt. Den Lebensmittelagenten den traurigen Genossen Sinitschkin hab ich nich mehr zu sehn und ermahnen bekommen, und die Tscheka ist verpflichtet ihn zu überwachen wegen beleidigender Haltung zu verantwortlichen Mitarbeitern.

Neunter Paragraph ich melde am gleichen Tag hat im Dorf Kuskina ein Champion stattgefunden, eine kitanische Schlägerei. Alt und Jung haben sich geprügelt nach Herzenslust, aber das Fieber steigerte sich bis zu Pfählen und Knüppeln und da gabs viele Zerschlagene und Verkrüppelte. Ich frag weswegen verstümmelt ihr euch gegenseitig, da antworten sie weinend das is bei uns Sitte guter Mann das haben nicht wir eingeführt und nicht mit uns hört das auf. Ich denk mir das liegt an ihrer Rückständigkeit, sie haben dörfliche Köpfe und es zeigt sich dass ein dörflicher Dummkopf noch hundertmal dümmer is als ein städtischer weil obwohl es auch in der Stadt Schlägereien gibt aber wenn unsere Vorstädter gegen die Jungs von Sopljowka oder Dubrowka losziehn und sie abstechen und frikassieren und sonstwie hinmachen, is das keine Schlägerei sondern ein Krawall wie er auch im alten Regime von sämtlichen Paragraphen des Strafgesetzes verfolgt wurde. Ich verbeuge mich tief und bitte unseren Ruhm und Ehre Lob und Stolz Genossen Startschakow ein Dekret loszudonnern dass Schlägereien im nüchternen Zustand mit schweren Gegenständen verboten werden. Ich hab die Zeit im Dorf sehr fröhlich verbracht und sehr viel Volk Männer wie Weiber kam auf die Straße um mich zu verabschieden und haben auf meine Bitte im Chor den Trauermarsch zu Ehren meiner Abreise gesungen, und beim Abschied hat das Volk Hurra Hurra gerufen.

Zehnter Paragraph um in die Kommune[1] des Grafen Orjol Dawydow zu fahren die von unbekannten Personen bis aufs Hemd ausgeplündert wurde, ist mir zu meinem größten Bedauern nich gelungen und der Dummkopf von Kutscher hat mich in besoffenem Zustand in das Dorf Pustoswjatowka gefahren das eine mordwinische Bevölkerung[2] vom Stand der Armen hat und ich musste eine Versammlung machen. Habt ihr einen Sowjett? Nein. Habt ihr ein Armenkomitee? Auch nicht. Was habt ihr denn? frag ich. Gar nichts Genosse, wir backen das Brot aus Spreu und Eichenrinde, auf fünf Höfe is ein Pferdchen geblieben, das hungrige Elend erdrückt uns.

1 Landwirtschaftskommunen, in denen alle Produktionsmittel Gemeineigentum waren und keine private Hauswirtschaft existierte, entstanden ab Oktober 1917 und waren zeitweilig die Hauptform landwirtschaftlicher Kollektivwirtschaften. Später zu Artels umgebildet.

2 An der mittleren Wolga leben neben Russen auch Tataren, Mordwinen, Tschuwaschen und andere Völker.

Elfter Paragraph und da musst ich alle schreibkundigen Leute zusammenholen sechs Mann im ganzen Dorf und aus denen hab ich den Vorsitzenden und den Sekletär ausgewählt, die übrigen zu Mitgliedern ernannt und den Anschluss ihres Dorfes an Sowjettrussland verkündet. Die Weiber geheult, die Männer sich bekreuzigt, und der Vorsitzende Soldat Sudbischtschin hat sich den Schnauzbart gezwirbelt und gelacht keine Angst Rechtgläubige wenn gestorben wird dann alle zusammen, und in offener Abstimmung wurde beschlossen auf der Stelle das Dorf Pustoswjatowka mir zu Ehren umzubenennen in Riesendorf.

Zwölfter Paragraph da musst ich die Aktentasche schütteln und die Instruktion über das Armenkomitee rausholen …

Je weiter, je länger, nicht mal mit dem Spaten umzugraben!

Vergeblich war Filkas Mühe, vergeblich schwitzte er, ohne vom Hocker aufzustehen, von Freitag bis Montag.

Bitter und kränkend schüttelten sie Filka aus seinem Instrukteurspelz und schickten ihn auf Kurzlehrgänge; drei Monate, wenn auch kurzfristige, dabei ist jeder Tag kostbar – das Herz kommt in Feuer, was könnt man nicht alles machen an einem Tag … Die Kurse gefielen Filka nicht: Quatsch war das.

Filka trat in die Partei ein und mogelte sich in die Tscheka.

In dem Dorf wüteten die Tschekisten Upit, Pegassjan und Filka, der Japaner. Über ihre Untaten verbreiteten sich weithin böse Geschichten.

Aus Firssanowka hatten sie den Popen verschleppt. Keiner mehr da, um Tote kirchlich zu bestatten. Im Umkreis von hundert Werst lebte nur das Tatarenpack.

In dem tatarischen Dorf Sjabbarowka ritten sie besoffen die Straße entlang, erschossen viele Hunde, verletzten eine Frau.

Steuersünder wurden in ein Eisloch getaucht oder mussten eine Stunde barfuß im Schnee stehen.

Die Tschekisten fraßen sechs nichtbezahlte Gänse auf.

Requirierungen und Konfiskationen nach rechts und links, Quittung mit der Peitsche auf den Rücken geschrieben.

Ein Mitglied des Armenkomitees musste mit dem Postwagen

nebst Doppelgespann zehn Werst fahren, um für die drei Honig zum Tee zu holen.

Den Vorsitzenden des Kreisexekutivkomitees peitschten sie halbtot »wegen Treue zur alten Ordnung«.

Upit war Ermittlungsführer. Was hatte er nicht alles für Akten in seiner geräumigen Mappe! Und in was für kribbeligem Zittern bibberten die Konterrevolutionäre des Kreises angesichts seiner trübgrauen Augen! Und was für Stoßseufzer hauchten die Spießer hinaus und tauchten ab in ihren Hof, wenn sie die schwerbewaffneten Tschekisten dahersprengen sahen: »Lass es vorübergehen, Herr ... Erbarme dich, rette uns, gnädiger Mikola.« Pegassjan und Filka dienten ihm als Kundschafter und freie Schützen. Behängt mit Dolchen, Bomben und Kanonen, durchstreiften sie unablässig den Kreis und hetzten die offenen und heimlichen Feinde der Republik in unbeschreibliche Angst.

Lange ächzte und duckte sich das Dorf, doch als es zu viel wurde, hagelte es knarrende Klagen und gemeinschaftliche Beschwerden, und Bittsteller strömten in die Stadt. Die Bittsteller drängten hartnäckig in die Büros, drangen zu den grünen Schreibtischen vor und packten Klageschriften aus. Eine Sonderkommission begab sich vor Ort, die Beschwerden fanden Bestätigung, weitere Tatbestände kamen ans Licht.

Während die Untersuchung lief, nagten die drei Helden am Gitter im Keller des Bachruschin-Hauses und langweilten sich.

Filka:

»Ich hab nichts damit zu tun, ihr habt mich gezwungen ... Du Hundsfott, mein Vater selig war ein alter Arbeiter, Anstreicher, das kann die ganze Vorstadt bezeugen ... Ich bin doch nicht schlecht, was ist bei mir schon zu holen – ne Handvoll Haare?«

Pegassjan:

»Ich hab heißes Blut ...«

Upit sagte nichts, stopfte immer wieder die Pfeife mit süßem Tabak.

Bald darauf wurden die beiden zur Gouvernements-Tscheka verfrachtet, und Filka musste beim Tschekachef Tschugunow antreten.

»Lump.«

Filka brach in Tränen aus.

»Ich hab doch gar nichts gemacht.«

»Lump!« Tschugunow knallte ihm das hölzerne Mauserfutteral ins Gesicht. »Verschwinde!«

Filka kroch auf allen vieren aus dem Kabinett. Er wurde zum Schreiber degradiert und durfte die Stadt nicht verlassen, sonst werde er erschossen. Aber der Stern seines Ruhms ging nicht unter. Das grenzenlose Glück der Tataren war ihm von Kindesbeinen an hold gewesen, er saß darin wie die Made im Speck.

»Hä-hä, nach Regen scheint Sonne … Schwein gehabt.«

Filka wurde zum Kommandanten der Gräber ernannt.

Mit Begleitsoldaten schaufelte er im Wald Gruben, geleitete Verurteilte auf dem letzten Weg »zur Hochzeit«, schoss treffsicher in zottige Hinterköpfe (die runzligen Hälse weinten Blut), putzte mit Schnee die Spritzer von den Filzstiefeln, hustete die Erregung weg, ließ sich in den mit Teppichen ausgelegten Schlitten fallen und fuhr nach Hause.

Seine Arbeit war einfach, doch spannend, und er ging dermaßen in ihr auf, dass er kränkelte, wenn es längere Zeit keine Operationen gab, menschenscheu wurde und viel weinte; hatte er dagegen eine gute Nacht gehabt, so tobte er sich bei den Festabenden in der Vorstadt tierisch aus, tanzte sämtliche Jungs an die Wand und feierte, ohne den Frost zu fürchten, nur mit der Papacha auf dem Kopf und im feuerroten Atlashemd, um das er einen metallverzierten Tscherkessengürtel trug. Tagsüber schlief er oder drosch in der Kommandantur Karten mit seinen Kumpanen; in den Nächten ohne »Hochzeit« ging er zum Feiern nach Melnizy oder Dubrowa. Die Vorstadtkumpane gaben ihm den Spitznamen »Kommandant für alle Fälle«.

Bei der Tscheka brannte die ganze Nacht das Licht, im Chefkabinett plante das Kollegium eine große Operation. Auf dem Tisch häuften sich Anzeigen, Berichte und Zettel über Leute, die noch irgendwo Ränke schmiedeten oder im Kreis ihrer Familie sorglos ihre letzten Mahlzeiten verspeisten: Ihre Tage und Unternehmungen waren gezählt.

Das Kollegium tagte im Zwischengeschoss, und unten gingen die Mitarbeiter auf und ab im Vorgeschmack der Operation.

Filka schlief schon die dritte Nacht nicht. Um sich zu zerstreuen, nahm er das schwere silberne Tintenfass, das zur Zierde auf dem Tisch stand, die Tinte war in ein einfaches Fläschchen umgefüllt worden, und schlug damit gegen die Wand.

Der Kommandeur der Begleitwache erschien.

»Welche da?«

»Zwei warten.«

»Wer ist es? Welches Gouvernement?«

»Kontras, ich glaub, aus dem Gouvernement Sabotage, die ziehts ins Gouvernement Beerdigung, und jetzt wolln sie die Passierscheine abholen«, meldete der Kommandeur; seine Kiefer waren zusammengepresst, und in den stumpfsinnigen Augen flitzten schwarze Blitze wie Weberschiffchen.

»Hol sie rein«, befahl Filka und ließ sich in den mit rissiger blauer Seide bespannten Sessel fallen.

Von dem Begleitsoldaten gestoßen, kam ein Tatar in zerrissenem Beschmet wie ein Hecht ins Zimmer geschossen, gefolgt von einem weißblonden winzigen Männlein, das aussah wie ein geflickter Bastschuh.

In dem Stoß mitgeschickter Protokolle versank das müde Auge. Filka las vom Hundertsten ins Tausendste und kapierte: Der Tatar hieß Habibullah[1] Bagautdjan und der andere Afanassi Zypljonkow. Hergebracht worden waren sie aus dem entlegenen Landkreis Karabulak. Der Fürst war der größte Bei im Dorf, er besaß sechs Frauen und eine Herde Pferde. Er wurde beschuldigt, Steuern nicht bezahlt, Schiebergeschäfte getätigt und einen Aufstand angezettelt zu haben. Auf zwei Seiten waren die Eigenschaften von Afanassi Zypljonkow aufgezählt: notorischer Schwarzbrenner, wilder Raufbold, habe die Kuh des Vorsitzenden verstümmelt, den leiblichen Sohn an die Tschechen verkauft, den Nachbarn ermor-

1 (tatarisch) Liebling Allahs, deutsch soviel wie Gottlieb.

det wegen eines Tränkeimers für Pferde und so weiter und so fort. Filka flimmerte es vor den Augen.

Puh, verdammt noch mal, dachte er und betrachtete die Visage, die aussah wie ein Seifenrest im Bastwisch, diese Kellerassel soll solch ein Schweinehund sein.

Er winkte den Tatar an den Tisch und stellte ihm die Frage, die ihm als Erstes in den Sinn kam:

»Bist du als Bastard geboren?«

Bagautdjan wischte sich mit dem Beschmetsaum das fette rote Gesicht und ratterte los:

»Euer Gnaden, er kein Schieber, der Vorsitzer macht Zabottasch, das Mitglied Abdrachman, ich schwör bei Allah, ich geboren auf Wolgainsel Dshyrgak …« Er fiel auf die Knie, verschluckte sich vor Angst, redete in seiner Muttersprache.

Mit weit aufgerissenen Augen und offenem Mund lachte Filka lautlos. Der Soldat Galamdjan übersetzte Habibullahs Worte:

»Er sagt, Genosse, ich verneige mich tief, bitte meine Sache zu glauben, ich war nie im Leben Burshui, aber ihm ham sie Kontribution genommen, Pferd genommen, Hammel genommen, Eier genommen … Koltschak hat genommen, Tscheka nimmt auch. Kissen verkauft, zwei Samoware verkauft …«

»Steh auf, du unglücklicher Muselmann«, sagte Filka gleichmütig zu Bagautdjan, der noch immer auf den Knien kroch und nicht wagte, den Blick vom vollgespuckten Fußboden zu heben.

»Genosse, Genosse …«

»In den Keller.«

Der katzbuckelnde Tatar wurde abgeführt.

Im Zimmer war es still, nur von der Tür her kamen die röchelnden Atemzüge des acht Pud schweren Begleitsoldaten Galamdjan, und irgendwo hinter zwei Wänden kreischte ein paar Mal die Stenotypistin Kutjonina.

Afanassi Zypljonkow klapperte mit den Augen, starrte mit dümmlicher Miene auf den Fußboden, wo sich vor seinen Bastschuhen eine Pfütze bildete, wischte sie hastig mit der Pelzmütze weg und schob diese unter seine Jacke.

»Zypljonkow.«

Afanassi ruckte mit dem Hals wie ein Gaul, dem das Kumt zu eng sitzt, und trat zum Tisch.

»Die beschweren sich, Onkel, dass du ihnen das Leben zur Hölle machst.«

»Weiß nich.«

»Jetzt wurdst du verhaftet wegen deiner Bestialitäten. Wem gibst du die Schuld an deinem Unglück?«

»Weiß nich.«

»Magst du die Sowjetmacht?«

»Weiß nich.«

»Wieso weißt du nich?«

»Weiß nich.«

»Weißt du, wofür die Partei kämpft?«

»Weiß nich.«

»Aus welchem Dorf?«

»Kann mich nich erinnern.«

Filka sprang begeistert auf.

»Komm näher, spuck mir in die Faust.«

Afanassi sah, dass ihm nichts anderes übrigblieb, und spuckte.

Filkas schwere Faust kracht dem Landmann auf die Nase, so wie seit Jahrtausenden die Faust des Mächtigen dem Landmann auf die Nase krachte.

Der Dorfschreiber hatte Afanassi für eine Flasche Erstbrand beigebracht, auf alle Fragen »weiß nich« oder »kann mich nich erinnern« zu antworten, aber in dieser fensterlosen Kommandantur dämmerte ihm, dass mit dem Kommissar nicht gut Kirschen essen war, er ruckte verzweifelt mit dem zottigen Kopf und hustete in die Faust.

»Aus Jegorjewo komm ich, Landkreis Karabulak.«

»Weswegen verhaftet?«

»Wegen dem Brot.«

»Wie oft im Leben warst du besoffen?«

»Ich trink nich, Genosse, wahrhaftigen Gotts, die Dokters hams verboten, weils dem Bauch schadet. Die Bauern bei uns, weißte, die ham son Bauch, wenn du den durchnanderbringst, is Sense. An den verfluchten Selbstgebrannten denk ich nich mal, ich trink nich, schadet dem Bauch, und ich meins ja gut mit mir.«

»Sympathisierst du mit den Tschechen und den Verbündeten?«

»Gott bewahre, nie gesehen und nie gehört.«

»Weshalb hast du den Tschechen verpfiffen, dass dein Sohn Bolschewik ist?«

»Sie lügen.«

»Wie denn?«

»So … Ich war Petka böse, weil er seinem Vater kein Brot gegeben hat, und da sind die Tschechen gekommen, diese Hunde, und ham ihn umgebracht.«

»Tuts dir leid?«

»Klar, is doch mein Fleisch und Blut.«

»Haben sie ihn zu Recht umgebracht?«

»Ja, zu Recht, warum hat der auch dem leiblichen Vater kein Brot gegeben, die Haut müsst man ihm abziehn, dem Halunken.«

»Und wenn wir dich erschießen, ist das auch zu Recht?«

»Auch zu Recht … Gott soll schützen.« Der Landmann bekreuzigte sich hastig.

»Fürchtest du dich vor dem Roten Terror?«

»Um Gottes willen … Ich liebe die Wahrheit.«

»Na?«

»Wenn ich sterbe, dann für die göttliche Wahrheit.«

»Verkaufst du manchmal Petroleum?«

»Kann mich nich erinnern.«

»Wie stehst du zu den überzeugten Kommunisten?«

»Zu denen steh ich freundschaftlich, denen muss man gehorchen.«

»Was weißt du von der Revolution?«

»Nichts, Söhnchen, gar nichts weiß ich.«

»Was meinst du, wer wird siegen?«

»Wer den dickeren Darm hat, der sich dehnt und nich reißt.«

»Träumst du manchmal von Teufeln?«

Das Verhör dauerte fort, bis das Telefon schrillte. Tschugunow ordnete an, die Kompanie zu alarmieren und alle Mitarbeiter der geheimen Operationsabteilung nach oben zu schicken.

In kleinen Gruppen verließen sie das Tor und verteilten sich schweigend, scharfen Schritts in die schwarzen Brunnen der Straßen und Gassen.

Haus.

Nr.

Gebieterisches Hämmern gegen die Tür.

Stille.

Hartnäckiges Hämmern, unerbittlich.

Erschrockener Ruf:

»Wer is da?«

»Haussuchung.«

Dem Haus klirrte es in den Ohren.

Die Hausfrau, im Morgenrock, mit zitternden Lippen.

Die nächtlichen Besucher bewegten sich schnell. Ihre Schritte hallten in den stillen Zimmern.

Es roch süßlich nach familiärer Toilettenseife und verbrauchter Bettluft.

Jemand weinte, ein anderer versicherte hastig:

»Das ist ein Missverständnis, Ehrenwort … Wir haben nie … nichts … Wassenka ist sogar Sympathisant … Wassenka, erklär ihnen doch … O Gott …«

Wassenka, beim Schuheanziehen, konnte den Senkel nicht finden. Er bemühte sich, möglichst ruhig zu sprechen:

»Natürlich ist das ein Missverständnis, Irrtümer passieren, sind sogar unvermeidlich … Reg dich nicht auf, Murik, das schadet dir doch … Man wird mich verhören und wieder freilassen, da bin ich ganz sicher …«

Sie gingen, führten Wassenka ab.

Das Haus sah nach der Durchsuchung aus wie nach einer Feuersbrunst.

Filka musste sterben wegen nichts und wieder nichts.

Sein Kopf war ewig zerrauft, er besaß keinen Kamm, und zu kaufen gab es keinen: Die Märkte waren ruiniert, und die sowjetischen Apotheken hatten nach den Weißen nichts als Baldrian und Zahnpulver. Bei der Durchsuchung hatte Filka den Fuß auf Wassenkas Hornkamm gestellt und den dann in die Tasche gesteckt. Kommissar Fejgin hatte es gesehen und Tschugunow gemeldet; der blätterte Filkas Personalakte durch und knallte dann auf den blauen Deckel ein schwarzes Kreuz.

In der Steppe

Die Partisanenabteilung des Matrosen Rogatschow hatte die aufständischen Kosaken von Jejsk befriedet und war auf dem Rückweg zu ihren Höfen. Findige Kundschafter hatten ausgeschnüffelt, dass in einer nahen Staniza in einer ehemaligen Kneipe Wodkavorräte aufbewahrt würden. Die Kunde verbreitete sich im Nu in der Abteilung, die in der Steppe übernachtete.

Eigenmächtig trat ein Meeting zusammen.

Rogatschow ließ mitten im Haufen der Partisanen sein Pferd tänzeln und schrie:

»Jungs, das Gift schieben uns die Kontras unter! Nieder mit den Weißhufigen! Wenn wir uns besaufen, werden wir geschlagen! Wenn wir uns nich besaufen, sind wir morgen zu Hause! Wer will schon für eine Flasche sein Gewissen und sein kostbares Leben verkaufen? Nieder mit den Schmarotzern des Zarismus! Ich, euer gewählter Kommandeur, befehle, nich auf die Provokation reinzufallen! Die Kneipe muss niedergebrannt, der Wodka in den Fluss gekippt werden!«

»Richtig!« Ein Bengel mit Stummelohren und einem wirbligen Schopf sprang auf und drehte sich auf einem Bein herum.

»Falsch«, erwiderte ein anderer Partisan. »Wieso verbrennen, is doch kein Petroleum!«

»Verbrennen, das verdammte Scheißzeug!«, kreischte der MG-Schütze Titka.

»Schade drum, Brüder.«

»Gift«, sagte überzeugt der halbblinde alte Jewsej. »Ich trink seit vierzig Jahren und spürs – Gift.«

»Die Kommissare saufen selber, und uns halten sie ab. Hunde!«

»Stimmt. Fass dir an die eigene Nase, Rogatschow.«

Rogatschow, der aus einer Bauernfamilie der Staniza Staroschtscherbinowskaja stammte, war auf Taman tatsächlich nicht nur für seine ungewöhnliche Tapferkeit berühmt, sondern auch für seinen Suff.

»Brüder«, sagte, erfreut über seinen Einfall, der bedächtige Ofensetzer Nesterenko, »weil wir den Sieg zu feiern haben und weil wir politisches Bewusstsein haben, darum müssen wir dieses verdammte Zeug mit Wasser verdünnen, damits nich so zu Kopfe steigt, und es mit Hurrageschrei austrinken bis zum letzten Tropfen.«

»Onkel, Ihr Gewissen is ja von vorgestern«, sagte der wirbelköpfige Bengel und sah Nesterenko mitleidig an.

Der von einem Häuflein Chutorbauern hochgehobene pockennarbige Matrose Waska Galagan schwenkte die Matrosenmütze.

»Verehrteste, was kakelt ihr so? Die Sache is klarer als ne Glatze. Den Wodka holen – eins, eine Flasche pro Nase ausgeben – zwei, den Rest verkaufen und das Geld aufteilen ... Dann hat sich unser ganzer Streit erledigt.«

Dem Kommandeur gelang es nur, durchzusetzen, dass nicht die ganze Herde zur Staniza zog. Fuhrwerke wurden zur Verfügung gestellt. Die von den Kompanien gewählten Delegierten, an deren Spitze der Proviantmeister trat, machten sich auf den Weg.

In zermürbendem Warten verging eine Stunde, dann eine zweite – die Ausgesandten kamen nicht zurück. Zum Entsatz wurde ein berittener Spähtrupp losgeschickt. Die Späher schworen furchtbare Schwüre, sprengten von dannen und blieben gleichfalls weg.

Die Sonne rollte über den Mittag.

Die Partisanen spektakelten:

»So was nennt sich Delegierte ... Sie schlucken alles selber!«

»Ist ja klar, rückständiges Volk.«

»Genossen, riecht das nich nach Verrat? Vielleicht sind die dort längst totgeschlagen, und wir trödeln hier rum.«

Immer neue Partisanengruppen traten an Rogatschows Gespann und verlangten Abmarsch.

Der Trompeter blies zum Sammeln.

Die Abteilung trat an, schickte Sicherungstrupps aus und marschierte in voller Schlachtordnung zur Staniza.

In der Staniza vor der Kneipe wimmelte eine tausendköpfige Menge. Drinnen grölten die besoffenen Delegierten Lieder und tanzten Hopak. Durch die offenen Fenster fand ein Wodkaverkauf zu niedrigen Preisen statt. Die Partisanen hatten den ganzen Weg über ausgemacht, ihre Gewählten zu verprügeln, doch als sie sich nun am Ziel sahen, vergaßen sie die Absprache und stürzten, einander wegstoßend, zu den Kisten mit den Flaschen.

Es wurde ein grandioses Besäufnis.

Die Not hatte Maxim und Waska Galagan zu Freunden gemacht.

Maxim erwachte als Erster, erschrocken über die Stille, und griff zum Riemen: Die Revolvertasche mit dem Nagant war weg. Er sah sich um. Eine geräumige Stube, die Fenster voller Grün und Sonne, auf dem Tisch eine spitzfunkelnde leere Karaffe. Neben ihm Schulter an Schulter schlief der Matrose.

»He, hör mal!« Maxim rüttelte ihn. »Hör doch mal, Seemann!«

»Hä?« Der öffnete die verquollenen trüben Augen und setzte sich auf. »Was ist?«

»Wo sind wir?«

»Wo solln wir sein? Beim Popen!«

»Mir haben sie den Revolver geklaut.«

»Was? Den Nagant?« Der Matrose griff hin – sein Colt war weg. »Au, diese Hurensöhne, abgeschnitten!«

Die Tür knarrte. Der Pope blickte herein.

»Befehlen Sie den Samowar?«

»Wo sind unsere Leute?«, fragte drohend der Matrose, sprang vom Bett und stellte sich in Kampfpose.

»Weg.«

»Warum hast du das uns nicht gemeldet, du Schurke?«

»Ich hab euch zu wecken versucht, vergeblich.«

»Sind die schon lange abgerückt?«

»Beim Morgengrauen.«

»Wo hast du unsere Schießeisen gelassen?«

»Ich weiß von nichts.«

»Du lügst, Zottelkopf! Schaff sie her.« Waska packte ihn am Bart. »Und wo ist mein Karabiner?«

»Ich weiß von nichts«, antwortete der Pope noch demütiger und versuchte, seinen Bart zu befreien. »Ihr seid gestern zu Fuß und ohne Waffen zu mir gekommen, hattet nur die Taschen voller Flaschen.«

»Die vom Chutor haben sie uns weggeschnappt, sonst keiner«, sagte Maxim. »Die stellen hier eine eigene Partisanenabteilung auf und haben nicht genug Waffen. Schlimm, mit bloßen Händen sind wir erledigt für eine Prise Tabak.«

Waska zog eine Bombe aus dem Stiefelschaft.

»Eine hab ich.«

»Zu wenig.«

»Zu wenig?« Der Matrose stieß einen Pfiff aus. »Mit dem Ding hier erober ich dir jede Stadt am Kuban. Hast du Pferde?« fragte er den Popen. »Wir bezahlen sie dir.«

»Ich wär euch gern gefällig, aber ich hab keine. Meine Frau ist mit dem Knecht in den Chutor, Setzlinge holen.«

Ein barfüßiges Mädchen brachte einen kochenden Samowar.

»Weg damit!«, befahl der Matrose. »Keine Zeit zum Teetrinken. Leb wohl, Batja, bedank dich bei deinen Heiligen für unsere Gutmütigkeit.«

Die waffenlosen Partisanen klapperten die ganze Straße ab nach einem Fuhrwerk, aber niemand gab ihnen eins. Unter wüsten Flüchen, die so kunstvoll aufgebaut waren wie Psalmen, rauchten sie am Dorfrand, wechselten das Schuhwerk und schritten munter den staubigen Weg entlang.

Die Steppe dampfte in der Sonne, die Ziesel pfiffen, die Kurgane lagen schläfrig da, umspült vom wermutduftenden Wind.

»Zu viel gesoffen.« Der Matrose verzog das Gesicht. »In meinem Bauch grummelts und grummelts.«

»Das kommt davon«, sagte Maxim wissend. »Du musst eine Handvoll Asche in einem Becher Heißwasser verrühren und trinken, das hilft am besten.«

»Ich muss es versuchen, ich hab einen Dünnpfiff wie ein Wolf. In der Nacht bin ich paarmal aufgestanden, keine Ahnung, wo das Klo ist, rein in die Kammer, da seh ich am Nagel die Sonntagsstiefel vom Popen hängen. Na, den einen hab ich ihm vollgeschissen mit Berg, für den andern hats nicht mehr gereicht.«

Die beiden wieherten so laut, dass ein Bauer, der eine Werst ab pflügte, sein Pferd anhielt und sich bekreuzigte.

Sie gingen hin, grüßten.

»Sei ein guter Mensch, gib uns Wasser.«

»Verkatert? Kommt mit zum Wagen, ich geb euch was.«

Unterm Wagen lag ein klappriger Hund, das Fell voller Kletten, vor der Hitze versteckt und ließ den Sabber fließen.

»Was seid ihr für welche, und wo wollt ihr hin?«, fragte der Bauer und musterte seine Gäste.

»Wir sind von unserm Regiment zurückgeblieben«, sagte Maxim. »Hast dus gesehen, ist es hier vorbeigekommen?«

»Von welcher Partei seid ihr, wenn ich fragen darf? Eurer Rede nach scheint ihr hier vom Kuban zu sein?«

»Und ob wir von hier sind«, antwortete der Matrose. »Mein Vater is vom Kuban, mein Großvater vom Kuban, und ich selber leb schon vierzig Jahre hier in der Gegend und bin nie rausgekommen.«

»Soo ... Euer Regiment hab ich nich gesehn, aber eine Bande treibt sich bei uns rum.«

»Wo?«

»Da in dem kleinen Chutor. Schon die zweite Woche liegen sie dort.«

»Wer führt die Bande?«

»Weiß der Teufel. Die sind aus dem Poltawaschen. Sie schlagen sich mit den Weißen und geben auch den Roten keinen Pardon.«

Waska zog eine fürchterliche Grimasse und sang quäkend:

»Ach, du, Äpfelchen,
süßer Hauch,
wir knacken die Weißen,
die Roten auch …

So ungefähr?«, fragte er.

»Genau so!«, rief der Bauer erfreut. »In der Staniza haben sie den Laden auseinandergenommen. Zucker, Seife, Kerzen, Petroleum – alles umsonst an die Leute verteilt, für sich haben sie nur Äxte und Kumte genommen. Eine gute Bande, tut dem Volk lauter Wohltaten.«

Sie verabschiedeten sich von dem Bauern und stapften über das gepflügte Feld gradewegs auf eine ferne Pappelgruppe zu. Im Plaudern merkten sie kaum, wie sie den Eisenbahndamm erreichten.

Ganz in der Nähe sahen sie ein Büdchen, davor stand ein lackiertes Automobil mit gelbblauer Fahne.

»Stop!«, zischte der Matrose. »Hinlegen. Denen ihr Stab oder ein Spähtrupp.«

Sie legten sich hin und krochen nach kurzer Beratung, vom Bahndamm gedeckt, vorwärts.

Maxim wurde das Blut kalt, die Füße verhedderten sich, in der Brust hämmerte pudschwer das Herz.

»Waska!«

»Pssst …«

»Waska, dabei gehn wir drauf.«

»Hast die Hosen voll?« Der Matrose wandte ihm das wutverzerrte Gesicht zu. »Sei still.«

Sie krochen näher heran.

Waska untersuchte die Bombe, sprang auf, lief zu dem Büdchen und warf die Bombe ins Fenster.

Krach
Bruch
Flamme
aus dem Fenster dicke Qualmwolken.

Der Matrose stürzte zum Kühler.

Der Motor ratterte los.

»Komm rein«, schrie er Maxim zu und warf sich hinter das Lenkrad.

Der Wagen ruckte an, sauste los in einem heißen Wirbel, in brodelndem Staub.

Maxim konnte vor Angst und Verwunderung lange nichts sagen, dann stülpte er die Mütze auf, lehnte sich im Polster zurück und lachte.

»Die werden jetzt schön niesen. Du hast es ihnen besorgt, Freund. Die werden jetzt schön niesen!«

Waska Galagan, über das Lenkrad gebeugt, spähte scharf die ihnen entgegenrasende Straße entlang. Das Auto fuhr schnell, schleuderte von einer Seite zur anderen.

»Gehn wir kaputt?«

»Nie im Leben.«

»Weshalb schleudert die Karre? Pack sie fester.«

»Die Maschine hat Launen. Is n Rennauto, Fiat.«

»Gib Gas.«

»Wir habens so eilig wie der Teufel zur Hochzeit. Du meinst, die werden schön niesen?«

»Und ob, so wie du ihnen eine verplättet hast.«

Sie holten eine alte Frau ein. Sie sprang von der Straße und wollte sich im Graben verstecken. Der Matrose bremste, stoppte verwegen den ratternden Renner.

»Komm her, Oma.«

Die Alte trat näher, verneigte sich.

»Oma, wo willst du hin, du Gottesblümchen?«

»Ich bring dem Tochtermann Milch aufs Feld.«

»Milch?«, fragte Maxim. »Her damit.«

Er trank, so viel er wollte, der Matrose trank den Rest, kniff listig ein Auge zu und fragte mit gespielter Strenge:

»Wie viel kriegst du?«

»Gar nichts, Söhnchen, lass dirs bekommen.«

»Gut, da hast du den Topf.«

Sie fragten die Alte nach dem Weg. Vor Schreck sich verhaspelnd, erklärte sie umständlich:

»Euer Weg, meine Lieben, geht grade, schnurgrade. Hinter der Brücke kommt ihr zu Lewtschenkos Wirtschaft, das heißt zur griechischen Plantage. Die Brücke, meine Lieben, ist vorvoriges Jahr beim Gewitter abgebrannt, die gibts nich mehr. An der Straße steht die Kate von unserm Kosaken Pjotr Koschkin, der is im Cholerajahr gestorben, aber seine Söhne sind da, diese Bären. Dann kommt ein Brunnen an der Straße …«

»Ich seh schon, Oma, du flunkerst uns die Hucke voll«, unterbrach Waska die Alte. »Steig ein, zeig uns den Weg.«

»Erbarm dich, Jungchen. Heilige Mutter Gottes, der Tochtermann wartet auf dem Feld.«

»Hör auf zu plappern.« Er nahm die Alte in beide Arme und gab sie Maxim. »Nimm!«

Das Auto raste hüpfend durch die Schlaglöcher. Der Matrose steigerte das Tempo. Der Wind drückte die Nase platt, rauschte in den Ohren. Zu beiden Seiten breitete sich die Steppe wie ein kräuselnder Fluss. Der Staub tobte hinter ihnen her wie der Qualm einer Feuersbrunst.

Weit vorn erblickten sie ein Tschumakenfuhrwerk und hatten noch keinen Gedanken gefasst, als die erschrocken sich bäumenden Pferde schon an ihnen vorüberflitzten und im Staubwirbel verschwanden.

Hinter einem Hügel blinkte ein Kirchenkreuz.

»Eine Staniza …«

Katen

Straße

davonstiebende Hühner und Enten.

Maxim klammerte sich an die Bordwand. Die Alte war vom Sitz auf den Boden gerutscht und bekreuzigte sich unablässig. So durchfuhren sie zum Staunen der Einwohner die ganze Staniza.

Der Wagen sauste dahin wie ein Vogel in schnellem Flug.

»Halt an, du Blödmann«, flehte der angstgeschwächte Maxim. »Lieber zu Fuß weiter!«

»Keine Bange.«

Die Straße schlängelte sich.

Der Wagen schleuderte, schrammte mit dem lackierten Kotflügel gegen einen Pfahl und rollte von der Straße hinab gradeaus durch die Steppe.

Der Matrose drehte das Lenkrad – die Lenkung versagte.

»Halt an, bitte.«

»Der Teufel soll anhalten, das ist kein Pferd!« Waska Galagan ließ seelenruhig das Lenkrad los, zündete eine Zigarette an und wandte sich Maxim zu. »Wenn der Brennstoff alle ist, bleibt es von selber stehen.«

Den Wagen warf es von einer Seite zur andern, die Räder rissen harte Erdbrocken hoch.

Sie überquerten einen frischgepflügten Acker. Auf dem Rain stand ein barfüßiger alter Mann. Er hatte die Pferde losgelassen und brachte vor Verblüffung nicht die Hand hoch, um sich zu bekreuzigen.

In scharfem Anlauf durchquerte der Wagen plumpsend ein flaches Flüsschen und warf einen breiten Spritzerfächer hoch.

Abgerissenes Hundegekläff drang herbei. Vor ihnen schwankte ein Kurgan, dahinter prallte eine aufgescheuchte Schafherde zur Seite, und dann kam ihnen, bedrohlich anwachsend, rasch eine neue Staniza entgegen.

Schräg schlingerte der Wagen einen Hang hinunter.

In einiger Entfernung schwebten, die dürren Arme ausgebreitet, die Kreuze eines Friedhofs vorüber.

Unter dem ruckartigen Anprall brachen Lattenzäune, trocken knackend kippten Flechtzäune um.

Aus den Vorderreifen entwich die Luft.

Das Auto, in den tiefen Beeten eines Gemüsegartens eine gerippte Spur hinterlassend, fuhr langsamer und stieß mit der Schnauze gegen die Lehmwand einer Kate. Von dem heftigen Stoß flog der Spiegel aus dem Rahmen, und Waska flog die Schirmmütze vom Kopf.

Beide sprangen gleichzeitig heraus.

Ihre windgepeitschten Gesichter waren schwarz, die Augen glänzten wild.

»Das ist ein Ding!« Der Matrose lachte knarrend.

Vom Hof blickte ein Mädchen in den Gemüsegarten und verschwand quietschend. Dann zeigte sich ein ungekämmter Muschik mit einem Gewehr in der Hand. Angesichts des Automobils stand er starr.

»Grüß dich, Onkel«, sagte Waska friedlich.

»Genosse, oder wie soll ich ... was wollt ihr hier?«

»Entschuldige«, sagte Waska und wollte auf den Hausherrn zugehen.

»Du Scheißkerl, ich schieß dir ein Loch in die rasierte Stirn und blas dir deine ganze Dämlichkeit raus.« Er hielt das Gewehr schussbereit und ließ das Schloss knacken.

»Untersteh dich«, schrie Maxim und streckte die Hände vor, als wollte er sich schützen. »Wir kommen nicht im Bösen.«

»Weshalb stört ihr das Haus auf?«

»Entschuldige«, wiederholte der Matrose in bedauerndem Ton. »Ich bin ja selber nich froh über meinen Kopf. So was von totalem Chaos! Du bist selber schuld, weshalb stellst du dein Haus so dicht an die Straße! Übrigens wirst du dich unsertwegen grausam zu verantworten haben. Morgen kommt unser Regiment, dann wirst du an die Wand gestellt, und aus deiner Haut machen sie ein Trommelfell, wenn sie daraufkommen.«

Maxim sah, dass das Geschimpf ihnen Unheil zu bringen drohte, schob den redegewaltigen Freund beiseite und wandte sich an den Hausherrn, bemüht, freundlich zu sprechen:

»Verehrtester, was hat eure Staniza für einen Namen?«

»Wo kommt ihr denn selber her?«, wich der aus.

»Aus der Stadt Kokui«, sagte der Matrose und fügte einen zotigen Spruch hinzu, so kunstvoll und verschnörkelt, dass über die finstere Visage des Bauern etwas wie ein Grienen glitt. Er sah erst jetzt, dass seine Besucher unbewaffnet waren, und ließ das Gewehr sinken.

»Entschuldigen Sie, was für eine Macht haben Sie in der Staniza, Kadetten oder Bolschewiken?«

»Wir sind für uns selbst.«

»Nu sag schon.«

»Ich bin erst vor kurzem aus der Gegend von Erzurum zurückgekommen und hab noch keine Ahnung, wie das hier funktioniert.«

»Welcher Truppenteil?«

Der Frontsoldat leierte die Nummer seines Korps, seiner Division und seines Regiments herunter.

»Einhundertzweiunddreißigstes Schützenregiment?«, rief Maxim erfreut. »Ach du mein Gott, ich war ja selber Soldat an der türkischen Front. Bei Mamahatun war euer Regiment – wissen Sie noch? – unsre Reserve, und später ist es an der linken Flanke aufgestellt worden. Ich hab ja sogar euern Komiteevorsitzer gekannt, verdammt, wie hieß der gleich, Gott geb mir Gedächtnis … Seromach.«

Der Bauer nahm das Gewehr in die linke Hand und gab die rechte, die hart und rau war wie ein Pferdestriegel, erst Maxim, dann Waska.

»Habe die Ehre. Luka Warenjuk.«

Inzwischen kamen aus der ganzen Nachbarschaft Menschen in den Gemüsegarten gelaufen. Als Erste stoben die scharfäugigen Bengels herbei, gefolgt von den Weibern, die Sonnenblumenkerne knabberten, dann erschien auch der alte Kosak Dyrkatsch, um das Wunder zu bestaunen. Kosakenkinder kamen angewetzt, ohne Hose, in vollgekackten Hemdchen.

Waska nahm den Hausherrn beiseite, ließ schelmisch die braunen Augen funkeln und sagte:

»Kannst es kaufen.«

»Was?«

»Das Automobil.«

»Ein Witz?«

»Überhaupt nicht.«

»Was soll ich damit?«

»Auf den Markt fahren, Verwandte besuchen, und wenn du Lust hast, auch deine Alte spazieren karren.«

»He, das Teufelsding muss man doch lenken können!«, sagte Warenjuk auflachend und kratzte sich den Rücken.

»Meinst du, wir können das? Und wir sind auch bis hier hergefahren! Schlecht oder gut, aber wir habens geschafft!« Von seinem plötzlichen Einfall begeistert, führte ihn der Matrose zu dem Wagen. »Da sind wenig Verzwicktheiten. Sieh mal, das Ding hier muss du rumdrehn, den Hebel hier hochziehn, und schon gehts ab.«

Sämtliche Weiber starrten den Matrosen groß an und wiegten verstehend den Kopf.

Dyrkatsch klopfte mit dem Stock gegen einen Reifen und sagte:

»Allein die Räder sind was wert, reiner Gummi. Die an die Kutsche ran, eine Pracht!«

»Eine erstklassige Pracht«, bestätigte der Matrose.

»Aber wieso, Genossen oder wie ihr euch nennt, wieso seid ihr nicht auf der Straße gefahren?«

»Wir? Mein lieber Mann, wir haben einen bösen Kater. Die Oma hat uns gefahren, die hat das durcheinandergebracht. He, Mutter, lebst du noch?«

Die Alte kroch auf allen vieren unter dem Sitz hervor, sah sich um, stand auf.

Die Bengels hüpften vor Vergnügen, die Weiber ächzten auf, umdrängten das Auto.

»Herr Jesus!« Die Alte bekreuzigte sich. »Wo bin ich?«

»Kaufs«, lachte Waska, »alles inbegriffen, auch die Alte. Kannst sie billig haben!«

»Zu Hilfe, ihr Rechtgläubigen!«, schrie sie gellend, raffte die Röcke hoch und stieg über die Bordwand. »Der verhökert einen, als ob man ne Stute wär!«

»Stute oder nich, ne halbe Stute bist du wert.«

»Du böser Dämon, die Zunge soll dir verdorren. Rechtgläubige, wie weit is es zur Staniza Derewjankowskaja?«

In der Menge Heiterkeit.

»Nie gehört. Wie hats dich denn hierher verschlagen, Oma?«

»Bis Derewjankowskaja«, Dyrkatsch griente in den Bart, »bis Derewjankowskaja, Frau, sinds über hundert Werst.«

»Ach mein Gott, Himmelskönigin, verschleppt haben sie

mich, die Verfluchten. Mein Tochtermann wartet doch auf dem Acker.«

»Schrei nicht«, sagte Waska streng, »hast dus etwa eilig? Gehst allmählich hin.«

»Du gestreifter Rüde«, sie drang auf ihn ein, spreizte die Krallen. »Deine schamlosen Augen reiß ich dir raus.«

Waska wich verschüchtert zurück. Dann gab er der Alten ein Bündel zerknitterter Kerenski-Rubel.

»Nimm, für deine Tapferkeit. Kauf dir ne Ziege, setz dich drauf und reit nach Haus.«

Die Bengels kreischten begeistert über den Witz des Matrosen; die Weiber verdrehten die Augen und lachten zufrieden; der alte Dyrkatsch ließ ein gackerndes Gelächter hören, das wie qualvolles Hicken klang.

Warenjuk ging um den Wagen herum, befühlte die Ledersitze, polkte mit dem Fingernagel an den Reifen und bat die Gäste ins Haus.

»Wie viel wollt ihr dafür?«, fragte er und blieb mitten auf dem Hof stehen.

»Was ist es dir denn wert, Kamerad?«, fragte Maxim zurück, für den der ganze Handel ein Scherz war.

»Nein.« Der Hausherr überschritt die Schwelle. »Sagt mir euern Preis.«

Maxim und Waska, kurzzeitig allein geblieben, stritten sich heftig. Maxim bestand darauf, sich schleunigst in die Stadt durchzuschlagen, dem Sowjet von dem Auto Meldung zu machen und ihre Abteilung zu suchen. Waska bestand darauf, ein paar Tage in der Staniza zu bleiben, er wollte sich ausruhen, feiern und sich ausschlafen nach Herzenslust.

Warenjuk kam mit Selbstgebranntem zurück. Am Tisch, der mit Essen vollgestellt war, feilschte er noch lange mit dem Matrosen, und endlich wurden sie sich einig. Der Hausherr erbot sich, die beiden Gäste für das Auto zehn Tage lang zu tränken bis zum Umfallen und zu verpflegen bis zum Gehtnichtmehr und sie dann zur nächsten Bahnstation zu bringen, bis zu der es vierzig Werst waren.

Handschlag.

Der Hausherr stach ein Ferkel ab, setzte seine Tochter Parasja im Badehaus an den Brennapparat und befahl dem Sohn Panko, der Schwester Roggenmehl zuzutragen. Seine Frau heizte den Herd und machte sich ans Kochen.

Herzliches Geplauder verkürzte ihnen den Rest des Tages, und als der Abend angebrochen war, strahlte hell die Petroleumlampe, auf dem Tisch erschien Gesottenes und Gebratenes; auf Waskas Verlangen lud der Hausherr zwei junge Witwen dazu, verschloss die Fensterläden zur Straße mit den eisernen Bolzen, versperrte das Tor, und das Gelage begann.

Waska riss Witze ohne Unterlass. Er sprühte von Scherzen und Sprüchen wie eine lodernde Esse von Funken. Maxim und Warenjuk tauschten Erinnerungen an ihr Landserleben. Die beiden Witwen fühlten sich frei und kamen in Fahrt. Die rotglühenden Wangen in die breiten Hände gestützt, sangen sie in schrillem Falsett Lieder über die Freuden und Leiden der Liebe. Der Matrose, der das Gekreisch nicht aushielt, stopfte den Sängerinnen den Mund, mal mit Stücken des gebratenen Ferkels, mal mit Küssen. Er wirbelte im Tanz, dass die Witwen bis zum Umfallen ermüdeten, gab dann der einen einen Kamm, der anderen eine Pfanne.

»Spielt, Weiber! Legt los, ihr Jungfrauen! Ohne Musik krieg ich kein Essen runter.«

Längst schlief die Staniza, von der Nacht niedergedrückt; längst hatte die Hausfrau alles bis auf den letzten Schmalzfladen aus dem Ofen geholt und war mit den Kindern in der Kammer schlafen gegangen; längst war die vom Dunst des selbstgebrannten Schnapses benebelte Parasja von ihrer Schwester Ganka abgelöst worden; längst war Panko erschöpft vom Säckeschleppen; und längst schon schlief, die Fellmütze unterm Kopf, Maxim auf der Bank; noch immer aber fraß Waska Ferkelfleisch, die Knochen den Hunden an der Schwelle hinwerfend, noch immer tanzte er, kunstvoll die Knie schwingend, noch immer schluckte er Selbstgebrannten, der ihm auf die haarige Brust tropfte – der Brennapparat kam nicht nach: Der Hausherr hatte, Gott und die Welt verfluchend, schon zweimal den Geldbeutel aufgewickelt und Panko in die Schenke geschickt. Die Weiber waren schon heiser vom Lachen, denn der Matrose betatschte entweder ihre zartesten Stellen, oder er erzählte was Lustiges. Erst gegen Morgen, nachdem die letzte Flasche leergelutscht, nachdem das letzte Bein des halbpudschweren Ferkels abgeknabbert und ausgekotzt war, stampfte Waska beim Tanz ein letztes Mal so verwegen auf, dass der Halbstiefel platzte und alle fünf Zehen mit schmutzigen Nägeln herausschauten.

»Schluss! Schlafen, Weiber.«

Die beiden angeschickerten Witwen legten den Halbschal aus Teppichtuch über den Kopf.

»Wohin?«, fragte der Matrose und rülpste satt.

»Danke für die Gesellschaft, jetzt müssen wir gehn.«

»Ach, hört auf. Diese Nachtigallenlieder hab ich mal in einer stillen Winternacht gehört.«

»Nein, wir gehn doch lieber«, sagte die eine und betrachtete sich über die Schulter im Spiegel.

»Gehn wir, Grunjaschka«, echote die andere. »Die Männer sind alle Schufte.«

»Mein Vögelchen«, sagte Waska und sah sie zärtlich an. »Draußen holt euch der graue Wolf, und für mich bleiben nur Knöchelchen und Knorpelchen übrig.«

Er drehte das Flämmchen der Lampe kleiner, stieß erst die eine, dann die andere hinter die Trennwand ins Kämmerchen, folgte ihnen, knallte die wacklige Tür zu und legte den Haken vor.

Die Sonne schien Maxim durchs Fenster so warm auf den Kopf, dass er einen wirren Alptraum hatte. Er läuft über brennende Erde, unter seinen Füßen platzen mit heißem Knacken glühende Steine. Er richtete sich auf der Bank hoch, schüttelte die schläfrige Benommenheit ab, horchte. Nah und fern spektakelten vielstimmig die Hähne, Hunde bellten wie verrückt, über dem nicht abgeräumten Tisch summten Fliegen. Von dumpfer Unruhe erfüllt, warf er den Mantel über und trat auf den Hof.

Hoch droben platzte ein Schrapnell. Die auf dem Hof herumstreunenden Hühner flatterten mit ausgebreiteten Flügeln unter den Dielenvorbau. Auf der Straße das Trappeln vieler Füße. Unweit schrie jemand gellend. Ehern ratterte ein Maschinengewehr.

Maxim spähte durchs Tor.

Auf der Straße, wie vom Sturm getrieben, liefen, sprangen Menschen in Unterwäsche. Manche hatten ein Gewehr in der Hand, andere einen Sattel, noch andere schleiften den Militärmantel nach, den sie nur mit einem Ärmel angezogen hatten.

Angst riss Maxim vom Fleck.

Er preschte so schnell längs der Flechtzäune, dass er bald die anderen überholte.

Zwei Offiziere rollten ein Maschinengewehr hinter der Ecke eines Steinhauses hervor, warfen sich hinter den Schutzschild und überschütteten die Laufenden mit tödlichen Kugeln.

Im Nu war die Straße wie leergefegt.

Nur die Angeschossenen blieben liegen.

Maxim drückte mit der Schulter eine Pforte ein, hastete über den menschenleeren Hof, tauchte in den Pferdestall und wühlte sich im Futterkasten ins Heu.

Bald ertönten scharfe, gleichsam bellende Stimmen und Sporenklirren.

Maxim, dem ein Heuhalm in die Nase geraten war, nieste; sie zogen ihn aus dem Pferdestall.

Die Bajonette blitzten in scharfem blauem Feuer.

»Ich bin nicht von hier!«, schrie Maxim und griff nach den Bajonetten.

Der Fähnrich Sagaidarow stieß ihm den Kolben gegen die Brust und sagte:

»Du Dreckskerl, ich zeigs dir!«

Maxim fiel hin. Das rettete ihn – einen Liegenden zu erstechen war unbequem und unangenehm.

Die Gefangenen wurden zu einem großen Trupp zusammengetrieben und zur Erschießung geführt.

Auf der Straße lagen Tote in so hilflosen Posen, wie nur Tote sie haben. Verwundete krochen zu den Zäunen.

Ein Tross rückte in die Staniza ein.

In einer gefederten Kutsche saß, den hellgrauen Uniformmantel weit geöffnet, zusammengesunken ein grauhaariger Oberst, dessen aschfarbenes Gesicht Maxim bekannt vorkam. Noch wusste er nicht, wo er ihn gesehen haben konnte, da durchbrach er schon den Eskortering und stürzte zu dem Alten.

»Euer … schützen Sie mich!«

Vor Überraschung erschrak der Oberst. Er lehnte sich im Sitz zurück und quakte wie ein Enterich:

»Hä?«

»Euer Hochwohl …«

Der Kutscher hielt an.

»Was ist?« Der Alte hob den Kopf und musterte den Soldaten. »Woher, sozusagen, kennst du mich?«

»Zu Befehl, ich kenne Sie, Euer Hochwohl …«

»Wer bist du?«

»Wir sind im selben Waggon nach Tiflis gefahren. Ich habe Euer Hochwohlgeboren Wollstrümpfe geschenkt.«

Der Alte senkte den Kopf und dachte nach.

Maxim stand da und hielt sich am Fußbrett der Kutsche fest. Je ein Bajonett rechts und links berührte seine Rippen.

Der Oberst überlegte so lange, dass Sagaidarow sich ungeduldig zu räuspern wagte.

»Sollen wir ihn abführen?«

»Hä? Ich erinnere mich an die Kanaille, ich erinnere mich. Eskorteführer! Lassen Sie mir den Soldaten da, ich will ihn sozusagen persönlich verhören. Bewaffnet ergriffen? Nein? Ausgezeichnet.«

Der Kutscher gab den Pferden die Peitsche. Maxim lief, eine Hand auf dem Kotflügel der Kutsche, nebenher.

Sie hielten vor dem Schulhaus.

Maxim spannte äußerst flink die Pferde aus und gab ihnen so zärtliche Namen, wie seine Frau Marfa sie nicht oft von ihm gehört hatte. Dann stellte er die Tiere unter das Vordach, warf ihnen Heu vor, schleppte Koffer von den Fuhrwerken ins Haus, und als er mit allem fertig war, meldete er sich beim Obersten, der in einem Klassenzimmer an einer Schulbank saß und Papiere durchsah.

»Bolschewik, du Hundesohn? Du führst also sozusagen Krieg gegen uns?«

»Zu Befehl, nein, Euer Hochwohlgeboren, ich bin nicht von hier.«

»Wie bist du hierhergeraten? Bolschewik, du Kanaille?«

»Zu Befehl, nein, Euer Wohlgeboren, ich wollte hier eine Kuh kaufen.«

Der Oberst neigte den Kopf so tief, dass seine Nase beinahe die mit lila Tinte geschriebenen Listen berührte. Er seufzte, mümmelte mit den schnurdünnen grauen Lippen.

»Ich erinnere mich, wie du mir geholfen hast, ich erinnere mich. Die Soldaten, diese Halunken, hatten mir damals gewaltig eingeheizt. Sie hätten mich womöglich totgeschlagen, was?«

»Jawohl, Euer Hochwohlgeboren, ungezogenes Volk.«

»Sicher hätten sie mich totgeschlagen, die Lumpen.« Er wischte ein Tränchen weg und sah dem Soldaten streng in die Augen. »Willst du sozusagen der Heimat dienen, mein Lieber?«

»Sehr gern, Euer Wohlgeboren, ich mag den Dienst.«

»Ausgezeichnet. Mit dem heutigen Tag nehme ich dich in die Verpflegungsliste auf und kommandiere dich als Gespannlenker zum Tross. Such im Hof den Unterfähnrich Trofimow und lass dir mit meiner Erlaubnis von ihm einen Uniformmantel mit Achselklappen und Gefreitenaufnähern geben.«

»Zu Befehl, Euer …«

»Ach ja, und besorg mir sozusagen dicke Milch. Zum Gleichtrinken und zum Mitnehmen.«

»Gern, Euer Hochwohlgeboren, wird erledigt!«

Der Alte gab ihm einen Kerenski-Schein für die Milch und ließ ihn gehen, sehr zufrieden mit der schneidigen Haltung des alten Soldaten.

Maxim fand auf dem Hof den Unterfähnrich, zog sich eilig um und lief dann Hals über Kopf die Straße entlang zu dem wohlbekannten Haus.

Im Tor empfing ihn die weinende Hausfrau, sie rief erstaunt:

»Mein Himmel, mit Achselklappen?«

»Bei uns geht das schnell«, antwortete er vergnügt und schielte nach den Fenstern. »Ich hab hier einen General getroffen, den ich kenne. Waren welche bei euch?«

»Gott hat sich erbarmt.«

Maxim ging beherzt in den Hof.

Warenjuk war damit beschäftigt, das Automobil unterm Scheunendach mit Stroh zu bedecken. Als er den Gast sah, warf er die Gabel hin und kam auf ihn zu.

»Ein Unglück ... Gott behüte ... Die werden sagen, ein Kommissar, und dann brennen sie uns nieder.«

»Du könntest da was für uns tun, mein Lieber«, flüsterte die Frau. »Wohin damit, das lässt sich nicht unterm Rock verstecken.«

»Keine Bange«, antwortete Maxim. »Wir rücken bald ab. Wo ist mein Kamerad?«

»Nimm ihn mit, um Christi willen, den Zotenreißer.« Die Frau ging ins Haus und blieb vor dem Ofen stehen. »Wenn die Kadetten ihn finden, zünden sie uns das Haus an.«

»Wo ist er?«, fragte Maxim und blickte verständnislos in der leeren Stube umher.

»In den Schornstein ist er gekrochen, der Ärmste.«

»Wohin?«

»Da rein«, zeigte die Hausfrau.

Maxim bückte sich und spähte ins Ofenloch, sah aber nichts.

»Waska«, zischte er. »Wo steckst du, Freund?«

»Bruder ... (Zote.) Sind die Weißhufigen verjagt? (Zote)«, antwortete Waska grabesdumpf, und in einem dichten Rußregen kamen seine bloßen Füße zum Vorschein.

»Kriech wieder hoch«, sagte Maxim. »Ich bin in Gefangenschaft und laufe jetzt nach Dickmilch, aber du brauchst nicht an mir zu zweifeln, Waska.«

»Was für Milch? (Zote)«.

»Kriech wieder hoch, um Christi willen, kriech hoch. Wir rücken bald ab. Wiedersehn.« Er schüttelte dem Freund die Ferse und lief aus dem Haus.

Die Kampftruppen hatten gegessen und sich ausgeruht und zogen aus der Staniza ab in die Weiten der Steppe. Gegen Mittag rückte auch der Tross ab. Maxim saß auf einem Fuhrwerk auf heißen Brotlaiben, brüllte aus vollem Halse auf die Pferde ein und gab ihnen unbarmherzig die Knute.

Zwei Tage später passte er einen geeigneten Moment ab und lief zu den Roten über, denen er ein paar Pferde und eine Fuhre Patronen mitbrachte.

Ein wildes Herz

Freude summt in Ilko.

Lustig schreiten die Beine.

Mit Fenka im Gleichschritt. Klapp-klapp.

Drunten das Meer – Gebrüll, Gefauch.

Ein Blitz zerreißt die Nacht.

Der Wind reißt an der Brust.

In Ilko rast das Blut, das Blut rast.

»Wo gehts lang?«, fragt Fenka.

»Hier. Tempo.«

Geschwinder wird der Pfad.

Geröll blubbert auf dem Pfad.

Ein Köter kläfft.

Ein Licht blinkt.

Nach Rauch riechts.

Ein Tritt gegen die Pforte. Aus dem Dunkel kollert sich der tobende Köter ihnen vor die Füße: grr-rrr-hau-hau-ha.

Gleich über die Schwelle:

»Tag, Onkel Stepan. Brot und Salz.«

»Willkommen.«

Schüssel, Gräten, Löffel sind beiseitegeschoben. Auf dem Tisch liegt Stepans vom Ruder verwetzte Pranke, ne Pranke wie n Bastschuh.

»Setzt euch«, lädt er ein, »im Stehen schimpft man nur.«
Beide:
»Wir müssen fahren. Setz uns über zu den Schwemmwiesen, nach Taman.«
»Denk an die Abmachung, Stepan.«
Das Feuer schwankt
Stepan schwankt
der Wind lässt die Hütte schwanken, bläst durch die Fugen. An den Wänden die Netze wellen sich. Stepans Backenknochen sind blaugrau, wie aus Erz gegossen, die Augen gesprenkelt, flirren wie die Netze.
»Zu stürmisch ... «
»Willst nich fahren?« Ilko grinst schief, seine Lippen zucken.
»Nein.«
Gespannte Schweigeminute.
»Dann gib uns das Boot.« Fenka legt dem Fischer die Hand auf die Schulter. »Das Boot und die Segel.«
»Das Boot?«, fragt Stepan widerwillig zurück. »Mit meinem Boot kommt ihr nicht weit: is n Trog, schon im stillen Wasser gefährlich.«
Der Wind stößt gegen die Hütte. Die Scheiben klirren. Hart unter den Fenstern dröhnt und peitscht das entfesselte Meer, eine gischtende Woge wälzt sich bis vor die Hüttenschwelle.
Fahrig ist Stepan, zerrissen, von Gedanken bedrückt. Zu straffen Knoten zieht er die Wörter zusammen:
»Zu stürmisch, Genossen. Nacht abwarten. Wenns nachlässt gegen Morgen, setz ich euch über zu den Schwemmwiesen.«
»Mach keine Geschichten, Onkel«, sagt Fenka verärgert und runzelt die Brauen. »Die Zeit wartet nicht, morgen früh müssen wir schon am andern Ufer sein.«
Der Fischer seufzt schwer.
»Wo habt ihr euer Zeug?«
»Hier.«
Stepan schiebt mit dem Fuß die Kisten an.
»Ziemlich leicht, kein Ballast.«

»Solln wir noch lange mit dir feilschen?«, stößt Fenka mit funkelnden Augen zu. »Gibst uns das Boot oder nich?«

»Keine Angst, kriegst es wieder«, gibt Ilko dazu.

»Ich hab keine Angst. Vor wem sollt ich in meiner Kate Angst haben?« Der Fischer grunzt und haut mit voller Wucht das Kätzchen vom Tisch, das sich einen halb aufgegessenen Fisch aus der Schüssel geangelt hat. Dann reißt er die Mütze vom Nagel. »Kommt.«

Stepans älterer Sohn ist mit den Roten zurückgegangen. Den jüngeren hat Denikin eingezogen. Stepan sieht keinen Grund, diese oder jene zu lieben. Aber vor dem illegalen Komitee hat er Angst. Die vom Komitee sind durchweg Fischer und Lastträger aus seinem Kaff, die würden ihm, falls was ist, keine Ruhe lassen.

Durch die Tür

durch die Nacht

Gewirbel-Gestrudel.

Der Sturm überflutete das Meer, so wie eine feurige Schöne mit den pechschwarzen Strömen ihrer Zöpfe den Geliebten überflutet.

»Sinnlos«, rät der Fischer ab.

»Stell den Mast auf.« Fenka rollt Steine ins Boot, Ballast. Das Boot tanzt am Anker, die Kette klirrt. Das Boot tanzt unter den Füßen. Eine Welle haut das Boot unter den Füßen weg.

»Quetscht euch nicht ans Ufer«, rät ihnen Stepan auf den Weg. »Hart nach Süden, ganz hart. Am Leuchtturm, wo die Strömung anfängt, da passt auf, dass der Kahn nicht ins Schlingern kommt, Gott behüte. Immer steil gegen die Wellen ankratzen, steil. Nicht ans Ufer quetschen. Na, Gott befohlen. Ahoi!«

»Ahoi!«

Ilko setzt die Riemen ein; das Boot, von einer Welle erfasst, löst sich vom Ufer.

Sie ziehen das Segel auf.

In der Finsternis versinkt das Ufer, das Hüttenlicht versinkt, die Krim versinkt, und auch Stepan verschwindet, und sein Warnschrei geht unter …

In der offenen See schlingert das Boot, bebt und stöhnt unter dem Anprall der Wellen, zerstampft die strudelnden Wellen.

Der Sturm schleudert pfeifend Fangschlingen aus gischtigen Wogenkämmen.

Das Meerestosen lässt das Herz erzittern.

Lodernder Wind füllt das Segel.

Das Meer schlägt um sich wie ein Fisch im Netz.

Mit eiserner Hand umkrampft Ilko das Ruder. Im Finstern funkeln seine glühenden Zigeuneraugen. Fenka schöpft mit ihrer Ledermütze – die Kelle hat sie verloren – das Wasser aus.

Beide sitzen im Heck, der Bug steht hoch heraus, es ist ein vergnügliches Hinjagen.

»Machen wir Fahrt?«

»Und ob.«

»Steine über Bord.«

»Zu Befehl, Steine über Bord. Nimm du das Fall, meine Hand ist schon taub.«

In der Strömung beginnt das Boot zu stampfen. Wellen schwappen über Lee. Fern seitlich blinkt der Leuchtturm.

Der Morgen graut. Im Nebel die Tamanküste, Möwen, der schrillheisere Schrei eines verirrten Wachkutters.

»Ruder backbord.«

In hitzigem Anlauf überschlägt sich das trübgrüne Meer.

Der Sturm zer-mürb-te die Küh-nen.

Pferde – leicht wie ein Schneesturm – trugen die drei hinfort.

Hallend sind die Bergpfade.

Unterm Wind liefen lahmend die Sträucher.

Ein Huf schlug Funken. Das Auge huschte leichter als ein hungriger Vogel. Das Auge packte und rüttelte jeden Strauch. Das Ohr spannte.

Sie ließen Ulanows Bude seitlich liegen, den letzten Wachposten an der Grenzlinie. Weiterhin kam eigenes Land. Die Pferde durften im Schritt gehen.

Ilko war ein Fischerjunge von Kertsch. Fenka, ein blutjunges

Mädel, war mit einem Regiment Wolgapartisanen auf die Krim geraten. Rückzug, Gefangenschaft, Flucht – und dann kam sie in die Berge, zu einer Abteilung der Grünen[1], wo das Schicksal sie mit Ilko zusammenführte. Die Abteilung wurde in den Steinbrüchen fast gänzlich aufgerieben. Nur wenige Grüne konnten sich zurückziehen nach Tschatyr-dag, Bachtschissarai und Baidary. Ilko und Fenka sollten sich im Auftrag des Parteikomitees zum Schwarzen Meer durchschlagen, um mit den Schwarzmeerpartisanen Verbindung aufzunehmen.

Jetzt begleitete sie der Grüne Grischka Tjaptja, ein Wagehals und Draufgänger. Den englischen Militärmantel trug er lässig auf einer Schulter, hatte auch nur den linken Ärmel übergestreift, die freie rechte Hand war jederzeit gefasst, den Säbel zu ziehen, die Mauser hochzureißen oder eine Handgranate zu schleudern. Die oben mit blauem Samt überzogene Kubanka war lässig auf die sich schälende Nase geschoben. Mit der Reitpeitsche hieb Tjaptja dürre Zweige ab, seine Falkenaugen spähten scharf nach allen Seiten, Wörter stieß er nur selten hervor und nur widerwillig – für ihn sprachen Hände, Füße, Schmatzer, Pruster, Schnaufer, Zwinkerer, Ausspucker:

»Weißte? ... uuu, zzz ... Duster ... Knall, peng. Ta-ta-ta-ta-ta-ta ... Mmm ... ne Schnake ... Wohin? Inne Staniza. Hä? Hab Briefe. Wie se uns zusammgerattert ham, zusammgerattert ... Aää, die Satansbraten ... Kusch. Fuh. Da wa was los ... uiii, zzzz, hu-hu-hu ... Haste Fedka Gorobez gekannt?«

Den letzten Bericht über Gorobez gab Grischka Tjaptja so: hielt sich die Faust mit vorgestrecktem Zeigefinger (Revolver) unter die Nase, verstehste – Gorobez hoppgenommen; kreuzte die gespreizten Finger vor den Augen – Gorobez hinter Gittern; fletschte die Zähne – Gorobez von der Abwehr verhört; den heulenden Gorobez backpfeiften zwei Hände rechts und links,

1 Personen, die sich während des Bürgerkrieges der Zwangseinziehung zu den weißen Truppen durch Flucht in die Wälder entzogen (besonders im Schwarzmeergebiet) und teilweise in »rot-grünen« Partisanenabteilungen für die Sowjetmacht kämpften. Später auch Deserteure aus der Roten Armee.

und – der Finger fuhr um den Hals, eine furchtbare violette Fratze mit rausquellender Zunge – Gorobez ist gehängt.

Die Freunde ritten nebeneinander, Sattel an Sattel, und erzählten.

Fenka wiegte sich im Sattel, guckte vergnügt auf die Freunde. Der Fußlappen hing ihr aus dem Stiefel, schlappte heraus wie ein freches Hundeohr. Ihre rötliche Wirbeltolle spielte im Wind, ihr breites, von der Sonne beflecktes Gesicht lachte.

»Ilko«, rief sie.

Ilko blieb hinter Grischka zurück, berichtete.

»Alle Berge stecken voll von Grünen – von Taman bis Georgien, über Obschad und Krasnaja Poljana bis in die Kabardei. Ringsum sind Kämpfe, Überfälle auf Stanizen und Städte, ein lustiges Leben.«

Der Pfad lief in eine Talsenke hinunter.

»Stoi!«, schrie es. Ein bemooster Stein oberhalb des Weges starrte von Mündungen.

Im Gestrüpp blinkte eine Mütze, noch eine.

Grischka pfiff melodisch und ritt voraus.

Drei kamen hinter dem Stein hervor. Sie warfen die zerschürften Gewehre über die Schulter. In den wetterdunklen Gesichtern blitzten die Glotzaugen, sie grinsten.

»Grizko, haste Knaster?«

»Habch.«

Sie schielten nach Fenka.

»Aus der Stadt?«

»Nee.«

»Aus der Schilfgegend?«

»Uuiii, Bruder, ha, uuu …«

Die Pferde wollten nicht stehen.

»Brr.«

Sie nahmen den letzten Pass und trabten in eine breite Schlucht hinab.

Das Lager der Grünen. In einem Bergeinschnitt das ferne Meer. Laubhütten, ein Erdbunker. Eine Feldküche raucht. Die

Kleidung winterlich, doch leicht. Abgerissen. Trofim Kulik setzt ein Maschinengewehr zusammen.

»... das Schloss – Verschlussstück, Schlosshebel und Patronenträgerhebel, oberer Abzug, Schlagbolzen, Patronenträger, unterer Abzug und Schlagfeder ... Wenn ne Patrone klemmt – Gurt nach links rücken, der Schlosshebel wird nach vorn gelegt. Hauptsache für einen MG-Schützen im Kampf, dass er die Mutter hier so fest wie möglich anzieht.« Und er klatscht Petka auf den Hintern.

Petka berührt unsicher die Teile des Maschinengewehrs.

»Und wie ist das, Onkelchen, nach unsichtbarem Ziel schießen?«

»Lern mal erst die Wand treffen, das Weitere findet sich. Aber ich würd beim Schießen nich den Finger in die Mündung stecken und nich in die Mündung reinkucken.«

Im Erdbunker spielte der Abteilungskommandeur Alexander mit dem Wirtschaftsleiter Dame.

»Tag, Kumpels«, grüßte Fenka die Partisanen und sprang aus dem Sattel.

Während sie die Männer mit Krimtabak beglückte, während Ilko die Pferde anband, meldete Tjaptja bereits dem Kommandeur:

»Hab die Ehre und bin zur Stelle.«

»Wer ist gekommen?«, fragte Alexander.

»Der Ilko Bube ... Mmm ... So n illegales Mädchen hat er bei sich, Kussmund, Stupsnase ... Tschtschtscht ... ne Zelle will se organisiern, um damits hier so is wie in Moskau, und selber läuft se in Hosen rum ... Uuuu ... ffff ...« Grischka spuckte aus und setzte sich auf eine Patronenkiste.

Der Wirtschaftsleiter schlug vier auf einmal. Alexander hatte keine Lust mehr zu spielen, er fegte die weißen und schwarzen Brotrindenstückchen herunter und hieb das Brett dem Wirtschaftsleiter über den spitzen Kopf, dass es in zwei Teile zerbrach.

»Ein Gauner bist du, Versorgungsknilch, ein ausgekochter Gauner. Schon lange will ich dich hängen lassen, ich vergess es bloß immer.«

»Hä, Sie belieben zu scherzen.«

Ilko und Fenka traten ein.

Alexanders Hand ist heiß, fest wie eine pfundschwere Karausche. Hart und beherrscht das pockennarbige Gesicht, das Kummer und Müdigkeit zeigt.

»Raus!«

Der Wirtschaftsleiter und Grischka trollten sich.

Der Chef stellte Pullen auf den Tisch – was heißt Tisch? – auf den Baumstumpf, versteht sich; sein schwerer Blick entkleidete Fenka, das Papier sah er gar nicht an, was sollte ihm das. Im Erdbunker roch es nach modernden Mänteln, nach feuchter Erde.

»Was habt ihr mitgebracht?«, fragte Alexander.

»Transportable Druckerei.«

»Tüchtig.«

»Man tut, was man kann«, antwortete Ilko scherzhaft und erzählte vom Untergang der Grünen von Kertsch.

Sie kamen gleich zur Sache, bekatertens:

Im Noworossisker Gefängnis sitzen halbtausend Genossen.

Auf sie wartet die Grube.

Sie warten auf Rettung.

Man muss angreifen.

Das illegale Stadtkomitee hat einen Überfall vorbereitet.

Das illegale Komitee ist hochgegangen, das vierte schon.

Alexander ließ die Kompanieführer in den Erdbunker holen, auf deren Treue er rechnete wie auf die Zuverlässigkeit seiner Nagantrevolver, und sagte:

»Jede Stunde und jede Minute droht uns das Schicksal mit dem Tod. Verkriech dich im Meer, steig auf zu den Wolken, dein Schicksal erreicht dich doch. Gehn wir alle bereitwillig unserm Schicksal entgegen?«

»Was für ne Frage …«

»Machen wir.«

Kompanieführer Tschumatschenko, vor kurzem der Erschießung entronnen, stieß nach:

»Wenns dem Schicksal so passt, soll uns die schwere Gefängnismauer erdrücken, wir legen uns drunter bis auf den letzten

Mann, aber den armen Schweinen dort hinter Gittern fällts dann leichter, zu sterben.«

»Unser Geist und unser Schicksal werden mit uns sein«, sagte Alexander, der blumige Ausdrücke liebte.

Fenka blickte ihn unverwandt an, dachte an das, was sie von seinen Heldentaten, von seinen Überfällen und Erfolgen gehört hatte.

Vor der Küche schrie der verschlafene Schreiber während der Essenverteilung aus:

BEFEHL

An die Rot-Grüne Partisanenabteilung

Anlässlich meiner geheimen Abreise in unbekannter Richtung ernenne ich zu meinem Stellvertreter für den Frontdienst für die kurze Frist von zwei Tagen Grischka Tjaptja, zum Kommissar die soeben eingetroffene Genossin Frau. Ich befehle strengstens, sich nicht aufzuregen, obwohl sie eine Frau ist. Punkt zwei: Für unwürdiges Benehmen, das heißt Raub und Banditentum, erhalten die Genossen Pawljuk und Deniska Suslikow von der ersten Kompanie je zwanzig Hiebe. Nieder! Es lebe! Gültig, obwohl ohne Siegel, doch echter als echt. Hurra!

Die Essenschlange brüllte los:

»Hurrraaa!«

Die Musikertruppe, die soeben fertiggegessen hatte, leckte den Löffel sauber, wischte sich den Fettmund und hackte mit kleiner Verspätung ebenfalls ein Hurra ab.

Im halbdunklen Erdbunker wühlte Sawtschuk, ein altgedienter Soldat, in einem Haufen Schulterklappen.

»Ein Streifen, vier Sterne – Stabshauptmann, glatt mit zwei Streifen – Oberst. Das musst du dir einpauken.«

Alexander passte sich Schulterstücke an und erzählte:

»Letzte Woche ist bei uns ein Vorfall passiert. Käfer aus der zweiten Kompanie hat irgendwo Zaster aufgetrieben. Wir dachten, mit dem Kartenspiel ists nich weit her bei diesem Schweinehund, aber von wegen: In einer einzigen Nacht hat er die ganze Kompanie armgespielt. Am Morgen kucken wir uns um, Käfer ist weg. Wir hören, er säuft in der Stadt. Verrückter Hund, was? Hätt er wenigstens in nem illegalen Versteck gesessen, doch nein, er musst sich dicketun: n Weib auf die Knie, ne Harmonika zwischen die Zähne, rein in ne Kutsche – und ab. Ein Tag vergeht, noch einer, da erfahren wir, sie haben den Dreckskerl geschnappt. Drei Tage lang haben sie ihn gedroschen und nachgesalzen. Dann gab er auf, der Mistbatzen, beim zweihundertfünfzehnten Hieb. Wir haben einen von unsern Leuten bei der Polente, der hat uns das gesteckt. Wir mussten unser Lager verlegen, die Verbindungen umpolen – langwierige Kiste.«

Fenka kaute mit vollen Backen gebratenes Hammelfleisch, hörte mit beiden Ohren zu.

Alexander fuhr fort:

»Du fragst nach der Disziplin … Die Disziplin, na ja, nützlich is sie schon, wichtiger als die rechte Hand. Hungerst du und frierst – stehs durch, bist du im Kampf – halts aus, hältst dus nich aus – weißt du, was dir blüht. Aber wenn ich ehrlich sein soll, bei unsrer Sache is die Disziplin wie der neunte Nagel in der Sohle. Greif an, brenn nieder, und damit hat sichs. Sieh mal, in der zweiten Kompanie sind Schwarzmeerjungs. Ganz verwildert sind die in den Bergen, ein Jahr und länger kriegen sie keinen lebendigen Menschen zu sehen, haben schon das Sprechen verlernt. Dieser Tage musste ich zwei wegen Raub bestrafen. Sie wollen sich nicht unter die Peitsche legen. Wenn wir schuldig sind, sagen sie, erschieß uns. Flotte Burschen, aber wir mussten sie abknallen. Bestien, einer wie der andere. Auf Grischka pass auf, ein ausgewichster Hund, gehört längst unter die Erde, bloß, wir brauchen ihn.«

Alexander kostümierte sich mit den Schulterklappen und sprengte mit Sawtschuk der Stadt zu.

Die Nacht kam geschwommen.

Auf dem Kamm des Passes bibberten die Posten.

Es flutete ein steifer Nordost.

Im Lager brannten Feuer. Bei den Feuern krochen sie zusammen, zottig, ingrimmig, schleppten Stroh an, trockneten sich, räucherten das Ungeziefer aus ihrem Unterzeug, brachten die

Köche auf Trab, hängten die rußigen Kochgeschirre an Gabelstöcke, quengelten vor der neuen Kommissarin:

»Ach, Genossin, au weh, Genossin …«

»Räudig sind wir geworden, schlimmer als Hunde.«

»Seit dem Nikolaustag war ich nich im Bad, die Haut juckt zum Verrücktwerden.«

»Arme Schweine sind wir.«

»Man hört so, die Roten sind nich mehr weit? Ob das stimmt?«

»Äääch!«

»Was soll man jetzt denken, wird uns der Sowjet Soldatenlöhnung zahlen? Ein Jahr schon oder zwei zählen wir hier die Sträucher, und keiner sagt uns was!«

»Feucht ists, der Remontismus reißt überall.«

»Und wie er reißt, Gott behüte. Irgendwo in Archangelsk regnets, und schon ziehts dich krumm wie ne Brezel.«

»Wir zählen die Sträucher, wir machen den Kosaken zu schaffen und warten auf die Genossen, und dies armselige Soldatenleben nimmt kein Ende.«

Fenka schlängelte sich zwischen den Soldaten hindurch wie die Flamme zwischen den Spänen.

Von Feuer zu Feuer folgten ihr träge Augen wie satte Läuse.

»Die hat was los.«

»Gewieft ist die.«

»Prachtfotze …«

Auf einer breiten Bastmatte zerhackte der Wirtschaftsleiter ein geschlachtetes Rind. Aus der noch nicht erkalteten Haut schnitten sich die Grünen Sandalen zurecht.

Ilko und Grischka waren Freunde.

Grischka fläzte auf einer Steinplatte dicht beim Feuer und schnitzte aus einer halben rohen Kartoffel einen Stempel, vor Langeweile natürlich. An seinen Fingern funkelten Ringlein mit Steinen, manche auch ohne Stein. Er schnaufte, keuchte, als ob er ein Fuhrwerk zog. Liebevoll betrachtete er den Stempel, rieb ihn mit Holzkohle ein, klatschte ihn auf die Handfläche – ein pompöser Stempel wars, deutlich zu erkennen. Grischka warf ihn ins Feuer und stimmte schwermütig ein Gaunerlied an:

»Komm zum Bahnhof, ich bin dort, mein Liebchen,
du bist schön, und ich möcht mich erfreun.
Ich mach Beute in vielerlei Taschen,
nehm dich mit in mein Zimmer hinein.«

Drei Bandschleifen trägt Grischka auf der Brust: eine rote, eine grüne, eine schwarze. Schick sieht das aus, doch Ilko grient, starrt den Kumpel bohrend an.

»Was is das für ne Lumination?«

Grischka streicht die Bänder glatt und erläutert:

»Rot, das ist die Farbe vom neuen Leben, die Morgenröte der Revolution. Grün ist unsre Abteilungsfarbe, und Schwarz, das ist die Trauer ums Kapital ... Uuuu, tschtschtsch.«

Grischka wühlt sich ins Stroh und schnarcht los.

Ilko ziehts zum großen Lagerfeuer: In seinem Licht wirbelt der rote Zottelkopf der Kommissarin.

Im Kreis der Zuhörer saß auf angetauten Bülten, die Mantelrolle unter sich, der beste MG-Schütze der Abteilung, Trofim Kulik. Er zwirbelte den verräucherten Soldatenschnauz und erzählte leise, mit nebenherrieselnder Trauer:

»Das is kein Pappenstiel, ganze sieben Jährchen hab ich gedient, und drei war ich in Gefangenschaft – hab tüchtig strampeln müssen und reichlich Schweiß vergossen. Wie ich nach Hause komm, sitzt meine blinde Mutter in der Kate, wartet auf den Tod. Aufm Hof kein Huhn, kein Hund. Die Scheune zerfallen, alles krumm und schief, nich wie bei ordentlichen Menschen. Meinen Alten hatten die Roten gesäbelt, der Bruder war mit den Tamanern[1] zurückgegangen, die Onkels dienten bei Denikin, und da stehste nu wie bescheuert und sollst dich auskennen, wer recht hat. Scheißegal, hab ich mir gedacht, helf Gott unsern und euern, aber mich lasst zufrieden ...«

1 Die auf der Halbinsel Taman abgeschnittenen roten Truppen durchbrachen im August/September 1918 die Front der Freiwilligenarmee Denikins und vereinigten sich mit den Hauptkräften der Roten Armee des Nordkaukasus.

»Schön, so was …«

»Schön, ja, aber nich besonders …«

»So und so gehst du drauf, ob du gradestehst oder dich hinschmeißt.«

»… ich hab mich vom Kummer nich kleinkriegen lassen, hab mich in die Arbeit gekniet. Ein Jahr lang hab ich geschuftet, bin auch bisschen auf die Beine gekommen, hab n Gaul zusammengekratzt; so ganz allmählich hab ich die Wirtschaft ökonomiert. Aber nu sagt selber, liebe Leute, was is das für ne Wirtschaft ohne Frau? Mutterseelenallein war ich. Freien wollt ich, wie mans dreht und wendet, ums Freien kam ich nicht drum rum. Dann is mir auch n passendes Mädchen unter die Augen geraten. Marka hieß es, das Mädchen. Na ja, wir haben uns zusammengetan. Eine Lustige war meine Marka, weiße Haut, süße Nasenlöcher, schwarze Augenbrauen – nich sattsehen konntst du dich an ihr, und im Haus tüchtiger als ne Alte …«

Trofim schwieg nachdenklich, seufzte schwer, als ruderte er mit den Händen durch schweres Wasser.

»Eiweia, Brüder, wir haben ne schlimme Zeit, da is dem Menschen kein Glück beschieden.«

»Wir leben, als ob wir übern scharfes Messer laufen«, gab einer hinzu.

»Es war mal ne Zeit, das war ne andere Zeit …«

Trofim verzog die Stirn, ließ den Kopf hängen. Bedächtig nestelte er den Tabaksbeutel vom Gürtel, rauchte die Pfeife an, und weiter gings:

»Erlass und Befehl – Mobilmachung. Mein und Markas Glück brach kaputt. In den Krieg ziehn is nich so schön wie andre Sachen …«

»Die lebende Seele verlangt nach was zum Schleckern.«

»Wer hängt nich an Gottes Welt?«

»Wohin du kuckst, Tränen und Qualen …«

»… wir haben uns zusammengefunden, so zwei Dutzend Altersgefährten, haben den Brotsack auf den Buckel genommen, und dann ab in den Busch. Aus Zweigen haben wir uns Hütten gebaut, tüchtige Knüppel haben wir uns zurechtgehackt. Ein, zwei Wochen sind wir im Wald gesessen wie die Uhus, haben Angst gehabt vor Gott und der Welt. Mit eins kommen heulend unsre Alten gelaufen: In der Staniza war Fürst Trubezkoi eingetroffen, der Henker, mit ner Abteilung, die machen Jagd auf Deserteure, schlachten das Vieh ab, schänden die Mädchen und Weiber.«

»Schwer habens die Weiber im Krieg, jede Macht bringt sie zum Heulen – einer kommt und murkst die Gänse ab, der andre zerrt das Schaf vom Hof, und mancher Strolch grapscht ihnen gleich untern Rock.«

»Wo solls der Soldat schließlich auch hernehmen.«

»Gott schickts, wies grade kommt.«

»... haben wir also Kriegsrat gehalten. Schlingen, sahn wir, gabs viele, aber das Ende war überall das gleiche – wir mussten das Geschmeiß erledigen. Gesagt war das leicht, doch man könnt sich elend die Finger bei verbrennen. Leute hatten wir genug, ne ganze Horde, und jeder hatte ein großes Maul von dreiunddreißig Durchmessern. Wir haben also geredet und geredet, aber dann haben wirs sein lassen. Was gabs schon zu reden? Los gings. Kaum fings an zu dämmern, da klopften wir in der Staniza an, wies dort so steht. So und so, der Fürst, Seine Durchlaucht, waren abgereist zu den Moldauern, hatten ne Garnison in der Staniza gelassen. Na schön. Wir mit Knüppeln und Schießgewehren rein in die Stanizaverwaltung, haben gebrüllt, was nur rauswollte. Die siebzig Mann von der Garnison haben wir verscheucht, und dann jeder zu sich nach Haus. Überall Geheul: Hier hatten sie was niedergebrannt, da was geraubt, dort wen gefoltert. Meine Marka hab ich beinah nich gefunden. Unterm Ofen hat sie sich verkrochen, heult, lacht, kommt aber nich raus. Ich lock sie, rufe: ›Dummchen, helf dir Christus, komm doch zu dir.‹ Mühsam hab ich sie rausgezerrt ... hab sie nich erkannt. Abgemagert, die Haut schrumpfig, der Kopf wackelt, in der Faust quetscht sie ein abgebissenes Menschenohr. Sie hatten sie vorgehabt, die Schufte, dabei war ihr erster Bauch kurz vorm Entbinden. Kummer hin, Kummer her, da musste was passiern. Zum Heulen und Stöhnen keine Zeit, wir hörten, der Fürst kommt zurück, mussten uns wieder im Wald verkrauchen. Sind also aufs Pferd gestiegen. Da wird sich doch die Marka an mich klammern. Will und will nicht zu Hause bleiben. Zugeredet hab ich ihr und sie angefleht, sie immer – ich bleib nich und ich bleib nich; dabei hatten wir eisern ausgemacht, nicht mal riechen darfs in der Abteilung nach m Weib. Was tun? Eine Werst waren wir schon weg von der Staniza, und Marka rennt immer noch neben mir, krallt sich am Steigbügel fest. Da hab ich die Wut gekriegt und mich geschämt vor den Genossen, und als ichs nicht mehr aushalten konnt vor Zorn, hab ich ihr eins mit der Peitsche übergezogen.

›Umkehren sollst du!‹

›Ich kehr nicht um, du mein liebster Trofimuschka!‹

›Kehr um, sonst werd ich wild!‹

›Nein, du mein liebster Mann, ich kann nich umkehrn!‹

›Kehr um, Irrsinnige‹ hab ich wie rasend geschrien.

›Oi, und wenn du mich umbringst, ich kehr nich um!‹

Da hab ich mein Herz vereisen lassen, hab die Knarre von der Schulter gerissen …

peng

und den Genossen hinterher.«

Trofim nahm die Mütze ab, und noch tiefer senkte sich sein grauer, wie mit Mehl bestäubter Kopf.

»Gott wird dich richten.«

»Ach ja … «

»So is es, unser Leben!«

Über die verwitterten Gesichter huschte wie ein Schatten der Wind.

Die durchgefrorenen Posten kamen von den schwarzen Windbergen herunter zu den Feuern.

Die gekrümmten Hände in die Ärmel gesteckt. Schnee auf den Baschlyks. Die Gewehrkolben schneeverkrustet. Frostspröde, heisere Stimmen:

»Sind wir Hunde, oder was?«

»Wo sind denn die Natschalniks?«

»Miese Späße.«

»Bis ins Gedärm sind wir durchgefroren.«

»Schnaps müsst man haben.«

»Zwölf Stunden ohne Ablösung.«

Am Feuer machte man schweigend Platz.

Zähneklappernd setzten sie sich an die Glut. Die Fußlappen entpurzelten den ungehorsamen Händen. Der Mantel, steif wie ein Tragkorb, war an der Feldbluse festgefroren.

Bei kleinem tauten die Kehlen ein wenig auf, vom Feuer wurden die Augen spitz.

Fenka stieß Grischka an.

»Teil Posten ein!«

Grischka knurrte und ächzte schlaftrunken. Er schob die Pratze in den Stiefelschaft, wo er den Schreibkram aufbewahrte.

»Mach schneller!«, schrie sie ungeduldig und hörte hinter sich Geschimpf explodieren.

Grischka rieb sich die Augen: Fenka.

»Hm …« Er wickelte den Mantel um sich und wandte sich ab. »Brauchen keine Wache.«

»Gib die Kompanielisten her.«

»Kusch.«

»Wirds bald?«

»Hau ab, Luder!«

Grischka richtete sich auf, warf Äste ins Feuer, fingerte den Tabaksbeutel unterm Hemd vor und spuckte pfeifend aus.

»Schon mal so was gesehen?«, fragte er und zeigte.

Wiehernd lachte einer los.

Grischka schimpfte wie wild:

»Ich bin der Kommandeur, und du bist ein Scheusal, ein Stück Rindfleisch, ein stinkender Bauchnabel. Uuu, tschtschtsch, kch …«

Alle ringsum schwiegen.

Die feuchten Äste knallten. Qualm stieg hoch. Fenka hustete, wandte sich vom Feuer ab und sagte ruhig:

»Ein Hammelarsch bist du, kein Kommandeur. Verstanden? Posten müssen aufgestellt werden. Gib die Liste her. Wer ist dran?«

Andrjuschka Schtscherba schälte eine gebackene Kartoffel, Andrjuschka hetzte:

»Was heißt, ›wer ist dran‹ … Schick doch mal dem seine Ehrenbande … Sich bisschen die Beine vertreten … Ewig pennen die im Erdbunker und saufen Sprit.«

Zwei, drei von Erkältung kratzige Schlünde krächzten zustimmend.

Worum ging es? Grischka hatte sich mit einem Dutzend Kumpanen umgeben: die »Ehrenwache«. Vollgefressen und vollgesoffen, zur Arbeit keine Lust. Prachtpferde hatten sie, solche findet man so leicht nicht wieder. Grischka stand ein für seine Wächter. Auf Posten ziehn – nicht in die Tüte.

Die Kommissarin fluchte.

Sie sammelte Freiwillige und verschwand mit ihnen in der eisigen Nacht. Bis zum ersten Licht lagen sie auf den windumfauchten Straßen. Bei der Morgenröte stürzten sie ins Lager, ins Stroh, in den Schlaf.

Ilko kam nicht dazu, unterm Mantel warm zu werden:

Geschrei

Gelärm

Getümmel

Staub …

Ilko sprang hoch.

Radau

Krawall

Skandal …

Vorm Erdbunker Grischka Tjaptja mit seinen flinken Wächtern. »Komm raus, Nutte!«

»Eingebildete Zicke.«

»Was die schon vorstellt.«

»Heee …«

Auf den Lärm liefen die Leute zusammen.

»Gib ihr …«

»Feste …«

»Verdreschen, auch wenn sie keinen Zopf hat zum Festhalten.«

»Solln wir erfriern, oder was?«

Aus dem Erdbunker, den Mantel übergeworfen, trat Fenka.

»Ich geb keinen raus.«

Man wollte Sprit. Zum Aufwärmen. Alles gestikulierte, lärmte, brüllte, spektakelte – widerlich. Grischkas wutpralle Fratze kam auf die Kommissarin zu.

»Also sag, du gibst keinen?«

»Nein.«

»Gibst keinen raus?«

»Nein.«

Fenka drehte sich um und ging, mit festem Absatz gefrorene Bülten wegschleudernd, zurück in den Erdbunker.

Sie meetingten eine Weile und beschlossen, die Kommissarin zu erledigen. Grischka, seine Wächter und ein Halbdutzend Saufbolde, die im Schlafdusel gar nicht kapierten, worums ging – sie alle wollten einen heben.

Die Grünen wachten auf, kratzten sich. Sie bekreuzigten sich gegen den dämmernden Osten, hängten die Kochgeschirre übers Feuer.

Ilko lief von einer Feuerstelle zur andern, trat die Schlafenden munter, packte sie bei Armen und Beinen.

»Aufstehn, Brüder … Los doch … Onkel Gnat … Trischka … Herrgott noch mal! Die Kommissarin wolln sie erschießen.«

Ein paar rannten los.

Ilko vorneweg. Der Nagant im Ärmel drückte. Unter den leichten Fußtritten spuckte der Pfad Steine. Inmitten des Wächterhaufens hielt Fenka weiten Tritt. Ihr Ohr war gespalten.

»Halt, wohin?«

»Was?«

»Zur alten Mauer.«

»Hör auf zu quasseln!«

»Willst hier dicke Töne spucken?«

»Du alter Mülleimerdeckel.«

»Bist wohl was Besseres?«

»Knall ihm eine.«

»Verpfeif dich, Junge!«

»Halt, du Lump«, schrie Ilko verzweifelt und fuchtelte mit dem Nagant. »Onkel Gnat, Waska ...«

Geknurr, Gekläff.

Ilkos leiblicher Onkel Ignat kam gerannt. Siwy kam gerannt, Jakowenko, Schtscherba, Chandus, noch andere ...

»Was is los, Jungs, was macht ihr?«

»Die da ...«

»Uuu ...«

»Hund, is dir n Weib lieber als dein Kumpel?«

»Na?« Ilko stieß Grischka den Nagant in das verlauste Genick. »Leben oder Tod?«

Grischka klappte zusammen.

»Junge, is ja gut ... Ich hab doch noch nie ...«

Ringsum Gemurmel:

»Ha.«

»So?«

»Rhabarber-Rhabarber.«

»Los, Schützenkette!«

Die Wächter sprangen in ein Erdloch. Ilko und seine Genossen sprangen hinter Steine. Knack-knack die Gewehrschlösser. Es roch nach einer Schießerei. Eine Schießerei schien unvermeidlich. Die Alten gingen dazwischen, stellten sich breitbeinig auf den Pfad:

»Aufhören, ihr verfluchten Ausgeburten!«

»Schluss mit dem Blödsinn!«

»Dass eure Mutter der Deiwel hole!«

Man blaffte und blaffte und kam aus den Deckungen, die harten Fäuste noch um Gewehre und Revolver gekrampft. Bis zum Lager ging das Geblaff weiter. Die Alten trieben sie mit Knüppeln auseinander. Fenka schritt ganz hinten, spuckte Blut.

Wirbelnd stöberte Schnee. Die Gipfel der breitschultrigen Berge schwankten. Im Schneesturm wusch sich der Morgen.

Alexander kam angesprengt.

»Wie stehts?«, fragte er die Kommissarin.

Fenka wischte mit dem Mantelärmel das eingetrocknete Blut von der Wange und meldete alles.

Alexander ächzte, spuckte aus, schickte sie mit Ilko in die Stadt: Die Sache mit dem Gefängnis lief, und in der Stadt wurden Leute gebraucht.

Ilko verabschiedete sich vom Onkel und rannte den Pfad entlang, um Fenka einzuholen.

Ein Felsen überm Meer, Wind, Nacht.

Das Feuer qualmt, gleicht einem Fliederstrauch.

Trauben reifer Sterne.

Ilko mit Fenka.

Auf dem Mantel liegen sie, verschlungen. Die zärtliche Kraft zerrt am Herzen. Fenka denkt an Trofim: wie der sein Herz vereisen ließ ... Wie einfach und tüchtig. Fenka lacht leise.

»Würdest du mich auch umbringen wie unser MG-Schütze seine Marka?«

»Ja.« Er wirft den Draufgängerschädel hoch. Seine Augen haben lustige Lichter aufgesteckt, und das leichte Blut rast wie ein Propeller in seinem Kopf, der nicht nachdenkt.

Der schwarze Wind zerrupft das Lagerfeuer, trägt es fort. Ihre Träume sind stürmisch und gewittrig. Über ihnen gluckern die Rufe der Nachtvögel. Unter ihnen – tief drunten – überschlägt sich in hitzigem Ansturm das Meer.

Der Morgen schoss einen Hagel feuriger Pfeile auf sie ab.

Die schmalen Pfade flossen ineinander. Die Erde summte, prallvoll von lebender Kreatur. Ilkos Füße flitzten freudig. Fenka folgte ihm mühelos, ihre Beine waren heiß und trocken wie die eines Rennpferdes, das nach scharfem Galopp im Schritt nach Atem ringt. Ihre Augen waren heller als die besonnten Waldlichtungen.

Die Stadt fieberte.

Tag und Nacht wälzte sich eine Lawine von Koffern, Truhen und Menschen zum Hafen. Vom Bahnhof, von der Stadt her zum Hafen. Das Pflaster stöhnte unter dem eisernen Schritt der Lastpferde.

»Hü … Hüüü!«

Englische, französische Schiffe quetschten sich an die Anlegebrücke. Sie spien aufs russische Ufer Uniformbündel, schottische Konserven, Kokosfettkisten, Kondensmilch und Munitionskästen mit der Trauerrandaufschrift:

SCHIESS, SPARE NICHT, WIR LIEFERN MEHR

Die Stadt war gehäuft voll von Panik und Entsetzen. Auf dem Basar hingen an Telegrafenmasten zerlumpte Gestalten: Draht um den Hals, baumelnde Arme, dickquellende Zunge – basta.

Abends schäumten die lichterhellen Cafés über von Gelächter. Hündisch dienstbeflissen lächelten bonbonsüße Rumänen. Geigen schluchzten. Silvia, Carmen, die Troika rast Mütterchen Wolga entlang … Michels und Dianes, Georges und Angéliques. Kahle Augen wie Perlmuttknöpfe. Weite Nüstern, flatternd wie bei abgehetzten schnaubenden Pferden. Ein rettendes Pülverchen auf der Messerspitze:

»Aaa!«

Die Stadt, schluchzend und tanzend, in goldene Lichterketten geschmiedet, erzitterte nachts unter den Stößen des eisigen Nordost.

Auf dem Tonki-Kap knatterte nachts Flintengeplänkel: Da erwarb die Spionageabwehr Brot und Ruhm.

Gegen Morgen wummerte ferner Kanonendonner, gegen das Kubangebiet drängten die Roten.

Die Illegalen lebten ein besonderes Leben nach besonderen Gesetzen, ganz unähnlich jenen Gesetzen, die dem Menschen angeschmiedet sind wie eine Sträflingskugel. Das Funkelrad der Tage verstreute Erfolge, Misserfolge und rare Freuden.

Das Komitee hat hundert Augen, hundert Pranken.

In der Stadt ist Mobilmachung: Das illegale Komitee schickt seine Jungs zum Sammelpunkt, die agitieren dort und führen die zuverlässigen Leute in die Berge, in ihre Abteilung.

Hinterm Bahnhof ist ein Munitionswaggon aufs Abstellgleis geschoben: die Patronen ausgeladen und in die Berge gebracht.

Unruhen in der Artillerieabteilung: Verbindung aufnehmen, organisieren, nachts die Offiziere unschädlich gemacht, und die Soldaten ab in die Berge.

Geld wird gebraucht: Kopeken sammeln bei Lastträgern und Zementwerkern; schleunigst einen Überfall auf Oberst Salomatow, der will sich ins Ausland verdrücken, da ist Gold zu holen, sichere Sache, ran.

Tschernysch muss beseitigt werden, der Ochranachef. An den Rippen aufhängen, Wunden salzen, Ladestockhiebe, Nadeln unter die Haut, Gummiknüppel, rausgerissene Fingernägel – das ist seine Handschrift. Das Gefängnis stöhnt: »Räumt Tschernysch weg«; aus den Parteizellen der Stadtbezirke Geheul: »Erledigt den Bluthund« ... In kurzer Zeit hat er drei komplette illegale Komitees erschlagen und erhängt. Wiederholt ist er beschossen und mit Bomben beworfen worden, doch alles umsonst. Neue Agentenberichte, auf einem Fetzchen Zigarettenpapier weitergegeben: »Tschernysch ist im Stab zu einer Sitzung, gegen drei kommt er raus.«

Der Stab liegt mitten in der Stadt. Trotzdem muss es knallen. Im Zimmer sind zufällig sechs Mann.

Gelost wird mit Linsen.

Die gekerbte zog Ilko.

Hastig griff er ein Glas unverdünnten Sprit, verschüttete etwas gegen die Brust. Das wettergegerbte Zigeunergesicht wurde noch dunkler, das Blut wallte hoch.

»Fenka, Genossen, ne Papirossa!«

Er fingerte eine aus dem Etui. Rauchte bei Fenka an, sein Nacken brannte.

Er stürzte zur Tür und erinnerte sich: Genauso hatte sein Nacken gebrannt, als sie ihn in das Wäldchen bei Balabanowo zur Erschießung führten.

Autogeratter

Gesichtergewimmel

Sporengeklirr.

Mit einem Korb auf dem Kopf überquert Ilko die Straße.

»Fladen … Heiße Fladen …«

Der Stab.

Aus dem Stab kommt Tschernysch: Papacha, Schnurrbart, hellgrauer Uniformmantel, Brust voller Orden.

Ilko ihm entgegen.

Er …

Jetzt …

Ta-ta-ta-ta-ta-ta!

Ganze Trommel aus nächster Nähe leergefeuert.

Tschernysch lacht, seine Hände bleiben in den Taschen.

Vor Entsetzen kann Ilko nicht wegrennen. Nadelspitz durchsticht ihn der Gedanke: Er trägt einen Panzer, sie habens mir gesagt …

Aus den Höfen stürzen Geheime, Kosaken. Scharfe Säbel zerhacken Ilko die wattierte Soldatenjacke am Leibe.

An einem Tag verschwand ein ganzer Fleischtross in den Bergen; auf dem Basar wurde ein Spitzel im Scheißhaus ersäuft; in der Bucht verbrannte ein Munitionsdampfer. Dies kam so: Nachts lief, mit der Brust das schäumende Wasser teilend, ein schmuckes Schiffchen aus dem fernen Marseille ein. Am Morgen erschien in der konspirativen Wohnung des Arbeiters Pjotr Olejnikow ein Illegaler, der Matrose Gerassim, verkleidet als britischer Hauptmann. Er bat um eine Flasche Sprit und eine Flasche Benzin. Den Sprit goss er in sich hinein, das Benzin schob er in die Tasche und verschwand wortlos. Beim Hafenkommandanten verlangte Gerassim, mit dem Hauptmannslametta funkelnd, einen Militärkutter und fuhr damit hinaus, »um die Granaten zu übernehmen«. Eine halbe Stunde später brannte das Schiffchen auf der Reede lichterloh, donnernd detonierten die Munitionskammern, schwarzer Qualm verhängte den Horizont. Das war alles.

Wieder ein Kassiber aus dem Gefängnis: »Jede Nacht werden Genossen weggeschleppt. Helft, rettet uns!«

Das Herz flattert in der Brust, aber die Hände reichen nicht so weit – schließlich ist das kein Spaß.

Die Vorbereitung des Überfalls auf das Gefängnis oblag Fenka. Mit hechelnder Zunge jacherte sie sich ab: Aufseher bestechen, Signale, Telefone, Schlüssel, die Wache, Absprache mit Alexander – bis über die Ohren zu tun, und plötzlich – klapp! – schnappte auch hinter ihr die Falle zu.

Der zerhackte, halbtot geprügelte Ilko wurde an Armen und Beinen durch den Gefängniskorridor geschleift. Sein Kopf knallte gegen die Stufen, fegte den Boden. Das Schloss kläffte rostig. In der Zelle hing saurer Gestank, und es muffelte nach kaltem Stein.

Mit Schwung

wie einen Hecht

in die Ecke.

Vom brüllenden Schmerz und der Kälte kam er zu sich. Mit großer Mühe stellte er sich auf die Beine.

Er konnte weder sitzen noch liegen. Der streifig zerfetzte Rücken klumpte von Blutharsch. Die Zunge leckte die splittrigen Zahnstümpfe entlang. Vor Schwäche lehnte er sich an die Wand, brach in Schluchzen aus.

. . . .

. . . .

. . . .

Nach dem ersten Verhör wurde Ilko in die Todeszelle gebracht. Hier traf er Petka Hexer und den Genossen Sergej.

»Tag!«

»Tag!«

»Krawatte?«

»I was … So und so, die Karre rollt, da sind schon welche eisern am Kurbeln, wir erwarten sie jede Stunde; die Knochen, die Schlüssel, haben wir schon bestellt in unsrer Schmiede.«

Die Todesübelkeit wich, floh vom Herzen, Ilko wurde guten Mutes, sah sich um: alte Zelle, gewölbte Decke.

Träge wie Zugochsen spulten sich die trüben Tage ab. Die hallenden Nächte krochen hastig hinweg, ließen hinter sich Geschrei, Geheul, raschelndes Gehusche. In der Todeszelle gab es keine Pritsche, keinen Tisch, nur nackte Wände. Das Wasser knöchelhoch. Die Gesunden standen viele Tage lang. Die Schwachen saßen und lagen im Wasser.

Jede Nacht wurden welche zur Hinrichtung rausgepickt.

»Makarenko?«

»Hier.«

»Sidorow, Iwan?«

»Ja.«

»Kaljugin?«

»Is da.«

»Kassapenko?«

Schweigen.

»Petro Kassapenko?«

Hastig aus der Ecke:

»Hier liegt er … Is am Typhus gestorben, stinkt schon …«

»Fertigmachen!«

Was gibts da fertigzumachen? Tabak, Streichhölzer bleiben zurück – warum sollen sie umkommen? Ein verlöschender Blick fasst die kahlen Wände; Abschied von den Genossen, und hinaus in die Nacht.

Der Bandit Petka Hexer wartete unruhig auf den Tod. Wenn er sich satt gekokst hatte, machte er alle ganz verzagt, indem er rastlos durch die Zelle rannte und sich mit den Nägeln die schmutzige Brust kratzte – das Hemd hatte er verspielt; auf seiner Brust waren die Worte »Gott schütze den Seemann« eintätowiert.

Der Genosse Sergej aber kritzelte bis zuletzt mit einem Bleistiftstummel Aufrufe »An die Arbeiter, Soldaten und Bauern« und schickte sie jeden Morgen hinaus, in die Freiheit.

Die Weißen witterten Unrat, doch sie konnten das Fadenende nicht finden.

Tschernysch verdoppelte die Außenwache. Im Gefängnis zwiebelte er persönlich alle, die was wissen konnten: Er suchte das Fadenende.

Zum Verhör auf den Beinen, vom Verhör auf allen vieren: »Wie und was, wie denkst du darüber? Dir gehts noch zu gut, du Hundesohn … Klatsch, zong, fuit, ach, ach …«

Nach dem Verhör kam Ilko in einer fremden Zelle zu sich: hohes Fenster, ragendes Naturgestein. Auf der Pritsche guckt aus einem Haufen Lumpen ein rothaariger Hinterkopf.

»Fenka … Fenka.«

Sie hörte auf zu stöhnen.

Richtete sich hoch.

Sprang herunter und fiel auf Ilko, deckte ihn mit ihrem Körper zu wie die Glucke ihr Kücken.

»Du, Ilko?«

»Ja.«

»Na siehst du, wieder beisammen.«

»Wann bist du denn hoppgegangen?«

»Unwichtig. Und wo kommst du her? Haben sie dich durch den Wolf gedreht? Wie wars?«

»Kein Wort«, flüsterte er und lächelte.

»Großartig.« Sie ertastete seine Hand und drückte sie kräftig. »Weißt du, dass heut Nacht der Überfall steigt?«

»Weiß ich.«

»Pssst.«

Erst jetzt bemerkte er, dass hinter ihrem Ohr die roten Haare dunkel zusammenbackten und ihre Wange durchstochen war.

Der Riegel knackte.

Die träge Tür gähnte rostig.

Ein blutiges Laternenauge starrte die beiden an.

Fenka ging zur Pritsche.

Die Wächter stießen die Kolben auf, traten von einem Bein aufs andre, husteten in die Faust.

Ein schöner Offizier:

»Aufstehn!«

Zwei hoben Ilko auf, schüttelten ihn, lehnten ihn gegen die Wand.

Der schlappe Offizier putzt mit dem Schnupftuch seinen Ärmel, sagt träge:

»Die hinterhältigen Pläne der Grünen, Überfall aufs Gefängnis, Zusammensetzung des Komitees – alles Unsinn, dummes

Zeug, wissen wir alles, Maßnahmen sind getroffen, die Verschwörung wird im Keim erstickt.« Sogar über sie, Ilko und Fenka, weiß er Bescheid. Natürlich, Jugend, Liebe ...

Aber das sagt er nicht mehr dienstlich, sondern aus gutem Herzen. Nur eine Kleinigkeit verlangt er von Ilko: paar Namen, paar Adressen.

Schweigen.

Der Mond bebt im Fenstergeflecht.

Der Offizier hustet erkältet:

»Ich warne Sie, junger Mann, wenn Sie meine berechtigten Forderungen nicht erfüllen, stelle ich Ihr Mädchen einem Zug meiner Soldaten zur Verfügung.«

Ilko schweigt.

»Na? Ich hoffe, Sie werden vernünftig sein?«

Ilko hustet Blut aus, bewegt schweigend die zerschlagenen Lippen. Eine Etage tiefer grölen Falschmünzer:

»Dreh dich rascher, Geldmaschinchen,
spuck die Rubelscheinchen aus ...«

Fenka sagt dumpf, wie aus weiter Ferne:

»Untersteh dich, Ilko!«

»Ach, so ist das!« Die Höflichkeit des Offiziers zerreißt, ein Strom von Flüchen bricht aus ihm hervor.

Über Ilko stürzen die Wände zusammen. Er kriegt einen Eimer Eiswasser auf den Kopf. Wieder wird er aufgehoben und an die Wand gelehnt.

»Na?«, schreit der Offizier.

Ilko tritt vor.

Die helle Stimme stößt ihn vor die Brust:

»Untersteh dich!«

»Wunderbar.« Der Offizier dreht sich zu den Soldaten um und befiehlt: »Syromjatnikow, fang du an!«

Syromjatnikow gibt sein Gewehr einem Kameraden, packt Fenka bei den Haaren, biegt ihr den Kopf nach hinten.

Ilko blinzelt ...

Es kitzelt ihn in der Nase ...

Ein Zittern schüttelt ihn …

Übel ist ihm …

Schwarz vor Augen …

Wie durch einen Nebel sah er Fenkas weiße Beine. Sein Partisanenblut revoltierte. Er blinzelte, vor seinen Augen drehte sich alles.

»Halt! Euer Wohlgeboren, ich werds sagen … «

»Sei still!«, schrie Fenka verzweifelt.

»Euer Wohlgeboren … Ich werd alles sagen, ich, ich … «

Die Gedanken laufen auseinander wie betrunkene Zügel. Ilko kriegt sie nicht zusammen, er taumelt, und plötzlich sieht er: Fenka legt dem Wächter fest, ganz fest den Arm um den Hals, mit der freien Hand tastet sie nach der grünen Schnur, nach der Revolvertasche, nach dem Nagant und – die erste Kugel auf ihn, Ilko:

Peng …

Dumpf hallen im Korridor Schritte und Stimmen:

»Brüder, kommt raus!«

»Los, schnell!«

»Beine in die Hand, Schwanz zwischen die Zähne!«

Die Menge der Häftlinge kraxelte den Berg hinauf. Eine Kette Grüner deckte ihren Rückzug.

Freudig fragte Alexander nach Ilko:

»Wo steckt der Bengel, warum lässt er sich nicht blicken?«

Fenka warf den heruntergeglittenen Karabiner wieder auf die Schulter und antwortete:

»Draufgegangen ist unser Ilko … Das Herz ist ihm weich geworden.«

Feuer hat keine Furt.

Historische Information

Der Überfall auf das Noworossisker Gefängnis fand in der Nacht vom 20. zum 21. Februar 1920 statt. Über sechshundert Häftlinge wurden befreit.

Das Städtchen Kljukwin

In Russland ist Revolution -
die Flamme stieg auf
und raste wie ein Gewitter dahin.

Der erste Schnee schüttete die Stadt zu, breitete sein Netz über den dünnrippigen Wald, sprenkelte die Strohhäupter der Dörfer. In den Weiten der Steppe trieb der freie Wind Schneeströme vor sich her, striegelte die Kämme der Schneewehen.

Die Straßen nach rechts
die Straßen nach links
von Schnee überschwemmt …

An den Fenstern die ersten Eisblumen.

Kljukwin frohlockte.

Die Fassaden der Häuschen waren mit grünen Zweigen und roten Fahnen geschmückt. Irgendwo hinterm Feuerwehrdepot schmetterte ein Orchester. Von den Stadträndern strömten lawinenartig die Einwohner durch die krummen, schmalen Sträßchen zum Zentrum. Die Kinder rannten juchzend. Beunruhigte Hunde sprangen nebenher. Breit, geschäftig schritten die Männer. Atemlos, das Tuch richtend, liefen die Weiber.

»Beschützerin … Mutter Gottes … Sie kommen.«

»Ja, sie kommen … Mein Gott, Darjuschka, oh … Gebenedeit!«

»Gevatterin, was mir geträumt hat … «

Vom Bahnhof her fädelte sich die Partisanenabteilung Kapustin in die Hauptstraße hinein. Die erschöpften, dampfenden Pferde schnarchten. In den Sätteln schwankten die Partisanen, die Gesichter windgegerbt, die beschneiten schwarzen Papachas auf den Hinterkopf geschoben.

Über den Marktplatz zogen den Partisanen entgegen mit Fahnen und Orchestermusik Eisenbahner, Lastträger, Weber, Bäcker, Gerber, Arbeiter der Nadel.

»Mama, sieh mal, sieh mal!«

»Hehe, Bruder, eine Macht! So viel Volk hab ich nicht mal am Jordan gesehen.«

»Krieg … All diese Pferde müssten pflügen.«

Vom Gehsteig sauste ein bunter Rock herbei.

»Mitroschenka!«

Die junge Frau warf sich mit der Brust gegen die Welle der Pferde. Ein windgeschwärzter Partisan mit Hakennase beugte sich aus dem Sattel, griff sie im Reiten unterm Arm und setzte sie vor sich hin; unter beifälligem Gelächter küsste er ihr das verheulte lachende Gesicht.

»Hurra, hurraaa!«

Erhobene Köpfe, aufgerissene Münder.

»Gevatter, Jermolai! Gevatter, der Satan soll dich zerreißen!«

»Ach, lieber Freund, mein Gartenäpfelchen … Du lebst? Deine Grunka vergeht vor Kummer, sie hat dir ein Pärchen geboren.«

Eine alte Frau griff einem Braunen in die Zügel, ihre Augen blitzten auf und erloschen wie Kopekenkerzchen im Wind.

»Michaïl Iwanowitsch, hast du meinen Petka gesehn? Meinen Sohn?«

Der picklige Michaïl Iwanowitsch, genannt Mischa Kropf, riss am Zügel und schrie gepresst:

»Wart nich mehr auf deinen Petka, Mawra. Wir warn zusammen. Petka, mein Freund bis ans Grab, ist bei Kasan gefallen.« Kropf gab dem tänzelnden Braunen vor Rage heftig die Peitsche und sprengte in eine Seitengasse, nach Hause.

Die Alte sank zu Boden.

»Petka … Mein Gott … Uuuch, uch …«

Das Orchester schmetterte triumphierend. Wie eine Woge stieg die Hymne der Revolution auf über der Stadt – gefühlvoll erklangen die Frauenstimmen, einmütig dröhnten die Bässe, funkelnd schwangen sich die Kinderstimmchen auf. Das kämpferische Lied wogte, zerriss die schläfrige Stille des Städtchens.

Auf dem Platz ein brodelndes Meeting.

Vom Balkon des Exekutivkomitees schrie Kapustin in den Schneesturm, als wollte er mit ihm streiten:

»Die Wolga ist unser! Morgen gehören uns der Ural, die Ukraine, Sibirien! Generäle, Kaufleute, Fabrikanten und sonstiges Kleinzeug, was dem werktätigen Volk die Säfte aussaugt – wo sind sie hin? Futsch. Alle weggewirbelt, im Feuer verbrannt! Zu Koltschak[1] sind sie gelaufen nach weißen Semmeln, nach Butterpiroggen ...«

Die Vordersten wogten im Gelächter.

»Von unserm Brot platzt ihnen bald der Wanst ...«

»Euer Wohlgeschoren, ho-ho ...«

Über den ganzen Platz ging dichtflimmernd das Gejohle hin.

Die abgesessenen Partisanen traten auf den gefrorenen Klumpen von einem Fuß auf den andern, fragten halblaut dies und das, erzählten von den letzten Kämpfen bei Simbirsk[2] und Samara, hörten Kapustin zu.

»Der hat was aufm Kasten.«

»Meinst du?«

»Klar. Und im Kampf der Härteste von allen. Hurra – und vorwärts!«

»Mit Kapustin kann nichts schiefgehn.«

Kapustin teilte mit der Handkante den Gegenwind, fesselte die Menge mit den Augen und sagte laut:

»Revolution, Freiheit, Macht ... Wir haben den Brei eingerührt, wir müssen ihn nun fertigkochen! Wir haben ausgeholt, wir müssen zuschlagen! Unsere Feinde zählen nach vielen Tausenden!«

Von Norden, aus den Ärmeln der Waldwege, rieselten die Trosse mit Stäben und Verwundeten. Von den fernen Uralber-

1 Alexander Wassiljewitsch Koltschak (1873–1920), Admiral, errichtete im November 1918 eine Militärdiktatur in Sibirien, im Ural und im Fernen Osten. Im Januar 1920 vom Tschechoslowakischen Korps ausgeliefert, am 7. 2. erschossen.

2 Seit 1924 Uljanowsk.

gen zog Kälte heran. Ein scharfer Wind pfiff, brennend wie Nesseln. Trübnis löschte den Tag, die Sonne versank.

Die nächtliche Ruhe des still gewordenen Städtchens wurde von Patrouillen bewacht, ihre ehernen Schritte tönten hallend auf den gefrorenen Brettern der Gehsteige, vor Langeweile ballerten sie in den hohen Sternenhimmel. Auf dem Marktplatz, wo drei große Straßen zusammenstießen, loderte ein Lagerfeuer. Die Flammen tauchten die verschlafenen welken Gesichter in hässliches Blut. Die Soldatengespräche schleppten sich lasch dahin, eine dicke Machorkazigarette ging im Kreise von Hand zu Hand.

Die rostigen Nägel in den Brettern eines Ladens kreischten.

»Schmeiß rein, Petrow, immer rein damit, das hebt die Laune.«

Petrow warf morsche Brettertrümmer ins Feuer, nieste krachend mit Nachjuchz, hockte sich hin, drehte sich aus einem vom Zaun gerissenen Befehl eine Zigarette, sog den Rauch ein und begann:

»In einem fernen Reich lebte einmal ein Pope. Er hatte nicht wenig, er hatte nicht viel – er hatte acht Töchter. Das waren wohlbeleibte Mädchen, lecker anzuschaun. Eines Tages dingte der Pope den Tschegolda als Knecht. Na schön, und einmal ...«

Das Märchen ging unter im eisernen Johlen erkälteter Stimmen.

Die nächtliche Dunkelheit dünnte aus. Der alte Soldat Onufri schlug munter die Stunden auf dem Feuerwehrturm. Die von grauen Zäunen umspannte Stadt begann von den Rändern her zu brodeln. Beim ersten Morgengrauen war die Vorstadt auf den Beinen. Bei den Brunnen klirrten die Eimer der Frauen. Die Depotsirene muhte, dünn zitternd antwortete die Sirene vom Sägewerk, dann folgten einträchtig die der Mühlen und schreckten mit ihrem mächtigen Brüllen das morgendliche Dösen auf. Erschauernd im frischen Wind, schritten eilig Arbeiter mit Säckchen und Bündelchen, wechselten Scherzworte und harmlose Flüche.

Neben der Makkaronifabrik, im schweren Hause des Kaufmanns Sawwatej Gretschichin, ging gegen Morgen die Sitzung des Revkom zu Ende. Hilda protokollierte: Schutz der revolutionären Ordnung ... Nationalisierung und Registrierung der Betriebe ... Unterstützung der Familien gefallener Partisanen.

Im Eckzimmer kritzelte der langhaarige Sohn des Kaufmanns, Jefim Gretschichin, so emsig einen Aufruf an die Werktätigen des Kreises Kljukwin, dass unterm Bleistift Funken hervorstoben.

Jefim war Maler und Schauspieler. Er hatte sich von klein auf in der Fremde herumgetrieben, am Halse den donnernden väterlichen Fluch. Die Revolution schlug dem Alten die Beine weg: Zwei Läden nahmen sie ihm weg und die Ölschlägerei, sein Traber Golubtschik wurde am hellichten Tag vom Hof entführt, die Familientruhen, die noch von seinem Großvater stammten, ausgeplündert. Vor Kummer hängte sich der Alte auf. Sie begruben ihn nach kulugurischem Brauch, im Hause, unter vielstimmig näselndem Gesang kulugurischer Popen. Alsbald erschien aus wärmeren Gefilden Jefim, einen karierten Koffer auf dem Buckel: Er hatte Heimweh bekommen und sehnte sich nach dem nahrhaften Roggenbrot und nach der Kohlsuppe mit Rindfleisch und Markknochen, mit Mehl angedickt, wie man sie nur an der Wolga richtig zu kochen weiß. Er verscheuerte die verbliebenen Pelze des Vaters und das Tafelsilber, pinselte Bilder, ging auf die Jagd. Umschwung, Tschechen, Mobilisierung. Der Krieg lockte Jefim nicht. Als Deserteur verkroch er sich am Stadtrand bei dem alten Verkäufer seines Vaters, Ilja Chalsow. Er langweilte sich. Vor Langeweile ging er eines Tages mit zu einer Versammlung der Ladenverkäufer. Hier lernte er Hilda kennen. Später trafen sie sich zweimal im Stadtpark, und die Liebe deckte sie mit ihrem glitzernden Flügel zu. Hilda arbeitete in der Illegalität. Er wusste nichts davon und wunderte sich nicht wenig, wie beschäftigt sie war und dass sie in der Arbeitervorstadt dauernd von Haus zu Haus lief.

»Hast du so viele Verwandte in der Stadt?«, fragte er.

»Ja«, lachte sie, »viele Verwandte.«

»Komisch … Ich denke, du bist aus Riga?«

»Sei still, mein Freund. Das erfährst du später.«

Sie war schlank und straff wie ein ordentliches Pferd, und er wunderte sich über ihre Verschlossenheit. Der jugendliche Enthusiasmus war in ihr versteckt wie das Feuer im Feuerstein. Jefim liebte alles an ihr: das gestutzte blonde Köpfchen, das strenge bräunliche Profil, die gemeißelte Figur. Und in Hilda blinkte die Erinnerung an das Rigaer Gymnasium, an das große deutsche Theater, an die gelesenen Romane. Jefim war Maler, Schauspieler, Dichter, und sein Talent, so wollte sie gern glauben, war ebenso breit wie seine Schultern. Wie hätte sie ihn nicht lieben sollen?

Die Tage des Sieges rückten näher. In einer klingenden Herbstnacht gingen sie Hand in Hand bis zum Morgen im Park spazieren, und Hilda, die ihm etwas sehr Schönes sagen wollte, platzte plötzlich heraus:

»Weißt du, ich bin Bolschewikin. Ich arbeite in der illegalen Organisation.«

Er nahm diese Neuigkeit gleichgültig auf und murmelte:

»Wenn nur der Krieg bald zu Ende geht. Ich nehm dich mit auf die Krim, in den Kaukasus, dort gibts wunderschöne Eckchen.«

Hilda trat ins Zimmer und blickte ihm über die Schulter.

»Oho, du schreibst ja viel. Willst du ein ganzes Poem kritzeln?«

»Macht nichts, der Mushik mag das ausführliche Gespräch.«

»Denk nur, Jefim, wie schön, die Stadt gehört uns! Was die Menschen heute für Gesichter hatten, für Augen!« Sie stemmte die Hände in die Hüften, schüttelte stürmisch die Locken, tanzte durchs Zimmer, ließ sich in einen Sessel fallen, schloss die Augen. »Ich bin todmüde …«

»Gibts was Neues?«

»An der Front scheuchen wir sie. In den nächsten Tagen erwarten wir das Exekutivkomitee. Einstweilen hab ich den Auftrag, Instrukteure und Agitatoren zu werben. Jefim, Liebster, du wirst mirs doch nicht abschlagen, ins Dorf zu fahren?«

»In was zum Teufel für ein Dorf?«

»Na, du sollst durch ein paar Landkreise fahren und agitieren für die Wahlen zu den Dorfsowjets. Wir haben so wenig Leute. Ich rechne auf dich.«

»Ich hab nichts dagegen, aber …«

»Keine Bange, Instruktionen kriegst du.«

»Das mein ich nicht«, fiel er ihr ins Wort, »aber ich werd mich nach dir sehnen. Ein Flammenwirbel verbrennt mich zu Asche.«

»Schreib eine Erklärung fürs Parteikomitee, dass du nicht fahren kannst, weil du verliebt bist. Übrigens, ab morgen wird eine Woche der Partei ausgerufen, Werbung neuer Mitglieder ... Ich hoffe, du ...« Sie druckste.

»O ja, ja!«, griff er auf. »Ich habe mich innerlich stets als Kommunist gefühlt, obwohl ich die Parteiprogramme kaum kenne. Na, das sind Lappalien. Mit dir, mein Liebchen, geh ich ins Paradies und in die Hölle ... Also hör zu.«

Er las ihr munter den Aufruf vor.

Hilda ließ keinen guten Faden daran: zu viel sozialrevolutionäre Phrasendrescherei – »härene Bauernschaft«, »freies Volk«; zu viele fürs Dorf unverständliche Wörter; sie zeigte ihm die Stellen, auf die er mehr Gewicht legen sollte, nannte ihm ein paar Losungen, dann rollte sie sich in einem Ledersessel zusammen und glitt in den Schlaf wie in eine Grube voller schwarzer Daunen.

Jefim schrieb den Aufruf ins Reine, warf den Bleistift hin, ging auf Zehenspitzen zum Sessel, senkte die großgezeichneten, vollen Lippen sacht in ihr Haar.

»Oh, du mein freudevolles Lied, mit den fließenden Flammen meiner Küsse will ich deine Seele bis zum Rande füllen, bis dass sie überläuft ...«

Den Korridor entlang polterten gefrorene Hufe, ein sachlicher Faustschlag gegen die Tür.

»He, wohnen das Fräulein Lettin hier? Zur Versammlung!«

»Verdammt ... Nicht so laut!«

Zur Tür herein: Papacha, Schnauzbart.

»Fräulein Lettin? Ins Bachruschin-Haus zur Gewerkschaftsversammlung. Eine Stunde such ich schon, Strafe Gottes.«

Die Zäune bogen sich unter der Last der Befehle: »Kriegszustand ... künftig ... streng ... Suff ... Raub ... die Schuldigen ... auf der Grundlage ... bis hin zur Erschießung.« Die meiste Aufmerksamkeit erregte der Aufruf: »Genossen und Bürger, unser

Kreis ist eine einzige werktätige Familie. Wir haben gemeinsame Interessen. Der Traum ist verwirklicht! Alle in die Kommune!« Der Aufruf war in hunderttausend Exemplaren gedruckt und verschickt worden, wie später aus dem Gouvernement erklärt wurde, »durch ein betrübliches Missverständnis«.

Den Einwohnern von Kljukwin, die sich noch nie durch besondere Tapferkeit ausgezeichnet hatten, schwirrte von Befehlen und derartigen Aufrufen der Kopf wie ein Karussell. Der Schwager erkannte den Schwäher, die Schwiegermutter die Schwiegertochter, der Vater den Vetter nicht wieder. Einander beargwöhnend, verkrochen sich die Bürger geschwind in ihren Höhlen.

Das einzige Automobil in der Stadt zählte rund um die Uhr die Schlaglöcher: Kommandant, Revkom, Tscheka, Bahnhof, Telegrafenamt, Revkom, Tscheka … Auf dem Heumarkt ein Meeting von Fuhrwerken. Aus der Stadt zogen sich in langer Reihe Pferdewagen mit Holz, Eisen, Rindsleibern, gefrorenen Soldatenbroten, an denen Äxte schartig wurden; Peitschen knallten, Flüche schallten, die mit Verwünschungen überschütteten Pferdchen spannten alle Kräfte an. Am Flüsschen Gownjuschka wurde die von den Weißen gesprengte Brücke wieder aufgebaut.

Feierlich, in einem Strom von Musik, traf das Exekutivkomitee in seiner alten Zusammensetzung ein. Das Revkom übergab dem Exekutivkomitee »die ganze Macht«.

Die Maschine lief auf vollen Touren.

Von Hof zu Hof gingen Kommissionen, sie requirierten, konfiszierten, untersuchten, erfassten, registrierten, notierten, durchsuchten, ermittelten. Eiligst wurden Straßen umbenannt: die Böttcherstraße in Kommunistische Straße, die Handelsstraße in Straße der Roten Armee, die Garküchengasse in Sowjetgasse. Auch der Läuseplatz wurde nicht übergangen, auf dem seit alters die Lastträger Zahl oder Adler spielten und im Sonnenschein Läuse knackten; jetzt hieß er Platz der Pariser Kommune. Der Leiter der Verwaltungsabteilung, der ehemalige Telegrafist Pentjuschkin, war Meister in solchen Späßen. Ein halber Jüngling noch und ein halber Poet, wurde er von ständigem Verlangen nach Schöpfertum gepeinigt: Mal reichte er bei der Tscheka ein märchenhaftes Projekt über die Vernichtung sämtlicher Weißgardisten in ganz Russland binnen drei Tagen ein, mal schlug er auf einer Sitzung des Exekutivkomitees eine Woche der allgemeinen Haussuchungen vor, um bei den Bürgern überzählige Lebensmittel, Stoffe und Schuhwerk zu beschlagnahmen, mal präsentierte er dem Volkswirtschaftsrat ein Projekt für den Bau einer gigantischen Ziegelei, mal denunzierte er in der Gouvernementsstadt den örtlichen Gesundheitskommissar, der Gerüchten zufolge usw. Selbst die ödesten und von den Einwohnern vergessenen Gassen – die Flickengasse und die Sandgasse – wurden umgetauft in Darial-Gasse und Demokratische Gasse. In letzter Zeit erarbeitete Pentjuschkin nächtelang fieberhaft ein Projekt für neue revolutionäre Familiennamen, mit denen er in erster Linie Rotarmisten, Arbeiter und Sowjetangestellte auszuzeichnen gedachte. Er befürchtete stets, jemand könnte ihm Ideen wegschnappen, und weihte selbst Freunde nur ungern in seine Pläne ein.

Die bröckligen Fassaden der Kaufläden wurden forsch mit roten Schildern versehen:

VERTEILUNGSSTELLE 1
ARMEEVERSORGUNGSDEPOT
KREISFISCHVERWALTUNG

An den wichtigsten Kreuzungen standen wie in die Erde gewachsen Milizionäre. Über Landstraßen und Waldschneisen sprengten, in frostigen Staubqualm gehüllt, als eilten sie zu einem Brand, Instrukteure, Mitarbeiter, Tschekisten, Verwalter, Kuriere, Lebensmittelbeschaffer und wackere Kreismiliz. Der Chef der Miliz Sykow meldete der Verwaltungsabteilung: »Um die sittliche Seite der mir anvertrauten Milizionäre in jeglicher Hinsicht zu wahren und ihnen erzieherische Qualitäten einzuimpfen, habe ich durch einen speziellen Befehl die verderbliche Gewohnheit des zotigen Fluchens abgeschafft.« Pentjuschkin lobte ihn.

In den Nächten flohen mit Fuhrwerken voller Habe Menschen aus der Stadt, die von der Revolution geschädigt waren und es nicht geschafft hatten, sich mit den Tschechen abzusetzen. Auf dem Lande hofften sie, sich vor den Stürmen und Gewittern schützen zu können. Aufs platte Land ging auch, mit Dokumenten eines Volksschullehrers, der Sozialrevolutionär und Oberleutnant der Koltschak-Armee Boris Pawlowitsch Kasanzew, den seine Organisation zurückgelassen hatte, damit er im sowjetischen Hinterland subversive Arbeit leiste.

Frontnahe Zone, in der Stadt zwei Gewalten – die zivile und die militärische. Ein ganz normales Exekutivkomitee. Der Garnisonschef, der Offizier Glubokowski, war schnurrbärtig, rotgesichtig, knurrig. Auf Familienabenden fegte der flotte Tänzer mit seinen überaus weiten, himbeerrosa Reithosen den Weg zu den Herzen der Schönen frei. Niemand verstand wie er, mit dem staatseigenen Gespann durch die Stadt zu brausen, und kein anderer als er, Glubokowski, hatte, zum Neid Pentjuschkins, den Tanz »Für die Macht der Sowjets« erfunden und teilte guten Bekannten unterm Siegel der Verschwiegenheit mit, er studiere einen neuen Walzer ein: »Ruhm der Roten Armee«.

Angereiste Mushiks füllten vom frühen Morgen an den Korridor des Exekutivkomitees, betrachteten die Befehle an den Wänden, unterhielten sich leise wie in der Kirche und beschmutzten den Fußboden mit ihren Bastschuhen. Der Hausmeister Adja-Badja, mit Schlüsseln klirrend, spuckte Flüche aus:

»Was kommt ihr nich schon um Mitternacht, ihr klumpfüßigen Satansbraten! Da, alles habt ihr vollgetrampelt, ihr Bären.«

»Kläff nicht, Alter, wir wollen ja nicht irgendwas, wir sind in amtlicher Angelegenheit hier.«

»Geh schon, geh, mecker nich!« Und er jagte die Mushiks mit dem Besen hinaus.

Vom Feuerwehrturm fielen zehn klirrende Schläge auf die Stadt. Das Exekutivkomitee füllte sich mit Stimmengewirr, Telefongeschrill und dem Geschwätz der Schreibmaschinen. Die Mushiks trotteten von Etage zu Etage, von Abteilung zu Abteilung, von Zimmer zu Zimmer. Die Fräuleins fauchten sie an wie Katzen, die Sekretäre befühlten die leeren Taschen der Mushiks, die majestätischen Leiter thronten auf Instruktionen, Schemata und Projekten, in welche nach genauesten Berechnungen das eiternde Leben hineinfahren sollte wie ein Fuß in einen Lackstiefel.

Im roten Saal, der mit aus der ganzen Stadt herbeigeschafften Palmen vollgestellt war, hörte das erweiterte Plenum des Volkswirtschaftsrats einen Vortrag Sapunkows über den Zustand der Industrie im Kreis.

Noch vor gar nicht langer Zeit war Sapunkow – wenn eine Locke von ihm einen Rubel kostete, war der ganze Kerl nicht für hundert zu kaufen – ein rotwangiger Bursche, der hinterm Ladentisch des Lebensmittelhändlers Dudkin paradierte. Er war nicht dumm, war dienstwillig und beflissen, auf die Kopeken des Herrn bedacht, nicht so wie andere, von denen es hieß: »Der Verkäufer steckt zehn Kopeken dem Herrn in den Kasten, fünfzig aber in den eigenen Stiefelschaft.« Auf den schmalen Pfaden des Vertrauens seines Herrn stieg er unbeirrt auf bis zum Testamentsvollstrecker, wobei er allmählich alles Asiatische abstreifte, den Kittel und die Pluderhosen aus Halbsamt gegen ein kurzes Jackett mit lila Schlips vertauschte und sich eine umgängliche Redeweise zulegte. Dudkin kaufte ihn vom Militärdienst frei, behandelte ihn gut, nahm ihn in sein Haus und hatte vor, seine älteste Tochter Axinja, die als alte Jungfer versauerte, mit ihm zu verheiraten. Dazu wäre es gewiss auch gekommen, doch dann brach die Revolution aus und schlug dem alten Dudkin sämtliche Trümpfe auf einmal aus der Hand. Ein Mensch mit Köpfchen aber kann auch in der Revolution leben. Binnen eines halben Jahres weilte der Verkäufer bei den Sozialrevolutionären, den Anarchisten, den Maximalisten[1] und schlug sich schon vor dem Oktober auf die Seite der Bolschewiken. Davon gab es in Kljukwin ein knappes Dutzend, und davon war die Hälfte nicht sehr standfest oder wenig gebildet und beantwortete Jesuitenfragen des Gegners wie: »Wann bricht in Deutschland die Revolution aus, wenn wir mit ihm Frieden schließen?«, ohne mit der Wimper zu zucken: »In einer Woche.« Der zum Anführer erhobene Sapunkow ging all-

1 Radikale, von den Sozialrevolutionären abgespaltene Gruppierung, die nach der Oktoberrevolution zunächst die Sowjetmacht unterstützte.

abendlich auf den Versammlungsplatz, den Heumarkt, schmähte weidlich die Bourgeoisie und ihre Helfershelfer und verließ das Meeting als Letzter, manchmal erst gegen Morgen. Bei kleinem formte sich das Leben, und es formte sich auch der junge Mann: Er schmiss den lila Schlips weg, zog einen Uniformrock an, verbannte Axinja in die Küche und heiratete Dudkins jüngere Tochter Warjuscha; auch die Alten, seine Wohltäter von gestern, verwöhnte er weder mit Leckerbissen noch mit freundlichen Worten und hielt sie wie Hunde. Er würde den Schwiegervater gänzlich von dannen gejagt haben, hätte er nicht gewusst, dass der Kaufmann irgendwo im Garten einen Schatz vergraben hatte. Anfangs beklagte sich Sapunkow bei den Genossen: »Die Zunge erlaubt mir nicht, intelligent zu sein«, doch übers Jahr war auch dieses Hindernis behoben. Innerhalb dieses Jahres las er nach eigener Bekundung *zehn Pud* Bücher, Flugblätter, Aufrufe und war nunmehr in der Lage, jederzeit über ein beliebiges Thema einen vielstündigen Vortrag zu halten. Vom übermäßigen Konsum gedruckter Worte wurden seine Augen stumpf, die Röte verblasste, und in diesem gealterten Mann, der an einen gewendeten Mantel erinnerte, würde kein Kljukwiner den rotwangigen, lockigen Jüngling wiedererkannt haben, der wie ein Brummkreisel im Laden seines Herrn herumfuhr und in seinen Mußestunden unbekümmert die Hunde auf dem Markt scheuchte.

»Erfasst wurden«, so berichtete er dem Plenum, »an die hundert Betriebe, von denen allein die Textilfabrik monatlich zwanzigtausend Arschin Stoff produziert und ebenso viel Sacktuch; unsere Mühlen können täglich bis zu siebzigtausend Pud Getreide mahlen; die Perspektiven des Warenaustauschs …«

Besonders das mit den »Perspektiven« ging ihm glatt von der Zunge, aber als Fragen, schwer wie Pflastersteine, auf den Referenten niedergingen, Fragen, die eine sofortige Entscheidung verlangten, da druckste er, schnäuzte sich, schlug vor, den Vorsitzenden hinzuzuziehen. Der Vorsitzende des Exekutivkomitees, Kapustin, kam herein, kaute im Gehen etwas, begrüßte jemanden und antwortete, ohne die gestellten Fragen bis zu Ende angehört zu haben, sogleich mit vollem Schwung; alles war schon zuvor durchdacht und berechnet: Rohstoffe knapp, staatliche Versorgung belämmert, Geld nicht vorhanden – die Weißen hatten in der Kämmerei nur Hefeetiketten zurückgelassen; die wenigen Mittel, die vom Gouvernement zugeteilt worden waren, würden für die Instandsetzung der Betriebe draufgehen. Resolution des Plenums: »Den Geist der Massen heben. Für die Leitung der Betriebe die besten Kräfte abstellen. Der Bourgeoisie und den Kulaken eine außerordentliche Kontribution auferlegen.«

Arbeitszimmer des Vorsitzenden.

Über Papiere gebeugt das schwere, wie aus Schwarzbrotteig geknetete Bauerngesicht Kapustins. Er erledigte sämtliche Angelegenheiten, große und kleine, gleichermaßen ohne Hast, mit ruhigem Ungestüm. Er bedachte alles nach Besitzerart, steckte den Rahmen ab und packte dann kräftig zu: Nichts, was er nicht in den Griff bekommen hätte. Im Haus der Kommune, in dem fast alle verantwortlichen Mitarbeiter wohnten, war Kapustins Zimmer immer leer: Er arbeitete, aß und schlief im Exekutivkomitee. Seine Redeweise war schwungvoll und saftig, und wenn er redete oder wüst fluchte, drang es durch sämtliche Wände und Etagen. Die Tippfräuleins juchzten, die Tintenmäuse piepsten, und er saß da und schlug gleichsam Zollnägel ein:

»Du zottiger Hund hast schon wieder angefangen zu saufen? Kapierst du, in was für einer Zeit wir leben?«

Das Präsidiumsmitglied Alexej Saweljewitsch Wanjakin, Bäcker von Beruf, drückte sich bei der Tür herum, ließ die roten Fäuste bis zu den Knien hängen und senkte zerknirscht den grau werdenden Kopf. Er trank seit seiner Jugend, daran hatte sich außer seiner Frau nie jemand gestört, denn die ganze Vorstadt trank. Neue Zeit, neue Lieder. Die Revolution verlangte von der Vorstadt Menschen mit nüchternem Kopf und fester Hand. Vom langjährigen Suff wackelte des Bäckers Schädel, und die tränenden trüben Augen klapperten schuldbewusst.

»Verzeih, Iwan Pawlowitsch, unsere Schwäche.«

»Wann ist endlich Schluss mit deiner Sauferei?«

»Ich werd schon ...«

»Pass mir auf.«

»Hier, ich schlag das Kreuz, Iwan, ich trink nich mehr.«

»Wie oft hast du das schon gelobt?«

»Ich hör auf. Wenn ich noch einen einzigen Tropfen in den Mund nehm, kannst du mir in die Augen spucken.«

»Na schön. Da hast du das Dekret über die außerordentliche Steuer, es ist kurz und für die unwissende Masse sehr unverständlich. Also, verdünns bisschen, erklär alles in ganz einfacher Sprache, damits die Leute verstehn, was das für eine Steuer ist.«

»Ich ... Du weißt ja ...«

»Du kannst nicht richtig schreiben? Halb so schlimm. Wir haben die Burshuis bezwungen, wir werden auch das Analphabetentum bezwingen. Hauptsache, du dringst in das Dekret ein, machst dir Gedanken. Der Sekretär soll deine Worte aufschreiben, dann sehn wir gemeinsam weiter.«

Alexej Wanjakin, voll von bitterer Reue, schlurfte auf ungehorsamen Füßen über den Teppich hinaus. Mit wehmütiger Verzweiflung sah er den Stoß Papiere auf seinem Schreibtisch durch: Er konnte nur Gedrucktes lesen und wurde aus Handschriftlichem nicht schlau. Dann zankte er sich mit einer Bande zerlumpter Soldaten herum, die ins Exekutivkomitee eingedrungen waren, um Geldprämien für die Einnahme von Ufa zu verlangen; oder er telefonierte und wusste sich nicht zu fassen vor Begeisterung über die verzwickte Einrichtung des Telefons; er rief seinen Freund Nikifor Sytschugow bei der Tscheka an, und zwischen ihnen flog etwa dieses Gespräch hin und her:

»Du, Nikifor?«

»Ja, Alexej Saweljewitsch. Grüß dich. Wie gehts?«

»Ganz gut. Und euch?«

»Auch nicht schlecht. Was gibts Neues?«

»Ach, nichts. Und bei euch?«

»Auch nichts. In der Nacht haben wir einen Koltschak-Offizier umgelegt.«

»Nicht übel. Mich hat wieder der Chef angeblafft.«

»Wegen Suff?«

»Ja, wegen dem verdammten Suff.«

»Prügel verdienst du.«

»Ich? Stimmt.«

»Komm abends rum, dann reden wir.«

»Mach ich gern.«

»Bring ein paar Handvoll Hirse mit, die Tauben haben schon zwei Tage nichts gekriegt.«

»Gut.«

»Hörst du mich gut?«

»Es geht, als ob mir ein Kakerlak im Ohr krabbelt.«

»Wenn du mich brauchst, ruf an.«

»Mach ich. Du auch.«

»Werd ich. Machs gut, Alexej Saweljewitsch.«

»Machs gut, Nikifor.«

Zufrieden lächelnd hängte Wanjakin sorgsam den Hörer auf, aber dann sah er den stutzerhaften kleinen Sekretär, geriet in Wut, hob die Stimme zum Schreien und sagte in einfachster Umgangssprache das anstehende Dekret her, wobei er von sich aus hinzufügte, die Bourgeoisie solle aus ihren Villen hinausgesetzt werden, oder von Kuh- und Ziegenmilch sprach, die über die Armenkomitees der Stadtviertel »vollständig und gewissenhaft auf alle Kinder der sowjetischen Stadt Kljukwin zu verteilen« sei.

Gleich am nächsten Sonntag betrank Wanjakin sich wieder, preschte mit dem Gespann des Exekutivkomitees durch die Stadt, sang und spielte Harmonika. Die auf der Hauptstraße promenierenden Einwohner wichen zu den Zäunen und zischten:

»Kommissare … Diese kleinen Kommissare …«

Aus den Dörfern kamen Botengänger, Vertreter der Armenkomitees, Vorsitzende von Dorfsowjets. Kapustin schloss sich mit ihnen im Arbeitszimmer ein, setzte ihnen Tee mit Sacharin vor, befragte sie eingehend nach dem dörflichen Alltagsleben, schüttelte zum Abschied eichenholzharte Hände und gab ihnen, wenn es Vertraute waren, mit auf den Weg:

»Macht den Kulaken Feuer unterm Schwanz! Ohne den Kulaken kommt auch der städtische Burshui nicht wieder hoch. Und habt ein Auge auf euch selber – dass mir kein Suff und kein Raub vorkommt. Denkt daran: Wir haben eine Revolution des einfachen Volkes. Haltet die Ohren offen und seid wachsam!«

Tagtäglich schlug sich das Exekutivkomitee mit Konflikten herum.

Es geschah, dass drei Tage keine Warmverpflegung für die Garnison vorhanden war. Glubokowski klapperte mit seiner Wachkompanie die Depots des Kreislebensmittelkomitees[1] ab, schlug die Schlösser weg und schaffte sämtliche Vorräte an Fleisch, Speck und Graupen in die Kommandantur. Der Lebensmittelkommissar Lossew lief in Hysterie zum Exekutivkomitee. Kapustin beruhigte ihn, so gut er konnte. Eine gemeinsam verfasste Beschwerde ging ab ins Gouvernement. Noch hatte Kapustin dem Lebensmittelkommissar nicht die Tränen getrocknet, da kam schon vom Telegrafenamt ein dort arbeitendes Parteimitglied angelaufen und brachte die Kopie eines soeben abgegangenen Militärtelegramms:

An den Chef der Armeeversorgung

Maßnahmen der Militärbehörden zur Lebensmittelbeschaffung treffen hartnäckigen Widerstand seitens Etappenleute, die Hass hegen gegen Armeevertreter. Erbitte Vollmacht notfalls Waffengebrauch. Erwarte Sanktion Requirierung Alkohol für Armeebedarf. Garnisonschef Glubokowski

Kapustin steckte das Telegramm in die Tasche und ließ unverzüglich den Vorsitzenden der Tscheka, Martynow, zu sich kommen.

In der Fabrik lagerte eine halbe Million Arschin Stoff. An den Gouvernementsvolkswirtschaftsrat[2] und an die Zentrotex-

1 Lebensmittelkomitees bestanden 1918–1921 als örtliche Organe des Volkskommissariats für Lebensmittel. Ihre Aufgabe war die Erfassung und Verteilung von Nahrungsmitteln.

2 Territoriales Organ der Wirtschaftsleitung, verwaltete die Staatsbetriebe, die nicht den Abteilungen des Obersten Volkswirtschaftsrates (seit Dezember 1917 zentrales wirtschaftsleitendes Organ) beim Rat der Volkskommissare unterstellt waren.

til[1] gingen mehrfach Gesuche ab, einen Teil der bereits moderndem Stoffe für den Warenaustausch freizugeben. Die Zentralstellen schwiegen hartnäckig. Sapunkow verteilte fünf Arschin pro Kopf an die Arbeiter, die mit ihrem Lohn verrechnet wurden. Aus dem Gouvernement eine Eildepesche: *»Stoff konfiszieren, Schuldige an der Verteilung wegen Veruntreuung von Volkseigentum vor das Revolutionstribunal*[2] *stellen.«* Eine Arbeiterdelegation: »Der Stoff ist weg, ins Dorf gebracht, vertauscht.« Sapunkow, zu Tode erschrocken, lief zum Exekutivkomitee. Kapustin beruhigte auch ihn.

Der Leiter der Instandsetzungsarbeiten an der Brücke, Ingenieur Kiparissow, schimpfte in einem Sachgespräch den Lebensmittelkommissar aus irgendeinem Anlass einen General, Lossew den Ingenieur ein Rindvieh. Der wollte nichts schuldig bleiben und beschimpfte ihn auf gut russisch. Daraufhin zerriss der junge Lebensmittelkommissar die Anweisung für die Arbeiterversorgung, stieß seinen Gesprächspartner aus dem Raum und schrie angeblich: »Flegel«. Der Ingenieur schrieb einen Brief an die Redaktion, beschwerte sich bei der Tscheka und bei seinem militärischen Vorgesetzten und lief am Ende des Arbeitstags wutbleich zum Exekutivkomitee.

»Verstehen Sie, so was von Frechheit. Ich hab mich seit meiner Studentenzeit für die Interessen des Volkes eingesetzt. Er hat alles Gute, alles Heilige in mir beleidigt.«

Kapustin versprach, ihm eine neue Lebensmittelanweisung zu verschaffen, und rief in seinem Beisein Lossew an:

»Hör mal, was war da mit dem Genossen Kiparissow? So geht das nicht …«

»Er ist kein Genosse, sondern ein parteiloses Rindvieh«, schrie der, »dies Miststück hätt man längst an die Wand stellen solln. Er …«

1 Zentralverwaltung der staatlichen Textilindustrie, Abteilung des Obersten Volkswirtschaftsrates.

2 1918–1921 Justizorgan zur Verfolgung konterrevolutionärer und besonders gefährlicher Verbrechen.

Kapustin hängte den Hörer an den Haken.

»Sehen Sie, Ingenieur, Lossew entschuldigt sich und bedauert den Vorfall. Er ist überarbeitet und nervös und … Lohnt es denn, solch ein Jüngelchen zu beachten? Fahren Sie hin, beenden Sie die Arbeit, und morgen früh schick ich Lebensmittel.«

Neben solchen Konflikten gab es juckende kleinere Missverständnisse mit durchziehenden Truppenteilen, mit der Eisenbahnleitung, mit Sperrabteilungen[1], Requirierungen, Verhaftungen und so weiter.

Der Mangel an Menschen, die Dürftigkeit der Agitation und die schlechte Verbindung zu den ländlichen Behörden hätten fast den Kreiskongress der Sowjets und der Armenkomitees platzen lassen. Es kamen sowohl Arme als auch kleine, große und größte Kulaken aller Sorten und Färbungen. Ihr Programm war ein Hammer: »Nieder mit der Kontribution, nieder mit der Ablieferung[2], gebt uns Salz, gebt uns Nägel.« Der Kongress war der Hebel, von dem der Erfolg der Lebensmittelkampagne, der Erfolg sämtlicher Beschaffungen und Mobilisierungen abhing. Das Parteikomitee schickte den Delegierten zwei Agitatoren. Die Delegierten waren in den Kasernen einquartiert: eiserne Öfchen, Stickqualm, trocknende Fußlappen.

»Guten Tag, Genossen«, sagten die beiden Abgesandten.

Allgemeines Schweigen.

»Wie gehts euch?«

Widerwillig, mühsam:

»Es geht, wir kaun Dekrete. Schon zwei Tage knurrt uns der Magen. Nicht mal Teewasser gibts, hat keiner dran gedacht. Ach, das nennt sich Macht, ach, das nennt sich Leiter.«

1 Während der »Lebensmitteldiktatur« 1918–1921 bestehende Abteilungen, die zur Verhütung von Hamster- und Spekulantentum die Verkehrswege überwachten und überzählige Lebensmittel beschlagnahmten (erlaubt war der Transport von 8 kg). Trotz ihrer Tätigkeit wurde in der Zeit des Bürgerkriegs die Hälfte aller Nahrungsmittel illegal in die Städte gebracht.

2 Ab 2. Halbjahr 1918 waren die Bauern verpflichtet, sämtliche Überschüsse an Nahrungsmitteln und mitunter sogar das Saatgut zu Festpreisen (d. h. infolge der Geldentwertung faktisch unentgeltlich) an den Staat abzuliefern (bis 1921).

»Liebe Genossen …«

»Solch eine Kleinigkeit, einmal ausgespuckt, und wir hätten welches gehabt … Und die Kneipen sind auch ruiniert. Nichts zum Schlucken.«

»Liebe Genossen …«

»Liebe Genossen … Wir haben Schwielen auf den Händen und ihr auf der Zunge.«

Stickiger Machorkaqualm, stickige Gespräche bis zum Eröffnungstag. Gerede hin, Gerede her, aber kein Tee wärmte die Bäuche, und so bibberten die hundert Landleute in der kalten Kaserne, schluckten Qualm und staatliche Suppe, dünner als Qualm. Auch die Pferde der Delegierten wurden nicht in Ehren gehalten – ein Dutzend unterm Vordach, die übrigen standen krumm im Freien, die Mäuler trübselig über verschimmeltes Heu vom Kriegskommissariat gebeugt. Kein Mensch war auf die Idee gekommen, all das zu organisieren, und Kapustin war verreist. Sapunkow lief verwirrt zum Telegrafenamt.

Dringend chiffriert an Gouvernementsparteikomitee Kopie an Gouvernementsexekutivkomitee. Kreis Kljukwin einer der reichsten. Unter Bedingungen Kulakeneinkreisung Arbeit äußerst schwer. Steuer vielerorts verweigert oder verzögert. Fünfundzwanzig Millionen festgelegt eingegangen erst drei. Morgen Eröffnung Kreiskongress Stimmung ungewiss Scheitern möglich. Schickt sofort verantwortlichen Genossen für Durchführung Kongress.

Die Antwort:

Ganze Verantwortung Durchführung Kongress bei Kreisparteikomitee und Präsidium Exekutivkomitee. Falls einmalige Sondersteuer oder Lebensmittelkampagne scheitert werden Sie vor Gericht gestellt. Nächste Woche schicken wir zur ständigen Arbeit Pawel Grebenschtschikow.

Der Kongress wurde eröffnet mit einer langatmigen Rede Sapunkows über die internationale Lage. Die Hälfte der Delegierten hielt sich in den Korridoren auf. Im Klo die Fraktion der Kulaken.

»Lichte Zukunft ... Ha ... Als ob wir ne unerschöpfliche Quelle hätten.«

»Sie suchen sich die aus, die schwach gegürtet sind. Wehrt euch, Rechtgläubige.«

»Die Sache sieht mies aus.«

Der aus Moskau zurückgekehrte Kapustin zog die Karre aus dem Dreck. Er geriet mitten hinein ins Getümmel, stieß Wort an Wort, schlug Feuer heraus: verstand die verzwicktesten Dinge einfach und überzeugend zu sagen. Der Saal wurde still, pfeifendes Schnaufen, sie hörten die einfachen und schrecklichen Worte über hungernde Städte und kriegsverwüstete Gebiete, über die rote Front und die Aufgaben der Sowjetmacht.

Die Sabotage wurde gebrochen, ein Teil der Delegierten überredet, ein anderer gezwungen, aber die Beschlüsse gingen heil durch. Ins neue Exekutivkomitee wurden fünfzehn Kommunisten und drei Sympathisanten gewählt.

Drei viertel acht. Die letzte Viertelstunde lag Hilda mit offenen Augen, dachte an die gestrigen und heutigen Aufgaben. Zweifel stürmten auf sie ein, Zweifel an den Methoden des Politunterrichts, an der Zweckmäßigkeit der Überfütterung einfacher Parteimitglieder mit abstrakten Theorien, wo sie nicht mal imstande waren, Versammlungen durchzuführen oder vernünftig zu erklären, warum das Getreidemonopol[1] eingeführt worden war.

Der Stundenzeiger schnitt die Ziffer 8. Hilda sprang aus dem warmen Nest des Bettes, patschte über den gestrichenen Fußboden barfuß zum Waschständer. Durch das von der Tatze des Frostes gezeichnete Fenster stachen die scharfen Augen der Januarsonne. Hilda platschte wie eine Ente in der Schüssel und schickte ein Lächeln zu Jefim, lebhaft wie Mondwasser.

»Genug gegrunzt, steh auf.«

»Ich will nicht«, knurrte er ärgerlich.

1 Das Monopol des Staates auf den Getreidehandel war von der Provisorischen Regierung eingeführt, aber erst nach der Oktoberrevolution durchgesetzt worden.

»Was hast du?«

»Willst du dich jetzt wieder an deine Konspekte setzen?«

»Ich hab heut Abend einen Vortrag.«

»Wann hört das mal auf?«

»Was?«

»Die Vorträge.«

»Dummkopf. Mein Gott, warum bist du bloß so … dumm?«

»Vorträge, Versammlungen … Eigentlich schenkst du deine ganze Zeit fremden Leuten, und ich …«

»Wieso fremden Leuten?«

»Unwichtig. Wenn du nach Hause kommst, bist du müde und legst dich schlafen. Mir wirfst du ein paar Minutenfetzen hin wie einem Bettler. In meinem Herzen brechen die Bastionen der Liebe, erkaltende Asche fliegt uns um die Ohren.«

»Hör auf mit der Komödie. Du solltest mal meinen Vorstadtzirkel sehen! Die Arbeiter! Mit welcher Gier sie nach Wissen streben! Für sie ist das doch alles neu! Die Arbeit mit ihnen ist für mich ein Fest! Wenn du das verstehen könntest, würdest du mir nicht Knüppel zwischen die Beine werfen.« Sie riss ihm das Laken weg und bespritzte ihn mit eiskaltem Wasser. »Aufstehn!«

Er fauchte wütend und wickelte sich bis über den Kopf in die Decke.

Hilda zog sich rasch an, entzündete den Primuskocher und setzte sich an den Tisch. Aber die Zeilen hüpften und erloschen wie Regentropfen im Sand, und die Gedanken sprangen wie Querschläger zu Jefim. Die ersten Tage und Nächte, das erste Stöhnen der Lust. Die Träume licht und leicht wie Herbstwasser. Jefim war sanft und zärtlich, und das lodernde Karussell seiner Ekstasen raste. Und sie? Ihr Herz krähte wie ein Hahn. Wenn sie lief, spürte sie die Erde nicht. Aber so wie der Baum sein Herbstgefieder abwirft, verloren auch die Tage ihre Herrlichkeit. Tränen lassen die Augen der Liebe verblassen, so dass sie Farben und Schattierungen nicht mehr unterscheiden. Jefim wurde grob und gereizt. Wovon? Lief denn auch bei ihnen alles so wie sonst bei allen? So, wie es in dummen Romanen steht? Ihr Jefim, er war doch so nett! Sie wäre am liebsten hingelaufen, hätte ihn gezaust, geküsst. Es überlief sie heiß, doch sie klappte entschlossen das Buch auf und begann mit dunklen Augen die Zeilen zu verschlingen wie ein junges Pferd den knusprigen Hafer.

Jefim, singend: »In der Tragödie harrt das Grab des Helden, in der Komödie harrt das Ehejoch«, ging gemächlich die Straße entlang, freute sich am Frost, am Schnee, am Glanz des Tages. Die vom Wind gehäuften Schneewehen glitzerten in der Sonne. Satte Tauben gurrten unter den Dächern. »Höchste Zeit, zu den Seen zu gehen, aber ich hab keine Blinker, gibt auch keine zu kaufen. Ich lauf mal eben in die Vorstadt zu Timoschka Ananjew, der ist ein besessener Fischer, er müsste Blinker haben.«

Auf dem Feuerwehrturm schlug der alte Soldat Onufri munter die Stunde.

An der Straßenecke war das schmutzige Fenster des Lebensmittelladens so dicht mit Bekanntmachungen beklebt wie der September mit roten und blassgrauen Blättern. Das Ende der Schlange bog in die Nebengasse. Die Weiber schimpften:

»Dieser Unmensch, wieviel Zettel der angepappt hat. Man könnte sonst was denken ...«

»Tja, viele Zettel, aber nichts zu kriegen. Hängt da nich noch der alte Zettel wegen den Heringen?«

»Alles möglich. Vielleicht friern wir hier umsonst?«

Der Leiter des Ladens, der Glaser Kaschin, ließ die alten Bekanntmachungen hängen und klebte dauernd neue dazu, und die Weiber fanden sich nicht zurecht. Die schlaueren Bengels konnten genau sagen, welcher Zettel eine Woche alt war und welcher zwei.

»Weiber, schaut her, die Tinte is schon blass, also n alter Zettel. Hat kein Zweck, dass ihr ansteht und die Nase hochzieht.«

Jefim las das fehlerhafte Gekrakel auf dem Fenster und freute sich über einen Bengel, der mit einem Köter spielte. Der bunte Hofhund warf den Jungen im Anlauf in den Schnee, zerrte an seinen Lumpen, sprang über ihm hin und her wie verrückt, lief dann weg, genoss das Gefühl seines Sieges, wühlte die Schnauze in den Schnee, prustete und erstickte fast am Hundegelächter.

Vor dem Exekutivkomitee ein Menschenauflauf.

Der Lehrer für plastischen Tanz, Monsieur Léon, und Lidotschka Scherstnjowa, Nichte eines Fabrikanten, kamen ihrer Verpflichtung zum Arbeitsdienst nach. Der Franzose trug als Gürtel einen Strick um den Militärmantel, seine Füße steckten statt in Lackschuhen in alten Latschen; von der früheren Pracht war nur der buschige Schnauzbart geblieben, der selbst in solch unpassender Situation recht attraktiv aussah. Mit einem Brecheisen klopfte er flink das Eis vom Gehsteig. Lidotschka hielt den Besen umarmt, da ihr die Händchen froren, und schob die Eiskrümel so auf die Straße. Der lange Mantel, nicht für sie gemacht, behinderte sie. Um die beiden Arbeitenden standen in weitem Halbkreis Mushiks vom Dorf, einander so ähnlich wie Baumstümpfe. Immer neue kamen hinzu, Männer im Schafpelz, mit Peitsche – Fuhrleute.

»Kuck mal, Wanka.«

»Was ist das für ein Rummel?«

»He-he ...«

»Da, Geschäftemacher.«

»Burshuis wohl?«

»Ja, Alter, Burshuis.«

»Kchä, zum Lachen, wie?«

»Wieso denn, eher zum Weinen.«

»Komisch.«

»Find ich auch, komisch, dem Onkel seine Tenne, sieben Jahr kein Korn, aber die Schweine wühln.«

»Nicht mal die Weiber lassen sie in Ruhe.«

»Alle über einen Leisten.«

»Solch weiße Haut, so säuberlich ...«

»Eine Pfauhenne ... Die Tochter von Scherstnjow, weißte.«

»Wirklich?«

»Ich schwörs.«

»Jermolai, kuck ma, wie die sich anstellt!«

Lachen schüttelte die Fuhrleute. Sie klatschten die kuhfladengroßen Fausthandschuhe gegeneinander, drängten sich, stießen sich in die Seiten, um sich zu wärmen.

Auf der Straße liefen frostdampfende Lastfuhrmänner hinter ihren Fuhrwerken her. Einige lachten, andere riefen Unflat:

»Mädchen, Schätzchen, du hältst den Besen am falschen Ende.«

»Durchgefrrrorn, mein schönes Frrrauchen?«

»Sachter, feiner Herr, sachter, sonst platzt dir der Darm.«

»Ho-ho-ho-ho-ho ...«

Um die Ecke bog ein langer Zug Fuhrwerke mit Scheißefässern.

Das erste lenkte Ilja Fjodorowitsch Ljulin, Prophetenbart, größter Viehhändler im ganzen Kreis, der früher das Vieh herdenweise aufgekauft hatte; die Fellmütze war auf die Nase geschoben, er blickte nicht auf, hatte keine Freude mehr an der Welt. Hinter ihm ging kräftig aufstampfend der schieläugige Polizeiaufseher Dudarew, der Schrecken sämtlicher Kljukwiner Säufer und Schankwirte, und sein trüber Blick stocherte die Bauern wie ein rostiger Nagel. Die Bastpeitsche schwenkend und sanft lächelnd, thronte auf seinem Fass der Protodiakon Vater Diwnogorski, der schon vor der Revolution wegen tolstoianischer Freidenkerei aus der Kirche ausgeschlossen und von der Gouvernementsstadt nach Kljukwin verbannt worden war.

Die zerschundenen, verpesteten Pferdchen schleppten sich in der Gabeldeichsel mühsam vorwärts. Mit Gebell und Geschrei folgten dem Wagenzug Hunde und Bengels der Vorstadt, die sich vor Begeisterung hätten überkugeln mögen.

»Onkel, tunk nicht dein Brot ins Fass, ich sags dem Kommissar!«

»Onkel, spuck mal der Stute untern Schwanz!«

Die Mushiks jagten mit der Peitsche die Hunde und die Bengels weg. In den dunkel verwitterten Gesichtern glitzerten die Augen in stummem Lachen.

»Das ist ein Ding.«

»Denk mal an ... Nich bloß uns bürsten die Bolschewiken gegen den Strich.«

»Der da mit dem grauen Hut, is das nicht der Schwiegersohn von Powaljajew?«

»Sieht so aus.«

»Was für n Laden, das Haus mit Blech gedeckt, da könnt man fein drin leben.«

»Du sagst es, Gevatter.«

»Eijei … Drecktonnen … Was die sich ausdenken, die Satanskerle, ha-ha-ha.«

»Man schämt sich ja, das mit anzusehn.«

»Schämen muss man sich, wenn man in ne fremde Tasche fasst.«

»O-ho-ho …«

»Ohne Gnade.«

»Gepfeffertes Ding.«

»Sawoska, müssen wir nich die Pferde tränken?«

Jefim kannte Lidotschka vom Gymnasium her, er hatte einst für sie geschwärmt, und im Liebhabertheater hatten sie beide Hauptrollen gespielt. Er hatte sie wohl fünf Jahre nicht gesehen, doch er erkannte sie auf den ersten Blick. Unschlüssig trat er näher, lüpfte den Hut. Sie wusste nicht, wohin mit dem Besen, schob eine kastanienbraune Haarsträhne zurück unters Tuch. Ihre blauen Lippen zuckten.

»Jefim … Jefim … Genosse … ich weiß nicht, wie ich Sie …«

»Ist doch egal«, er lächelte blass, »guten Tag.«

»Jefim Sawwatejewitsch, mein Bester … Das ist so schrecklich. Ich hab doch gar nichts getan. Ich bin ja zu allem bereit, ich will dienen, arbeiten … Haben Sie Mitleid, ich flehe Sie an.«

»Von Herzen gern, aber … Sie verstehen?«

Die Mushiks traten näher, hörten einfach dem Gespräch zu. Der verlegene Jefim lächelte, drehte den Hut in den Händen.

»Ich würd ja gern …«

»Ich flehe Sie an. Sie haben so viele Genossen. Sind Sie nicht selber Kommunist geworden?«

»Ja, ja …«

»Gehts nicht irgendwie?«

»Ich versuchs. Großes Ehrenwort. Einstweilen auf Wiedersehen.«

»Alles Gute.« Lidotschka lächelte verwirrt, flehend. »Setzen Sie den Hut auf, Jefim Sawwatejewitsch, Sie erkälten sich noch.«

Der Posten, der eine Stunde lang weg gewesen war, kam zurück, zwinkerte den Fuhrleuten zu und kommandierte aus vollem Halse:

»Stillgestanden, richt euch! Schluss, ihr lausige Mannschaft, zehneinhalb Minuten Pause.«

Léon und Lidotschka setzten sich auf einen umgekippten Prellstein.

Jefim verbeugte sich noch einmal, klappte den Kragen hoch und ging über den Platz, vorbei an dem galgenähnlichen Triumphbogen, der für den Festtag aufgestellt worden war. Das Mädchen muss gerettet werden. Weshalb? So … An wen wend ich mich? Ob ich mit Hilda spreche? Lieber nicht, sie ist immerhin eine Frau, weiß der Teufel, was sie sich denkt. Ich geh zu Grebenschtschikow, der ist neu, vielleicht …

Das Kreisparteikomitee nahm den ganzen ersten Stock ein.

Pawel Grebenschtschikow war jung, riesengroß, zottelhaarig.

Sein Kämmerchen war vollgequalmt, gemütlich; es roch gesund nach Hund, Fohlen, Gurkenlake. Die Tischplatte und die Samtlehnen der Stühle waren mit schwungvollen Kreideziffern bemalt, denn Pawel liebte die Mathematik. Ungekämmt, ungewaschen, in Unterwäsche saß er auf dem Bett und schrieb auf Bucheinbände eine Instruktion für die Neuwahlen der Armenkomitees in den Stadtvierteln. Er befragte seinen Besucher:

»Hör mal, Gretschuschkin …«

»Gretschichin heiß ich«, verbesserte Jefim.

»… weißt du mit dem Zeitungswesen Bescheid?«

»Nein. Obwohl … Sie haben doch bestimmt von mir gehört?«

»Wieso?«

»Ich bin Maler und Dichter.«

»Eben, eben, singen wir zusammen.«

»Ich …«

»Erzähl mir das später. Jetzt fahren wir in die Druckerei, dabei reden wir von der Arbeit.«

»Von welcher Arbeit?«

»Du wirst ein Volkstheater einrichten und mir helfen ... bei der Zeitung. Ich hab keinen Schimmer, und du hast keine Ahnung, also klappt die Sache.« Grebenschtschikow schrie aus vollem Halse: »Micheeeïtsch!«

Micheïtsch fegte vor dem Tor Schnee zu Haufen, er hörte den Ruf und kam angelaufen, grauhaarig, rosig.

»Zur Stelle.«

»Forder vom Exekutivkomitee ein Pferd an und ruf Pentjuschkin an, er soll mir Papier und Bleistift schicken, du siehst, worauf ich schreiben muss.« Er warf die Bucheinbände beiseite.

»Zu Befehl, links um«, antwortete Micheïtsch und lief zum Telefon.

Außer dass er Hof und Räume sauberhielt, verwaltete er die Parteibibliothek, klebte die Stadt mit Zeitungen voll, lief mit Aufträgen herum, war ein guter Massenagitator und hätte überhaupt alles machen können, wäre er nicht fast Analphabet gewesen – das verstellte ihm die Welt und kam ihm in die Quere. Pawel, Vorsitzender des Kreisparteikomitees, knetete das Leben wie Butterteig, und es quiekte unter seinen gierigen Händen. Die übrigen Mitglieder des Kreisparteikomitees kamen nur selten vorbei: über etwas abstimmen, ein Protokoll unterschreiben, sich Rat holen. Sapunkow, der sich für einen Vater und Veteranen der Organisation hielt, mochte den jungen Vorsitzenden nicht und brach oft sinnlos einen Streit vom Zaun, um seinen Reichtum an erworbenem Wissen zu zeigen: Er drang ins schummrige Unterholz der Denksprüche, angelte irgendeine historische Analogie hervor, verflocht sie mit der anstehenden Frage. Das Kreisparteikomitee hatte kein Geld, nichts zu futtern, keine Bleistifte, keine Einrichtung außer einem Dutzend krüppliger Stühle und einem Tisch. Außerdem stand in einer Ecke ein ausgestopfter Braunbär. »Das ist ein guter Kerl, der machts irgendwie bisschen wärmer«, pflegte Micheïtsch zu sagen; die Venus von Milo aber hatte er in den

Holzschuppen geschleppt. Die politisch bewusste Bürokraft Marusja Bekman, die sich einige Zeit ohne Verpflegungsration[1] im Parteikomitee geplagt hatte, war in die Finanzabteilung übergewechselt, und jetzt musste Pawel sogar den Papierkram selbst erledigen. Sein einziger und getreuer Helfer war Micheïtsch. Brüderlich teilten sie sich die Arbeit im Kreisparteikomitee.

Pawel fuhr in Hose und Militärmantel, ging hinaus und bestieg den Schlitten des Exekutivkomitees.

Das satte Pferd hackte mit blinkenden Hufeisen die Straße. Der Frostwind schlug wie eine Flamme in die Gesichter. Pawel Grebenschtschikow trug Mantel und Blusenkragen weit offen.

»Gestern wurde vorgeschlagen, dich in die Lebensmittelkampagne zu schicken, das wurde abgelehnt. Niemand außer Hilda kennt dich genau, und aus den Mushiks Getreide herauszudreschen ist eine überaus verantwortungsvolle Sache. Bewähr dich in der Stadt, bei der einfachen Arbeit, die Aktentasche läuft dir nicht weg.«

»Ich bin nicht scharf drauf. Ich versteh das.«

»Ich kenn doch euch Intelligenzbestien. Arbeiten könnt ihr, aber ihr seid verrückt danach, in der Öffentlichkeit zu stehn; für die Viechsarbeit lasst ihr Kerle euch nicht einspannen. Du hast doch bestimmt auch ne Masse Launen und Macken? Bist ja wohl einer von denen … Kaufmannssöhnchen, wie?«

»Das brauchen Sie mir nicht zu sagen. Ich habe ein halbes Jahr illegal gearbeitet.«

Sie überquerten den Hof der Druckerei, und Grebenschtschikow fuhr fort:

»Dieser Tage kommt Lossew ins Komitee. ›Ich habe die Ehre‹, sagt er, ›mich vorzustellen. Die Zentrale hat mich auf den Posten des Lebensmittelkommissars geschickt, hier meine Empfehlungen.‹ Und knallt mir einen Packen Papiere auf den Tisch, an die fünfzig, ungelogen! Da hab ich ihn im Eifer saftig angeschnauzt. ›Du Hundedarm‹, hab ich gesagt, ›du kommst hier wie ein Freier

1 Wegen der Geldentwertung waren Lohnempfänger auf den in Naturalien ausgezahlten Lohnanteil angewiesen.

auf Brautwerbung und zeigst die Ware vor? Die Kreise müssen hochgebracht, Getreidesammelstellen eingerichtet werden, die Speicher verfaulen, da hast du genug Möglichkeiten, dich zu empfehlen.‹ Dieser Hund! Nein, nein! Euch Satanskerle müsst man im Talgsiedekessel gar kochen, euch das feine Fell gerben und dann erst überlegen, ob man euch zur Arbeit zulässt.«

Der Metteur Jelisar Lukitsch Kurotschkin führte sie in den Maschinenraum. Dieser wurde nur von einem Kanonenöfchen beheizt, wo die Setzer tagelang herumstanden, Kartoffeln backten, auf die Zustände schimpften und vom Qualm husteten. Die Drucker, denen Lossew eine Zusatzration versprochen hatte, arbeiteten in Wintersachen. Die klapprige flache Maschine ratterte wie ein Fuhrwerk auf dem Pflaster und warf krampfhaft lakengroße bedruckte Bogen aus. Grebenschtschikow griff sich einen und lachte schallend. Jefim, gekränkt über das schroffe und grobe Gespräch, linste ihm über die Schulter. Auf dem noch feuchten Blatt stand in werschokgroßen Buchstaben:

AUFRUF

an die werktätige Bevölkerung des Kreises Kljukwin

Ich, Soldat der ersten sozialistischen Revolution in der Welt, rufe alle ehrlichen Bürger Bauern auf, empfindsam auf meinen flammenden Aufruf zu reagieren:

Getreide!

Moskau!

Rote Wogen der Revolution!

Getreide!

Front und Hinterland!

Weltkommune!

Kampf um die besten Ideale der Menschheit!

Blumen des Herzens!

Getreide!

Getreide!

Getreide!

Kreislebensmittelkommissar
Valentin Lossew

»So was schon mal gesehen?«

»Tja, vom Stil her geschmacklos.«

Pawel rollte das Blatt lachend zusammen und steckte es ein.

Das Setzen der Zeitung dauerte schon die zweite Woche. Auf den Setzregalen lagen Artikelmanuskripte und dünne Bündel Korrekturfahnen. Die Setzer, über die Unbilden des Lebens jammernd, übten einmütig Sabotage. Der Führer der überzeugten Menschewiken von Kljukwin, der Metteur Jelisar Lukitsch Kurotschkin, ging, die Hände in die Ärmel geschoben, mit blinkender Glatze, die einem blechernen Teekessel glich, in der Druckerei auf und ab und sagte mit monotoner Stimme, man könne keine Kolumne umbrechen, wenn es keinen Satz gebe, wenn typographisches Material fehle und nichts da sei, um die Satzformen zu waschen. Aus den dreißig Jahren seines Arbeitslebens könne er sich an keine Zeit erinnern, in der der bewussteste Teil des Proletariats in einer so jämmerlichen materiellen Situation gewesen sei; die von der Sowjetmacht versprochenen Wohltaten und Freiheiten stünden auf dem Papier; die besten Vermächtnisse der Führer der Demokratie würden mit Füßen getreten; die Idee der Bolschewisierung und Sozialisierung des Landes sei utopisch usw.

Pawel hatte oft hitzig mit ihm gestritten, aber die Kälte im Raum löschte das revolutionäre Feuer der Drucker und Setzer, und in den Därmen wühlte der Hunger.

Heute war Grebenschtschikow entschlossen zu handeln. Er schrieb eine kurze, doch überzeugende Nachricht an den Leiter der Gesundheitsbehörde, den emailleglänzenden Doktor Ginsburg, und eine Stunde später schleppte Jefim einen halben Eimer Benzin zum Waschen der Satzformen herbei. Pawel fuhr ins Lebensmittelkomitee, zu Lossew, dem »Soldaten der ersten sozialistischen Revolution in der Welt«, traf sich dann mit Kapustin und holte unterwegs das Kanonenöfchen von zu Hause.

Die Setzer und Drucker wuschen sich schon die Hände und rüsteten zum Feierabend.

Pawel hielt sie noch ein wenig zurück und sagte bündig:

»Genossen, ich möchte mich mit euch nicht streiten. Versuchen wir, im Guten zu reden. So oder anders, wir werden lange, sehr lange zusammenarbeiten, also …«

»Milchbart!«, wollte Kurotschkin auf ihn los, aber sie hielten ihn zurück.

Unter tiefem und feindseligem Schweigen fuhr Pawel fort:

»Noch heute schick ich einen Tischler her, der dichtet euch Türen und Fenster ab. Hier habt ihr noch einen Ofen. Stellt ihn ordentlich auf, nicht irgendwie, es ist ja für euch, seht zu.« Er stieß sacht gegen das Knie des qualmenden Ofens, und das Eisenrohr fiel polternd auseinander. »Geht das vielleicht so? Ihr seid sogar zu faul, ihn für euch selber richtig aufzustellen.«

Jemand lachte gedankenlos.

»Ich habe euch fürs Erste ein wenig Geld mitgebracht, da.« Er packte sein tags zuvor erhaltenes Gehalt für zwei Monate auf den Tisch. »Teilt es auf.«

»Wir brauchen keine Almosen.«

»Es ist Teil eures Lohns, später besorgen wir mehr. Aber, Genossen, die Zeitung muss unbedingt morgen erscheinen! Im gegenwärtigen Moment …«

»Das haben wir oft gehört, das hängt uns aus dem Halse.«

»Was hängt euch aus dem Halse?«

»Euer leeres Getöne.«

Eine Minute lang schwiegen alle. Dann sagte der kurzatmige Aufstoßer Potapow dumpf:

»Wir sind keine Gegner, Genosse Redakteur. Die Frau, na schön … Ich selbst zähl auch nich. Aber die Kinderchen, die lesen eure Dekrete nicht, die wolln was zu fressen. Wenn wir wenigstens ne ganz kleine Ration hätten … Für uns, Genosse, ist Arbeit nichts Besonderes, davor haben wir keine Angst.«

Einer pflichtete ihm bei, ein anderer beschimpfte die Konsumverwaltung und den Kommissar Lossew gleich mit, und der Buchbinder Fokin machte den Vorschlag, sich abends hier zu treffen, um die Fenster und Fußböden zu waschen, den Ofen aufzustellen, den Raum durchzuheizen und am nächsten Morgen an die Arbeit zu gehen. Die bedrückte Stimmung war verflogen.

Fokins Vorschlag wurde einstimmig angenommen, nur Kurotschkin enthielt sich. Lärmend ging man auseinander.

Am Tor holte Pawel den Metteur ein.

»Hör zu, Jelisar Lukitsch, wenn du uns weiter Knüppel zwischen die Beine schmeißt, seh ich nicht mehr drauf, dass du ein alter Revolutionär bist und ein alter Prolet, dann schick ich dich zur Tscheka. Glaub mir das, ich sags vor allen.«

»Ich glaubs. Von euch Halunken ist nichts Gutes zu erwarten, nur so was. Mit der Tscheka, mein Lieber, kannst du mich nich einschüchtern, ich hab sechs Jahre unterm Zaren gesessen, dann sitz ich eben auch unter der Macht der Usurpatoren. Die Geschichte wird euch das nicht verzeihen!« Der Alte klappte den abgeschabten Fuchskragen hoch und ging, in den Schneewehen einsinkend, über die Straße.

Jefim begriff, dass der günstigste Moment gekommen war, und als er mit Grebenschtschikow allein war, stellte er ein paar unwesentliche Fragen und sagte dann:

»Die Organisation des Volkstheaters will ich übernehmen, aber ich hoffe, unsere Behörden und besonders Sie als ein Mann von kolossaler Autorität kommen mir entgegen?«

»Wovon redest du?«

»Ganz allgemein. Es wird ne Menge Probleme geben. Ich muss eine Bühne einrichten, Kostüme anfertigen, eine Truppe zusammenbringen. Ich weiß noch nicht, aber vielleicht werde ich darum bitten müssen, dass die Schauspielerin Scherstnjowa für eine Zeitlang aus dem Konzentrationslager freigelassen wird. Sie ist für die Rolle der Naiven unersetzlich. Eigentlich ist sie ja wohl auch durch ein Missverständnis dorthin gekommen.«

»Schreib deine Überlegungen auf, Gretschichin, und zeig sie mir morgen. Die Geschichte mit dem Volkstheater muss schnell vorankommen. Außerdem musst du morgen früh die Zeitung korrigieren.«

»Aber ich …«

»Du kapierst das schon, bist ja nicht blöd. Das ist nicht weiter schlimm, Kurotschkin zeigts dir. Na, machs gut.«

Jefim stürmte wie ein Wirbelwind in sein Zimmer.

»Hurra! Gratulier mir! Ich bin Gehilfe des Redakteurs und Direktor des Volkstheaters!« Er wirbelte Hilda herum, küsste sie ab, warf sie in die Luft. »Arbeiten, arbeiten und nochmals arbeiten, hols der Teufel! Na, dein gelobter Grebenschtschikow ist ein toller Kerl.« Er verpustete und erzählte die Ereignisse des Tages.

»Schluss mit der Faulenzerei?« Hildas Augen blitzten freudig.

»Schluss, Schluss mit dem Lotterleben!«

»Wirklich? Versprichst dus?«

»Ich schwörs bei den Gebeinen meiner ruhmreichen Vorfahren.«

Hilda sang dem neuen Direktor ein Liedchen von Heine, setzte ihn an die Politökonomie, puderte sich die Nase und enteilte in den Garnisonsklub »Banner des Kommunismus«, wo sie zwei Zirkel leitete.

Der Klub war im düsteren Keller der ehemaligen Schenke von Jermolaïtsch untergebracht. Die Treppe stank ekelerregend nach Saurem. Im Billardraum befand sich der Lesesaal mit einem Dutzend magerer Broschüren und einem billigen Büfett: Roggenkekse, steinharte Kringel und Tee mit Sacharin in schweren Tonbechern, die mit Draht an der Theke befestigt waren. Das klubeigene Orchester schmetterte abendelang Märsche, Mazurkas und die Internationale. Der Zuschauerraum war dicht an dicht mit Plakaten, Papierfähnchen und weisen Aussprüchen beklebt. Eine Petroleumlampe beleuchtete die Bühne, in den Ecken des Saales hingen dicke Hechte muffigen Machorkadämmers.

Die jungen Soldaten des letzten Einberufungsjahrgangs setzten sich, die Mützen in den Händen, lärmend auf die neuen ungehobelten Bänke. Hilda hatte viel Mühe darauf verwandt, die Aufmerksamkeit der Soldaten zu fesseln und ihnen abzugewöhnen, im Unterricht Sonnenblumenkerne zu knabbern und sich gegenseitig zuzuzwinkern.

»Welche Kompanie, Genossen?«

»Zweite, zweite …«

»Wissen Sie noch, wovon wir vorgestern gesprochen haben?«

»Jawohl, wissen wir noch. Von Gott und den Popen.«

»Also, heute sprechen wir von was anderem.«

»Ruhe!«, schrie der Kompanieführer von der Tür, und die Soldatenstimmen verstummten.

Alles war weise und einfach:

»Die Rote Armee ist die Verteidigerin der Werktätigen. Unsere Feinde sind die Kulaken, Grundbesitzer und Kapitalisten. Erbarmungslos ... Pflicht ... Das heilige rote Banner ... Nieder ... Es lebe ... Gibt es Fragen, Genossen?«

Die Fragen spitzfindig, mündlich oder auf Zetteln:

»Wann ist der Krieg zu Ende?«

»Kann man sich zur Miliz versetzen lassen?«

»Wer ist die Entente?«

»Solln wir die Freiheit für Geld verteidigen oder für umsonst?«

»Warum wurden unsere Jahrgänge mobilisiert und nicht andere?«

»Wir bitten um mehr Brot zum Mittagessen.«

»Wieviel Löhnung kriegen die Kommunisten?«

Es wurden auch Zettel nach vorn gereicht, von denen der jungen Lektorin – tandaradei – heiß und kalt wurde. Gewöhnlich dauerte es dreißig Minuten über die Stunde hinaus, und sie leitete das Gespräch mit Geschick, ergänzte die Fragen, klärte alles und verkündete dann laut:

»Für heute reichts, die Zeit ist um. Ein paar von Ihren Fragen sind recht schwierig, ich werde darüber nachdenken und sie in der nächsten Stunde, übermorgen, beantworten. Klar?«

»Jawohl, klar.«

»Raustreten!«

Erhitzt, die steif gewordenen Beine lockernd, drängten sie hinaus auf die Straße, qualmten Machorka, lachten. Drohendes Kommando des Kompanieführers:

»Antreten, ihr Armleuchter!«

In der zweiten Stunde arbeitete Hilda mit einem Zirkel gehobenen Typs, mit Kommunisten, acht Mann im ganzen Regiment. Auch für sie ging eine Menge Kraft drauf, um ihnen den Unterricht schmackhaft zu machen, ihnen Liebe zum Buch beizubringen und ihnen abzugewöhnen, dass sie der Lektorin in die Bluse linsten. Anfangs musste sie zumeist selber sprechen. Ihre Hörer schwiegen im Chor wie verabredet. Von Mal zu Mal wurden sie etwas lockerer und erkraxelten, so gut sie konnten, den Eisberg der ewigen Wahrheiten. Hilda führte sie nicht mehr, gab ihnen nur sachte Anstöße und lobte sie in Maßen.

Die Stunde dehnte sich auf zwei, manchmal auch noch länger.

Nach der Lektion wartete am Ausgang jedes Mal ein feingemachter junger Mann, der rote Offizier Kolja Schtscherbakow, schlug die Hacken zusammen und sagte immer dasselbe:

»Es ist mir eine Freude, Sie zu begleiten.«

Er nahm die Lektorin beim Arm und zog sie rasch in die sterngeschmückte Nacht. Ringsum war jede Schneeflocke so heiß wie eine Träne der Begeisterung, und der dumme, rosige Kolja überschüttete sie mit Fragen: »Mögen Sie Hamsun, mögen Sie Arzybaschew[1]? Darf ein überzeugter Kommunist heiraten? Wird die Revolution eher in Indien oder in Amerika ausbrechen? Warum macht ein junges Mädchen die Augen zu, wenn sie geküsst wird?«

Hilda, die den ganzen Abend geredet hatte, antwortete nicht und lachte nur. Ihr Lachen klang munter wie das Knirschen von Kohl zwischen jungen Zähnen.

Ihr Begleiter bescherte ihr eilig eine Neuigkeit:

»Am Sonntag hat bei uns in der Kaserne ein grandioses Meeting stattgefunden. Ich habe eine Stunde lang über die roten Fronten, über die Barrikadenkämpfe in Berlin und Hamburg, über den nahen Sieg des Kommunismus in der ganzen Welt gesprochen, und stellen Sie sich vor, zwei Kompanien junger Soldaten haben die Hand gehoben wie ein Mann: ›Wir möchten uns bei den Bolschewiken einschreiben.‹ Absurd, aber großartig! Auch der Regimentskommandeur hat gestern zu mir gesagt: ›Absurd, aber großartig!‹«

Hilda, als ihr Haus in Sicht kam, hörte nicht mehr zu, sie verabschiedete sich eilig, lief zur Tür, riss sie auf, flog wie der Wind

1 Michail Petrowitsch Arzybaschew (1878–1927), russischer Schriftsteller.

die dunkle Treppe hoch. Jefim … Er küsst so gern kalte, frostglühende Wangen. Ihr Herz sang, die kalten Finger griffen nach dem Türring.

In der Ecke unter der Palme hockte splitternackt Jefim und nagte knurrend an einem aus der Küche herangeschleppten rohen Kalbskopf. Körper und Gesicht waren wild mit Kohle und Buntstiften bemalt. Von den Ohren hingen klimpernde Türschlüssel, in den Nasenlöchern steckten Haarnadeln aus Horn, ein Kupferring zog die Unterlippe abwärts.

Hilda stand eine Weile starr.

»Was machst du da, du Verrückter?«

»Ich? Ich illustriere künstlerisch den Urmenschen.«

»Ha, und dein Versprechen zu arbeiten?«

»Langweilig, meine Liebe.«

»Holzkopf!«

»Ich verliere allmählich auch den Geschmack an deinen Küssen.«

»Was?«

»Rrrrr, uuuuu …« Er knackte mit den Zähnen, heulte und lief, den Kalbskopf schwenkend, in die Küche.

Das Lehrbuch der politischen Ökonomie war auf Seite eins aufgeschlagen.

Quer über die ganze Wand mit Buntstiften Losungen:

Meine Straßen – alle Straßen!
Mein Weg – alle Wege!
Meine Wohnung – die ganze Welt!

Die Wände waren vollgemalt mit Versen, Tieren, Wäldern und Szenen aus dem Jägeralltag. Eine Träne verschleierte das Auge und ließ die Zeichnung verschwimmen.

Hilda saß die ganze Nacht schweigend am Tisch. Sie lauschte auf die Stundenschläge und das Knarren der Straßenlaterne, die direkt vor dem Fenster schwankte. Die Nacht hüllte die Laterne in ein Gefieder aus Schnee, über dem blauen Feld funkelten und flimmerten die Sterne.

Zu der feierlichen ersten Sitzung des neugewählten Exekutivkomitees wurden Vertreter der Fabrik- und Werkkomitees, Genossenschafter, Mitarbeiter der Gewerkschaften und die Vorsitzenden der Armenkomitees der Stadtviertel eingeladen.

Aus dem Wortbrei der stundenlangen Referate spießten die Rippen der Aufgaben, und die Aufgaben waren gewaltig und einfach: acht Millionen Pud Getreide herausholen und ins Zentrum schaffen, die niederen Schichten der Stadt organisieren, hundertfünfzigtausend Festmeter Brennholz aus den Tiefen des Kreises zur Eisenbahnlinie bringen, den aufflackernden Typhus eindämmen, die klassenmäßige Differenzierung des Dorfes vertiefen, alle möglichen Mobilisierungen durchführen.

In allen Reden war eines:

»Genossen, unterstützt uns!«

In einer Sitzungspause gab der Diensthabende Kapustin ein Telegramm aus der Gouvernementsstadt:

`Gebiete Ural und Orenburg wieder unruhig. Ostfront braucht dringend Verstärkung. Empfehlen binnen zehn Tagen mit allen vorhandenen Kräften im Kreis Einberufung der nächsten drei Jahrgänge.[1] Weitere Direktiven morgen per Kurier. Über getroffene Maßnahmen täglich telefonisch berichten.`

Kapustin drehte das Papier in den Händen, stieß einen Pfiff aus. Vor seinen Augen war der rosige Hinterkopf des Lebensmittelkommissars.

»Lossew!«

Der lief herbei.

»Ich höre, Iwan Pawlowitsch.«

»Was wollte ich dich gleich fragen? Wie war das …« Kapustin rieb sich heftig die Stirn. »Ach ja, wie viel Leute hast du jetzt? Na, Parteimitglieder und diese … Heuschrecken?«

»Verantwortliche Mitarbeiter?«

»Ja.«

Der Lebensmittelkommissar holte ein nagelneues Notizbuch

1 Die Wehrpflicht war am 29. Mai 1918 eingeführt worden.

aus der Joppe – er hatte noch keinen einzigen Buchstaben hineingeschrieben –, blätterte darin und sprudelte hervor:

»Zur Hand vier, morgen erwarte ich zwei, im Kreis hab ich an Agenten, Instrukteuren und Lebensmittelkommissaren ... mmm ... achtundzwanzig, also ... gleich«, kritz, kritz, »also: vierunddreißig, nicht gerechnet die beiden Lebensmittelabteilungen[1] und sechs fliegende Beschaffungsabteilungen.« Seine Ohren röteten sich vor Vergnügen.

»Also, Lossew, dein Referat verschieben wir auf die morgige Sitzung. Lauf jetzt gleich zu dir, bring die Kuriere und die Telefonistin auf die Beine, zünd in deinem Palast die Lichter an, mach Dampf, ruf an. Verstehst du, Kampfbefehl, Mobilmachung!«

»Was hab ich damit zu tun?«

»Morgen bis drei schickst du fünf deiner besten Kommunisten ins Parteikomitee nach Instruktionen, und drei Parteilose, aber solche, die ... du verstehst schon.«

»Erlauben Sie, teurer Iwan Pawlowitsch«, Lossew tauchte in die Aktentasche und wühlte in Papieren, »laut Zirkularverfügung des Volkskommissars für Lebensmittel vom siebten Januar ...«

»Wenn sie nicht erscheinen, mach ich dich verantwortlich.«

»Das werden wir sehen.«

»Los, Tempo!«

»Ich schicke sofort ein Telegramm nach Moskau und ans Gouvernementslebensmittelkomitee. Sie untergraben meine Arbeit.«

Kapustin beugte sich vor und schoss ihm einen wütenden Fluch ins Ohr. Lossew raffte Papiere und Mütze auf, lief davon, murmelte: »Versteh ich nicht, weiß der Teufel, die reinsten Generalsallüren.«

In der Ecke saßen auf einem breiten Sofa rauchend Grebenschtschikow, Martynow und der Kriegskommissar Tschurkin, vor kurzem noch Damenschneider, und hatten einen heftigen Wortwechsel. Kapustin trat zu ihnen und zeigte das Telegramm.

1 Hauptsächlich aus Arbeitern bestehende bewaffnete Abteilungen, die den Lebensmittelkomitees unterstanden und die Ablieferung zu sichern hatten.

»Da, Jungs, unsere nächste Aufgabe, die müssen wir besprechen.«

Sie sprachen darüber, dann fuhr Tschurkin noch vor Sitzungsschluss zum Garnisonschef Glubokowski, um einen Befehl aufzusetzen, da er selbst wenig davon verstand, Grebenschtschikow aber machte sich auf die Suche nach dem Metteur Kurotschkin: Der Befehl sollte noch in der Nacht gedruckt werden.

Am nächsten Morgen klebten zwei schlafmützige Soldaten von der Hilfskompanie, die so trübselig aussahen, dass die Hunde wütend wurden, den Mobilmachungsbefehl an die Zäune. Ihnen nach trabten Ziegen und leckten, die Mäuler mit Druckfarbe beschmierend, den noch nicht erkalteten Kleister ab. An den Ecken sammelten sich Einwohner, neue Sorge überzog wie eine Eiskruste die Stadt.

Im ungeheizten Saal des Kreisparteikomitees verabschiedete Tschurkin die Kommunisten, die zur Durchführung der Mobilmachung in Marsch gesetzt wurden. Militärmäntel, Pelzjoppen, Wollmäntelchen. Die Augen wartend, gehorsam wie die Astlöcher in den Balkenwänden. Die Lastträger, Weber, Eisenbahner waren fast ausnahmslos selber Mushiks und hatten erst unlängst die Bastschuhe mit Stiefeln vertauscht – sie wussten: Das Steppenvolk ist eigensinnig, schwer wirds. Sei es nun, weil sie trotzdem hinausmussten, oder sei es, weil Tschurkin mit nöliger Stimme, dünn wie klares Wasser, las, als hielte er eine Totenrede, allen war gräsig zumute. Der hünenhafte Alexej Galkin, der die ganze Fensteröffnung verdeckte, gähnte gewaltig.

»Hör doch auf, Kriegskommissar, oder willst du noch bis heute Abend reden?«

»Richtig, mach Schluss. Höchste Zeit. Alles klar.«

In laufenden Angelegenheiten gab es Beschwerden:

»Wir haben keine warme Kleidung, in was solln wir fahren?«

»Heute sind in der Stadt dreißig Grad, da wirds draußen in der Steppe Stein und Bein friern, mein lieber Mann.«

»Was wird mit unsern Familien? Genosse Grebenschtschikow, sieh zu, dass unsere Frauen Ration kriegen und alles so was.«

Zwei Mitarbeiter vom Lebensmittelkomitee steckten ihm Anträge zu.

»Wir sind nicht für diese Arbeit hierherkommandiert. Verstehen Sie doch, Genosse Vorsitzender …«

»Ich hab ne ärztliche Bescheinigung, seien Sie so gut, versetzen Sie sich in meine Lage. Gehts nich irgendwie?«

Pawel, graugesichtig nach der schlaflosen Nacht, klopfte mit dem knochigen Finger auf den Tisch und sagte halblaut:

»Genossen, hier sind eure Mandate, Literatur und Bomben. Zum Einsatz!«

Steppen, Steppen, schwarze Wälder. Verschlungene, verflochtene Fahrspuren. In den versonnenen russischen Weiten schleppten sich die Hungertage Fuß um Fuß, Spur um Spur. Der Schneesturm sang in der Steppe sein uraltes Lied, leckte die flüchtigen Wolfsfährten weg.

Schnee, Schnee …

In den Schneemassen qualmten die warmen Nester der Dörfer.

Bauernhäuser, in Schneewehen geduckt, atmeten Brot- und Schafgeruch. Von drinnen dumpfe Fragen:

»Zu was seid ihr gekommen?«

»Genossen Bauern, die Sowjetmacht blickt hoffnungsvoll auf euch und ruft euch auf …«

Stroh, Bast, wacklige Flechtzäune.

»Aha … soso …«

»Genossen …«

Das Krächzen der Bauern kommt tief aus dem Leib, die Bauernträne ist ätzend, die Erde brennt unter ihr.

»Also die Roten schlagen sich mit den Weißen, und der Graue soll die Prügel kriegen?«

Das Gespräch mit einem Alten aus dem Dorf ist zäher als die Schwarzerde im Frühling, er sagt was und fügt hinzu:

»Die Bauernglatze is wie n Amboss, jeder hämmert drauf rum, wie er will. Was kann man machen? Na schön, ich seh schon, Alte, back Piroggen auf den Weg, und du, Söhnchen, versauf die letzten Tage. Diene, brings hinter dich. Wir sind nich die Ersten und nich die Letzten.« Er grübelt und grübelt, und dann: »Genossen, gibts nich bald Frieden? Wie viel Jahre geht das Leiden schon, meint ihr, das is leicht?«

»Wir hoffen, im Frühjahr, Alter.«

»Gebs Gott, grade zur Aussaat.«

Die Dorfjugend versoff die letzten Tage, durchschwamm trunkene Meere, die Harmonika spielte mit vollem Schwung.

»Freitag treiben sie uns weg hier,
schöner Eichenwald, leb wohl!
Hin zum steilen Sowjetufer,
schönes Mädelchen, leb wohl!«

Durchs Dorf, von einem Ende zum andern, wirbelte und strudelte schneesturmartig Gekreisch, Gepfeif, wildes Gebrüll.

»Sauf, Junge, sauf für zwei.«

»Pump rein, was nur rein will.«

»Scheiß und piss und kack auf alles Heilige!«[1]

»Ha-ha-ha ...«

»Mach Dampf, hui-hui, nieder mit dem Burshui!«

Tanzen, Weinen, Schnäuzen.

»Hin zur Mühle, wenn schon sterben,
schöner Eichenwald, leb wohl!
Schlagn die Fenster all in Scherben,
schönes Mädelchen, leb wohl!«

Die Alten begleiteten die Hoffnung ihres Lebens aus dem Dorf, heulten fürchterlich, überkippend, tausendstimmig:

»Mein Gott ... Wanjuschka ... mein Goldstück ... oh-oh ... oh-oh ...«

Durch den Pulverschnee schlängelten sich die Fahrspuren. Auf Hunderten solcher Wege knirschten frostig Kufen, bereifte Pferdeköpfe nickten im Kumt.

Zur Stadt

in die von grauen Bretterzäunen umfriedete Stadt.

1 Zur Information für Hüter der Sittlichkeit: Solch wüste Reden waren für das Dorf zu jener Zeit revolutionär. (Anmerkung des Verfassers)

Bei der Musterung wie immer zitternde Furcht und Leidenschaft, ausgelassene Verwegenheit und klägliche Verwirrung, rotznasse Küsse, Suff und Sang: Der russische Mensch säuft und singt im Leid und in der Freude.

»Tauglich, der Nächste!«

»Tauglich, komm näher!«

»Tauglich ...«

Den steilen Berg des Kummers unterspülten trunkene Tränen, Gesang und Harmonikaklang.

Die Mobilmachung schien gelungen. Freilich kam es in den zwei reichsten Landkreisen zur Stockung, dafür schickten Tataren, Tschuwaschen und Mordwinen doppelt so viele Rekruten: Wenn ihr gerufen werdet, dann geht eben alle, Mischka und Grischka, Sabir und Scharip. Wann ihr geboren seid, soll der Teufel wissen, der Sowjet-Batschka wird euch mit Butterkascha füttern und euch Hosen umsonst geben. In der Kaserne wurden sie vom ersten Tag an »Ölgötzen« genannt.

In der Stadt gabs früher –

BADEANSTALT PARIS

GEMEINSCHAFTS- UND FAMILIENKABINEN

Daraus wurde –

ROTE KASERNE

PARISER KOMMUNE

Die Fenster mit Sperrholz vernagelt. Beide Etagen brechend voll. Auf Bänken, auf dem Asphaltfußboden, in Korridoren, auf Wäschekisten – überall Bastschuhe, Bauernröcke, derbes Hanfleinen. Kümmerliche Petroleumlampen, trübe Kälte, quälendes Heimweh. Teewasser einmal am Tag, morgens, ab Mitternacht Schlange stehen, es reichte nicht für alle. Aufs Mittag warteten sie schläfrig benommen, es fiel dürftig genug aus, man kennt das – Soldatenkohlsuppe, du kannst sie essen, du kannst auch die Fußlappen drin waschen. Die alten Sprichwörter veralten nicht. Tagessatz: vierhundert Gramm Brot, fünfundzwanzig Gramm Zucker, Salz nach Geschmack, Warmverpflegung erbärmlich. In den ersten Tagen ging es noch.

Sie verputzten die mitgebrachte Kost. Aber dann fing, ei- jei, das Magenknurren an. Schlimmer als der Hunger peinigte sie die Kälte. Die Kaserne wurde nicht geheizt, es gab kein Holz. Holz hätte sich vielleicht gefunden, doch wer sollte es anfahren und womit? Doch auch wenn es Pferde gegeben hätte, wie sollte man diese Scheune heizen? Dazu hätte es täglich zwei Klafter gebraucht. Sämtliche Fenster waren zerschlagen, der Wind peitschte hindurch, und die weite Welt lässt sich nicht heizen. Zur Reparatur fehlten die Mittel, und die Arbeiten hätten ein Jahr gedauert. Und wozu ihn auch reparieren, diesen Kasten? Die Rekruten würden sowieso bald an die Front geschickt.

Beide Etagen waren voll von verschiedensprachigem Stimmengewirr, voll von verlausten Lumpen. Die Rekruten verheizten Türen, Bänke, Kübel. Sie blickten gierig nach dem Holzschuppen, doch sie kamen nicht heran: strengste Anordnung, sie nicht aus der Badeanstalt herauszulassen. Vor Langeweile drängten sie in Scharen zur Tür, sehnsüchtig, bettelnd, flehten nach Gewohnheit der Väter den Posten an:

»Lass uns raus, Genosse.«

»Verboten.«

»Tu uns den Gefallen.«

»Kann nich.«

»Sei nich so stur wie ein Ochse.«

»Ich lass euch nich, und basta.«

»Der Schuppen da, wir reißen paar Bretter ab und kommen gleich wieder.«

»Weg von der Tür.«

Sie versprachen ihm Fladen, Tabak – er sah nicht hin, war nicht zu bestechen. Missmutig gingen sie auseinander.

»Komisch, als ob er Häftlinge bewacht.«

Dann schnüffelten sie aus: der Posten kam von einer Sonderkompanie.

»Was is das für ne Sonderkompanie?«

»Wer weiß. Kommunisten angeblich, und Chinesen.«

»Wirklich?«

»Die biegen unsereins, und wir müssen uns krümmen.«

»Habt ihr gesehn, was der für Stiefel hat? Die Sohle dicker als dein Maul, der Schaft mit einem fünfzackigen Stern gestempelt.«

Sie rätselten qualvoll, was zu tun sei. Tagelang spielten sie mit abgewetzten Karten bis zur Verblödung, legten sich früh schlafen und plauderten lange und gemächlich über ihr Dorf, um sich die Seele zu erleichtern. Erneut eingezogene, altgediente Soldaten und ehemalige Offiziere bildeten besondere Grüppchen.

An einem Feiertag kam der Kriegskommissar Tschurkin in die Kaserne gelaufen und krähte:

»Revolution, Konterrevolution … Frieden ohne Annexionen und Kontributionen …«

Im Korridor stieß einer einen Pfiff aus und brüllte:

»Zu wenig Brooot!«

Der Kriegskommissar verlor den Faden.

»Was? Brot? Ihr kriegt zu wenig Brot? Ihr habt noch nicht zu siebt ne Ratte gejagt.«

Mit großen Augen hörten sie ihm zu. Die »Ölgötzen« verstanden von zehn Wörtern nur eins, und auch das nicht immer. Ängstlich brachten sie Fragen vor:

»Warum wird nich geheizt?«

»Wann kriegen wir die Ausrüstung?«

»Werden wir an die Front gejagt oder irgendwohin als Bewachung?«

»Werden wir ausgebildet?«

»Warum haltet ihr uns eingeschlossen wie wilde Tiere?«

»Man möcht mal baden.«

»Gegen wen solln wir kämpfen? Und für was?«

»Kann man nicht eine Delegation zu Koltschak schicken und irgendwie mit ihm Frieden schließen?«

»Warum wurde der Mobilmachungsbefehl nicht mit den Dorfgemeinden abgestimmt?«

Tschurkin zerrte an seinem Schopf und erklärte vom Hundertsten ins Tausendste nach Maßgabe seines Begriffsvermögens, doch zum Schluss stieß er, von den Fragen aus dem Gleis geworfen, einen wüsten Fluch aus und enteilte mit klirrendem Kavalleriesäbel, denn er musste bis zum Abend noch drei solche Meetings abhalten. Da trat, den buschigen Schnauz zwirbelnd, Feldwebel Naumenko vor.

»Habt ihr gehört, Jungs, was der Hundesohn uns vorgequatscht hat?«

»Wir habens gehört, da is nichts Gutes zu erwarten.«

»Den Krieg, Leute, denken sich die Bolschewiken aus, um das einfache Volk auszurotten und selber fein zu leben.«

»Abhaun müssen wir.«

Und so gings weiter:

Eine Zeitlang brachte man den jungen Soldaten Gewehrgriffe und lockere Kampfordnung bei, dann bekamen sie einen vollen Satz Ausrüstung. Das Gerücht lief um, sie würden dieser Tage abrücken.

»Der richtige Moment.«

»Machen wirs jetzt, Jungs, wenn sie uns erst an der Front haben, kommen wir nicht mehr weg.«

»Wir müssen unbedingt abhauen.«

»Klarer Fall.«

Sie verbrannten die Fensterbretter, rissen Rahmen und Sperrholz ab, zerlegten die Öfen in ihre Bestandteile. Wozu Öfen, wenn sie hier nicht zu leben gedachten? Einige stopften die Ausrüstung in ihre Säcke, andere zogen sie an. Sie packten den Posten, zwängten ihm einen nassgepinkelten Fußlappen ins Maul, banden ihm Draht um die empfindlichste Stelle und zogen ihn daran im Vorraum an einem Deckenbalken hoch, der zu stark war, als dass sie ihn hätten herausbrechen und verheizen können.

In der Nacht

in stürmischen Scharen

ab zu den heimatlichen Stätten.

In der Badeanstalt blieben nur an die hundert oder ein paar mehr »Ölgötzen«. Sie waren das erste Mal in der Stadt, hatten Angst zu fliehen, wussten auch den Heimweg nicht. Man verhörte sie, fühlte ihnen auf den Zahn, beschnupperte sie, erschoss zwei von ihnen[1] – sie schienen den Mitgliedern der eilig aufgestellten Kommission zum Kampf gegen die Desertion zu jedem Aufruhr fähig –, die Übrigen wurden der Verfügung des Gouvernementskriegskommissariats überstellt.

Bald lief auch das Wachbataillon auseinander. Danach setzten sich zwei einzelne Kompanien ab, denen Hilda Unterricht gegeben hatte. Zwei Wochen später waren von der Garnison noch übrig: die Kommandantentruppe, die Kommunistenkampfgruppe und Tschurkin mit seinem Kommissariat.

Aus der Stadt sprengten Abteilungen zum Kampf gegen die Desertion nach allen Richtungen, die Telegrafendrähte summten unruhig, und es regnete tränenreiche Aufrufe, untermauert mit donnernden Befehlen:

Dringend. An die Parteikomitees, Armenkomitees, Dorfsowjets. Deserteure, kehrt zurück! Der Deserteur ist ein Verräter an der Revolution! Tödlicher Schlag! Schande!

Weiße Banden! Blutgieriges Gewürm der Gutsbesitzer und Generäle! Schande! Allen Schuldigen droht harte Strafe bis hin zur Konfiszierung der beweglichen und unbeweglichen Habe.

Nun folgte die Mobilisierung der Partei- und Gewerkschaftsmitglieder. Beim Kriegskommissariat erschienen lockere Häuflein von Menschen, um sich einschreiben zu lassen: Weber, die an ihren von Kattunstaub überpuderten Gesichtern und ihrer krummen Haltung zu erkennen waren; Arbeiter vom Eisenbahndepot, die sich gegenseitig mit lautem Reden und Lachen aufmunterten, sie kamen direkt von der Arbeit, verräuchert und ölverschmiert; die Vorstadt schickte ihre revolutionäre Jugend und ihre Raufbolde, alle diese Locken-Jaschkas und Ataman-Grischkas, die nicht wussten, wohin mit ihrer Kraft – der laute Ruhm ihrer Messerstechereien sprach sich herum von Sippe zu Sippe, von Straße zu Straße. Mit den Bauernröcken Soldat zu werden und überhaupt mit ihnen zusammen zu sein galt bei den Tollköpfen als schmählich, aber mit den Vorstadtkommunisten, un-

1 Die nach der Februarrevolution abgeschaffte Todesstrafe war im Sommer 1918 wiedereingeführt worden.

ter ihnen nicht wenig verwegene Kerle, waren sie bereit, sonstwohin zu gehen und sich mit den Kosaken und Offizieren herumzuschlagen wie in der Vorstadt bei den abendlichen Zusammenkünften wegen der Mädchen, oder einfach so, spaßeshalber.

Vor den Musterungstischen lärmende Schlangen.

»Jaschka, grüß dich.«

»Ah … Du willst auch in den Krieg, und ich hab gehört, deine Alte hat dich mit der Topfgabel verdroschen.«

»Lass mich in Ruh, alter Ganove.«

»Na, na, wir machen Dampf, auf uns solls nich ankommen.«

»Der Mutige überlegt nich lang, er setzt sich hin und heult.«

»Hahaha …«

»Kommt näher, Genossen, beeilt euch, nicht trödeln!«

»Name?«

»Schreib, Gawril Owtschinkin.«

»Parteimitglied?«

»Versteht sich.«

»Welche Zelle?«

»Erste Getreidemühle.«

»Unterschreib.«

»Kann nich schreiben. Hab auch nich genug Finger, die sind im deutschen Krieg verlorngegangen, da.«

»Was willst du denn hier ohne Finger?«

»Ich lauf ja nicht mit den Fingern, ich lauf mit den Füßen. Kannst mich ja schlimmstenfalls zum Tross schicken, zum Kochen wird auch jemand gebraucht.«

»Richtig, Gawril«, lärmte ein sichtlich angetrunkener kleiner, gedrungener Mann, der wie ein Mehlsack aussah, der Lastträger Wedernikow, »wir gehn alle mit, wir sterben alle zusammen! Bei meiner Seele! Wir ergeben uns nicht! Nie im Leben!«

Die Abteilung wurde an einem sonnigen Sonntag mit Musik, Liedern, Reden und Schwüren verabschiedet und dann sogleich vergessen. Die Frauen mit ihren Kindern drängten sich lange und meist vergeblich in den Wartezimmern, schluckten bittere Tränen der Verlassenheit. Die Stadt wurde wieder und wieder in die Arbeit eingespannt wie ein schlichtes, doch fleißiges Pferdchen vor das schwere Fuhrwerk.

HEUTE

ERÖFFNUNG DES VOLKSTHEATERS
SCHAUSPIEL ZUGUNSTEN DER
RUSSISCHEN KRIEGSGEFANGENEN
NIE DAGEWESENES PROGRAMM

I. AUF DER JAGD NACH DER FREIHEIT
Tragödie in zwei Akten
von Jefim Gretschichin

II. ORIENTALISCHE TÄNZE
DARGEBOTEN VOM PUBLIKUMSLIEBLING
L. M. DARJALOWA-SAWOLSHSKAJA

III. ZAUBERKUNSTSTÜCKE UND AKROBATIK
ERRATEN FREMDER GEDANKEN
UND WEISSAGUNG DER ZUKUNFT
Wakulenko-Stodolski

IV. DIVERTISSEMENT
UND VERSTÄRKTES ORCHESTER

V. BALL BIS ZUM MORGEN

Leitender Direktor
und Chefregisseur J. S. Gretschichin

Eine peinliche Geschichte passierte mit den Kriegsgefangenen.

Sie trafen mit zwei Transportzügen ein und blieben darin, stiegen nicht aus. Sie schickten Delegierte zum Exekutivkomitee: Die Leute hungerten, kränkelten, frören, sie brauchten Fuhrwerke, Kleidung, einen Arzt. Die Kriegsgefangenen stammten aus Kljukwin und den Nachbarkreisen – geschlagene, zermürbte Menschen, die ganz Europa durchzogen hatten. In der Fremde hatten sie gelernt, mit Maschinen umzugehen, und mancherlei

Erfahrungen gesammelt, so dass sie jetzt für ihr Land ein wahrer Schatz waren. Es wurde beschlossen, sie zu bearbeiten, bevor man sie ins Dorf ließ.

Pawel belud seinen Schlitten mit Literatur, und ab zum Bahnhof.

Wenig Raum, das Meeting musste unter freiem Himmel auf den Reservegleisen abgehalten werden. Inmitten raschelnder Uniformlumpen, inmitten der ausgemergelten und tödlich erschöpften Menschen sprach Pawel nicht lange – der Wind ließ die Zähne vereisen, den Atem stocken. Dann sprang er von seinem Bündel Literatur, riss die Bastmatte weg und gab einem frostversengten Soldaten Flugblätter.

»Los, Landsmann, verteil sie.«

»Treib mich nich an, Genosse, ich bin kein Gaul«, sagte der Soldat mit verlegenem Lächeln, nahm die Flugblätter nicht an, legte die Hände auf den Rücken.

Ein anderer kreischte ihm über die Schulter:

»Was solln wir mit euren Proklamationen? Wir haben eine Woche kein Brot gesehen, so ist das.«

Verfrorene Stimmen stöhnten, regten sich:

»Wir sind nackt und barfüßig ...«

»Wir haben gelitten ...«

»Ach, Genossen ... Fünf Jahre wie fünf Tage, das muss man verstehn, fühlen ...«

»Seit der Grenze füttert ihr uns mit Meetings. Auf den Stationen gibts nicht mal Teewasser ...«

»Als ob wir stummes Vieh wärn.«

»Heimat, Blut ...«

»Schau her, Genosse, sperr die Augen auf!«

Unter den Lumpen nackte Körper, Armstümpfe. Schrecklich anzusehen die grindigen schwarzen Gesichter, die erfrorenen, welken Ohren. Pawel hatte das alles nicht wahrgenommen, als er sprach. Die Flugblätter wurden verteilt zum Zigarettendrehen, zum Feuermachen und um die Füße einzuwickeln, das hatten sie bei den Deutschen gelernt.

»Ich seh, ihr sitzt im Dreck«, sagte Pawel und drängte sich in die Menge, »aber mit Geschrei ist der Not nicht abzuhelfen. Wählt aus eurer Mitte eine dreiköpfige Kommission und schickt sie jetzt gleich zum Exekutivkomitee, vielleicht lassen wir uns zusammen was einfallen. Einen Doktor schicken wir euch sofort, und Brot kratzen wir auch zusammen.«

Hinterm Bahnhof überholte Pawel einen Zug Fuhrwerke, die breiten Schlitten waren vollgeladen mit den Leichen an Frost oder Typhus gestorbener Soldaten.

Tausend überzählige Mäuler in der hungernden Stadt zu behalten versprach nichts Gutes, man musste sie weiterschieben, koste es, was es wolle. Ein Komitee unter dem Vorsitz von Jelena Konstantinowna Sudakowa verfasste einen Aufruf »An alle ehrlichen Bürger«. In der Stadt wurden warme Kleidungsstücke gesammelt. Exekutivkomitee, Sozialfürsorge und Fabriken schickten, was sie konnten. Und dann diese Theatervorstellung, eröffnet mit einer langen Rede von Jelena Sudakowa: erstens als Vorsitzende des Komitees, zweitens als Leiterin der Abteilung Volksbildung, und außerdem sprach sie überhaupt gern zum Volk. Die alte Lehrerin war Mitglied des Exekutivkomitees. Verschabtes Plüschhütchen, das wie eine Feige aussah, obendrauf Kirschen. Sie hatte zwei Jahre Verbannung hinter sich, hatte im Gefängnis gesessen, was sie Neulingen und Emporkömmlingen immer wieder unter die Nase rieb. Die Intelligenz von Kljukwin wusste über ihre Leiden genau Bescheid. Die herzliche, hilfsbereite Jelena Konstantinowna wurde ewig von Bittstellern belagert: »Meine Beste, um Christi willen …« Sie tat alles, was in ihrer Kraft und Macht stand: tröstete Beleidigte, trocknete Weinenden die Tränen.

Pawel, der auf einen Sprung ins Theater gekommen war, sprach im Erfrischungsraum, der sich nach dem zweiten Klingelzeichen geleert hatte, mit Hilda. Jefim eilte zu ihnen, er trug eine Arbeiterbluse und kochte vor Lampenfieber.

»Mein Lieber, du willst doch nicht etwa abhauen?«

»Ja, ich muss weg.«

»Nein, nein und nein! Heute wird meine Tragödie aufgeführt! Premiere! Ich lass dich nicht weg! Ich hab dir einen Platz reserviert. Schpulkin, bring ihn rein! Erste Reihe, Platz neun, Tempo!«

Das dritte Klingelzeichen.

Der von irgendwo aufgetauchte Schpulkin, einem Cholerabazillus ähnlich, griff Pawel am Ärmel, Hilda hängte sich lachend auf der anderen Seite ein, und so zogen sie ihn in den Saal.

Auf der Sessellehne war die grellbunte Aufschrift *Redakteur* befestigt. Pawels straffer Hals lief rot an, er beschimpfte Jefim, aber zufrieden klopfte ihm das Herz, einmal … zweimal …

Mit einer Verbeugung ging der Vorhang auseinander.

Im Hintergrund der Bühne eine Gefängnisfassade. Hinter den Fenstergittern ausgemergelte Gesichter, Kettengeklirr. Abseits auf Granitblöcken, eine feuerrote Kappe auf dem Kopf und in einen weiten himbeerrosa Umhang gehüllt, steht die Freiheit und stützt sich lässig auf ein langes Schwert.

Die Häftlinge stöhnen:

»Heilige Freiheit …«

»Du bist so unerreichbar wie das Traumbild der reinen Jugend …«

»Du bist ein Märchen, das nie in Erfüllung geht …«

»In stickigen Fabrikhallen, in düsteren Schächten und Bergwerken träumen Millionen Sklaven leidenschaftlich von dir …«

»Oooh … Ooooh!«

Unter der Gefängnismauer gehen Zerlumpte und irgendwelche Leute vorüber, der Kleidung nach Kellner oder Händler, und flüstern:

»Das Gefängnis …«

»Da sitzen die Streikenden …«

»Da gehören sie auch hin. Sind sich mächtig schlau vorgekommen, die Hundesöhne, von denen sind viel zu wenig aufgehängt und abgeknallt worden.«

»Trotzdem tun sie einem leid, Leute.«

»Mit solchen Reden kannst du selber unters Zinkdach kommen, freches Aas.«

Unter den Zerlumpten ein junger Arbeiter, er schwenkt einen mächtigen Hammer.

»Genossen, die Pflicht des Gewissens und die staatsbürgerliche Ehre rufen uns auf, diese düsteren Gewölbe zu zerschlagen und die Kämpfer für die heiligen Ideen zu befreien. Unser riesiges Land blutet aus ...«

Auf der Bühne Halbdämmer. Gleitend schweben Schatten im Leichengewand vorüber, manche mit Strick um den Hals, andere mit dem eigenen Kopf unterm Arm. Sie stöhnen:

»Wir sind auch für unsere Ideen gestorben ...«

»Mich haben die Henker des Zaren aufgehängt ...«

»Mich enthauptet!«

»Nehmt Rache für uns ...«

»Oooh ... Ooooh!«

Der Arbeiter ruft alle auf, in die Fußstapfen der Märtyrer zu treten. Unter den Zerlumpten ängstliches Murren.

Die Freiheit hebt das Schwert.

»Jämmerliche Spießer und Kleinbürger! Feige Hunde, ihr seid meiner nicht würdig! Einzig und allein das Meer ist frei, hahaha ...«

Die Freiheit reißt den Umhang hoch und verschwindet in einer Staubwolke, von der die Kämpfer für die Idee und die Zerlumpten das Niesen kriegen. Der Arbeiter niest ebenfalls und erklärt die Notwendigkeit des Aufstands.

Der Aufstand. Trommeln, Fahnen, das Poltern einstürzender Gefängnismauern. Auf der Vorbühne die Märtyrer, weinend vor Freude, unter ihnen die Freiheit in Sträflingskittel und Ketten; der Arbeiter verliebt sich sofort in sie. Viele Stimmen verflechten sich zur Marseillaise.

Der Zuschauerraum fiel mit ein.

Das Orchester überschlug sich.

Dann erhob sich ein mit nichts zu vergleichendes Beifallspfeifen und begeistertes Fußetrappeln, und in den dichten Lärm schnitt wie ein Messer in Speck die gellende Stimme Schpulkins:

»Ruhe, Bürger, fünf Minuten Pause!«

Zu Pawel setzte sich Kapustin, schnäuzte sich mit einem Trompetenton und atmete ihm hastig ins Ohr:

»Toll, was? Ein Kaufmannssohn, aber was der aus seiner Birne rausquetscht, was? Märtyrer, Spießbürger … Und alles genau richtig. Ich hab mich ja selber zwei Jahre lang in Etappengefängnissen rumgetrieben, ich kenn das alles.« Er roch nach Sprit.

Darüber staunte Pawel dermaßen, dass er fast aufgesprungen wäre, denn Kapustin trank nie, und es wurde erzählt, wie er einmal an Silvester bei den Sapunkows, wo sie ihn hingelockt hatten, nicht nur das ihm angebotene Gläschen zurückwies, sondern auch die Flasche mit Kirschschnaps zertrümmerte und unter wüsten Flüchen ging, womit er den versammelten Mitarbeitern die festliche Stimmung verdarb.

»Iwan, du hast was getrunken, gehn wir nach Haus.«

»Ich?«

»Ja.«

»Kein Stück.«

»Gehn wir, sonst zerstreit ich mich mit dir.«

»Hör auf. Freiheit, Märtyrer … Ich muss sehn, wie das weitergeht.« Er klammerte sich an die gewundenen Armlehnen des Sessels, und keine Kraft hätte ihn losreißen können, ohne Aufsehen zu erregen.

Pawel presste ihm den Arm.

»Was solln die Dummheiten? An solch einen Ort kommst du besoffen und willst auch noch randalieren?«

»Pawel, lass das Drängen. Ich sag dir doch … «

Pawel ließ ihn neben sich Platz nehmen, gab ihm eine Zeitung und überredete ihn, einen Artikel zu lesen.

Klingelzeichen.

Der Vorhang ging auf.

Im Saal ein Strom glitzernder Augen, offene Münder und Gesichter – mitleidig, finster, verwundert.

Barrikaden, Telefone, Soldaten mit roter Schleife an der Schapka. Abseits der Arbeiter mit seiner Frau Anna. Ihre alten Eltern reden kläglich bittend auf sie ein, heimzukehren. Die beiden weigern sich. Die Alte fasst ihre Tochter am Arm, die reißt sich los und gibt ihrer Mutter einen Stoß, dass sie fast in den Zuschauerraum fällt. Der Arbeiter und seine Frau deklamieren:

»Geht weg, ihr kläglichen, nichtigen Maulwürfe! Kriecht und krümmt euch im Staub! Wir aber schreiten Ellbogen an Ellbogen, Schulter an Schulter dem neuen Leben entgegen, und von der Barrikade herab werden wir als Erste die über der Welt aufgehende wunderschöne Morgenröte der befreiten Menschheit sehen!« Die Alten weinend ab. Im Saal Gelächter.

Von den Barrikaden knattert eine langanhaltende, erbitterte Schießerei. Im Saal Pulvergestank und Brandgeruch, ein mageres Mädchen zappelt hysterisch, Soldaten wiehern und übertönen mit donnerndem Händeklatschen das Geballer. Voller Erfolg, aber das ist noch nicht alles. Zwei gefangene Epaulettenträger werden hereingeführt. Ihr Gespräch mit dem Arbeiter ist alles andere als liebenswürdig. Vor der Erschießung rufen sie noch:

»Alles Land den Gutsbesitzern, alle Macht den Kapitalisten!«

»Gott schütze den Zaren!«

(Jefim hatte erwogen, dass es nicht schlecht wäre, des stärkeren Eindrucks wegen zu jeder Vorstellung zwei Verurteilte von der Tscheka zu holen und sie auf der Bühne abzuknallen.)

Auf Tragen werden Verwundete hereingeschleppt, jeder von ihnen hält vor dem Tod eine Rede. Das Feldtelefon piepst, ein Melder stürmt keuchend herein.

»Die Weißen sind geschlagen! Hurra!«

Damit war die Tragödie beendet. Unter der übermäßigen Last der Begeisterung ächzte der Fußboden, und das Dach drohte einzustürzen.

Mit schlecht abgewaschener Schminke lief Jefim, übers ganze Gesicht strahlend, in den Saal und fasste Pawel an den Armen.

»Na, wie wars? Nicht schlecht, was? War doch wirklich nicht schlecht? Hats dir gefallen?«

»Du hast einen Tischlerhammer geschwenkt. Ein großes Ding, aber ein Tischlerhammer, mit so was kann man nicht schmieden.«

»Kleinigkeit, das lässt sich ändern. Aber meine Tragödie schick ich nach Moskau.«

»Mach das, mein Lieber, ich rate dir zu.«

»Ah, Tag, Genosse Kapustin, entschuldigen Sie, ich habe Sie nicht gesehen. Bin aufgeregt wie ein Kind. Also Sie raten mir zu? Hats Ihnen gefallen? Nicht schlecht, wie?«

»Stark«, sagte Kapustin überzeugt. »Böser als bei Gogol. Der schreibt immer von Ukrainern und solches Zeug.«

Pawel, in den Worten ertrinkend wie in Sand, fragte:

»Wer war das? Na, deine Frau?«

»Hilda?«

»Nein.«

»Ach, Anna meinst du? Die war heute gut, nicht wahr? Das ist doch Lidotschka Scherstnjowa, aus dem Konzentrationslager, weißt du nicht mehr? Du hast doch das Papier unterschrieben. Sie gefällt dir wohl? Kein schlechtes Mädchen. Stimmts? Tu mir den Gefallen, komm mit, ich mach euch bekannt. Ach, da ist sie ja. Wenn man vom Teufel spricht …«

Sie eilte mit einem Becher herbei.

»Eine Spende, Genosse.«

Üppig, duftend, geschwungene Augenbrauen.

»Darf ich vorstellen … Lidotschka Scherstnjowa, Bühnenname Darjalowa-Sawolshskaja. Redakteur Grebenschtschikow – ihm haben Sie Ihre Freilassung zu verdanken, Lidotschka. Und das ist der Genosse Iwan Pawlowitsch Kapustin, hahaha, unser roter Gouverneur.«

Sie lächelte Kapustin zu, schickte ihr leicht geschminktes Lächeln in Pawels Gesicht.

»Sie sind der Vorsitzende der Kommunisten? Ich hab viel von Ihnen gehört, ich freu mich so. Spenden Sie für die armen Soldaten, die …«

»Weiß schon«, knurrte er, sah nicht hin und sah sie doch.

Seine harte Pranke schüttelte ihre warme Katzenpfote, und es lief ihm eiskalt über den schweißnassen Pferderücken.

In seiner Verwirrung steckte er ihr seine Garderobenmarke in den Becher.

Mit den spiegelblanken Augen spielend, schwatzte sie noch ein Weilchen und lief dann in die Menge.

»Komm, gehn wir«, sagte Pawel entschlossen und hakte Kapustin unter. »Genug geglotzt.«

»Sie wollen schon gehen?«, rief Jefim. »Und die orientalischen Tänze, vorgeführt von Lidotschka? Unwahrscheinlich interessant.«

»Keine Zeit. Geschäfte. Komm, Iwan.«

Auf den Straßen die Buckel der Schneewehen, glitzernde Stille. Kapustin, den der Wind rasch erfrischte, redete sich die Kränkungen von der Seele:

»Wir schreiben Dekrete, aber wir kennen den Mushik nicht und wollen ihn nicht kennen. Manchmal muss mans mit einem Ruck packen, aber manchmal gehts langsam besser. Zeig dem Mushik Achtung, träufle ihm Öl auf den Kopf, dann versetzt er dir Berge.«

»Die Zeit brennt, Iwan Pawlowitsch, und der Mushik ist habgierig, da kannst du nicht tröpfeln, da kannst du nur schwappen. Du musst ihm den Fuß auf die Gurgel setzen: ›Deins ist meins, gib her.‹«

»Die Zeit brennt … Das verstehn die Mushiks, und wenn sich welche dumm stellen, dann befehlen wir ihnen zu verstehen. ›Getreide her‹ – sie geben. Sie knurren, aber sie geben. In einem Monat hätten wir das Ablieferungssoll bis zum letzten Körnchen zusammengehabt, aber heute kommt Lossew angelaufen, zeigt mir Papiere. ›Da, im Zentrum ist bei den Berechnungen ein Fehler passiert, wir haben Befehl, zwei Millionen Pud zusätzlich aufzubringen.‹«

»Das ist viel.«

»Nicht? Was machen die mit dem Mushik? Die im Zentrum verfolgen ihre Politik, und wir dürfens ausbaden. Der Mushik mags, wenn man sein Wort hält. Wenn du einmal kommst, gibt er, aber das nächste Mal zeigt er dir diesen. Er hat beizeiten ausgerechnet, wie viel er abliefern muss, wie viel er für die Aussaat braucht, wie viel zum Schnapsbrennen und als Futter. Und nun kommen wir und sagen, bitte schön, wir haben uns bei den Berechnungen geirrt.«

Kapustin holte tief Luft und schnaufte wie ein müdes Pferd.

»Oder der Lebensmittelkommissar von Tschagrino, dieser Hurenbastard, der stapelt neunzigtausend Pud Heu, mit Schnee vermischt, unter freiem Himmel. Ist das ein Idiot? Ein warmer Tag, und schon morgen ist das ganze Heu verfault und verschimmelt. In Mokschanowka ist ein noch schärferes Ding passiert: Da haben sie geschlachtetes Geflügel eingesammelt, einen ganzen Schuppen voll, ist alles vergammelt, der ganze Landkreis verpestet, eine Schande. Siehst du, Pawel, mit solchen Sachen verschmutzt man das Flussbett, durch das der schnelle Strom der Sowjetmacht fließen soll. ›Leute her‹ – sie haben uns Leute gegeben, und was machen wir mit denen? Hast du den Befehl über die Mobilmachung gelesen?«

»Was für einen Befehl? Was ist?«, fragte Pawel aufhorchend.

»Lies.«

Sie blieben unter einer Laterne stehen.

Kapustin holte einen Abzug des Befehls aus der Aktentasche, und Pawel las aufmerksam die rot unterstrichenen Stellen.

§2. Lehrer und Mitglieder der Armenkomitees, die fest auf der Plattform der Sowjetmacht stehen und nicht der Sabotage verdächtig sind, unterliegen nicht der Einberufung.

§6. Freiwillige und Rotgardisten der Jahrgänge, die nicht der Einberufung unterliegen, werden aus dem Dienst entlassen. Wer jedoch in den Reihen der Armee bleiben möchte, wird Marschkompanien zugeteilt und unverzüglich an die Front geschickt.

§9. Der Einberufung unterliegen alle, die in der alten Armee Ausbildungskommandos durchlaufen haben, Offiziere aller Ränge, aber auch Personen der obenerwähnten Jahrgänge, die vor der Revolution keinen Militärdienst geleistet haben.

»Das ist ja die reinste Konterrevolution!«, rief Pawel.

»Meine Rede. Wer konnte vor der Revolution dem Militärdienst entgehen? Händler, Kaufleute und Krüppel. Was zum Scheißteufel solln wir mit denen? Dagegen werden Rotgardisten, Frontsoldaten, Lehrer, Dorfarme, die bewusstesten Elemente, von der Armee ferngehalten. Schlau, was? Wer ist denn auf diesen Befehl hin in die Stadt gekommen? Einerseits unwissende Bauernjungs ohne Kampferfahrung, andererseits Gefreite, Feldwebel, Offiziere, Kulakensöhnchen ...«

»Und denen haben wir mit unsern eigenen Händen Waffen gegeben?«

»An die dreitausend Gewehre haben wir verteilt, sie haben sie mitgenommen und werden nun mit unsern Waffen auf uns schießen.«

»Wessen Werk ist das? Feind oder Idiot?«

»Beides. Wir hatten Tschurkin beauftragt, den Befehl zu schreiben. Dieser Holzkopf hat sich von Glubokowski militärisch beraten lassen, und der hat ihn dann auch beraten.«

Pawel schwieg bedrückt. Seine Gedanken flimmerten wie schnelles Wasser über Steinen. Frostige Weiten, Schneegeglitzer, vom blauen Wald gesäumtes weißes Feld, Fuhrwerke mit Getreide und Brennholz, Speicher voller Getreidestaub, scharfe Bauernscherze, Deserteure auf der Wolfsfährte, allmächtige Lebensmittelkommissare, die die Ablieferung erzwingen und Tausende Pud Kartoffeln erfrieren lassen, die spärlichen Inseln der Parteizellen ...

»Bis zu dieser Stunde«, sagte Pawel, »hab ich aus Zeitmangel oder richtiger aus Schlafmützigkeit den Befehl nicht gelesen. Gedruckt hat ihn Kurotschkin, das ist so ein kleiner Menschewik in unserer Druckerei, er hat mir nichts gesagt, der Hund. Im Übrigen hat es keinen Zweck, die Schuld auf andere abzuwälzen, die Mobilmachung ist durch uns selbst gescheitert. Wir sind an allem schuld. Wo hatten wir bloß unsern Kopf?«

»Dann soll jetzt Tschurkin hinfahren und die Deserteure einsammeln und schnuppern, wonach es dort riecht.«

»Darum gehts nicht, Iwan Pawlowitsch. Wer ist dieser Garnisonsnatschalnik? Glubokowski, Glubokowski, immer wieder hör ich von dem.«

»Irgendein Offizier. Ich hab Martynow mehr als einmal beauftragt, ihn zu überprüfen. Das hat er gemacht, und er sagt: ›Nichts Schlimmes, dient schon das zweite Jahr in der Roten Armee.‹«

»Martynow ist eine Flasche. Und überhaupt, die Tscheka arbeitet schlecht bei uns. Du hast gesagt, wir haben zu wenig Leute, Leute sind knapp. Alles Quatsch, wir haben genug Leute, begreif das doch.«

»Wo sind sie? Zeig!«

»Bei uns pflügt ein Mann, und sieben fuchteln mit den Händen und fressen doppelte Ration. Wir bauen eine Verwaltungsmaschine auf, einen Reifen der Diktatur, und wen nehmen wir als Beipferd? Beamte, Gymnasiastinnen, Offiziersfrauen. Die sollten wir in ganz Europa und Asien zu Paaren treiben, und wir stopfen sie mit Brot voll, sie sind ›unersetzlich‹. Heute haben wir fünfhundert Arbeitslose in der Stadt, morgen werdens tausend sein. Unsere Arbeitslosen haben ihr Leben lang Eisen gebogen und Säcke geschleppt. Unter denen sollen sich keine Kuriere, Schreiber, Mitarbeiter finden? Sie können das nicht? Dann lernen sies eben, wir beide sind ja auch nicht als Kommissare geboren.«

»Zum Lernen ist keine Zeit, Pawel, wir müssen die Ablieferung vorantreiben.« Kapustin legte seine Gedanken dar über das Haus, das noch nicht gebaut ist, von dem erst Markierungspfähle und Gerüststangen stehen.

Aber Pawel hörte nicht zu und sprach weiter:

»Oder nehmen wir die Sozialrevolutionäre. Wir haben sie aus der Stadt vertrieben, sie haben sich im Kreis verkrümelt, sich eingegraben in den Handels- und Verbrauchergenossenschaften, in den Bodenabteilungen und Volksgerichten. Im Landkreis Lebedewo haben sie eine landwirtschaftliche Kommune eingerichtet, im Landkreis Marjanowo den Sowjet und das Armenkomitee in ihre Hände gebracht. Martynow hält die Sozialrevolutionäre für friedliche Schäfchen, aber sie werden uns schon noch ihre Wolfszähne zeigen.«

»Trägst du nicht zu dick auf, du seltsamer Heiliger? Sozialrevolutionäre gibts verschiedene. Wir hatten an der Front eine Abteilung von linken Sozialrevolutionären, die Jungs haben nicht schlecht gekämpft. Ich weiß noch, wie wir aus Tetjuschi ausrückten ...«

»Erinner dich lieber«, unterbrach ihn Pawel, »wie viel Sozialrevolutionäre bis jetzt mit den Tschechen und Koltschak zusammenarbeiten. Erinner dich an den Moskauer Aufstand[1], an Jaroslawl[2], an die Murawjow-Verschwörung[3]. Die Partei der Sozialrevolutionäre in ihrer großen Masse ist ins Lager der Konterrevolution übergegangen; auf unserer Seite waren ein paar Handvoll, und das auch bloß zeitweilig.«

»Mag sein.«

Nachdem er Kapustin zum Exekutivkomitee begleitet hatte, streifte Pawel noch lange durch die stillen, verschneiten Straßen und mischte Arbeit mit Nichtstun: Er stellte im Geiste den Monatsbericht zusammen, den er an das Gouvernementsparteikomitee schicken musste, er schrie ein Lied über Wanja den Beschließer, womit er die Hunde in Hysterie versetzte, und dachte an Lidotschka. Diese Halunken von Burshuis, wieso haben die so viel schöne Weiber? Bei uns in der Partei, da kannst du nehmen, welche du willst – alles Vetteln, eine grässlicher als die andere: durchweg krummhüftig oder schiefmäulig.

Pawel gierte nach Liebe.

Schon als Junge hatte er Realschüler und Gymnasiasten, die in der Vorstadt Herrchen genannt wurden, darum beneidet, dass

1 Umsturzversuch linker Sozialrevolutionäre am 6./7. Juli 1918.

2 In Jaroslawl kam es im Juli 1918 zu einem von ehemaligen Offizieren vorbereiteten Aufstand gegen die Sowjetmacht.

3 Am 10. 7. 1918 unternahm der Befehlshaber der Ostfront (zu dieser Zeit Hauptfront des Bürgerkriegs), der linke Sozialrevolutionär Michail Artemjewitsch Murawjow (1880–1918), in Simbirsk (seit 1924 Uljanowsk) einen Putschversuch.

sie mit rosigen, blanken Mädchen spazieren gingen. Den Mund offen vor Begeisterung, war er einem Leierkastenmann durch die ganze Stadt nachgelaufen, weil der eine schmucke, heiser singende Freundin bei sich hatte. Abendelang hatte er sich vor dem Fenster einer Schenke herumgedrückt, den Sängern und Harmonikaspielern gelauscht und den bunten Schenkentänzerinnen zugesehen, wie sie in der trunkenen Hölle tobten. Sogar im Kino hatte er sich in die geisterhaften Schönen verliebt, die über die Leinwand glitten und durch seine Jungenträume schwebten, und sich nach ihnen gesehnt – sie waren alle so schick und schön, anders als die Mädchen seiner Umgebung. Später, als er im Werk arbeitete, füllte sich sein Herz mit unerwarteter und erwarteter Liebe, beißend wie Rauch, es war wie eine Entdeckung. Die Nichte des Mechanikers, die blauäugige Njurotschka … Als ihr Onkel von den heimlichen Zusammenkünften erfuhr, riss er Pawel am Schopf und schmiss ihn aus dem Werk, worauf der Siebzehnjährige mit hängendem Kopf vom Werkkontor in die Freudengasse trottete, zu den roten Laternen, um zwei Wochenlöhne und seine erste Liebe zu versaufen.

Pawel war jung und lebenshungrig.

Eines Tages traf er Lidotschka auf der Straße, besuchte sie dann im Theater, und sie zog mit Kartons, Koffern und Köfferchen zu ihm. Von diesem Tag an roch es in seinem Zimmer nicht mehr nach Hund, dort herrschte jetzt der süßliche Duft von Puder, Parfüm und Toilettenseife. Pawel, der in allen Wonnen dieser Erde schwelgte, fand zu weiser Gelassenheit. Er arbeitete nicht weniger als zuvor, griff zupackend und mit Feuereifer nach Dingen, die sein jugendlicher Verstand noch nicht erfasste. Lidotschka lag nach ihrer Gewohnheit bis Mittag im Bett, lernte ihre Rollen, deklamierte und streckte, ins Licht blinzelnd, die Arme nach ihm aus.

»Pawel, komm her und küss mich.«

»Schon gut, schon gut, steh auf. Sag mal, was ist gleich dem Quadrat der Summe zweier Zahlen?«

»Hahaha …«

Pawel war ein Algebrabuch in die Hände gefallen, und er war so wütend auf die unbegreiflichen Zeichen und Schnörkel, dass er sich sogleich auf die Algebra stürzte und binnen einem Monat wie durch ein Kletticht durch sämtliche mathematischen Tücken drang. Jetzt ging er mit Lidotschka Seite um Seite durch. Er bewog sie, auch Micheïtsch zu unterrichten. Der Alte kam nicht mit ihr zurecht, und oft genug endete der Unterricht im Streit. Zornglühend schmiss sie das Grammatikbuch hin, lief, sich beschweren.

»Ich kann nicht mehr.«

»Schon wieder Dummheiten?«

»Ich will nicht, ich will nicht und ich will nicht. Er ist entsetzlich dumm und grob.«

Pawel brachte sie wieder zusammen und versöhnte sie.

Abends, wenn Lidotschka ins Theater ging, schaute Micheïtsch aus alter Erinnerung bei seinem Freund herein und fragte schon in der Tür:

»Ist sie weg?«

»Ja, sie ist weg, komm rein, wir trinken Tee. Du kannst sie wohl überhaupt nicht leiden? Auch mich hast du schon vergessen.«

Der Alte betrachtete das saubere Zimmer missfällig. Seine ewig lächelnden Lippen waren jetzt blass und gekränkt verkniffen.

»Was bist du denn so mürrisch, Micheïtsch?«

»Ach.«

Um das lastende Schweigen zu unterbrechen, fragte Pawel:

»Du lernst?«

»Ja«, seufzte der Alte, »dieses schreckliche Abc ... Gerade muss ich sitzen, dass die Wirbelsäule nich krumm wird, und schreiben: ›Der Hund bellt, die Kuh muht‹, wie zum Spott.«

»Ha-ha-ha, das Dummchen. Macht nichts, lern weiter, grab tiefer ...«

»Das is nix für mich.«

Micheïtsch trank schweigend ein Glas Tee und ließ wie ungewollt fallen:

»Sinnlos.«

»Hör auf, immer dasselbe, dass dir das nicht über wird!« Pawel verzog das Gesicht, er wusste schon, worauf der Alte hinauswollte.

»Ob du dich ärgerst oder nich, aber für die Wahrheit steh ich immer ein. Die passt nich zu dir. Sag, was du willst, da hast du dir eine gegrapscht, Gott behüte, mit der bist du nicht zu beneiden. Hättest du dir nich ne andere suchen können?«

»Ich hatte schon mal eine.«

»Wieso tauschst du sie wie ein Zigeuner die Pferde?«

»Wärst du jung, du würdest anders reden.«

»Ich bin immer derselbe. Warts ab, mein lieber Freund, sie wird dir noch in die Mütze scheißen.«

Eines Tages, Lidotschka war besonders zärtlich, und sie wusste viele geheime Weibergriffe, kam sie auf ein Frühjahrskostüm zu sprechen.

»Pawel, du hast doch der Tscheka was zu sagen. Die sollen mir eins geben, sie haben doch massenhaft requirierte Sachen.«

»Was?«

»Dir machts keine Mühe, schreib ein paar Worte auf ein offizielles Formular, den Rest erledige ich selbst.«

»Ich schreib dir eins hinter die Löffel, dass du die Tür nicht mehr findest.«

Lidotschka erschrak, weinte und sprach nie wieder von neuen Schuhen, feiner Wäsche oder dem bedrückend eintönigen Essen. Nach der Probe eilte sie mit Jefim in seine Junggesellenbude, die reich und üppig eingerichtet war, denn sie hatte einem nach Sibirien geflüchteten reichen Advokaten gehört.

Jefim nahm ihr das Fehmäntelchen ab, küsste ihr die spielzeugkleinen Hände, blickte ihr vielsagend in die Augen und fragte:

»Liebst du mich?«

»Ooh …«

Jefim und Lidotschka hatten in Kljukwin einen Bund revolutionärer Dichter, Maler und Dramatiker gegründet, und es kamen in der Stadt an die vierzig Mitglieder zusammen. Gleich auf der ersten Versammlung beschloss der Bund, sofort Lebensmittelrationen zu beantragen und einen literarisch-künstlerischen Monatsalmanach »Träume und Gedanken« herauszugeben.

Aus der Stadt hohles Donnern von Befehlen:
Getreide
Brennholz
Soldaten
Geld
bei Nichtbefolgung Strafe, Tribunal.

In Steppen, Wäldern, Sümpfen rollte hallend das Echo:

»Ooh ... Aah ... Uch ... Her damit.«

Ströme stürmischer Papiere peitschten die strohgedeckten Festungen. Viele Papiere, verzweifelte Hunderte, und der Kehrreim stets derselbe: »Bei Nichtbefolgung, bei Verzögerung – Strafe.«

Die Stadt krümmte sich in Hunger und Typhus, sie spuckte rostbraunes Blut. Die im Fieber knirschende Stadt musste im Gehen gesunden. Arbeitszuweiser klapperten ihre Abschnitte ab, spektakelten vor den tüllverhängten Fenstern, rüttelten an den Griffen der verschlossenen Pforten:

»Hausherr, raus zum Streckesäubern!«

Im Ritz ein fusseliges Nichts.

»Väterchen, wir sind friedliche Bürger, stille Einwohner.«

»Egal, Befehl, streng.«

»Genosse, wir ...«

»Ohne Gerede, sämtliche Männer und Frauen in vierundzwanzig Sekunden raus.«

»Wir sind bloß Kranke, Alte und Kinder ...«

Die heiseren Arbeitszuweiser donnerten mit Gewehrkolben gegen die Pforten.

»Raustreten, oder seid ihr krepiert? Raus zum Streckesäubern!«

»Genosse Väterchen, wir ...«

Unter den Kolbenhieben erschauerten und blinzelten die

Häuschen wie streunende Katzen, gaben aber keinen Laut. Die stillen Einwohner von Kljukwin verkrochen sich auf Dachböden und in Kellern.

Auf den Strecken zogen die kraftlosen Lokomotiven ihre Stimmen zum eisigen Faden, sie blieben im Schnee stecken, kratzten mit schwachen Tatzen, rissen sich die Adern auf und erfroren schluchzend.

Die Stadt warf sich im Typhusfieber. Läuse, groß und hart wie Buchweizenkörner, überkrümelten die Straßen, den Bahnhof, die Lazarette und die grauen Hamsterer, die den Läusen ähnelten.

Die Läuse attackierten auch das Dorf.

Der Bahnhof war vollgestopft mit Kranken und Leichen, mit deren Beseitigung man nicht hinterherkam.

Auf einem toten Gleis ein paar Güterwagen, beladen mit hartgefrorenen, entkleideten Leichen wie mit Birkenscheiten. Vor der Stadt in den Flüchtlingsbaracken starb die Hälfte der Leute, die Übrigen liefen auseinander, schleppten die Seuche in die Dörfer. Ergeben starb das Gefängnis aus. Der Typhus wütete in Lazaretten, Kasernen, Etappen. Die Mobilmachung der Ärzte wurde verkündet. Von dreißig fanden sich sechs zur Arbeit bereit. Die Tscheka knallte zwei ab, die übrigen zweiundzwanzig gelobten Treue, wählten eine außerordentliche Kommission zur Bekämpfung der Epidemien, teilten die Stadt in Abschnitte, erließen einen donnernden Aufruf, und der Kampf begann. Aber die Läuse ließen sich weder von Riegeln oder Stiefeln noch von sonstigen Vorbeugungsmaßnahmen bremsen. Auf dem Friedhof wurden in großen Gruben ungezählt Hamsterer, entlassene Soldaten, Deserteure, Kleinbürger verscharrt. Der Tod fällte Tschurkin, Sapunkow, den Ingenieur Kiparissow, und auch Jelena Konstantinowna Sudakowa starb.

Eine fliegende Sanitätsabteilung aus Kommunisten wurde gebildet. Eigener Stab, Wachen rund um die Uhr. Gymnasium, Kirche, leerstehende Läden wurden Lazarette. Es fehlte an Betten, Matratzen, Wäsche – die Kranken lagen auf Stroh auf dem Fußboden, in den Korridoren. Wirr, pausenlos Fieberphantasien, Stöhnen, Schreie:

»Triiinken … triiinken …«

Hilda, von der Krankheit auferstanden und fürchterlich anzusehen, trottete Schritt um Schritt zum Lebensmittelladen. Immer wieder blieb sie stehen, um sich auszuruhen, lehnte sich an einen Zaun oder setzte sich auf einen Prellstein. Sie lächelte der Sonne zu, verbeugte sich vor ihr wie vor einem guten Freund.

Ihre Faust presste die Anweisung auf *verstärkte Ration:*

Hering	500 g
Sonnenblumenöl	100 g
Graupen	400 g
Seife	200 g
Streichhölzer	2 Schachteln

Ein Hund lief vorüber, Hilda lockte ihn, zauste ihm den warmen Kopf, schüttelte Brotkrümel aus der Tasche. Ein Schornsteinfeger ging vorbei, sie fand ihn so ulkig, dass sie ihm hell ins Gesicht lachte, sie wollte sich entschuldigen, wollte sagen, dass sie nicht über ihn lachte, dass es ihr überhaupt Freude machte, die sonnige Straße entlangzugehen. Aber da schwindelte ihr … Nur ein paar Sekunden … Als sie die Augen öffnete, war der schwarze Mann schon weit weg, am Ende des Häuserblocks. Sie trottete weiter. Ihr entgegen auf der Straße kam in raschem Schritt – Hilda staunte und freute sich, wie schnell man gehen kann! – eine kleine Abteilung, Spaten und Brechstangen geschultert. Das Herz hämmerte gegen die Rippen: unsere Leute … Sie piepste schwach:

»Genossen … Wolodja …«

Der Vorsitzende vom Parteikomitee der Vorstadt, Wolodja Skworzow, lief zu ihr, zog den Handschuh aus, grüßte.

»Du gehst, du sprichst?«

»Ja.«

»Sieh zu, Mädchen, sonst begraben wir dich flink.«

»Jetzt kann ich wieder frei atmen, mir machst du keine Angst. Wo wollt ihr hin, Wolodja? Mit Spaten?«

»Gräber schaufeln. Weißt du, das Dreier-Sonderkomitee fürchtet, der Typhus könnte noch tiefer in die Bevölkerung eindringen, darum schicken sie uns an alle möglichen kritischen Stellen. Wir schaufeln Gräber, wir schleppen Leichen, wir bekämpfen den Tod.«

Hilda lächelte zerstreut, und er sprach weiter:

»Wir haben uns mit kommunistischem Brot herausgefuttert, siehst ja, wie glatt wir sind, die Läuse halten sich nicht auf uns, sie kullern runter, uns kann der Typhus nichts anhaben und auch nicht die Pest!« Wolodja lachte, schwenkte den Handschuh, lief den anderen hinterher.

Hilda folgte der Abteilung mit dem Blick, ihre Augen waren so hell wie Eiszapfen in der Sonne, sie weinte.

Das Dorf Chomutowo

In Russland ist Revolution –
über der ganzen Welt
eine Staubsäule …

Der Kreis versank in Schnee und Dekreten.

Schlummernd lagen die Wälder hinter der Wolga. Auf den winterlichen Feldern ruhte die große Stille. Wohlgesättigt dämmerte dösend das Dorf, gab schlaftrunkenes Hähnekrähen von sich und das Murmeln der Gottesglocke.

Über der Schlucht ein Dorf, in der Schlucht ein Dorf, vor dem Wald ein Dorf, hinterm Wald ein Dorf, im Tal ein Dorf, hinterm Flüsschen ein Dorf. Reich bist du, Heimatland, an grauen Dörfern.

Da ist das Dorf Chomutowo.

Breit hingelagert Häuser mit Zeltdach, gedeckt mit Brettern, mit Blech, darin zwei Räume. Höfe wie Truhen, fest überdacht. Die Fensterläden hellblau, feuerrot, mit Ornamenten. In den geräumigen Häusern große Familien, warm geheizt, Schaben zum Wegschaufeln. Der Ikonenschrein füllt die ganze Ecke. Bilder vom Krieg, vom heiligen Berg Athos, von den Qualen der Hölle. Das Volk im Dorf hochgewachsen, sauber, redselig. In früheren Zeiten, wenn Sonntag war oder das Fest des Schutzheiligen, brodelte das Dorf im Handelstreiben wie der Apfel im Honig: Stoffe, Getreide, bemaltes Geschirr, Radkränze, Krummhölzer, Teer, Kringel, Lebkuchen, Viehherden, Steppenpferde, Lärm, Geschrei, Zigeunerschwüre, langgedehnte Lieder der Blinden und Halbverrückten, Karussells, die Schenke zweistöckig. Es war das bedeutendste Dorf im ganzen Umkreis. Der Krieg des Zaren zupfte es nur am Rande: Von den Dörflern gingen manche in die Stadt und versteckten sich in der Munitionsfabrik, andere kauften sich ganz und gar los, sie arbeiteten daheim für die Verteidigung, und das nicht schlecht: Die Weiber kamen alle Jahre ein- oder zweimal nieder, es war wie das Plinsenbacken. Die Revolution schlug wie ein Ungewitter auf das reiche Dorf ein: Der Handel verkümmerte, die Landstraße verödete, die Geschäfte lagen danieder.

In Chomutowo war der Iwan Pawlowitsch Kapustin aufgewachsen – als arme Waise. An die Mutter hatte er keine Erinnerung, der Vater war im japanischen Krieg gefallen, und Iwan hatte schon als kleiner Junge bei fremden Menschen arbeiten müssen für eine Mütze voll Roggendörrbrot. Später nahm ihn der Schankwirt Barmin in die Stadt mit. Iwan arbeitete in der Schenke als Stift und im Getreideladen des Kaufmanns Chlynow als Laufbursche, danach war er Lehrling in einer Schlosserwerkstatt. Zwei Sommer lang ging er über Land, reparierte Schlösser, Schüsseln und Eimer. Dann kamen Bauern aus Chomutowo zum Kaufmann, um Getreide abzuliefern, und erfuhren, Iwan sitze im Gefängnis, wofür aber, wusste niemand so recht. Später wurde er in einer großen Wolgastadt gesehen, wo er bei der Anlegestelle als Stauer arbeitete und Säcke schleppte. Während des Krieges ertappte der Wachtmeister Kobelew in der finsteren Kudejarow-Schlucht eine Bande von flüchtigen Soldaten, vielleicht auch Pferdedieben, und Kapustins Iwan war dabei. Was für Leute das waren, mochte der Waldschrat wissen, im Dorf wurde alles Mögliche geschwatzt, aber manche lügen ja, als ob sie eine Furt durchwaten, das Wasser reicht bis an die Unterlippe, und sie prusten bloß.

Während der Revolution stand das Dorf ohne Mütze und offenen Mundes am Scheideweg unbekannter Straßen, bekreuzigte sich furchtsam, wartete auf Neuigkeiten, wurde mutiger, brüllte, schüttelte die knotige Faust.

»Land … Freiheit …«

Eines Feiertags kam auf dem Rassetraber des Kaufmanns Chlynow der Genosse Iwan Kapustin nach Chomutowo.

Alle staunten nur so.

Auf einer Versammlung nach dem Spätgottesdienst berichtete Iwan, er sei ein ganz politischer Mensch, beschäftige sich schon lange insgeheim mit der Revolution und sei erst vor einer Woche aus der sibirischen Taiga zurückgekehrt, in die er zu acht Jahren Katorga verbannt worden war. Die mitleidigen Weiber schnäuzten sich in den Rocksaum, und die Alten erinnerten sich, einmal Iwan und andere Burschen in der Landkreisverwaltung verprügelt zu haben, weil sie das Porträt des Zaren geschmäht hatten. Sie fielen ihm zu Füßen, fegten mit ihren Bärten den Erdboden und flehten ihn um Christi und Gottes willen an, zu vergeben und zu vergessen.

»Ich habe keinen Groll auf euch«, sagte Iwan Kapustin zu den Alten, »ihr seid unwissend wie die Erde.«

Vater Weniamin, den die Bauern in ihrer Einfalt Wennjanimm nannten, zelebrierte einen Dankgottesdienst nebst Akathistos für die Gesundheit des Märtyrers, der für das Volk gelitten habe, des Gottesknechts Iwan.

In der Woche nach Ostern fuhren die Dörfler säen, sie hatten Iwan Kapustin zum Delegierten für den ersten Gouvernements-Bodenkongress gewählt.

Im Spätherbst kehrte Kapustin in sein Heimatdorf zurück, warb im Landkreis anderthalb Hundertschaften Rotgardisten und führte sie gegen die Kosaken. Von dieser Zeit an kam er nicht mehr aus dem Sattel: Er kämpfte gegen Kosaken und Tschechen, trieb sich mit umfangreichen Vollmachten des Gouvernementsexekutivkomitees im Transwolgaland herum, schmiedete die ersten Armenkomitees und Volksgerichte, verteilte Land, hob die Kinder der Soldatenfrauen aus der Taufe, mobilisierte Männer für die Rote Armee, organisierte die ersten bolschewistischen Zellen und leitete endlich den ganzen Kreis.

Abseits der großen Straße, hinter Wäldern und Sümpfen, lebte das Dorf Uraikino: Mordwinen, Tschuwaschen, Wildwuchs. In den Wäldern verfallene Altgläubigeneinsiedeleien, Bienenstände, Getier. In den Einsiedeleien wohnten hundertjährige Starzen; singende Glocken von uraltem Guss bemühten sich, Räuberseelen aus der Hölle zu erlösen. Rund um das Dorf nicht wenig Schlupfwinkel aus vergangenen Zeiten: da der Eckzahn einer blitzgefällten Eiche – ein altes Räuberlager; dort die Rasin-Schlucht, in der, wie die Alten erzählten, reiche Schätze vergraben seien, doch schwer zu heben. Dieselben Alten erinnerten sich noch an den Bau der Kirche von Uraikino, früher hatte man zu einer Birke gebetet. Uraikino schlummerte schläfrig benommen im Muhen der Kühe, im Krähen der Hähne. Die Häuser wurden mit offenem Feuer geheizt; der Kienspan war noch in Gebrauch; Keil und Bast dienten statt der Nägel; Leinwand, buntes Zeug, derben Stoff und Sacktuch machten die Dörfler selbst. Seit zwei Jahren kannten sie keine Macht und wandten sich um Rat in allen Dingen an den verrückt gewordenen Popen Silanti; Krieg, Revolution, Lebensmittelabteilungen zogen auf der großen Straße vorüber, hier schaute niemand herein, denn Uraikino war auf der Karte als Dorf Durassowo verzeichnet, nach dem Namen eines längst verstorbenen Gutsbesitzers, aber von einem Dorf Durassowo hatte niemand je gehört. Der Boden – Kargheit, Sand, Lehm, Morast. Kaum eine Familie hatte genug Roggen, sie lebten zumeist von Kartoffeln. Die schlappohrigen Pferdchen waren klein wie Mäuse. Altväterliche Hakenpflüge ... Die Bauern arbeiteten allenfalls an Ausnahmetagen, nach feierlichem Gelöbnis, ansonsten lagen sie auf dem Ofen, kratzten sich den Kopf, qualmten beißendes Zeug, bummelten von Haus zu Haus, führten zähe Gespräche, endlos wie die russische Trägheit. Dafür brauten die Dörfler von Uraikino einen Fusel! Suche in allen Reichen und Republiken, solch einen findest du nirgends wieder. Du schöpfst mit der Kelle von dem Uraikinoer Fusel und kannst einen Baumstumpf nicht von der leiblichen Mutter unterscheiden. An Feiertagen zogen die Bauern fröhliche bunte Hemden an, betranken sich nach dem Gottesdienst fürchterlich und rauften dann, bemüht, einander die Hemden zu zerreißen und später auch die Gesichter. Im lustigen Suff verdroschen sie ihre Weiber, sie hielten das Sprichwort heilig: »Ein Weib ohne Rüge ist schlimmer als eine Ziege.« In den Dorfnächten, die so lang waren wie die Zeiten des Herodes, wärmten die Weiber geduldig ihre Männer; vor Tau und Tag sprangen sie aus dem Bett, sausten im Hause herum, gingen und fuhren aufs Feld und in den Wald; die hochbrüstigen, stämmigen Weiber bogen jede Arbeit übers Knie, standfest, Wildwuchs. Mit bunten Bastschuhen beschuht, mit Bast gegürtet, trottete Uraikino durch Wälder und Sümpfe.

Mit dem Hintern an den Wald gelehnt, lag Wjasowka, ein Altgläubigendorf der popenlosen Sekte. Seltsam lebten die Leute, keine Menschen, irgendwelche Ausgeburten. Sie nannten sich Brüder, gaben weder dem Zaren noch der Revolution auch nur einen einzigen Soldaten. Sie lebten in Gleichheit; Schlösser und Riegel kannten sie nicht; das Volk war sehr eigenständig. Auf viele Werst im Umkreis war das Dorf für seine einzigartige Ehrlichkeit berühmt. Die Alten erzählten: Manchmal seien Händler nach Wjasowka gekommen – kaufe, tausche ein, was dir wohlgefällt. Bist du ein Mann mit Geld, so zahle; bist du arm, so wird auch dir nicht abgesagt: Der Händler holt ein Stückchen Kohle aus dem Tabaksbeutel, macht dem Hausherrn ein Zeichen auf den Torpfosten: »Soundso viel krieg ich von dir, guter Mann, wenn du Geld hast, halts bereit zu Mariä Schutz und Fürbitte[1], wenn nicht, ich kann warten.« Alte Zeiten, alte Geschäfte.

Der Landkreis Chomutowo hatte die Weißen hinausgeleitet und stürzte zum Pflügen – die Steppe wurde aufgebrochen, die Weiber pflügten und säten. Von Mariä Schutz und Fürbitte bis zum Michaelstag[2] waren die Tage kalt und klar wie Glas, auf der Tenne konnte man Flöhe knacken, die richtige Zeit zum Dreschen. Das Dorf schlief in Schuhen und eilte mit dem ersten Hahnenschrei zu den Tennen, man bekreuzigte sich hastig gegen den Sonnenaufgang und nahm die Arbeit gemeinschaftlich in Angriff, zum Schweißabwischen war keine Zeit. Die gefräßigen Göpeldreschmaschinen kauten mit vollem Munde die Garben, man brauchte nur die Säcke drunterzuhalten. Die Schlagleisten ratterten, die schaumbedeckten Pferde liefen verblödet in der Runde, die Treiber juchzten heiser, satt knarrten die Fuhrwerke.

Nach dem Drusch dämpfte das Dorf im siedeheißen Dampfbad die Knochen, schluckte eine Kelle Selbstgebrannten, und die Müdigkeit war wie weggeblasen.

1 1. Oktober.

2 8. November.

Nun kam die Zeit der lärmenden Hochzeiten.

Es begannen fleißige Zusammenkünfte der Dorfjugend, lustige Abende, Brautschauen. Der Bräutigam und seine Kameraden fuhren mit zwei Troikas zur Braut, zum Polterabend, da gab es ein großes Besäufnis, um die Tische Gäste dicht an dicht; auf den Tischen nach uraltem Brauch Nudelsuppe mit Schweinefleisch, Buchweizengrütze mit Hammelfett, Hühnerpasteten, Piroggen. Freundlich bewirtete die Braut die Gäste. Stimmgewaltige Weiber nippten fleißig vom Gläschen. Die jungen Mädchen priesen die dicke Brautwerberin:

»Unsre Brautwerberin,
weiß und rosenwangig,
weiß und rosenwangig,
schwarze Augenbrauen.
Unsre Brautwerberin
lebt am Rand der Stadt,
wo sie n Laden hat:
chinesischer Kattun.«

Sie priesen Braut und Bräutigam, Vater und Mutter, Onkel und Schwäger, die ganze Verwandtschaft. Für die Lieder ernteten sie reichlich Lob und spärlich Geld. Die seidenen Bänder in den Mädchenzöpfen flatterten, die hellen Stimmen schmetterten:

»Wanjas Mütze,
langhaarig,
puschelig prangend
nach vorne zu
gewaltig
überhangend,
von vorn
sind seine Augen
nicht zu sehen,
von hinten
sind die Schultern
nicht zu sehen …«

Übermütiges Weiberkreischen, betrunkenes Geflecht der Unterhaltung.

In aller Frühe sprengten die Boten des Bräutigams mit einer Botschaft zur Braut.

Mit dem Peitschenstiel ans Fenster:

»Sagt der Braut, der Bräutigam sehnt sich.«

»Nich so eilig, ihr Kaufleut, nich so eilig.«

»Er guckt sich schon die Augen aus.«

»Wir machen uns fertig, Gevatter.«

Die Braut heulte schrill seit dem frühen Morgen. Ihre Freundinnen lösten ihr mit gutem Zureden und munteren Späßen den Mädchenzopf und kämmten ihr das Haar.

Und da – sieh an – rollte auch schon das Hochzeitsgefolge in den Hof: Kämpfend wurde das Tor losgekauft, wurde der Zopf losgekauft, der Hochzeitsschaffer schnitt Brot und vertauschte die Hälften, die Brautleute nahmen mit tiefer Verneigung den elterlichen Segen entgegen, und nach einem kurzen Gebet zog alles lärmend in den Hof, wo die Pferde mit funkelnden Augen und klimpernden Schellen und Glöckchen ungeduldig tänzelten. Der Hochzeitsschaffer ging mit den Ikonen um den Hochzeitszug herum.

»Auf, ihr Hochzeitsgäste, wer mit uns fährt, steige in den Schlitten, und wer nicht mit uns fährt, trete zurück!«

Der Torbolzen klirrte.

»Fahr zu … Mit Gott.«

Die Troika trug den Hochzeitszug von dannen. Nach der Trauung ging es zum Bräutigam.

Schwiegervater und Schwiegermutter, mit umgestülpten Schafpelzen bekleidet, empfingen die Jungvermählten am Tor, bestreuten sie reichlich mit Hopfen und Getreidekörnern, damit sie ein reiches und fröhliches Leben hätten, und gaben ihnen Milch zu trinken, damit sie keine schwarzen, sondern weiße Kinder bekämen.

Auf der Schwelle empfing die alteingesessene Brautwerberin die Jungvermählten, goss ihnen je ein Schnapsbecherchen randvoll und sprach dazu:

»So viel Söhne sollt ihr haben wie der Wald Bäume. So viel Töchter sollt ihr haben wie der Sumpf Bülten. Das Federbett ist euch von vier Händen aufgeschüttelt, immer wieder aufgeschüttelt.«

Seit dem Morgen stand die Hochzeitstafel bereit.

Auf den Straßen hochzeitliches Spazierenfahren – unterm Krummholz Glöckchen, in die Mähnen bunte Schleifen geflochten. Überall Schleifen, ausgeblichene Papierblumen – Gebrüll, Gekreisch, Geschrei ... Sie zerschlugen irdene Häfen, warfen den Kindern Nüsse und Pfefferkuchen zu, damits dem jungen Paar Glück brächte. Die Weiber, wie vom Satan besessen, hatten die Röcke hochgerafft, schwenkten die vom Kopf gezerrten Tücher, tanzten, grölten unzüchtige Lieder.

Am Abend kam der ganze Aul zum jungen Paar, Rühreier essen. Und siehe, dann wars auch nicht mehr lang hin bis zur Abschiedskohlsuppe.

Am Michaelstag sprengten zwei Reiter durch Chomutowo, Karp Chochljonkow und Pronka, genannt Tanjok-Pronjok, Jungs von Kapustin, sie kehrten nach Hause zurück. Eben kamen die Alten vom Gottesdienst, sie sprachen untereinander:

»Unsere Baschibozuks sind wieder da.«

»Melde, Brennnessel, bitterer Wermut, Unkraut ... Die guten Menschen werden im Krieg umgebracht, aber diese Hunde bleiben verschont.«

»Ich muss sie besuchen. Dieser Pronka, der Hundesohn, ist ja mein Taufkind.«

Karp Chochljonkow sprengte den unteren Seitenweg entlang und zügelte das Pferd vor seinem Hof, dass es im Schwung mit dem schäumenden Maul gegen das mit Blechpfefferkuchen besetzte Tor stupste. Die Pforte stand sperrangelweit offen, der Wind trieb Kücken und verstreutes Heu über den Hof. Karps Herz hämmerte. Er band das heiße Pferd unterm Vordach an einen Hakenpflug und rannte ins Haus. Vom Bett unter einem Haufen Lumpen hervor Stöhnen.

»Wer ist da?«

»Geht es euch gut?«

»Karp …«

»Hast mich nich erwartet?«

»Welch ein … Mein Gott …« Sie sprang barfuß vom Bett. Mit einer Hand das löchrige Hemd über der Brust zuhaltend, haschte sie nach des Mannes Hand, um sie zu küssen.

»Leg dich hin, Fenjuscha, was springst du auf? Bist du krank?«

»Hab nich mehr gehofft … Welch ein … Mein Gott …«

Er legte sie hin, deckte sie mit dem Schafpelz zu, setzte sich aufs Bett. Die Frau weinte schluchzend, bittere Klagen brachen aus ihr hervor über den Schwager, den Bruder, die ganze Sippe – die hätten sie gehetzt, ihr keine Ruhe gelassen, ihr vorgeworfen, dass Karp, ihr Mann, bei den Roten diene, das Getreide sei auf dem Feld stehengeblieben, die Bless eingegangen, die letzte Stute hätten ihr die Tschechen vom Hof geholt. Karp sah sich im Halbdunkel um – die Stube leer, auf dem Ofenblech die wimmernde Katze.

»Wo ist der Samowar?«

»Den hat der Schwager geholt für die Schuld.«

Schüchtern wie Mäuslein schlüpften der fünfjährige Sohn Mischka und die Tochter Dunka in die Stube. Verwildert, verdreckt und ungekämmt, mit blutig gekratzten Händen, traten sie zaghaft zum Vater. Er küsste sie ab, kramte zwei Stücke Zucker voller Machorkakrümel aus der Tasche – Mitbringsel. Die Augen der Mutter waren voller Glück. Karp trank Wodka, zog ein frisches Hemd an und ging den Schwager verprügeln.

Auf einer grünen Anhöhe beim Wehr stand das schiefbäuchige Häuschen des Schmieds Trofim Kasjanowitsch, der schon vor vielen Jahren besoffen im Gatnoje-See ertrunken war. Die alte Schmiedin Jewdocha und der Sohn Pronka hinterblieben und lebten zu zweit. Schon der verstorbene Vater hatte den Sohn zur Schmiederei herangezogen. Pronka, ein kleiner Tollkopf, klirrte von früh bis spät in der Schmiede mit Eisen, fachte das Feuer an, brüllte Lieder. Jewdocha galt im Dorf als die beste Wehmutter und handelte insgeheim mit Wodka. Im achtzehner Jahr zwängte Pronka die mächtigen Schultern in den Soldatenmantel, nahm das Gewehr und – verschwand. Die alte Jewdocha wartete und wartete, vor dem Fensterchen sitzend, und weinte sich die Augen aus. Immer wieder sagte sie:

»Wenn ich und könnt ihn noch mal mit einem Aug sehen, meinen Falken, dann würd ich ruhig sterben.«

Pronka kam, Gott segne ihn, ging ins Haus, hängte den Säbel an den Nagel, gab der Mutter die Hand – und los auf die Ikonen.

»Mutter, räum das weg.«

Es ging Jewdocha durch und durch.

»Was redest du, Pronka? Warum bist du so wütend auf die Heiligen, mein Herz? Bist du vielleicht Muselmann geworden?«

»Räum sie weg. Ich kann den Betrug nicht mehr ruhig ertragen.«

Als der Sohn weggewesen war – Kummer; nun war er zurück – doppelter Kummer, er war wie ausgewechselt.

Jewdocha stellte eine Flasche auf den Tisch.

Er trank sie leer, und wieder:

»Räum sie weg.«

Jewdocha stellte noch eine Flasche hin, auch die verputzte Pronka.

»Mutter, die Vogelscheuchen kommen weg, alle, tu dem Sohn den Gefallen.«

Sie weigerte sich.

Er zum Säbel.

Sie – Hilfe.

Er – mit dem Säbel gegen die Scheuchen.

Sie zur Tür hinaus – Geschrei.

Pronka griff ein brennendes Scheit aus dem Ofen, und hinter der leiblichen Mutter her die Straße entlang, den Leuten zum Gespött, er lief und brüllte aus vollem Halse:

»Ich räucher die Teufel aus dir raus ...«

Sie lief und lief und sah sich um.

»Hör auf, Söhnchen, wirfs weg. Du verbrennst dir doch die Hand.«

Das Herz einer Mutter ... Wo nur, wo krieg ich die Worte her, um dem Mutterherzen ein Lied zu singen?

Die alte Frau blieb standhaft und jagte den Sohn aus dem Hause.

Der blieb und verbannte sie ins Badehäuschen. Die Verwandtschaft drang auf den Radaubruder ein, und die Sache nahm eine gute Wende: Der Sohn blieb im Hause wohnen, und die Mutter blieb im Hause wohnen, der vordere Winkel aber wurde mit einem Schal verhängt. Der Sohn konnte ruhig sein, die Götter störten ihn nicht mehr. Und für die Mutter wars erträglich – sie zog den Vorhang weg, betete und verhängte die heiligen Bilder wieder.

Auf einer Versammlung sollte der Sowjet gewählt werden.

»Schreib auf – Sawel Selenow.«

»Nein, ich hab meine Hauswirtschaft«, widersetzte sich Sawel.

»Die haben alle, wir bitten dich.«

»Was zum Teufel sträubst du dich? Mach, mach …«

»Ich bin nicht einverstanden.«

»Hör auf, Gevatter, es muss sein.«

Sawel ließ sich breitschlagen.

»Schreib auf, Lupan.«

Lupan stellte sich dumm:

»Schlag das Kreuz, was soll ich im Sowjet? Ich kann bloß bis zehn zähln.«

»Hei, die schamlose Visage.«

»Mach, mach, wir bitten dich.«

»Männer, es muss im Guten sein.«

»Darum gehts hier nicht. Die liebe Faulheit ist schon vor uns geboren.«

»Schreib auf, der Satan ist einstimmig gewählt.«

So wurde mit jedem gerungen.

Die Versammlung ging auseinander, Pronka wurde behutsam ausgefragt:

»Pronka, was hört man Gutes in der Stadt vom freien Handel?«

»Wir leben ohne Salz, ein Elend.«

»Was is das für n Leben? Ein Nagel, ne Kleinigkeit, aber es gibt keinen, setz dich hin und wein.«

»Pronka, du hast uns gesagt wie ein Gleichnis: ›Auf uns wartet die Weltkommune.‹ Ich kapier nicht, was dies Wort bedeutet. Heißt das, uns wird das Getreide weggenommen?«

»Warum gibts keine Sowjetmacht im Ausland? Sind die vielleicht blöder wie wir?«

Pronka beantwortete alle Fragen, so gut er konnte.

Der Sohn war für Jewdocha eine Strafe, er drückte sich vor der Arbeit. Frühmorgens ging er ins Armenkomitee und saß dort rum bis zur Nacht. Und wenn er mal einen freien Abend hatte, klärte er die Mutter auf.

Die Alte war schwer von Begriff, seine Weisheiten drangen nur mühsam in ihren Kopf.

»Du Dummbart redest und redest, als ob du Pudding rührst, aber zu essen ist nichts da.«

»Du kapierst schwer, Mutter.«

»Die Leute haben dies und das, aber wir beide haben rein gar nichts, mein Kind. Heut hab ich mir Mehl geborgt für einmal Anrühren.«

»Quatsch«, sagte dann Pronka, es war sein Lieblingswort.

»Hüte deine Zunge, du zottiger Hund. Wenn sie uns die letzte Kuh vom Hof holen, pfeifen wir auf dem letzten Loch.«

Nachts betete Jewdocha inbrünstig:

»Heilige Mutter Gottes, bring ihn zur Vernunft, den Verfluchten.«

Manchmal setzte sie sich auf den Bettrand des Sohnes, schnäuzte sich in die Schürze.

»Söhnchen, komm zur Vernunft. Hör auf, dich mit der Revolution zu beschäftigen, du bist schon bei Jahren, Zeit zum Heiraten, die Wirtschaft schwindet hin, die Schmiede wartet auf dich. Denk doch mal an mich alte Frau.«

»Quatsch«, das war alles, was das Söhnchen antwortete.

Pronka nannte seine Kuh Tamara.[1]

Schon den zweiten Tag bearbeitete der Landkreis Chomutowo den Kutscher.

Der alte Kulajew fuhr die Kutsche schon seit dreißig Jahren. Früher hatte er den Alten eine Pferdeportion Schnaps spendiert

1 Tamara galt als vornehmer Name.

und die Zügel in die Hand genommen. In der Sowjetzeit hatte er – außer mal dem Schreiber was zustecken – keine großen Ausgaben, aber er bekam auch keine vernünftigen Preise: Voranschlag, Befehl, Ordnung, das war für die Katz.

Mit dem Peitschenstiel aus geschältem Kirschbaumholz schlug sich der Alte gegen die Stiefel aus Lammfilz, ließ die gelben Wolfsaugen rollen und knirschte:

»Das lohnt nich, wahrhaft, bei Gott, das lohnt nich. Ich streck mich, das Geschäft muss doch laufen, ich will mich nich querlegen gegen das Hergebrachte. Was kost denn heuer allein das Beschlagen? Komisch seid ihr, verzeih mirs Gott, wahrhaft. Das Geschäft muss doch laufen.«

Die beiden Söhne zupften den Alten am geflickten Tuchmantel, Oniska und der große Sawjol, beide Soldaten im aktiven Dienst.

»Komm, Papa, komm … Wozu das Kläffen? Wenn die nich wolln, lass doch.«

Er drehte sich noch einmal um in der Tür und fletschte die Zähne.

»Ihr Blödköpfe, leckt mich doch im Arsch, ihr Verwalter. Was kommt heuer das Futter? Die Hufeisen? Das Geschäft muss doch laufen.«

Die Söhne führten den Vater weg.

Der Voranschlag der Verwaltung deckte nicht zur Hälfte das, was Kulajew verlangte. Proschka der Mordwine erbot sich, den Fuhrmann zu machen, aber das war nichts Halbes und nichts Ganzes, seine Ausstattung taugte rein gar nichts, seine Pferdchen waren klapprig, die Straße aber war lang, das konnte er nie und nimmer schaffen. Kulajew dagegen, was der in die Hand nahm, das klappte, er ging in Wort und Werk keinen Schritt zurück: prächtiges Geschirr, eine ganze Herde von Zugtieren, ein altes Gestüt.

Sie schickten den Amtsgehilfen, ihn zu holen.

Der Alte kam mit einem finsteren bösen Grienen, nahm mit beiden Händen die pudschwere Schapka ab, die er das ganze Jahr trug, richtete die unterm Topf geschnittenen fettigen Haare und fragte:

»Was ausgedacht?«

Der Schreiber zog das Tintenfass näher, wollte den Vertrag aufsetzen. Der Vorsitzende klopfte mit dem Fingerknöchel auf die Mappe mit der Aufschrift »Zirkulare und Befehle von oben« und holte tief Luft:

»Geh runter, Kulajew. Der Voranschlag, wie du ihn auch drehst und wendest, er bleibt der Voranschlag. Wir kratzen dir noch zehn Sack gesellschaftlichen Hafer zusammen.«

Andere vom Sowjet:

»Geh runter.«

»Red sachlich.«

»Was sträubst du dich wie ne Jungfer beim ersten Mal? Wir gehn dir schon den zweiten Tag um den Bart.«

»Reden uns den Mund fusselig.«

»Der Voranschlag … Du musst ihn respektieren.«

»Hafer kratzen wir für dich zusammen, friss und bekack dich.«

Kulajew stopfte eine Prise in seine geschwollene, tabakgrüne Nase und explodierte niesend.

»Ich kann nich. Und wenn ihr mir hier auf der Schwelle den Kopf abschlagt, ich kann nich!«

Ein Wort aufs andere, ein Wort übers andere, Peitsche auf den Tisch.

»Es lohnt nich, Männer. Alles geht kaputt. Und alles unerschwinglich. Schon das Beschlagen geht heuer ins Geld.«

In der Diele klirrte ein leerer Eimer, der Wächter, der Flüchtling Franz, schrie zur Tür herein:

»Er kommt … Der Rasende kommt!«

Wer saß, sprang auf. Auch der Sowjetvorsitzende Kurbatow erhob sich, doch dann besann er sich, setzte sich wieder hin, schlug die Glocke gegen den Tisch und sagte:

»Bitte doch Ordnung … Was springt ihr hoch? Nehmt bitte alle Platz. Wenn er kommt, wird er schon nicht vorbeifahren, ist ja kein Zar.«

»Kein Zar ist er nicht, aber ein halber doch.«

Sie reckten die Hälse zum beschlagenen Einfachfenster.

Auf das Haus des Sowjets kam in geckenhafter, verwegener Fahrweise ein Zweiergespann schaumbedeckter Pferdchen zugesaust. Dem mit einem himbeerroten Teppich ausgelegten Wagen entsprang der mit einer Jacke aus Rentierleder bekleidete Kommissar Wanjakin. Und dann sahen die Mushiks aus den Fenstern, wie berittene Soldaten von Wanjakins Lebensmittelabteilung die Straße dahersprengten.

Den Winter über hatte Alexej Saweljewitsch Wanjakin gelernt, das Telefon zu bedienen, die Dekrete in schlichter Bürgersprache wiederzugeben und noch dies und jenes. Überdies hatte der alte Saufbold sich bezwungen und das Trinken aufgegeben. Von der Arbeit im Exekutivkomitee wurde ihm schlecht, und er stürzte sich auf die Dörfer, um Bauerngetreide einzusammeln. Niemand sah ihn je schlafen oder essen. Mitten in der Nacht kam er beim Kutscher angerannt: »Spann an!« – »Wohin denn tief in der Nacht, besinn dich, Genosse«, flehte der Kutscher, »die Pferde sind erschöpft, und nur mit der Knute kommst du nicht weit.« – »Spann an.« – »Wärm dich wenigstens, Genosse, die Weiber machen Bratkartoffeln mit Speck, und am Morgen hilft Gott weiter.« – »Mach schon, spann an!«

Die Stiefel gewechselt, Gürtel enger geschnallt, und ab in die Nacht.

Zwischen Weihnachten und Dreikönige leistete er sich in Stary Bujan ein solches Ding, dass die ganze Gegend nur so aufächzte. Der dortige Kutscher Iwan Schnellreich erzählte im Ausspannhof des Landkreises:

»Das war so, wir haben beim Gevatter Timofej Hochzeit gefeiert. Da is es hoch hergegangen. Wir haben gesoffen und gesungen und keine Trübsal geblasen. Mit eins kommt meine Alte angewetzt und ruft: ›Er is da, der Teufel hat ihn hergeschleppt.‹ – ›Wen hat der Böse angeschleppt, wer ist da?‹ – ›Der Rasende Kommissar, er brüllt nach Pferden.‹ – ›Schick ihn zum Teufel‹, schrei ich vom vordersten Tisch, ›wir haben hier ein großes Besäufnis, und er will Pferde. Soll er bis morgen warten.‹ Meine Alte ging raus mit der Absage. Über kurz oder lang, ich kuck, da saust der Kommissar mit meinem Gespann am Fenster vorbei, den Schafpelz weit offen. Dann kommt er rein zum Gevatter Timofej in die Stube: ›Wer is hier der Kutscher?‹ – ›Ich bin der Kutscher‹, schrei ich. Eh ich michs verseh, packt er mich und zerrt mich aus der Tür. Ich geh übern Hof und wein, ich stolper jeden dritten Schritt, aber er bohrt mir den Nagant in die Rippen: ›Setz dich schleunigst auf den Bock‹, sagt er, ›und nimm die Zügel.‹ Lärm, Geschrei, meine Verwandten kommen aus dem Tor gelaufen mit Knüppeln und Mistgabeln, da ballert und ballert er mit dem Nagant, die Pferde rasen los, ab und davon. Tja, ein Spaß, ich dacht nich, dass ich lebend davonkomm.«

Nach diesem Vorfall wagte kein Kutscher mehr, sich zu widersetzen, und raste zu nachtschlafender Zeit los mit dem unruhigen Fahrgast, ohne sich zu freuen über die Trinkgelder, mit denen der nicht geizte. Zu den reichen Bauern war Wanjakin besonders unbarmherzig. Das Dorf fürchtete ihn wie das Feuer, und es gab keine Landstraße, wo sie ihn nicht umzubringen suchten, so manches Mal pfiffen ihm aus den Schluchten Kugeln hinterher, aber er lachte nur und spuckte die Schalen der Sonnenblumenkerne aus, die er knabberte, wo er ging und stand: wenn er eine Rede hielt und auf Sitzungen und auf der Straße und unterwegs, bei Wind und Wetter. Sein schroffer Charakter, seine dauernde Knabberei und seine Vorliebe fürs schnelle Fahren hatten ihm im Dorf den Beinamen »der Rasende Kommissar« eingetragen.

Der Kommissar knallte die Tür zu und grüßte von der Schwelle her:

»Friede der ehrenwerten Gesellschaft.«

»Sieh an, willkommen.«

Wanjakin ging nach vorn, warf die dicke Aktentasche aus Leinwand auf den Tisch, deren Inhalt vielfältig war: dünngewetzte Instruktionen vom Gouvernementslebensmittelkommissar, alte Zeitungen, Eierschalen, ein schmutziges Stück Speck, verstreuter Machorka.

»Sitzung?«

»Sitzung, Alexej Saweljewitsch, Sitzung. Wir werden des Lebens nich mehr froh von all den Sitzungen.«

Kurbatow strich auf dem Tisch den Voranschlag glatt, dessen Ränder zum Zigarettendrehen abgerissen waren, und sah alle ärgerlich an.

»Wir bequatschen hier eine häusliche Frage. Mit dem Kutscher gibts Schwierigkeiten, den kriegen wir nich kirre.«

Durcheinander:

»Zum Totlachen. Als ob wir mit Stäbchen spielen.«

»Die Hauswirtschaft wartet.«

»Hafer, aber woher nehmen? Der ist doch heuer verkümmert bei der Hitze.«

»Genosse, du müsstest uns ne schärfere Resolution hinhaun. Wahrhaft!«

Der Vorsitzende schielte zu Wanjakin, der sich Sonnenblumenschalen aus dem aufgetauten Bart polkte, und zischte streng:

»Seht ... Der Natschalnik der Lebensmittelabteilung, Alexej Saweljewitsch Wanjakin, erhält das ordentliche und entscheidende Wort in der anstehenden Frage der Tagesordnung.«

Gelächter:

»Wieso Tagesordnung, seit gestern hocken wir hier.«

»Wir reden ihm zu, als ob wir dem Brautwerber ne mordwinische Braut andrehn wolln. Er verlangt Hafer, aber woher nehmen.«

»Puh, wahrhaftigen Gotts. Zum Lachen is das mit uns Dummköpfen.«

Wanjakin warf einen Blick in den Voranschlag, winkte Kulajew zu sich und griff ihn bei den Enden des roten Schnurgürtels.

»Erkennst du die Sowjetmacht an?«

»Erbarm dich, Ernährer«, sagte der Alte zurückweichend, »ich hab ne Familie von sechsundzwanzig Menschen. Viel zu fahren, die Landstraße is lang, und heuer bringt einen allein das Beschlagen ins Grab. Das Geschäft muss doch laufen, ich machs aus Dummheit, wahrhaft.«

»Du willst wohl die Türkenmacht haben?«, fragte der Kommissar wieder.

Der Alte wurde mehlweiß.

»Gut, dreißig Sack Hafer, und Handschlag. Unsereins will sich ja nich gegen die Gemeinde stellen.«

»Schreib.« Der Vorsitzende stieß den Schreiber an. »Schreib: Geld nach Voranschlag, gesellschaftlicher Hafer nach Möglichkeit.«

Die Feder des Schreibers galoppierte über das Blatt mit dem Vertrag.

Einer holte tief Luft, einer weckte die Stille mit Gelächter.

»So hätten wir solln schon längst.«

Kulajew sprang aus dem Sowjet wie aus dem Dampfbad, er hielt die Kopie des Vertrags in den verräucherten Fingern, als fürchte er, sich zu verbrennen, lief die Straße entlang und schmähte ungehemmt aus vollem Halse den Kommissar:

»Der Böse hat dich mir auf den Buckel gesetzt. Der Blitz soll dich zerschmettern, in deinem eigenen Blut sollst du ersaufen, du Hundesohn!«

Wanjakin sah Papiere durch und fragte die Bauern nach ihrem Leben aus. Sie wechselten Blicke und antworteten vorsichtig, als gingen sie über dünnes Eis.

»Ja, wie leben wir denn? Wir leben sowjetisch: kein Petroleum, kein Salz. Nich beneidenswert, Genosse, wie wir leben, aber wir murren nich gegen die Macht, Schicksal, die Macht kann nichts dafür, das wissen wir.«

»Ja, Schicksal.« Wanjakin blickte stirnrunzelnd in die Versammlung. »Muss ich noch lange um euch rumscharwenzeln wie ein Hochzeiter?«

»Du hast ja wohl noch nich gefreit und willst schon heiraten …«

»Liefert ihr die Naturalsteuer im Guten?«

»Wir haben uns ja nich geweigert. Wir haben geliefert und geliefert, und das soll alles nich zählen?«

»Das Gelieferte ist weg.«

»Wieso weg? Das habt ihr ja fein hingekriegt. Wir schütten und schütten wie in ein Fass ohne Boden.«

»Schimpfen werden wir morgen«, sagte Wanjakin, »deshalb bin ich hier. Kurbatow, dich beauftrage ich, sämtliche Sowjet-Vorsitzenden des Landkreises für morgen hierher zusammenzuholen.«

Von der Tür her sagte einer:

»Schon wieder leeres Stroh dreschen. Freu dich, Gurjanowna.«

Über Chomutowo ging weithin eine böse Fama um: Dort würde mal ein Lebensmittelbeschaffer abgeknallt, mal eine Telegrafenstange angesägt, mal ein Zug zum Entgleisen gebracht. In jedem Hof hockte ein Deserteur. Die Bauern hielten das Getreide zurück. Die benachbarten Landkreise hofften auf Chomutowo, wenn sie über die Ordnung klagten und es mit der Ablieferung nicht eilig hatten.

Im Herbst hatten sich im Chomutowoer Armenkomitee die alteingesessenen Habenichtse zusammengefunden. Die Arbeit ging zunächst einmütig vonstatten, die Reichen quiekten im Schraubstock der Steuern, aber bald hatten sich die Komiteemitglieder, die zum ersten Mal im Leben am leichten Futter dransaßen, herausgefressen. Der Vorsitzende Tanjok-Pronjok hatte einen Persianerkragen an seinen zerrissenen Soldatenmantel genäht, der Sekretär Jemeljan Groschew hatte die Bastschuhe weggeschmissen und trug Lackstiefel mit Galoschen. Die Komiteemitglieder wurden von der Dorfarmut als »Dauersäufer« gebrandmarkt und abgesetzt. Sie hinterließen in ihrem Raum ein verdorbenes Grammophon, das nach Fusel stank, und einen fettgetränkten Schrank, und auch die Wände, die Decke und die Mappe mit den Papieren waren voller Fettflecke vom requirierten Speck. An ihre Stelle drängten Mushiks, die zu wirtschaften verstanden, aber bald wurden auch sie wegen Unbarmherzigkeit gegenüber den Armen mit Schande weggejagt. Das Armenkomitee in seiner jetzigen Zusammensetzung war gut geeignet, doch ungeschickt, die schlitzohrigen Chomutowoer führten es in jeder Sache an der Nase herum.

In Tanjok-Pronjoks Häuschen fanden sich auf Einladung Wanjakins die Komiteeler, sechs Kommunisten und ein paar Sympathisanten ein.

»Was soll ich dir erzählen, Alexej Saweljewitsch«, sagte Karp Chochljonkow achselzuckend mit einem Blick auf die Anwesenden, »du siehst besser als unsereins das wirkliche Leben im Dorf. Die örtliche Macht, Genosse, die ist wirklich fest und mit dem Knüppel nicht zu beseitigen. Zwar haben sich da und dort ein paar Kulaken eingeschlichen, aber die tun uns vorerst keinen großen Schaden. Unter ihnen sind sehr Gebildete, die können dir ein neues Dekret erklären, die finden sich in den Voranschlägen zurecht und setzen dir jedes Papierchen auf. Wir haben ein paar Leute um die Parteizelle, die sind ganz in Ordnung, aber wenn du ein Dekret ins Leben bringen willst, haben alle Angst, die Bevölkerung zu verärgern. Und noch was: Teils aus Freude, teils aus Kummer – der Selbstgebrannte wird eimerweise gesoffen, alle haben vom Suff plierige Augen, und wenn die Leute besoffen sind, das kennt man, dann randalieren sie.«

»Ihr Hundesöhne«, unterbrach ihn Wanjakin, »verirrt euch auf dem eigenen Ofen, habt bei jeder Kleinigkeit die Hosen voll. In der Stadt pressen wir Fett aus den Burshuis, an der Front schlagen, hacken und schießen unsere Soldaten die Feinde, und ihr lauft hier vor den Kulaken auf den Hinterbeinen.«

»Wir pressen auch …«

»Aber schlecht. Die Kontribution ist bei euch nicht eingesammelt, das Getreide nicht abgeliefert, die Kartoffeln habt ihr erfrieren, das Geflügel verderben lassen, als Landkreisvorsitzenden habt ihr den Kulaken Kurbatow …«

»Wir legen ihm eine Mine unter den Arsch.«

»Hat euch das Volk gewählt, damit ihr aus dem Armenkomitee eine Räuberhöhle macht?«

»Drück mir nich den Atem in den Hals!« Jemeljan Groschew schmetterte die Faust auf den Tisch. »Ich hab zehn Jahre bei nem Kulaken geschuftet, aber so hab ich mich von ihm nich unterdrücken lassen. Ich bitte, mich aus der Partei auszuschließen wegen meinem Grund, dass ich nich gegen die Gemeinde bin, darum geh ich, und du hältst mich besser nich zurück!« Er schüttelte eine zerknitterte Erklärung aus der Mütze.

»Mich auch nich!« Ein Mushik mit dem Spitznamen »Stehaufmännchen« sprang vom Fußboden hoch. »Uns drückt schon unsere Armut nieder. Streich mich aus der Zelle, ich hab wenig gelernt und bin auf den Kommunismus nich vorbereitet. Das Volk starrt uns an wie wilde Tiere, das kann ich als hiesiger Einwohner nich ertragen.«

»Die Partei ist kein Ausspannhof«, sagte Wanjakin, »obwohl … mit Gewalt halten wir keinen. Die Partei ist so was wie Hefe.« Er drehte die Erklärung in der Hand und fragte Groschew: »Du kannst schreiben?«

»Nein.«

»Ich, mein Lieber, konnte auch nicht schreiben, bis ich achtundvierzig war, die Revolution hats mir beigebracht.«

»Ich bin leichter abzumurksen, als dass ich schreiben lern«, sagte Groschew und durchbohrte ihn mit bösem Blick.

»Wir lernens dir.«

»Wenn dus mir gelernt hast, schüttel ich dich aus deinem Kommissarspelz und sag: ›Geh du mal die Erde aufstochern, und ich fahr das ganze Jahr mit der Aktentasche in der Kutsche rum.‹«

»Sag mir lieber, wer dir diesen Zettel geschrieben hat.«

»Die Erklärung? Ach, eine Frau.«

»Na wer?«

»Genosse, red mir keinen Knoten in den Kopf.«

»Wer hat das geschrieben?«

»Na ja, also …«

»Wer wars?« Der Kommissar schlug die pudschwere Faust auf den Tisch. »Red!«

Groschew schnaufte und antwortete:

»Meine Bäuerin. Was kümmerts dich?«

»Es kümmert mich. Nun sagt mal selber, gute Leute«, wandte sich Wanjakin an alle, »der Mann will in dieser schweren Stunde aus der Partei abhaun und holt sich nicht bei unserer Familie Rat, sondern geht zum Bauern und zur Bäuerin. Die beraten ihn natürlich, wies ihnen in den Kram passt.«

Tanjok-Pronjok blickte am Kommissar vorbei unter den Tisch und sagte:

»Alexej Saweljewitsch, du kläffst uns an, wozu? Wir haben unsere Geduld auch nich gekauft. In der Stadt ist es leicht, sich Dekrete auszudenken, euch bläst der Wind in den Arsch, ihr sitzt wie hinter einem Berg aus Stein, und der Berg sind wir. Das Armenkomitee hat genug Unheil gestiftet – unsere Sünde, unsere Schwäche. Von der Disziplin hatten wir schon bei der Armee die Nase voll, und in Friedenszeiten möcht man auch mal saufen und randalieren. Sitzung Tag und Nacht, nichts zu fressen, keine Kopeke Gehalt, da greifst du auch mal zu, wenn irgendwo was rumliegt.«

»Du greifst zu?«, äffte ihn der Pferdehirt Sutschkow nach. »Keine Scham, kein Gewissen. Mein leiblicher Neffe leidet schon das zweite Jahr an der Front, aber du und Karp, ihr habt kehrtgemacht und ab nach Hause, schöne Krieger seid ihr.«

»Für mich wars an der Front leichter«, sagte Tanjok-Pronjok und sah ihn streng an. »Da brauchst du nur schießen können, die Kugel findet schon den Richtigen. Aber hier vergeht kein Tag, keine Stunde ohne Forderungen: ›Gib Gänse, gib Hühner, gib Eier, gib Butter. Arbeitspflicht, Gespannsteuer‹ – pfui Teufel! Ich will gern wieder an die Front, ich lauf selber hin, bloß lasst mich raus aus diesem verfluchten Armenkomitee.«

»Ich find«, sagte der Schuster Pendjaka in tiefem Bass wie aus einer Röhre, »Wanjakin beschimpft uns zu Recht. Welche gehören nich bloß beschimpft, sondern verprügelt. Nehmen wir Jemeljan. Heut schreibt ihm die Bäuerin ein Papier, morgen drückt ihm der Bauer ne Axt in die Hand und schickt ihn, uns die Köpfe einzuschlagen. Ich find, solche Kulakenarschkriecher haben in unserer arbeitenden Gemeinschaft nichts zu suchen. Nieder! Nieder! Und nieder!«

»Womöglich ist er sogar spionieren gekommen«, schrie die Soldatenwitwe Maira Akulowa böse. »Rausschmeißen!«

Groschew stülpte die Schapka bis auf die Nase, drohte dem Schuster wortlos mit seinem knorrigen Finger und ging. Nach ihm erhob sich auch »Stehaufmännchen«, kehrte aber an der Schwelle wieder um.

»Vergebt mir. Ich habs vorhin gesagt, ohne zu überlegen. Ich hab zwar Angst, in eurer Bande zu sein, aber ich hab mich entschlossen, ich bleib. Kulaken plündern, das ist richtig. Kaufleute plündern, das ist richtig. Darauf haben wir hundert Jahre gewartet. Auf dem Markt hat mal einer aus einem Buch vorgelesen über den Räuber Kusma Roschtschin ...«

»Geh einstweilen«, winkte Wanjakin, »wir werden von allen Seiten über dich beraten und nachdenken, was wird.«

»Stehaufmännchen« griente verwirrt, wich zur Tür, murmelte:

»Ich hab mich entschlossen, mir ist alles egal, zwei Tode kann man nicht sterben.«

Wanjakin entfaltete die Liste der Reichen von Chomutowo und klopfte mit dem Bleistift auf den Tisch.

»Also, Genossen, die Sitzung geht weiter. Die Tagesordnung hat zwei Punkte. Erstens – Getreide; zweitens – Neuwahl zum Armenkomitee. Wer möcht sich äußern?«

Gegen Morgen trafen die Vorsitzenden der Dorfsowjets ein.

Wanjakin erzählte von den roten Fronten, von der Revolution im Ausland: Überall stehe es gut, aber die Sowjetmacht sei dennoch weiterhin in schwieriger Lage, es fehle an Getreide, an Brennstoff für die Fabriken und Eisenbahnen, Sabotage hingegen gebs haufenweise. Vom Papier las er Zahlenkolonnen ab, wie viel pro Landkreis noch nicht eingesammelt sei von diesem, jenem, vom fünften, vom zehnten.

Die Vorsitzenden ächzten.

»Hm-tja.«

»Letzten Trumpf auf den Tisch.«

»So is das heut.«

Die vom Armenkomitee stimmten einmütig zu:

»Richtig.«

»Weshalb die Augen zukneifen? Den Kulaken kannst du sieben Häute abschinden, sie wachsen nach.«

Der Vorsitzende, finster:

»Na, macht mal halblang.«

Wanjakin haspelte noch eine Rede ab und sagte wieder:

»Bürger, wir müssen den kritischen Moment der Republik berücksichtigen. Denken wir an das Vermächtnis unseres Vaters Karl Marx, des ersten echten Kommunisten auf der Welt. Schon der Verstorbene hat gesagt: ›Gebt das Überschüssige den Hungernden, helft der roten Front.‹«

Die Sowjetvorsitzenden wechselten Blicke und griffen in die Tasche nach dem Tabaksbeutel.

»Das will bedacht sein.«

»Kultiviert bedacht.«

Die vom Armenkomitee erhoben wieder ihre Stimme:

»Der Reiche bedenkt sein Geld, aber wir haben nichts zu bedenken. Bereden wir die Verteilung.«

»Warte. Euer Karl ist für uns kein Gott.«

»Getreide wollt ihr also?«

»Zu wenig habt ihr?«

Sasont Wnukow, der Vorsitzende von Dubrowino, stellte sich auf die Bank. Die Glocke bimmelte ordnungheischend; Wanjakin sprach wieder, aber die meisten Köpfe waren Sasont zugewandt, horchten offenen Mundes auf seine wie Floßwidden auseinanderdrängenden Worte:

»Christenmenschen! Wir haben nur eine Obrigkeit gekannt, das war der Gendarm. Heute greifen dir zehn Hände in die Taschen und zehn ins Maul. Wie soll das wirken auf unser Bauernherz?«

Gebrüll

Gepfeif

Getrampel …

»Ha, sie drangsalieren uns!«

»Sie haben die richtigen Dummen gefunden!«

»Den Gendarmen wollt ihr wieder?«

»Wenns sein muss, mit dem Kopf in die Schlinge!«

»Wir müssen den Verteilungsplan entwerfen, den Verteilungsplan!«

»Habs nich so eilig in den Wald, Ziege, du kriegst die Wölfe schon noch«, sagte der Landkreisvorsitzende Kurbatow und kam hinterm Tisch hervor, »sechzehn Pud je Desjatine … Hat man das je gehört? Hat man das je gesehn? Sie wollen den Bauern kaputtmachen«, schrie er furchtbar mit rollenden Augen, »sie wollen uns den Boden rausschlagen. Was solln wir fressen? Was solln wir säen?«

Stimmen der Soldatenwitwen:

»Du fütterst den Hengst mit Mehl!«

»Erster Direktor, wenns ums Schieben geht.«

»Warum erziehst du die Schweine mit Weizen?«

»Das tu ich nicht! Wer hat das gesehn? Beweise! Der Bauer kriegt von nirgendwo einen Krümel, und nimmst du ihm das letzte Getreide, ohne Getreide ist er ein Wurm, der sich im Staub windet und vertrocknet …«

»Wir weichen ihn ein«, dröhnte der Schuster Pendjaka wie aus einem Fass.

»Vertrocknet! Dann reicht euch die Puste in der Stadt auch nich mehr lange, dann krepiert ihr sämtlich wie vergiftete Kakerlaken. Alle plündert ihr den Bauern aus … Ihr krepiert, und rein gar nichts bleibt von euch übrig.«

»Richtig!«

»Falsch!«

»Recht so, Panfilytsch, du triffst den Nagel auf den Kopf!«

»Ein richtiges Wort!«

»Nieder, nieder!«

Wanjakin sprang auf.

»Bürger, ich kann diese Konterrevolution nicht mehr ruhig ertragen. Was für ein Satan Iwanowitsch ist bei euch Vorsitzender? Eine Schande, Bürger. Auf seine Provokation mit dem Saatgetreide geb ich euch mit reinem Herzen eine Erklärung: Bleibt euch Saatgetreide, werdet ihr säen, bleibt euch keins, verlasst euch drauf, die Macht gibt euch welches, die Macht, Genossen …«

»Das ist ja prachtvoll«, heulte Sasont Wnukow, »gib deine Frau dem Onkel, und du selber kannst …«

»Allerbesten Dank!«

»Still, Bürger!«

»Stehaufmännchen« schüttelte trotzig und mit zusammengekniffenen Augen den ungekämmten Kopf und schrie:

»Niiieder …«

Gebrüll, Gefluch …

Sie brüllten und fluchten, verließen den Raum nur zum Austreten, zwei Tage und Nächte.

Das ganze Dorf stand vor den Fenstern und hörte zu.

Vieles kam ans Licht, wovon selbst Wanjakin aufächzte.

Aus den knappen Erzählungen der tatarischen und tschuwaschischen Delegierten ging hervor, dass das Landkreisexekutivkomitee die Hauptlast der Naturalsteuer den entlegenen Dörfchen aufgebürdet hatte, aus denen schon fünfundzwanzig statt sechzehn Pud je Desjatine abtransportiert worden waren; die Menschen dort aßen seit langem Lehm und Eichenrinde, an Vieh war ein Stück auf fünf Höfen verblieben, und das wurde wegen Futtermangels an Stricken aufgehängt und krepierte trotzdem.

Die Besteuerungslisten mussten neu aufgesetzt werden, und am dritten Tag krächzte Wanjakin, der seine Stimme ausgepumpt hatte:

»Schluss jetzt. Die Aufgabe ist genau gestellt. Fahrt nach Haus, redet mit euren Gemeinden. Entscheidet, ob wir uns gütlich einigen oder den Krieg erklären.«

Wanjakin ging in sein Quartier, um sich auszuschlafen, aber er kam nicht zum Einschlafen. Ihm auf dem Fuß folgten Kulaken, Dorfarme, Soldatenfrauen, Witwen – mit dringlichen Bitten, mit Zuträgereien, mit bitterem Kummer.

»Herr Kommissar, kann ich nicht ein kleines Pud Getreide kriegen zum Staatspreis?«

»Ich möcht nach meinem Mann fragen. Er ist das zweite Jahr bei den Roten, keine Nachricht. Schreibst du mir ein Papierchen nach Moskau? Dort müssen sie von meinem Mann wissen.«

»Ich bin Invalide, ich hab nichts, um die Naturalsteuer zu bezahlen, mein Schwiegervater hat für mich gepflügt.«

»Ich war Wasser holen, da haben mir deine Soldaten die heißen Brote aus dem Backofen geholt und aufgefressen.«

»Mein Mann schlägt mich. Gibts solch ein Dekret, die eigne Ehefrau zu schlagen?«

»Väterchen, Alexej Saweljewitsch, der Deutsche hat mir drei Söhne umgebracht. Kannst du mir nich für sie wenigstens einen Sack Aschmehl[1] geben? Ich krepier vor Hunger, hab Mitleid mit mir altem Mann.«

»Ich kann nicht bezahlen. Geh runter, Genosse, zeig um Gottes willen Gnade. Wir wollen dir auch nichts schuldig bleiben.«

»Isoska Schischakin is n schlimmer Parasit, der lässt unter seiner Scheune zweihundert Pud verfaulen.«

»Alexej Saweljewitsch, deine Soldaten treiben schlimmen Unfug. Sie haben Tijassunows Mädchen nackt aus dem Dampfbad gejagt – ruf sie zur Ordnung.«

Wanjakin erklärte, versprach, schalt, schrieb Zettel, drohte …

Mit blutiggekratzter Visage kam der Milizionär Akimka Sobakin ins Haus gelaufen.

»Lieber Genosse, ich bitte Sie als überzeugten Genossen, geben Sie Obacht. Bei uns im Dorf die Aljonka Felitschkina, mit der ist kein Auskommen, die schlägt gleich zu, eine richtige Kontra, hat bei Kerenskis Truppen gedient, hat mit einem Tschechen gelebt, die Hündin, handelt mit Selbstgebranntem, ich wollte Haussuchung machen, aber sie …«

Wanjakin schob den betrunkenen Akimka hinaus, befahl dem Hausherrn, keinen ins Haus zu lassen, und legte sich auf den warmen Ofen.

Gegen Dreikönige kam eine Abteilung zum Fang von Deserteuren ins Dorf. Die Soldaten quartierten sich ein, verlangten satt zu trinken und zu essen. Am gleichen Ende des Dorfes soff schon die dritte Nacht eine Abteilung für Geheimeinsätze, sie hatte dem Semjon Kolzow angeblich einen einjährigen Bullen und zwei Ferkel weggefressen. An dem Tag vor Wanjakins Ankunft hatte ein entsetzlicher Schneesturm getobt, und da stieß ein verirrtes Le-

1 Wurde als Mahlgebühr einbehalten und an Arme und Sowjetangestellte anstelle einer Entlohnung ausgegeben. (Anmerkung des Verfassers)

bensmittelkommando, das Fisch beschaffen sollte, auf das Dorf. Das Kommando hatte einen weiten Weg, sein Ziel war das Dorf Schachowo, dort war ein Flüsschen, doch nun hatten sie sich nach Chomutowo verirrt. Dem Instrukteur der Kreisfischverwaltung Sholnerowitsch war längst die Leber erfroren, aus dem Baschlyk blickte weinend sein rosiges Gesicht, er freute sich unsagbar, als er Wärme und den Rauch von verbranntem Mist witterte.

»Abladen, Jungs, hier bleiben wir.«

»Und die Fische?«

»Kriegen wir. Hundert bis zweihundert Pud können wir auch hier fangen, ich weiß, die haben hier einen Teich.« Sholnerowitsch war einen Monat zuvor durch den Landkreis gereist, um überzählige Häute, Schlitten und Geschirre zu requirieren.

Sie töteten die Fische mit Bomben und Knüppeln, sie zogen Reusen und Netze durchs Wasser, sie durchwühlten den Schlamm. Unten am alten Becken sortierten mobilisierte Weiber und Kinder hartgefrorene Barsche, Plötzen und kleine Hechte.

»Wenn der Frühling kommt, haben wir keine Fische mehr zu essen.«

»Lass den Kopf nich hängen, Gevatterin, bis zum Frühling sind wir alle krepiert. Wanjakin ist gekommen, der nimmt uns noch das letzte Getreide weg.«

»Der Blitz soll die Hunde erschlagen.«

»Der liebe Gott hat uns vergessen, der Himmelskönig. Da, Grischka, steck paar ein, Karauschen schmecken prima.«

»Die Alten meinen, sogar am Himmel sind weniger Sterne. Es gibt ein Unglück.«

»Weiber, habt ihr schon gehört? In Marjanowo hat sich der Pope von seiner Würde losgesagt. Hat sich unheimlich vollgesoffen, meine Lieben, und gesagt: »Jetzt häng ich dem heiligen Nikolaus ein Maß Wodka um den Hals!« Die Leute standen starr vor Angst, und der langmähnige Satan, der wird auch wirklich losziehn …«

Offene Münder, Augen wie Suppenlöffel. Die Erzählerin aber sabbelte und sabbelte:

»Sie haben auf ihn gewartet und gewartet, er kommt nich. Die Popin raus aus dem Bett und ihm nach in die Kirche. Da steht das Väterchen vor der Ikone des Wundertäters, ganz grau im Gesicht. Die Popin nimmt ihn bei der Hand, und die Hand is kalt, eiskalt, wie Stein. Auch das Väterchen is ganz aus Stein, steht da wie eine Statue.«

Am Abend ging der aufgetaute Instrukteur Sholnerowitsch mit dem Milizionär Sobakin die Dorfstraße entlang. Ihnen entgegen kam der Führer der Abteilung zum Kampf gegen die Desertion.

»Grüß euch.«

»Gleichfalls.«

»Ihr habt die ganzen Fische erledigt?«

»Samt und sonders. Und wie sind eure Erfolge, Genosse Russakow?«

»Übel siehts aus. Deserteure scheints in dieser Gegend nich zu geben. Wenn wir wenigstens einen spaßeshalber erwischen könnten.«

Akimka schwieg. Er war nicht der Hüter der Deserteure, er hatte genug anderes um die Ohren. Der Instrukteur polkte mit dreckigem Fingernagel an seiner Kupferschnalle, auf der das Wort »Realschule« eingeprägt war, und sagte halb im Scherz:

»Warum interessiert ihr euch eigentlich für die Deserteure, Genosse? Beschäftigt euch lieber mit Selbstgebranntem, davon gibts hier Meere, Ozeane. In jedem Hof eine Brennerei.«

»Ich kämpf ja dagegen, aber das hilft nich«, warf Akimka ein, »mein Mandat ist unbedeutend, vor dem Milizionärstitel hat keiner Angst, aber Sie als ganz offizieller Mann …«

»Wir kochen uns ne Fischsuppe«, griff der Instrukteur begeistert auf, »na? Warum auch nich, verdammt noch mal? Ihr kommt Fischsuppe löffeln, Barsche, Plötzen – die Finger leckt ihr euch! Na, und vor der Fischsuppe lassen wir einen Fingerhut voll durchlaufen, was, Sobakin?«

»Einen Fingerhut voll, wieso nicht? Nicht der Schnaps ist schuld, der Suff ist schuld.«

Russakow zwirbelte den Feldwebelschnauz.

»Und die … Deserteure?«

»Hören Sie doch auf, mein Bester, die laufen Ihnen nicht weg. Dieser Tage hat sich noch ein Wachbataillon aus der Stadt verdünnisiert. Lasst den Kopf nicht hängen, Deserteure gibts genug, die reichen ein Leben lang.«

»Hm-tja, ob mans mal riskiert?«, überlegte Russakow laut.

»Gibt nichts zu überlegen. Wir schlabbern das Fischsüppchen, lassen Luft in ein Fläschchen und gehn dann in die Vorstellung: Meine Jungs spielen zwecks Aufklärung Theater.«

»Da, das Haus mit den grünen Fensterläden«, zeigte Akimka. »Nikanor Suslows Haus. Er brennt im Badehäuschen, auf dem unteren Gemüseschlag. Ich würd mich ja selber kümmern mit dem Recht des Milizionärs, aber ich bin vonseiten meiner Frau verwandtschaftlich behindert, und Sie sind ein Durchreisender: heute hier, morgen da – Sie hams gut …«

»Machen Sie nur, mein Bester, was ist schon dabei? Sogar die Zeitungen schreiben vom Kampf gegen die Schwarzbrennerei.«

»In Ordnung«, krächzte Russakow, »ich geh.«

Er holte aus seiner Abteilung zehn der zuverlässigsten Jungs und durchsuchte Hof um Hof. Aus Kämmerchen, Ofenlöchern und allen möglichen Verstecken schleppten die Rotarmisten Schnapsflaschen und Brennapparate auf die Dorfstraße und zerschlugen alles. Über dem Dorf stand eine Wolke Schnapsgeruch. Trinken taten sie nirgends, sie kosteten bloß, und sie kosteten sich dermaßen voll, dass sie nachher nicht wussten, wer wo übernachtet hatte. Russakow hielt sich wacker auf den Beinen und erinnerte sich an alles deutlich: Fischsuppe gelöffelt, Kasatschok getanzt, dann hatten sie ihn zum Theater zerren wollen, doch er ging nicht mit, sondern verdrückte sich auf Akimka Sobakins Rat als Gast in ein bestimmtes Häuschen …

Im Exekutivkomitee war die Beratung der Dorfsowjetvorsitzenden eben zu Ende gegangen. Die Delegierten verstauten die Dokumente mit den Ablieferungsziffern im Tabaksbeutel, zogen den Gürtel straff und beschimpften Wanjakin:

»Der hat uns ne Nuss zu knacken gegeben!«

»Ja. Habt ihr gehört, er sagte ›kreditischer Moment‹, er will sich das Getreide wohl borgen?«

»Das kennt man, borgen und das Zurückgeben vergessen. Verlang mal von der Katze Brotfladen und von der Ziege Walnüsse.«

»Stimmt ja wirklich, nehmen und geben – alles durcheinander.«

»Wir müssen geben und geben. Einen Pfahl müsst man nehmen und denen auf den Wirsing knallen, immer auf den Wirsing, damit sie den Weg ins Dorf vergessen.«

»Fragt sich, wer wen.«

»Wir Dummköpfe werden genug geschlagen.«

»Blas keine Trübsal, Junge, mach den Bauern nich traurig. Lass uns eine rauchen vor der Reise.«

»Die Pferde sind erschöpft, paar Tage ohne Futter.«

Zu zweien und dreien ritten sie los.

Nur noch wenige Leute waren geblieben, da kam die alte Kirbitjewna ins Exekutivkomitee gelaufen.

»Leutchen, Brüderchen, ich sag euch was, ungelogen, unsere Aljonka hat den Kommissar verführt, oder ich will hier anwachsen. Sie küssen und schmusen, sie spielen und singen …«

Die Delegierten fassten sich an den Kopf.

»Der Rasende amüsiert sich?«

»Sieht so aus. Da hast du deinen kreditischen Moment.«

»Ach, dieser Gierschlund!«

Das Sekretärlein Kuntschin kreischte:

»Was ist denn das, Bürger? Solln wir da etwa zusehn? Soll das Ordnung sein? Unsereins wird übel mitgespielt, und sie selber kübeln? Unsereins darf nicht mal ein Gläschen kippen, und die saufen aus der Schöpfkelle? Auf derartige Defekte werden wir unsre strengste Aufmerksamkeit richten, Bürger. Wir schnappen ihn an Ort und Stelle, setzen ein Protokoll auf und nageln ihn damit fest wie die Natter mit der Mistgabel. Eine Kopie zur Tscheka, eine Kopie zum Tribunal, eine Kopie ins Kreisexekutivkomitee, eine Kopie zum Natschalnik der Kommunisten, eine Kopie zum Gouvernementslebensmittelkommissar.«

»Du hast ein goldenes Köpfchen, Kuntschin. Wir klemmen ihn ein. Er wird sich nicht vor dem ganzen Gouvernement blamieren wolln, also geht er womöglich in unserm Landkreis mit einem Teil der Ablieferung runter.«

»Einklemmen!«

»Bloß wie?«

Die Mitglieder kratzten sich den Hinterkopf.

Zehn Minuten später trat das gesamte Präsidium des Landkreisexekutivkomitees vor die Fenster von Aljonkas Häuschen, sie hatten Zeugen mitgebracht. Die Fenster waren verhängt, drinnen wars still und dunkel. Behutsam an den Fensterrahmen, poch-poch:

»He, Hausfrau!«

Still, mondhell, zorniges Schnaufen, der Schnee knirschte unter den Filzstiefeln.

»Hausfrau ...«

Im Häuschen patschten bloße Füße.

»Wer is da? Wen schleppt der Satan durch die Nacht?«

»Dringende Sache: Wir suchen den Lebensmittelkommissar. Er sitzt wohl bei dir und zählt die Weißbrote?«

»Nich hier. Ich hab euern Kommissar nie gesehn, was is das überhaupt für n Kommissar?«

Vor den Fenstern Rhabarber-Rhabarber, und wieder gegen den Fensterrahmen:

»Aljonka, mach auf!«

»Verschwindet!«

»Mach auf, sonst wirds schlimm. Was blamierst du das ganze Dorf?«

Aljonkas nackter Arm zog das Schaltuch, mit dem das Fenster verhängt war, ein wenig zurück, und im Mondlicht war ihr Gesicht so weiß, wie in Mehl gewälzt.

»Ihr nächtlichen Geister, könnt ihr nich bei Tag kommen? Ihr lasst den Leuten keine Ruh. Ich hab euern Kommissar nie gesehn, was ist das überhaupt für n Kommissar?«

Kurbatow hämmerte erbittert mit der Faust gegen die Tür.

»Machst du jetzt auf oder nicht, du Luder? Solln wir hier noch lange mit dir kakeln? Erkennst du die gesetzliche Macht an oder nicht? Wir heben die Tür aus!«

Aljonka kam ganz hinter dem Schal hervor, hob das Hemd hoch und zeigte.

»Da, du Machtmensch, friss!«

Die Landkreismacht würde noch lange gegen die aus Eichenholz gezimmerte Tür gehämmert haben, aber da ertönten Schritte in der Diele, und der Bolzen wurde klirrend zurückgezogen. Auf der Schwelle stand mit offener Militärjoppe und dem Nagant in der Hand … Russakow.

»Was soll die Räuberei?«

»Genosse, tu deine Puste weg«, sagte Kurbatow und zwängte sich, nach dem Nagant schielend, seitlich in die Diele. »Wir sind auch Obrigkeit, wenn auch eine kleine, aber Obrigkeit.«

Sie traten in die Stube – ein paar bekreuzigten sich zum Ikonenwinkel – und setzten sich auf die Bänke. Die Zeugen machten sich auf die Suche nach Selbstgebranntem, fanden jedoch keinen, nicht umsonst galt Aljonka im Dorf als die geschickteste heimliche Schnapshändlerin. Das Sekretärlein Kuntschin, das auf einem sauberen Blatt das »Untersuchungsprotokoll« hatte kritzeln wollen, warf einen Blick auf Kurbatow, rollte das Blatt zusammen und schob es zurück in den Ärmel.

»Wir bitten um Verzeihung, hier ist ein kleiner Irrtum passiert. Wir haben einen Raben gesucht und einen Falken gefunden. Kitzelt euch weiter, solch kitzlige Sachen gehn das Exekutivkomitee nichts an.«

Sie griffen nach ihren Schapkas, krächzten und husteten entschuldigend und gingen hinaus. Aljonka begleitete die ungebetenen Gäste. In der dunklen Diele wurde sie von den jüngeren Männern betatscht. Sie schlug ihnen mit beiden Händen in die Fresse, stieß sie hinaus und überhäufte sie zum Abschied mit Ausdrücken, dass sie nur den Mund aufreißen konnten.

Russakow kehrte am Morgen in sein Quartier zurück, da kam der erschrockene Feldwebel angesprungen.

»So und so, Genosse Natschalnik, ich melde: Die Geheimabteilung hat sich in der Nacht verdünnisiert und ist in unbekannter Richtung in die Steppe gegangen.«

»Was gehts mich an?«

»Außerdem melde ich, ein Maschinengewehr und vierunddreißig Gewehre sind verschwunden.«

»Wohin?«

»Keine Ahnung.«

»Warst du besoffen, du Lump?«

»Zu Befehl, nein.«

»Sofort die Leute zusammenholen.«

»Zu Befehl.«

Der Feldwebel holte die Leute zusammen und ließ sie antreten – sieben Mann fehlten.

»Sieben sind weg, Genosse Natschalnik.«

»Wohin?«

»Keine Ahnung.«

»Warst du besoffen, du Schurke?«

»Zu Befehl, nein.«

»Komm her, hauch mich an.«

Der Feldwebel hauchte – aus seinem Mund rochs nach Tabak, Fußlappen und Stalldung.

Russakow lief vor den angetretenen Soldaten hin und her und fasste sich an den Kopf.

»Ich versteh gar nichts. Ich frag dich, wo sind die Gewehre, das Maschinengewehr und die Leute geblieben?«

»Keine Ahnung.«

Der rechte Flügelmann Kosjagin griente.

»Die sind bestimmt mit den Deserteuren abgehauen, Genosse Natschalnik, wo sollten sie sonst hin?«

»Mit was für Deserteuren?«

»Na, mit denen von hier.«

»Mit was für welchen?«

»Wir hatten doch vor unsrer Nase ne ganze Abteilung von den geheimsten Deserteuren!«

»Wieso Deserteuren? Was für Deserteure?«

»Wir wissen von nichts.«

»So ein Quatsch!«

»Zu Befehl, kein Quatsch, Deserteure.«

»Warum habt ihr mir das nich früher gesagt?«

Da lärmten sie alle los:

»Ich hätts ja gesagt, aber ich habs nicht gewusst.«

»Sie ham uns ja zugeredet, wir solln uns anschließen. Immer wieder ham sie uns angehaun, aber wir sind ja nich blöd.«

»Faule Sache.«

»Gegen die Sowjetmacht machen wir nich mit.«

Russakow gab einem, noch einem eine Ohrfeige, rannte ins Haus und murmelte:

»Ich bin verloren. Für die Gewehre und das MG muss ich vors Militärgericht. Ich bin dran, für nichts und wieder nichts.«

Ein Gruppenführer kam ihm ins Haus nachgelaufen und gab ihm einen Zettel:

An den Kommandeur der Desertionsabteilung,
Gen. Russakow

Ich melde: Der Bauer, bei dem Sie wohnen, Semjon Kolzow, geht durchs Dorf und führt feindselige Agitation, das heißt, sie hätten ihm einen einjährigen Bullen aufgefressen, ferner zwei Schweine, ein Schaf, einen Kosakensattel, und wann sie endlich in die Hölle fahren, die Pest an den Hals ihnen mitsamt der Revolution, und außerdem erkennt besagter Semjon Kolzow frecherweise die Sowjetmacht nicht an und verrät sie für dreißig Silberlinge. Wir haben für sie unser Blut vergossen gegen die Tschechen, aber der Sohn dieses Schurken ist bei den Deserteuren, und dieser unwürdige Bürger versteckt konterrevolutionäre Pferde. Ich bitte Sie untertänigst und fordere Sie auf, machen Sie mit dem Kolzow Semjon irgendwas Zirkulierendes, und geben Sie all seine Habe, vom Hund bis zu dem hellbraunen Wallach, in die Waisenhände der barfüßigen und nackten, frierenden und hungrigen Dorfarmut.

Ideentreuer Milizionär der Arbeiter- und Bauerngarde und der Armee der RSFSR[1], Genosse der KPR[2] Akimka Sobakin

Russakow weckte seinen Wirt Semjon Kolzow, zog ihn am Fuß vom Ofen, stellte ihn vor sich hin und stieß ihm den Milizzettel in die Zähne.

»Was fällt dir ein, Onkel, die Sowjetmacht für dreißig Silberlinge zu verraten? Mir ist ein Maschinengewehr verschwunden, vierunddreißig Gewehre sind futsch, und dein Sohn ist bei den Deserteuren? Du läufst durchs Dorf und untergräbst die Sowjetmacht? Handelt so ein anständiger Bürger?«

»Ach Herr Jesus, schon wieder eine Heimsuchung!« Der Alte rieb sich schlaftrunken die Augen. »Was willst du, Genosse? Milch? Selbstgebrannten? Oder soll ich dir Kohlsuppe von gestern warm machen?«

»Auf deine Milch is was geschossen, du Knilch. Warum versteckst du konterrevolutionäre Pferde? Warum ...«

»Heilig, heilig, Söhnchen, man hat mich böswillig verleumdet. Gott ist mein Zeuge.«

»Gesteh lieber, statt zu leugnen.«

»Söhnchen, lass mich ein Wort sagen ...«

Wozu hier Worte? Mit Deserteuren unter einem Dach geschlafen, die eignen Leute auseinandergelaufen, MG und Gewehre verschwunden, Scheißgewehre zwar, keins davon schoss, aber er würde vors Militärgericht müssen.

»Ich werd dir helfen, Deserteure zu verstecken. Von euch Satanskerlen kommt die ganze Sabotage. Für den Anfang konfisziere ich laut Beschluss des Gouvernementskomitees zum Kampf gegen Desertion deine ganze Einrichtung, vom Hund bis zu dem hellbraunen Wallach, und du selber kommst für die erste Zeit ins Kittchen, da kannst du die Läuse füttern.«

Der alte Semjon Kolzow weinte bitterlich, dass es ihn schüttelte.

1 Russische Sozialistische Föderative Sowjetrepublik, offizielle Bezeichnung des Sowjetstaates seit Januar 1918 (zuvor Russische Sowjetrepublik).

2 Die heutige Kommunistische Partei der Sowjetunion hieß bis 1918 Sozialdemokratische Arbeiterpartei Russlands (ab 1912 mit dem Zusatz »Bolschewiken«), 1918–1925 Kommunistische Partei Russlands (Bolschewiken).

»Söhnchen, richte nicht einen Christenmenschen zugrunde, ich sag dir die ganze Wahrheit wie in der Beichte.«

»Laut Beschluss des Gouvernementskomitees ...«

»Verdirb mich nicht, Ernährer, ich lüge kein Wort.«

»Gib mir n Schluck.«

»Einem guten Menschen von Herzen gern!« Der Hausherr holte hinter dem Ikonenbrett eine Flasche Fusel hervor, stellte Gläser auf den Tisch. »Trinken Sie, keine Scheu, er ist nicht gekauft.«

Und nun erzählte der alte Semjon Kolzow:

»Die Geheimabteilung ist überhaupt keine Geheimabteilung, das sind geheime Deserteure aus den Dörfern Tschuktschejewka, Nishnjaja Sachtscha, Wosnessenka und Wtulkino. Von unsern war anscheinend keiner dabei. Sie haben mir ein einjähriges Kalb aufgefressen und zwei Ferkel, und eure Knarren haben sie geklaut, verdammt solln sie sein, wer sonst? Wie sie besoffen waren, hat man sie reden hören, sie wolln in die Steppe, den Kirgisen Pferde stehlen, dazu haben sie eure Knarren gebraucht. Trink, Söhnchen, er is nich gekauft, Gott sei gepriesen. Wirklich, Genosse, ist das etwa ein Leben? Gestern das Kalb vom Hof geholt, heut das Schwein aufgefressen, jetzt willst du mich zum Bettler machen, morgen werd ich an die Wand gestellt ... Tjaa. Am dritten Weihnachtstag hat ein fremder Tatar auf dem hellbraunen Wallach einen Sack Salz von Astrachan hergebracht. Unser Armenkomitee hat ihn erwischt, sie haben das Salz beschlagnahmt und unter die Mitglieder aufgeteilt, davon gabs im Volk ein mächtiges Murren. Der Schieber, der unglückliche Tatar, kriegte für sein Salz eine saftige Kontribution aufgebrummt. Vor Schreck is er gestorben im Schuppen, vielleicht auch erfroren, das weiß Gott. Wie er noch lebte, hat er gesagt: ›Die Cholera hab ich überlebt, das Hungerjahr hab ich überlebt, aber die Freiheit kann ich nich überleben.‹ Tjaa, von dem Tataren ist der Kufenschlitten geblieben und der hellbraune Wallach. Den Schlitten hat der Vorsitzende von den Dorfarmen gekriegt, und den Wallach hat sich Akimka genommen, ohne Pferdchen wars ihm langweilig, denn er muss ja mal wen verfolgen oder, wolln mal sagen, ein Fass Wasser holen, und das geht nich so gut mit der Ziege. Schön. In der Weihnachtswoche ist die Schnapsabteilung ins Dorf geplatzt und gleich zu mir, Haussuchung. Ich denk mir, mich hat wer verpfiffen. Dabei hatt ich nich im Traum Selbstgebrannten, hab nich mal dran gerochen, geschweige denn welchen gebrannt. Sie haben gesucht und gesucht, na, und dann … kchä … haben sie in der Kammer eine Mulde mit Sauerteig gefunden. ›Was ist das?‹, fragte der Oberste. Ich sag: »Sauerteig, nichts Schädliches, reines Brot; die Feiertage stehn vor der Tür – erstens, und dann will ich Zimmerleute dingen, dazu auch.‹ Der Oberste, so ein Jüngelchen, nichts als Balalaikaspielen im Kopf, packt mich am Bart: ›Ach, du verdammter Kerl, wir in der Stadt haben nicht mal satt Hundefleisch, und ihr sauft euch einen an? He, Soldaten, schlagt die Mulde kaputt, kippt die Maische auf die Straße.‹ Ich sag: ›Warum das gute Zeug verderben? Kippts in den Trog, dann könnens die Schweine fressen, und die Mulde, die kann nichts dafür, wenn ihr sie kaputtschlagt, wo krieg ich ne neue her; wir sind hier in der Steppe, Wald gibts hier nicht, wir haben nich mal Zahnstocher.‹ Da haben sie mir die Mulde gelassen. Ich seh, einer von denen steckt die Feldbluse von meinem Sohn in den Sack. ›Raub‹, schrei ich, ›die hat mein Sohn Mitka von der österreichischen Front mitgebracht!‹ Darauf er: ›Bitte keine Beleidigung, die Rote Armee braucht warme Sachen. Es gibt so ein Dekret.‹ – ›Das Dekret taugt nichts‹, sag ich, ›mein Sohn war zweimal verwundet und kann euch für die Feldbluse ein Dokument zeigen.‹ Der bleibt dabei: ›Warme Sachen.‹ Ich halt den Ärmel fest: ›Und wenn ich bloß den Ärmel behalt, er gehört uns, dann können die Weiber damit die Töpfe waschen.‹«

Ganz in der Gewalt der traurigen Erinnerung, verzog der Alte das Gesicht, spuckte aus, hob die zitternden Hände zu den Ikonen, rief Gott zum Zeugen an.

»Tjaa, gut. Mitka und ich, er hat damals zu Haus gewohnt, wir hatten grad im Dampfbad geschwitzt und uns gewaschen, und eben sitzen wir beim Samowar, da klopft der Amtsgehilfe Pjotr Worypai poch-poch ans Fenster: ›Semjon Sawwitsch, das Armenkomitee will dich dringend sprechen.‹ Aber bis zum Komitee is es über ne Werst, und ich komm eben ausm Dampfbad. Wie kann ich, erhitzt wie ich bin, mit Glubschaugen in den kalten Wind laufen? ›Euer Komitee‹, schrei ich, ›soll dem Teufel in den Arsch kriechen.‹ Der Amtsgehilfe geht. Ich trink ne Tasse Tee, gieß mir die zweite ein. Da kommt Akimka angerast, schlägt gleich zu wie der Ataman Tschurkin[1]: ›Du willst dich der Macht nicht fügen? Du brennst Schnaps? Du züchtest Deserteure? Ich werd alles bis auf den letzten Pfahl liquidieren.‹ Mir ist die Luft weggeblieben: Der ruiniert mich, hab ich gedacht, der macht mich kaputt, was fängt man an mit so nem Hund? Mein Mitka aber, der lässt sich nich bange machen, der hält ihm entgegen: ›Fang hier keinen Streit an, Akimka, du hast selber Dreck am Stecken, ich bin aktiver Soldat von der österreichischen Front, zweimal verwundet und wirklich Deserteur, aber bloß einer, und vergiss nich, Akimka, dein leiblicher Neffe Petja ist Deserteur, und deine beiden Schwäger sind Deserteure.‹ Nach meinem Sohn fass ich mir auch ein Herz: ›Wir haben fünfzehntausend Steuern bezahlt‹, schrei ich, ›wir haben vier Fuhren Getreide zum Speicher gebracht für ein bloßes Dankeschön, auf uns hält sich die ganze Macht, aber ihr Gauner gebt nich mal nem herrenlosen Hund n Happen, geschweige denn der Macht. Auf meinem Hof ist jeder Knüppel von weit her rangeschleppt, an jeder Kopeke kleben Tränen, jeder Strohhalm ist einzeln rangetragen!‹ Das Gerede hätt wohl noch lang gedauert, doch da hatte Mitka ne Idee, er holte vom Gevatter drei Liter Rachenputzer. ›Versöhnen wir uns?‹ – ›Na los‹, antwortet Akimka, dabei kriegt er gierige Augen wie ein Marktdieb. Eine Schöpfkelle voll gekippt, noch eine, da waren wir im Jumm …«

Russakow war auch im Jumm, er hörte dem Alten nur mit halbem Ohr zu. Seine Gedanken kreisten verzweifelt um die Ereignisse der letzten Nacht: Haussuchung, Fischsuppe, Tanz zur Harmonika, Aljonka, die Gewehre … Wie ers auch drehte, am Gericht kam er nicht vorbei.

1 Held eines populären Abenteuerromans.

»Hilf mir in meiner Not, listiger Alter, ich will dich auch vergolden.«

Aber der Bauer lag mit der Brust auf dem Tisch und redete Seins:

»Siehst du, das ist so, Söhnchen. Akimka muss mit seinem Bruder teilen, da fehlt ihm Holz für das Haus, und ich hab hinten einen morschen Schuppen. Da sagt er: ›Lass uns tauschen, ich geb dir dafür den hellbraunen Wallach.‹ Ich hab mir überlegt, Getreide hab ich nich viel, und wenn ich welches hätte, müsst ichs in den Dreck treten, so und so brauch ich den Schuppen gar nich, der is überhaupt so klein, dass sich ne Maus drin nich umdrehn kann. ›Einverstanden‹, sag ich, ›egal, kommt nich mehr drauf an.‹ Wir haben also getauscht, Ware gegen Ware. Er hat meinen Schuppen auseinandergenommen, ich hab den hellbraunen Wallach an einer geheimen Stelle versteckt. Schön. Und was denkst du dir, mein Lieber? Am nächsten Tag kommt Akimka angelaufen. ›Wo ist der hellbraune Wallach?‹ – ›Und wo ist mein Schuppen?‹ – ›Für den Schuppen bezahl ich dir nach festem Preis, und den staatseigenen Wallach rückst du wieder raus.‹ – ›Such‹, sag ich, ›ich hab keinen Wallach von dir gekriegt.‹ Er sucht auf dem Hof – nichts, er sucht da und dort – nichts, und wo nichts ist, hat der Kaiser sein Recht verloren. Dann hat Akimka dem Landkreisvorsitzenden gemeldet, das Pferd wär geklaut, und mich hat er bedroht. Und dich hat mir auch dieser Hund auf den Hals geschickt, mein Lieber. Ich bin kein Kulak, ich bin Mittelbauer, zwei Pferdchen, zwei Kühe, Knechte halt ich nicht, hab ich nie gehalten, mein Sohn und ich schinden uns alleine ab, schlecht leben wir nicht, wir kommen über die Runden, und auf mehr sind wir nicht aus. Ich bin so friedlich wie ein Reiserbesen, wenn du mich neben die Schwelle legst, bleib ich liegen, wenn du mich in die Diele schmeißt, bleib ich liegen. Ach, Genosse, es ist eine Sünd und Schand, wie ihr uns Bauern drangsaliert. Uns kannst du das Kreuz vom Hals reißen, uns kannst du das letzte Hemd ausziehn, wir halten stille. Plündert uns doch ganz aus, dann stehn wir alle nackt da, ihr und wir.«

»Hurensöhne«, knurrte eine erkältete Stimme hinterm Ofen, »denen leiern wir die Därme raus.«

»Wer knurrt da?«, fragte Russakow.

»Wer? Kchä, das muss mein Sohn Mitka sein, der Deserteur, sonst kann da keiner sein. Mitka! Sohn!«

Hinterm Ofen kam Mitka hervor, barfuß, verschlafen, er fuhr mit der linken Hand in den Hosenschlitz, wos ihn biss und krabbelte, mit der Rechten salutierte er.

So und so, er, Mitka, wolle seit langem in der Roten Armee dienen, doch noch nie sei die Gelegenheit günstig gewesen: Mal war Drusch, mal Hochzeit, mal hatten sie ihn mit Gewalt in eine Bande gepresst. Jetzt wolle er sich melden, als Deserteur könne er nicht weiterleben, es ruiniere die Wirtschaft, mache dem Vater Sorgen, und dann Akimkas Schikanen.

Der Vater schüttelte sich in einem Husten wie ein Waldschrat.

»Er soll doch zum Teufel gehn mitsamt seinem Wallach. Aber den Schuppen muss er mir wiedergeben.«

Russakow, die Hände in den Taschen seiner Militärjoppe, lief in der Stube hin und her und blieb plötzlich vor Mitka stehen.

»Du Schwein!« Seine Faust schlug ihm mit einem Ruck den Schlaf aus dem Gesicht. »Weißt du, was wir mit euch Deserteuren machen? Na? Siehst du. Dir als altem Soldaten verzeih ich. Aber genau in drei Tagen sind die Gewehre und das MG wieder hier! Verstanden?«

»Zu Befehl, verstanden.«

»Deine ganze Sippe behalt ich als Geisel hier. Wenn du nicht spurst, peng-peng, und Qualm in die Wolken. Verstanden?«

»Ja …«

»Kehrt marsch!«

Mitka machte soldatisch linksherum kehrt, ging zur Tür und sagte weinend:

»Genosse, erlauben Sie mir wenigstens, noch Kwass zu trinken. Und Stiefel anziehn …«

Mitkas Augen waren vor Entsetzen wie holzgeschnitzt.

Nacht im Dorf – nirgends ein Laut, kein Rascheln, kein Klirren.

Nur da und dort kläffte verschlafen ein Hund, seufzte eine

Kuh. In die harschigen Schneewehen geduckt, schliefen verschlafen die schläfrigen Häuser.

In der dunklen Stube saß auf der breiten Bank Semjon Kolzow, angezogen und mit Handschuhen. Auf dem Fußboden waren Schaffelle ausgebreitet, darauf verstreut lagen in heißem Schlaf die Kinderchen. Die Jungbäuerin schnarchte satt und laut. Semjon blickte auf das mit Eisgrütze bestreute Fensterchen und holte tief Luft – er war mit Nöten gespickt wie ein Hund mit Kletten. Selbst die Ohrenklappen der Fellmütze standen gesträubt. Das Schnarchen der Schwiegertochter erboste ihn. Was für eine Zeit, womöglich machten sie sie alle zu Bettlern, und diese Kuh grunzte unbekümmert. Er schob ihr die Faust unter das weiche Hängeeuter.

»Verdammtes Teufelsweib, steh auf.«

Die Jungbäuerin erschrak, als wär sie vom Ofen gefallen.

»Herrgott ... Heilige Gottesmutter ... Was ich geträumt hab ...«

»Quassel nich rum, du blöde Gans. Gib mir den Kammerschlüssel! Mach schon!«

Sie patschte barfuß über die Kinderchen hinweg, tastete blind an den Wänden.

»Wo hat der Böse ihn wieder versteckt?« Das Hemd rutschte ihr von der weißen Schulter, die Haare hingen wirr vor den Augen.

»Zieh dich rasch an, du musst fahren.«

»Wohin?«

»Zum Wohinberg, was soll das Wohin, verdammtes Weib!«

Der Alte knallte die Tür zu, der Dielenbolzen klirrte.

Die Schwiegertochter trug die schweren Säcke aus der Kammer in den Hof, als wären es Kätzchen. Semjon lud die Säcke in den eisenbeschlagenen Wagen, breitete Stroh darüber und unterwies die Frau:

»Du fährst am Dubowy-Flüsschen vorbei, dann kommt an der Straße die verkohlte Schwarzpappel, wo vorletztes Jahr der Sawka Mikitin vom Blitz erschlagen wurde. Die Straße gabelt sich nach rechts und links, aber du fährst auf keiner von beiden, sondern genau in die Gabelung rein, dann hältst du dich bergan, über Sakulins Anhöhe. Sieh zu, dass du nicht in die Senke gerätst, da versinkt das Pferd im Matsch. Auf der Anhöhe fährst du noch ein Stück, dann kommt Lebjashje, da ist die Heuwiese von Shukow, da ist Weidengestrüpp, Rohrkolben, eine ganz unzugängliche Stelle. Du legst die Grube erst mal dick mit Stroh aus. Die Säcke stellst du rein, dicht an dicht. Deck sie mit Bast und Sackleinwand zu, und zum Schluss streust du Schnee drüber. Du kennst doch die Wiese von Shukow? Da ist eine Lache, eine Mulde, viel Schilf ...«

»Ich weiß, Väterchen.«

»Mach dir ein Zeichen an der Stelle, du Pestbeule. Pass auf das Pferd auf. So, fahr mit Gott. Halt die Zügel fest, blöde Gans.«

Die Kufen knirschten im Frost. Der hellbraune Wallach trabte mit der in einen Schafpelz gemummten Jungbäuerin davon.

Der Alte schloss das Tor, pinkelte, spuckte sich auf die Finger und knurrte missmutig:

»Nich mal die eigne Scheiße gehört einem mehr. Freiheit ... Weit haben wirs gebracht.«

Er legte sich angezogen aufs Bett und war eben am Einschlummern, da pochte es sacht ans Fenster. Semjon sprang auf – vorm Fenster bewegte sich Anton Marytschews Papacha. Semjon erkannte ihn, aber er fragte:

»Wer da?«

»Gevatter, komm mal kurz raus.«

»Wozu?«

»Es liegt was an.«

Semjon ging durchs Nebenstübchen hinaus.

»Du, Anton?«

»Ja, Gevatter.«

»Was ist?«

»Nichts weiter.«

Sie standen ein Weilchen.

»Komm rein, wir rauchen eine«, sagte der Hausherr.

»Keine Zeit.«

»Was drängt dich denn so?«

Anton druckste und sagte dann:

»Die Bauern haben sich bei Maxim Pankratow versammelt, hol sie der Teufel, geheime Versammlung.«

»Na und?«

»Du sollst auch kommen.«

»Ich?«

»Du.«

»Was für ne Versammlung?«

»Keine Ahnung.«

»Ersaufen solln sie.«

»Geh hin, Gevatter, geh hin«, sagte Anton hastig. »Es ist ne Gemeindesache, welche sind sehr böse, geh hin. Ich muss noch Afanasjew und Polikarp Lukitsch holen.« Er ging eilig die Straße hinunter.

Maxim Pankratows Stube war voller Menschen.

Im Halbpelz, im Bauernrock saßen sie auf den Bänken, auf dem Fußboden. Die Fenster dicht verhängt, die Lampe heruntergeschraubt. Die Luft vor Qualm zum Schneiden. Die Versammlung hatte noch nicht begonnen, man erwartete noch ein paar Leute. Die Hausfrau wiegte die Wiege, das Kind, das sich nass gemacht und geplärrt hatte, wurde wieder still. Pjotr Kirchturm kniete auf dem Fußboden und erzählte halblaut:

» … klingelt zweimal. Ich den Sack geschultert und rein in den Waggon – verboten, für Delegierte; nächste Tür – Stabswaggon; ich weiter – ›Wo willst du hin, das is ein Spezialwaggon.‹ Es klingelt dreimal, meine Sache steht mies. Na schön, denk ich, dann eben mit Lebensgefahr. Ich auf den Puffer, setz mich hin, lass die Beine hängen. Da kommt so n Unmensch, packt mich am Bastschuh: ›Runter.‹ Ich sträub mich: ›Versteh doch, Genosse, ich wart schon drei Tage und Nächte aufm Bahnhof, schon ganz voller Läuse, ich bin kein Gauner, kein Schieber, ich bin ein Botengänger wegen der Not im Dorf.‹ Ich versprech ihm fünfundzwanzig Rubel, dies und das, er will nichts hören. ›Wenn du keine Fahrkarte hast, komm runter, und bisschen plötzlich.‹ Er zerrt mich runter und haut mir eins ins Genick. Das tut nich sehr weh, aber es kränkt einen. Man hat es satt, immer die Maulschellen vom Polizisten. ›Na gut‹, sag ich, ›die Maschine dein, das Land mein. Von mir aus fahr, aber steig nich auf die Erde, das is meine. Wenn du runtersteigst, hack ich dir den Kopf ab.‹ Er pfeift, der Zug fährt los, ich mir die Nase gewischt und ab zu Fuß, hundertfünfzig Werst. ›Na schön‹, schrei ich, ›die Maschine ist deine …‹«

Die Bauern, deren Augen glitzerten, tief und dunkel wie ein Welsloch im Fluss, hörten schweigend zu.

Auf dem Ofen brabbelte Großmutter Anna Gebetsfetzen, um das eigensinnige Enkelchen einzulullen, und klebte ihm Wegerichblätter auf eiternde Wundstellen.

»Nich stöhnen, Wanjuschka, nich stöhnen. Stöhnen is Sünde, Wanjuschka, mach dem Teufel nich die Freude, mein kleiner Liebling. Für die Märtyrerqualen wird dir der liebe Gott eine goldene Kutte schenken und dich einlassen ins lichte Paradies. Nich stöhnen, mein blaues Täubchen …«

Der Soldat Fjodor Wygoda, der in deutscher Gefangenschaft gewesen war, hockte sich hin, rauchte vor dem lodernden Feuerloch des Ofens und pries mit löchrig-brüchiger Stimme das Leben in Deutschland über den grünen Klee:

»… großartige Ordnung. Die Häuser eins wies andre, als ob sie alle einem Mann gehören. Überall Chausseen, Molkereien, Versicherungskassen, Elektrizität. In Mütterchen Russland kann der unglückselige Mushik nich mal auf den eigenen Beinen laufen, und dort bittschön hat jeder ein Fahrrad oder ein Automobil. Du plagst dich hier einen Monat auf dem Acker mit deinem Pferdchen, und dort macht eine Maschine rrrrr, und in einer Stunde ist alles erledigt. Die Pferde bei den Deutschen sind so groß wie unsere Öfen, sie werden zweimal in der Woche mit Seife gewaschen. Ob in der Stadt oder im Dorf, aber Mittag essen sie ganz pünktlich, wenns klingelt. Wenn sie ein Schwein abstechen, geht kein Tropfen verloren. Wenn sie das Land beackern, wird die Erde so fein wie Mehl, macht Spaß. Wenn Feiertag ist, zieht sich der deutsche Bauer feiner an als ein russischer Burshui. Überall Telefon, und überall Maschinen, Maschinen, Maschinen, sehr vorteilhaft. Amerika ist mit den Maschinen so weit, dass keiner mehr arbeiten muss. Solch ein Amerikaner, weißte, der liegt aufm Ofen, streckt die Beine aus, drückt auf n Knopf, und die Maschine pflügt, er drückt auf n zweiten, sie sät, er drückt noch mal, und die Maschine erntet das Getreide, mahlt es, schüttets in Säcke, er drückt noch mal …«

»Ja«, fiel der alte Koluchan ihm ins Wort, »und bei uns drücken sie im Sowjet auf den Knopf, und schon wird einem alles weggenommen.«

Dröhnendes Gelächter erschütterte das Haus

das Haus erbebte in seinen Grundfesten.

Fjodor griff sich an die schwindsüchtige Brust, krümmte sich in heiserem Husten. Die Hustenstöße warfen blinkende Blutfetzen aus ihm heraus, die er ins Feuer spuckte, und die Mushiks wieherten, als ob hundert Fuhrwerke einen hohen Berg hinunterrollten.

»Ungeheuer vorteilhaft.«

»Wir haben nicht mal einmal am Tag zu fressen, da werden wir auf dem Ofen liegen und nach Stundenplan essen, so viel kann keine Maschine zusammenarbeiten.«

»Ha, auf den Knopf drücken …«

»Wahrhaftig, ich lach mich tot.«

»Stimmt ja, Fjodor, bist fett geworden bei dem deutschen Futter. Wie ein Pfannkuchen siehst du aus, wie ein Mastferkel.«

Koluchan:

»Wir stochern seit Jahrhunderten mit dem Hakenpflug die Erde auf und ernährn mit unserm Getreide die ganze weite Welt. Wenn wir erst mit Maschinen arbeiten, wer wird uns dann ernähren? Wenn mir meine Stute ein Fohlen wirft, machts die Wirtschaft besser, mit dem Mist kann ich die Erde düngen, mit dem Pferd kann ich nach Brennholz fahren und auf den Markt und in die Steppe. Das Pferdchen ist ein Gottesgeschöpf, es hilft mir bei jeder Arbeit und tut mir all meinen Willen. Eine Maschine aber, die bleibt eine Maschine: Qualm und Gestank und Verstümmelung womöglich.«

»Maschinen brauchen wir nich«, stimmte der lockige Tichonja zu, »wenn wir mit der Maschine reich werden, was machen wir dann mit dem Geld? Und dann is noch die Frage, wie wir da ins Reich des Sozialismus gelangen, wo doch Christus gepredigt hat: Im Sozialismus solln alle arm sein.«

»Ich find«, sagte Aljoscha Syssojew, und seine Augen blinkten im Halbdunkel wie Zwanzigkopekenstücke, »man soll gleichmäßig leben, nicht gar zu tief wühlen. Ich wünsch euern ganzen Sozialismus dem Mönch in die Hose.«

In der Stube saßen auch eine Anzahl fremde Mushiks, Botengänger aus den Landkreisen Jurmatka, Beloosjorskaja, Santschelejewo, Abdrachmanowo und von noch weiter her. Sie verhielten sich vorsichtig, warfen nur selten ein behutsames Wort ein.

»Was hört man so bei euch?«

»Das Gleiche. Sie beuteln uns wie die Verrückten.«

»Holn alles weg, wie?«

»Das letzte Körnchen, den letzten Mäuseschwanz.«

»Die Sache steht mehr als faul. Das Getreide wächst doch bloß einmal im Jahr.«

»Wo willst du dich hinwenden, wem kannst du was sagen?«

»Die Leute laufen schweigsam rum, abgequält, wie vom Kreuz genommen. Bald muss gepflügt werden, gesät – man mag gar nicht dran denken. Hände hat man, aber die sind wie abgerissen.«

»Eine Ritze, in die keine Nadel passt, brechen sie mit dem Balken auf. Der Mushik ist auf seinem eignen Hof nich mehr der Herr, wir sind alle Teufelsknechte.«

»Die Leute arbeiten schweigend, sie gehn schweigend, als ob sie alle was verloren haben.«

»Der Frühling kommt, was soll man säen?«

»Das kann nich Gesetz sein, ihr Bauern.«

»Zu Lenin müsst man gehn, mit ihm reden.«

»Denkste, an den lassen sie dich nich ran.«

»Nimm die andern Gouvernements, da wird man nich so ausgeraubt. Laut Dekret solln jedem Hof drei Kühe zustehn. Wo sind die bei uns?«

»Wir haben nich mal drei Katzen, geschweige denn Kühe.«

»Wem sagst du das.«

»Auch die Ertragsschätzung war nicht richtig.«

»Die Augen zukneifen nützt da nichts, man muss mit der ganzen Gemeinde zuschnappen. Wenn alle auf einmal ausspucken, gibts einen See.«

»Tja, ausspucken is einfach.«

»Find ich auch.«

»So oder so, solang wir diese beschissene Macht am Hals haben, werden wir nie gute Tage sehn.«

Nun kamen Semjon Kolzow, Onufri Dobrossowestny, der Kirchenälteste Agafon Suchinin und Boris Pawlowitsch Kasanzew.

»Fangen wir an, die ganze Leitung is beisammen.«

»Hat kein Zweck zu trödeln.«

»Richtig, Akulina Pelagejewna. Weckt Martjan.«

Boris Kasanzew hatte im Winter den ganzen Kreis abgefahren, hatte an Ort und Stelle Gesinnungsfreunde und Sympathisanten ermittelt und die Verbindung zwischen den Landkreisen hergestellt. Der Boden war günstig für die Arbeit, denn die Revolution war den Begüterten auf den Magen geschlagen, und in den Dörfern lebten nicht wenig Geldsäcke, Städter, von der Sowjetmacht aus ihren Höhlen herausgeräuchert, da und dort saßen auch Koltschak-Leute in den Winkeln, die den Rückzug der Armee verpasst hatten. Schweinereien, die in den Ortschaften von falschen Kommunisten und von mit fremden Elementen durchsetzten Machtorganen verübt wurden, erleichterten Kasanzew seine Arbeit noch mehr.

Sie redeten die ganze Nacht.

Es wurde beschlossen, das Getreide zurückzuhalten und mit der Vorbereitung eines Aufstands zu beginnen.

Gegen Morgen, es war noch dunkel, fuhren die Botengänger ab.

Semjon Kolzow spannte den Hengst an, um zu den Chutors zu fahren und seinen Sohn Mitka zu suchen.

Sämtliche von Wanjakin festgesetzten Termine platzten, nichts Gutes war in Sicht. Das Getreide wurde nicht direkt verweigert, aber man hatte es nicht eilig mit der Ablieferung. Die Dörfer richteten sich eins nach dem andern und blickten hoffnungsvoll in die Februarsonne, die von Tag zu Tag mehr Hitze gewann und jeden Moment die Schneemassen zu schmelzen und die Wege aufzuweichen drohte. Freilich wurde von da und dort ein bisschen Getreide angefahren, aber es war teils vermodert, teils in Gruben verfault, teils mit Sand versetzt, und es waren ein paar Dutzend Pud, wo doch viele Tausende gefragt waren. Wenn die Ablieferung aus Chomutowo nicht herausgepresst werden konnte, war auch nicht daran zu denken, sie aus den umliegenden Dörfern einzutreiben. Bis zur Wegelosigkeit war es nicht mehr lange hin, das wussten nicht nur die Mushiks, die hoffnungsvoll zur Sonne blickten, das wusste auch die Stadt, die unentwegt Aufrufe absonderte.

Durch den Landkreis ging das Gerücht von einem neuen Dekret, wonach jeder Bauernhof verpflichtet wäre, einen lebendigen Wolf zu fangen und dem Kreislebensmittelkomitee zu überstellen.

Die Bauern heulten auf.

»Schon gehört, Gevatter?«

»Weiß Bescheid.«

»Einen lebendigen, verstehste?«

»Dummes Geschwätz. Wolln mal sagen, einen Floh, sogar den fängst du nich so schnell, aber n Wolf, was die sich ausdenken.«

Nur die Jäger nahmen es gelassen auf.

Tanjok-Pronjok sagte zu den Bauern, die das Armenkomitee bedrängten:

»Eine Provokation. Ich hab Wanjakin gefragt, und er sagt auch, wir brauchen keine Wölfe. Für die Verbreitung von Gerüchten, die die Sowjetmacht in Schande bringen, kassiern wir ab heute von jedem Lästermaul fünfundzwanzig Rubel zugunsten der kulturellen Aufklärung.«

Aus den Nestern der verwüsteten Klöster schwärmten wie

schwarze Kakerlaken Mönche und Nonnen nach allen Seiten aus und säten in die unwissenden Köpfe Prophezeiungen über das Reich des Antichristen und ungeheuerliche Märchen über neuerschienene Ikonen, über Visionen von Skimniks, über die Wiederkunft des Gottessohnes.

Die Erde erhitzte sich

das Dorf summte:

»Getreiiide … Aaablieferung …«

Nächtlicherweile fuhren manche los, um ganze Wagenladungen zu verstecken, andere verarbeiteten das letzte Mehl zu Teig, ehe mans ihnen wegholte.

Sie trotteten die Dorfstraße entlang, bildeten Haufen.

»Alles nehmen sie weg.«

»Ohne Gnade.«

»Nich zu sagen, ratzekahl alles, bis aufs letzte Korn.«

»Sie leeren die Scheunen, gehn von Hof zu Hof.«

»Wir solln zusehn, wie wir zurechtkommen.«

»Wir habens schwer erarbeitet, Vorrat geschaffen.«

»Die sagen, hungrig sind sie …«

»Diese Schmarotzer, diese Hundesöhne.«

»Die Arbeiter würden wir ja mit durchfüttern, von denen gibts nich viele. Aber unsre Arbeit wird von allem möglichen Stadtgeschmeiß aufgefressen, was an gutes Futter gewöhnt is, das wurmt einen.«

»Nich den Mund aufmachen kannste, keinen Schritt kannste gehn.«

»Das is kein Leben, das is die reinste Krankheit.«

»So und so krepiern.«

Das Dorf erinnerte an einen Ameisenhaufen, in den ein brennendes Holz gesteckt wurde.

Am Tor des Hauses, in dem Wanjakin wohnte, wurde ein mit Bast erwürgtes Huhn aufgehängt, und im Schnabel steckte ein Zettel: »Verurteile mich nicht, Rasender Kommissar, ich habe mich aufgehängt wegen der irrsinnigen Eierablieferung.«

An einem grimmig kalten Februarmorgen, an dem der Schnee

unter den Füßen knirschte, führte Wanjakin seine Abteilung zu den Scheunen, zum Angriff auf die Getreidefestungen. Er klopfte auf seine mit Instruktionen vollgestopfte Aktentasche und sprach aufmunternd zu seinen Leuten:

»Keine Bange, Jungs, ob so oder anders, wir müssen unsre Sache siegreich zu Ende führn. In seinem Dekret ruft uns Genosse Lenin mit Zornestränen auf: ›Vorwärts, vorwärts und nochmals vorwärts mit Hilfe der bewaffneten Kräfte.‹«

Die Leute der Abteilung, zusammengewürfelte Stadtjugend, stimmten kurz zu und schritten munter hinter Wanjakin her, die Berdangewehre geschultert. Hinter ihnen trippelte auf der ausgefahrenen Straße Tanjok-Pronjok, neben ihm ging mit langen, sachlichen Schritten der Landkreisvorsitzende Kurbatow.

Um die Scheunen waren, höher als Zaun und Strohschober, glitzernde Pulverschneemassen angeweht.

»Fangt an, der Reihe nach. Wem seine Scheune?«

»Prokofi Burjaschkin seine.«

Der Wind riss dem Kommissar beinahe das gefaltete Blatt aus der Hand.

»Prokofi Burjaschkin, vierzig Pud. Wo ist er?«

»Zu Hause bestimmt«, knurrte Kurbatow, »wo soll er sonst sein, wenn nicht zu Hause.«

»Waskin, lauf hin, hol ihn her. Er soll kommen und die Schlüssel mitbringen.«

Der Soldat Waskin lief ins Dorf, kam jedoch bald zurück, ohne die Schlüssel oder den Hausherrn gefunden zu haben.

»Er hat sich versteckt.«

»Versteckt? Ans Werk, Jungs.«

»Hier brauchten wir eine Brechstange, mit dem Kolben ist nichts zu machen«, sagte Tanjok-Pronjok, der mit Kennermiene das pudschwere rostige Schloss und die mit Eisenbändern beschlagene Eichentür musterte. Ihm war schon den ganzen Morgen nicht recht wohl in seiner Haut, und um das zu verbergen, zeigte er Eifer, warf mit Soldatenwitzen um sich, wischte mit einem roten Lappen die Windtränen aus den Augen oder holte den bestickten Tabaksbeutel hervor und wickelte mit zitternden Fingern eine dicke Zigarette.

Kurbatow stand abseits und blickte mit mürrischem Gleichmut auf die Soldaten.

»Was kuckst du so scheel?«, schrie Wanjakin ihm zu und spuckte Sonnenblumenschalen aus.

Die Soldaten lachten.

Der Vorsitzende kratzte sich unter dem schwarzen Bart und entgegnete nach einer Weile:

»Also aufbrechen?«

»Aufbrechen.«

»Schlau ausgedacht.«

»Was sich nicht biegt, das brechen wir. Kulaken und ihre Handlanger brauchen nich auf unsere Gnade hoffen.«

»Soso.«

»Was kümmerts dich?«

»Mich gar nichts, mir gehts nicht um mich.«

»Jammer hier nicht rum. Geh los und besorg Fuhrwerke, aber bisschen plötzlich.«

Finster wie eine Gewitterwolke ging Kurbatow und kam nicht zurück, er schickte den Amtsgehilfen.

»Keine Fuhrwerke da, die Pferde unterwegs.«

Wanjakin stieß einen Fluch aus und schickte seine Leute auf die Suche nach Fuhrwerken. Die Soldaten polterten ihre Gewehrkolben oder trampelten ihre gefrorenen Stiefel gegen die Türen und riefen: »Hausherr!«

»Das bin ich.«

»Guten Tag.«

»Guten Tag, wenn das kein Scherz ist.«

»Pferde zu Hause?«

»Was?«

»Pferde, sag ich.«

»Was für Pferde?«

»Spann an, Befehl von Wanjakin.«

»Was?«

»Stell dich nich blöd.«

»Das hast du ganz richtig gesagt, Genosse: Blöd sind wir, wirklich blöd, denn wärn wir klug, würden wir euch nich füttern.«

»Genug geschwatzt, Onkel, los, spann an.«

»Wohin?«

»Dahin.«

»Ich bin nich dran, Genosse, wir ham unser Teil abgeliefert, wir ham Brennholz gefahren zur Sektion.«

»Pferde zu Haus?«

»Wem seine Pferde?«

»Deine.«

»Meine?«

»Na ja.«

»Ich hab keine Pferde. Eins hat die Rote Armee mobilisiert, das andere wurde geklaut, das dritte ist zu Fasten krepiert.«

»Zieh dich an, komm auf den Hof, wir sehn nach.«

»Wir sind nich dran, Genosse, wir ham unser Teil …«

»Zieh dich an, wir gehn.«

»Wohin?«

»Wirst schon sehn.«

»Pfui Teufel, großer Gott, is das ein Leben! Ich komm, ich komm, gaff nich so, aber Pferde geb ich euch trotzdem nich, und wenn ihr mich aufhängt. Weiber, wo habt ihr meine Handschuh gelassen? Pfui Teufel, großer Gott, sie bringen einen ins Grab.«

Auf dem Hof spannte der Bauer an und sagte:

»Schon wieder anspannen … Ganz abgehetzt … Sind das noch Pferde? Die kannst du bloß noch zu Brennholz sägen. In einer Woche mehr als sechshundert Fuhren aus dem Dorf … Selber ums Futter kümmern, selber um Proviant kümmern; dann kommt man zu euch in die Stadt – die Ausspannhöfe verwüstet, kein Quartier, neulich ham wir auf dem Platz übernachtet, da ham sie uns beklaut, dem einen das Hintergeschirr abgeschnitten, dem andern den Schafpelz vom Wagen geholt. Die Polizisten jagen uns aus der Stadt, damit wir sie nich verschmutzen, aus dem Dorf werden wir gejagt, aus dem Haus werden wir gejagt … Man kann kaum noch Luft holen.«

»Musst aushalten«, bemerkte der Soldat belehrend.

»Wie soll ein lebendiger Mensch so etwas aushalten?«

An den Scheunen klirrten die zerschlagenen Schlösser.

In den Kornkästen dunkelglühende Haufen Getreide. In den Ecken wallten gittergroße runde Spinnweben. Spinnweben und Staub bedeckten die Rippen der Balkenwände. Sack um Sack wurde mit Korn gefüllt und zugebunden, in der halbdunklen Türöffnung hing wie Qualm süßlicher Getreidestaub. Den Soldaten wurde warm, sie liefen in der Feldbluse herum, und die Lastschlitten nahmen ächzend die prallen Säcke in ihre breiten Arme.

Das Dorf summte.

Im Exekutivkomitee, siedend wie ein Teerkessel, eine Versammlung.

Kurbatow schrie überschnappend:

»Bürger, solln wir den bitteren Kelch bis zur Neige leeren?«

Der Kirchenplatz vor dem Exekutivkomitee wimmelte von Menschen: Soldatenfrauen, Witwen, Invaliden – die Habenichtse von Chomutowo. Das Armenkomitee verteilte einmal im Monat an sie ein wenig Mehl, das aus den Mühlen kam oder von reichen Leuten gespendet worden war. Heute war Ausgabetag, aber seit früh lief das Gerücht, es werde nichts ausgegeben. Durch die Menge gingen wohlhabende Bauern und redeten:

»Wir würden gern das letzte Stück Brot teilen, aber ihr seht ja, uns knurrt selber der Magen.«

»Und wie, nicht zu beschreiben.«

»Bald gehn wir alle betteln. Wer gibt uns dann was?«

»Der Rasende Kommissar plündert uns bis aufs Hemd aus und schafft alles in die Stadt.«

»Sense, für uns alle Sense.«

»Habt ihr schon gehört, im Landkreis ist ein neues Papier gekommen, sie verlangen Hühner.«

»Das ist ja noch schöner. Wir würgen Spreu runter, und die wollen Hühner fressen? Das passt zu denen.«

»Du bist ja komisch, Euer Wohlgeboren, wieso verstehst du das nicht: Bald is das jüdische Osterfest, und da …«

»Wehrn wir uns, Leute!«

»So is das: Liefer Heu, oder Mistgabel in den Leib.«

Der herbeigeholte Wanjakin drängte sich mit seinen Soldaten durch die Menge. Kreischende Frauenstimmen überhäuften ihn mit Spott und Schimpf. Die Menge atmete heiß, die Weiber schüttelten leere Säcke, der Grimm kräuselte ihre Gesichter wie der Wind das Wasser. In die Fenster des Exekutivkomitees flogen Zornschreie wie Steine:

»Geeeeebt …«

»Brooooot …«

Wanjakin trat auf die Vortreppe. Hinter ihm stand Kurbatow. Aufgellte Weinen und Stöhnen der Weiber.

»Genosse, wir verrecken …«

»Unsre Not …«

»Was kriegen wir überhaupt?«

»Du frisst Brot, das Brot frisst dich.«

»Die Männer nich zu Haus, was du auch machst, du bist allein.«

»Wir rackern uns ab …«

»Hab Mitleid mit den Kindern, alle ganz klein und winzig. Mein Mann an der Front, drei hab ich. Der Älteste wird sechs. Was soll ich mit denen machen?«

»Was scherts das Großmaul?«

Kurbatow schwenkte die Mütze.

»Weiber, Schluss mit dem Gerede, haltet den Mund.«

Geschrei, Gebrüll ließen allmählich nach, verstummten.

Wanjakin fuchtelte mit der Hand, knöpfte mit der andern unwillkürlich die Pistolentasche auf und sagte:

»Genossen, die arm sind, sollen nicht auf die Provokation der Kulaken reinfallen. In Chomutowo ist viel Getreide, die Kulaken lassens in Gruben verfaulen, wir geben euch Getreide. Aber, Genossen, die Erlaubnis für die Verteilung muss ich vom Lebensmittelkommissar holen. Selber verfügen, selber verteilen darf ich nicht.«

»Aaaaaa …«

»Plündern darfst du, aber verteilen nicht?«

»Gebts ihm!«

»Die Sowjetmacht ist eure Macht! Die Sowjetmacht … Genossen!«

In diesem Moment schlug jemand Wanjakin einen hartgefrorenen Kuhfladen gegen den Hinterkopf, unzählige Hände flogen hoch, die Soldaten feuerten eine Salve in den Himmel, die Menge stürmte zum Brennholzstapel der Kirche, und wer kein Scheit mehr abbekam, riss einen Zaunpfahl aus.

. . . .

Schlägerei.

Nach der Schlägerei sagte der ehemalige Kommunist »Stehaufmännchen« von der Vortreppe des Exekutivkomitees:

»Unser Aufruhr ist berechtigt, wir wolln das Getreide teilen. Wer nich mitkommt, kriegt kein Körnchen. Unser Aufruhr ist berechtigt, lasst uns nun mit der ganzen Gemeinde hingehn, keine Kugel kann uns was anhaben.«

Die Menge zog zum Dorfrand, zu den gesellschaftlichen Speichern. Je Esser gabs drei Pud Getreide.

Auf dem Platz blieben ein paar tote Soldaten liegen, Wanjakin und seine Abteilung waren in die Chutors geflohen. Noch in derselben Nacht kehrte er nach Chomutowo zurück und stellte bei den Speichern verstärkte Wachen auf.

Ein paar Tage später schickte er seinen Bericht in die Stadt:

Nachdem im Dorf Chomutowo die Sabotage liquidiert und die Wurzeln herausgerissen wurden, die den Zorn, die Empörung und das Unverständnis für die revolutionären Aufgaben bei den Massen gespeist hatten, muss gesagt werden: Der Aufruhr ging von der Dorfarmut aus, die von dem verfluchten Kulakenpack gemein getäuscht wurde.

Nachdem wir Aug in Auge mit den Ursachen des böswilligen Widerstands zusammengetroffen sind und seine Quellen erkannt haben, müssen wir mit Entsetzen die Tatsache hinterhältigen Verrats bestätigen, und indem wir noch tiefer in die Einzelheiten vordringen, müssen wir die im Hass verkrampften Münder aufreißen und den

Schuldigen unsern Unmut ins Gesicht schleudern, der mit der Farbe der Verachtung die Wahrheit ans Licht bringt und den Auftritt der Kulaken und ihrer Nachbeter mit einem unabwaschbaren Schandfleck brandmarkt, desgleichen die Sozialrevolutionäre Bruderschaft, die sich hier irgendwo rührt, aber ich kann sie nicht aufspüren.

Von meiner Abteilung sind drei Mann gefallen und acht verletzt. In der Bevölkerung gab es zwei Tote, außerdem habe ich den Vorsitzenden des Exekutivkomitees, den Kulaken Kurbatow, erschossen, in dessen Ärmel ich eine Bombe entdeckte; wo er sie herhatte, weiß ich nicht. Die verwundeten Bürger zu zählen ist nicht gelungen, da sie versteckt wurden. Ich überstelle vierzehn Verhaftete, unter ihnen die Soldatenfrau Fetinja Polosowa, die zwar arm ist, aber ein dummes Weib, das eine Lehre braucht.

Die Bevölkerung ist gefügiger geworden. Sämtliche Anordnungen der Sowjetmacht werden befolgt, wenn auch widerwillig. In meiner Freizeit versammle ich in meiner Wohnung die Kommunisten und die Armen des Dorfes – wer nicht im Guten kommt, den hol ich mit Gewalt –, les ihnen Zeitungen vor und erklär ihnen, wer wofür ist und warum. Sämtliche Maßnahmen sind getroffen, und man darf hoffen, dass in naher Zukunft die Beziehungen friedlicher werden und die Einwohner – für die Kulaken kann ich nicht bürgen – sich zu einer großen sowjetischen Gruppe zusammenschließen, aber unter der Voraussetzung beharrlicher Agitation im Rahmen der Parteischulung und auf den kleinsten Anfängen des Kommunismus.

Fuhrwerke mobilisiere ich aus den umliegenden Dörfern. Gestern gingen unter Bewachung dreitausend Pud Weizen in die Stadt ab, heute sind es dreieinhalbtausend, und morgen schicke ich sechstausend.

Es lebe die Weltrevolution!

Alexej Wanjakin.

Als die Bauern von Chomutowo in aller Frühe in die Wiesen fuhren, um Heu zu holen, als in den Öfen, Vorbote des Tauwetters, weißes Feuer flackerte und heller Rauch über den Häusern wölkte, erhob sich über dem Dorf das schreckliche Gebrüll des Bullen, verflochten mit einem gellenden Dampfpfiff.

Die Bengels rannten die Straße entlang und schrien:

»Anarchist! Anarchist!«

Anarchist, so hieß der mächtige Gemeindebulle. Er war grimmig wie ein wildes Tier. Unter Verschluss gehalten, zerriss er manches Mal in Anwandlungen von Wut und jugendlichem Übermut die Kette, die ihn an den Tränktrog fesselte, und durchbrach die Umzäunung. War er erst mal im Freien, so jagte er dem ganzen Dorf Angst ein. Die gesamte Gemeinde zog aus, ihn zu fangen, doch der Raufbold warf die Menge spielend auseinander, stampfte Ungeschickte in die Erde und jagte zum Dorf hinaus in die grüne Freiheit der Wiesen. Er zeugte erstklassige Kälber und genoss großen Respekt, und als er einmal krank wurde, hielt Vater Wennjanimm, im Gesang begleitet von der Dorfjugend, in der Box des Bullen einen Bittgottesdienst ab, worüber der ganze Landkreis herzhaft lachte.

Als die Dörfler das Geschrei der Bengels hörten, eilten sie aus ihren Höfen und liefen zum Dorfrand, von wo das wehmütige, rasende Brüllen schallte.

»Na, sieht so aus, als obs wieder schlimm wird.«

»Holt die Leute zusammen. Bringt Stricke mit.«

Auf dem Bahndamm kraxelte der Getreidezug bergan. Die Lokomotive schleppte müde schnaufend und stöhnend ihre Anhängsel mit solcher Mühe, dass sie nicht mehr als ein paar Meter in der Minute voranzukommen schien. Anarchist peitschte sich die Seiten mit dem Schwanz, der so stark war wie ein Schiffstau und am Ende eine buschige Quaste trug, warf mit den Hufen Sand auf und stürmte, den Kopf zur Erde gebeugt, unter tödlichem Gebrüll auf die Lokomotive zu, der er seine mächtigen Hörner in die Brust rammte. Schon waren die Laternen abgeschlagen und das Windleitblech eingedrückt, aber das Dampfross – schwarz und prustend – rückte weiter vor, denn der Lokführer konnte auf der Steigung nicht anhalten. Zwei Brüllstimmen trachteten einander zu übertönen, und sie übertönten das Geschrei der herbeieilenden und herumwimmelnden Menschen. Anarchist nahm Anlauf und stieß wieder und wieder zu. Seine

Hörner waren längst abgebrochen, die feingedrechselten Beine zitterten, die schaumbedeckten Flanken wogten, die Schnauze war blutüberströmt und voller Schmierfett. Ein letztes Mal nahm er Anlauf, stieß zu, da knickten die Vorderbeine ein. Seine letzte Kraft entwich in einem entsetzlichen Gebrüll, er brach vor dem Feind in die Knie, sank dann schwer zur Seite und schloss müde die blutverklebten Augen.

Unter dem eisernen Rad spritzten weiße Knochensplitter hervor. Der Zug fuhr durch Chomutowo, ohne haltzumachen – auf der Steigung konnte der Lokführer nicht anhalten.

Gewalt bricht Stroh

In Russland ist Revolution –
das Land kocht in Blut und Feuer …

In den beiden Wochen vor der Butterwoche[1] hobelten strenge Fröste. Die nicht wärmende Sonne schwebte in weißlichem Dunst und spielte mit den Ohren. In der Nacht brannten großäugige Sterne, glitzerte der Schnee in strenger Reinheit. In den Weiten der Steppe rauchte der Wind Schneestaub, gürtete die Straßen mit Verwehungen.

Der Winter zerbrach schlagartig.

Es roch nach Wärme, die Straßen weichten auf, die Wege versanken. Die Krähen hielten wild wirbelnde Meetings ab, Sturzregen wuschen den Mist von den Straßen, die liebe Sonne saß wie ein Hahn auf der Kuppel des Tages.

Alles schwamm und flutete.

Tropfenprustend kroch die nassgeschwänzte Butterwoche heran. Aus sämtlichen Ritzen sickerte der Frühling. Die braunen Teppichläufer der vermisteten Fahrwege geißelten die Wiese, die Häupter der alten Kurgane tauten ab, das Eis auf dem Teich brach auf, Schmelzwasser bespülte die Ufer.

Das Dorf ersoff, nach Luft schnappend, im Selbstgebrannten. Die Leute schluckten kellen-, eimerweise. Betrunkene rasten mit Fuhrwerken die untere Straße entlang, dass es nur so rauschte. Arm in Arm, zu zweien und dreien und grüppchenweise, trotteten sie durchs Dorf, klopften an die Fenster.

»Bauersleute, seid ihr zu Hause?«

1 Die den sechswöchigen Osterfasten vorangehende Woche, in der Fleischspeisen verboten, Milch, Butter und Eier aber noch erlaubt sind. Wird ähnlich wie die Fastnachtszeit gefeiert.

Krächzend, mit heiser überkippenden Stimmen, in bitterem Chor grölten sie ihre bitteren Männerlieder. Die furchtsame, irrsinnige Dorfnacht war durchpeitscht von tölpelhaftem Suffgebrüll und vom Kläffen der dummen Dorfhunde.

Der Sonntag vor den Fasten kam, der letzte liebe Tag, an dem alles, was eine lebendige Seele besaß, sich vollsoff bis zum grünen Rotz, damit es die ganze Fastenzeit über vorhielt. Festlich und mit tanzendem Gebimmel läuteten die Kirchenglöckchen. Herausgeputzte Weiber und Mädchen kamen vom Gottesdienst. In den saubergehobelten, überheizten Stuben saßen die Familien am Eichentisch. Ihre an Schwarzbrot gewöhnten umfänglichen Mägen wurden vollgestopft mit Gesottenem und Gebratenem und geweicht von Tee mit gedämpfter Milch.

Lustig gings zu auf der festlichen Dorfstraße.

Die Sonne hing am Himmel wie eine wirbelköpfige Sonnenblume. Auf der schon aufgetauten, angewärmten Erde lagen Hunde, schlapp, wie krepiert. Hühner scharrten im Dung, auf freigetauten Stellen. Wütende Hähne rauften. Ein dickköpfiges Hündchen mit rollenden Guckern kullerte Hals über Kopf unter den krummhalsigen Ganter, der flügelte durch eine Lache ins Tor: »Ga-ga-ga …«

Auf den abgetrockneten Erdbänken vor den Häusern hockten Alte mit Krückstock, winterlich eingemummt, auf dem Kopf Mützen wie Dohlennester – sie plusterten sich, wärmten sich, freuten sich des raschen Frühlings.

Die Kinder waren in der Butterwoche wie Holzspäne im Frühlingsfluss. Langhaarig, schreisüchtig, durchräuchert vom winterlichen Stubengestank, mit schmierigen, bläulich-lehmgelben Gesichtern, gossen sie in das Straßentreiben brodelndes Gelächter, Dohlenkrächzen.

»Kinderchen, Kinderchen, singt laute Liederchen, und wer nich mitsingt, der kriegt jeeeääääää, aa …«

Die Luft wurde ihnen knapp, die Kehle streikte.

Geschrei:

»Drauf auf ihn! Drauf!«

Die ganze Schar stürzte sich auf ein weißköpfiges und zerlumptes, wie von Vögeln zerpicktes Jungchen und biss es.

Die Straße entlang sausten Pferdchen mit juckendem rauem Fell, mit Schellen und festlichem Geschirr.

»Agaga … He!«

»Fahr zu, schneller!«

»Tempo, Kusja!«

»Ftftftft! Immer drauf und drüber und rein mit dem Bein!«

Kusja verlor die Mütze, der Lockenkopf flatterte, anzuschauen wie ein Flechtkorb.

»Immer feste!«

»Hach!«

Am Viehweg quer durch den schwachen Zaun, hin zum Maul der Kate von Ogurzow, gegen das Fenster mit dem Gespann – krrach, klirrr …

»Ha … so machen wirs …«

»Kusja kommt zu Besuch. Ho-ho-ho-ho …«

Die Brüder Ogurzow, die eben zu Mittag aßen, warfen die Löffel hin, stürzten heraus, zu viert, mit Knüppeln, mit einem Hackmesser – eine Gewitterwolke.

Kusja

über Schneewehen

über Misthaufen

den Hang hinunter

zur Mühle …

»Ho-ho-ho!«

Und weg war er. Ab zu den Chutors, zum Waldhüter. Seine Stute war die reinste Schlange, hatte den ganzen Winter über bei Stroh gefastet, doch zur Butterwoche hatte der Herr sein Herz entdeckt, und die Falbe konnte täglich Weizen schnurpsen.

Mädchen

Weiber

Burschen

Männer

Kinderschar.

Geschrei, Gekreisch, tiefes Grunzen, Sturzregen von Gelächter – Brüll, Tob, Johl, Riesengelage, das ganze Dorf auf den Beinen, die Harmonikas spektakelten.

»Bist noch jung, tob dich aus!«

»Ha-ha-ha ...«

»Brrr, halt!«

Mütze runter, Schnee in die Haare gerieben: ein Jungverheirateter wurde eingeseift.

Axjutka Kamaganowa kippte in einem Schlagloch über die Seitenwand aus dem Schlitten, Röcke überm Kopf, kullerte wie eine Zuckerdose in die Schneewehe.

»Ach, verdammich, da plumpst die Dicke in den Schnee.«

»Dunkler Wald von Shiguli ...«

»Romka, Romka!«

»Fahr zu, was du kannst!«

Der Hengst raste los, Romka sauste davon. Ihm nach tobte die ganze Bande zum mordwinischen Dorfende, randalierte vor der Kirche herum, dann gings in langem Zug – einander überholend – zurück.

Fressen, Visagen, junge Gesichter, glühende Lärvchen, vom Wind gepeitscht – feuerrot, lachend, übermütig, johlend, beschwipst, besoffen. Von Schnee- und Mistklumpen verklebte Bärte, Mützen auf dem Hinterkopf, wehende Schöpfe. Die Straße auf und ab – die Weiber in Tüchern, die Halbschals himmelblau, feuerrot, in sämtlichen Farben. Mäntel, Pelzjacken, Röcke, Arschbetrüger. Troikas, Zweigespanne, Einspänner, Wagen, Schlitten. Herausgeputzte Burschen mit offenem Rock, die bunten Hemden flimmerten vor den Augen. Volltrunkene Mädchen erhitzten sich im Singen, und die Harmonika dudelte hastig: ramtatá, ramtatá, ramtatá ...

Tagsüber hatte die liebe Sonne die Eiszapfen weggelutscht, gegen Abend wurde es wieder saukalt, die Lachen trockneten, die löchrigen Schneewehen verharschten, der Tag verkroch sich, schleppte den lodernden Schweif des Sonnenuntergangs hinter sich her, faustgroße Sterne kullerten hervor.

Das lustige Treiben verzog sich in die Häuser.

Im Ofen tanzte die Flamme. Die Hausfrau roch nach Plinsen. Das Gesicht der jungen Frau war blank wie die Sonne, in Öl getunkt.

Rauch

Qualm

Krach

Zisch

Klopf.

In der sauberen, geräumigen Hälfte großes Gastmahl – Hochwasser, Sodom, Jahrmarkt, unwahrscheinliches Geschrei.

»Trink, Gevatterchen, trink!«

»Iwan Iwanowitsch …«

»Gluck … Weg is er!«

»Und dann die Ertragsschätzung, ein Unglück.«

»Darjuschka, mein Täubchen …«

»Gluck … Weg is er!«

»Quatsch, die geben nach.«

»Die haben wohl inwendig ne Seele und wir bloß Wind?«

»Das Bauernbrot wird denen noch aufstoßen.«

»Blutig aufstoßen.«

»Ach, mein Lieber!«

Schmatz, schmatz.

Iwan Iwanowitsch verzog bitter das Gesicht, schwenkte den Ärmel des neuen knisternden Hemdes.

»Lass uns Zeit, und wir schinden von ihnen Bast zum Schuheflechten.«

»Aaaach … nich mehr auszuhalten!«

»Landsmann, sträub dich nich!«

»Paar müssen krepiern, für alle bringt die Erde nich genug hervor.«

»Vater, schlag dir das aus dem Kopf.«

»Ich weiß … Ho-ho … Schöne Worte, mehr nich …«

»Du wirst angesehn wie n zerlatschter Bastschuh.«

»Ich hab den Offizier eingeholt, und mit dem Säbel auf die Birne – knirsch!«

»O Gott!«

»Iss, Gevatter, und wenn der Bauch platzt, hast ja noch das Hemd.«

»Mit Chrissan bist du doch verwandt?«

»Und wie, wir ham unsre Fußlappen in derselben Sonne getrocknet.«

Auf dem Tisch ein Berg Plinsen. Fischsuppe in einer kübelgroßen Schüssel. Ein Haufen Fische – nicht mal ohne Unterhosen zu überspringen. Piroggen so groß wie Bastschuhe. Hühnerpasteten so groß wie Mehlsiebe. Käsekuchen wie Wagenräder. Hirsebrei und Nudelpudding, in Butter schwimmend. Honig und Sauerrahm in Fülle.

Dampf wölkte zur Decke. Selbstgebrannter aber zu wenig, schon alles weggepichelt.

»Trocken hier.«

»Bring mich nich in Wut …«

»Ha-ho-ho!«

»Hausherr, trocken hier!«

»Ein Haus hat er wie n Bahnhof, Fenster nach allen Seiten. Und die Pferde, die Pferde, wie Quellbäche – nich zu halten! – die zerquetschen sich gegenseitig.«

»Söhnchen, nie im Leben …«

»Na?«

»Wie wir die Stadt Kiew genommen ham … Die Batterie immer drauf auf die heiligen Märtyrer … Rums!«

»So und so, sag ich … Die Maschine, sag ich, ist dein, das Land ist mein.« Pjotr Kirchturm strich auf dem Tisch ein Papier glatt, kreuz und quer mit Entscheiden bekrakelt wie mit Blitzen.

Überm Tisch Visagen – mampfend, spuckend, schweißig, glänzend, schläfrig … Die Glotzer flitzten hin und her. Die Haare wirr zerrauft, die Bärte voller Fischgräten, Nudeln und Salzkohlfetzen. Gerede, Gerede – das ging auf keine Kuhhaut, das war mit keinem Fuhrwerk abzutransportieren.

»Gevatter, wir sind doch verwandt.«

»Für die Tochter nehm ich den Toporok als Schwiegersohn.«

»Die schnürn uns den Hals zu.«

»Alles leerfegen wolln se!«

»Esst, liebe Verwandte, esst und trinkt.«

»Gebs Gott, keine Sünde.«

»Die Kuh? Vom Ofen bis zur Wand, drei Sashen lang ...«

»Lass uns tauschen. Mein Pferd ist die reinste Bestie. Das lässt den Heuwagen nich bergrunter rollen, das bleibt aufm Weg, zieht wie n Hecht.«

In die Gurgel: gluck, gluck, gluck.

Krrrach – gegen das Tor.

Auf dem Hof eine Explosion von wütendem Hundegebell.

»Vater, komm raus für ne Stunde.«

Überm Hof schwebt der Mond wie eine knusprig gebratene Plinse. Kälte, Bläue, sternklar – man könnte Zahl oder Adler spielen.

»Schwiegerväterchen ...«

»Brrr ...«

»... Scheiße.«

»Ich will nich durchs Tor, nimm den Flechtzaun weg.«

»Ch-ch-ch-ch-ch ...«

»Wir leben wie in den Klauen vom Bären.«

Schmatz, schmatz, schmatz ...

»Hör auf, Ljoska spannt aus, los!«

»Den Gaul ...«

»Sieh an, der Satan is nich von hier!«

Ellenlanger Rülps.

Der Gevatter schaut zur Tür herein.

»Die Butterwoche müsst sieben Wochen dauern.«

In der Stube dichtes Plätschern von Stimmengewirr, ein Lied wirbelt, das klirrende Weiberkreischen wird von den Bässen zugedeckt, übertönt.

»A-ha-ha ... schlecht singen – Lied versaun.«

»Trocken hier! Was trinken wir?«

»Du kannst mich mal ...«

»Merci ergebenst.«

»Zieh dich aus, Schwiegerväterchen.«

Schwiegerväterchens Handschuhe groß wie Hunde, die Pelzmütze wie ein Bienenkorb, der Pelz aus neun Schaffellen genäht.

Der Schädel fettig, zottig, wie von einem Kettenhund zerrauft. Knusprig und schmuck sah das Schwiegerväterchen aus, wie ein echter Gorodezer Lebkuchen. In den eingekniffenen Augen tanzte die betrunkene russische Seele – weich und ölig, man hätte können eine Plinse eintunken. Hochzufrieden plumpste er auf die Bank, die unter ihm aufächzte.

Es stank nach Selbstgebranntem, nach Schaffellen, nach angebranntem Öl. Aller Augenblicke klappte die Tür – Kommen und Gehen. Auf der Ofenbank die eigenen Kinderchen, bei der Schwelle die fremden. Sie machten mehr Lärm als alle zusammen.

Kreisch

Quiek

Kich

Schmatz.

Die betrunkenen Stimmen wirr durcheinander. Mürbe Schreie, Gesabbel, Gebrüll, Gelächter, wüste Flüche, wirbelnder Tanz.

»Trink, Matwej, ruf hej-hej!«

»Aaaach, heilige Gottesmutter!«

»Haste Schwein, halt den Mund, haste Pech, halt den Mund!«

»Wir werns schon überstehn.«

»Iss, Plinsen sind keine Linsen, die zerreißen dir nicht den Bauch!«

»Unsre ganzen Erträge ...«

»Einen halben Eimer hol von der Mitrofanowschen. Sergunka, lauf hin.«

Sergunkas Gesicht war vom Suff knallrot, wie mit Ruten gepeitscht. Er lag mit der Brust auf dem Tisch, zerknirschte Gurken, es sauste ihm in den Ohren. Vierschrötiger Bursche, wie mit der Axt behauen. Der mächtige puterrote Hals mit Schweißkörnern gesprenkelt. In der Faust gepresst die goldene Uhr – Sergunka sah aller Minuten nach, wie spät.

»Sergunka, halben Eimer, lauf zur Mitrofanowschen.«

»Mach hin!« Vor Ungeduld schlenkerte er die Finger. »Geh schon!«

Kannenklirr, Türenquietsch – weg war Sergunka.

»Tut einem doch leid um sein Zeug, und wenn du mich totschlägst, ich gebs nich her.«

»Sie wern uns Dummköpfe schon lernen.«

Zöpfe, Zotteln, Tücher, Häubchen, Halbschals, geblähte Röcke. Die Hemden bestickt, rot, fliederfarben, gestreift, gesprenkelt, gemustert, und die Harmonika gellte: ramtatá, ramtatá, ramtatá …

»Aljonka, alalahih!«

Aljonka war ein loses Mädchen. Zu anderer Zeit hätte sie keiner ins Haus gelassen, aber am letzten Tag vor den Fasten war sie da. Schön, rotwangig, stramm – nicht zu zwicken, der Zopf dick wie ein Pferdeschweif. Sie strich das Popelinfähnchen glatt, ließ die Absätze klappern, als ob sie Stahlfedern in den Fersen hätte, es schüttelte sie nur so – eine Granate, ein Hammer! Auch Fekluschka, die Tochter des Hauses, wagte einen Tanzgang: pockennarbige Visage, der Mund breit bis zu den Ohren, sie hätte ein Kalb quer essen können, abstehende Ohren, der Rücken krumm wie ein Kumt, der Hals dünn zum Abpflücken, kein Mädchen, ein Kamel. Ein Tanzgang, und aufgehört, wozu auch …

»Hei, jetzt geh ich tanzen,
beiß mir auf die Locke,
Kommissares Hosen
näh ich um zum Rocke …«

Als Partner für Aljonka trat der Deserteur Afonja Ungemelkt vor. Geckenhaft zupfte er den für Kartoffeln eingetauschten Frack mit den aufgeplatzten Nähten zurecht. Unterm Frack trug er ein besticktes Hemd, feuerrot. Er klatschte sich aus Leibeskräften auf die Schenkel, lachte prustend, wiehernd und tanzte drauflos.

»He-he-he-he-he, leg los, Aljonka!«

Die morsche Altgläubigenkate erbebte, die Trägerbalken ächzten, gleich würden die Dielenbretter bersten. Unter den Lackstiefeln stieg Qualm auf. Die Bengels kreischten, bepinkelten sich vor Lachen, gleich würde sich der Bauchnabel entknoten.

»Hopp-hopp! Drauf und dran!«

Afonja fletschte die Pferdezähne, es packte ihn, die wilde Kraft schäumte auf, er grapschte Aljonka an die Brust.

»Äpfelchen, Honigapfel!«

Die Dirne machte Augen, als wollte sie ihn verbrühen.

»Finger weg!«

»Bieg dich, beug dich, Dielenbrett,
schwing im Tanz die Flügel!
Kommunisten, gebt nicht an,
sonst bekommt ihr Prügel!«

»Tempo, Afonja!«

»Uch, uch!«

»Mach dich frei, Seele! Weiter, Aljonka!«

Von draußen ans Fensterchen: klirr-klirr …

Die Hunde stürzten los.

»Schlag ihn kurz und klein!«

»Weiberchen …«

Die Weiber wichen von den Fenstern zurück. »Mädels!«

Klirr …

Draußen zerrte eine schwarze Hand am Fensterrahmen. »Mutter … Wo wir doch keinem Böses tun …«

»Wo ist die Axt, Gevatter?«

Die Tür wurde aufgerissen.

Alles drängte durch die Diele in den Hof. Jeder griff, was ihm unter die Hand geriet, und raus.

Auf der Erdbank kniete Tanjok-Pronjok, bekreuzte mit wackligen Knüppelschlägen den Fensterrahmen und brüllte:

»Die Lebkuchen hast du gegessen, aber schlafen willst du nich mit mir? Lieber feiern und saufen? Ausgeburt …«

»Wir schlagen dir die Birne weich!«

»Hau ihn, Gevatter, er soll nicht mehr leben!«

»Gibs ihm!«

Krratsch
krrrabums
krrrumm
batz
patsch
batsch
platz.

Mit Fußtritten wurde Tanjok-Pronjok vom Haus bis zur Straße gerollt.

Die Straße entlang lief wie gepeitscht Stjopka Igel und heulte:

»Grischka … Mikischka … Man schlägt die Unsrigen!«

Auf die Vortreppe des Popenhauses sprang der wachhabende Rotarmist von Wanjakins Lebensmittelabteilung, hörte das Geschrei, feuerte einen Gewehrschuss in den Himmel, brannte sich eine Zigarette an und kehrte zurück in die Stube.

»Was gibts da?«, fragte Wanjakin von der Ofenbank.

»Eine Schlägerei, Besoffene …«

Die Lebensmittelabteilung war über den Landkreis verstreut. In Chomutowo waren nur der Kommissar und vier Mann.

Der Wachhabende hatte seine Zigarette noch nicht aufgeraucht, da war das Popenhaus schon von einer bedrohlich summenden Menge umringt.

»Geht nach hinten, vom Hof her, damit sie nich entwischen«, riefen Stimmen, »holt Feuer!«

Aufruhr, dachte Wanjakin, sprang von der Ofenbank, seine Zähne schnatterten. Wir sind verloren!

Vor den Fenstern Köpfe mit und ohne Mütze, über den Köpfen Pfähle, Sensen, Mistgabeln, Jagdgewehrläufe.

Aus aufgerissenen Mündern wütendes Gebrüll:

»Ergebt euch!«

»Kommt raus, ihr Rabauken, jetzt wird abgerechnet!«

»Ihr habt gesoffen und gefressen, jetzt gehts ans Bartabwischen. Gebt die Waffen ab!«

Wanjakin zog unterm Bett eine Kiste mit Bomben hervor und sagte:

»Lasst uns als Helden sterben, Jungs.«

Aus den dunklen Fenstern des Popenhauses blitzten Schüsse, flogen Bomben. Schon aber erdröhnte die Tür unter Axtschlägen, und gleich darauf drangen sie, schnaufend, heulend, wie durchgebrochenes Wasser ins Haus.

An den Beinen, an den Haaren wurden die Lebensmittelbeschaffer aus dem Haus gezerrt und voller Ingrimm umgebracht.

Die Mondnacht stöhnte Sturmgeläut
der Landkreis raste wie ein zügelloses Pferd.

Bei der Kirche strömte besoffenes Volk zusammen.

Von der Kirchentreppe herab hielt Boris Pawlowitsch Kasanzew eine Rede; laut und deutlich setzte er die Worte:

»Die Macht der Kommissare ist bis auf die Wurzeln verfault. In unserm ganzen riesigen Land, das so viel gelitten hat, schmilzt die Macht der Kommissare wie ein Kerzenlicht, sie wird jeden Moment zusammenbrechen. Namens der ruhmreichen Partei der Sozialrevolutionäre grüße ich das aufständische Volk!«

»Hurraaa!«

»Nieder!«

»Eure ganzen Parteien brauchen wir nicht, Finger weg von unserm Getreide!«

»Schluss, wir haben genug gehört. Parteien wurden unterm Zaren gebraucht, jetzt soll die ganze Macht in Bauernhände übergehen.«

»Still ... Bitte weiter!«

Boris Kasanzew fuhr fort:

»Der Hauptsinn der Revolution ist der Triumph des Guten über das Schlechte, des Fortschrittlichen über das Rückständige, der Schöpfung über die Zerstörung. Die Bolschewiken haben gar zu weit ausgeholt mit der Sense der Diktatur. Sie haben rund um die Himbeerbüsche nicht nur das Unkraut weggemäht, sondern oft genug auch die Himbeerbüsche selbst abgehackt. Die Geschichte hat nach der Zarenherrschaft ihr Urteil auch über die Kommissarsherrschaft gesprochen. Der Strom der Zeit wird alle großen und kleinen Despoten verschlingen, jetzt und immerdar. Unsere Partei ist die einzig wahre Verteidigerin der Interessen der werktätigen Bauernschaft! Jahrzehntelang haben wir gegen die kommunistischen Wahnideen gekämpft! Wir sind für einen vernünftigen Sozialismus, der für die Mehrheit der werktätigen Bauernschaft und die besten Arbeiter von Vorteil ist! Die Wahlen für die Konstituierende Versammlung haben bewiesen, dass das Volk uns vertraut! Bürger und Brüder, ich rufe euch auf ...«

Alarmgeläut, der Grimm gewann Kraft.

»Schluss mit dem Gerede, kommen wir zur Sache«, schrie Afonja Ungemelkt und schwenkte sein Gewehr. »Mir nach!«

Das Meeting war geplatzt, das Volk strömte hinter Afonja her.

In ein paar Häusern am Dorfrand war seit zwei Wochen eine Beschaffungsabteilung von Moskauer Arbeitern untergebracht. Die ausgehungerten Meister übernahmen bereitwillig Schlosser-, Blech-, Verzinn- und sonstige Arbeiten. Darum, als sie überrumpelt wurden, sich ergaben und entwaffnet wurden, brachte man sie nicht um, sondern verprügelte sie nur ordnungshalber ein wenig und sperrte sie in einen kalten Schuppen, wo mitleidige Weiber sie am Morgen mit Brot und Milch versorgten.

Die ganze Nacht schlugen auf dem Kirchenplatz die Flammen der Feuer meterhoch: Sie verzehrten die Landkreisbibliothek und die Sowjetakten. Scharen zogen durchs Dorf, fischten Kommunisten und die Leute vom Armenkomitee heraus. Stjopka Igel wurde in einer Scheune erwischt und erschlagen. Karp Chochljonkow zerrten sie von seiner Frau weg aus dem Bett, schleppten ihn in den Hof und brachten ihn um. Dem Pferdehirten Sutschkow hieben sie die Zügel um die Ohren, dann stießen sie ihn so lange in ein Eisloch, bis er den Geist aufgab. Dem Schuster Pendjaka trieben sie einen eisernen Reifen über den Schädel, dass ihm die Augen ausliefen. Akimka Sobakin fanden sie im Keller in einem Sauerkohlfass. Der Deserteur Afonja Ungemelkt drosch mit dem Dragonersäbel auf ihn ein, als ob er mit einer Rute in den Schlamm patschte, und sagte dabei: »Da habt ihr eure Krikadellen, da habt ihr euern Braten.« Sie vergruben Akimka in einem Dunghaufen, er rappelte sich raus und kroch nach Hause. Als Ungemelkt davon Wind bekam, ging er zu ihm in die Wohnung, sagte: »Du Stinktier«, und schlug ihm den Kopf ab. Tanjok-Pronjok hatte sich mit seinem Karabiner im Badehäuschen verschanzt und schoss bis zum Morgen zurück. Sie zündeten das Badehäuschen an, doch in dem Getümmel gelang es dem jungen Schmied, zu entwischen: Eine Woche später war er schon mit einer eigenen Partisanenabteilung in den tiefen Wäldern um Uraikino.

Weit in der Runde, über Wälder und Steppen, über das ganze Bauernland läutete wild die Alarmglocke, schwebten Wolken blutroten Rauchs: brannten Dörfer, Chutors, Kommunen, Sowchose.

Getreide

Ablieferung

nicht mehr zu ertragen ...

Weit in der Runde, über Wälder und Steppen, kroch das Geheul des entfachten Elements, bäumten Dörfer sich auf, tobten wilde Meetings und sprachen das Urteil:

Getreide zurückhalten

Ablieferung ungerecht

nieder mit den Kommunisten!

Von Dorf zu Dorf, von Qualm zu Qualm sprengten reitende Boten. Die Kirchenplätze waren voller Volk. Bärtige Boten zogen die Mütze, verbeugten sich nach allen vier Seiten vor der versammelten Gemeinde:

»Rechtgläubige ...«

Auf der Wurzel schwankten und zitterten die Stimmen.

Am Montag nach den großen Fasten drang eine Bande von Deserteuren in Chomutowo ein. Ihr Anführer war Mitka Kolzow. Abgerissen, verwildert von der ständigen Gefahr – dauernd wurden sie gejagt, dauernd jagten sie, um zu töten –, verkratzte Gewehre geschultert, saßen sie klammernd auf gestohlenen Kalmückenpferdchen und sangen mit verzweifelten Stimmen:

»Als Deserteur bin ich geboren,
ja, und ich sterb als Deserteur.
Erschießt mich nur, ich bin verloren,
jedoch Soldat bin ich nie mehr!«

Mitka Kolzow wiegelte mit wütenden Reden das Volk auf.

Auf dem Höhepunkt des Meetings kam auf schaumbedecktem Hengst der Viehhändler Foma Zweistöckig aus Beloosjorskaja angesprengt und bat die Versammlung um Hilfe: Bei Beloosjorskaja schlügen sich Aufständische schon den zweiten Tag mit einer Strafabteilung herum. Foma bekreuzigte sich mit schrecklich rollenden

Augen zur Kirche hin, zerkratzte sich die haarige Brust, wischte sich mit der Fellmütze das tränennasse Gesicht und knirschte:

»Sie morden! Sie sengen! Helft uns, Rechtgläubige! Wenn ihr uns keine Unterstützung gebt, geschieht euch morgen das Gleiche … Heilige Ikone … Rettet uns, Brüder!«

Die Landkreise Chomutowo und Beloosjorskaja grenzten aneinander – die Menschen waren versippt, verschwägert, blutsverwandt. Zu helfen hatten sie Angst, doch die Hilfe zu verweigern war unmöglich.

»Wir helfen, so gut wir können.«

»Wir helfen, natürlich, aber wir können doch nich mit leeren Händen losziehen, mein Bester?«

»Wozu lange reden? Wir rüsten Freiwillige aus. Wir sind alle Menschen, wir müssen auf Christenart …«

»Die Jungen sollen gehen.«

»Die jungen Leute! Die jungen Leute!«

Um die Aufständischen von Beloosjorskaja zu unterstützen, sprengte Mitka mit seinen Leuten los, außerdem kamen an die fünfzig Fuhrwerke mit Freiwilligen zusammen.

Die Strafabteilung wurde zerschlagen und zerstreut. Die Chomutowoer kehrten siegreich zurück und brachten Gefangene, Pferde, Maschinengewehre und zwei Geschütze mit. Das Dorf empfing die Sieger mit Ikonen, Tränen und Freudengeschrei.

»Habt ihr ihnen eingeheizt?«

»Und wie, Gevatter, nach Herzenslust.«

»Der Floh ist dem Hund auf den Zahn gesprungen!«

»Wir sind mächtig. Wenn der Mushik erst einmal gereizt wird …«

Im Dorf wurde viel vom Heldentum des Mitka Kolzow gesprochen, der als Erster zur Attacke vorgestürmt war und zwei MG-Schützen gesäbelt hatte.

Die Stadt entsandte zwei Abteilungen, um den Aufstand niederzukämpfen. Das Schwert des Terrors schlug in der Kampfeshitze wahllos nach rechts und links, was im Dickicht der Dörfer eine neue Explosion von Grimm auslöste. Beide Abteilungen wurden bald vernichtet, was die Zuversicht der Meuterer noch verstärkte.

Die Bewegung erfasste bedeutende Gebiete des Transwolgalandes und drohte von dort auf die Nachbargouvernements überzuspringen.

In den Landkreisen des Kreises Kljukwin verkündete der Stab der Aufständischen die Mobilmachung der gesamten männlichen Bevölkerung von achtzehn bis fünfzig. Der Mobilmachungsbefehl wurde in den Kirchen, auf den Plätzen und auf allgemeinen Versammlungen verlesen. Die Schmiede arbeiteten Tag und Nacht. Sie schmiedeten Speere, Wurfspieße, Kampfhaken und Hakenstangen, mit denen die Bauernhaufen bewaffnet wurden. Aus Geheimverstecken kamen Schrotflinten, Stutzen und aus dem Zarenkrieg mitgebrachte Gewehre zum Vorschein. Der Kaufmann Stepan Gurjanow schenkte eine von seinem Großvater aus der Erde gegrabene Bronzekanone, in deren Mündung altslawisch verschnörkelt die Jahreszahl 1773 geschlagen war.

Bei den Tataren trat ein Gerechter auf, der blaubärtige Kamil Kafisow. Er bereiste Dörfer und Ulus', pries unermüdlich Allah und seinen einzigen Propheten Mohammed, rief die Muselmanen auf zum Kampf gegen die Russen. Dem Gerechten folgten Alteingesessene und Nomaden, die danach dürsteten, Gott zu dienen und zu plündern. Unterwegs schlossen sich ihnen immer mehr Berittene an.

»Bismillahi rahman rahim ... Obolu akky bar ...«

Das Programm der Rechtgläubigen war so direkt wie die Weisheiten des Korans:

»Russisch Kirch – wir machen tot! Trägst du Mütz mit Stern – wir machen tot! Dienst du in Partei – wir machen tot!«

Im Landkreis Berjosowo brannten die Tataren die landwirtschaftliche Kommune und die Sorokinschen Chutors nieder, brachten viel Volks um, vergewaltigten ein paar Frauen zu Tode, trieben das Vieh weg. In dem Dorf Sjabbarowka erwürgten sie die Lehrerin. In Jurmatka fingen sie zwei entlassene Rotarmisten, einen Krämer und den Holzbeschaffungsinstrukteur, fesselten sie mit Kamelhaarstricken, legten sie auf die Straße, sprengten zu Pferde über sie hinweg, zersäbelten sie und warfen sie ihren ewig hungrigen Hunden zum Fraß vor.

Mitka Kolzow, auf einer Zusammenkunft von fünfzehn aufständischen Landkreisen zum Befehlshaber gewählt, ließ den Jessaul Waska Bucharzew zu sich kommen.

»Waska, ich geb dir das Nowo-Kosalinskojer Bauernregiment. Reit los, schüchtere das Tatarenpack ein, die kahlstirnigen Satansbraten geben ja keine Ruhe! Klemm ihnen den Schwanz ein, kitzle ihnen die Fersen, und wenn du diesen Kampfauftrag nicht erfüllst, verlass dich drauf, dann knall ich dich ab!«

»Ich krieg die!«, sagte der junge Jessaul und ließ die Kaumuskeln spielen. »Denen zeig ichs, dass sie bis zur Wiederkehr des Propheten daran denken.«

Waska ging
ritt
sprengte davon.

Über den Kreis ging von Landstrich zu Landstrich wie eine Woge das Volk hin, über die Straßen ritten Patrouillen, rollten knarrend Fuhrwerke mit Furage und Getreide. Über den Dörfern stand Heulen und Weinen, von Dorf zu Dorf sausten Hunderte von Fuhrwerken, zogen bewaffnete Menschenmengen.

»He, von wo kommt ihr?«

»Von weit.«

»Sagt schon.«

»Von Glebowo.«

»Na, und wie is es bei euch?«

»Wir machen Lärm.«

»Habt allerhand angestellt?«

»Ach, und ob. Wenns uns bloß nich das Korn verhagelt.«

»Keine Bange, in Gemeinschaft ist auch der Tod leicht.«

»Wie solls denn weitergehn?«

»Keine Ahnung.«

»Wir wissens auch nich.«

»Tjaaa. Wo wollt ihr hin?«

»Nach Chomutowo.«

»Da könn wir zusammen weiter, wir wollen auch nach Chomutowo. Womöglich kriegen wir dort was zu erfahren.«

»Ob wir jetzt wirklich ohne Kommunisten leben werden?«

»Uns ist das egal. Von uns aus kann der gehörnte Satan herrschen, Hauptsache, er lässt uns in Ruhe.«

»Alles was recht ist, sie haben uns alle Sehnen rausgezogen.«

»Och, Männer, wir weinen in die Hand, wenn wir man nich in beide Hände weinen müssen.«

In Chomutowo tagte der Stab der Aufständischen.

Der Sohn des hiesigen Arztes, Pjotr Shurawljow, der im Krieg Fähnrich gewesen war, war aufgeregter als alle anderen.

»Wir können uns nicht halten«, sprudelte er hervor, während er durch den Raum lief und mit den Fingergelenken knackte. »Wir schlucken Wasser und gehn unter. Wir haben keinen rückwärtigen Raum, keine Versorgungsabteilung, keine einheitliche Führung, keinen einheitlichen Willen, der den Volkszorn steuert. Sie werden uns schlagen, und wir werden ruhmlos untergehn, das sag ich Ihnen als Mann des Militärs.«

»Hören Sie auf mit der Panikmache, Fähnrich«, unterbrach ihn Boris Pawlowitsch Kasanzew. »Unsere Kräfte sind unerschöpflich, unser rückwärtiger Raum ist das ganze Land. Für unerfüllbare Träume, der Landkreis Chomutowo könnte eine allrussische Bewegung anführen, ist es noch zu früh. Unsere Aufgabe ist einfacher – die Stadt nehmen und den Kreis von den Roten säubern. Die Stadt ist durch die Mobilmachungen geschwächt, die treuesten Diener der Kommissarsherrschaft sind an die Front gejagt. Die Strafabteilungen haben wir zerschlagen. Die Stadt hat nur ein klägliches Häuflein Verteidiger, die müssen wir werfen und zerstampfen. Die Stadt wird uns gehören.«

Das Stabsmitglied Neljudim Gordeïtsch, ein reicher Bauer, im ganzen Landkreis als großer Bibelkenner und großer Schweiger bekannt, der zwar unter Menschen lebte, aber jahrelang den Mund nicht auftat, sagte plötzlich:

»Die Stadt ist ein Schlangennest, das gehört verbrannt. Verbrennen mit Stumpf und Stiel, und dann die Erde umpflügen.«

»Die Aufständischenarmee«, fuhr Kasanzew fort, »soll, so schlage ich vor, in Regimenter aufgeteilt werden, jedes Regiment seinem Dorf zugewiesen, damit das Dorf es mit Proviant, Furage und Fuhrwerken versorgt und mit Menschen und Pferden verstärkt.«

Beifälliges Stimmengewirr:

»Richtig, das trifft den Nagel auf den Kopf.«

»Das unterstützen wir, Boris Pawlowitsch, mach weiter.«

»Im Kreisexekutivkomitee, im Lebensmittelkomitee, im Kriegskommissariat und in noch ein paar Wespennestern sitzen unsere Freunde, die schicken mir alle möglichen Geheiminformationen in den Stab. Aber diese Freunde sind zu wenig. Wir müssen ein ständiges Kundschafternetz einrichten. Die Zeit drängt. Ich schlage vor, jetzt gleich einen Kundschafterchef zu wählen und ihn zu beauftragen, spätestens heute Abend zehn Mann in die Stadt zu schicken, wendige und gescheite Leute, die dort spionieren und in den Truppenteilen der Roten Armee agitieren sollen. Fähnrich, wäre das nicht was für Sie?«

»Für mich? Nein, nein! Verstehen Sie, ich kann das nicht. Ich bin Revolutionär. Spionage? Blutige Geheimnisse? Mord aus dem Hinterhalt? Das kann ich nicht, lassen Sie mich aus! Ich will mir nicht die Hände dreckig machen. Lieber sterbe ich in den Reihen des Volkes, obwohl ich warnen möchte: Es kommt nichts dabei heraus.«

Tiefes Schweigen.

Die Stabsmitglieder blickten einander seufzend an. Schließlich bekreuzigte sich Neljudim Gordeïtsch und sagte:

»Ich machs.«

»Na großartig. Nach der Sitzung reden wir darüber. Nächste Frage – Einrichtung eines Bauerntribunals.«

»Nieder!«, schrie Mitka Kolzow, der bislang geschwiegen hatte. »Von den Tribunalen haben wir seit den Kommunisten die Nase voll. Ich kann dies Wort nicht mehr hörn, es bringt mir die Nerven im Kopf durcheinander. Ich find, jedes Regiment soll einen Profos wähln, ihm guten Lohn zahln, der wirds schon machen. Hab ich recht, Bauern?«

»Ja, ja«, riefen die Stabsmitglieder im Chor.

Shurawljow ging in die Diele, um Wasser zu trinken, und – verblühte.

Der Fähnrich hatte die Zeit der Wirren in einem verborgenen Winkel des Kreises abgewartet, bei seinem Bekannten, dem Förster Kasimir Stefanowitsch, hatte Hasen und Birkhühner geschossen, Gymnastik getrieben und der Försterstochter, der grauäugigen Panna Borislawa, den Hof gemacht.

In Chomutowo feierten die Deserteure.

Das Dorf erzitterte vom Tanzen, Johlen, Pfeifen …

»Es sind die roten Feinde
auf Wjasowka gerückt,
jedoch die grünen Helden,
die schlugen sie zurück.«

Mitka löffelte hastig, sich bekleckernd, Kohlsuppe mit Fleisch, stark gesalzen. Kasanzew fuhr mit dem Bleistift über die mit Fähnchen und Kreuzchen gesprenkelte Karte und meldete dem Befehlshaber unter dem Gebrüll zweier Harmonikas:

»Das Lebensmittelkomitee von Buturlino ist niedergebrannt. Bei Marjewka wurde eine Viehherde, sechshundert Stück, weggetrieben. Die Landkreise Durassowo, Staro-Fominskoje, Preobrashenskoje und Lebedewo haben sich erhoben und Boten geschickt. Gestern früh wurde im Gebiet Kunjawino die Lebensmittelabteilung Salomatin vernichtet. Im Gorjunowschen Forstbetrieb wurden die Holzlager niedergebrannt. Im Genossenschaftsladen von Sulinskoje wurden sämtliche Waren kostenlos an die Bevölkerung ausgegeben. Das Regiment Gololobow hat die Station Poganka besetzt, das Pumpenwerk und die Brücke über den Fluss Rasmachnicha gesprengt. An die Landkreise erging Befehl, dass jedes Dorf zwei Boten an die Koltschak-Front entsendet …«

»Halt mal«, Mitka wischte sich mit dem Ärmel die fettigen Lippen und legte den Löffel hin, »was für ein Befehl?«

»Dmitri Semjonowitsch, Sie haben den Befehl gestern selber unterschrieben. Befehl Nummer fünf.«

»Richtig«, bestätigte der neben ihm sitzende Gawril Djukow, »im Volk wurde davon geredet, Delegierte an die Front zu schicken.«

Mitka blickte den Stabschef lange argwöhnisch an.

»Koltschak ist für uns auch nicht der wahre Vater.«

»Sie verstehen nicht, Dmitri Semjonowitsch …«

»Ich verstehe alles.«

»… wir schicken die Boten nicht zu Koltschak, sondern an die Koltschak-Front. Wir werden die Rotarmisten als wahre Söhne ihres Volkes bitten, die Bajonette umzudrehn und uns in unserm Kampf gegen die Kommunisten und die Sowjetmacht zu helfen, und dann … dann werden wir auch gegen Koltschak kämpfen. Was geht uns der Halunke an.«

Der Befehlshaber schüttelte den ungekämmten Kopf und rülpste besoffen.

»Ich kann mich nicht erinnern, war gestern ziemlich blau.«

»Die Boten …«

»Zum Teufel mit den Boten. Breit lieber die Karte vom Kriegsschauplatz aus.« Plötzlich sprang er auf und brüllte drohend: »Greifen wir nun die Stadt an oder nicht? Hast du mir Leute zusammengebracht, Stabschef, oder nicht? Ich bin der Kommandeur des Bauernvolkes …«

Kasanzew, an das schroffe Wesen des Armeebefehlshabers schon gewöhnt, entnahm der Ledertasche den vorbereiteten Befehl und entfaltete ihn, er enthielt genaue Anweisungen, welche Regimenter auf welchen Wegen und zu welchem Zeitpunkt abzurücken hätten.

»Hier ist der Angriffsplan, Dmitri Semjonowitsch.«

Mitka trank eine Schöpfkelle Gurkenlake, blickte flüchtig auf das mit kleiner Schrift bedeckte Blatt, knüllte es zusammen und warf es den Männern an der Tür vor die Füße.

»Wir brauchen keine Pläne, wir machen das mit Geschrei!«

Die Harmonikaspieler schmetterten mit frischer Kraft:

»Deserteure, angetreten,
fürchtet nicht die Rotarmee!
Ladet flink eure Gewehre,
schlagt die Sowjets in den Schnee!«

Mitka, bleich und benommen von vielen schlaflosen Nächten,

wärmte sich innerlich mit Suff, tanzte mit allen andern, schwenkte den entblößten Säbel und brüllte verwegen:

»Freunde, wir brennen alles nieder, wir schlagen alles zusammen! Mit uns ist die Kraft des Kreuzes! Ich bin der Kommandeur des Bauernvolkes ... Ich rufe euch auf: Trinkt, feiert, damit die Leute neidisch werden.«

»Hurraaa!«

»Immer wild drauflos!«

»Ach, Stadt, wir zähln dir die Rippen, wir ham dich satt!«

Finster, verdrossen erschienen alte Männer, riefen Mitka in die Diele und redeten ihm vernünftig zu:

»Du sollst dich was schämen. Das Volk leidet, ringsum gehts drunter und drüber, und du säufst?«

»Wozu haben wir dich Hundesohn gewählt?«

»Den falschen Weg gehst du, den falschen ...«

»Reiß dich zusammen, Mitka, wir haben schlimme Zeiten. Zwanzigtausend Aufständische sind hier beisammen, du kannst im Dorf nicht mehr treten vor Menschen, alle warten auf dein Wort, und du säufst.«

Mitka wich zurück in die Stube und murmelte verwirrt:

»Verzeiht mir, ihr Alten, um Christi willen. Der Satan hat mir den Kopf verdreht, der Satan. Ich erledige das in einer Minute. Ich bin so.« Er stolperte über die Schwelle, fiel hin, sprang wieder auf und schrie: »Wo ist der Stabschef? Wo ist der Adjutant? He, Freunde, kommt raus! Aufgesessen! Hört meinen Geheimbefehl: Wir greifen die Stadt an. Wo ist meine Mütze?«

Aus der weit aufgerissenen Tür wölkte Dampf. Unter Geschrei und wirren Flüchen liefen alle ins Freie, wechselten Rufe und Pfiffe, verschwanden in der Dunkelheit der Höfe und Seitenwege.

Es war tief in der Nacht, aber Chomutowo schlief nicht. In den blinden Fensterscheiben schimmerte trübgelbes Licht; erregte Menschen gingen von Haus zu Haus. Die Straße war mit Fuhrwerken vollgestellt, Lagerfeuer loderten meterhoch, Gäule wieherten. Die Bauernkommandeure riefen laute Befehle, ließen ihre Leute antreten, gaben Patronen aus.

Mitka ging die Straße entlang. Sein geckenhaft tief baumelnder Kavalleriesäbel klirrte gegen die gefrorenen Schlammklumpen, seine Schultern waren in neues Riemenzeug geschnallt, das man im Dorf Geschirr nannte. Die Bauern grüßten respektvoll ihren Befehlshaber. Während er sich durch das Chaos der Fuhrwerke zwängte, fasste er immer wieder ans dunkelblaue Oberteil seiner Tatarenpapacha.

Aus den Höfen wurden Bündel duftenden Steppenheus geschleppt, bei den Brunnen bekamen die Pferde Wasser vor dem Ritt. Beim Feuerwehrschuppen kroch der einbeinige Soldat Prokofi Turkin herum und weinte besoffene Tränen.

»Gib mir ein Pferd!«, schrie er einem zerlumpten Bauern zu, der einen Bauchgurt festzog. »Ich geh als Erster. Abteilung – richt euch! Kette, Feuer! Sei gut, gib mir ein Pferd!« Er griff nach der Seitenwand des Schlittens, versuchte hineinzuklettern.

»Hör auf mit dem Quatsch, Prokofi.« Der Mushik stieß ihn zurück. »Es ist so schon schlimm genug. Schlaf dich aus, sonst zieh ich dir eins mit der Knute über, dann kannst du tanzen wie ein Brummkreisel.«

»Ich? Wo ich einen Orden hab?«

Mitka klappte mit der Pforte, durchquerte den Hof und die Diele und trat gebückt in die Stube.

In den Ecken heulten vielstimmig die Weiber, hiesige und herbeigeeilte Verwandtschaft. Am Tisch saß in einem knallroten Satinhemd der Vater und trank aus einem Teeglas selbstgebrannten Schnaps. Eine Schüssel mit gehacktem Rindfleisch, hölzerne Feldteller mit Gurken, eingelegten Äpfeln und Weißkohl. Der Alte kam hinterm Tisch hervor, strich den Bart, küsste den Sohn.

»Söhnchen …«

»Vater!« Mitka warf sich ihm zu Füßen. »Wir rücken aus. Ich komm mich verabschieden.«

»Söhnchen … Lieber!«

»Verzeih, ich …«

»Steh auf. Gott wird dir verzeihn. Steh auf um Christi willen.«

»Vater …« Mitka weinte.

»Nimms auf dich für das Volk, Söhnchen. Wir alle werden sterben.« Der Vater lief zum Ikonenschrein und nahm eine altertümliche, silberverkleidete Ikone des heiligen Nikolaus. »Leben möcht man, leben, o Gott, was für schreckliche Zeiten ...«

Die Weiber verstärkten ihr Geheul.

Der Sohn empfing den elterlichen Segen, küsste seine heulende Frau und lief, die Papacha in der Hand, wie besinnungslos hinaus.

»Waska ... Makarka ...«

Der Erste Jessaul Waska Bucharzew führte ihm das gesattelte, tänzelnde Pferd zu.

»Wo ist der Stab?«, fragte Mitka heiser.

»In der Kirche, beim Gottesdienst.«

»Scheiß Gottesdienst, wozu? Hol sie her! Wir müssen abrücken!«

Bucharzew salutierte und trabte zur Kirche.

Die Nacht versandete, die Sterne erloschen, weißliches Morgengrauen überschwemmte die Ebene. Der Rauch der Lagerfeuer roch bitter.

Über dem meuternden Land stieg wie ein blutunterlaufenes Auge eine kalte Purpursonne auf.

Die Regimenter rückten ab.

Hinter Mitka her lief durchs ganze Dorf, barhäuptig und im knallroten Hemd, sein Vater, ein Glas in der einen Hand, einen eingelegten Apfel in der andern.

»Söhnchen, trink auf die Reise. Gott ist gnädig, er wird helfen. Söhnchen, nehmen wir noch lebendig Abschied ...«

In den Dörfern und Siedlungen am Wege wurden die Aufständischen mal mit Ikonen, Brot und Salz, mal mit Schweigen, mal feindselig empfangen.

Im Tschuwaschendorf Kandaurowka redete Kasanzew lange auf die versammelte Gemeinde ein, bat um Unterstützung und drohte, Ungehorsamen das Land wegzunehmen.

Die Leute von Kandaurowka widersetzten sich.

»Das is zu streng, zehn Kopeken pro Horn, gehts nich mit zwei?«

»Wir haben die Drangsal satt. So wie jetzt, gehts überhaupt noch schlimmer?«

»Ihr steigt husch-husch auf eure Wagen, und wir müssens ausbaden.«

»Hier hats kein Zweck, drum rumzureden, sprechen wirs doch aus: Wir ham Angst, uns auf so was einzulassen.«

Kasanzew gab nicht nach.

»Lebt ihr fett?«, fragte er die Gemeinde.

»Schlecht leben wir«, war die Antwort.

»Wo ist euer Getreide?«

»Abtransportiert.«

»Und euer Land?«

»Das Land is unser, aber alles, was drauf wächst, is sowjetisch.«

»Wo sind eure Rechte?«

»Unsre Rechte quetscht der Genosse Chwatow in der Faust, der Milizionär vom Landkreis.«

»Unsre Partei, Bürger, die Partei der Sozialrevolutionäre, ist eine Partei, die …«

»Ihr seid alle gleich. Ihr gehört alle an derselben Espe aufgehängt.«

In diesem Dorf wurde, von jemandem angezeigt, der entlassene Rotarmist Frolow ergriffen. Zwei Berittene trieben ihn im Trab mit ihren Peitschen auf den Platz.

»Den Profos her!«

Aus der Menge trat, bis an die Augen mit Kräuselhaar bewachsen, der Profos Jerocha Karasjow.

»Welchen?«, fragte er, zog ein Beil mit breiter Klinge aus dem Gürtelstrick und krempelte den rechten Ärmel der Pelzjacke auf.

Frolow, kreidebleich, bat um Wasser. Eine Jungbäuerin aus dem nächstgelegenen Haus brachte ihm welches. Er trank, wobei seine Zähne gegen den Kellenrand schlugen und Wasser verkleckerte, und sagte leise:

»Ich möchte bereuen. Lasst mich zu euerm Stab.«

»Ah, der Wolf mag die Mistgabel nicht? Wir haben keine Popen im Stab, und ich hab keine Zeit, mit dir rumzutrödeln, Bursche. Zieh den Mantel aus«, brüllte Jerocha, riss ihm die Mütze ab und schob ihn zu einem Schlitten, auf dem, speziell für Hinrichtungen, ein Fleischerblock mitgeführt wurde.

Als Frolow im Schlitten das blutverklebte Stroh und das am Klotz angefrorene Blut sah, schlotterte er und stieß kaum hörbar hervor:

»Lasst mich ... zu euerm ... Natschalnik.«

Der Jessaul Waska Bucharzew berührte Jerocha an der Schulter.

»Wart mal, vielleicht hat er was Wichtiges.« Und er führte den Rotarmisten zum Stabschef.

Frolows gescheites Gesicht gefiel Kasanzew; als er erfuhr, worum es ging, wandte er sich wieder an die versammelte Dorfgemeinde:

»Bürger, zu euch spricht jetzt ein reuiger Rotarmist. Als Sohn des Volkes hat er eingesehen, dass es verbrecherisch wäre, in den Reihen der bolschewistischen Armee zu bleiben. Solche Leute begrüßen wir. Ihnen verzeihen wir ihre Schuld. Soll er vor allem Volk nach bestem Gewissen sagen, wie er durch seine Unwissenheit den Kommissaren in die Klauen fiel und wie er sehend wurde. Namens der aufständischen Bauernschaft schenke ich ihm das Leben! Wenn er will, kann er in unsern Reihen bleiben, wenn er nicht will, soll er zu Hause sitzen, und niemand wird ihn anrühren. Wir sind gegen unschuldiges Blut, wir sind gegen blinden Terror.«

Die Menge summte zurückhaltend, wurde still und drängte sich dichter um die Feuerwehrtonne, von der aus die Redner sprachen. Außer den Dörflern von Kandaurowka waren hier Hunderte von Bauern aus anderen Dörfern versammelt.

Der verängstigte Frolow wollte, aufgeregt und stotternd, in seiner tschuwaschischen Muttersprache reden, doch Mitka schrie:

»Hör auf mit dieser Hundesprache, red wie alle Menschen.«

Frolow, noch mehr verwirrt, schwieg. Dann sagte er, bei jedem Wort stockend, auf Russisch:

»Ich bin ein hiesiger Einwohner ... fünfundzwanzig Jahre

alt … unverheiratet … Mein Vater hat als Pferdewächter auf dem Gut der Schachowskois gedient … Ich hatte einen älteren Bruder Iwan, dreißig Jahre alt, der hat seinen Anteil vom Vater gekriegt, ist im Cholerajahr gestorben. Ich bin ein hiesiger Einwohner. Wer mich kennt, der weiß, und wer mich nicht kennt, der möge wissen und weitergeben, damit es alle wissen … Ich bin arm, habe ein einziges Fohlen und eine blinde alte Mutter … Bis zum Zarenkrieg war ich dumm wie der dunkle Wald. Ich hab als Knecht für den Müller Danila Rshow gearbeitet. Dann haben sie mich zum Militär geholt, haben mich zu der Stadt Przemyśl gejagt …«

Eine Stimme aus der Menge:

»Das wissen wir. Erzähl lieber, wie du bei den Roten gedient hast und das Volk tyrannisiert.«

Frolow, der unter den Mitdörflern viele bekannte Gesichter sah, wurde seiner Erregung rasch Herr und sprach flüssiger:

»Ich bereue, dass ich gedient hab. Vom ersten Schritt des Krieges an bin ich mit Kapustin zusammen gewesen, ich bereue. Ich habe in Bergen und Felsen gekämpft, in Steppen und Wäldern, ich bereue … Bei der Armee haben sie mir Lesen und Schreiben eingehämmert, ich kann mich jetzt bisschen zurechtfinden im Leben, ich bereue: lieber unwissend bleiben wie ein Holzklotz und fremde Säcke buckeln. Der Müller Danila Rshow war ein guter Mensch, er sei bedankt, er hat mir zweimal im Jahr satt zu essen gegeben, an Ostern und Weihnachten, und Wasser vom Mühlbach gabs reichlich. Außerdem bereu ich vor euch, wie wir zum Angriff vorgegangen sind auf die Stadt Busuluk, da musst ich am Bahnhof mit dieser meiner Hand den Sohn unseres Gutsbesitzers Sergej Schachowskoi totsäbeln, er trug die Schulterstücke eines Oberleutnants und war in voller Uniform. Ich bereue, ich habe geraubt … Als ich aus dem Haus ging, hatt ich eine Feldbluse und einen Soldatenmantel, und in der Feldbluse sind unsere dörflichen Läuse gewesen, und heute«, er knöpfte mit fliegenden Händen den Kragen auf, »saugen an mir Flöhe vom Ural, Läuse aus Ufa, Läuse aus Wjatka …«

Die bärtigen Gesichter der Zuhörer hellten sich da und dort

zu einem Lächeln auf. Kasanzew flüsterte mit den Stabsmitgliedern. Frolow merkte nichts, er sprach so rasch, als kullerte er eine verschneite Bergleite hinunter.

»An der Front war ich zweimal verwundet, ich bin in Blut und Eiter geschwommen, ich bereue; ich möcht zu Hause sitzen und Piroggen mit Erbsen kauen. Unterm Zaren haben wir Tschuwaschen schlecht gelebt: die Obrigkeit russisch, das Gericht russisch, die Schule russisch ... Alles Land weit und breit gehörte dem Gutsbesitzer Fürst Schachowskoi. Wir hatten keine Wiesen, keine Koppeln, und selbst das Stückchen Erde auf dem Friedhof war vom Fürsten gepachtet. Red ich wahr, ihr Alten?«

»Stimmt, Grischa, so wars!«, unterstützte ihn Großvater Leonti. »Wir sind mal zu Seiner Erlaucht Fürst Schachowskoi gegangen und haben um Land gebeten. Da hat er mit dem Fuß aufgestampft, hat mit einem gemeinen Wort geflucht und gesagt: ›Wenn mir Wolle auf den Händen wächst, dann kriegt ihr Land‹, und er hat seinem Diener befohlen, uns rauszuschmeißen. So wars wirklich.«

»Und erinnert ihr euch an den Gendarmeriechef Lukin, wie der mit ein paar Wächtern ankam, um in unserm Kandaurowka die Steuerrückstände einzutreiben?«

»Wir erinnern uns.«

»Und erinnert ihr euch an den Landhauptmann Powalischin, der damals ...«

»Ja, wir erinnern uns.«

»In der Revolution bekam unser Landkreis Wald und Wiesen vom Kloster, den See und Ländereien vom Gutsbesitzer, die wurden aufgeteilt, pro Kopf eineinachtel Desjatine. Ich sag die Wahrheit, ich muss sowieso sterben. Ich kam von der Front, war einen Monat in meinem Dorf und hab gesehn – wirklich, das Leben war elend geworden: Mein Nachbar Trofim Mawrin hat früher Fleisch gegessen an den großen Feiertagen und zur Erntezeit, und heute hat er zwei Kübel Schweine- und Hammelfleisch eingesalzen; früher habt ihr euch nur an den Feiertagen besoffen, und heute seid ihr jeden Tag blau. Meutert, Bürger! Nieder mit der Sowjetmacht!

Nach diesen beiden Teufeln«, er stieß Mitka und Kasanzew mit dem Finger gegen die Brust, »kommt General Koltschak, kommt General Denikin, kommt in einer Kutsche Seine Erlaucht Fürst Schachowskoi, die werden euch schon zu essen geben. Und dann wollte ich Halbblinder noch ein Wörtchen zu den blinden Genossen Deserteuren sagen. Genossen Deserteure!«

Mitka stieß Frolow mit dem Gewehrkolben von der Tonne herunter, stieg selbst hinauf und sagte zur Menge:

»Freunde, dieser ist ein Spion, von den Kommunisten gekauft. Solche werden wir mit der Wurzel ausrotten. Sie stiften die meiste Unruhe.«

Mitka hatte seine Ansprache noch nicht beendet, da war der Akt der Gerechtigkeit bereits vollzogen: Jerocha Karasjow hielt den abgeschlagenen Kopf des Rotarmisten an den Haaren über die Menge und schüttelte ihn.

Aufächzend wich die Menge zurück.

»Nicht auseinandergehn!«, schrie Kasanzew drohend. »Die Versammlung geht weiter.«

»Brüll nicht«, sagte der altgediente Soldat Molew und trat zu ihm. »Meinst du, wenn du dir ne Brille aufsetzt, bist du die schlimmste von allen Bestien? Wir ham in dieser Zeit selber in Blut gebadet. Wir geben euch keine Leute! Wir geben euch keine Fuhrwerke!« Er stieß einen saftigen Fluch aus.

Der Feldscher Dokukin, der schon vierzig Jahre im Dorf lebte und großes Ansehen genoss, schob Molew beiseite und antwortete für alle:

»Es ist schwer, aber wir müssens aushalten. Womöglich überleben wir. Von der Sowjetmacht sagen wir uns nicht los, und Friedensstörern schließen wir uns nicht an.«

Von der ganzen Gemeinde Kandaurowka meldete sich einzig ein alter Mann mit soldatischer Haltung, Sotej, der vor Urzeiten in der Stadt Gefängniswärter gewesen war. Mitka schenkte ihm einen halben Silberrubel und ernannte ihn zum Chef der Aufklärung eines der Regimenter.

In der Nacht aber verließ eine halbe Hundertschaft von Berittenen aus Beloosjorskaja die Truppe und sprengte nach Hause. Ihnen folgten einzeln und trüppchenweise Aufständische aus anderen Dörfern. Daraufhin wurde vom Stab eine fliegende Abteilung gebildet – zum Kampf gegen die Desertion.

In dem Dörfchen Murowka beantwortete die versammelte Gemeinde sämtliche Appelle der Aufständischen mit Schweigen.

In dem Mordwinendorf Matjuschkino versteckten sich die Einwohner in Kellern und Kartoffelmieten, wühlten sich auf den Tennen in die Spreu.

»Hunde, kurzsichtige«, schimpfte Mitka, »jag sie, Boris Pawlowitsch, sei hart, sie entwischen uns nicht.«

Auf Anordnung des Stabschefs wurden die Matjuschkinoer mit Peitschen zum Meeting getrieben.

Kasanzew las ohne langes Fackeln eine vorbereitete Resolution vor, die mit den Worten endete: »Nieder mit den Kommunistenvampiren! Nieder mit den Sowjets! Es lebe die Konstituierende Versammlung! Alle Mann in die Reihen der Volksarmee!«, dann wandte er sich an die Versammlung:

»Ich lasse abstimmen. Wer ist dafür?«

Schweigen.

»Wer ist dagegen?«

Schweigen.

»Einstimmig angenommen. Unterschreibt, ihr Alten.«

Über das Blatt krochen die Krakel der Schreibkundigen. Die Analphabeten beleckten den Kopierstift, malten Kringel und Kreuze.

»Diese Hammel«, sagte der Stabschef unterwegs, »die Zarenmacht und die Kommissarsfäuste haben ihnen die Köpfe weichgeklopft, sie erkennen ihren Nutzen nicht. Denken Sie an mein Wort, Dmitri Semjonowitsch, wenn wir die ersten Erfolge erringen und die Stadt einnehmen, dann strömen die Bastschuhe zu Tausenden in unsere Armee wie in den Zeiten Pugatschows und Rasins.«

»Seh ich Pugatschow ähnlich?«, fragte Mitka und richtete sich höher.

»Insofern unsere Bewegung eine Volksbewegung ist und wir sozusagen das Element des Bauernzorns anführen, wird die Geschichte unsre Namen nicht stillschweigend übergehn.«

Der Schwanz der Armee zog sich noch bis Chomutowo und weiter, als die Spitzenregimenter bereits die Derjabinschen Chutors unmittelbar vor der Stadt besetzten. Es wurde beschlossen, hier einen Ruhetag einzulegen, bis mehr Volk nachgezogen wäre, und dann gemeinsam auf die Stadt loszuschlagen.

Die Katen waren mit Menschen vollgestopft wie Säcke mit Erbsen. Von der Stickluft und dem Gerede schienen sich die Hausdächer in die Luft zu erheben. Auf den Straßen und rings in der verschneiten Steppe und in dem an die Chutors angrenzenden Waldstück – überall flackerten die unruhigen Lichter der Lagerfeuer, herrschte Stimmengewirr, die ausgespannten Pferde kauten Heu, die hochragenden Wagendeichseln schienen einem unbekannten Feind zu drohen.

In der Nähe bogen die Aufständischen mit hintereinandergespannten Pferden die Eisenbahnschienen krumm.

Da, wo die Landstraße die Chutors verließ, stand bei der schwarzen Mauer des Waldes wie ein großes Euter ein Lagerfeuer und ließ feuchten Rauch gegen die Wolken sickern. Feldwebel Kogtew rührte mit einem knotigen Knüppel die Kascha im Gemeinschaftskessel und erzählte von den Karpaten.

In den Lichtkreis des Feuers ritt ein junger Mann in einer städtischen Tuchpekesche.

»Grüß euch.«

»Grüß dich, Freund, woher des Wegs?«

»Aus der Stadt.«

»Waas?«

»Wo ist euer Oberster?«

»Was willst du von dem?«

»Führ mich sofort hin, hör auf, mit den Ohren zu wackeln, ich hab was auszurichten.« Der Ankömmling saß ab, holte einen weißen Umschlag hervor und schwenkte ihn.

Kogtew brachte ihn zum Stab.

Der Stab hatte sich im Steinhaus des Kuluguren Lukjan Kolessow einquartiert. Seine Mutter Markelowna, vom Alter krummgezogen, stieß wie blind die Finger in der Stube herum und zeterte:

»Ihr bösen Feinde, die reinste Heimsuchung! In der Stube bei uns wird doch gebetet, und ihr habt alles verstänkert, ihr Tabaksqualmer, ihr Gotteslästerer, ihr bartlosen Halunken ...«

Mitka lag mit Stiefeln und Pelzjoppe bäuchlings in dem üppigen Bett und schlief. Die Stabsmitglieder tranken Tee mit Erdbeerkonfitüre und setzten gemeinsam eine Instruktion auf über die Wahlen für die Bauernkomitees, die für die erste Zeit in den Dörfern die Sowjets ablösen sollten.

Kasanzew las den aus der Stadt gebrachten Brief und versuchte dann, den Befehlshaber zu wecken.

»Dmitri Semjonowitsch, eine wichtige Mitteilung ...«

Der stöhnte nur und knirschte im Schlaf mit den Zähnen.

»Dmitri Semjonowitsch, der Garnisonschef Glubokowski verspricht, die Stadt kampflos zu übergeben.«

Mitka richtete sich auf und gähnte herzhaft.

»Wie spät?«

»Vier, wird bald hell.«

»Ihr Schurken!«, schrie er mit plötzlicher Wut die Stabsmitglieder an. »Ihr sauft Tee? Die Pferde sind durchgefroren! Die Leute frieren! Um Mitternacht hätten wir angreifen müssen! Warum habt ihr mich nicht geweckt? Verräter!«

Die Stabsmitglieder verfielen in Hektik und stopften die Papiere in die Taschen. Kasanzew sagte müde:

»Zu Befehl.«

Vor dem Fenster ein breites Schurren: So schurrt nächtlich das aufgebrochene Frühlingseis im Fluss.

»Was gibts da?«, fragte Mitka und horchte.

Niemand antwortete ihm.

Da lief er hinaus auf die Vortreppe.

»Wer ist das? Wo wollen die hin?«, fragte er wieder angesichts einer Masse von Reiterei, die wie eine Woge die Chutors überschwemmte.

»Tataren, unheimlich viele«, sagte Bucharzew, der aus der Dunkelheit getaucht war. »Uch, wenn die erst mal loslegen, bringen die selbst den Teufel zum Weinen.«

Die tatarischen Reiter, in Pelzjacken und Überröcke gemummt, strömten in straffer Gangart durch die Chutors in Richtung der fernen Stadtlichter. Die Berittenen kamen aus der Nacht, ihre schneeverklebten Rücken und Fellklappenmalachais gerieten in das Flackerlicht der Lagerfeuer und wurden wieder von der Dunkelheit verschluckt.

»Tschekarda jarda!«, schrie Mitka vergnügt und wandte sich an den Jessaul: »Schnell die Pferde satteln! Ich will nicht ich sein, wenn ich nicht als Erster in die Stadt eindringe!«

Hungerschlangen ringelten sich durch das weizenreiche Kljukwin. Die Speicher des Lebensmittelkomitees brachen von Getreide, das nicht so schnell abtransportiert werden konnte, aber die Einwohner bekamen ihr Viertelpfund Roggenbrot pro Nase. Wenn Gleichheit, dann Gleichheit – das revolutionäre Kljukwin wollte den anderen nicht nachstehen.

Eines Tages störten Gerüchte über die Schließung und Ausplünderung der Gotteshäuser die Stadt auf.

Es begann mit einer Lappalie.

In der Vorstadt stand ein bröckliges Allerheiligenkirchlein. Die Vorstädter gingen selten beten und brachten nicht nur keine Einkunft, sondern richteten gar Schaden an, wenn sie kamen: zerlegten die Umfriedung als Brennholz, die Bengels schmissen krepierte Katzen in die Kirche, der schlimmste Dieb der Häuserzeile, der Schuster Mudrezow, entführte dem Popen die Ziege, und an Dreikönige drang eine Gesellschaft Vorstadtburschen nächtlich in die Kirche ein, fand im Allerheiligsten einen Eimer Rotwein, zündete die Kerzen an und veranstaltete ein Gelage. Als am Morgen der Wächter aufräumen kam, fand er die Kerle auf ausgebreiteten Mänteln am Fußboden schlafend, umgeben von Spielkarten, Geldmünzen und Weihbrötchen. Der Vorstadtpope Vater Xenophont, der sich um seine Einkünfte sorgte, brannte mit seinem Wächter Iljuscha Gorbyl Schnaps, nachdem er das Taufbecken zum Brennapparat umgebaut hatte. Sie schafften täglich einen Eimer. Der Kirchenälteste und die Wächtersfrau vertrieben den Schnaps insgeheim an die Vorstadtsäufer. Aber die Miliz kam ihnen alsbald auf die Schliche. Bei einer Durchsuchung wurden in der Vorratskammer der Kirche eisenbeschlagene Truhen mit Kaufmannshabe entdeckt und daraufhin die Kirchentüren versiegelt. Nunmehr besannen sich die Vorstädter darauf, dass bei ihnen zum Neid der benachbarten Kirchspiele die neuerschienene wundertätige Ikone der Fürsprecherin von Kasan hing. »Und der Pope, was hat der schon gemacht? Nichts Gutes, aber auch nichts Böses. Sagt, was ihr wollt, aber mit Popen lebt sichs irgendwie ruhiger.« Sie kamen einhellig zu dem Schluss, dass der Vorstadtpope ein guter Pope sei. Vor der Kirche bildete sich ein Auflauf. Es fanden sich auch solche ein, die seit ihrer Taufe oder Hochzeit nie mehr hineingeschaut, und solche, die noch tags zuvor Zaunlatten weggeschleppt hatten, und es krochen tausendjährige Mütterchen herbei, die durch ein Wunder Kriege, Seuchen und Revolutionen überlebt hatten.

Die Männer standen in Gruppen und fluchten gemäßigt, die Weiber kreischten erregt, sie hätten nichts zu fressen, und die Greisinnen drangen bereits, ihre Krückstöcke schwenkend, auf den Soldaten ein, der auf der Kirchentreppe Wache hielt.

»Mütterchen …«

»Fürsprecherin …«

»Die Unmenschen haben dich eingeschlossen, haben dich mit ihrem verruchten Siegel versiegelt.«

»Das is unser Untergang.«

»Nicht von ungefähr ham nachts die Hunde geheult, ihr Weiber«, sagte eine spöttische Stimme. »Nicht von ungefähr sind gestern die Wolken gegen den Wind gezogen, die Welt geht unter.«

»Rechtgläubige, was soll aus uns werden?«

»Wir geben dich nicht her, Mütterchen, wir trocknen dir die reinen Tränchen …«

Gegen den Posten, einen Dorfburschen, reckten sich verkrampfte dürre Fäuste. Er wich zurück, deckte mit dem Rücken das Siegel, warf sehnsüchtige Blicke auf die Straße zur Stadt und murmelte:

»Bedrängt mich nicht, ihr Alten, und rührt das staatliche Siegel nicht an. Wenn der Kommissar kommt, macht er auf, dann könnt ihr beten, so viel reingeht. Bedrängt mich nicht um Christi willen, ich steh ja nich freiwillig hier.«

»Sie haben sie eingeschlossen, die Ehrlosen, und nun weint und schluchzt die Mutter von Kasan.«

»Sie weint, die Unbefleckte.«

»Sie weint …«

Und wirklich, alle glaubten gedämpfte Seufzer und Schluchzer zu hören. Dem Posten quollen die Augen aus dem Kopf, jemand riss ihm die Mütze herunter, knochige Fäuste packten seine hellblonden Locken und beugten ihn nieder, zum Spalt unter der Tür.

»Horch, Verruchter, horch, du Hund …«

Der Bursche, mehlweiß vor Angst, horchte, sprang auf und brüllte:

»Sie weint …«

Geheul brach los und ging, wie Feuer über Dürrholz, im Nu über den ganzen Platz:

»Sie weint, die Fürsprecherin …«

»Verderber des christlichen Glaubens …«

»Mir nach, Rechtgläubige!«, kommandierte im Bass die alte Jasheja, schwenkte den Krückstock und stürmte auf die Kirchentreppe.

Sie rissen das Siegel ab, aber das Vorhängeschloss ließ sie nicht herein, es hing wie ein verrosteter Ohrring an der Tür und war pudschwer. Jemand rief auf, Sturm zu läuten, ein anderer schrie, man müsse in die Stadt gehen und den Popen befreien. Unter wüstem Geschrei stürmte alles zur Stadt, überschwemmte Straßen und Gassen, die zu der Tscheka-Villa führten.

Der Pope musste freigelassen werden. Abgemagert nach den überstandenen Todesängsten, weinte er Freudentränen, drückte hastig und wahllos Hände wie am lichten Tag der Auferstehung Christi, küsste auch jedermann ab. Die Menge verlief sich unter Gebrüll, und die Sache hatte mit ein paar eingeschlagenen Fensterscheiben ihr Bewenden. Pawel Grebenschtschikow trieb sich lange unter den Vorstädtern herum, schaute, horchte, begab sich dann in eine stille Seitengasse, wo ihn fast ein Gaul umgerannt hätte.

»Brrr.«

Von heißem Pferdeschnarchen und vom Fahrtwind umweht, jagte Kapustin im grünen Schlitten des Exekutivkomitees vorüber, doch als er Pawel sah, zügelte er jäh den hellmähnigen Fuchs, dessen Milz puckerte, und schrie:

»Grebenschtschikow, dich such ich gerade.«

»Fahren wir.«

»Steig ein.« Kapustin hob die Fußdecke und rückte zur Seite. »Schon seit dem Morgen such ich dich. Wo steckst du denn?«

Sie fuhren im Schritt.

Pawel wollte die Geschichte von der Vorstadt erzählen, aber Kapustin unterbrach ihn:

»Hast du vom Depot gehört?«

»Nein. Was ist los?«

»Streik«, sagte Kapustin und wandte ihm das vom Fahrtwind ziegelrote Gesicht halb zu. »Merkst du, wonach das riecht für uns?«

»Kommst du von dort?«

»Ja.«

»Was ist los?«

»Ganz einfach. Wir geben schon den zweiten Monat keine Rationen aus, sie haben jeden Morgen vierhundert Gramm Brot gekriegt und nun auch das schon seit einer Woche nicht mehr. Heute früh haben sie bei der Arbeitsverteilung um Brot gebeten, es gab kein Brot. Der Zellensekretär hat nach mir geschickt, aber ich … ich bin ja auch nicht der Heilige Geist. Als Erste hat die laufende Reparatur die Arbeit niedergelegt, dann die mittlere, und jetzt stehn alle Hallen still. Wenn sie man nicht auch die Textiler und die Gerber mitziehn.«

»Halten sie Meetings ab?«

»Oho, sie schrein auf Teufel komm raus, haben mich nicht reden lassen, ich dachte schon, ich krieg Prügel. Was da los ist – alles drunter und drüber.«

»Den Streik müssen wir sofort brechen, koste es, was es wolle«, sagte Pawel. »Lauf hin zu Lossew, Iwan Pawlowitsch, schüttle ihn durch, der Halunke soll Brot rausrücken, und ich fahr ins Depot. Gemacht?«

»Gemacht«, stimmte Kapustin zu und sprang aus dem Schlitten. »Fahr zu, Pawel, wir müssen da irgendwie raus.«

»Was hört man aus den Landkreisen?«

»In Chomutowo meutern Deserteure, Genaueres weiß ich noch nicht. Wir haben unsere Abteilung hingeschickt, ich denk, in ein paar Tagen ist Ruhe. Wanjakin hat mir geschrieben, da gibts irgendeine Verzögerung.«

Pawel hörte nicht mehr hin, er gab dem Pferd die Peitsche und sauste los.

Im Arbeitszimmer des Lebensmittelkommissars waren die Wände mit Landkarten, Diagrammen und Schemata vollgehängt; auf den Fensterbrettern standen Glasröhrchen mit Mustern von Getreidepflanzen. Hinter einem Stoß Papiere auf dem Schreibtisch ragte der schräggescheitelte Kopf des Lebensmittelkommissars Lossew. Aus einem grün angelaufenen Soldatenkochgeschirr aß er mit einem Zinnlöffel Speltkascha und erklärte im Gefühl der eigenen Würde:

»Leider, geehrter Iwan Pawlowitsch, kann ich da gar nichts machen. Planmäßige Anweisungen vom Gouvernementslebensmittelkomitee liegen nicht vor, Sonderfonds habe ich nicht, und in dem Rundschreiben des Volkskommissars für Lebensmittel vom zweiten Februar heißt es wörtlich …«

Kapustin warf ihm finstere Blicke zu, kratzte mit hartem Fingernagel an der lackierten Schreibtischplatte und setzte ihm auseinander, ohne zuzuhören, dass es nicht angehe, auf planmäßige Anweisungen zu warten und zwanzig Sack Mehl zu sparen, wenn ein Streik durch Isolierung von sämtlichen großen und kleinen Zentren die Stadt zu verderben drohe.

»Leider bin ich gezwungen, mich an die Instruktionen der höheren Instanzen zu halten, vor denen ich meine Handlungen zu verantworten habe. Die Grund- und Zusatzrationen werden ausschließlich auf planmäßige Anweisungen ausgegeben. Ich darf und kann aus dem Fonds des Volkskommissariats kein Gramm rausrücken.«

Kapustin sprang auf und schlug mit der Faust auf den Schreibtisch.

»Dann befehle ich es dir!«

»Ich bitte ergebenst, nicht zu brüllen.« Lossew verschluckte sich an schlecht gekauter Kascha und stellte das Kochgeschirr beiseite. »Von Ihren Generalsallüren hab ich die Nase voll. Das schreckt mich nicht. Ich bin vollkommen selbständig in meinen Handlungen. Ich arbeite nach Direktiven der Zentrale. Ich ...« seine Stimme kippte um und wurde schrill, »ich bitte, mich in Ruhe zu lassen! Scheren Sie sich zu sämtlichen Teufeln! Raus hier! Raus!«

Kapustin packte den jungen Lebensmittelkommissar bei den Kiemen und schleppte ihn zum Telegrafenamt, das eine Direktleitung hatte.

Als Pawel in die Montagehalle kam, ging das Meeting schon zu Ende. Auf Bergen verbogenen Eisens, auf den Rahmen der Radsätze und auf den Lokomotiven standen die Leute dicht an dicht. Schwaches Licht drang kaum durch das verräucherte Glasdach, im Halbdunkel schwammen trüb die Ölflecke der Gesichter.

Der Vorsitzende des Meetings, der Werkzeugmacher Derjugin, stand auf einem Tender und verlas mit lauter Stimme die Resolution. Niemand schien ihm zuzuhören, alles brüllte durcheinander, aber für die Resolution stimmten sie bis auf den letzten Mann: den Streik fortsetzen.

Pawel stieg auf den Tender und schob den Vorsitzenden mit der Schulter beiseite.

»Genossen ...«

Er war oft bei den Eisenbahnern zu Besuch im Klub, wenn es Versammlungen und Aufführungen gab, alle kannten ihn, viele hatten wohl auch Respekt vor ihm und zogen ihn manchmal zu Rate, aber jetzt überschütteten sie ihn mit einem Sturm von Pfiffen und Schreien:

»Nieder!«

»Ihr habt die Revolution in den Wind geschlagen!«

»Was sind das für neue Moden?«

»Schön weit haben wirs gebracht!«

»Keine Hosen, keine Hemden!«

»Kommune ... Das is was für Dummköpfe.«

»Zwei Monate führn sie uns an der Nase rum!«

»Niiieder ...«

Der Stimmenlärm stieg hoch zum Glasdach.

Pawel zitterte vor Erregung, er stieß die Fäuste vor, wartete, dass es still wurde, um sprechen zu können, aber der Lärm schwoll zur Woge, einer schlug aus Übermut mit einem Bolzen gegen einen Pufferteller, ein anderer war in einen Führerstand gestiegen und ließ einen langen Sirenenpfiff ertönen, und Derjugin schwenkte die verölte Mütze.

»Geht auseinander!«

Alles strömte zum Ausgang.

Bei der Tür, wo es heller war, entdeckte Pawel ein paar Bekannte. Ein Federschmied, der alte Babajew, drängte sich zu ihm durch, gab ihm die Hand und fragte spöttisch, ein wenig näselnd:

»Läuft wohl nicht?«

»Kein Stück.«

»Kennen wir, wenns nichts zu sagen gibt, ist ›ja‹ schon viel.«

»Na los«, sagte Pawel und wandte dem Alten sein zornrotes Gesicht zu, »na los, schmeißen wir die Arbeit hin, verteilen wir uns auf die Wälder, um den Nachtigallen zu lauschen, oder gehn wir zum Fluss und angeln im Eisloch mit dem Schwanz Fische wie der Wolf im Märchen.«

»Wir brauchen euern Fisch nicht«, Babajew lachte böse, »was solln wir Fisch essen, wenn wir an Fischsuppe ersticken?«

»*Unsern* braucht ihr nicht? Wo ist denn *eurer?*«

»Unsrer ist weggeschwommen. Das müsst ihr besser wissen, in wessen Tasche er gewandert ist. Seit zwei Monaten blast ihr uns leere Versprechungen in die Ohren, aber dass ein arbeitender Mensch durch Hunger umgebracht werden darf, solch ein Dekret hab ich noch nich gelesen. Wir sind nich bereit zu sterben ...«

»Du redest Unsinn, Babajew.«

Sie verklammerten sich im Streit, beschimpften sich dann. Interessierte hinter sich herziehend, gingen sie in die Schmiedehalle.

Pawel Grebenschtschikow hatte seinerzeit, als er noch im Werk arbeitete, vor allem die Schmiede geliebt. In der Schmiede loderte ständig Feuer, Vorschlaghämmer flitzten auf und ab, Eisen klirrte und dröhnte, Funkenkörner sprühten. Und die Schmiedearbeit war eine vergnügliche Arbeit. Zwar ging sie über die Knochen, aber man brauchte nicht viel nachzudenken, woraus sich die Jugend ja auch nicht viel macht, nein, hol aus und schlag zu und schlag zu, dass den Teufeln schlecht wird.

Pawel folgte dem Alten in den hintersten Winkel und sah sich um: Von Decke und Wänden hingen flockige Spinnengewebe voll kaltem Ruß, die erkalteten schwarzen Schmiedeherde sahen wie Särge aus. Nur im Ofen der Federschmiede glomm unter der Asche noch Feuer; hier wärmten sich die Schmiede, rauchten, klönten und backten Kartoffeln.

Babajew holte unter der Werkbank eine Konservenbüchse mit Suppe hervor, zugedeckt mit einer Scheibe Brot.

»Sieh her, was sie uns geben: Wasser mit Wasser. Wo soll da Kraft herkommen?« Er schwappte Pawel die Suppe vor die Füße. »Vielleicht hast du die Geschichte gehört, wie ein Zigeuner seinem Gaul zuredet, schnell zu laufen und wenig zu fressen. Er hat der Mähre das Futter gänzlich abgewöhnt, aber sie ist darüber krepiert. So was kann ein Zigeuner machen, der hat ein zigeunerisches Gewissen, aber du sperrst hier bei uns das Maul auf und redest uns Dummköpfen die Ohren voll: ›Zerrüttung, Transportwesen, fehlende Maschinen‹, aber dass in meinem Bauch vielleicht auch totale Zerrüttung herrscht, davon willst du nichts wissen. Die Beine tragen einen nicht mehr, mein Lieber. Wo soll die Kraft herkommen? Das soll Brot sein? Sägespäne mit Staub.«

»Das gibt mehr her«, warf hinter ihm ein junger Arbeiter mit Gerstenkorn ein, »du beißt für eine Kopeke ab und hast für einen Rubel zu kauen. Und die Suppe ist ganz prima; wenn du einen Hund damit begießt, gehen dem die Haare aus.«

Ein junger Lehrling lachte schallend, die Erwachsenen schmunzelten sparsam, einer sagte:

»Unsere Mägen sind verzinnt. Und unser Proletengedärm dehnt sich, ohne zu reißen.«

»Grebenschtschikow, erzähl uns, was du heut zu Mittag gegessen hast. Kackletts, weichgekochte Eier oder vielleicht Piroggen mit Fleisch?«

»Ich? Ich hab schon den zweiten Tag gar kein Mittag gehabt«, entgegnete Pawel treuherzig. »Gestern hab ich von früh bis spät in der Druckerei rumgehockt, heute in der Vorstadt ... die Kirche dort ...«

»Wissen wir.«

»Wer mal sehn möcht, was sie uns in der Kantine vom Exekutivkomitee zu essen geben, der kann morgen kommen, wenn er scharfe Zähne hat.«

»Die Kirchen solltet ihr nicht kaputtmachen«, unterbrach ihn Babajew. »Ob es einen Gott gibt oder nicht, ist eine dunkle Angelegenheit, aber im Kirchenchor sing ich gern. Und vor einem Feiertag geh ich zur Nachtmesse, wenn auch selten, ich sündiger Mensch. Ihr Jungen habt nur Flausen im Kopf, singen und tanzen und mit den Mädchen rumalbern. Kino und Klub, dagegen haben wir nichts, aber ihr sollt auch uns Alte nich anfalln wie Hunde. Dann ist alles still und friedlich.«

Pawel schimpfte auf die Schwarzbrenner, die Getreide in Schnaps verwandelten, sprach von der Armut der Republik, sagte, man könne »nicht an alles auf einmal denken«. Der Alte schwenkte die zerrissenen Handschuhe gegen ihn.

»Was biegst du dich wie Draht? Uns fallen die Schuhe von den Füßen, du trägst nagelneue Galoschen und brüllst hier rum. Dir bläst der Wind in den Hintern, du bist trocken und sauber. Wenn Armut, dann für alle; an Reichtum sind wir sowieso nich gewöhnt. Aber halt deine Scheißzunge im Zaum. Du bist noch zu jung, noch nicht trocken hinter den Ohren; schwing mal den Vorschlaghammer hier, dann singst du andre Lieder.«

»Den hab ich oft genug geschwungen, Babajew.«

»Weißt du denn, an welchem Ende man ihn anfasst?«

»Weiß ich.«

»Happen vom Tisch schnappen, das könnt ihr!«

Die Schmiede starrten auf seine nagelneuen Galoschen.

Pawel lief dunkelrot an. Er warf den Soldatenmantel ab, band sich eine Leinenschürze um, lachte unfroh auf.

»Los, fach den Ofen an. Vielleicht hab ich noch nich verlernt, den Hammer zu schwingen, wolln mal probieren.«

»Mein Herd steht gut im Feuer«, näselte Babajew und zog mit spöttischen Blicken unter grauen Brauen hervor auf Pawel die Bälge.

Die Arbeiter traten schweigend auseinander. Die Gesichter flackerten in misstrauischem Grienen, andere guckten gleichgültig.

Die Flamme im Ofen fauchte.

Auf der breiten Werkbank lagen Federrohlinge, ein fertiger Verbindungsstift, mit Kreide markierte Eisenstücke. Pawel, der sich durch die Löcher der ledernen Fausthandschuhe die Finger verbrannte, griff Blatt um Blatt aus dem Feuer, warf es auf den Amboss und schlug, ohne hinzusehen, scheinbar lässig, mit dem Schmiedehammer zu. Aber allein schon daran, wie er die Zange hielt und den Hammer handhabte, erkannte das erfahrene Auge, dass ihm diese Arbeit nicht fremd war. Die Schmiede murmelten beifällig, rückten näher, gaben Ratschläge.

»Richtig so …«

»Schlag die Enden nicht zu dünn.«

»Du beulst das Gehänge ein, sachter.«

»Nein, nein, hau zu.«

»Der Hund versteht was davon.«

Erregt und keinen ansehend, schichtete Pawel die Blätter übereinander, verband sie mit dem Stift, schlug sie fest und warf sie auf die Ofensau, dann griff er mit der Zange einen rotglühenden Bügel aus dem Feuer und setzte ihn auf den Verbund.

»Kann ja einer nachrichten.«

»Gib her.« Babajew sprang herzu und nahm ihm den Hammer aus der Hand, Pawel aber ergriff den Vorschlaghammer und schlug den Bügel, ehe er erkaltete, rasch auf seinen Platz.

Der Alte rief fröhlich:

»Fester!«

Peng!

»Schlags glatt!«

Peng!

»Genug!«

Pawel, schweißüberströmt, schlug noch einmal zu und warf den Hammer hin: eine Güterwaggonfeder war fertig.

Sie setzten sich, rauchten, gerieten wieder ins Streiten über Brot und Revolution, über Gott und die Zerrüttung des Eisenbahntransports. Der Gesprächsstoff hätte ihnen noch lange gereicht, aber da blickte der Gewerkschaftssekretär herein, rief: »Sie haben Mehl gebracht«, und lief weiter.

Die Schmiede holten Beutel hervor und stürzten zur Tür. Pawel schüttelte Kohlenkrümel aus dem Mantel, zog den Riemen straff, sah sich um – in der Halle war kein Mensch mehr; mit verbrannten Fingern fuhr er über die Rippen der noch nicht erkalteten Feder und ging mit weichem Lächeln zum Ausgang.

Das durchgefrorene Pferd trug ihn pfeilschnell davon. Der Gegenwind schlug ihm federnd ins Gesicht, Schneeklumpen prasselten gegen das Fußbrett des Schlittens. Auf der Straße zur Stadt waren, Scherze und muntere Worte wechselnd, lebhafte Gruppen von Arbeitern unterwegs, weiße Beutel auf dem Rücken, zwischen den Zähnen selbstgedrehte Zigaretten, die der Wind anfachte.

Eine Woche darauf, als die feuergesichtige Meuterei sich über dem Kreis zu voller Größe erhob, wurde in der Stadt eine freiwillige Mobilmachung ausgerufen. Von den hundert Eisenbahnern des Knotenpunktes Kljukwin schrieben sich mehr als dreißig Mann in die Abteilung ein. Als einer der Ersten meldete sich der Federschmied Babajew bei der Musterungsstelle.

Patrouillen schützten die Ruhe der still gewordenen Stadt. Die Hufeisen trommelten dumpf auf die gefrorene Straße.

Tag und Nacht fuhren von den Lebensmittelspeichern und -basen Fuhrwerke mit Mehl, Häuten und Stoffballen zum Bahnhof.

Auf den Kreuzungen der verrenkten Vorstadtsträßchen standen in der Trübsal der grauen Zäune Häuflein von Einwohnern.

»Da, sie türmen. Schaffen alles weg. Haben genug zusammengerafft.«

»Sie evakurieren sich.«

»Sense, mit allen is Sense.«

»Ach, ihr Frauen … Ach, du lieber Gott.«

»Nich den Kopf hängen lassen, Weiberchen, schlimmer kanns nich kommen.«

»Vielleicht machen sie Kneipen auf«, sagte zähneklappernd der Piroggenbäcker Chruschtschow.

»Jeder träumt von was, der Räudige vom Dampfbad«, fauchte Fenka Bulda mit der Hängelippe, und alle lachten.

Zwei zurückgebliebene Fuhrwerke mit Mehl wurden von den Vorstädtern geplündert.

Der alte Soldat Onufri sah vom Feuerwehrturm als Erster die heranrückenden Gewitterwolken der Aufständischen: Weit auseinandergezogen, die weißen Felder überschwemmend, kamen sie daher wie eine Sintflut aus Erde. Sich überschlagend, klirrte die Brandglocke los.

Der Windstoß des Alarms ließ die Stadt erbeben.

In den Korridoren des Exekutivkomitees flitzten Kommunisten und Arbeiterwehrmänner herum, umschlungen von den Därmen der Patronengurte. Auf dem Fußboden und auf Kanzleitischen schliefen die vom Nachtdienst zurückgekehrten Männer der Abteilung. Der erschöpfte kränkliche Wirtschaftsleiter belohnte jeden Freiwilligen mit einer Scheibe Brot, einer Konservendose und einem Achtel Machorka.

In Kapustins Arbeitszimmer tagte das Revkom. Hilda protokollierte:

Über Stadt und Kreis wird der Belagerungszustand verhängt.

Sämtliche Bestände an Waffen werden an die Arbeiter ausgegeben.

In kürzester Frist wird eine fliegende Kavallerieabteilung aufgestellt.

Der Abtransport des auf dem Bahnhof angesammelten Getreides nach Norden ist zu beschleunigen; verantwortlich für die ganze Operation: Grebenschtschikow und Klimow.

Ein sauberes Pikeekrägelchen lag um Hildas dünnen Hals, die nach dem Typhus gewachsenen störrischen Ringellocken standen gesträubt und machten sie einem Lampenwisch ähnlich. In der Sofaecke schnarchte der Lebensmittelkommissar Lossew. Iwan Pawlowitsch Kapustin lief im Zimmer auf und ab und sagte:

»Das säuische Benehmen einiger unserer Abteilungen macht die ganze Arbeit zur Liquidierung des Aufstands zunichte. Marodeure sind unbedingt an Ort und Stelle zu erschießen! Das Oberhaupt einer Familie, aus der auch nur ein Mann zu einer Bande gegangen ist, wird an Ort und Stelle erschossen! Die Übrigen werden als Geiseln genommen. Kulakenhäuser, aus denen die Familie verschwunden ist, werden niedergebrannt! Die Habe der Kulaken wird an die Armen verteilt. Nur mit entschlossenen und grausamen Maßnahmen kann es uns gelingen, die Meuterei in kürzester Frist zu ersticken. Die Zeit des Zuredens ist vorbei, Genossen, jetzt müssen wir mit glühendem Eisen …«

»Nun mach mal halblang, Kapustin«, unterbrach ihn Pawel, »zuschlagen muss man wohlüberlegt. Der Aufstand ist ohne Zweifel von den Kulaken angestiftet. Der Kulak nutzt sowohl seinen Einfluss auf das Dorf als auch unsere Fehler, aber er selbst versteckt sich hinter dem breiten Rücken der Armen und der Mittelbauern. Smorodin hat gestern gesagt: Wenn er mit der Abteilung ein Dorf nimmt, sind die Kulaken die Ersten, die ihn mit Ikonen, mit Brot und Salz empfangen und ihm ihren Gehorsam beteuern. Wenn wir mitten in die Masse der Aufständischen hineinschlagen, wecken wir noch größeren Grimm in der Bauernschaft und entzweien uns für lange mit dem Dorf. Ich wiederhole, zuschlagen muss man wohlüberlegt. Unsere Kraft liegt nicht nur im Bajonett, sondern auch im überzeugenden Wort. Ich schlage vor, unverzüglich einen Aufruf an die werktätige Bauernschaft zu erlassen und unsere treuesten Parteimitglieder in die Aufstandszentren zu werfen, damit sie den Aufruf so schnell wie möglich verbreiten. Mit aller Entschlossenheit zerschmettern müssen wir in erster Linie die Kulaken, das Aktiv der Deserteure sowie die Sozialrevolutionäre und die Koltschak-Spione, die sich nach Informationen unserer Aufklärung wieder rühren.«

»Hunderttausend Kulaken haben sich erhoben! Die Stadt ist eingeschlossen!«, schrie hereinstürmend und mit blutunterlaufenen Augen funkelnd Pentjuschkin und warf ein Päckchen frischer Depeschen auf den Tisch. »Genossen, traurige Nachrichten! Glubokowski empfängt die Meuterer am Stadtrand mit Musik! Wir stecken in der Falle! Hunderttausend Aufständische ...«

Kapustin – wild und zerrauft – knallte ihm eine Ohrfeige und zischte:

»Heul nicht, du Hundesohn, mach hier keine Panik!«

In der erstickten Stille schlugen irgendwo Türen, und durch die offene Lüftungsklappe wehten Musikfetzen wie fernes Schluchzen.

»Genossen, Ruhe!«, sagte Kapustin, räusperte seine Erregung ab und richtete das von der Mauser heruntergezogene Koppel. »Die Sitzung ist geschlossen.«

In der Stadt krachten Schüsse, das Geschrei am fernen Stadtrand schwoll an wie eine

La

wiii

ne ...

Pawel sauste quer über den Platz, seine Mantelschöße flatterten wie Flügel. Mit schnellen Sprüngen nahm er im Anlauf die Treppe und stieß in der Zimmertür auf Lidotschka.

»Liebster!«

»Leb wohl«, sagte Pawel, keuchend vom Lauf. Seine Lippen pressten sich zum letzten Mal auf die ihren, wieder und wieder küsste er ihre goldenen Augen und stieß sie dann sanft von sich. »Lauf zu den Tanten.«

»Wozu?«

»Lauf.«

»Wieso? Sind etwa ...«

»Ja, wir rücken ab«, sagte er und fügte nach kurzem Nachdenken hinzu: »Für ein paar Tage.«

»Und ich?«

Pawel schwieg und ging ins Zimmer.

Sie horchte.

»Da, sie schießen ... Wer schießt?« Ihre Augen waren weit aufgerissen, ihr Mund war zu einer Grimasse verzerrt, die selbst der kunstvollste Schauspieler nie einstudieren könnte. »Pawel, ich hab Angst ... Ist das ... eine Bande?«

»Sieht so aus«, entgegnete er, während er vor dem Korb kniete und sich Papiere in die Taschen stopfte. »Lauf weg, sonst gehts dir dreckig!«

»Und du?«

»Ich muss zum Bahnhof.«

»Und wenn sie dich erwischen? Sie reißen dich in Stücke.«

Er stieß einen Pfiff aus, zog die Schreibtischschublade auf und schüttete sich ein paar Handvoll eichelähnliche Coltpatronen in die Taschen.

»Wo ist Micheïtsch?«

»Ach, ich weiß nicht.«

»Lauf weg, Lidotschka, sonst wirds zu spät.«

»Ich will nicht allein!«

»Na, leb wohl.« Er machte einen Schritt. »Keine Zeit.«

»Warte.« Sie legte ihm die starken Arme um den Hals, rieb ihr kräftiges Kinn an seiner unrasierten Wange. »Geh nicht, geh nicht weg, Pawluschenka.«

»Leb wohl.«

»Liebster, sie bringen dich um. Soll ich dich retten? Fliehn wir zu den Tanten. Da, zieh das an, das ist noch von meinem Bruder.« Sie nahm eine Offiziersjacke aus dem Koffer, schüttelte sie, eine Schulterklappe glänzte. »Niemand wird dich erkennen. Pawel, ich fleh dich an … O Gott …«

»Lass mich«, sagte er dumpf.

»Ich lass dich nicht!«

»Geh!«

»Ich lass dich nicht!« Sie stand in der Tür, den Uniformrock in den ausgestreckten Händen. »Ich liebe dich, wir fliehn zusammen.« Ihre Stimme klang gesenkt, wie von weit her, und aus ihren blinkenden Augen rollten Tränen.

Pawel schob sie entschlossen beiseite und lief zur Tür hinaus. Am Ende des Korridors hockte vor dem lodernden Rachen des Kachelofens Micheïtsch und rauchte; er war wohl eben erst aufgewacht und wusste noch nichts.

»Wir haun ab!«, rief Pawel ihm zu.

»Wohin?«

»Wir ziehen uns zurück. Die Stadt ist übergeben.«

»Nanu?« Der Alte sprang auf. »Dann will ich mal … Ich zieh mir bloß Schuhe an.« Er war barfuß.

»Mach schnell!«

»Lauf, Pawel, ich hol dich ein.«

Der Wind trieb Hobelspäne über den Hof. Auf den Simsen wärmten sich Tauben in der Sonne und gurrten von ihrer Taubenliebe: ba-ba-uu … ba-ba-uu … Die Stadt war von Kugelpfeifen überzogen wie von einer feingesponnenen Wolke. Über den Hof schlenderte das Leben selbst, Arm in Arm mit der Sonne. Die Gedanken kreisten für einen Moment um die in der Kindheit gehörte Geschichte vom tapferen Wolf, der die in der Falle festgeklemmte Pfote durchbiss und in die Freiheit entkam. Pawel bremste den rasenden Lauf seines Herzens, drehte die Trommel des Nagants und trat aus dem Tor.

Auf dem Platz brüllte eine Menschenmenge wie ein Wald im Sturm.

Schon stiegen erste heulende Schreie auf, jemand wurde verprügelt.

Das Exekutivkomitee brannte, klirrend zersprangen Scheiben, aus den zerschlagenen oberen Fenstern quoll Rauch wie aus Nüstern.

Hinter einer Hausecke hervor sprengte juchzend eine berittene Schar von etwa fünfzig Mann – Gewehre, Hakenstangen, Steigbügel aus Stricken, viele auf einem Kissen statt des Sattels. In einer Wolke von Flaum und Federn brauste das Ganze vorüber, aber einer mit rotem Bart, die Mistgabel in Vorhalte wie eine Pike, redete Pawel an:

»Wer bist du? Was machst du hier? Zeig die Papiere! Zieh die Stiefel aus!«

Pawel schoss mit dem Nagant in den roten Bart.

Der Bauer fiel röchelnd vom Pferd.

Pawel schwang sich auf das Pferd und jagte, die Hauptstraße meidend, durch Seitengassen zum Bahnhof.

Die Deserteure verwüsteten das Kriegskommissariat. Aus den Fenstern flogen Stühle, schwere Aktenbündel und ein Regen von Karteikarten.

»Immer drauflos, Jungs!«

»Reißt alles in Fetzen, macht alles kaputt bis auf den letzten Faden. Diese Macht war ja eine Strafe Gottes!«

Vor der Haustür stand, von einem dichten Ring Zuschauer umgeben, ein bärenstarker Bauer mit schiefem Mund und bearbeitete mit einer Brechstange den Panzerschrank. Die vermistete Straße war von Papieren bedeckt wie von Schnee. Ein sommersprossiges Bürschchen warf ein Päckchen Lieferscheine in die Luft und kreischte vor Begeisterung:

»Juhu, juchheißa!«

Pawel ritt im Schritt durch die Menge, ohne jemandes Aufmerksamkeit auf sich zu ziehen, und trieb das Pferd wieder zum Galopp.

Unterwegs begegnete er einer lärmenden Schar von Häftlingen aus dem Gefängnis, die grade den Heumarkt überquerte; die

Männer trugen gestempelte Leinenjacken, Käppchen ohne Schirm und an den bloßen Füßen ärarische Stiefel. Ihr Anführer war der im ganzen Kreis berüchtigte Bandit Saschka Hamster.

Als Pawel die Stadt verließ, atmete er den frostigen Wind mit voller Brust ein, ruckte an den Zügeln und trommelte mit den Hacken gegen die Rippen des Gauls. Auf dem fernen Glasdach des Eisenbahndepots gleißte in heißen Funken die Sonne.

Durch die Windungen der Landstraße kroch wie eine knotige Riesenschlange ein unendlich langer Wagentross, beladen mit Schränken, Sofas und allem möglichen Trödel; da schleppten sich Haufen von Deserteuren des Wachbataillons; da ging und blieb stehen und ging weiter der Schlosser Safronow von der Dampfmühle. Seine Frau riss ihm die Patronentaschen und das Riemenzeug ab und zerrte ihn am Ärmel.

»Du bist mir ein schöner Krieger. Die hier soll der Teufel holen. Wir ham das Haus voller Schreihälse. Los, komm mit nach Hause.«

»Die Leute …«

»Wenn die Leute in den Fluss springen, springst du wohl mit?«

»Lass mich los, blöde Gans, sonst hau ich dir eins hinter die Kiemen, dass du dich dreimal überschlägst.« Als er den Vorsitzenden des Kreisparteikomitees erblickte, nahm er Haltung an und schritt kräftiger aus. »Grüß dich, Genosse Grebenschtschikow.«

»Guten Tag.«

»Wir kratzen die Kurve?«

»Sieht so aus.«

»Also ich auch. Bloß die Dunka setzt mir zu, versuch mal, die um den Finger zu wickeln.« Sein Gewehrschloss hatte Safronow schon verloren.

Pawel Grebenschtschikow überholte den Wagentross.

Auf dem Bahnhofsvorplatz empfing ihn Klimow.

»Was ist los in der Stadt?«

»Die Stadt ist übergeben. Du kümmerst dich hier?«

»Wir kümmern uns bisschen.« Klimow wischte mit dem Ärmel das schweißige Gesicht. »Seit heut früh hab ich vier Züge abgefertigt. Achttausend Sack stehn noch auf den Rädern, und den Rest verladen wir grade, bloß, ich hab Angst, die Zeit reicht nicht, zu wenig Leute, keine Loks. Die Stadt? Das ist ein Ding! Ich hab ja seit gestern Abend hier zu tun und weiß von nichts. Wo ist Kapustin mit der Abteilung? Wo ist unsere gepriesene Arbeiterwehr?«

Pawel trieb das Pferd zur Anbindestange.

»Ich denk mir, Kapustin sitzt mit der Abteilung und der Arbeiterwehr in der Ziegelei. Vielleicht nimmt er die Stadt heut noch zurück, aber ich glaubs kaum. Hast du noch viel Getreide?«

»An die siebzigtausend Pud werdens sein, das macht zwei Güterzüge. Waggons hab ich genug, aber nicht eine Lok.«

Sie liefen zum Stationsvorsteher. Der empfing sie liebenswürdig in seinem kümmerlichen, mit den obligaten Verordnungen vollgeklebten Arbeitszimmerchen.

»Nehmen Sie bitte Platz.«

»Keine Zeit«, sagte Pawel und riss den Nagant aus der Tasche. »Ich brauch zwei Lokomotiven.«

»Ich rufe an, will welche anfordern, dort meldet sich keiner. Ich würde gern, glauben Sie mir …«

»Und wenn du sie aus der Erde gräbst, aber du besorgst mir zwei Lokomotiven, sonst kommst du aus diesem Zimmer nich mehr raus.«

Dem Vorsteher brach sogleich der Schweiß aus, er schob die rote Mütze auf den Hinterkopf.

»Ich fertige grade den letzten Zug mit Evakuiertenhabe ab. Auf der Station und im Depot ist keine einzige Lok mehr, darauf mein Ehrenwort …«

»Was denn für Evakuiertenhabe, zum Donnerwetter? Aufhalten! Das Getreide is wichtiger.«

»Ich kann nicht. Ich hab meine Vorschriften.«

»Im Namen des Revkom befehle ich, die Lok sofort vor den Getreidezug zu kuppeln.«

»Ich kann nicht.«

Sie brachen das Gespräch ab und liefen zu zweit auf den Bahnsteig.

Auf dem Zufahrtsgleis stand abfahrbereit ein Güterzug: eine lange Reihe offener Flachwagen, beladen mit Stacheldrahtrollen, Bauholz und Pressheuballen, die geschlossenen Güterwagen bis ans Dach vollgestopft mit Polstermöbeln, Theaterdekorationen, Spiegeln und irgendwelchen Plüschmenschen.

Während Klimow sich mit dem Lokführer auseinandersetzte, löste Pawel die Kupplung, wobei er sich aus Ungeschick die Hände blutig riss.

Die Lok wurde nach Gleis drei gefahren und vor den Getreidezug gekuppelt.

»Klimow, du fährst mit als Begleiter.«

»Wozu? Der Lokführer ist unser Mann.«

»Trotzdem. Für alle Fälle …«

»Und du?«

»Ich komm nach. Fahr mit.«

»Mir egal«, sagte Klimow schnaufend und stieg in den Führerstand.

Der Getreidezug setzte sich gleichsam widerwillig in Bewegung, kam mühsam in Fahrt, die Puffer klirrten.

Vor dem Getreidespeicher waren auf ausgebreiteten Planen Säcke übereinandergetürmt. Eine dünne Kette von Männern lief hin und her – ein Dutzend Lastträger von der Mühle und ein paar Depotarbeiter. Unter ihren Füßen knirschte verstreutes Korn, etwas abseits waren ihre Gewehre zu Pyramiden aufgestellt.

»Ihr werft die Reste rein?«, fragte der hinzutretende Pawel. »Is noch viel?«

»Bis zur Nacht schaffen wir das nie«, antwortete im Laufen der Kesselschmied Salnikow, »du musst uns Leute zum Helfen schicken, Grebenschtschikow. Wir allein wern damit nich fertig. Der Magen ist leer, seit früh schuften wir ohne Pause. Womöglich greifen uns noch die Bauernkittel an.«

»Ich such euch Hilfe.« Pawel lief den Güterzug entlang und

hämmerte mit dem Nagant gegen die verschlossenen Türen der Waggons. »Raustreten zum Getreideverladen. Ich knall euch ab, ihr Hundesöhne.«

Aus den Waggons sprangen, irgendwelche Erklärungen murmelnd, die Plüschmenschen und gingen zum Speicher.

»So gehts nicht, Genosse Pawel«, sagte herbeieilend der Leiter der Evakuierungskommission Jefim, »ich hab Kranke darunter und alte Leute und die Frauen von verantwortlichen Mitarbeitern.«

»Und?«

»Was kann ich wenigstens tun?«

»Säcke schleppen.«

»Merkwürdig.« Jefim ging gebeugt zum Speicher.

Die Arbeit kam flotter voran.

Waggon um Waggon wurde mit Getreidesäcken beladen.

Die Waggons wurden von Hand auf Gleis zwei geschoben, wo Rangierer sie mit Ketten verbanden.

Auf dem Bahnhofsdach befand sich eine Beobachtungsstelle, wo der soeben eingetroffene Safronow bereitwillig hinaufstieg.

Seine weinende Frau wich ihm nicht von der Seite und folgte ihm, die im Wind wehenden Röcke festhaltend, unter allgemeinem Gelächter die schwankende Eisenleiter hinauf.

In Richtung der Stadt wurden zwei Mann als Späher geschickt.

Überraschend pfiff vor dem Einfahrtsignal eine Lokomotive.

Rennen, Rufen, und noch war keine Panik ausgebrochen, da rollte ein gemischter Zug ein, vollgestopft mit entlassenen Soldaten, Hamsterern und Deserteuren von der Ostfront. Die Leute sprangen aus den Waggons und liefen, Kochgeschirre schwenkend, nach Teewasser. Da und dort bildeten sich Gruppen, und die Passagiere erzählten eifrig von Angriffen auf den Zug, von Schießereien und von den letzten Mehl- und Butterpreisen.

Die eingetroffene Lokomotive löste sich von dem Zug und nahm auf Gleis zwei Wasser.

»Die schnappen wir uns«, sagte Pawel halblaut zu dem Kesselschmied Salnikow, »ein Stückchen zurück, vor unsere Waggons gekuppelt, und ab dafür.«

»Und die Passagiere?«

»Zum Teufel mit denen. Ein Teil läuft weg, ein Teil klettert auf die Dächer. Komm mit, wir gehn mal schnuppern.«

»Versuchen könn wirs. He, ihr Satansarbeiter!«, rief er den Trägern zu. »Feierabend! Nehmt die Gewehre, mir nach.«

Zu zehnt gingen sie zu der Lokomotive. Der Tender war voll, das Wasser lief schon über.

Salnikow stellte die Pumpe ab und schob den eisernen Rüssel beiseite. Pawel warf einen Blick in den Führerstand und ächzte:

»Abgehaun, der Hund!«

»Wer?«

»Der Lokführer.«

Zwei Mann stiegen in den Führerstand.

»Schöner Mist!«

»Wir müssen uns was einfallen lassen.«

»Einfallen oder nich, wir können den Zug nich ziehn.«

»Wir müssen einen suchen, der sich auskennt.«

»Wo willst du den hier finden?«

»Die Sache steht mies.«

»Lasst mich mal schaun.« Salnikow drängte sich vor, berührte die Messinghebel. »Wie ich jung war, bin ich ein Jahr als Heizer gefahrn, hab alles vergessen, hols der Teufel.«

»Vielleicht gibts in der Siedlung n Lokführer?«, schlug der Wiegemeister Paranin vor.

»Keine Zeit.«

»Ich saus mal hin.«

Er lief davon.

Im Führerstand wurde es still.

Jeder hörte nur das Hämmern des eigenen Herzens, das Fauchen der Flammen in der Feuerung und das Stimmengewirr vom Bahnhof her. Salnikow wusste: Wenn er die Lok in Bewegung brachte, waren das eigene Leben und die vierzig Getreidewaggons gerettet. Zu diesem Bewusstsein gesellte sich der Berufsstolz des alten Meisters. Alle beobachteten seine unschlüssig suchenden Hände.

Jugendliche Ungeduld brannte in Pawel, er hätte am liebsten den Kesselschmied weggeschoben und selber auf gut Glück sämtliche Hebel und Drehkräne bewegt, womöglich ... Die Übrigen wollten einfach wegfahren, die anschwellende Schießerei aus Richtung der Stadt verhieß nichts Gutes.

Schsch ...

schsch ...

schsch ...

sch ...

Die Lokomotive ruckte an und glitt rückwärts. Ein Stoß ... Den Getreidezug entlang klackerten die Pufferteller gegeneinander.

»Mach!«, sprach Pawel und sprang ab. »Ich seh nach, ob der Zug irgendwo reißt.«

In diesem Moment schrien Safronow und seine Frau auf dem Bahnhofsdach einstimmig:

»Die Bauernkittel ... Die Bauernkittel komm angeritten!«

In die Menschen fuhr es wie ein Wirbelwind. Stimmen schwirrten, überschlugen sich, es war wie Feuer im Sturm:

»Die Lok!«

»Die Lok, her mit der Lok!«

Aber die Lokomotive war schon vor den Getreidezug gespannt.

Ein Schuss knallte, ein zweiter ...

Man musste ein paar Minuten gewinnen. Pawel, den Nagant in der einen Hand, den Colt in der andern, lief den Säcken, den Schreien, den rasenden Menschen entgegen.

»Genossen!«

Sie quetschten ihn gegen einen Güterwagen.

Er wich zurück, stieg auf die Bremse.

Wütende Hände und Fäuste streckten sich nach ihm aus.

»Packt ihn! Schlagt ihn!«

Er hob die Revolver – peng, peng, peng – hinweg über Fell- und Schirmmützen.

Zurückprallen ...

Pawel stieg auf das Dach des Güterwagens und versuchte wieder zu sprechen:

»Genossen ... Wer eine Waffe hat ... Kampf gegen die Bande!«

Unter seinen Füßen ruckte der Waggon an und stand: Die Lokräder drehten durch.

Noch wütender flogen Köpfe, Säcke, vorgestreckte Hände hoch: Einander quetschend, stürmten sie Puffer, Plattformen, Waggondächer.

Ein Haufen Dorfburschen, angeführt von Mitka Kolzow, galoppierte auf den Bahnsteig, feuerte unaufhörlich nach allen Seiten.

Da krallten sich Hunderte von Händen in die Versteifungsrippen der Güterwaggons, einhellig bestrebt, den Getreidezug von der Stelle zu bewegen, viele Schultern stemmten sich gegen jeden Vorsprung, und da spürte das eiserne Ross die Hilfe und zog langsam und fauchend, alle Kräfte anspannend, den Zug an.

In Pawels Brust ging das Herz vor Erregung wie ein Weberschiffchen, da sah er direkt vor sich im ersten Stock des Bahnhofsgebäudes hinter einem Tüllgardinchen wie durch Rauch die rote Mütze des Bahnhofsvorstehers und die auf ihn, Pawel, gerichtete Gewehrmündung. Er konnte den Colt nicht mehr heben. Der Knall des Schusses übertönte das Klirren der Fensterscheibe.

Der Getreidezug rollte dumpf ratternd ab nach Norden. Auf dem Dach eines der Waggons lag, die Beine in den rötlich verfärbten Stiefeln ausgestreckt, der Vorsitzende des Kljukwiner Kreisparteikomitees, stöhnte sparsam und versuchte immer wieder, sich aufzurichten, um einen Blick in die verschneiten Felder zu werfen.

Fieber schüttelte die Stadt.

Banden von Städtern und Aufständischen, mit allen möglichen Waffen behängt, zogen durch die Straßen, durchsuchten die Höfe nach Rotarmisten, die nicht mehr weggekommen waren, zerrten die Kommunisten aus den Häusern. Da und dort lagen Tote, in Unterwäsche, umstanden von Schadenfrohen und Neugierigen.

Auf dem Platz Gottesdienst.

Nach dem Gottesdienst hielten vor einer vieltausendköpfigen Menge von Dörflern und Städtern Boris Pawlowitsch Kasanzew und der ehemalige Vorsitzende der Kreisverwaltung Reden; es sprachen der abgemagerte Kaufmann Dudkin und einfache Aufständische; der stotternde Tischler Mitrochin erheiterte das Volk; der Gymnasiallehrer Apollinari Koschetschkin wollte eben, aufgeregt und nervös die Hände ringend, beginnen: »Die Zeit ist gekommen, das Volk aufgestanden«, doch da sprengten juchzend die drei vom Bahnhof zurückgekehrten berittenen Hundertschaften auf den Platz.

»Hurra ... Hurraaa ...«

Mützen flogen über der Menge hoch in die Luft.

Auf der Tribüne stand, eine Hand in die Hüfte gestemmt, die andere malerisch am Säbelgriff, Mitka Kolzow und sagte:

»Meine mobilisierten Freunde, es ist an der Zeit, aufzuwachen, die Augen zu öffnen und zu rufen: Nieder mit den Parasiten des werktätigen Volkes! Mit dem heutigen Tag schaffe ich durch meinen Befehl zeitweilig die Sowjetmacht ab. Bürger der Stadt, auch ihr habt lange genug geschlafen, es wird Zeit, aufzuwachen und die Augen zu öffnen! Ich bitte euch alle, euch der Volksarmee anzuschließen. Unser Stab hat durch ein Telegramm zuverlässige Nachrichten: In Jelabuga ist Aufstand, in Moskau ist Aufstand, im ganzen Gouvernement Simbirsk ist Aufstand, in Saratow ist Aufstand ... Im Boot ist Wasser und unter dem Boot ist Wasser, das ganze Russenland erzittert! Meine mobilisierten Freunde, genug geschlafen, wacht auf! Aus Petrograd werden uns dreißigtausend Gewehre gebracht. Tod den Tyrannen, den Schmarotzern der werktätigen Klasse! Es leben die Bolschewiken und das ganze einfache Volk! Nieder mit den verfluchten Sowjets! Es lebe die Konstituierende Versammlung!«

Aus der Stadt bewegten sich nach allen Himmelsrichtungen

Wagenzüge mit Textilien, Häuten, Eisen und sonst noch allem Möglichen. Auf den Landstraßen fielen Banden von Deserteuren über die Trosse her und plünderten sie aus.

In den Dörfern beteten die Weiber.

Aus den fernen großen Städten rollten, den Getreidezügen entgegen, in ratternden Güterwaggons rote Regimenter. An verdreckten Bahnhofswänden flatterten im Wind Fetzen von Plakaten, von Zeitungen mit Befehlen und Aufrufen der Revolution.

Bei Kljukwin

stießen sie zusammen.

Die Stadt drückte das Kulakendorf nieder, die Macht des Strohs brach zusammen.

Die Aufständischen, unterwegs Mistgabeln, Piken und Gewehre wegwerfend, liefen, ritten und krochen nach allen Himmelsrichtungen, wild und fürchterlich, wie aus der Mamai-Schlacht[1] …

Heimatland … Rauch, Feuer – kein Ende!

1 Am 8. 9. 1380 schlugen die Truppen des Großfürstentums Moskau auf dem Kulikowo Pole (Schnepfenfeld) am Don ein Heer der Goldenen Horde unter Mamai. Auf beiden Seiten kämpften je einhundert- bis einhundertfünfzigtausend Krieger.

Artjom Wesjoly – Revolution und Poesie

»Seit 1917 beschäftige ich mich mit Revolution.
Seit 1920 mit Schriftstellerei.«
Artjom Wesjoly, Autobiographie

»Denn es geht nicht nur um einen tragischen Wendepunkt in der Geschichte eines Volkes, sondern auch um die Art und Weise, wie die Tragödie der Revolution diejenigen, die sie erlebt haben, verschlungen hat.«
Orlando Figes, Die Tragödie eines Volkes.
Die Epoche der russischen Revolution 1891 bis 1924

Artjom Wesjolys sprachgewaltiger Roman, der unter dem Originaltitel »Russland in Blut gewaschen« Berühmtheit erlangte, vermittelt mit künstlerisch adäquater Wucht in leidenschaftlichen Bildern Träume und Tragik, Hoffnungen und Enttäuschungen der Revolution von 1917. Dieses im Jahre 1932 erstmals erschienene Werk gehört zu den wichtigsten russischen Büchern des 20. Jahrhunderts. Seine rhythmische musikalische Prosa zieht den Leser suggestiv in einen Strudel historischer Ereignisse, den Wirrwarr von revolutionärem Umbruch, rotem und weißem Terror des Bürgerkrieges. Die Anarchie des elementaren Volksaufruhrs als Quelle der Revolution prägt den unbändigen Sprachfluss. Getrieben durch fragmentarische Syntax, graphisch abgesetzte, treppenförmig herabstürzende Zeilen, mündliche Rede, Jargon, volkstümliche Ausdrücke, umgangssprachliche Wendungen und Lautmalerei, tritt ein vielstimmiger Sprachstrom über die Ufer der normierten russischen Rede, schwemmt alles Übliche, Gewohnte hinweg.

Aus diesem brodelnden Strom tauchen literarische Gestalten hastig auf, um kurz darauf unterzugehen und in späteren Kapiteln erneut zu erscheinen. Man hört die Musik der Revolution, spürt ihr wildes Tempo, ihren heißen, sengenden Atem. Die Revolution prägte die Struktur von Wesjolys Prosa. Die traditionelle Romanform wird aufgelöst – keine Helden, kein zusammenhängendes Sujet. Der unerbittliche Gang erlebter Geschichte bestimmt das Romangeschehen. Diese ungestüme fragmentarische Prosa rast dahin wie der revolutionäre Sturm, der über Russland fegt und die Menschen mit sich reißt. Hier wird ein historisches Geschehen, das sich aus individuellen Tragödien zusammensetzt, sinnlich erfahrbar gemacht.

Wie kein anderes Werk seiner Zeit erfasste Wesjolys Roman den Widerspruch zwischen den von Freiheitsträumen erfüllten Revolutionsvisionen des bäuerlichen Russland einerseits und den Ideen, Zielen und Methoden der Bolschewiki andererseits. Die Grausamkeit des alten Regimes schlug als revolutionäre Gewalt auf das Regime zurück. »In Russland ist Revolution, ganz Russland ist auf den Messern« – dichtete Wesjoly die Wendung »ganz Russland ist auf den Beinen« um. Schlaglichtartig beleuchtet der Roman die barbarischen Ausschreitungen einer über Jahrhunderte gewaltsam unterdrückten Bevölkerung und zugleich deren Hoffnung auf Frieden, Freiheit und Gleichheit nach dem Grauen des I. Weltkrieges: »Im Namen des Armawirer Sowjets der Arbeiter-, Bauern- und Soldatendeputierten ... Reißt die Schulterklappen ab! Legt die Waffen hin! ... Ränge und Titel sind abgeschafft ... Orden werden abgeschafft. In der Roten Garde wird die Wahl der Führung eingeführt ... «

Gnadenlos beschrieb Wesjoly die Schrecken des roten, weißen und auch des grünen Terrors anarchistischer Partisanengruppen, verurteilte Gewalt als Mittel zum Erreichen eines Ziels. Die brutalen Methoden des bolschewistischen Geheimdienstes, der Tscheka, kritisierte der Autor bereits 1921 in seinen frühen Reportagen. Er glaubte nicht, wie es viele andere seiner Kampfgenossen taten, an einen Weg »durch Barbarei zum Licht«. Der kaum übersetzbare Originaltitel »Russland in Blut gewaschen« meint nicht eine Reinigung durch Gewalt. Er verweist auf eine Gewaltandrohung im russischen Gaunerjargon »Du wirst Dich in Blut waschen« (krowju umojeschsja). Prophetisch warnte Wesjoly vor der bereits im Anfang aufscheinenden blutigen Gewalt einer Revolution, die alles zu verschlingen drohte, einschließlich ihrer Kinder.

Artjom Wesjoly war auch biographisch ein Kind der Revolution. Unter dem Namen Nikolai Kotschkurow wurde er 1899 in Samara an der Wolga als Sohn eines »Lastenträgers« geboren. Von sechzehn Geschwistern starben vierzehn bereits im Kindesalter. Nach Beendigung der Grundschule musste er mit vierzehn Jahren eine Arbeit als Fabrikarbeiter aufnehmen. Der Schriftsteller war der Erste in seiner Familie, der nach dem Besuch von vier Klassen einer Grundschule lesen und schreiben konnte. Wie der Mehrheit der verarmten bäuerlichen und proletarischen Bevölkerung ermöglichte die Revolution Wesjoly, sich von der Armut und Unwissenheit seiner Kindheit, den unerträglichen alten Zuständen radikal zu lösen. Im Alter von achtzehn Jahren schloss er sich 1917 den Bolschewiki an, mit deren Mandat er während des I. Weltkrieges an der Westfront unter den Soldaten für die Beendigung des Krieges agitierte. Die bestürzende Erfahrung der katastrophalen Zustände an der Front, grauenvolle Bilder vom Leben und Sterben der Soldaten, deren Unterstände Wesjoly als »Raubtierhöhlen« beschrieb, prägen die ersten Kapitel seines Russland-Romans.

1919 trat er in die Rote Garde ein und kämpfte an mehreren Fronten des Bürgerkrieges. Nach Verwundung und Demobilisierung schrieb er als Journalist unter verschiedenen Pseudonymen Rezensionen, Feuilletons und erste Erzählungen. Darin wurden Willkür, Machtüberschreitungen und Privilegien der neuen Sowjetbürokraten kritisiert, deren Hass Wesjoly für immer auf sich zog. Aus Bewunderung für Maxim Gorki wählte er zunächst das Pseudonym Artjom Newesjoly (Artjom der Unfröhliche). Ab August 1922 wurde daraus Artjom Wesjoly (Artjom der Fröhliche), um den Unterschied zum alten Russland zu betonen, in dem sich Gorki »Der Bittere« genannt hatte. Gorki selbst warnte allerdings bereits 1918 in seinen »Unzeitgemäßen

Gedanken«, eine bolschewistische Revolution könnte unter der dünnen Decke der Zivilisation die Barbarei hervorbrechen lassen. Dass ihm im neuen Russland ein bittereres Schicksal als Gorki beschieden sein sollte, ahnte Wesjoly damals nicht.

Als Redakteur der Zeitung »Roter Kosak« reiste Wesjoly im April 1920 mit dem Agitationszug in die Gebiete der Don- und Kubankosaken. »Eines schönen Morgens ... stand ich bei Tagesanbruch auf, schaute aus dem Fenster des Zugabteils – und war starr vor Staunen ... Vor dem Horizont des flammenden Morgenrots bewegte sich in purpurfarbenen Staubwolken ein Kosakenheer – Don- und Kubankosaken – zehntausend ... Gezählte Sekunden – und der Zug flog vorüber, doch das Bild eines grandiosen Buches über den Bürgerkrieg erhob sich in voller Größe in meinem Kopf.«[1] 1920 begann er mit der Arbeit am Russland-Roman, an dem er bis zu seiner Verhaftung 1937 schrieb. Dieses Werk blieb trotz der mehrfachen, von Textänderungen begleiteten Publikationen zwischen 1932 und 1936 ein Fragment, wie es der Autor bei allen Veröffentlichungen zu Lebzeiten im Titel vermerkte. Nach einem von 1933 stammenden Entwurf waren vierundzwanzig Kapitel geplant. Die beiden Romanteile bezeichnete Wesjoly als »zwei Flügel«, zwischen denen »Etüden« liegen. In diesen Etüden sah der Schriftsteller »kurze, nur zwei, drei Seiten umfassende, eigenständige und abgeschlossene Erzählungen, die mit dem Romantext durch ihren heißen Atem, den Ort der Handlung, Thema und Zeit verbunden sind«[2]. Die knappen, sinnlich-dichten Etüden erinnern mit ihrem rasanten Sprachrhythmus und den kontrastreichen Bildern, die grausame mit zarten Tönen verbinden, an die Kurzgeschichten der »Reiterarmee« von Isaak Babel. An diesen Meister der lyrischen, bildstarken Dialoge lässt auch Wesjolys Etüde »Ein wildes Herz« denken, in der ein Partisan meint: »Wir leben, als ob wir übern scharfes Messer laufen.«

1 Gaira Wesjolaja, Sajara Wesjolaja, Sudba i knigi Artjoma Wesjologo, M. 2005, S. 29.

2 Gaira, Wesjolaja, Sajara Wesjolaja, Sudba i knigi Artjoma Wesjologo, M. 2005, S. 103.

Im August 1922 wurde Wesjoly wegen einer Lungenkrankheit von seinem Dienst als Matrose der Schwarzmeerflotte auf der Krim demobilisiert. Sofort begann er ein Studium am Moskauer Literaturinstitut unter Leitung des symbolistischen Dichters Valeri Brjussow, dessen Vorlesungen Wesjoly im Unterschied zu vielen anderen Veranstaltungen regelmäßig besuchte. Der bereits als Student vielgedruckte Schriftsteller gehörte zur Gruppe »Perewal« (Gebirgspass) um den Literaturkritiker Alexander Woronski. Mit »Perewal« verband ihn die Vorstellung von der politischen Unabhängigkeit des Schriftstellers und einer kreativen Umsetzung der unmittelbaren künstlerischen Wahrnehmung. Diese Gruppenzugehörigkeit sollte der sowjetische Geheimdienst NKWD Artjom Wesjoly nach seiner Verhaftung 1937 als Mitgliedschaft in einer trotzkistischen Vereinigung anlasten: Der Theoretiker von »Perewal«, Alexander Woronski, war 1937 als Trotzkist erschossen worden.

In den 1920er Jahren, einer Zeit lebendiger Diskussionen zwischen den unterschiedlichsten künstlerischen Richtungen, bewunderte Wladimir Majakowski den freien, mutigen Stil Wesjolys und publizierte dessen Erzählzyklus »Strana rodnaja« (Heimatland) in der Zeitschrift der literarischen Gruppierung LEF (Linke Front der Kunst)[1]. Dieses von Wesjoly als »Flügel eines Romans« bezeichnete Werk ging später als Teilstück in den Russland-Roman ein. Doch nicht Majakowski war Wesjolys zeitgenössischer Lieblingsdichter, sondern der Futurist Welemir Chlebnikow. Nach seinem Verhältnis zu Majakowski gefragt, antwortete Wesjoly mit einem Verweis auf dessen berühmten Vers »Ich trat dem eigenen Lied auf die Kehle«: »Man sollte seinem eigenen Lied nicht auf die Kehle treten.« Eine enge Freundschaft verband Artjom Wesjoly mit dem Dichter und Theoretiker des Futurismus Alexej Krutschjonych, dem Weggenossen und Herausgeber Chlebnikows, der später ebenfalls zur LEF gehörte. Krutschjonych, der gemeinsam mit Welemir Chlebnikow an einer sinnüberschreitenden Sprache mit Namen »Saum« arbei-

1 Artjom Wesjoly, Strana Rodnaja (krylo romana). LEF, 1925, Bd. 3.

tete, betonte Wesjolys sprachliche Meisterschaft: »Literarische und Volkssprache, Neologismen, Jargon und Lautmalerei – alles frisch und feurig! … Bei Artjom hat jede Zeile Gewicht, man möchte sie mehrfach lesen.«[1] Durch Krutschjonych gelangte Wesjoly zur »Gruppe der Freunde Chlebnikows«, der auch Juri Olescha, Valentin Katajew und Boris Pasternak angehörten. 1927 erschien Krutschjonychs Band »15 Jahre russischer Futurismus«, dem Wesjoly einen »Aufruf« voranstellte: »Chlebnikow – Schachspieler des Wortes … Chlebnikow – Ingenieur des Dichterhandwerks … Alle Genossen, die Chlebnikow persönlich kennen, haben die Pflicht, die Raketen seiner Verse in die Welt zu schleudern … Die Staatsverlage drucken ihn nicht, wenn wir können, drucken wir ihn selbst.«[2]

Doch bereits ein Jahr später, 1929, leitete die stalinistische Wende die Alleinherrschaft der Staatsverlage und das Ende einer Vielfalt literarischer Richtungen ein. Auf den Reisen, die Wesjoly alljährlich in den Sommerferien mit seinen Töchtern in einem kleinen Boot auf der Wolga unternahm, beobachtete er die im Stil des Kriegskommunismus durchgeführten Getreiderequisitionen und bürgerkriegsähnlichen Bauernaufstände. 1929 brodelte es in den Dörfern wie in der Zeit nach der Revolution. Zwangseintreibungen und Massenkollektivierung führten im Winter 1932/33 zu einer verheerenden Hungerkatastrophe, die Millionen Opfer forderte. Seine bedrückenden Erlebnisse konnte Wesjoly nur verdeckt im Russland-Roman verarbeiten. Darauf verweisen seine apokalyptischen Schilderungen der durch Lebensmittelrekrutierungen hervorgerufenen Not der Bauern und der Niederschlagung des Bauernaufstandes im letzten Kapitel »Gewalt bricht Stroh«.

Anfang der 1930er Jahre besuchte Wesjoly noch die »Nikitinskie Subbotniki« im Hause der Literaturwissenschaftlerin Jew-

1 Alexej Krutschjonych, »Saumny jasyk«, Wserossiski Sojus poetow, M. 1925, S. 50–52.

2 Artjom Wesjoly, Prisyw, in: Aleksej Krutschjonych, 15 let russkogo futurisma, Wserossiski Sojus poetow, M. 1928, S. 5.

dokija Nikitina. Dort begegnete er dem symbolistischen Schriftsteller Andrej Bely, dessen rhythmische Prosa und experimenteller Sprachstil ihn inspirierten. In diesem literarischen Kreis las Wesjoly aus seinem 1932 erschienenen Roman über die Eroberung Sibiriens durch die Wolgakosaken unter Führung von Jermak. Dieses Werk »Guljai, Wolga« (Tob dich aus, Wolga) entstand parallel zu seiner Arbeit am Russland-Roman. Beide Werke verband das Interesse für Leben und Geschichte der Kosaken. Deren durch jahrhundertealte Traditionen zusammengeschweißte Familienbünde zerschlug die Revolution. Väter, Brüder und Söhne kämpften in den Truppen der Roten und Weißen gegeneinander. Ihren eigenen Freiheitsvorstellungen folgend, liefen viele Kosaken von den regulären Truppen zu den Grünen über. Diese anarchistischen Partisanengruppierungen wurden zwischen den Fronten der Roten und der Weißen zerrieben. Wesjoly verarbeitete das tragische Schicksal des aus einer alten Kosakenfamilie stammenden Partisanenführers Iwan Tschernojarow, der auf der Seite der Roten kämpfte. Wegen grober Eigenwilligkeiten sollte er sich vor einem »gerechten Gericht der Sowjetmacht« verantworten. Dies verweigerte der rote Kosakenführer in der Überzeugung, dass sich in den Stäben wieder die zaristischen Offiziere breitmachten. Auf der Flucht geriet er in die Gefangenschaft der Weißen, die ihm eine eigene Armee anboten. Tschernojarow lehnte ab und wurde gehängt. Dieses Schicksal der Kosakenschaft prägte auch Michail Scholochows Roman »Der Stille Don«. Mit Scholochow sollte Wesjoly 1930 auf Einladung von Maxim Gorki nach Italien fahren. Auf dieser Reise kam es, wie sich Scholochow erinnerte, zu einem komischen, für Wesjoly typischen Vorfall im Zug Moskau-Berlin: »Irgend so ein vorsichtiger Deutscher hatte begriffen, dass er in einem Eisenbahnabteil mit Bolschewiki fährt, ging auf den Gang hinaus und blieb dort die ganze Nacht am Fenster stehen. Artjom betrachtete düster die zerquälte Gestalt am Fenster und schickte Scholochow andauernd hinaus, um sich mit dem Deutschen zu verständigen. ›Na, ich bin Matrose‹, sagte er, ›aber du warst schließlich auf dem Gymnasium und musst die deutsche Sprache gelernt haben, erklär ihm, dass auf unserem Tisch Konservenbüchsen stehen und keine Bomben.‹«[1]

Während der Begegnung Anfang Januar 1931 in Sorrent zeigten sich schnell die Gegensätze zwischen dem diplomatischen, taktisch lavierenden Gorki und dem gradlinigen, durch seine eigenwillige Direktheit provozierenden Wesjoly. Gorki schätzte Wesjolys literarisches Talent, fand den Autor jedoch »zu eigensinnig und anarchisch, er liebt die Wahrheit, und Wahrheit ist für ihn alles, was er anderen unter die Nase reiben kann ... Mit ihm werden wir noch schlimme Scherereien haben ... «[2] Nach seiner Rückkehr aus Italien hielt Gorki am 1. September 1934 auf dem 1. Sowjetischen Schriftstellerkongress eine mit Stalin abgesprochene Grundsatzrede, in der er den Terminus »Sozialistischer Realismus« als programmatisches Dogma einführte. Wesjolys Freund, der Schriftsteller Alexej Kosterin, erinnerte sich: Auf dem Schriftstellerkongress hatte Wesjoly, der damals schon sehr berühmt war, sich in die letzte Reihe gesetzt, ging nicht auf die Tribüne, stellte keine Fragen. Einmal sagte er: ›Schade, dass man wegen des leeren Geredes zwei Wochen lang von der Arbeit abgehalten wird.‹«[3]

Gaira und Sajara Wesjolaja, die Töchter Artjom Wesjolys, publizierten 2005 eine umfangreiche Sammlung bis dahin unveröffentlichter Archivmaterialien, darunter auch von der Zensur gestrichene Stellen. Erst zweiundzwanzig Jahre nach der letzten Veröffentlichung 1936 durfte der Russland-Roman 1958 wieder in der UdSSR erscheinen. Allerdings erfolgten in der Ausgabe von 1958 ebenso wie bereits in den 1920er und 1930er Jahren weitere Zensureingriffe. So ersetzte man in allen Ausgaben ab 1958 im Kapitel »Das Feuer brennt und lodert« die drastischen

1 Gaira, Wesjolaja, Sajara Wesjolaja, Sudba i knigi Artjoma Wesjologo M. 2005, S. 113.

2 Institut für Weltliteratur (IMLI). PG (Briefe Gorkis) -rl 21 a/1/348.

3 Gaira Wesjolaja, Sajara Wesjolaja, Sudba i knigi Artjoma Wesjologo, M. 2005, S. 171.

Worte eines Soldaten über die Bolschewiki durch Auslassungspunkte: »In ganz Russland sitzen jetzt die Bolschewiken oben, und das, mein Lieber, das sind Leute ...« Was die Bolschewiki für Leute sind, durfte der Leser erst in der zweiten Hälfte der 1980er Jahre erfahren: »... das sind Leute, mit der einen Hand zeigen sie Dir n Kuchen und mit der andern haun sie Dir eins aufs Maul.«

Zwei längere Passagen, die in allen bisherigen Ausgaben von Wesjolys Russland-Roman fehlen, sind in der vorliegenden Publikation erstmals eingefügt worden. Das Kapitel »Filkas Karriere« endete bisher mit dem Satz »Filka ging zur Miliz«. Im Wesjoly-Archiv fand sich die mehrere Manuskriptseiten umfassende Fortsetzung von »Filkas Karriere«. Dort ging er nicht zur Miliz, sondern »... trat in die Partei ein und mogelte sich in die Tscheka«. In diesem bisher unveröffentlichten Text wird beschrieben, wie Filka im sowjetischen Geheimdienst gemeinsam mit anderen Ganoven seine Opfer durch Gewalt und Willkür terrorisierte. Die zweite Hälfte der Erzählung erschien 1988 in der russischen Zeitschrift »Nowy mir«[1]. »Filkas Karriere« wurde bisher jedoch weder in Russland noch in Deutschland als vollständige Erzählung veröffentlicht und erscheint hier zum ersten Mal.

Für die vorliegende Ausgabe hat Thomas Reschke, ein unter den Übersetzern im deutschsprachigen Raum einzigartiger Kenner russischen und deutschen Jargons, die vollständige Erzählung kongenial übertragen. Auch das von ihm übersetzte »Soldatenmärchen« zu Beginn des Kapitels »Das Feuer brennt und lodert« wird hier erstmals publiziert. Wegen seiner sexuellen Anspielungen und der in der sowjetischen offiziellen Kultursphäre tabuisierten nichtnormativen Lexik fehlt es in den russischen Ausgaben bis heute. Dieses Märchen entstammt der Folklore und steht in der Tradition russischer erotischer Volksmärchen. Auf der im Archiv befindlichen Manuskriptseite mit dem Soldatenmärchen notierte Artjom Wesjoly: »Russland, 2. Kapitel, auf

1 Nowy mir 1988/5.

der Streichung bestand der Redakteur der ›Nedra‹ Nr. 10/1926 bis 1927. Ich habe mich nicht widersetzt.«[1]

Über Jahrzehnte sammelte Wesjoly Folklore, im Volk kursierende Tschastuschki (gereimte humoristische Vierzeiler), Lieder, Märchen und Witze, die er in seinen literarischen Werken verarbeitete. Sein letztes Buch war eine 1936 publizierte Tschastuschki-Sammlung. Sie wurde wegen der ironischen Verse über den sowjetischen Alltag in der »Literaturnaja gaseta« vom 1. Januar 1937 als »Fälschung zum Nutzen des Klassenfeindes« kritisiert. In den mündlich verbreiteten Tschastuschki konnte das Volk unverblümte, unzensierte Zeit- und Geschichtskommentare abgeben, wie in folgender sowjetischer Tschastuschka aus Wesjolys Sammlung:

Ich geh raus, um was zu trinken,
schau nach unten, mach mich klein.
Fröhlich ist mir nicht zumute,
traurig darf man auch nicht sein.

Die russische Folklore, in der sich Sprache und Denken des Volkes von derber Umgangssprache bis zum Jargon, Mutterflüchen und Witzen niederschlug, bildete eine zentrale Quelle von Wesjolys Roman. Sein Akteur war das sprachschöpferische Volk. Sein unter dem Originaltitel »Russland in Blut gewaschen« publizierter Roman erscheint wegen seiner eigenwilligen Sprache, des bildreichen Jargons und der umgangssprachlichen Redewendungen aus dem Bauern-, Matrosen- und Soldatenmilieu so gut wie unübersetzbar. Literatursprachliche Worte bilden bei Wesjoly beinahe die Ausnahme. Als Ignaz Schönfeld den Roman »Russland in Blut gewaschen« Anfang der 1960-er Jahre in die polnische Sprache übertrug, meinte der Literaturwissenschaftler Viktor Schklowski: »Ach, du meine Güte, das muss man doch erst einmal in die russische Sprache übersetzen!«[2]

1 Gaira,, Wesjolaja, Sajara Wesjolaja, Sudba i knigi Artjoma Wesjologo M. 2005, S. 245.

2 GairaWesjolaja, Sajara Wesjolaja, Sudba i knigi Artjoma Wesjologo, M. 2005, S. 258.

Nach einer literarischen Diskussion, an der Wesjoly teilgenommen hatte, druckte die »Literaturnaja gaseta« vom 12. Januar 1935 einen Artikel, in dem der Schriftsteller des Idealismus bezichtigt wurde, weil er »die Bedeutung von Talent und Intuition im schöpferischen Prozess hypertrophiert«. Wesjoly erkannte die Gefährlichkeit eines solchen Artikels, der zu jener Zeit nichts Gutes verhieß. In dem von seinen Töchtern veröffentlichten Archiv befindet sich ein Brief vom 27. August 1935 an das ZK der Kommunistischen Partei. Darin bat Artjom Wesjoly um die Erlaubnis, für ein oder zwei Jahre ins Ausland zu fahren, wo er unter anderem den Roman »Russland in Blut gewaschen« beenden wollte. Doch dazu war es bereits zu spät. Er erhielt diese Erlaubnis nicht mehr. 1937 erschien anlässlich der 4. Auflage von »Russland in Blut gewaschen« ein vernichtendes Pamphlet in der »Komsomolskaja Prawda« vom 17. Mai. Der Rezensent beschuldigte Wesjoly, »in der Revolution nur ein blutiges Chaos zu sehen, nur Aufruhr.« Seiner Meinung nach betrachtet er die Revolution in Russland so: »Ganz Mütterchen Russland steht in Flammen, schwimmt in Blut – und mehr ist da für ihn nicht. Er hat die bedeutende Rolle der Kommunistischen Partei und der Partisanenbewegung nicht erkannt ... Wesjoly hat die Anarchisten poetisch verklärt und die Bolschewiki beschmutzt ... Der Roman von Artjom Wesjoly stellt eine Verleumdung unseres heroischen Kampfes mit den Feinden dar ... Wer sind seine Sachwalter in der Literatur ... Seinen Ruhm hat er allein dem Trotzkisten Woronski zu verdanken ...« Diese Rezension mit dem Titel »Ein verleumderisches Buch« kam einer politischen Denunziation gleich.

Bereits 1919 hatte Wesjoly als Journalist in Zeitungsartikeln brutale Willkür und Gesetzesüberschreitungen im sowjetischen Geheimdienst Tscheka, die den Unwillen der Bevölkerung hervorriefen, angeprangert. Daraufhin wurde er zeitweise als Parteikontrolleur in der Tscheka eingesetzt. Die damaligen Erlebnisse des Schriftstellers schlugen sich im Kapitel »Filkas Karriere« nieder. Diese hier erstmals im Romanzusammenhang vollständig veröffentlichte Etüde nimmt auf erschreckende Weise die Erschießung ihres Autors durch den allmächtigen NKWD vorweg. Wesjoly hat darin sein eigenes Ende literarisch antizipiert: Bei der Tscheka wurde »Filka zum Chef der Gräber ernannt. Mit Begleitsoldaten schaufelte er im Wald Gruben, geleitete Verurteilte auf dem letzten Weg ›zur Hochzeit‹, schoss treffsicher in zottige Hinterköpfe (die runzligen Hälse weinten Blut), putzte mit Schnee die Spritzer von den Filzstiefeln, hustete die Erregung weg, ließ sich in den mit Teppichen ausgelegten Schlitten fallen und fuhr nach Hause.«

Artjom Wesjoly wurde im Oktober 1937 verhaftet, im Moskauer Lubjanka-Gefängnis grausam gefoltert und am 8. April 1938 im Alter von 39 Jahren erschossen. Sein Archiv hatte er rechtzeitig seinem Bruder Wassili Kotschkurow übergeben. Dieser hielt es ungeachtet der tödlichen Gefahr bis zur Rehabilitierung Wesjolys in seiner Moskauer Wohnung versteckt. Der Roman »Russland in Blut gewaschen« teilte das tragische Schicksal seines Autors. Artjom Wesjolys Name verschwand für zwanzig Jahre aus dem offiziellen literarischen Leben, seine Bücher aus den Bibliotheken. Nach Wesjolys Rehabilitierung im Jahre 1956 wurde bis 1988 in allen Nachschlagewerken und Werkausgaben des Schriftstellers ein falsches Todesdatum angegeben. Ebenso wie zahlreiche andere Verwandte von Opfern des Stalinismus hatten Wesjolys Töchter mit der offiziellen Rehabilitierung auf Grund eines Erlasses des KGB absichtlich eine falsche Auskunft erhalten.[1] Ihnen war mitgeteilt worden, der Schriftsteller sei am 2. Dezember 1939 an Lungenentzündung gestorben. Erst über dreißig Jahre später, im Jahre 1988, erteilte das Oberste Gericht der UdSSR Gaira Wesjolaja den Bescheid, dass ihr Vater am 8. April 1938 zum Tod durch Erschießen verurteilt worden war und dass man diese Urteile in der Regel am selben Tag vollstreckte. Eine Bestätigung

1 Nach dem Erlass des KGB beim Ministerrat der UdSSR Nr. 108 vom 24. 8. 1955 sollte den Verwandten von Erschossenen mündlich ein Todesdatum im Bereich 1938–1943 und eine beliebige Todesursache genannt werden.

dieses Todesdatums fand sich später in der KGB-Akte Artjom Wesjolys.[1]

Wie der Künstler Jefim aus dem »Städtchen Kljukwin« im zweiten Flügel des Russland-Romans hatte auch Wesjoly selbst im Jahre 1921 voller Hoffnung an die Zimmerwand seiner Freundin Frina Meerson geschrieben:

»Meine Straßen – alle Straßen!
Mein Weg – alle Wege!
Meine Wohnung – die ganze Welt!«

In Russland war Wesjolys Roman nach der 1990 erschienenen Ausgabe seiner Ausgewählten Werke vierundzwanzig Jahre lang nicht mehr publiziert worden. Doch kaum erschütterte mit der Russland-Ukraine-Krise wieder ein blutiger Bruderkrieg die Gesellschaft, besann man sich der bitteren Worte Wesjolys: »Russland in Blut gewaschen«. Der Roman wurde 2014 in mehreren russischen Verlagen zugleich aufgelegt.

Artjom Wesjoly entwarf Bilder von den Freiräumen, Träumen und verpassten Chancen, von Hoffnungen und Enttäuschungen jener Zwischenzeit, wie sie immer wieder in der Geschichte anbricht, wenn die alte Macht gestürzt und die neue noch nicht gefestigt ist. Wer solche Zwischenzeiten erlebt hat, versteht wie der alte Jude in dem sowjetischen Film »Die Kommissarin«[2], dass man die besten Zeiten immer dann hat, wenn die eine Macht schon weg und die andere noch nicht da ist.

Berlin, im Oktober 2016 *Jekatherina Lebedewa*

1 Gaira Wesjolaja, Sajara Wesjolaja, Sudba i knigi Artjoma Wesjologo, M. 2005, S. 201–203.

2 Film des sowjetischen Regisseurs Alexander Askoldow nach Motiven der Erzählung »In der Stadt Berditschew« von Wassili Grossman. Dieser Film wurde gleich nach seiner Fertigstellung 1967 verboten und während der Perestroika 1987 erstmals gezeigt. 1988 erhielt der Film bei den Berliner Filmfestspielen »Berlinale« den »Silbernen Bären«.
Der Schriftsteller Wassili Grossman leitete nach der Rehabilitierung von Artjom Wesjoly die im Jahre 1956 gebildete Kommission für das literarische Erbe A. Wesjolys und setzte mit großem Engagement die Publikation der »Ausgewählten Werke« des Autors im Jahre 1958 durch.

Worterklärungen

Akathistos: Teil der orthodoxen Liturgie, der stehend zu Ehren Christi, der Heiligen Jungfrau oder der Heiligen gesungen wird
Anathem: kirchliche Verfluchung
Arba: hohes zweirädriges oder langes vierrädriges Fuhrwerk
Arschin: russisches Längenmaß, 0,71 m
Artel: Produktionsgenossenschaft
Ataman: ursprünglich gewählter, später oft ernannter Kosakenführer
Aul: Siedlung der Turkvölker

Babki: Knöchelspiel, beliebtes russisches Wurfspiel mit Tierknöcheln
Balalaika: dreieckiges Zupfinstrument mit drei Saiten
Banja: saunaähnliche Badestube
Baschibozuk: im 18./19. Jh. irregulärer türkischer Kavalleriesoldat, später soviel wie »Halsabschneider«
Baschlyk: warme Kapuze mit langen Enden
Batja, Batka: etwa: Väterchen
Bojar: Angehöriger des höheren Feudaladels im alten Russland
Borschtsch: Suppe aus roten Rüben und Kohl mit Fleisch
Burka: kaukasischer Filzumhang aus Ziegenwolle
Burshui: volkstümliche verächtlich gemeinte Verballhornung von »Bourgeois«
Buschlat: Matrosenkittel

Chunchuse: Angehöriger bewaffneter Banden in der Mandschurei
Chutor: kleines Dorf in der Ukraine und in Südrussland

Desjatine: russisches Flächenmaß, 1,09 ha
Donbass: Donezbecken, das Industriegebiet um den Donez
Dshigit: kühner und geschickter Reiter
Duchan: Garküche im Kaukasus
Duma: Rat, Magistrat, Parlament im zaristischen Russland

Giaur: islamische Bezeichnung für Nichtmohammedaner
Gossudar: Herr, Herrscher
Griwna: silbernes Zehnkopekenstück

Haidamaken: im 18. Jh. aufständische Bauern und Kosaken in der polnisch beherrschten Westukraine, 1917/19 ukrainische bürgerliche Nationalisten
Hopak: ukrainischer Volkstanz

Jessaul: Kosakenoffizier im Hauptmannsrang
Junker: Offiziersanwärter

Kamarinskaja: russischer Volkstanz
Karbowanez: Silberrubel
Kasatschok: Volkstanz mit allmählich zunehmendem Tempo
Kascha: Getreidebrei
Katorga: Zwangsarbeit
Kibitka: hier: Jurte, Wohnzelt der Nomaden
Kubanka: flache Lammfellmütze mit Leder- oder Stoffoberteil
Kulak: Großbauer
Kulitsch: süßes, zylindrisches Weizenbrot, wird nach orthodoxem Brauch zu Ostern gebacken
Kuluguren: Dialektbezeichnung für die Altgläubigen
Kumyschka: selbstgebrannter Schnaps
Kunak: Freund, Gastfreund bei den Kaukasusvölkern
Kurgan: Hügel, besonders im Steppengebiet, ursprünglich Grabhügel
Kwass: säuerliches Getränk aus Roggenbrot oder -mehl

Lawa: Gefechtsordnung der Kosakenkavallerie
Lesginka: kaukasischer Volkstanz
Liman: sumpfige Bucht, überflutete oder abgesunkene Flussmündung
Ljaguschetschka: Volkstanz (»Fröschlein«)

Machorka: minderwertiger Tabak
Maidan: Versammlungs- und Marktplatz in Südrussland und der Ukraine
Malachai: Fellmütze mit Ohrenklappen
Mamalyga: Brei aus Maismehl
Molokanen: Angehörige einer christlichen Sekte
Mushik: (armer) Bauer

Nagaika: kurze Riemenpeitsche
Nagant: 7,62-mm-Revolver, der zur Bewaffnung der russischen Armee gehörte
Natschalnik: Leiter, Vorgesetzter
Naurskaja: Volkstanz
Newski: Newski-Prospekt, Hauptstraße St. Petersburgs (Leningrads)

Ochrana: Geheimpolizei vor der Revolution in Russland

Pan: Herr (poln.)
Panna: Fräulein (poln.)
Papacha: hohe Fellmütze
Papirossa: russische Zigarette mit Pappmundstück
Petschenege: Angehöriger eines Turkvolkes, das im 8.–12. Jh. in den Steppen jenseits der Wolga nomadisierte
Pirogge: Pastete aus Hefeteig mit Füllung
Piter: volkstümliche Bezeichnung für St. Petersburg und (ab 1914) Petrograd (seit 1924 Leningrad, Hauptstadt bis März 1918)
Plastun: Infanteriekosak
Polsunka: Volkstanz
Pud: russische Gewichtseinheit, 16,38 kg

Rada: Rat, Volksversammlung, Regierung in der Ukraine und bei den Kosaken

Saklja: Wohngebäude der Kaukasusvölker
Sashen: russisches Längenmaß, 2,134 m
Schamil: kaukasischer Volkstanz
Schapka: (Fell-)Mütze
Semstwo: örtliche Selbstverwaltungsorgane im vorrevolutionären Russland
Skimnik: streng asketisch lebender Mönch der orthodoxen Kirche
Sotnik: Kosakenoberleutnant, Hundertschaftsführer
Sowchos: »Sowjetwirtschaft«, staatseigener Landwirtschaftsbetrieb
Staniza: größere Kosakensiedlung
Starez: besondere Verehrung genießender Mönch der orthodoxen Kirche
Starosta: gewählter oder ernannter Gemeindevorsteher
Starschina: hier: mit bestimmten Machtbefugnissen ausgestatteter Angehöriger der Kosakenoberschicht im 16.–18. Jh. (Ataman, Schreiber, Richter o. ä.)

Tatschanka: im Bürgerkrieg Maschinengewehrwagen der Kavallerie
Tekinze: Angehöriger eines Turkmenenstammes
Troika: mit drei Pferden bespannter Wagen oder Schlitten
Tschebureki: orientalische Pastete mit Hammelfleischfüllung
Tschekmen: taillierte Kosakenjacke
Tschetschotka: stepptanzähnlicher Volkstanz
Tschumak: fahrender Händler in der Ukraine und Südrussland

Ulus: Siedlung oder Stammesgruppe nichtrussischer Völker

Wareniki: kleine, mit Quark oder Beeren gefüllte Piroggen
Werschok: russisches Längenmaß, 4,4 cm
Werst: russisches Längenmaß, 1,06 km
Wojewode: Heerführer im alten Russland, im 16.–18. Jh. auch Verwalter einer Stadt oder eines Gebiets

Inhalt